KB120371

용재수필 2

용재속필 容齋續筆

이 책은 (재)한국연구재단의 지원으로 학고방출판사에서 출간, 유통합니다.

한국연구재단 학술번역총서 동양편 615

용재수필
容齋隨筆

2

용재속필
容齋續筆

[송宋]홍 매洪邁 지음
홍승직 · 노은정 · 안예선 옮김

學古房

◂ 일러두기 ▸

1 역주는 공범례孔凡禮가 교감한 『용재수필容齋隨筆』(중화서국中華書局, 2006)을 저본으로 하였다. 글자와 표점에 의문이 있는 경우 상해고적출판사(上海古籍出版社, 1996)에서 출판한 것을 참조하였다.

2 저본에 수록된 내용을 모두 한국어로 옮겼으며, 주석은 번역문에 각주로 달았다. 원문은 각 권의 말미에 수록하였다. 시가 인용된 경우는 원문을 번역문 옆에 함께 제시하였다.

3 번역문에서 한자를 표기할 경우 독음이 같으면 괄호 없이 병기하였고, 독음이 다르면 [ ]를 사용하였다. 인용문의 경우는 " "와 ' '를 사용하고, 서명에서는 『 』를, 편명에서는 「 」를 사용하였다.

4 인물, 지명, 관명, 주요 사건, 관련 고사, 주요 개념 중 필요하다고 판단될 경우 각 권에서 처음 출현할 때 각주를 달았다. 다만, 단순 예시로서 나열되어있거나 의미의 이해에 문제가 없는 경우에는 각주를 생략하였다.

5 『용재수필容齋隨筆』·『용재속필容齋續筆』·『용재삼필容齋三筆』·『용재사필容齋四筆』·『용재오필容齋五筆』 각 권의 뒤에 서명과 인물 색인을 두었다.

역자의 말

2010년 봄, 서울 삼선교 근처에 세 사람이 모여 결의했다. 그 기세가 약 1,800년 전 도원결의桃園結義와 맞먹는지라, '삼선결의三仙結義'라고 할 만했다. 중국 송나라 때 홍매洪邁가 쓴 글을 모은 『용재수필容齋隨筆』을 한글로 번역하기로 결의한 것이다. 중국 고전 번역에 뜻이 있어서 그 전부터 의기투합했던 세 사람은 마침 한국연구재단 학술명저번역 지원 목록에 『용재수필』이 등재되었다는 공고를 보고 응모하기로 결의를 굳혔다. 짧은 기간 동안 자료수집, 지침 토의, 샘플 번역 작업을 거쳐서 응모한 결과 세 사람에게 임무가 맡겨지게 되었다.

『용재수필』은 일단 '수필隨筆'이란 용어가 유통되는 신호탄이었다. 번역을 마치고 그동안 섭렵한 내용을 돌이켜보면, 자기 글을 모은 것에 홍매가 '수필'이라고 이름을 붙이지 않을 수 없었던 연유가 짐작된다. 유난히 책에 애착을 가진 사람을 종종 본다. 애착이라는 말로는 모자라 '광적狂的'이라는 수식어를 붙여야 하는 사람도 드물게 있다. 홍매도 그 중 한 사람이다. 마치 샘에 물이 차오르듯 독서량이 늘어나서 어느 시점부터 자연적 용출이 일어난다. 범위와 깊이를 헤아릴 수 없는 독서의 결과로 샘물처럼 용출되는 그의 글 속에는 세상만사 망라되지 않은 것이 없다. 때로는 주위에서 마주치는 사소한 물건의 이름 한 글자에 집착하여 온갖 독서의 이력과 폭넓은 지식이 동원되기도 하고, 때로는 무수한 시공을 넘나들며 역사와 천문이 펼쳐지기도 한다. 이런 그의 글이 두루 모였으니 뭐라고 이름 짓기가 수월하지 않았을 것이다. 그러니 그저 '붓 가는대로 썼다'는 뜻에서 '수필隨筆'이라고 했을 것이다. 홍매가 21세기에 활동했다면 세계에서 손꼽히는 파워블로거이자 SNS 파워유저가 되었을 것이다.

현재 가장 권위 있는 것으로 인정되는 원문은 중화서국에서 출판한 『용재수필』 '상, 하' 두 권이다. 그러면서 그 안에는 출간된 시기의 선후에 따라서 『용재수필容齋隨筆』, 『용재속필容齋續筆』, 『용재삼필容齋三筆』, 『용재사필容齋四筆』, 『용재오필容齋五筆』 다섯 가지로 분류 수록되었다. 즉 '용재수필'이라고 하면 다섯 가지 모두를 포함하는 시리즈 명칭이기도 하고, 그 중 첫 번째 것만을 일컫기도 한다. 이 번역 출판에서는 위와 같이 다섯 가지를 나누어 다섯 권으로 출판하면서 전체를 '용재수필' 시리즈로 간주하여 각각 '용재수필' 다음에 일련번호를 붙이고, 원문에 쓰였던 각 책의 명칭을 작은 글씨로 병기하였다.

2010년 가을에 정식으로 번역을 시작했다. 홍매의 방대한 독서량과 깊이 있는 지식을 조금이라도 따라가고자 참고 자료를 계속 수집하면서 번역을 진행해나갔다. 현대 한국의 독자가 쉽게 이해할 수 있도록 평이한 언어를 사용하고 풍부한 주석을 수록하는 것을 대원칙으로 삼았다. 1년 후 중간 심사와 2년 후 최종 심사를 순조롭게 통과하여 '출판 가' 판정을 받았다. 그럼에도 불구하고 세 사람은 마치 이제부터 다시 시작이라는 듯, 세 사람이 분담함으로써 피할 수 없었던 상이한 문체를 통일하고 해석을 가다듬고 주석을 보충하기 위해 여러 차례 윤독과 교정을 거듭했다.

지난한 과정이 드디어 결실을 보이게 되었다. 그럼에도 불구하고 지식의 넓이와 깊이가 원저자 홍매에 훨씬 못 미침으로 인하여 그 뜻을 충분히 풀어내지 못한 부분을 면할 수 없다. 여러 차례 교정과 윤독을 거쳤지만 그래도 발견하지 못한 미숙과 오류가 적지 않을 것이다. 독자 여러분이 무언가 얻는 게 있다면 남송의 독서광 홍매에게 그 공을 돌리고, 어딘지 부족한 구석이 있다면 역자 세 사람의 무능과 소홀을 탓해야 하리라.

예측하지 못한 방대한 분야에 걸친 내용, 겉보기와 다른 끝없이 집요한 교정 요구 등으로 인하여 힘들고 지쳤을텐데도 변함없이 꾸준하게 좋은 번역서를 만드느라 고생하신 학고방 하운근 사장님과 편집부 여러분에게 뜨거운 격려와 끝없는 감사의 마음을 표시한다.

2016년 6월 삼선교에서 마지막 윤독회를 마치면서

홍승직, 노은정, 안예선

『용재수필』 해제

『용재수필容齋隨筆』은 남송시대 홍매洪邁(1123~1202)가 독서하며 얻은 지식과 심득을 정리해 집대성한 것으로 역사, 문학, 철학, 정치 등 여러 분야의 고증과 평론을 엮은 학술 필기이다.

홍매洪邁(1123~1202)의 자는 경로景盧, 호는 용재容齋이며, 시호는 문민공文敏公으로 강서성江西省 파양鄱陽 사람이다. 홍매의 부친과 두 형들은 모두 당시의 저명 인사였다. 부친인 홍호洪皓는 금나라에 사신으로 갔다가 억류되어 15년 만에 송나라로 돌아왔는데, 당시 고종 황제는 "한나라 시기 흉노에게 억류되었다가 19년 만에 돌아왔던 소무蘇武와 같은 충절"이라며 칭송하였다. 홍매의 두 형들 또한 재상과 부재상을 지낸 고위 관료이자 학자였기에 당시 '홍씨 삼 형제의 학문과 문학적 명성이 천하에 가득했다[三洪文名滿天下]'(『송사宋史』)는 평판이 있었다.

홍매는 고종 소흥紹興 15년(1145) 박학굉사과博學宏詞科에 급제한 후 천주泉州, 길주吉州, 공주贛州, 건녕建寧, 무주婺州, 진강鎭江, 소흥紹興 등에서 지방관을 지냈다. 중앙에 있는 기간 동안에는 기거사인起居舍人, 중서사인겸시독中書舍人兼侍讀, 직학사원直學士院, 한림학사翰林學士 등의 관직을 거쳐 단명전학사端明殿學士로 관직생활을 마감하였다.

저작으로는 기이한 이야기 모음집인 『이견지夷堅志』, 당시唐詩 선집인 『만수당인절구萬首唐人絶句』, 학술 필기인 『용재수필』, 문집으로 『야처류고野處類稿』가 있다. 또한 30여 년 동안 사관史官을 지내면서 북송 신종神宗, 철종哲宗, 휘종徽宗, 흠종欽宗 4대의 왕조의 역사인 『사조국사四朝國史』와 『흠종실록欽宗實錄』, 『철종보훈哲宗寶訓』을 집필하였다.

『용재수필』은 『용재수필』16권, 『속필續筆』16권, 『삼필三筆』16권, 『사필四筆』16권, 『오필五筆』10권인 5부작, 총 1220여 조목으로 구성되어 있다. 『오필』을 제외하고는 매 편마다 서문이 있는데 『사필』의 서문에서 "처음 내가 용재수필을 썼을 때는 장장 18년이 걸렸고, 『이필』은 13년, 『삼필』은 5년, 『사필』은 1년도 채 걸리지 않았다"고 했다. 이와 『오필』을 합쳐본다면 근 40년의 세월을 『용재수필』과 함께 한 셈이다. 그러나 후반부로 갈수록 집필기간이 점점 짧아졌고, 말년에는 『이견지』의 집필에 치중하느라 『용재수필』에 쏟는 시간과 정력은 예전만 못할 수밖에 없었다. 실제로 『사필』과 『오필』은 내용의 충실도와 정확함이 이전만 못하며 오류가 있기도 하다.

홍매는 『수필』의 서문에서 "생각이 가는 대로 써 내려갔으므로 두서가 없어 수필이라 했다"고 하였다. 생각이 가는 대로 써 내려갔다는 말에서 문학적이고 감성적인 내용을 기대할 수도 있지만 실제는 그렇지 않다. 『용재수필』은 경전과 역사, 문학 작품에 대한 견해와 고증, 전인의 오류에 대한 교정이 주를 이루는 공부의 산물이다. 그의 '생각'은 주로 학문에 국한된 것이었다. 다만 시종일관 엄중한 태도로 치밀하고 객관적인 논증이나 규명의 과정을 거치기보다는 학문적 심득과 단성을 자유롭게 풀어냈기에 일반적인 학술 저작에 비해 덜 무겁고 덜 체계적이다. 매 조목의 제목도 임의적으로 붙인 것이며, 의문이나 격앙된 감정을 그대로 표출하기도 한다.

『용재수필』과 같은 저서를 중국 문학에서는 '필기'라고 한다. 필기란 사대부들의 사교나 일상, 시문 창작과 관련된 일화와 평론, 문화와 풍속, 학술적 고증 등을 자유롭게 기록한 잡기식의 글쓰기 모두를 포함한다. 잡록雜錄, 잡기雜記, 쇄어鎖語, 한담閑談, 만록漫錄 등의 제목에서 볼 수 있듯이 필기는 정통적이고 주류적인 고문과는 달리 잡스럽고 자잘하며 가볍다. 이러한 글쓰기는 송대부터 성행하였는데 홍매가 자신의 저작에 '수필'이라는 제목을 붙인 것은 동시대 다른 필기 작가들의 태도와 크게 다르지 않다.

홍매는 바로 이 필기 문체를 학문의 영역으로 끌어왔다는 점에서 의미가 있다. 진지하고 치밀한 학문의 영역과 필기의 만남은 일견 어울리지 않는 듯하다. 그러나 한 방면에 국한되지 않는 다양한 독서와 지식의 습득, 무르익지 않은 단상과 심득, 고민과 의문을 담아내기에 필기는 제격이었다. 정해진 격식이 없고 오류로부터도 덜 엄격하며 보편적 인식과는 다른 자신만의 견해를 풀어낼 수 있기 때문이다. 홍매는 이러한 필기의 장점을 일상의 학문 생활과 연결하여 반평생에 걸친 공부의 기록을 남긴 것이다.

당대唐代에도 학술 필기가 있기는 했지만 그 내용이 경전의 의미 고증에 편중되어 있었으며 편폭도, 수량도 많지 않았다. 『용재수필』이 출현하면서 학술 필기가 전반적으로 유행하게 되었고, 경전의 고증에 국한되었던 내용에서 확장되어 경사자집뿐만 아니라 당시 사회의 풍속, 문화까지 모든 담론을 대상으로 하게 되었다.

『용재수필』이 다루고 있는 내용은 경학 및 문자학, 언어학, 역사, 제자백가, 고고학, 전장 제도, 천문과 지리, 역법과 음악, 문화와 풍속, 점술과 의학 등 일일이 열거할 수 없을 정도로 다양하다. 『용재수필』에 인용된 사서와 문집이 총 250종에 달한다는 통계는 얼마나 광범위한 내용을 다루고 있는지를 보여준다. 『용재수필』의 내용을 대상으로 한 연구만 보더라도 문학, 역사학, 문헌학, 고증학, 훈고학, 어학, 민속학 등이 있다. 하나의 원전을 중심으로 이처럼 다양한 연구가 가능하다는 것은 내용이 다양할 뿐만 아니라 학술적으로도 가치 있음을 의미한다. 이처럼 모든 학문 영역을 아우르는 박학과 탁월한 식견, 정확한 고증과 논리로 『용재수필』은 '남송 필기 중 최고 작품'(『사고전서총목四庫全書總目』)이라 인정받으며 이에 있어서는 고문의 대가인 구양수歐陽脩와 증공曾鞏도 따를 수 없다는 찬사까지 받았다.(청淸, 주중부周中孚, 『정당독서기鄭堂讀書記』)

남송 가정嘉定 16년(1223), 홍매의 후손인 홍급洪伋이 쓴 『용재수필』의 발문에 "사대부들이 다투어 전하고자 했다"고 한 것으로 보아 당시 지식인들 사이에서 상당한 반향을 불러일으켰던 것으로 보인다. 홍매는 자신이 의구심을 가진 문제나 대상에 대해 최대한 자료를 종합하여 검토하고 최종 판단을 내리게 되기까지의 과정과 근거를 기록하였기 때문에 지식의 습득에 상당히 유용했을 것이다. "고증이 정확하고 의론이 심오하면서도 간결하여 독서와 작문의 법이 여기에 모두 담겨있다"(명明, 마원조馬元調, 「서序」), "학문에 크게 도움이 되는 것이니 마땅히 집집마다 한 권씩 두어 독서와 글을 짓는 도움으로 삼아야 한다"(청淸, 경문광耿文光)는 전인의 평가는 『용재수필』의 유용함과 영향력을 대변한다.

『용재수필』 이후 학술 필기는 하나의 유파를 형성할 정도로 영향력 있는 글쓰기이자 학문의 방법으로 자리 잡게 되었으며 중국 학술사에서 큰 비중을 차지하게 된다. 청대淸代에 이르러 '차기箚記'를 제목으로 하거나 '차기'식의 학술 필기가 대거 등장하였고 이러한 학술 필기가 청대의 고증학을 선도하였다. 차기는 청대 학자들의 공부 방법에서 가장 보편적이고 중요한 것이었다. 학문을 하는 선비들은 모두 '차기책자'를 가지고 있었다. 독서를 할 때마다 심득이 있으면 이곳에 기록하였고 오랜 시간 축적되면 내용을 정리하고 체계적으로 엮어 한 권의 저작으로 만들어냈다. 청대 고증학을 대표하는 역작의 대부분은 이러한 '차기'에서 만들어졌으며, 이는 홍매의 『용재수필』에서 비롯되었다고 할 수 있다.

목차

••• 용재속필 서

••• 용재속필 권1

••• 용재속필 권2

••• 용재속필 권3

••• 용재속필 권4

••• 용재속필 권5

••• 용재속필 권6

••• 용재속필 권7

••• 용재속필 권8

••• 용재속필 권9

••• 용재속필 권10

••• 용재속필 권11

••• 용재속필 권12

••• 용재속필 권13

••• 용재속필 권14

••• 용재속필 권15

••• 용재속필 권16

••• 용재속필 서

앞서서 내 책『용재수필』이 이미 열여섯 권으로 완성되었다. 효종 순희淳熙[1] 14년(1187) 8월에 나는 황궁에 들어가 황제를 모시고 연회에 참석했었다. 황제께서 갑자기 말씀하셨다.

"최근 무슨 재수필 인가 뭔가 하는 책을 본 적 있소?"

나는 모골이 송연하여 대답했다.

"그건 바로 제가 지은『용재수필』이옵니다. 별로 볼 것이 없사옵니다."

황제께서 말씀하셨다.

"이것저것 얘기해볼 만한 것이 꽤 있었소."

나는 일어나 감사드리고 궁에서 나와 어찌 된 것인지 알아보았다. 바로 무주婺州에서 출간한 것을 상인들이 책방에서 판매하고 궁중 귀인들이 사가지고 입궁하게 되어 드디어 황제께서 보시게 된 것이었다. 서생의 조우로서는 지극히 영광스럽다고 할 수 있다. 그리하여 또한 억측들을 끌어 모아 후속편을 엮고 이전 책과 혼란이 생길까 염려하여 따로 숫자를 매겨서 구별하듯 '속續'이라고 하게 되었으니, 이 역시 열여섯 권으로 엮었다.

소흥紹興 3년(1133) 3월 10일 홍매 쓰다.

1 淳熙 : 송나라 효종孝宗 때의 연호(1174~1189).

••• 容齋續筆 序

是書先已成十六卷, 淳熙十四年八月, 在禁林日入侍至尊壽皇聖帝淸閑之燕, 聖語忽云:「近見甚齋隨筆?」邁竦而對曰:「是臣所著容齋隨筆, 無足采者。」上曰:「噉有好議論。」邁起謝, 退而詢之, 乃婺女所刻, 賈人販鬻于書坊中, 貴人買以入, 遂塵乙覽。書生遭遇, 可謂至榮。因復裒臆說綴于後, 懼與前書相亂, 故別以一二數而目曰續, 亦十六卷云。

紹熙三年三月十日, 邁序。

••• 용재속필 권1(18칙)

1. 안노공 顔魯公

노국공魯國公 안진경顔眞卿[1]의 충의와 절개는 고금에 빛을 발하였다. 어찌 당대唐代 인물 중에서만 어깨를 나란히 할 자가 드물 뿐이겠는가! 한대漢代 이래 몇 손가락 안에 꼽힐 정도이다. 안진경이 조정에 나가서 관리 생활한 경력을 살펴보면, 명황明皇 때는 양국충楊國忠[2]에게 미움을 받아 전중시어사殿中侍御史에서 동도東都[3]·평원平原[4]의 지방관으로 전출되었다. 숙종肅宗 때는 태묘太廟에 단을 쌓은 일을 비판한 것 때문에 재상의 미움을 받아서 어사대부에서 풍익馮翊[5]으로 전출되었다. 이보국李輔國[6]의 미움을 받아서 형부시랑에서 봉주蓬州[7]로 폄직되었다. 대종代宗 때는 제기祭器가 제대로 구비되지 않았다고

1 顔眞卿(709~784/785) : 당대 중기의 뛰어난 서예가. 자는 청신淸臣. 안체顔體 해서를 창안하여, 조맹부趙孟頫·유공권柳公權·구양순歐陽詢과 더불어 '해서 사대가'로 일컬어진다.

2 楊國忠(?~756) : 본명은 양소楊釗, 당대 포주蒲州 영락永樂(지금의 산서山西 예성芮城) 사람으로, 양귀비의 6촌 오라버니라는 설이 있다. 양옥환楊玉環(양귀비)이 현종의 총애를 받게 되자, 일족 오라버니였던 양국충도 날개를 얻은 듯 출세하여, 40여 직위를 지내고 재상의 자리에까지 올랐다. 양국충과 안록산安祿山의 갈등으로 안사의 난이 일어나기에 이르렀고, 또한 태자와의 갈등으로 인해 결국 멸문의 화를 당했다.

3 東都 : 지금의 하남성 낙양.

4 平原 : 지금의 산동성 덕주德州.

5 馮翊 : 지금의 섬서성 대려大荔.

6 李輔國(704~762) : 당대 숙종 때 환관. 본명은 정충靜忠. 외모가 추하기 짝이 없었다고 하며, 안사의 난 기간에 태자 이형李亨더러 제위를 이어받을 것을 권유하여, 숙종 즉위 뒤 원수부행군사마元帥府行軍司馬에 책봉되어 병권을 장악하기 시작했고, 보국輔國으로 개명했다. 그 후 또한 대종을 옹립하여 즉위시켜 사공겸중서령司空兼中書令에 책봉되었다. 권력을 손에 넣자 더욱 전횡을 일삼다가 결국 자객에게 살해당하였다.

7 蓬州 : 지금의 산동성 봉래蓬萊.

말했는데, 원재元載는 자기를 비방했다고 여겼고 안진경은 형부상서에서 협주峽州[8]로 폄직되었다. 덕종 때는 양염楊炎의 눈에 들지 못해서 이부상서에서 동궁으로 옮겨 한직에 있었다.

노기盧杞가 정권을 장악하자 안진경을 도성에서 내쫓고 싶어 여러 차례 사람을 보내 어느 지방으로 가는 것이 편한지 묻게 했다. 안진경은 직접 가서 노기를 만나 그가 포용력이 없음을 꾸짖었다. 이로 인해 노기는 안진경에게 더욱 뼈에 사무치는 미움을 품었다. 그 해 안진경의 나이 일흔다섯으로, 결국 노기의 계책에 빠져서 죽으니 이 일을 논하는 사람들마다 애통해했다.

오호! 노기가 자기를 증오하는 것을 이미 알았다면, 그가 사람을 보내서 어느 지방으로 가는 것이 좋은지 물어봤을 때 왜 흔쾌히 받아들이지 않았나? 그것도 아니면 아예 관모를 벗어버리고 동쪽으로 떠나 그로부터 멀리 떨어져서 유유자적 생활했더라면, 노기가 매우 바라던 바였으리라. 그렇지만 안진경은 수도에 연연하면서 끝내 스스로를 위해 거취를 대비하지 않고 위험한 길을 밟고 말았다.

『춘추』에서 현자賢者를 책망한 내용이 있으니, 이야말로 통한스러울 뿐이다. 사공도司空圖가 왕관곡王官谷에 은거하고 있을 때 유찬柳璨이 조서를 입안하여 불러들였는데, 사공도는 일부러 쇠약한 척하면서 바닥에 홀笏을 떨어뜨리는 실수를 하였고, 이 때문에 왕은 그를 산으로 돌아가도록 보내주었다. 유찬의 간악함은 노기보다도 더 심했고 사공도는 안진경과 비교할 바가 아니었다. 그런데도 결국 대혼란의 시대에 자신을 보전할 수 있었으니, 안진경이 역적의 손에 목숨을 맡긴 것은 너무 애석하지 않은가!

비록 그렇지만 공은 회서淮西에서 감금을 당하는 곤욕을 치르면서도 이희열李希烈[9]을 여러 차례 꺾었다가 결국 자신을 바쳐서 순국함으로써 사해의

8 峽州 : 지금의 호북성 의창宜昌.

9 李希烈 : 당나라의 장수. 당대 연주燕州 요서遼西 사람. 덕종德宗 때 회서절도사淮西節度使가 되어, 건중建中 2년(781) 절도사들의 반란을 진압하는 데 공을 세웠으나, 후에 자신이 오히려 반란을 일으켜 칭제하였다. 정원貞元 2년(786) 부장 진선기陳仙奇에 의하여 독살되었다.

의리와 충렬의 기를 격동시켰으니, 덕종 정원貞元[10] 연간의 개혁 정치에 실로 도움이 되었다. 이는 아마 하늘이 안진경의 이름을 만세에 남도록 하기 위해 반역 무리의 흉악한 농간에 빠지게 하여 의리와 충렬의 일생을 이루게 한 것이리라!

2. 계석명 戒石銘

송나라 태종 황제는 이런 글을 썼다.

> 너희의 봉록은 백성의 고혈로부터 나온 것이다. 백성을 학대하기는 쉬워도, 하늘을 속이기는 어렵다.

태종은 이를 전국 각 지역[11]에 내려 보내 관청의 남쪽에 비석으로 세우게 하고, 이를 「계석명戒石銘」이라고 하였다.

성도成都 사람 경환景煥[12]이 건덕乾德 3년(965)에 지은 『야인한화野人閑話』[13]라는 책이 있다. 그 첫 편이 「반령잠頒令箴」으로, 후촉後蜀 국주國主 맹창孟昶이 써서 전국의 각 읍에 반포한 것이다.

> 짐은 백성을 염려하나니, 　朕念赤子,
> 늦게서야 밥을 먹고 새벽같이 일어난다. 　旰食宵衣.
> 지방 현령 장관에게 말하노니, 　言之令長,
> 백성을 잘 부양하고 은혜를 베풀라. 　撫養惠綏.
> 정치는 세 가지 남다른 현상이 실현되게 하고,[14] 　政存三異,

10 貞元 : 당나라 덕종德宗 시기 연호(785~805).

11 원문에서는 '郡國'이라고 하였는데, '전국 각 지역'이라고 옮겼다. 전국을 군국으로 나눈 것은 한대이며, 송대에는 (1) 로路 (2) 부府·주州·군軍 (3) 현縣의 세 등급으로 나누었다. 여기서 군국이라고 한 것은 지방행정구역을 통칭한 것이다.

12 景煥 : 일명 박樸. 강유江油 광산匡山에서 은거했다.

13 野人閑話 : 후촉後蜀의 유사遺事를 기록한 책으로, 원래 5권인데 현재는 1권만 전한다.

14 세 가지 남다른 현상이란, 충해가 경내에 발생하지 않고, 교화와 은덕이 조수鳥獸에게도 미치며, 어린 아이도 어진 마음을 갖는 것을 말한다. 동한 때 노공魯恭이 중모中牟 현령을

그 방법은 칠현금을 연주하듯 해야 한다. 道在七絲.
병아리 키우게 한 일을 이치로 삼고,[15] 驅鷄爲理,
송아지 기르게 한 일을 법규로 삼을지니.[16] 留犢爲規.
관대함과 엄격함이 적절하면, 寬猛得所,
풍속을 변화시킬 수 있으리. 風俗可移.
백성의 권익을 침탈함이 없게 하고, 無令侵削,
상처받지 않게 하라. 無使瘡痍.
백성을 학대하기는 쉬워도, 下民易虐,
하늘을 속이기는 어렵다. 上天難欺.
조세의 수입은 절실한 것이니, 賦輿是切,
군대와 나라가 이것으로 유지된다. 軍國是資.
짐의 상과 벌은, 朕之賞罰,
절대 시기를 놓치지 않으리라. 固不逾時.
너희의 봉록은, 爾俸爾祿,
백성의 고혈로부터 나온 것이다. 民膏民脂.
백성의 부모가 되어, 爲民父母,
인자해야 함을 모르는 자 없으리라. 莫不仁慈.
이 말을 경계로 삼길 권하노니, 勉爾爲戒,
짐의 깊은 뜻을 헤아리리라. 體朕深思.

이상 모두 24구절이다. 백성을 사랑하는 맹창의 마음이 구구절절 담겨 있어, 오대 시기 각지에 할거한 왕들의 칭찬을 받을 만도 하다. 그러나 그 말이 정련되지 않은 점이 있다. 앞에서 소개한 네 구절을 보면 말은 간결해지고 뜻은 다하였으니, 결국 황제의 명언이 되었다. 아마도 시인들이 얘기하는 환골탈태 방법이 바로 이것이리라.

지낼 때 청명한 정치를 시행하여 이 세 가지 남다른 현상이 있었다고 한다.

15 한 선제宣帝 때, 영천潁川 태수 황패黃霸는 관대하고 부드럽게 정치를 하고 교화를 중시해서, 우정郵亭과 향관鄕官도 모두 닭과 돼지를 키워서 1인 가구를 비롯한 어렵고 빈궁한 사람들을 부양하도록 하라고 명을 내렸다. 『한서漢書·순리전循吏傳』 참조.

16 한 선제 때, 발해군渤海郡에 해마다 기근이 들어서 도적과 강도가 많았다. 공수龔遂가 발해태수로 임명되었다. 그는 부임지에 도착하고 나서 도적을 잡으려고 하지 않고, 주민더러 농업과 양잠에 힘쓰도록 독려했다. 주민 중 도검을 차고 다니는 자가 있으면 도검을 팔아서 송아지를 사게 했다. 『한서·순리전』 참조.

3. 쌍둥이 雙生子

오늘날 가정에서 쌍둥이를 낳으면 수태를 먼저 했기 때문이라며 뒤에 나온 아이를 형으로 하기도 하고 태어난 순서에 따라서 먼저 나온 아이를 형으로 삼기도 한다. 그러나 하루를 넘겨서 해시亥時와 자시子時에 태어났다면 동생이 형보다 하루 앞서게 된다. 진시辰時에 태어나 동생이 되고 사시巳時에 태어나 형이 되면 동생이 형보다 한 시간 앞서게 된다.

『춘추공양전春秋公羊傳·은공隱公 원년元年』에 이런 내용이 있다.

> 적자를 군왕으로 세울 때는 현자賢子로 하지 않고 장자長子로 하며, 서자를 군왕으로 세울 때는 장자로 하지 않고 귀자貴子로 한다.

라는 말이 있는데, 하휴何休는 주에서 이렇게 말했다.

> 서자는 첩의 소생이나 조카를 말한다. 질박한 집안에서는 친근함을 중시하기 때문에 첩의 소생을 먼저 세우고, 문아한 집안에서는 존귀함을 중시하기 때문에 조카를 먼저 세운다. 쌍둥이인 경우, 질박한 집안에서는 눈에 보인 순서대로 먼저 태어난 자를 세우고, 문아한 집안에서는 수태한 순서의 본뜻에 따라서 뒤에 태어난 자를 세운다.

이를 통해 쌍둥이의 서열이 상·주 시대 이래 이처럼 달랐다는 것을 알게 되었다.

4. 이건주 李建州

건안建安[17] 성 동쪽 20리 지점에 이산묘梨山廟가 있다. 당나라 때 자사를 지냈던 이공李公의 사당이라고 한다. 내가 그곳에서 태수로 있을 때 축문을 썼는데 "극회애권亟回哀眷"이라는 내용이 있었다. 필사를 담당한 관리가 내게

17 建安 : 지금의 복건성 건구建甌.

가져와서 글자 '회回'는 이공의 이름을 피휘하지 않은 것이므로 고쳐달라고 부탁하였다. 아마 그는 자사의 이름이 이회李回라고 알고 있었던 듯하다. 후에 『문예文藝·이빈전李頻傳』을 읽었는데, 의종懿宗 때 이빈이 건주建州 자사를 지냈고 예법으로 지방을 다스렸다고 했다. 당시 조정의 정치가 어지러워 도적이 일어나 살인과 강도를 일삼았는데, 건주는 이빈 덕택에 안전했다고 한다. 임지에서 세상을 떠나자 건주에서는 이산梨山에 사당을 세워 해마다 제사를 올렸다고 했으니, 이는 그가 이빈이라는 증거다.

나는 계속해서 기도하고 기원하며 만약 어떤 감응을 받으면 마땅히 비석에 사실대로 기록할 것이라고 했다. 얼마 후 비가 왔다. 그래서 비석을 세웠다. 어쩌다 우연히 당대 말기 사람인 석문덕石文德이 지은 『당조신찬唐朝新纂』을 보았다. 마침 이빈과 관련된 이야기가 기록되어 있었는데, 건주 태수를 지냈고 임지에서 세상을 떠났다고 되어 있었다. 조송曹松이 쓴 다음과 같은 애도시가 있었다.

깃발 휘날리며 건수에 부임했다가,	出旌臨建水,
임지에서 세상을 떠났네.	謝世在公堂.
고심 끝에 남긴 문집 상자에 감추어두지 말지니,	苦集休藏篋,
자질 청빈하여 승진을 그만두었네.	淸資罷轉郎.
장독병 들끓는 이곳 제사지내줄 자식도 없고,	瘴中無子奠,
산맥 저편에 아내만 과부되어 남아있네.	嶺外一妻孀.
염려되는 것은 떠돌며 괴로움 읊는 영혼만이,	恐是浮吟骨,
동쪽 고향으로 돌아갈까 하는 것이라네.	東歸就故鄉.

그가 세상을 떠난 뒤 곤궁함이 위와 같은 지경이었다. 그의 전기에서는 또한 다음과 같이 말했다.

> 이빈의 영구가 수창壽昌[18]으로 돌아가자 고향 사람들이 서로 함께 영구를 메고 장례를 치렀다. 천하에 난리가 일어나 도적이 그의 무덤을 파헤치곤 했는데, 현

18 壽昌 : 지금의 절강성 건덕建德 남쪽.

사람들이 그때마다 무덤을 덮어주었다.

그러므로 그에게는 후손이 없었음을 알 수 있다.

『계신록稽神錄』[19]에도 일화가 실려 있는데, 역시 이름을 회回라고 했다. 작자 서현徐鉉이 자세히 살피지 않아서 실수한 것이다.

5. 시종관 侍從官

관문전대학사觀文殿大學士부터 대제待制[20]까지 시종관이라는 직책은 법령에도 실려 있다.

고종 소흥 31년(1161) 금나라 왕 완안량完顔亮[21]이 광릉廣陵[22]에서 세상을 떠났다. 고종이 건강建康[23]으로 행차를 하려 하자 시종관이 연대 서명하여 저지하려 하고, 같은 부서와 직급의 관리들에게 동참하도록 호소했다. 그 때 탕사퇴湯思退가 관문전대학사의 신분으로 행궁유수行宮留守를 맡아보고 있었는데, 자기도 연대서명에 참여하고 싶다는 의사를 전했다. 명칭과 지위가 다르다며 다른 관리들은 반대했다. 탕사퇴는 "나도 시종관이오"라고 말했지만 끝내 받아들여지지 않았다.

---

19 『稽神錄』: 송대 초기 서현徐鉉이 편찬한 지괴소설집. 서현이 자서에서 "을미년(935)부터 을묘년(955)까지 도합 20년 동안 이 책을 편찬했다"고 한 것으로 보아, 이 책은 송이 들어서기 이전에 지어진 것이다.

20 待制 : 당 태종이 즉위하자 경관京官 5품 이상의 관리들에게 중서, 문하성에서 번갈아 숙직하게 하여 수시로 불러 제서制書의 초안을 작성하게 하였던 것에서 비롯되었다. 송나라 때에는 각 전殿과 각閣에 대제를 두었다. 예를 들면 보화전대제保和殿待制, 용도각대제龍圖閣待制와 같은 것들로 학사·직학사보다 아래 등급이었다.

21 完顔亮(1122~1161) : 금나라 제4대 황제(재위: 1149~1161)인 해릉양왕海陵煬王. 금 태조 아골타의 서장자인 요왕遼王 종간宗幹의 차남. 자 원공元功. 여진 이름은 적고내迪古乃이며, 후에 살해되어 폐위 되어 폐황제廢皇帝라고 불리기도 한다. 제국의 수도를 상경 회령부에서 연경으로 천도하였고 진회의 사후 남송 침공을 개시했으나 번번이 실패했다. 지독하게 색을 밝혔으며 잔혹한 인물로 자신의 부장에게 막사에서 살해당했다.

22 廣陵 : 지금의 강소성 양주揚州.

23 建康 : 지금의 강소성 남경.

광종 소희紹熙 2년(1191) 이부상서 정교鄭僑가 상소를 올려 인재를 추천해달라고 하자 조령詔令을 내려서 안에서는 근신近臣 대간臺諫 그리고 밖에서는 시종관이 조정의 근무에 적합한 인재를 각각 6명 추천하라고 했다. 이부에서 공문을 돌려 안으로는 시종관을 맡고 있는 자로부터 밖으로는 대제待制 이상에 이르기까지 인재를 추천하도록 했다. 그러나 전임 재상과 집정관은 여기에 참여하지 않았다. 시종관도 사람을 추천하게 하면서 전임 고관들은 그러지 못하는 경우가 어디 있단 말인가? 관리의 실수다.

6. 존망대계 存亡大計

중대한 정책은 나라의 안위安危 및 존망存亡과 연관되어 있다. 변고가 다투어 들이닥치는데, 지혜로운 자가 타당한 정책을 제시해주고 그대로 따라 시행하게 된다면, 마치 물이 새는 항아리를 받쳐 들어 타오르는 솥에 물을 끼얹은 듯 다행일 것이다. 그러나 우매한 군주는 사리에 어두워 아부만 일삼는 나약한 자들의 말에 현혹되어 돌이킬 수 없이 화를 당하게 된다. 예로부터 그 사례가 한두 가지가 아니었다.

조조曹操가 직접 근대를 이끌고 유비劉備를 공격할 때 전풍田豐이 원소袁紹에게 그 후방을 습격하라고 권유했건만, 원소는 자식이 아프다는 것을 이유로 실행에 옮기지 않았다.

조조가 오환烏桓을 공격할 때 유비가 유표劉表에게 허창許昌[24]을 습격하라고 권유했건만, 유표는 그 계책을 받아들이지 않아 나중에 조조에게 완전히 멸망했다.

당唐의 군대가 낙양洛陽에서 왕세충王世充을 공격할 때 두건덕竇建德이 하북河北으로부터 구원하러 왔다. 그러나 태종이 호뢰관虎牢關에 병사를 주둔시켜 저지하였고 두건덕은 전진할 수가 없었다. 그의 신하 능경凌敬은 모든 병사를

24 許昌 : 지금의 하남성 허창. 당시 한漢의 임시 도성.

이끌고 황하를 건너 회주懷州[25]·하양河陽[26]을 공격하여 취하고, 태항산太行山을 건너 상당上黨[27]으로 진입하여 분수汾水·진수晉水를 따라 포진관蒲津關[28]으로 달려가 무인지경의 그곳을 차지할 것을 건의하였다. 그렇게 하면 승리를 거두고 모든 것을 온전히 지킬 수 있으며, 관중關中이 놀라 두려움에 떨면 정鄭 지역의 포위는 저절로 풀릴 것이라고 하였다. 그러나 장수들은 이렇게 말했다.

"능경은 일개 서생일 뿐입니다. 그가 어떻게 전쟁에 관한 일을 알겠습니까? 그의 말이 어찌 채택할 만 하다고 하겠습니까?"

두건덕은 능경의 의견을 거절했다. 그의 아내 조씨 또한 당나라에 허점이 생긴 틈을 타 병력을 연합하여 전진해서 태항산 북쪽을 탈취하고 서쪽으로 관중을 공략하려고 하면 당나라는 필시 군대를 돌려 스스로를 구하려고 할 것이므로 그렇게 되면 정나라가 포위당한 것을 걱정할 필요가 없을 것이라 건의하였다. 그러나 두건덕은 이 의견도 역시 따르지 않고 무리를 이끌고 맞서 전투하여, 그 자신은 포로가 되고 나라도 뒤를 이어 멸망했다.

오대五代 후당後唐[29] 장종莊宗[30]이 하북을 차지하고 조성朝城에 군대를 주둔시키자, 양梁의 군신君臣은 길을 나누어 대규모 진공을 하기로 모의하였다. 동장董璋에게 섬陝[31]과 괵虢[32]·택澤[33]·노潞[34]의 병사를 이끌고 태원太原으로

25 懷州 : 지금의 하남성 심양沁陽.
26 河陽 : 지금의 하남성 맹현孟縣.
27 上黨 : 지금의 산서성 장치長治.
28 蒲津關 : 지금의 산서성 영제永濟 서쪽.
29 後唐 : 오대五代시기의 왕조 중 하나로서 923년에 장종莊宗이 낙양洛陽을 도읍으로 하여 건립했다. 후당은 14년 동안 3개의 성姓에 4명의 황제가 자리를 이으며 다스렸다. 마지막 황제인 이종가李從珂는 934년에 정변政變을 통해 황제가 되었으나, 937년에 거란과 결탁한 석경당石敬瑭의 군대에 의해 낙양이 함락되자 자살하고 말았다.
30 莊宗 : 오대五代 후당後唐의 시조. 본명은 이존욱李存勖(885~926).
31 陜 : 지금의 하남성 섬현陝縣.
32 虢 : 지금의 하남성 영보靈寶.
33 澤 : 지금의 산서성 진성晉城.

달려가게 하고, 곽언위霍彦威에게 여汝와 낙洛의 병사로 진정鎭定[35]을 공략하게 하고, 왕언장王彦章에게 금군禁軍을 이끌고 운주鄆州[36]를 공격하게 하고, 단응段凝에게 대군을 이끌고 장종을 맡도록 했다. 장종은 이를 듣고 심히 우려했다. 그러나 단응은 기회가 왔을 때 결정을 내리지 못하였고 양梁의 군주 또한 결단력이 없어 결국 망하기에 이르렀다.

후당의 하동절도사 석경당石敬瑭이 반란을 일으키자 진압군을 파견하였다. 그러자 야율덕광耶律德光이 구원병을 파견하여 후당의 군대를 패배시키고 포위하였다. 폐제廢帝가 신하들에게 대책을 물었다. 그 때 야율덕광의 형 야율찬화耶律贊華가 왕위 다툼 때문에 망명하여 후당으로 귀순해 있었다. 이부시랑 용민龍敏이 말하였다.

> "야율찬화를 거란의 왕으로 세우고 천웅天雄과 노룡盧龍[37] 두 진鎭에게 병사를 나누어 호송하게 해서 유주幽州[38]로부터 서루西樓[39]로 달려가게 하십시오. 그리고 조정에서 격문을 발표하여 알리면 적은 필시 내부를 염려하게 될 것이니, 그런 다음 정병을 선발 모집하여 출격하십시오. 이것이야말로 포위를 푸는 계책이라 할 수 있습니다."

폐제 역시 그 계책이 타당하다고 생각했다. 그러나 집정자들은 성과가 없을까 걱정하면서 토의만 하다가 끝내 결정을 내리지 않아, 후당은 결국 망했다.

우리 송나라가 정강靖康의 난리를 겪어서 오랑캐의 기마병이 궁궐까지 침입했을 당시 적군은 단일 군대로 깊이 쳐들어와서 후방에 든든한 지원도 없었다. 그 때 군대를 동원하여 연燕 일대를 교란시키자는 기발한 계책을

---

34 潞 : 지금의 산서성 장치長治.
35 鎭定 : 지금의 하북성 석가장石家莊 일대.
36 鄆州 : 지금의 산동성 운성鄆城.
37 天雄·盧龍 : 하북성 대명大名과 북경 이북 일대.
38 幽州 : 지금의 북경 서남쪽.
39 西樓 : 지금의 내몽고 임서林西.

낸 자가 있었다. 그러나 하늘은 무심하게도 송나라에 화를 내리려고 한 듯하여 나중에 아무리 후회해도 소용없었으니, 참으로 통탄할 일이로다!

7. 전해지지 않는 당시 唐人詩不傳

한유韓愈[40]는 「송이초서送李礎序」에서 다음과 같이 말했다.

> 이생李生은 온화한 군자이다. 그의 시 8백여 편이 지금 널리 유행한다.

「노위묘지盧尉墓誌」에서도 다음과 같이 말했다.

> 노군은 시를 잘 지어서, 젊은 시절부터 노년까지 기록하여 전할 만한 시가 거의 천여 편이었다. 읽지 않은 책이 없었는데 오직 이를 시를 짓는 데만 활용했다. 등봉위登封尉에 재임할 때 자기가 쓴 시를 모두 적어 유수留守 정여경鄭餘慶에게 주었고, 정여경은 편지를 써 재상에게 추천했다.

이를 보면 이초와 노위 두 사람이 지은 시가 많고 후세에 전할 만했던 듯하다.

배적裴迪은 왕유王維와 함께 망천輞川을 묘사한 절구絶句를 많이 지었다고 하는데, 왕유의 문집에 실린 것 이외에는 더 이상 전해지는 것이 없다. 두보가 「기배십寄裴十」에서 "그대가 시를 짓느라고 고심하여 수척해졌음을 알고 있네[知君苦思緣詩瘦]"라고 했는데, 배십은 바로 배적으로, 그가 시를 잘 지었음을 알 수 있다. 그러나 지금 『당서唐書·예문지』를 살펴보면 수백 명 작가의 별집이 소개되어 있지만, 배적의 책은 없고 다른 사람의 문집에서도 그의 이름이 보이지 않으며 다른 시문에서도 그의 시가 실린 것이 하나도

40 韓愈(768~824) : 당唐나라 문학가 겸 사상가. 자 퇴지退之, 시호는 문공文公이며, 조적祖籍이 하남河南 창려현昌黎縣이기 때문에 한창려韓昌黎라고도 부른다. 유가 사상을 추존하고 불교를 배격하여 송대 성리학의 선구자가 되었으며, 기존의 대구對句를 중심으로 짓는 변문騈文에 반대하고 자유로운 고문古文을 주창하여 문체개혁을 주도하였다.

없다.

백거이는 「원종간집서元宗簡集序」에서 원종간이 "격시格詩[41] 185수를 짓고 율시 509수를 지었다"고 했고, 그의 죽음을 애도하는 시에서 "유고 30축軸이 있는데 한축 한축이 모두 금옥 같은 소리"라며 그의 글이 질박하고 평이하되 비속하지 않고 신기하되 괴이하지 않다고 하였다. 지금은 그이 이름을 아는 사람도 드문데 하물며 그의 시를 아는 사람이 있으랴! 이전 현인들의 유고가 인멸된 것이 한둘이 아님을 알 수 있다. 참으로 애석하다!

8. 『상서·태서泰誓』의 네 마디 말 泰誓四語

공안국孔安國이 해설하여 전한다는 『고문상서古文尙書』는 한대 이래로 학관에서 학습서 목록에 열거하지 않았다. 그래서 『좌전』에서 인용한 것을 두예杜預는 주석에서 일서逸書라고 했다. 유향劉向의 『설원說苑·신술臣術』 1장에서 다음과 같이 말했다.

> 「태서泰誓」에서 '아랫사람과 영합하여 윗사람을 기만하면 사형에 처하고, 윗사람과 영합하여 아랫사람을 기만하면 형벌에 처한다. 국정에 참여하였는데 백성에게 실익이 없으면 퇴위시키고, 윗자리에 있는데 유능한 인물을 추천하지 못하면 쫓아낸다'라고 하였으니, 이는 선을 권장하고 악을 몰아내는 것이다.

한 무제 원삭元朔 원년(B.C. 128), 조정 안팎에서 효렴과 수재를 추천하지 않는다고 조서를 내려서 꾸짖었다. 그러자 한 관리가 다음과 같은 건의서를 올렸다.

> 아랫사람과 영합하여 윗사람을 기만하면 사형에 처하고, 윗사람과 영합하여 아랫사람을 기만하면 형벌에 처해야 합니다. 국정에 참여하였는데 백성에게 실익

41 格詩 : 고체시와 근체시의 중간 단계에 있었던 시로, 반격시半格詩라고도 한다. 후대에는 과거시험에서 표준 규격이 되었던 시를 말하기도 했다.

이 없으면 퇴위시키고, 윗자리에 있는데 유능한 인물을 추천하지 못하면 쫓아내야 합니다. 이는 선을 권장하고 악을 몰아내는 것입니다.

그 말이 『설원』에 실린 것과 똑같았다. 그런데 여러 학자가 주석을 하는데, 안사고顔師古에 이르기까지 모두 이것을 인용하여 논증을 하지 못했다. 지금 전해지는 「태서」에는 원래 이 말이 실려 있지 않았다. 한 선제宣帝 때 하내河內[42]의 한 여인이 「태서」 1편을 손에 넣어 헌상했다. 그러나 언급된 연월年月이 서序와 맞지 않고 또한 『좌전』과 『국어』·『맹자』 등 여러 책에서 인용된 「태서」와 같지 않아 마융馬融과 정현鄭玄·왕숙王肅 등의 유학자들이 모두 의심을 했는데, 지금으로서는 더 이상 고증하기 어렵다.

9. 중양 상사 날짜 변경 重陽上巳改日

당 문종文宗 개성開成 원년(836), 귀융歸融이 경조윤이 되었다. 당시 두 공주가 출생해서 경조부 관리는 이런저런 뒤처리를 하느라고 일이 매우 바빴는데, 또 상사上巳[43] 곡강曲江 연회 날짜가 다가왔기에 날짜를 바꿀 것을 청하는 상소를 올렸다. 황제가 말했다.

"작년에는 중양절 행사 날짜를 9월 19일로 잡았었소. 그래도 양의 날이 겹친다는 중양重陽의 의의를 잃은 게 아니었소. 그러니 올해 상사 연회 날짜를 13일로 바꾸는 것도 괜찮을 듯하오."

상사上巳와 중양重陽은 모두 정해진 날짜가 있지만, 열흘까지는 연장될 수 있었다. 그렇기에 정곡鄭穀은 그가 지은 「십일국十日菊」 시에서 "오늘부터 사람들 마음이 달라지니, 가을의 향기가 하룻밤에 쇠하지는 않으리라自緣今日人心別, 未必秋香一夜衰"라고 하였는데, 이는 중양이 아직 지나버리지 않았다

42 河內 : 지금의 하남성 심양沁陽.
43 上巳 : 음력 3월 3일.

는 의미이다. 소식의 시에 "국화 필 때가 바로 중양菊花開時卽重陽"이라는 구절이 있는데, 그가 해남海南에서 관리로 있으면서 국화 아홉 이랑을 가꾸고 11월 보름에 객과 함께 술을 마시며 그 날을 중구重九로 삼은 것이다.

10. 전답 주택 매매계약서 거래세 田宅契券取直

『수서隋書·식화지食貨志』에 이런 기록이 있다.

> 진晉이 장강을 건너 동진을 세운 후부터 노비와 마소·전택田宅을 매매할 때는 문서 계약이 있었다. 거래액이 1만전이면 400전을 관청에 납부했는데, 매도한 측에서 300전을 내고, 매입한 측에서 100전을 냈다. 문서 계약이 없으면 물건의 가치에 따라 4푼을 냈다. 이것을 산고散估라고 했다. 송宋·제齊·양梁·진陳 때에도 그렇게 해서 관습이 되었다. 사람들이 앞 다투어 상업에 종사하고 농사에 힘쓰지 않기 때문에, 균등하게 거두어서 각 지역 재물의 매매와 운반의 수급을 조절하여 운수업자와 장사꾼들을 징계하고 권장하려는 목적이었다. 그럴듯하게 산고를 걷는 이유를 말하고 있지만, 사실은 장사꾼들의 적지 않은 실리를 빼앗은 것이다.

지금 시행되는 아세牙稅와 계세契稅가 바로 여기에서 기원한 것이다. 밭이나 집의 매매는 이해관계가 커서 비교적 성실하게 관례를 따르지만, 노비와 마소 같은 경우에는 비록 법령에 명시되어 있기는 하나 성실하게 따르지는 않는다. 그러나 관청에서 매매 과정중에 떼어가는 세금이 너무 많고, 게다가 군·읍 등의 지방관청에서도 통과세를 부과한다. 대체로 거래가격의 1할 5푼에서 1할 6푼을 납부해야 하는데, 이 모든 것을 매수인이 단독 납부해야 하는 것이었다. 그렇기 때문에 거래 가격이 커지면 모두 가격을 감추거나 낮게 말하고 오랫동안 체납하여, 소송이 일어나기도 했다.

이 때문에 최근 내가 상소를 올려서 세금을 반액으로 내려 줄 것을 청했다. 백성들이 거래를 거짓으로 꾸미지 않아도 자신의 이익을 지킬 수 있게 되면 자진해서 신고하는 자가 많아질 것이고, 그렇게 되면 세금도 저절로 증가할 것이라고 했다. 이것이 바로 "무릇 취하고자 한다면 반드시 먼저 주어야 한다[欲將取之必先與之]"는 것에 부합되는 것이다.

조정은 이를 담당 부서에 내려 보내 살펴보도록 하였는데, 호부戶部에서 법령과 제도를 조목 조목 인용하여 내 의견의 시행을 저지했다.

11. 공자 해사 奚斯

『시경·노송魯頌·비궁閟宮』에서 "새 사당이 으리으리, 해사가 지었다네[新廟奕奕, 奚斯所作]"라고 했다. 해사가 묘당을 새로 지었는데 크고 보기 좋다는 것으로, 그 뜻이 매우 분명하다. 정현 역시 강원姜嫄[44]의 묘당을 지은 것이라고 했다. 그런데 양웅은 『법언』에서, 정고보正考甫는 윤길보尹吉甫[45]를 앙모했고 공자 해사는 정고보를 앙모했다고 했다. 송함宋咸[46]은 주에서 해사가 정고보를 앙모하여 「노송」을 지었다고 했다. 이는 양웅이 앞에서 먼저 오류를 범하였는데, 송함이 또 그 오류를 파악하지 못하고 그대로 이어받은 것일 뿐이다. 그래서 오비吳祕는 교묘하게 다음과 같이 말하였다.

> 정고보의 「상송商頌」은 제사와 관련된 일을 찬미한 것이고 해사는 민공閔公의 묘당을 지을 수 있었기 때문에, 또 『시경』의 가르침을 앙모하여 「상송」을 지어 찬미한 것이다.

이렇게 해서 원뜻과는 더욱 멀어지게 되었다. 사마광司馬光 역시 해사가

44 姜嫄 : 강원姜原이라고도 쓴다. 옛날 신화 전설에 나오는 인물이다. 유태씨有邰氏로, 제곡帝嚳의 아내이며, 주周나라 시조 후직后稷의 어머니다. 『시경·대아·생민』과 『사기·주본기』 내용에 따르면, 강원이 야외의 제사에 참여했다가 거인의 발자국을 밟고 아기를 가져서 후직을 낳았다.

45 尹吉甫 : 주周나라 선왕 때 대신이었다. 혜씨兮氏로, 이름은 갑甲이고 자는 백길보伯吉父이다. 윤尹는 관직명이다. 서주西周 봉구封矩(지금의 창주滄州 남피南皮) 사람이다. 주나라 선왕 때 험윤獫狁의 공격을 물리친 것으로 유명하다.

46 宋咸 : 자는 관지貫之, 건양建陽 동유리童游里 사람이다. 북송 천성天聖 2년(1024) 진사 급제했다. 담력과 식견을 겸비했고 문무를 모두 갖추었다고 한다. 경우景祐 원년(1034) 봄, 병으로 관직을 사임하고, 다음 해 건양 낙전리雒田里 창무촌昌茂村에서 소봉정사霄峰精舍를 열어 학생을 모아 인재를 배양했다. 일생 동안 저술에 힘써서 『주역보주周易補注』, 『양자법언광주揚子法言廣注』, 『모시정기외의毛詩正紀外義』, 『논어증주論語增注』, 『조제요람朝制要覽』 등을 저술했다.

「비궁」을 지었다고 보았다. 아울러 정고보는 단지 「상송」을 주대사周大師로부터 얻었을 뿐 애초에 자기가 지은 것이 아니라고 보았다. 반고班固와 왕연수王延壽 역시 해사가 노魯를 칭송했다고 했고, 후한의 조포曹褒[47]는 "해사가 노를 칭송하고, 정고보가 상을 노래했다"고 했고, 주에서 설군薛君의 『한시외전韓詩外傳』을 인용하여 "이 시는 공자 해사가 지은 것이다"라고 하였는데, 이 모든 것은 오류를 그대로 답습했기 때문이다.

12. 당 번진 막부 唐藩鎭幕府

당나라 때에는 막 과거에 급제했거나 아직 출사하지 않은 인물들이 번진의 막부에 등용되는 것을 중시하였다. 한유가 석홍石洪과 온조溫造 두 처사가 하양河陽의 막부로 부임하는 것을 전송하면서 지은 글을 보면 그 분위기를 알 수 있다. 그러나 그러한 직무는 매우 고생스러워서, 부임하는 것을 좋아 하지 않는 경우도 있었다.

두보는 검남절도사劍南節度使 엄무嚴武에게 참모로 발탁되자 20운의 시를 지어 엄무에게 헌정했다.

어찌 하여 막하로 오면서,	胡爲來幕下,
오직 배에서만 의기투합하나.	只合在舟中.
속박되어 지기에게 보답코자,	束縛酬知己,
실의하여 작은 충정 바친다네.	蹉跎效小忠.
사방의 방어가 점차 이루어지리니,	周防期稍稍,
태간이 결국 총총하다.	太簡遂匆匆.
새벽에 들어오니 붉은 칠문 열리고,	曉入朱扉啟,
저녁에 돌아오니 화각 소리 멈췄다.	昏歸畫角終.
잘 안되면 다른 일 찾아서,	不成尋別業,
보잘것없는 몸 감히 쉬지도 못해라.	未敢息微躬.

47 曹褒 : 후한 때 관리로, 자는 숙통叔通이다. 노국魯國 설薛 사람이다. 젊었을 때부터 의지가 강하고 도량이 컸으며, 의례에 밝았다고 한다.

모든 것 온전하기를 바라면서, 會希全物色,
때로 오동나무에 기대고 있다. 時放倚梧桐.

그리고 제목을 「견민遣悶」이라고 했으니, 그 당시 심정을 짐작할 수 있다. 한유가 서주徐州 절도사 장건봉張建封으로부터 추관推官으로 발탁되었을 때 장건봉에게 서신을 보냈다.

초빙서를 받은 다음날 절도사 아문의 소리小吏가 업무와 관련된 이야기 10여 조목 적은 것을 갖고 왔습니다. 그 중 불가능한 것으로 9월부터 2월까지 모두 새벽에 출근하여 밤에 귀가해야 하고 질병으로 인한 사고가 아니면 외출을 허용하지 않는다고 했는데, 이와 같은 것은 제가 할 수 있는 바가 아닙니다. 천성을 잃지 않도록 조금만 관대하게 해주셔서 인시寅時에 입청하여 진시辰時가 지나면 퇴청하고 신시申時에 입청하여 유시酉時가 지나면 퇴청하게 해 주신다면 일에 지장이 없을 것입니다. 이와 같이만 해주신다면 집사의 문에서 죽어도 후회가 없을 것입니다.

두보와 한유의 뜻이 대략 비슷하다.

13. 문중자의 제자 文中子門人

문중자 왕통王通[48]의 『중설中說』에 수록된 문하 제자 중 정관貞觀[49] 시기에 명성을 날린 대신이 많다. 그런데 스승의 학문을 빛내고 드높일 수 있었던 사람은 하나도 없었다. 그래서 논자들은 왕왕 회의를 품곤 했다. 가장 뛰어난 제자라고 언급된 사람으로 정程과 구仇·동董·설薛이 있는데, 그들의 행적을 살펴보려고 해도 정원程元과 구장仇璋·동상董常의 행적은 찾을 수 없고, 단지 설수薛收만이 『당사唐史』에 열전이 실려 있어 종적이 비교적 분명하다.

48 王通(584~617) : 자 중엄仲淹, 수나라 강주絳州 용문龍門(지금의 산서성 만영萬榮) 사람이다. 수나라 때 사설 교육자라고 할 수 있으며, 사후 제자들이 문중자文中子라고 불렀다.
49 貞觀 : 당나라 태종太宗 시기 연호(627~649).

설수는 부친 설도형薛道衡이 수나라 양제에게 핍박을 받아 죽임을 당하였으므로 수나라에서 벼슬을 하려고 하지 않았다. 당 고조 이연李淵이 기병했다는 소식을 듣고 호응하여 의거하려고 했는데, 하동 태수 요군소堯君素에게 발각되어 갈 수가 없었다. 그 후 요군소가 동쪽의 왕세충王世充과 연합하자, 설수는 마침내 빠져나와 고조에게 귀의하였으니 그때가 바로 정축丁丑·무인戊寅 연간이었다. 정축년은 수 양제 대업大業 13년(617)이자 수 공제恭帝 의녕義寧 원년(617)이다. 무인년은 당 고조 무덕武德 원년(618)으로, 이 해 3월 수 양제가 강도江都[50]에서 살해당했으니, 대업 14년(618)이다. 그런데 두엄杜淹은 『문중자세가文中子世家』에서 다음과 같이 말했다.

> 13년에 강도에서 난이 일어났다. 문중자가 병이 들자 설수를 불러 말했다. "내가 꿈을 꿨는데 이제 그만 돌아와 쉬라는 공자의 명을 안회가 전해주더군." 이에 몸져 누웠다가 세상을 떠났다.

설수의 사적과 맞지 않고 연도 또한 다르니, 의심의 여지가 많다.

또한 이정李靖이 문중자로부터 『시경』과 성인의 도를 전수받았다고 했다. 그런데 이정은 일찍이 "대장부라면 마땅히 공명을 이루고 부귀를 성취해야지 어찌 경전의 장구章句나 파고드는 유학자가 되겠느냐"라는 말을 하였으니, 문중자로부터 학문을 배웠던 일은 분명 없었을 것이다. 현재 『중설』의 뒷부분에 문중자의 차남 복치福畤가 기록한 후기가 있는데 "두엄이 어사대부로 있을 때 태위太尉 장손무기長孫無忌와 사이가 좋지 않았다"고 했다. 내가 따져보니 두엄은 정관 2년(628)에 사망했고, 21년 뒤 고종이 즉위하여 장손무기가 태위에 임명되었다. 이 정도로 역사적 사실과 맞지 않는다. 그래서 혹자는 송대 사람 완일阮逸의 위작이라고 의심하기도 한다. 설수가 저술했다는 『원경전元經傳』 또한 아닐 것이다.

50 江都 : 지금의 강소성 양주揚州.

14. 진과 연의 용병 晉燕用兵

세상만사에서 한 가지 방법만 고집할 수는 없다. 그 중 병법이 특히 그러하다.

춘추시대 진晉 문공文公이 조曹나라를 포위했다. 성문을 공격하다가 많은 병사가 죽었다. 조나라에서는 그들의 시체를 성 위에 늘어놓았다. 진문공이 걱정을 했다. 수레 운전병이 "군대를 조나라 조상의 묘지가 있는 곳으로 옮기시죠"라고 계책을 내면서, 조나라 조상의 묘를 파헤치겠다고 엄포를 놓으라고 했다. 군대를 옮기자 조나라는 두려워 떨었고 진나라는 소란을 틈타서 공격하여 결국 조나라에 입성했다.

연燕나라 장군 기겁騎劫이 제나라 즉묵即墨을 공격하자 제나라 장군 전단田單은 간첩을 풀어서 "우리는 연나라 군대가 우리 성 밖에 있는 조상의 묘를 파헤치는 것을 가장 두려워 한다"라는 말을 퍼뜨리게 했다. 그러자 연나라 군대는 제나라 조상의 묘를 모두 파헤치고 시신을 태웠다. 제나라 사람들은 멀리서 바라보고 모두 눈물을 흘렸고 백배 분노하여 싸우려는 의지가 불타올랐다. 얼마 후에 과연 연나라 군대를 패퇴시켰다.

진나라와 연나라는 같은 계책을 활용했다. 그런데 한쪽은 성공하고 한쪽은 실패하는 판이한 결과가 나온 것은 무엇 때문인가! 진나라는 그저 조상의 묘지로 군대를 옮기기만 하고 묘를 파헤치려는 척 시늉만 했기 때문에 조나라 군대가 두려워한 반면, 연나라는 정말로 묘를 파헤쳐서 제나라 사람들을 격노시켰기 때문이다.

15. 이덕유의 서찰 李衛公帖

당나라 때 재상 이덕유李德裕[51]가 폄적되어 주애朱崖[52]에 있을 때 시랑侍郎

51 李德裕(787～849) : 아버지 이길보李吉甫와 함께 당나라를 대표하는 명재상. 우이당쟁에서 이당의 영수로 여러 차례 정치적 부침을 겪었는데, 문종文宗과 무종武宗 때 두 차례 재상의

직에 있던 사촌동생이 사람을 통해서 그에게 입을 것을 보냈다. 이덕유는 답신에서 이렇게 말했다.

> 세상에서 곤궁하기 짝이 없는 나는 세태와 인정의 버림을 받아서, 비록 골육을 나눈 친족이 있다 해도 소식 하나 없고 평생 사귀던 옛 친구 중에서도 더 이상 위로나 문안을 하는 사람이 없었네. 자네는 늘 지극히 어질더니 옛 정을 생각하고 게다가 이렇게 사람까지 보내 의복과 물건·차·약 등 많은 것을 보내주었네. 봉투를 열고 편지지를 꺼낼 때 오열과 눈물을 주체하지 못했다네. 바다 한가운데 떠 있는 이 섬에서는 구해주고 도와주는 사람 하나 없고, 그나마 있었던 가산도 다 탕진하여 집안은 텅 비고, 딸린 식구 백여 명은 굶주림에 울부짖고, 왕왕 먹을 것이 떨어져서 고독과 곤궁에 시달리고 초췌하여 종일토록 기아의 고통에 시달리니, 생애 말년에 굶어죽은 귀신이 될까봐 한스러울 따름이네. 10월 말까지 이미 70일을 누워 있으면서 그동안 써본 약 널려 있기는 하지만, 또한 의사도 없어서 그저 운명에 맡기고 하늘을 믿으며 스스로 살아나길 바랄 뿐이라네.

서신 말미에는 '윤11월 20일 사촌형 애주崖州 사호참군동정司戶參軍同正 이덕유가 시랑侍郎 십구제十九弟에게 쓰다'라고 적혀 있다.

이덕유는 선종宣宗 대중大中 2년(848) 10월 조주사마潮州司馬에서 애주로 폄적되었다. 여기서 윤11월이라고 한 것은 바로 대중 3년(849)이니 애주에 도착한 지 겨우 10여 개월 만에 이와 같이 곤궁하고 구차한 지경에 까지 이른 것을 알 수 있다. 『당서』 열전에서 "폄적된 다음 해 세상을 떠났다"고 했다. 그렇다면 이 서신을 보낸 직후 세상을 떠났다는 말이다. 당시 재상은 모두 그의 원수였으므로 비록 골육을 나눈 친족이 있다 해도 소식 하나 없고 평생 사귀던 옛 친구 중에서도 더 이상 감히 위로나 문안을 하는 사람이 없었을 것이다. 그런데 시랑이었던 사촌동생은 사람을 보내 위문을 하기까지 하였으니, 그의 드높은 의리가 세상에 둘도 없음을 알 수 있다. 그의 성명을 알 수 없음이 안타까울 따름이다. 이 서신은 궁중에 소장되어 있다가 후에

자리에 올랐고, 특히 무종과는 정치적 조화는 '만당晩唐의 절창絶唱'이라고 칭송을 받았다.

52 朱崖 : 지금의 해남海南 경산瓊山 동남쪽.

도서와 문서를 관장하는 비각으로 옮겨졌고, 지금은 도산당道山堂 서쪽에 비석으로 새겨져 있다.

고종高宗 소흥紹興[53] 연간에 조정趙鼎[54] 또한 주애로 폄적되었다. 사대부들은 당시 재상 진회秦檜[55]를 호랑이처럼 두려워하여 감히 안부를 묻는 사람이 하나도 없었다. 당시 장연도張淵道가 광서廣西 지역 군대 통수권자로 있었는데, 여러 차례 병사를 보내 서신을 전달하고 약과 술·밀가루 등을 보급해주었다. 조정은 "그동안 나는 내 자신이 아닌 다른 사람들을 위하며 살아왔는데, 어찌해서 이 지경에 이르렀는지!"라고 답장을 썼다. 그 신산의 고통과 액운의 모습이 이덕유와 비슷하다. 얼마 후에 역시 그곳에서 세상을 떠났고 서찰은 지금 장연도 집안에 그대로 보존되어 있다.

요숭姚崇의 증손자 요훈姚勛은 이덕유와 가까웠던 친구였다. 이덕유가 모함을 당하여 쫓겨나고 무리를 색출할 때는 감히 연락하고 위문하지 못했었으나, 이덕유가 해남으로 가서 집안에 남은 자산이 없고 병들어도 약제나 탕약이 없을 때 요훈은 여러 차례 물품을 보내고 위문을 하여 당시 사람들이 왈가왈부할 것을 아랑곳하지 않았다. 그 또한 사촌동생 시랑과 같은 사람이로구나!

16. 왕손부 王孫賦

한대 왕연수王延壽의 「왕손부王孫賦」가 『고문원古文苑』에 실려 있다. 그 중 "얼굴은 늙은이같고, 체구는 어린애같다[顔狀類乎老翁, 軀體似乎小兒]"고 한 부분은 원숭이를 묘사한 것이다. 두보의 시에서 "얼굴은 늙은이[顔狀老翁爲]"라는 말이 여기서 나왔음을 알 수 있다.

53 紹興 : 남송 고종 시기 연호(1131~1162).

54 趙鼎 : 충간공忠簡公.

55 秦檜(1090~1155) : 남송의 정치가. 자 회지會之. 고종高宗의 신임을 받아 24년간 재상의 자리에 있었다. 충신 악비岳飛를 죽이고, 금나라에 항전하여 잃어버린 영토를 회복하자는 항전파를 탄압했으며, 금나라와 굴욕적인 강화를 체결했다. 민족적 영웅인 악비와 대비되어 간신으로 평가받는다.

17. 한대 군국의 관리들 漢郡國諸官

서한 때 염철鹽鐵[56]·선수膳羞[57]·피호陂湖[58]·공복工服[59] 등의 업무에서 군현마다 각각 담당 관리와 부서가 있었고, 그 명칭 또한 매우 다양했지만 실제로 그 부서에 인력이 배치되어 근무한 경우는 드물었다. 이는 역사서에서 많이 보인다. 지금 『지리지地理志』에 실려 있는 것만 대략 언급해도 철관鐵官 38개, 염관鹽官 29개, 공관工官 9개 등이 있는데, 모두 어디에 설치되었던 것인지는 기록하지 않았다.

그밖에 경조京兆[60]에는 선사공船司空이 있어 선박의 제조를 관리했고, 태원太原에는 동마관挏馬官이 있어 말의 사육을 관리했다. 요동遼東에는 목사관牧師官이 있었고, 교지交趾[61]에는 수관羞官이 있었고, 남군南郡[62]에 발노관發弩官이 있었고, 엄도嚴道[63]에 목관木官이 있었고, 단양丹陽[64]에 동관銅官이 있었고, 계양桂陽에 금관이 있었고, 남해에 광포관洭浦官이 있었고, 남군南郡 강하江夏에 운몽관雲夢官이 있었다. 구강九江에는 피관陂官과 호관湖官이 있었고, 구기朐忌와 어복魚復에는 귤관橘官이 있었고, 파양鄱陽에는 황금채黃金采가 있어 금의 채취를 주관하였고 관리도 있었다.

조정안에서는 제사와 예악을 관장하는 봉상奉常에 균관均官과 식관食官이 있었고, 사농司農의 알관斡官과 소부少府의 대관大官은 음식 조리를 주관하고, 탕관湯官은 병이餠餌를 주관하고, 도관導官은 쌀의 선택을 주관하는 등 이와 같은 관직이 대략 백여 개가 넘었다.

56 鹽鐵 : 소금과 철. 여기에서는 소금과 철의 매매를 지칭한다.
57 膳羞 : 고기와 맛있는 음식. 여기에서는 음식사업을 지칭한다.
58 陂湖 : 보와 못. 여기에서는 농사를 짓는데 필요한 용수用水를 위한 수리사업을 지칭한다.
59 工服 : 공예기술사업을 지칭한다.
60 京兆 : 지금의 섬서성 서안.
61 交趾 : 지금의 광동성·광서성 일대.
62 南郡 : 지금의 호북능湖北陵.
63 嚴道 : 지금의 사천성 영경榮經.
64 丹陽 : 지금의 안휘성 당도當塗.

18. 한대의 감옥 명칭 漢獄名

한대에는 정위廷尉가 형사刑事와 감옥을 주관했다. 그러나 수도에서 범인을 심문하고 감금하는 다른 형태의 감옥 아문 또한 한두 곳이 아니었다. 종정宗正의 속관으로 좌우左右 도사공都司空이 있었다. 홍려시鴻臚寺 아문에 별화령승別火令丞과 군저옥郡邸獄이 있었다. 소부少府에 약로옥령若盧獄令이 있었고, 고공考工 아문에 공공옥共工獄이 있었다. 집금오執金吾에 시호寺互와 도선옥都船獄이 있었다. 또한 상림조옥上林詔獄과 수사공액수비옥水司空掖受秘獄 및 폭실暴室·청실請室·거실居室·도관徒官 등의 명칭이 있었다.

『한서·장탕전張湯傳』에서 소림蘇林은 "『한의주漢儀注』에 기록되어있는 감옥은 26곳이다"라고 말했는데, 『후한서·형벌지』에서 "감옥은 한 무제 때 설치되었는데, 후한의 광무제가 감옥들을 모두 없앴다"고 했다.

후한부터 당대唐代에 이르기까지 죄수를 구금한 곳이 한두 곳이 아니긴 했지만, 한 무제 때처럼 그렇게 많지는 않았으며, 송대에 들어와서는 대리시 아문大理寺衙門과 대옥臺獄만이 있었다. 신종 원풍元豐[65] 연간과 철종 소성紹聖[66] 연간에 채확蔡確과 장자후章子厚가 동문관옥同文館獄 같은 것을 일으키기는 했는데, 이것은 역대의 감옥과 관련이 없었다.

65 元豐 : 북송 신종神宗 시기 연호(1078~1085).
66 紹聖 : 북송 철종哲宗 시기 연호(1094~1098).

1. 顏魯公

顏魯公忠義大節, 照映今古, 豈唯唐朝人士罕見比倫, 自漢以來, 殆可屈指也。考其立朝出處, 在明皇時, 爲楊國忠所惡, 由殿中侍御史出東都、平原。肅宗時, 以論太廟築壇事, 爲宰相所惡, 由御史大夫出馮翊。爲李輔國所惡, 由刑部侍郎貶蓬州。代宗時, 以言祭器不飭, 元載以爲誹謗, 由刑部尙書貶峽州。德宗時, 不容於楊炎, 由吏部尙書換東宮散秩。盧杞之擅國也, 欲去公, 數遣人問方鎭所便, 公往見之, 責其不見容, 由是銜恨切骨。是時年七十有五, 竟墮杞之詭計而死, 議者痛之。嗚呼, 公旣知杞之惡己, 盍因其方鎭之問, 欣然從之。不然, 則高擧遠引, 挂冠東去, 杞之所甚欲也。而乃眷眷京都, 終不自爲去就, 以蹈危機。春秋責備賢者, 斯爲可恨。司空圖隱於王官谷, 柳璨以詔書召之, 圖陽爲衰野, 墮笏失儀, 得放還山。璨之姦惡過於杞, 圖非公比也, 卒全身於大亂之世, 然則公之委命賊手, 豈不大可惜也哉! 雖然, 公囚困於淮西, 屢折李希烈, 卒之損身徇國, 以激四海義烈之氣, 貞元反正, 實爲有助焉。豈天欲全畀公以萬世之名, 故使一時墮於橫逆以成始成終者乎!

2. 戒石銘

「爾俸爾祿, 民膏民脂。下民易虐, 上天難欺。」太宗皇帝書此以賜郡國, 立於廳事之南, 謂之戒石銘。案, 成都人景煥, 有野人閑話一書, 乾德三年所作, 其首篇頒令箴, 載蜀王孟昶爲文頒諸邑云:「朕念赤子, 旰食宵衣。言之令長, 撫養惠綏。政存三異, 道在七絲。驅鷄爲理, 留犢爲規。寬猛得所, 風俗可移。無令侵削, 無使瘡痍。下民易虐, 上天難欺。賦輿是切, 軍國是資。朕之賞罰, 固不踰時。爾俸爾祿, 民膏民脂。爲民父母, 莫不仁慈。勉爾爲戒, 體朕深思。」凡二十四句。昶區區愛民之心, 在五季諸僭僞之君爲可稱也。但語言皆不工, 唯經表出者, 詞簡理盡, 遂成王言, 蓋詩家所謂奪胎換骨法也。

3. 雙生子

今時人家雙生男女, 或以後生者爲長, 謂受胎在前;或以先生者爲長, 謂先後當有序。然固有經一日或亥、子時生, 則弟乃先兄一日矣。辰時爲弟, 巳時爲兄, 則弟乃先兄一時矣。按, 春秋公羊傳隱公元年:「立適以長不以賢, 立子以貴不以長。」何休注云:「子謂左右媵及姪娣之子, 質家親親先立娣, 文家尊尊先立姪, 其雙生也, 質家據見立先生, 文家據本意立後生。」乃知長幼之次, 自商、周以來不同如此。

4. 李建州

建安城東二十里, 有梨山廟, 相傳爲唐刺史李公祠。予守郡日, 因作祝文曰 :「亟回哀眷。」書吏持白「回」字犯相公名, 請改之, 蓋以爲李回也。後讀文藝李頻傳, 懿宗時, 頻爲建州刺史, 以禮法治下。時朝政亂, 盜興, 相椎敓, 而建賴頻以安。卒官下, 州爲立廟梨山, 歲祠之, 乃證其爲頻。繼往禱而祝, 之云俟獲感應, 則當刻石紀實。已而得雨, 遂爲作碑。偶閱唐末人石文德所著唐朝新纂一書, 正紀頻事, 云除建州牧, 卒於郡。曹松有詩悼之, 曰 :「出旌臨建水, 謝世在公堂。苦集休藏篋, 清資罷轉郎。瘴中無子奠, 嶺外一妻孀。恐是浮吟骨, 東歸就故鄉。」其身後事落拓如此。傳又云 :「頻喪歸壽昌, 父老相與扶柩葬之。天下亂, 盜發其冢, 縣人隨加封掩。」則無後可見云。稽神錄載一事, 亦以爲回, 徐鉉失於不審也。

5. 侍從官

自觀文殿大學士至待制, 爲侍從官, 令文所載也。紹興三十一年, 完顔亮死于廣陵, 車駕將幸建康, 從官列銜上奏, 乞同班入對。時湯岐公以大觀文爲行宮留守, 寄聲欲聯名, 衆以名位不同爲辭。岐公曰 :「思退亦侍從也。」然竟不克從。紹熙二年, 吏部鄭尙書僑上章乞薦士, 詔令在內近臣臺諫、在外侍從, 各擧六人堪充朝士者。吏部遍牒, 但及內任從官與在外待制以上, 而前宰相執政皆不預。安有從官得薦人, 而舊弼乃不然, 有司之失也。

6. 存亡大計

國家大策, 係於安危存亡, 方變故交切, 幸而有智者陳至當之謀, 其聽而行之, 當如捧漏甕以沃焦釜。而愚荒之主, 暗於事幾, 且惑於諛佞孱懦者之言, 不旋踵而受其禍敗, 自古非一也。曹操自將征劉備, 田豐勸袁紹襲其後, 紹辭以子疾不行。操征烏桓, 劉備說劉表襲許, 表不能用, 後皆爲操所滅。唐兵征王世充於洛陽, 竇建德自河北來救, 太宗屯虎牢以扼之, 建德不得進, 其臣凌敬請悉兵濟河, 攻取懷州、河陽, 踰太行, 入上黨, 徇汾、晉, 趣蒲津, 蹈無人之境, 取勝可以萬全, 關中駭震, 則鄭圍自解。諸將曰 :「凌敬書生, 何爲知戰事, 其言豈可用 !」建德乃謝敬。其妻曹氏, 又勸令乘唐國之虛, 連營漸進, 以取山北, 西抄關中, 唐必還師自救, 鄭圍何憂不解。建德亦不從, 引衆合戰, 身爲人擒, 國隨以滅。唐莊宗旣取河北, 屯兵朝城, 梁之君臣, 謀數道大擧, 令董璋引陜、虢、澤、潞之兵趣太原, 霍彦威以汝、洛之兵寇鎭定, 王彦章以禁軍攻鄆州, 段凝以大軍當莊宗。莊宗聞之, 深以爲憂。而段凝不能臨機決策, 梁主又無斷, 遂以致亡。石敬瑭以河東叛, 耶律德光赴救, 敗唐兵而圍之, 廢帝問策於羣臣。時德光兄贊華, 因爭國之故, 亡歸在唐, 吏部侍郎龍敏請立爲契丹主, 令天雄、盧龍二鎭分兵送之, 自幽州趣西樓, 朝廷露檄言之, 虜必有內顧之慮, 然後選募精銳以擊之, 此解圍一算也, 帝深以爲然。而執政恐其無成, 議竟不決, 唐遂以亡。皇家靖康之難, 胡騎犯闕, 孤軍深入, 後無重援, 亦有出奇計乞用師擣燕者。天未悔禍, 噬齊弗及, 可勝歎哉!

7. 唐人詩不傳

韓文公送李礎序云:「李生溫然爲君子, 有詩八百篇, 傳詠於時。」又盧尉墓誌云:「君能爲詩, 自少至老, 詩可錄傳者, 在紙凡千餘篇。無書不讀, 然止用以資爲詩。任登封尉, 盡寫所爲詩, 投留守鄭餘慶, 鄭以書薦於宰相。」觀此, 則李、盧二子之詩多而可傳。又裴迪與王維同賦輞川諸絶, 載於維集, 此外更無存者。杜子美有寄裴十詩云「知君苦思緣詩瘦」, 乃迪也, 其能詩可知。今考之唐史藝文志, 凡別集數百家, 無其書, 其姓名亦不見於他人文集, 諸類詩文中亦無一篇。白樂天作元宗簡集序, 云:「著格詩一百八十五, 律詩五百九。」至悼其死, 曰:「遺文三十軸, 軸軸金玉聲。」謂其古常而不鄙, 新奇而不怪。今世知其名者寡矣, 而況於詩乎! 乃知前賢遺稿湮沒非一, 眞可惜也!

8. 泰誓四語

孔安國古文尙書, 自漢以來, 不列於學官, 故左氏傳所引者, 杜預輒注爲逸書。劉向說苑臣術篇一章云:「泰誓曰:『附下而罔上者死, 附上而罔下者刑。與聞國政而無益於民者退, 在上位而不能進賢者逐。』此所以勸善而黜惡也。」漢武帝元朔元年, 詔責中外不興廉擧孝。有司奏議曰:「夫附下罔上者死, 附上罔下者刑。與聞國政而無益於民者斥, 在上位而不能進賢者退。此所以勸善黜惡也。」其語與說苑所載正同。而諸家注釋, 至于顔師古, 皆不能援以爲證。今之泰誓, 初未嘗有此語也。漢宣帝時, 河內女子得泰誓一篇獻之, 然年月不與序相應, 又不與左傳、國語、孟子衆書所引泰誓同, 馬、鄭、王肅諸儒皆疑之, 今不復可考。

9. 重陽上巳改日

唐文宗開成元年, 歸融爲京兆尹, 時兩公主出降, 府司供帳事繁, 又俯近上巳曲江賜宴, 奏請改日。上曰:「去年重陽取九月十九日, 未失重陽之意, 今改取十三日可也。」且上巳、重陽皆有定日, 而至展一旬, 乃知鄭谷所賦十日菊詩云:「自緣今日人心別, 未必秋香一夜衰。」亦爲未盡也。唯東坡公有「菊花開時卽重陽」之語, 故記其在海南藝菊九畹, 以十一月望, 與客泛酒作重九云。

10. 田宅契券取直

隋書志：「晉自過江, 凡貨賣奴婢馬牛田宅, 有文券, 率錢一萬, 輸估四百入官, 賣者三百, 買者一百。無文券者, 隨物所堪, 亦百分收四, 名爲散估。歷宋、齊、梁、陳如此, 以爲常。以人競商販, 不爲田業, 故使均輸, 欲爲懲勸。雖以此爲辭, 其實利在侵削也。」今之牙契投稅, 正出於此, 田宅所係者大, 奉行唯謹, 至於奴婢馬牛, 雖著於令甲, 民不復問。然官所取過多, 并郡邑導行之費, 蓋百分用其十五六, 又皆買者獨輸, 故爲數多者率隱減價直, 賒立歲月, 坐是招激訐訴。頃嘗因奏對, 上章乞蠲其半, 使民不作僞以息爭, 則自言者必多, 亦以與爲取之義。旣下有司, 而戶部引條制沮其說。

11. 公子奚斯

閟宮詩曰：「新廟奕奕, 奚斯所作。」其辭只謂奚斯作廟, 義理甚明。鄭氏之說, 亦云作姜嫄廟也。而揚子法言, 乃曰正考甫嘗睎尹吉甫, 公子奚斯睎正考甫。宋咸注文, 以謂奚斯慕考甫而作魯頌, 蓋子雲失之於前, 而宋又成其過耳。故吳祕又巧爲之說, 曰：「正考甫商頌蓋美禘祀之事, 而奚斯能作閔公之廟, 亦睎詩之教也, 而魯頌美之。」於義迂矣。司馬溫公亦以謂奚斯作閟宮之詩。兼正考甫只是得商頌於周大師耳, 初非自作也。班固、王延壽亦云奚斯頌魯, 後漢曹褒曰：「奚斯頌魯, 考甫詠商。」注引薛君韓詩傳云：「是詩公子奚斯所作。」皆相承之誤。

12. 唐藩鎭幕府

唐世士人初登科或未仕者, 多以從諸藩府辟置爲重。觀韓文公送石洪、溫造二處士赴河陽幕序, 可見禮節。然其職甚勞苦, 故亦或不屑爲之。杜子美從劍南節度嚴武辟爲參謀, 作詩二十韻呈嚴公云：「胡爲來幕下, 只合在舟中。束縛酬知己, 蹉跎效小忠。周防期稍稍, 太簡遂忽忽。曉入朱扉啓, 昏歸畫角終。不成尋別業, 未敢息微躬。會希全物色, 時放倚梧桐。」而其題曰遣悶, 意可知矣。韓文公從徐州張建封辟爲推官, 有書上張公云：「受牒之明日, 使院小吏持故事節目十餘事來, 其中不可者, 自九月至二月, 皆晨入夜歸, 非有疾病事故, 輒不許出, 若此者非愈之所能也。若寬假之, 使不失其性, 寅而入, 盡辰而退, 申而入, 終酉而退, 率以爲常, 亦不廢事。苟如此, 則死於執事之門無悔也。」杜、韓之旨, 大略相似云。

13. 文中子門人

王氏中說所載門人, 多貞觀時知名卿相, 而無一人能振師之道者, 故議者往往致疑。其最所稱高第曰程、仇、董、薛, 考其行事, 程元、仇璋、董常無所見, 獨薛收在唐史有列傳, 蹤跡甚爲明白。收以父道衡不得死於隋, 不肯仕, 聞唐高祖興, 將應義擧, 郡通守堯君素覺之, 不得去。及君素東連王世充, 遂挺身歸國, 正在丁丑、戊寅歲中。丁丑爲大業十三年, 又爲義寧元年, 戊寅爲武德元年。是年三月, 煬帝遇害於江都, 蓋大業十四年也。而杜淹所作文中子世家云：「十三年江都難作, 子有疾, 召薛收謂曰：吾夢顔回稱孔子歸休之命。乃寢疾而終。」殊與收事不合, 歲年亦不同, 是爲大可疑者也。又稱李靖受詩及問聖人之道, 靖旣云「丈夫當以功名取富貴, 何至作章句儒」, 恐必無此也。今中說之後, 載文中次子福畤所錄云：「杜淹爲御史大夫, 與長孫太尉有隙。」予按淹以貞觀二年卒, 後二十一年, 高宗卽位, 長孫無忌始拜太尉, 其不合於史如此。故或者疑爲阮逸所作, 如所謂薛收元經傳, 亦非也。

14. 晉燕用兵

萬事不可執一法, 而兵爲甚。晉文公圍曹, 攻門者多死, 曹人尸諸城上。晉侯患之, 聽輿人之謀, 曰：「稱舍於墓。」 言若將發冢者。師遷焉, 曹人兇懼, 因其兇而攻之, 遂入曹。燕將騎劫攻齊卽墨, 田單縱反間, 言吾懼燕人掘吾城外冢墓。燕軍乃盡掘冢墓, 燒死人, 齊人望見皆涕泣, 其欲出戰, 怒自十倍, 已而果敗燕軍。觀晉、燕之所以用計則同, 而其成敗頓異者何邪？晉但舍於墓, 陽爲若將發冢, 故曹人懼, 而燕眞爲之, 以激怒齊人故爾。

15. 李衛公帖

李衛公在朱崖, 表弟某侍郎遣人餉以衣物, 公有書答謝之, 曰：「天地窮人, 物情所棄, 雖有骨肉, 亦無音書。平生舊知, 無復弔問。閣老至仁念舊, 再降專人, 兼賜衣服器物茶藥至多, 開緘發紙, 涕咽難勝。大海之中, 無人拯恤, 資儲蕩盡, 家事一空, 百口嗷然, 往往絶食, 塊獨窮悴, 終日苦飢, 唯恨垂沒之年, 須作餒而之鬼。十月末, 伏枕七旬, 藥物陳裛, 又無醫人, 委命信天, 幸而自活。」書後云：「閏十一月二十日, 從表兄崖州司戶參軍同正李德裕狀侍郎十九弟。」案, 德裕以大中二年十月自潮州司馬貶崖州, 所謂閏十一月, 正在三年, 蓋到崖才十餘月爾, 而窮困苟生已如是。唐書本傳云：「貶之明年卒。」 則是此書旣發之後, 旋踵下世也。當是時, 宰相皆其怨仇, 故雖骨肉之親, 平生之舊, 皆不敢復通音問。而某侍郎至於再遣專使, 其爲高義絶俗可知, 惜乎姓名不可得而考耳。此帖藏禁中, 後出付祕閣, 今勒石于道山堂西。紹興中, 趙忠簡公亦謫朱崖, 士大夫畏秦氏如虎, 無一人敢輒寄聲, 張淵道爲廣西帥, 屢遣兵校持書及藥石、酒(麪)爲餽。公嘗答書云：「鼎之爲己爲人, 一至於此。」其述酸寒苦厄之狀, 略與衛公同。旣而亦終於彼。手札今尙存于張氏。姚崇曾孫勖爲李公厚善, 及李譖逐, 擿索支黨, 無敢通勞問。旣居海上, 家無資, 病無湯劑, 勖數饋餉候問, 不傳時爲厚薄, 其某侍郎之徒與！

16. 王孫賦

王延壽王孫賦, 載於古文苑, 其辭有云：「顔狀類乎老翁, 軀體似乎小兒。」謂猴也。乃知杜詩「顔狀老翁爲」蓋出諸此。

17. 漢郡國諸官

西漢鹽鐵、膳羞、陂湖、工服之屬, 郡縣各有司局幹之, 其名甚多, 然居之者罕。嘗見於史傳, 今略以地理所載言之, 凡鐵官三十八, 鹽官二十九, 工官九, 皆不暇紀其處。自餘若京兆有船司空, 爲主船官；太原有挏馬官, 主牧馬；遼東有牧師官；交趾有羞官；南郡有發弩官；嚴道有木官；丹陽有銅官；桂陽有金官；南海有洭浦官；南郡江夏有雲夢官；九江有陂官、湖官；朐忌、魚復有橘官, 鄱陽黃金采, 主采金, 亦有官。在內則奉常之均官、食官, 司農之斡官, 少府之大官主膳食, 湯官主餠餌, 導官主擇米, 如是者蓋以百數。

18. 漢獄名

漢以廷尉主刑獄, 而中都它獄亦不一。宗正屬官有左右都司空。鴻臚有別火令丞, 郡邸獄。少府有若盧獄令, 考工共工獄。執金吾有寺互、都船獄。又有上林詔獄, 水司空掖受祕獄, 暴室、請室、居室、徒官之名。張湯傳蘇林曰：「漢儀注獄二十六所。」東漢志云：「孝武帝所置, 世祖皆省之。」東漢洎唐, 雖鞫囚非一處, 然不至如是其多。國朝但有大理及臺獄, 元豐、紹聖間, 蔡確、章子厚起同文館獄之類, 非故事也。

••• 용재속필 권2(18칙)

1. 권약눌과 풍해 權若訥馮澥

당 중종中宗이 즉위하여 다섯 친왕을 유배시키거나 죽이고 무씨武氏의 능묘를 복구했다. 우보궐右補闕 권약눌權若訥이 상소하였다.

> 천天·지地·일日·월月 등의 새로운 글자는 모두 무측천이 창안한 것입니다. 그런데 역적 경휘敬暉 등이 경솔하게 이전의 규범을 어지럽혔습니다. 없애면 돈독한 교화에 도움 되는 바가 없고, 유지 보존하면 효성스런 통치에 빛을 발할 것입니다. 또한 신룡神龍(705~707) 연간에 조서를 반포하여 모든 일을 정관貞觀(627~649) 때 관례에 의거하여 시행하라고 하셨는데, 어찌 가까운 모친 때의 관례를 버리고 먼 조상의 덕만 존중하려 하십니까?

이 상소가 올라가자 중종은 친필로 훌륭하다고 평하였다.

송 흠종欽宗이 재위할 때 왕안석王安石과 채경蔡京[1]이 국정을 그르친 것을 교훈 삼아 모든 일을 인종 때의 관례를 법으로 삼았다. 좌간의대부 풍해馮澥가 다음과 같은 상소문을 올렸다.

> 인종 황제는 폐하의 고조부이시고 신종 황제는 폐하의 조부이십니다. 자손의 마음에 어찌 두텁고 엷은 차이가 있겠습니까! 그리고 왕안석과 사마광은 모두 신종 때 이름을 날린 천하의 현인입니다. 그들의 우열과 차등에 대해서는 자연스럽게 공론이 오고 갈 것입니다. 섣불리 좋아하거나 싫어하시는 선입견을 가지지 마시기 바랍니다. 오가는 공론에서 중용을 취하시면 시시비비는 저절로 드러날 것입

---

1 蔡京(1047~1126) : 북송北宋 말기의 재상·서예가. 16년간 재상자리에 있으면서 숙적 요遼를 멸망시켰으나, 휘종에게 사치를 권하고 재정을 궁핍에 몰아넣었다. 금군金軍이 침입하고 흠종 즉위 후, 국난을 초래한 6적賊의 우두머리로 몰려 실각하였다. 문인으로서 뛰어나 북송 문화의 흥륭에 크게 기여하였다.

니다.

흠종은 대신들에게 이에 대해 토론해보도록 했다. 시어사侍御史 이광李光이 반박하였으나 풍해는 그의 의견을 받아들이지 않았다. 다시 우정언右正言 최언崔鷗이 풍해를 공격하였지만, 재상은 더 이상 거론하지 않고 풍해를 이부시랑으로 승진시켰다.

권약눌과 풍해 두 사람은 그 지론과 품행이 아주 비슷했다. 풍해는 휘종 숭녕 연간에 제일 먼저 상소하여 원우元祐 황후皇后를 폐위할 것을 주장하여 시감승寺監丞으로 임명되었으니, 그의 일생동안 일관된 품행과 지조는 말하지 않아도 알 수 있다. 그런데 고종 건염建炎[2] 초기 풍해가 마침내 요직으로 승진되자 여론의 분노가 들끓었다.

2. 정월 초하루의 음주 歲旦飮酒

지금 사람들은 정월 초하루에 도소주屠酥酒를 마시는데, 나이가 어린 사람부터 마신다. 전래된 지가 아주 오래 되었는데 원래 그 내력이 있다.

후한 때 이응李膺과 두밀杜密이 같은 당파라는 이유로 함께 옥에 갇혔다. 정월 초하루가 되어 옥중에서 술을 마시면서 "정월 초하루에는 나이가 어린 사람부터 마신다"고 말했다고 한다.

『시경신서時鏡新書』에 진晉나라 동훈董勛의 말이 수록되어 있다.

> 정월 초하루에 술을 마시는데 나이가 어린 사람이 먼저 마시는 건 무엇 때문인가? "민간 풍습에서 어린 사람은 한 살 더 먹게 되니까 먼저 술을 마시도록 하여 축하하고, 늙은 사람은 살아갈 시간이 줄어든 것이기 때문에 나중에 술을 마셨다"고 동훈이 말했다.

『초학기初學記』에 「사민월령四民月令」의 내용이 실려 있다.

2 建炎 : 북송 고종 시기 연호(1127~1130).

정월 초하루에 술을 마시는 차례는 마땅히 나이가 어린 사람부터 시작해야 한다.

당나라 시인 유우석과 백거이가 정월 초하루에 술을 마시며 시를 지었다. 아래에 소개한다.

유우석 :

자네와 나이가 같으니,	與君同甲子,
축수주는 자네가 먼저 마시도록 양보하네.	壽酒讓先杯.

백거이 :

자네와 나이가 같으니,	與君同甲子,
신년주는 누가 먼저 마셔야 하는가?	歲酒合誰先.

백거이 :

신년주 먼저 마시는 걸 사양하지 못하는 건,	歲酒先拈辭不得,
그대가 나를 더 어린 사람으로 보아서지.	被君推作少年人.

고황顧況은 「세일작歲日作」에서 다음과 같이 노래했다.

자기도 모르게 노년은 봄과 함께 찾아오니,	不覺老將春共至,
함께 손잡고 다니던 사람 얼마나 남아 있을지 생각하면 더 슬퍼.	更悲攜手幾人全.
장생불사 단약 없는 쓸쓸한 몸 거울 비춰보기 부끄러워,	還丹寂寞羞明鏡,
도소주 집어다 어린 사람에게 양보하네.	手把屠蘇讓少年.

배이직裴夷直도 「세일선파도소주희당인렬歲日先把屠蘇酒戲唐仁烈」에서 다음과 같이 노래했다.

나이가 몇인가 하면 내가 제일 적으리란 것을 스스로 알아서,	自知年幾偏應少,
봄에게 양보하지 않고 먼저 도소주 든다네.	先把屠蘇不讓春.
몇 년 지나 이 날이 된다면,	儻更數年逢此日,
슬퍼하며 다른 사람 부러워하고 있겠지.	還應惆悵羨他人.

성문간成文幹은 「원일元日」에서 다음과 같이 노래했다.

별을 보며 제일 먼저 요상堯觴 들어 축수하려는데,	戴星先捧祝堯觴,
거울에 비친 모습 양쪽 귀밑머리에 서리가 내려 깜짝 놀랐다네.	鏡裏堪驚兩鬢霜.
등불 앞에서 남모르게 실소하니,	好是燈前偷失笑,
이제 도소주는 먼저 마시지 못하리.	屠蘇應不得先嘗.

방간方干 또한 「원일元日」에서 다음과 같이 노래했다.

도소주 부어서 마실 순서 나이로 정하려는데,	纔酌屠蘇定年齒,
좌중의 사람들 모두 나의 귀밑머리 희끗희끗함을 보고 비웃는다.	坐中皆笑鬢毛斑.

이렇게 도소주 풍습이 아직 남아있다. 소식도 「제야야숙상주성외除夜野宿常州城外」에서 다음과 같이 말했다.

다만 곤궁과 근심을 장수와 건강에 바꿔,	但把窮愁博長健,
마지막에 도소주 마시는 것도 사양하지 않으리.	不辭最後飮屠酥.

그 뜻도 마찬가지다.

3. 두보의 「존몰」 *存歿絶句*

두보의 시에 「존몰存歿」이라는 절구 두 수가 있다.

근래 석겸이 바둑 즐기는 모습은 볼 수 없고,	席謙不見近彈棋,
필요는 여전히 예전의 소시小詩를 전하네.	畢曜仍傳舊小詩.
백옥같은 바둑판 다른 때도 끝없이 웃었건만,	玉局他年無限笑,
백양나무 지금은 몇 사람 슬픔을 전할까.	白楊今日幾人悲.

정건의 그림은 긴 밤 따라 가버리고,	鄭公粉繪隨長夜,
조패의 단청은 이미 흰 머리가 되었다네.	曹霸丹靑已白頭.

이 세상에 정건이 그린 산수화 또 어디 있을까,	天下何曾有山水,
사람들은 조패가 그린 화류를 모르네.	人間不解重驊騮.

각 편마다 당시 살아 있는 한 사람과 이미 사망한 한 사람을 거론했다. 석겸席謙과 조패曹霸는 살아 있는 사람이고, 필요畢曜와 정건鄭虔은 이미 사망한 사람이다.

황정견이 「형강정즉사荊江亭即事」 10수를 지었는데, 그 중 한 수가 다음과 같다.

문 닫고 시구를 다듬은 진무기,	閉門覓句陳無己,
손님 마주하고 붓을 휘둘렀던 진소유.	對客揮毫秦少遊.
정자正字 연봉은 따뜻하고 배부르게 살만 했는지,	正字不知溫飽未,
서풍은 옛 등주藤州에서 뿌린 눈물 불어오네.	西風吹淚古藤州.

이 시에서도 같은 방식을 사용했다. 당시 진관秦觀[3]은 세상을 떠났고 진사도陳師道[4]는 생존해 있었다. 최근 신안新安[5]의 호자胡仔[6]가 『초계어은총화苕溪漁隱叢話』에서 황정견이 살아있는 이들을 시구에 넣은 것은 두보의 방식을 채택한 것이라고 하면서 이 구절을 인용하였다. 자세히 살피지 않아 실수한 것이다.

3 秦觀(1049~1100) : 북송의 문인. 자 소유少遊, 태허太虛. 호 회해거사淮海居士. 양주揚州 고우高郵 출신. 고문古文과 시에 능하였고 특히 사詞에 뛰어났다. 황정견黃庭堅·장뇌張耒·조보지晁補之 등과 함께 '소문 4학사蘇門四學士'로 일컬어졌다. 사詞에서는 스승 소식과는 달리 서정적인 작품으로 유명하다.

4 陳師道(1053~1102) : 북송의 시인. 자 이상履常 또는 무기無己. 호 후산거사後山居士. 팽성彭城(지금의 강소 소주) 사람이다. 사람됨이 고아하고 절개가 있어 안빈낙도安貧樂道했지만, 어려움 속에 곤궁하게 살다가 추위와 병에 시달리다 죽었다. 시에서는 황정견黃庭堅의 영향을 받았지만, 그의 시풍에 불만을 품고 두보杜甫의 시풍을 본받으려 했으나, 그늘에서 완전히 벗어나지는 못했다. 강서시파江西詩派를 대표하는 시인이다.

5 新安 : 지금의 안휘성 적계績溪.

6 胡仔(1095~1170) : 남송의 시가평론가·사학자. 자 원임元任, 자호自號 초계어은苕溪漁隱. 음보蔭補로 관직에 올라 적공랑迪功郎과 진릉지현晉陵知縣 등을 역임했고, 호주湖州의 초계에 은거하면서 저술과 낚시로 소일했다. 소흥紹興 18년(1148) 시가평론집 『초계어은총화』를 완성했다.

4. 탕왕과 무왕 이야기 湯武之事

옛날 사람들이 탕왕과 무왕 이야기를 많이 했다. 그 중 한나라 때 원고轅固와 황생黃生의 논쟁이 가장 상세하다.

황생이 말했다.

> "탕왕과 무왕은 천명을 받은 것이 아닙니다. 그러므로 그들은 살인을 한 것입니다."

원고가 말했다.

> "그렇지 않습니다. 걸왕과 주왕이 황음무도하여 천하의 마음이 모두 탕왕과 무왕에게 돌아갔습니다. 탕왕과 무왕은 천하의 마음을 따라서 걸왕과 주왕을 주벌하고 부득이하여 왕위에 올라섰으니, 천명을 받은 것이 아니면 어떻게 가능했겠습니까?"

황생이 말했다.

> "모자는 아무리 낡았어도 머리에 써야 하고, 신발은 아무리 새 거라도 발에 신어야 합니다. 걸왕과 주왕은 아무리 도를 잃었어도 군왕이고, 탕왕과 무왕은 아무리 현명해도 신하였습니다. 그런데 왕이 과오가 있다고 해서 죽였으니, 살인이 아니고 무엇입니까?"

경제가 말했다.

> "고기 먹는 사람이 독이 있는 말의 간을 먹지 않았다고 해서 고기 맛을 모르는 건 아니고, 학문을 말하는 사람이 탕왕과 무왕이 천명을 받은 것이라고 하지 않았다고 해서 우매한 것은 아니오."

결국 논쟁이 끝났다.

안사고는 주석에서 "탕왕과 무왕이 살인을 한 것이라고 말하는 건 경經의 뜻에 위배되므로 말의 간을 비유로 든 것이다"라고 했다.

소식은 『동파지림東坡志林』에서 다음과 같이 말했다.

무왕은 성인이라고 할 수 없다. 이전에 공자 또한 탕왕과 무왕에게 죄가 있다고 했다. 공자는 주나라 곡식을 먹지 않은 백이와 숙제를 높게 평가한 것만큼 무왕의 죄를 인정한 정도가 심하다. 그러나 『맹자』에서 탕왕과 무왕에 대한 부정적 평가가 흔들리기 시작했다. 당시 훌륭한 사관이 있었다면 탕왕이 걸왕을 남소南巢[7]로 보낸 것을 분명 반란이라고 기록했을 것이고, 무왕이 주왕의 군대를 목야牧野[8]에서 대파시킨 것을 필시 시해라고 기록했을 것이다. 탕왕과 무왕이 어진 사람이라면 필시 법에 따라 죄목을 받아야 할 것이다.

정곡을 찌르는 뛰어난 논리이다.

그러나 내가 공자가 『서경』에 쓴 서문을 살펴보니, 이윤이 탕왕을 보좌하여 걸왕을 정벌하고 탕왕이 걸왕을 남소로 추방한 일과 무왕이 상商을 정벌하고 주왕을 죽인 일을 각각 한 마디로 개괄하여 대의를 명백히 밝히고 있었다. 이른바 육예六藝[9]의 절충 수법으로, 훌륭한 사관이 다시 쓸 필요가 없었다.

5. 장석지 열전의 오류 張釋之傳誤

『한서』의 본기와 열전·지志·표表에서 모순되는 내용이 한두 가지가 아니다. 그중에서도 장석지張釋之[10] 열전이 가장 심하다. 본전에서 다음과 같이 말했다.

장석지가 기랑騎郎이 되어 문제文帝를 10년 동안 모셨으나 승진이 되지 못했고 이름이 알려지지 않아서 사직하고 귀향하려고 했다. 중랑장中郎將 원앙袁盎이 그

7 南巢 : 지금의 안휘성 소현巢縣 남쪽.

8 牧野 : 지금의 하남성 기현淇縣 남쪽.

9 六藝 : 육경六經. 즉 『시경』·『서경』·『예기禮記』·『악기樂記』·『역경易經』·『춘추春秋』로 고대 지식인들의 기초적 교양에 필요한 서적을 말한다.

10 張釋之 : 한나라의 명신. 남양南陽 도양堵陽 사람으로, 자는 계季이다. 문제文帝 때 기랑騎郎이 되었고 나중에 알자謁者와 알자복야謁者僕射·공거령公車令을 지냈다. 태자가 양왕梁王과 함께 수레를 타고 입조했는데 사마문司馬門에서 내리지 않자, 두 사람이 탄 수레를 정지시키고 불경함을 탄핵했다. 문제가 이 일로 기이하게 보아 중대부中大夫에 임명했다. 나중에 정위廷尉가 되었는데 형벌의 집행이 공정하고 후덕하다는 평을 들었다. 경제景帝가 즉위하자 회남왕상淮南王相으로 나갔다.

가 떠나는 것을 안타까워해서 알자謁者로 옮겨 임명할 것을 주청했는데, 나중에 정위廷尉에 임명되어 경제景帝를 모시기에 이르렀고, 1년 남짓 후에 회남왕淮南王의 재상이 되었다.

그런데 「백관공경표百官公卿表」의 기록에 따르면, 문제가 즉위한 지 3년 만에 장석지는 정위가 되었고, 문제 즉위 10년에 정위 창昌과 정위 가嘉 두 사람이 또 기록되어있다. 그리고 문제 즉위 13년에 경제가 새로 제위에 올랐고 이때 정위에 임명된 사람은 장구張驅였다. 이 기록에 따르면 장석지는 10년 동안 승진하지 못했던 것이 아니며 정위로 경제를 모시지도 않았다는 것을 알 수 있다.

6. 장석지와 우정국 두 정위 張于二廷尉

장석지張釋之가 정위로 있을 때 천하에 억울한 백성이 없었다. 우정국于定國이 정위로 있을 때 사람들은 모두 자신들이 억울하게 옥살이를 하는 일은 없을 것이라고 생각했다. 이것은 『한서』에서 칭찬한 것이다. 두 사람은 모두 10여년간 재직하였다.

주발周勃이 봉지로 돌아가자, 어떤 사람이 그가 반란을 일으키려한다고 상소를 올렸다. 정위에게 주발을 체포하여 심문하도록 했다. 옥리가 점점 주발을 욕되게 하자 주발은 옥리에게 천금을 주었다. 옥리는 공주를 증인으로 삼게 하였고 문제의 모친인 박태후가 주발이 반역의 뜻이 없음을 보장해 주고서야 풀려날 수 있었다. 당시 장석지가 정위 자리에 있었지만 주발을 구하지 못했다. 그저 황제의 마차와 부딪치거나 장릉長陵의 제수용품을 훔친 한두 가지 사소한 사건만을 처리했을 뿐이었다.

어떤 사람이 양운楊惲이 면직되고 나서도 여전히 교만을 부리며 잘못을 후회하지 않는다고 밀고하였다. 정위에게 조사하도록 했다. 그리하여 양운이 손회종孫會宗에게 보낸 서신을 발견했다. 우정국은 이 편지에 대역무도한 내용이 있다고 여기고, 양운에게 요참형을 내렸다. 양운이 죄가 있다고 해도, 요참형을 받을 정도는 아니었다. 이는 우정국이 양운을 싫어하는 황제의 심중을 정확히 파악하여 따른 결과이다. 그런데도 의혹을 해결하고 법치를 공평하게 하며 약자를 슬퍼하고 가련히 여기는 것에 힘썼다고 말한 것은, 도대체 무슨 이유인가!

7. 한대와 당대의 우편 역참 漢唐置郵

조충국趙充國이 금성金城[11]에 있을 때 선령先零과 한강罕羌에 관한 계획을 보고하는 상소를 올렸다. 6월 무신일에 상주하여 계획대로 하라는 옥새가 찍힌 회신을 7월 갑인일에 받았다. 가만히 생각해보면, 금성부터 장안까지 1,450리 길이고 왕복이면 두 배이다. 게다가 중간에 공경대신들에게 안건을 내려 보내 토의까지 하게 했을 텐데, 상소를 올린 때로부터 회신을 받기까지 겨우 7일밖에 걸리지 않았다.

당 현종 개원 10년(722) 8월 기묘 일 밤, 권초벽權楚璧 등이 장안에서 난을 일으켰다. 당시 현종은 낙양에 행차해 있었는데 낙양은 장안에서 800여 리 떨어진 곳이었다. 현종은 임오일에 하남윤河南尹 왕이王怡를 보내 장안에 가서 주동자를 심문하고 진압에 공을 세운 자들을 위로하게 했다. 그 모든 일을 처리하는데 겨우 사흘이 걸렸다.

우편 역참을 설치하여 이처럼 신속하게 명령을 전달하였고 조정 신하들도 토의하는 것을 미루거나 지체하지 않았다. 이는 후대의 각 왕조들이 도저히 따르지 못하는 점이다.

8. 용저와 장보 龍且張步

한신韓信이 조趙나라를 공격하자, 이좌거李左車는 진여陳餘에게 응전하지

11 金城 : 지금의 감숙성 난주蘭州 서남쪽.

말라고 권했다. 진여는 "지금 이렇게 싸우지 않고 피하기만 하면 제후들이 나를 겁장이로 보고 쉽게 나를 공격하러 올 것이다"라고 하였다. 결국 한신과 싸우다 패전하여 죽었고, 조나라는 멸망했다.

당시 한신은 막 한나라 장수가 되어 위魏와 대代를 공격하여 함락시킨 지 얼마 되지 않은 때였다. 위세와 명성이 아직 드러나지 않았기 때문에, 진여가 그를 우습게 본 것은 이상할 것이 없다. 그 후 한신은 조나라를 멸망시키고 연燕나라를 복속시켜, 관동의 여섯 나라 중 네 나라를 평정하였다. 한신이 제齊나라를 공격하자 초楚나라는 용저龍且를 보내 제나라를 구원하도록 했다. 어떤 이가 한나라의 군대는 당해낼 수 없다고 하자 용저는 다음과 같이 말했다.

> "내가 지금까지 한신이란 자의 됨됨이에 대해 잘 아는데 까짓 거 아무 것도 아니다. 전혀 두려워할 필요 없다. 왜 여기서 멈추란 말이냐?"

그리고 일전을 벌였지만 전군이 궤멸되었고, 초패왕楚霸王 항우 또한 오래지 않아 패망했다.

경엄耿弇이 장보張步를 토벌하여 대장군 비읍費邑을 참하고 비읍의 동생 비감費敢을 패퇴시키고 서안西安[12]과 임치臨淄[13]로 진격하여 두 성을 빼앗고 또한 그 동생 비람費藍을 패퇴시켰으니, 그 기세는 파죽지세와도 같았다. 이보다 앞서 경엄은 이미 우래尤來와 대창大槍·연잠延岑·팽총彭寵·부평富平·획색獲索을 격파했다. 이로 인해 당시 장보가 훔쳤던 제나라 땅의 태반을 경엄이 차지한 상황이었다. 그래도 장보는 여전히 다음과 같이 말했다.

> "이전에 우래尤來와 대융大肜이 10여만 병력을 갖추고 있었을 때도, 나는 그 진영으로 쳐들어가 모두 격파했다. 지금 경엄의 군사는 그때보다 적고, 또 연이은 전쟁으로 인해 모두 피로한 상태일 것이니, 어찌 물리치지 못한단 말인가!"

12 西安 : 지금의 산동성 익도益都의 서쪽.

13 臨淄 : 지금의 산동성 익도益都.

그리고는 군대를 출동시켜 경엄과 격돌하였는데, 형제 둘이 모두 포로가 되었다.

병법에서 "적을 알고 나를 알면 백 번을 싸워도 위태롭지 않다[知彼知己, 百戰不殆]"고 했는데, 용저와 장보는 이를 알지 못했단 말인가!

남조 때 양梁나라 임천왕臨川王 소굉蕭宏이 북위北魏를 치러 출동했는데, 북위의 원영元英이 방어하자 소굉은 군대를 멈추게 하고 전진하지 않았다. 어떤 북위 사람이 전진하여 낙수洛水를 점거하라고 권했다. 원영이 말했다.

> "소임천蕭臨川이 비록 바보 같다고 하지만 그의 밑에는 위예韋叡나 배수裴邃 같은 훌륭한 장수들이 있으니, 우습게 생각해서는 안 된다. 교전을 하지 말고 형세를 관망하는 것이 마땅하다."

소굉은 마침내 패하여 물러갔다. 원영의 식견은 이전 사람들과는 비교할 수 없이 뛰어났다. 원영은 이 승리로 인해 군대를 이끌고 진격하여 종리鍾離[14]를 포위할 수 있었는데, 형만邢巒[15]이 군대를 이끌고 적진으로 너무 깊게 들어가면 고립될 가능성이 있다고 하였고, 북위의 군주도 원영을 불러 귀환을 명했다. 그러나 원영은 이길 수 있다고 장담하였고, 결국 양나라의 조경종曹景宗과 위예韋叡에게 패배하여 20여만 군사를 잃었다. 처음에는 지혜롭게 판단하였으나 나중에는 우매한 판단을 내렸으니, 한스러울 따름이다!

9. 경전의 무궁한 진리와 지혜 義理之說無窮

경전에 담겨 있는 진리와 지혜에 대한 설은 무궁무진하다. 그러므로

14 鍾離 : 지금의 하남 심양沁陽 경내.

15 邢巒(464~514) : 북위北魏의 장군. 자 홍빈洪賓. 형영邢穎의 손자로, 많은 책을 두루 읽었고, 문재文才와 지략을 갖추고 있었다. 효문제孝文帝의 인정을 받았으며, 선무제宣武帝 때 안서장군安西將軍과 양·진梁秦 두 주州의 자사刺史를 지냈다. 정시正始 2년(503) 양梁나라의 한중태수漢中太守 하후도夏侯道가 위魏나라에 항복하자 황명을 받들어 한중漢中에 부임했다. 다음 해 구지저왕仇池氐王 양소선楊紹先을 격파했다. 5년(506) 중산왕中山王 원영元英과 함께 양나라와 싸워 현호縣瓠를 탈환했다.

각종 해석과 전傳·소疏가 한나라 때부터 지금까지 열거할 수 없을 만큼 많이 전해지며, 글자 하나에 여러 가지 설이 있는 경우도 있다.

『주역·혁괘革卦』의 "이일내부, 혁이신지已日乃孚, 革而信之"를 예로 들어보자. 왕필王弼[16] 이후 최근까지 대부분 "당일 믿음을 얻지 못하고, 이일已日에 믿음을 얻었다"고 해석하여, 글자 '已'를 '이'로 발음했다. 그 뜻 또한 대략 방금 말한 것과 같다. 주희만이 '무기戊己'의 '기己'로 읽어야 한다고 주장했다. 예전에 『주역』을 연구한 승려 담영曇瑩과 토론을 하다가 이 얘기가 나와서 내가 물었다.

"혹자는 '己日기일'이라고 읽기도 하는데, 어떻습니까?"

담영이 대답했다.

"어찌 이것뿐이겠습니까! '사일巳日'이라고 읽어도 나름대로의 뜻이 있지요."

이어서 말했다.

"천원天元을 십간十干으로 구분하는데, 갑甲부터 기己까지 이르고 그 다음이 경庚입니다. 경庚은 혁革입니다. 그러므로 '기일내부己日乃孚'라고 한다면 이로부터 변혁이 시작된다고 하는 의미입니다. 십이신十二辰은 자子부터 사巳까지 6양陽입니다. 수가 다 차면 변하여 음陰이 되는데, 그래서 오午가 됩니다. 그래서 '사일내부巳日乃孚'라고 한다면 이로부터 변화가 시작된다고 해석할 수 있습니다."

독특한 것을 좋아하는 사람이 이것저것 갖다 붙여 설명하고 해명하는 것도 각각 나름대로의 설이 된다는 것을 알 수 있다.

10. 개원 때의 다섯 왕 開元五王

당 현종의 형제 다섯이 왕의 작위에 책봉되었는데, 형 신왕申王 이휘李撝는

16 王弼(226~249) : 삼국시기 위魏나라 학자로 위진 현학의 대표. 자 보사輔嗣. 18세에 『노자주老子註』를, 20세 초반에 『주역주周易註』를 지어 이름을 떨쳤다.

개원 12년(724)에, 영왕寧王 이헌李憲과 빈왕邠王 이수례李守禮는 개원 29년(741)에, 동생 기왕岐王 이범李範은 개원 14년(726)에, 설왕薛王 이업李業은 개원 22년(734)에 세상을 떠나서, 천보天寶[17] 연간에 이르러서는 살아남은 자가 없었다.

양귀비는 천보 3년(744)에서야 입궁했는데, 원진元稹은 「연창궁사連昌宮詞」에서 다음과 같이 묘사했다.

늠름하게 의장 갖춘 백관들이 기왕·설왕의 행차에 비켜서는데,	百官隊仗避岐薛
양귀비 자매의 수레는 위풍을 다투네.	楊氏諸姨車鬪風.

그리고 이상은李商隱은 시에서 아래와 같이 노래했다.

깊은 밤 연회에서 돌아올 무렵 궁중의 물시계 시각 깊어가고,	夜半宴歸宮漏永,
설왕은 깊이 취했고 수왕壽王은 깨어 있네.	薛王沉醉壽王醒.[18]

이 두 시인의 사와 시에서 드러난 양귀비 시대의 묘사는 모두 역사적 사실과 맞지 않는다.

11. 무고의 화 巫蠱之禍

한나라 때 무고巫蠱의 화는 비록 강충江充으로부터 시작되었지만, 사건의 발단이 어떻게 되는지 아직도 확실히 알 수 없는 점이 있다. 무제가 건장궁建章宮에 있을 때 어떤 남자가 검을 차고 용화문龍華門으로 들어오는 것을 보고, 수상한 사람이라고 의심하여 붙잡도록 했다. 남자는 검을 버리고 달아났고, 뒤를 쫓았지만 잡지는 못했다. 무제는 노발대발하여 궁문 수비 담당자를 처형하고 장안성 문을 닫고 열하루 동안 대대적으로 수색을 벌였는데,

17 天寶 : 당 현종玄宗 시기 연호(742~756).
18 「龍池」.

이로 인해 무고의 화가 일어나게 되었다.

또한 무제가 어느 날인가 낮잠을 자는데, 꿈속에서 나무 인형 수십 개가 몽둥이를 들고 자기를 때리려고 하여 놀라 잠이 깼다. 이로 인해 건강이 안 좋아지고 결국 정신적 공황과 건망으로 고생하게 되었다.

이 두 가지 사례는 참으로 기이하다. 나무가 썩으려고 하면 좀이 실제로 생기고, 물건이 부서지려고 하면 벌레가 실제로 생긴다. 이때 무제는 노령이었는데 잔인하게 죽이는 것을 좋아해서, 이릉李陵이 말한 대로 법령에 일관성이 없었고 수십의 대신 가문이 죄 없이 멸족을 당했었다. 무제의 정신이 이미 혼미하여 비정상적 행동을 일삼았는데, 검을 차고 용화문으로 들어왔던 남자와 꿈속에 나타난 나무 인형의 징조까지 풀리지 않는 수수께끼가 되어 무제의 마음을 더욱 혼란스럽게 만들었다. 이야말로 징조가 하늘에서 나타나고, 귀신이 재앙을 내리려고 엿보고 있던 것이라고 할 수 있다.

무제에게 화를 당한 경우를 보자면, 아내로는 위衛황후가 있고, 아들로는 유거劉據[19]가 있고, 형의 아들로는 굴리屈氂[20]가 있고, 딸로는 제읍諸邑과 양석陽石공주가 있고, 며느리로는 사량자史良娣가 있고, 손자로는 사황손史皇孫이 있다. 자신의 혈육에게도 이렇듯 가혹했는데 다른 사람에게는 오죽 잔인했겠는가! 또 제읍과 양석 공주는 모두 위황후의 소생으로, 태자가 잘못 되기 몇 달 전에 이미 모두 하옥되어 주살되었으니, 그들의 생모와 오빠가 어떻게 온전할 수 있었겠는가! 그렇기 때문에 강충의 무고를 기다릴 필요도 없었던 것이다.

19 劉據(B.C.128~B.C.91) : 한 무제 때 태자. 한 무제와 위황후 사이의 아들. 태자가 되고 나서 무고巫蠱의 난 때 간신의 박해를 받아서 군대를 일으켜 대항하였으나 군대가 패하여 도망갔고, 나중에 자살했다. 무제는 태자의 억울함을 알고 나서 매우 후회했다. 유거의 손자 유순劉詢이 나중에 제위에 올랐는데, 바로 선제宣帝이다. 유거는 선제宣帝 때 '여戾'라고 추시追謚되었고, 그의 능묘를 여원戾園이라고 하였다.

20 劉屈氂(? ~B.C.90) : 중산정왕中山靖王 유승劉勝의 아들. 탁군태수涿郡太守를 지내다 정화 2년 좌승상에 이르렀고, 팽후澎侯에 책봉되었다. 무고의 화를 평정했다.

12. 피휘를 하지 않은 당시 唐詩無諱避

당나라 사람들은 시가를 지을 때 선대 및 당시의 일을 피하거나 숨기거나 하지 않고 직접 쓰고 노래했다. 외부에서 알면 안 되는 궁중의 추문이나 사생활도 반복해서 극명하게 언급했고, 윗 사람들도 죄를 묻지 않았다. 예를 들면 백거이의 「장한가長恨歌」의 풍자 내용이나 원진의 「연창궁사連昌宮詞」는 처음부터 끝까지 현종의 이야기이다. 두보의 경우는 더욱 많다. 예를 들면 「병거행兵車行」과 「전후출새前後出塞」·「신안리新安吏」·「동관리潼關吏」·「석호리石壕吏」·「신혼별新婚別」·「수로별垂老別」·「무가별無家別」·「애왕손哀王孫」·「비진도悲陳陶」·「애강두哀江頭」·「여인행麗人行」·「비청판悲青阪」·「공손무검기행公孫舞劍器行」 등은 시 전체가 그 당시의 시대상을 풍자하였다.

그밖에 조정과 정치를 언급한 시구를 보자면, 5언시로는 다음과 같은 것들이 있다.

나라 망친 지난 일을 회상하면,　憶昨狼狽初,
모든 일이 우선 옛날과 다르네.　事與古先別.
……　……
하나라 상나라 쇠퇴할 때,　不聞夏商衰,
포사와 달기를 주벌했다는 것은 듣지 못했다.　中自誅褒妲.[21]

한밤중에 구묘가 타올라,　中宵焚九廟,
은하수도 붉게 물들었다.　雲漢爲之紅.
……　……
이 때 비와 빈이 도륙을 당하여,　是時妃嬪戮,
연이어 분토에 쌓였지.　連爲糞土叢.[22]

선제께서 마침 무를 좋아하여,　先帝正好武,
해내가 아직 조락하지 않았다.　寰海未凋枯.
……　……

21 「北征」. 홍매가 절록하였으므로 생략된 부분은 "……"로 표기하였다.
22 「往在」.

변경 개척의 공 아직 이루지 못하고,	拓境功未已,
원화 연간에 세상을 떴다.	元和辭大爐.[23]
안사람은 붉은 소매로 눈물 훔치고,	內人紅袖泣,
왕자는 흰 옷 입고 출정한다.	王子白衣行.
……	……
종묘 무너지고 하늘엔 비 흩날리고,	毁廟天飛雨,
궁을 태우는 불빛 너무 밝아라.	焚宮火徹明.[24]
남내南內[25]에 울려 퍼지던 개원 시대 곡조,	南內開元曲,
늘상 제자들이 전했었지.	常時弟子傳.
법가 소리 변해가니,	法歌聲變轉,
좌석 관객 온통 눈물 줄줄 흘린다.	滿座涕潺湲.[26]
맑은 기운 운루를 활짝 열어젖히고,	御氣雲樓敞,
바람 머금은 화려한 의장 높이 치솟았네.	含風綵仗高.
선인은 무악을 연주하고,	仙人張內樂,
왕모는 궁도(선도)를 바치네.	王母獻宮桃.[27]
대전 아래쪽으로 걸어야 하니,	須為下殿走,
좋은 집에 거할 수 없어라.	不可好樓居.[28]
백마 끄는 사람 본디 없었거늘,	固無牽白馬,
청의 입은 사람 어찌 오겠는가.	幾至著青衣.
……	……
말 빼앗겨 슬픈 공주,	奪馬悲公主,
수레 올라 우는 귀빈.	登車泣貴嬪.[29]

23 「遣懷」.
24 「奉送郭中丞兼太僕卿充隴右節度使三十韻」.
25 南內 : 당대 장안의 홍경궁興慶宮. 원래 현종이 번왕 때 고택이었는데 나중에 궁이 되었으며, 동내東內인 대명궁 남쪽에 있었기 때문에 남내라고 했다.
26 「秋日夔府詠懷奉寄鄭監李賓客一百韻」.
27 「千秋節有感」.
28 「收京三首」.
29 「傷春五首」.

병사의 기세가 늠름한데,
직려로 떨어지는 요성.

兵氣淩行在,
妖星下直廬.[30]

떨어지는 해를 왕모에게 남겨두고,
미풍에도 아이에게 의지한다.

落日留王母,
微風倚少兒.[31]

모연수 그리면서,
투호하는 곽사인.

能畫毛延壽,
投壺郭舍人.[32]

투계할 때 처음에는 비단 하사하고,
춤추는 말 타고 다시 침상에 오른다.

鬪鷄初賜錦,
舞馬更登牀.[33]

여산 행차하시지 않을까 기대 끊어지고,
꽃송이 높은 길 오르기를 그만두네.

驪山絶望幸,
花萼罷登臨.[34]

원앙 새긴 대전 기와 부서지고,
비취 자수 궁전 주렴 텅 비었다.

殿瓦鴛鴦坼,
宮簾翡翠虛.[35]

7언시로는 다음과 같은 시들이 있다.

관중의 아이가 기강 무너뜨려,
장후 기분 좋지 않고 상만 바쁘도다.

關中小兒壞紀綱,
張后不樂上爲忙.[36]

천자께서 함양궁에 안 계시니,
다시 먼지를 뒤집어쓰는 것이 애통하지 않으리오.

天子不在咸陽宮,
得不哀痛塵再蒙.[37]

일찍이 선제의 조야백 그리게 했더니,

曾貌先帝照夜白,

30 「贈李八秘書別三十韻」.
31 「宿昔」.
32 「能畫」.
33 「鬪鷄」.
34 「驪山」.
35 「秋日荊南送石首薛明府辭滿告別奉寄薛尙書頌德敍懷斐然之作三十韻」.
36 「憶昔二首」.
37 「冬狩行」.

용지에 열흘 동안 벽력이 쳤었다. 龍池十日飛霹靂.[38]

요로에서는 언제나 장창 내려놓게 될까, 要路何日罷長戟,
청강부터 백만까지 전투가 끊이지 않으니. 戰自青羌連白蠻.[39]

어찌 회흘 말을 모두 몰아냈다 하나, 豈謂盡煩回紇馬,
훨훨 멀리 삭방 병사 구원하러 가네. 翻然遠救朔方兵.[40]

이러한 것들을 모두 기록할 수 없을 정도이다.

그 이후로 장호張祜의 부賦인 「연창궁連昌宮」·「원일장元日仗」·「천추악千秋樂」·「대포악大酺樂」·「십오야등十五夜燈」·「열희악熱戲樂」·「상사동上巳東」·「빈왕소관邠王小管」·「이모적李謨笛」·「퇴궁인退宮人」·「옥환비파玉環琵琶」·「춘앵전春鶯囀」·「영가래寧哥來」·「용아발두容兒鉢頭」·「빈낭갈고邠娘羯鼓」·「사낭가耍娘歌」·「패나아무悖拏兒舞」·「화청궁華淸宮」·「장문원長門怨」·「집령대集靈臺」·「아보탕阿𠏉湯」·「마외귀馬嵬歸」·「향낭자香囊子」·「산화루散花樓」·「우림령雨霖鈴」 등 30편이 대체로 개원과 천보 연간의 일을 노래한 것이다. 이상은李商隱의 「화청궁華淸宮」과 「마외馬嵬」·「여산驪山」·「용지龍池」 등도 그렇다. 그러나 지금은 시인들이 감히 그렇게 드러내놓고 풍자하지 못한다.

13. 나라의 근간을 해친 이성 李晟傷國體

장수가 막중한 병권을 쥐고 외지에 있다면 국가에 일이 많을 때는 황제를 받들고 명을 따름에 더욱 공손하고 순종해야 한다. 당나라 덕종德宗 때 이성李晟[41]이 주체朱泚의 반란군을 격파하고 장안을 수복하여 공적과 명성이 온세상

38 「韋諷錄事宅觀曹將軍畫馬圖」.
39 「秋風二首」.
40 「諸將五首」.
41 李晟(727~793) : 당나라의 대장군. 자는 양기良器. 변진邊鎭의 비장裨將이었다가 전공을 세워서 우신책군도장右神策軍都將으로 승진했고, 주체의 난을 평정하여 서평군왕西平郡王에 책봉되었다.

에 떨쳤으니 사직의 종신宗臣이라고 할 만하다. 그런데 그가 신책군神策軍을 인솔하여 촉蜀의 방어 임무를 마치고 돌아오면서 가기歌妓 한 명을 데리고 돌아가려했다. 이를 안 절도사 장연상張延賞[42]이 사람을 보내 뒤따라가 가기를 되찾아오게 했다. 이 일로 인해 이성은 장연상에 대한 불만을 가지게 되었다.

이후 이성이 큰 공을 세웠을 때, 황제가 장연상을 불러들여 재상에 임명하려고 하자 이성은 그의 과오와 결점을 하나하나 지적하는 상소를 올렸고, 황제는 생각을 바꿔 그만 두었다. 1년 남짓 이후 황제가 한황韓滉[43]을 보내 이제 원한을 풀라는 성지를 이성에게 전하도록 했다. 한황은 이를 통해 이성에게 장연상을 추천하는 상소를 올리게 했고, 장연상은 결국 재상이 되었다.

그렇다면 재상을 임명하고 파면하는 것을 대장군이 모두 좌지우지할 수 있었다는 건데, 이는 나라의 근간을 매우 심하게 해치는 것이다. 시기심이 많고 인정이 각박한 덕종이 그러한 상황에 어찌 초연할 수 있었겠는가! 이성이 병권을 잃은 것도 바로 그러한 이유 때문이었다. 이성은 국자감 무성왕武成王 사당에서 원래 십철十哲 중 하나로 배열되어 있었는데, 송대 효종孝宗 건도乾道[44] 연간에 사당에서 제사를 올리는 대상에서 제외시키라 명하는 교지가 내려왔다. 효종 황제의 조치도 나라의 근간을 해친 이성을 용납할 수 없었기에 나온 것이 아니겠는가!

14. 원화 육학사 元和六學士

백거이가 동도東都 낙양에서 분사어사分司御史로 있을 때, 「상이유수상공上李

42 張延賞(726~787) : 당나라 재상. 본명은 보부寶符. 부친은 장가정張嘉貞으로, 개원 초 중서령을 지냈다. 재상 묘진경苗晉卿이 장연상을 매우 좋아하여 사위로 삼았다. 현종·숙종·덕종을 섬겼으며, 중서시랑·동중서문하평장사를 지냈다.

43 韓滉(723~787) : 당나라 중기 정치가이자 화가. 자는 태충太沖, 경조 장안(지금의 섬서 서안) 사람.

44 乾道 : 남송 효종孝宗 황제 시기 연호(1165~1173).

留守相公」이라는 시를 썼는데, 그 서문에 다음과 같은 내용이 있다.

> 공이 호숫가에 사는 나를 찾아왔다. 배 띄우고 한 잔 하면서 한림원 옛 이야기를 하게 되어, 네 운韻으로 시를 지어본다.

그리고 뒤 두 연에서 다음과 같이 노래했다.

허연 머리 되어도 옛 우정은 여전한데,	白首故情在,
청운의 꿈은 지나간 일과 더불어 온데간데 없다.	青雲往事空.
같은 때에 함께 일한 한림원의 여섯 학사,	同時六學士,
다섯은 재상이 되고 하나는 늙은 어부 되었네.	五相一漁翁.

이 시는 이강李絳[45]에게 준 것으로, 그 내용이 원화元和 2년(807)부터 6년(811)까지 일을 기록하고 있다. 내가 그 당시 상황을 살펴보니, 다섯 재상이란 배기裴垍[46]와 왕애王涯[47]·두원영杜元穎[48]·최군崔羣[49] 및 이강李絳이다.

소흥 28년(1158) 3월에 내가 한림원에 들어가, 다음 해 8월에 이부吏部의 낭관郎官으로 임명되었는데, 동시에 낭관에 임명된 사람으로 비서승秘書丞 옹공雍公 우윤문虞允文(자 병보並甫)·저작랑著作郎 위공魏公 진준경陳俊卿(자 응구應求)·비서랑秘書郎 위공魏公 사호史浩(자 직옹直翁)·교서랑校書郎 노공魯公 왕준王準(자 계해季海) 등이 모두 재상의 자리에 올랐고, 또한 장민공莊敏公 왕철汪澈(자 명원明遠)도 추밀사樞密使까지 지내서 재상에 상당하는 지위였으니, 원화 연간의 일과 매우 비슷하다.

45 李絳(764~830) : 당나라 명신. 자는 심지深之, 조군趙郡 찬황贊皇 사람. 진사 출신으로 비서성 교서랑을 지냈고, 원화元和 2년(807) 한림학사에 제수되었다. 사람됨이 정직하고 직언과 간쟁을 서슴지 않았다고 한다.
46 裴垍(?~810) : 자는 홍중弘中. 강주絳州 문희聞喜(지금의 산서 문희) 사람.
47 王涯(?~835) : 자는 광진廣津. 태원 사람.
48 杜元穎(775~838) : 자는 미상, 또는 군君이라는 설도 있다. 경조京兆 두릉杜陵 사람.
49 崔羣(772~832) : 자는 돈시敦詩. 패주貝州 무성武城(지금의 산동 무성) 사람.

15. 후세를 그르친 두 경전 二傳誤後世

석작石碏[50]이 아들을 죽인 이야기가 『좌전』에 실리면서부터 대의멸친大義滅親이란 말이 나오게 되었고, 후세에 이것을 근거 삼아 자손을 죽이고 형제를 해치는 일이 생기게 되었다. 한 장제章帝가 태자 경慶을 폐하고, 위魏 효문제孝文帝가 태자 순恂을 죽이고, 당 고종이 태자 현賢을 폐하는 등 그 사례를 이루 다 헤아릴 수가 없다.

『공양전』에서 노魯 은공隱公·환공桓公 이야기를 실으면서 "자식은 어머니로 인해 귀해지고, 어머니는 자식으로 인해 귀해진다[子以母貴, 母以子貴]"는 말이 있었고, 후세에 이것을 근거 삼아 장자를 폐하고 둘째 이하를 세운다든가 첩을 후나 비로 삼는 일이 생기게 되었다. 한 애제哀帝가 부소의傅昭儀를 황태태후皇太太后로 추존하고, 광무제가 태자 강強을 폐하고 동해왕 유양劉陽을 세우고, 당 고종이 태자 충忠을 폐하고 효경孝敬을 세우는 등 그 사례를 또한 이루 다 헤아릴 수가 없다.

16. 복자하 卜子夏

위魏 문후文侯는 복자하卜子夏[51]를 스승으로 모셨다고 한다. 『사기』의 기록에 따르면 자하는 공자보다 44세 적었으니, 공자가 세상을 떠났을 때 자하는

50 石碏 : 춘추시대 위衛나라의 현신賢臣. 위정백衛靖伯의 손자이며, 석씨 성의 시조이다. 위나라 장공莊公이 총애하던 여인이 아들 주우州吁를 낳았다. 석작은 장공더러 주우를 조심하라고 간언했는데 장공은 듣지 않았고, 석작의 아들 석후石厚가 주우와 어울려서 석작이 말렸지만 석후는 듣지 않았다. 위나라 환공桓公 16년(B.C. 719)에 주우가 환공을 죽이고 스스로 왕위에 올랐으나, 백성을 진정시키지 못했다. 석후가 석작에게 왕권을 안정시키는 방법을 묻자, 석작은 석후더러 주우를 모시고 진陳으로 가라고 한 다음 사람을 보내 주우와 석후를 죽이게 했다. 이를 두고 대의멸친大義滅親이라는 말이 나왔다.

51 卜子夏(B.C.507~B.C.420) : 공자의 제자. 공문십철孔門十哲 중 하나이자, 72현賢 중의 하나. 성은 복, 이름은 상商. 춘추시대 진晉나라 사람. 집이 가난하여 힘들게 공부했으며, 노나라 태재太宰를 지냈다. 공자가 세상을 떠난 후 위魏나라 서하西河(지금의 산서 하진河津)에 가서 가르쳤다. 당시 유명했던 이극李克과 오기吳起·전자방田子方·이리李悝·단간목段幹木·공양고公羊高 등이 모두 그의 제자였다.

28세였다. 그때는 주周 경왕敬王 41년으로, 1년 뒤 원왕元王이 즉위했고, 정정왕貞定王과 고왕考王을 거쳐 위열왕威烈王 23년에 위나라는 비로소 후侯에 책봉되었으니, 공자가 세상을 떠났을 때와 75년 차이가 난다. 문후는 대부가 된지 22년 만에 후가 되었고 또 16년 만에 세상을 떠났으니, 처음 후가 되었을 때를 기준으로 계산해도 자하가 103세에 제후의 스승이 되었다는 건데, 어찌 그럴 수 있었겠는가?

17. 부자의 충성도 父子忠邪

한나라 때 외척인 왕씨王氏들이 정권을 좌지우지하자 왕장王章과 매복梅福이 이에 대해 말한 적은 있었지만, 오직 유향劉向만이 상소를 올려서 한 자 한 자 간절하고 극렬하게 간언을 하였다.

> 세상에 두 큰 세력이 공존할 수는 없으니, 왕씨와 유씨도 역시 공존할 수 없습니다. 폐하께서는 한 집안의 자손으로 종묘를 지키셔야 합니다만, 나라의 대권을 외척에게 넘겨주고 노예 신세로 전락하셨습니다. 뒤를 이을 후손을 위해서 걱정하셔야 한다는 것이 불을 보듯 훤한 것입니다.

유향은 이 정도로까지 통절하게 말했다. 그런데 그의 아들 유흠劉歆은 왕망의 천거로 등용되어 시중侍中이 되었다. 그리하여 왕망을 위해 문서와 서적을 관리하고, 왕망이 고위직에 오르는 것을 앞장서서 주장하며 공덕을 추켜올리고 찬양하였다. 안한공安漢公과 재형宰衡 등의 칭호는 모두 왕망과 유흠이 함께 모의해서 내놓은 것이었다. 이렇듯 유흠은 왕망이 정권을 찬탈할 때까지 그를 온순히 따랐지만, 그에게 죽임을 당했다.

삼국시대 위나라 진교陳矯가 조씨曹氏를 모시고 삼대에 걸쳐 충성을 다했다. 명제明帝가 사직을 걱정하여 물었다.

> "사마의司馬懿는 충직한데, 사직의 신하라고 할 수 있겠소?"

진교가 대답했다.

"조정에서 명망이 있기는 합니다만, 사직의 동량이 될 지는 아직 모르겠습니다."

사마의는 결국 나라의 대권을 빼앗았다. 손자 사마염司馬炎이 위나라를 찬탈하여 국호를 진晉으로 하자, 진교의 아들 진건陳騫은 혁명을 보좌하는데 공을 세워 공상公相의 지위에까지 올랐다.

진晉의 치음郗愔이 진나라 왕실에 충성을 다했는데, 그의 아들 치초郗超는 환씨桓氏와 결탁하여 환온桓溫의 왕위 찬탈 음모를 꾸몄다. 아들 치초가 병으로 죽자 치음은 들어 누울 정도로 슬퍼하였다. 후에 아들의 유품을 정리하다가 서신 상자를 발견했는데, 온통 환온과 주고받은 비밀스런 음모와 계책들이라 "이놈의 자식이 늦게 죽은 것이 한이구나!"라고 크게 화를 내며 더 이상 울지 않았다. 『진서晉書』에서는 치음에게 대의大義의 풍모가 있다고 서술했다.

유항과 진교·치음의 충성이 이와 같은데, 그들의 세 아들은 아무리 주벌을 해도 모자랄 지경이구나!

18. 소진과 장의의 6국 유세 蘇張說六國

소진蘇秦[52]과 장의張儀는 귀곡鬼谷 선생에게 함께 배웠다. 그런데 합종과 연횡[53]에 관한 그들의 웅변은 마치 물과 불처럼 완전히 달랐는데, 목표가 달랐기 때문일 것이다.

52 蘇秦 : 전국시대 유세가. 한韓·위魏·조趙·연燕·초楚·제齊의 여섯 나라가 합종合從하여 진秦나라에 대항하는 합종설을 주장하였기에 진나라를 위해 연횡책連橫策을 썼던 장의와 함께 전국시대 책사의 제1인자로 병칭된다.

53 合縱連橫 : 전국시대 진나라와 6국 사이에서 전개된 외교전술. B.C. 4세기말에 접어들면서 진나라가 최강국으로 등장하자, 동방에 있던 조趙·한韓·위魏·연燕·제齊·초楚 등 6국은 종적으로 연합하여 서방의 진에 대항하는 동맹을 맺었다. 이를 합종이라 하며, 합종책을 주도한 사람은 소진蘇秦이었다. 그 뒤 진은 6국의 대진동맹對秦同盟을 깨는 데 주력해, 위나라 사람 장의張儀로 하여금 6국을 설득하여 진과 6국이 개별적으로 횡적인 평화조약을 맺도록 했다. 이것을 연횡이라고 한다. 이것으로 진은 6국 사이의 동맹을 와해시키는 데 성공하고 이들을 차례로 멸망시켜 중국을 통일했다. 장의·소진을 비롯하여 소대蘇代·진진陳軫 등 전국시대에 활약한 외교전술가들을 종횡가縱橫家라고 부른다.

소진은 6국이 합종하여 진秦나라를 물리쳐야 한다고 했다. 그래서 6국의 강점을 말했다. 연나라는 땅이 사방 2천여 리고, 갑옷으로 무장한 군사가 수십만이며, 전차가 6백 대, 전마가 6천 필이라고 했다. 조나라 또한 땅이 사방 2천여 리고, 갑옷으로 무장한 군사가 수십만이며, 전차가 천 대, 전마가 만 필이라고 했다. 한韓나라는 땅이 사방 9백 리고, 갑옷으로 무장한 군사가 수십만이며, 천하의 강궁強弓과 경노勁弩가 모두 한나라에서 생산되고, 병사는 용맹하여 일당백이라고 했다. 위魏나라는 땅이 사방 천 리고, 군사가 70만이라고 했다. 제나라는 땅이 사방 2천여 리고, 임치臨菑의 병사는 이미 21만이라고 했다. 초나라는 땅이 사방 5천 리고, 갑옷으로 무장한 군사가 백만이며, 전차가 천 대, 전마가 만 필이라고 했다.

장의의 경우는 6국이 각각 횡적으로 진나라에 복종하도록 하려고 했다. 그렇기 때문에 6국의 약점을 말했다. 양梁나라는 땅이 사방 천 리에 불과하고, 군사가 30만에 불과하다고 했다. 한나라는 땅이 험악하고 군사가 20만에 불과하다고 했다. 또한 임치와 즉묵即墨은 이미 제나라의 소유가 아니라고 했으며, 조나라의 오른쪽 어깨는 이미 잘렸다고 했다. 검黔과 무巫는 더 이상 초나라 소유가 아니며, 역수易水와 장성 또한 연나라 소유가 아니라고 했다.

비록 소진과 장의 두 사람의 말이 상반되었지만, 여섯 나라의 왕들은 모두 그 둘의 말을 솔깃이 귀 기울여 듣고 공경을 다해 따르면서 나라의 대권을 모두 넘겨주고, 한 마디도 거절하거나 힐난하지 않았다. 그들은 모두 나이 지긋한 군주였고 오랫동안 나라를 다스렸음에도 불구하고, 소진과 장의를 만나서는 마치 두레박처럼 그들의 주장을 따라 오락가락하였으니, 그동안 나라가 위태롭거나 망하지 않은 것도 행운이었다고 할 수 있다.

나라의 형세는 가정과 같다. 한 가정의 살림을 주관하는 사람은 생산의 규모를 따진다. 집안의 전답을 가늠하여 한 해에 수확될 수 있는 곡식의 양을 파악하고, 농원의 크기를 가늠하여 한 해에 수확될 수 있는 뽕과 마麻의 양을 파악한다. 그리고 또 주택과 건물이 어느 만큼의 값어치가 있을 지 파악하고, 소와 양·개·닭 등에 이르기까지 숫자를 파악하지 않는 것이 없다.

어린 아이나 바보가 아니라면 자기 영역의 산물에 대해 하나하나 분석하고 헤아리지 못하는 것이 없어야 하는데, 어찌하여 머나먼 곳에서 온 유세객이 나를 위해 계산을 해주길 기다려야 하는가? 그들 중 하나는 많다고 하고 하나는 적다고 하는데, 어찌하여 앞뒤를 재거나 따지지 않고 모든 것을 믿었단 말인가?

한나라 때 조조晁錯가 경제景帝에게 다음과 같이 말한 적이 있다.

> "고조 때 동성同姓들에게 대대적으로 책봉을 했는데, 제왕에게는 70여 성을 나누어주고, 초왕에게는 40여 성을 나누어 줬으며, 오왕에게는 50여 성을 나누어 주었으니 천하의 반을 나누어 책봉해 준 것입니다."

한나라의 영토가 그토록 넓었는데, 세 제후국이 어떻게 그 반을 가졌겠는가! 이는 조조가 제후의 세력을 꺾으려고 일부러 그들에게 분봉된 땅이 크다고 과장해서 얘기한 것이다. 교서왕膠西王이 오나라와 반기를 들려고 하자 신하들이 간언했다.

> "제후들의 땅을 모두 합쳐도 한나라의 십분의 1, 2도 되지 못하니 반역에 동참하는 것은 좋은 계책이 아니옵니다."

이때 반란에 가담한 것은 오와 초 그리고 제齊나라의 제후였는데, 교서왕의 신하들은 군주가 한나라에 대한 반역에 동참하지 않도록 하기 위해 제후들의 세력이 보잘 것 없음을 강조해서 말한 것이다.

위의 두 경우와 소진·장의의 주장을 살펴보면, 비슷하게 보이지만 그들의 마음 씀은 다름을 알 수 있다. 서로 다른 그들의 주장을 들으면서 지피지기할 수만 있다면 좋을 것이다.

••• 卷第二(十八則)

1. 權若訥馮澥

唐中宗旣流殺五王, 再復武氏陵廟。右補闕權若訥上疏, 以爲:「天地日月等字, 皆則天能事, 賊臣敬暉等輕紊前規, 削之無益於淳化, 存之有光於孝理。又神龍制書, 一事以上, 並依貞觀故事, 豈可近捨母儀, 遠尊祖德。」疏奏, 手制褒美。欽宗在位, 懲王安石、蔡京之誤國, 政事悉以仁宗爲法。左諫議大夫馮澥上言:「仁宗皇帝, 陛下之高祖也。神宗皇帝, 陛下之祖也。子孫之心, 寧有厚薄。王安石、司馬光皆天下之大賢, 其優劣等差, 自有公論, 願無作好惡, 允執厥中, 則是非自明矣。」詔牓朝堂。侍御史李光駮之, 不聽, 復爲右正言崔鶠所擊。宰相不復問, 而遷澥吏部侍郞。按, 若訥與澥兩人議論操持絶相似, 蓋澥在崇寧中, 首上書乞廢元祐皇后, 自選人除寺監丞, 其始終大節, 不論可見。建炎初元, 乃超居政地, 公議憤之。

2. 歲旦飮酒

今人元日飮屠酥酒, 自小者起, 相傳已久, 然固有來處。後漢李膺、杜密以黨人同繫獄, 値元日, 於獄中飮酒, 曰:「正旦從小起。」時鏡新書晉董勛云:「正旦飮酒, 先飮小者, 何也?」勛曰:『俗以小者得歲, 故先酒賀之, 老者失時, 故後飮酒。』初學記載四民月令云:「正旦進酒次第, 當從小起, 以年小者起先。」唐劉夢得、白樂天元日擧酒賦詩, 劉云:「與君同甲子, 壽酒讓先杯。」白云:「與君同甲子, 歲酒合誰先?」白又有歲假內命酒一篇云:「歲酒先拈辭不得, 被君推作少年人。」顧況云:「不覺老將春共至, 更悲携手幾人全。還丹寂寞羞明鏡, 手把屠蘇讓少年。」裴夷直云:「自知年幾偏應少, 先把屠蘇不讓春。儻更數年逢此日, 還應惆悵羨他人。」成文幹云:「戴星先捧祝堯觴, 鏡裏堪驚兩鬢霜。好是燈前偸失笑, 屠蘇應不得先嘗。」方干云:「纔酌屠蘇定年齒, 坐中皆笑鬢毛斑。」然則尙矣。東坡亦云:「但把窮愁博長健, 不辭最後飮屠酥。」其義亦然。

3. 存歿絶句

杜子美有存歿絶句二首云:「席謙不見近彈棋, 畢曜仍傳舊小詩。玉局他年無限笑, 白楊今日幾人悲。」「鄭公粉繪隨長夜, 曹霸丹青已白頭。天下何曾有山水, 人間不解重驊騮。」每篇一存一歿。蓋席謙、曹霸存, 畢、鄭歿也。黃魯直荊江亭卽事十首, 其一云:「閉門覓句陳無已, 對客揮毫秦少游。正字不知溫飽未, 西風吹淚古藤州。」乃用此體。時少游歿而無己存也。近歲新安胡仔著漁隱叢話, 謂魯直以今時人形入詩句, 蓋取法於少陵, 遂引此句, 實失於詳究云。

4. 湯武之事

湯、武之事, 古人言之多矣。惟漢轅固、黃生爭辯最詳。黃生曰:「湯、武非受命, 迺殺也。」固曰:「不然, 桀、紂荒亂, 天下之心皆歸湯、武, 湯、武因天下之心而誅桀、紂, 不得已而立, 非受命爲何!」黃生曰:「冠雖敝必加於首, 履雖新必貫於足。今桀、紂雖失道, 君上也, 湯、武雖聖, 臣下也, 反因過而誅之, 非殺而何?」景帝曰:「食肉毋食馬肝, 未爲不知味, 言學者毋言湯、武受命, 不爲愚。」遂罷。顏師古注云:「言湯、武爲殺, 是背經義, 故以馬肝爲喩也。」東坡志林云:「武王非聖人也, 昔者孔子蓋罪湯、武, 伯夷、叔齊不食周粟, 而孔子予之, 其罪武王也甚矣。至孟軻始亂之, 使當時有良史, 南巢之事, 必以叛書, 牧野之事, 必以弑書。湯、武仁人也, 必將爲法受惡。」可謂至論。然予切考孔子之序書, 明言伊尹相湯伐桀, 成湯放桀于南巢, 武王伐商, 武王勝商殺受, 各蔽以一語, 而大指皦如, 所謂六藝折衷, 無待於良史復書也。

5. 張釋之傳誤

漢書紀、傳、志、表, 矛盾不同非一, 然唯張釋之爲甚。本傳云:「釋之爲騎郎, 事文帝十年不得調, 亡所知名, 欲免歸。中郎將袁盎惜其去, 請徙補謁者, 後拜爲廷尉, 逮事景帝, 歲餘, 爲淮南相。」而百官公卿表所載, 文帝卽位三年, 釋之爲廷尉, 至十年, 書廷尉昌、廷尉嘉又二人, 凡歷十三年, 景帝乃立, 而張歐爲廷尉。則是釋之未嘗十年不調, 及未嘗以廷尉事景帝也。

6. 張于二廷尉

張釋之爲廷尉, 天下無冤民。于定國爲廷尉, 人自以不冤。此漢史所稱也。兩人在職皆十餘年。周勃就國, 人上書告勃欲反, 下廷尉逮捕, 吏稍侵辱之, 勃以千金與獄吏, 吏使以公主爲證, 太后亦以爲無反事, 乃得赦出。釋之正爲廷尉, 不能救, 但申理犯蹕、盜環一二細事耳。楊惲爲人告驕奢不悔過, 下廷尉按驗, 始得所予孫會宗書, 定國當惲大逆無道, 惲坐要斬。惲之罪何至於是!其徇主之過如此。傳所謂「決疑平法務在哀矜」者, 果何爲哉!

7. 漢唐置郵

趙充國在金城, 上書言先零、罕羌事, 六月戊申奏, 七月甲寅璽書報從其計。案, 金城至長安一千四百五十里, 往反倍之, 中間更下公卿議臣, 而自上書至得報, 首尾才七日。唐開元十年八月己卯夜, 權楚璧等作亂, 時明皇幸洛陽, 相去八百餘里。壬午, 遣河南尹王怡如京師按問宣慰, 首尾才三日。置郵傳命, 旣如此其速, 而廷臣共議, 蓋亦未嘗淹久, 後世所不及也。

8. 龍且張步

韓信擊趙, 李左車勸陳餘勿與戰, 餘曰:「今如此避弗擊, 諸侯謂吾怯, 而輕來伐我。」遂與信戰, 身死國亡。是時, 信方爲漢將, 始攻下魏、代, 威聲猶未暴白, 陳餘易之, 尙不足訝。及滅趙服燕, 則關東六國, 旣定其四矣。信伐齊, 楚使龍且來救。或言漢兵不可當, 龍且曰:「吾平生知韓信爲人, 易與耳, 不足畏也, 何爲而止!」一戰而沒, 項隨以亡。耿弇討張步, 斬其大將軍費邑, 走邑之弟敢, 進攻西安、臨淄, 拔其城, 又走其弟藍, 勢如破竹。先是, 弇已破尤來、大槍、延岑、彭寵、富平、獲索矣。時步所盜齊地, 太半爲弇所得。然步猶曰:「以尤來、大彤十餘萬衆, 吾皆卽其營而破之。今弇兵少於彼, 又皆疲勞, 何足擢乎!」竟出兵大戰, 兄弟成禽。兵法云:「知彼知己, 百戰不殆。」龍且、張步豈復識此哉! 梁臨川王宏伐魏, 魏元英禦之, 宏停軍不前。魏人勸英進據洛水, 英曰:「蕭臨川雖騃, 其下有良將韋、裴之屬, 未可輕也。宜且觀形勢, 勿與交鋒。」宏卒敗退。英之識見, 非前人可比也。然遂進軍圍鍾離, 魏邢巒以爲不可, 魏主召使還, 英表稱必克, 爲曹景宗、韋叡所挫, 失亡二十餘萬人。智於前而昧於後, 爲可恨耳!

9. 義理之說無窮

經典義理之說最爲無窮, 以故解釋傳疏, 自漢至今, 不可概擧, 至有一字而數說者。姑以周易革卦言之。「已日乃孚, 革而信之。」自王輔嗣以降, 大抵謂卽日不孚, 已日乃孚。「已」字讀如「矣」音, 蓋其義亦止如是耳。唯朱子發讀爲戊己之「己」。予昔與易僧曇瑩論及此, 問之曰:「或讀作己日如何?」瑩曰:「豈唯此也, 雖作巳日亦有義。」乃言曰:「天元十干, 自甲至己, 然後爲庚, 庚者革也, 故己日乃孚, 猶云從此而革也。十二辰自子至巳六陽, 數極則變而之陰, 於是爲午, 故巳日乃孚, 猶云從此而變也。」用是知好奇者欲穿鑿附會, 固各有說云。

10. 開元五王

唐明皇兄弟五王, 兄申王撝以開元十二年, 寧王憲、邠王守禮以二十九年, 弟岐王範以十四年, 薛王業以二十二年薨, 至天寶時已無存者。楊太眞以三載方入宮, 而元稹連昌宮詞云:「百官隊仗避岐、薛, 楊氏諸姨車鬭風。」李商隱詩云:「夜半宴歸宮漏永, 薛王沉醉壽王醒。」皆失之也。

11. 巫蠱之禍

漢世巫蠱之禍, 雖起於江充, 然事會之來, 蓋有不可曉者。武帝居建章宮, 親見一男子帶劍入中龍華門, 疑其異人, 命收之, 男子捐劍走, 逐之弗獲。上怒, 斬門候, 閉長安城門, 大索十一日, 巫蠱始起。又嘗晝寢, 夢木人數千持杖欲擊己, 乃驚寤, 因是體不平, 遂苦忽忽善忘。此兩事可謂異矣。木將腐, 蠹實生之。物將壞, 蟲實生之。是時帝春秋已高, 忍而好殺, 李陵所謂法令無常, 大臣無罪夷滅者數十家。由心術旣荒, 隨念招妄, 男子、木人之兆, 皆迷不復開, 則謫見於天, 鬼瞰其室。禍之所被, 以妻則衛皇后, 以子則戾園, 以兄子則屈氂, 以女則諸邑、陽石公主, 以婦則史良娣, 以孫則史皇孫。骨肉之酷如此, 豈復顧他人哉! 且兩公主實衛后所生, 太子未敗數月前, 皆已下獄誅死, 則其母與兄豈有全理! 固不待於江充之譖也。

12. 唐詩無諱避

唐人歌詩, 其於先世及當時事, 直辭詠寄, 略無避隱。至宮禁嬖昵, 非外間所應知者, 皆反復極言, 而上之人亦不以爲罪。如白樂天長恨歌諷諫諸章, 元微之連昌宮詞, 始末皆爲明皇而發。杜子美尤多, 如兵車行、前後出塞、新安吏、潼關吏、石壕吏、新婚別、垂老別、無家別、哀王孫、悲陳陶、哀江頭、麗人行、悲青阪、公孫舞劍器行,　終篇皆是。其它波及者, 五言如:「憶昨狼狽初, 事與古先別。」「不聞夏殷衰, 中自誅褒、妲。」「是時妃嬪戮, 連爲糞土叢。」「中宵焚九廟, 雲漢爲之紅。」「先帝正好武, 寰海未凋枯。」「拓境功未已, 元和辭大鑪。」「內人紅袖泣, 王子白衣行。」「毁廟天飛雨, 焚宮火徹明。」「南內開元曲, 常時弟子傳。」「法歌聲變轉, 滿座涕潺湲。」「御氣雲樓敞, 含風綵仗高。」「仙人張內樂, 王母獻宮桃。」「須爲下殿走, 不可好樓居。」「固無牽白馬, 幾至著青衣。」「奪馬悲公主, 登車泣貴嬪。」「兵氣凌行在, 妖星下直廬。」「落日留王母, 微風倚少兒。」「能畫毛延壽, 投壺郭舍人。」「鬪鷄初賜錦, 舞馬更登牀。」「驪山絶望幸, 花萼罷登臨。」「殿瓦鴛鴦坼, 宮簾翡翠虛。」七言如:「關中小兒壞紀綱, 張后不樂上爲忙。」「天子不在咸陽宮, 得不哀痛塵再蒙。」「曾貌先帝照夜白, 龍池十日飛霹靂。」「要路何日罷長戟, 戰自青羌連白蠻。」「豈謂盡煩回紇馬, 翻然遠救朔方兵。」如此之類, 不能悉書。此下如張祜賦連昌宮、元日仗、千秋樂、大酺樂、十五夜燈、熱戲樂、上巳東、邠王小管、李謨笛、退宮人、玉環琵琶、春鶯囀、寧哥來、容兒鉢頭、邠娘羯鼓、耍娘歌、悖拏兒舞、華淸宮、長門怨、集靈臺、阿鵰鳥湯、馬嵬歸、香囊子、散花樓、雨霖鈴等三十篇, 大抵詠開元、天寶間事。李義山華淸宮、馬嵬、驪山、龍池諸詩亦然。今之詩人不敢爾也。

13. 李晟傷國體

將帥握重兵居閫外, 當國家多事時, 其奉上承命, 尤當以恭順爲主。唐李晟在德宗朝,破朱泚, 復長安, 功名震耀, 蓋社稷宗臣也。然嘗將神策軍戍蜀, 及還, 以營妓自隨, 節度使張延賞追而返之, 由是有隙。晟旣立大功, 上召延賞入相, 晟表陳其過惡, 上重違其意, 乃止。後歲餘, 上命韓滉諭旨於晟使釋怨, 滉因使晟表薦, 延賞遂爲相。然則輔相之拜罷, 皆大將得制之, 其傷國體甚矣。德宗猜忌刻薄, 渠能釋然! 晟之失兵柄, 正緣此耳。國學武成王廟, 本列晟於十哲, 乾道中有旨, 退於從祀, 壽皇聖意豈非出此乎!

14. 元和六學士

白樂天分司東都, 有詩上李留守相公, 其序言:「公見過池上, 汎舟擧酒, 話及翰林舊事, 因成四韻。」後兩聯云:「白首故情在, 靑雲往事空。同時六學士, 五相一漁翁。」此詩蓋與李絳者, 其詞正紀元和二年至六年事。予以其時考之, 所謂五相者, 裴垍、王涯、杜元穎、崔羣及絳也。紹興二十八年三月, 予入館, 明年八月, 除吏部郞官, 一時同舍祕書丞虞雍公幷甫、著作郞陳魏公應求、祕書郞史魏公直翁、校書郞王魯公季海, 皆至宰相, 汪莊敏公明遠至樞密使, 恩數與宰相等, 甚類元和事云。

15. 二傳誤後世

自左氏載石碏事, 有「大義滅親」之語, 後世援以爲說, 殺子孫, 害兄弟。如漢章帝廢太子慶, 魏孝文殺太子恂, 唐高宗廢太子賢者, 不可勝數。公羊書魯隱公、桓公事, 有「子以母貴, 母以子貴」之語, 後世援以爲說, 廢長立少, 以妾爲后妃。如漢哀帝尊傅昭儀爲皇太太后, 光武廢太子彊而立東海王陽, 唐高宗廢太子忠而立孝敬者, 亦不可勝數。

16. 卜子夏

魏文侯以卜子夏爲師。案史記所書, 子夏少孔子四十四歲, 孔子卒時, 子夏年二十八矣。是時, 周敬王四十一年, 後一年元王立, 歷貞定王、考王, 至威烈王二十三年, 魏始爲侯, 去孔子卒時七十五年。文侯爲大夫二十二年而爲侯, 又十六年而卒。姑以始侯之歲計之, 則子夏已百三歲矣, 方爲諸侯師, 豈其然乎?

17. 父子忠邪

漢王氏擅國, 王章、梅福嘗言之, 唯劉向勤勤懇懇, 上封事極諫, 至云:「事勢不兩大, 王氏與劉氏亦且不並立。陛下爲人子孫, 守持宗廟, 而令國祚移於外親, 降爲皂隸, 爲後嗣憂, 昭昭甚明。」其言痛切如此。而子歆乃用王莽擧爲侍中, 爲莽典文章, 倡導在位, 褒揚功德, 安漢、宰衡之名, 皆所共謀, 馴致攝簒, 卒之身亦不免。魏陳矯事曹氏, 三世爲之盡忠, 明帝憂社稷, 問曰:「司馬懿忠正, 可謂社稷之臣乎?」矯曰:「朝廷之望, 社稷未知也。」懿竟竊國柄。至孫炎簒魏爲晉, 而矯之子騫乃用佐命勳, 位極公輔。晉郗愔忠於王室, 而子超黨於桓氏, 爲溫建廢立之謀。超死, 愔哀悼成疾。後見超書一箱, 悉與溫往反密計, 遂大怒, 曰:「小子死恨晚。」更不復哭。晉史以爲有大義之風。向、矯、愔之忠如是, 三子不勝誅矣。

18. 蘇張說六國

蘇秦、張儀同學於鬼谷, 而其從横之辯, 如冰炭水火之不同, 蓋所以設心者異耳。蘇欲六國合從以擯秦, 故言其彊。謂燕地方二千餘里, 帶甲數十萬, 車六百乘, 騎六千匹; 謂趙地亦方二千餘里, 帶甲數十萬, 車千乘, 騎萬匹; 謂韓地方九百里, 帶甲數十萬, 天下之强弓勁弩, 皆從韓出, 韓卒之勇, 一人當百; 謂魏地方千里, 卒七十萬; 齊地方二千餘里, 臨菑之卒固已二十一萬; 楚地方五千里, 帶甲百萬, 車千乘, 騎萬匹。至於張儀, 則欲六國爲横以事秦, 故言其弱。謂梁地方不過千里, 卒不過三十萬; 韓地險惡, 卒不過二十萬; 臨菑、即墨非齊之有; 斷趙右肩; 黔、巫非楚有; 易水、長城非燕有。然而六王皆聳聽敬從, 擧國而付之, 未嘗有一語相折難者。彼皆長君, 持國之日久, 逮其臨事, 乃顧如桔槹, 隨人俯仰, 得不危亡, 幸矣哉。且一國之勢, 猶一家也。今夫主一家之政者, 較量生理, 名田若干頃, 歲收穀粟若干; 藝園若干畝, 歲收桑麻若干; 邸舍若干區, 爲錢若干; 下至牛羊犬雞, 莫不有數, 自非童騃孱愚之人, 未有不能件析而枚數者, 何待於疏遠游客爲吾借箸而籌哉! 苟一以爲多, 一以爲寡, 將遂挈挈然擧而信之乎! 鼂錯說景帝曰:「高帝大封同姓, 齊七十餘城, 楚四十餘城, 吳五十餘城, 分天下半。」以漢之廣, 三國渠能分其半? 此錯欲削諸侯, 故盛言其大爾。膠西王將與吳反, 羣臣諫曰:「諸侯地不能當漢十二, 爲叛逆非計也。」是時反者即吳、楚、諸齊, 此膠西臣欲止王之謀, 故盛言其小爾。二者視蘇、張之言, 疑若相似, 而用心則否, 聽之者惟能知彼知己, 則善矣。

••• 용재속필 권3(18칙)

1. 일정지계 一定之計

신하가 영명한 군주를 만날 경우, 처음 만나 정책을 입안할 때 반드시 일정한 계획이 있어서 이것을 근거로 결정을 내린다. 그런 후 종신토록 그 말을 바꾸지 않으면 역사서에 실리고 영원히 남게 된다. 소식이 범중엄의 문집에 서문을 쓸 때 이에 대해 논한 적이 있다.

이윤伊尹은 유신有莘[1] 출신으로, 탕湯이 그를 세 번째 초빙해서야 응낙하면서 군주를 요와 순 같은 군주가 되게 하고 백성을 요와 순의 백성 같이 되게 하겠다고 마음먹고, 하夏를 정벌하는 탕을 도왔다. 그리고 이후 탕을 요와 순처럼 되게 했고 하늘을 감동시켰다.

부열傅說은 암야巖野에서 은거하다 등용되어 재상이 되었다. 그의 글 세 편은 별과 해처럼 빛났다. 머나먼 오래 전 일이므로 역사서에서는 그의 행적이 상세히 기록되어 있지 않다. 그러나 고종高宗이 귀방鬼方[2]을 이기고 형荊과 초楚를 정벌하고 상나라 강역을 안정시켜, 예우가 높아져 하늘과 짝하게 되었고 『역경』의 「기제既濟」·『서경』의 「무일無逸」·『시경』의 「은무殷武」에 실렸으니, 상나라의 군주 중 이보다 번성했던 적이 없다. 부열의 공적은 이윤이 한 조대에만 찬미되는 것에서 그치게 하지 않은 것에 있으니, 그래야 비로소 공평하다고 하겠다.

관중이 자신의 군주를 패자로 만든 것과 상앙[3]이 진나라 기틀을 강하게

1 有莘 : 지금의 산동성 조현曹縣 북쪽.
2 鬼方 : 상·주 시대 서북지역 종족을 지칭하던 말.
3 商鞅(?~B.C.338) : 진나라의 재상. 위나라 태생이나 자신의 나라에서는 뜻을 펼치기가

다진 것을 유가 학자들은 입에 담기 부끄러워하고 후세사람들도 천시한다지만, 그들이 행한 정치를 살펴보면 처음 도모했던 것과 어긋났던 적이 하나도 없었다.

한신韓信은 한 고조에게 무용이 뛰어난 자를 임용하고, 공신에게 성읍을 책봉해 주고, 의병을 이끌어 동쪽 고향으로 돌아가고 싶어 하는 병사들의 마음을 따르게 하고, 격문을 돌리는 것만으로 삼진三秦 지역을 평정하도록 권유했다. 위魏를 함락한 뒤 북쪽으로 진격하여 연燕과 조趙를 취하고, 동쪽으로 제齊를 치고, 남쪽으로 초楚의 보급로를 끊고, 서쪽으로 형양滎陽에서 회전會戰하여 초를 멸하기에 이르기까지, 한 마디도 말한 대로 성과를 거두지 않은 적이 없다.

등우鄧禹[4]는 하북에서 광무제光武帝를 만났다. 등우는 경시제更始帝 유현劉玄[5]이 특별한 성취가 없을 것을 알고, 영웅들을 모으고 민심을 달래는데 힘쓰고 고조의 대업을 세워 만민의 목숨을 구해야 한다고 광무제를 설득하였다. 광무제는 그와 함께 의논하고 결정하여 끝내 대업을 이루었다.

경엄耿弇[6]은 광무제와 함께 왕랑王郎을 토벌하고 유주幽州로 돌아가기를 원하여 정예 병사를 더욱 징발하여 팽총彭寵을 평정하고 장풍張豐을 취하고 돌아와 부평富平과 획색獲索을 거두어들이고 동쪽으로 장보張步를 공격하여 제齊 지역을 평정하였다. 광무제는 경엄의 성격이 남들과 어울리기 어렵다고 생각했었으나 결국 사업을 성공시켰다.

어렵다고 여겨 위나라로 건너갔다가 결국 진나라 효공孝公에게 등용되었다. 20년간 진나라의 재상으로 있으면서 엄격한 법치주의 정치를 펼쳐 나라를 강국으로 성장시켰으나 한편으로는 그 때문에 많은 사람들의 원한을 샀다. 결국 반대파에게 반역죄로 몰려 처형되었다.

4 鄧禹(2~58) : 후한의 개국공신. 자 중화仲華. 남양南陽 신야新野 사람. 광무제가 후한을 건립하는 데 도움을 준 '운대이십팔장雲臺二十八將' 중 첫머리에 꼽히는 인물이다.

5 劉玄(?~25) : 자는 성공聖公, 남양南陽 채양蔡陽(지금의 호북 조양棗陽) 사람. 원래 전한 황족으로, 경제景帝의 후손이자 광무제의 족형이다. 양한 교체기에 녹림군을 통해 경시更始 정권 황제가 되었다.

6 耿弇(3~58) : 후한의 개국공신. 자 백소伯昭. 부풍扶風 무릉茂陵 사람. 광무제 때 공신으로, '운대이십팔장' 중 네 번째.

제갈량은 조조가 천자를 옆에 끼고 제후에게 호령을 하므로 그와 다투기는 어려우며 손권은 강동을 차지하고 있어서 지원세력이 될 수는 있지만 함께 도모할 수는 없다고 보았다. 그리고 유비에게 형주荊州는 용무지국用武之國이요 익주益州는 비옥한 땅이 천리에 걸쳐 펼쳐져 있으므로, 형주와 익주를 차지하고 있으면서 밖으로 시국의 변화를 관망하다 보면 패업을 이루어 한나라 왕실을 일으킬 수 있다고 권했다. 남방을 평정한 후에는 삼군을 표창하고 인솔하여 북쪽으로 중원을 평정하고자 했다. 그 말대로 모두 실행되어 나갔으나 군대를 출동시켜 싸우기도 전에 그가 먼저 세상을 떠났으니, 하늘의 뜻이다.

방현령房玄齡은 지팡이를 짚고 태종을 알현하여 기실記室이 되었다. 그는 인물을 모아 막부로 모여들게 하고, 장수들과 서로 은밀하게 결속하여 큰 공을 세웠다. 재상이 된 후에는 법령과 제도가 모두 그의 손에서 나와 수백 년 후에도 그 공로의 혜택을 누렸다.

왕박王朴은 오대五代가 처음 막 시작될 때 후주後周 세종世宗을 섬겼는데, 「평변책平邊策」을 올려 다음과 같이 말했다.

> 후당이 오吳와 촉蜀을 잃고, 후진後晉이 유주幽州와 병주幷州를 잃었으니, 이들을 평정할 방법을 알아야 합니다. 지금 오吳는 도모하기가 용이합니다. 공략할만한 곳이 2천리로, 허술하고 약한 곳을 공격하면, 아무런 저지를 받지 않고 강북의 주州들은 우리의 소유가 될 것입니다. 강북을 얻고 나면 남방 또한 평정하기 어렵지 않습니다. 오吳를 손에 넣으면 계桂와 광廣은 모두 신하로 복종할 것이요, 민岷과 촉蜀은 격문을 보내는 것만으로도 불러들일 수 있을 것입니다. 오지 않으면 사방에서 함께 진격하여 휩쓸면 촉은 평정될 것입니다. 오와 촉이 평정되면 유주幽州는 멀리서 바람만 보고도 항복할 것입니다. 병주幷州는 필사적으로 저항할 것이나 적절한 기회를 본다면 단번에 공략하여 평정할 수 있습니다.

세종은 그의 계책을 채택하였으나 미처 공을 거두지 못하고 세상을 떠났다. 우리 송조宋朝에 이르러 사방을 평정하였는데, 선후의 차례가 모두 왕박의 예측에서 벗어나지 않았다. 다만 유주를 공략할 때 성 밑까지 도달하기는 했으나 장수들이 성공하지 못했다.

왕안석王安石이 국정을 운영할 때 황제는 그의 말과 계책을 모두 따랐다. 그러자 왕안석은 자신이 천하의 막중한 임무를 맡았다고 자임하고 상앙商鞅[7]을 본받아 백성으로부터 취할 수 있는 것은 모두 취하였다. 결국 후세에 해를 남겼는데 여기서는 논하지 않겠다.

2. 추흥부 秋興賦

송옥宋玉의 「구변九辯」에 다음과 같은 구절이 있다.

> 처량하도다 먼 길 떠나는 그대, 憭慄兮若在遠行,
> 산에 오르고 물길 만나며 그대를 전송한다네. 登山臨水兮送將歸.

반악潘岳[8]은 「추흥부秋興賦」를 지으면서 그 말을 인용하고 이어서 이렇게 묘사했다.

> 전송하는 자의 연민, 먼길을 떠난 자의 객지에서의 울분, 강물을 대하면 일어나는 흘러가는 것에 대한 탄식, 산에 올라 먼 고향을 그리워하면서 가까운 슬픔을 떠올린다. 이 네 가지 근심이 마음에 젖어들어 하나를 만나도 참기가 어렵다.

아마도 그 뜻을 훤하게 풀려고 했었던 듯하다. 그러나 송옥에 미치지 못하니 그 우열이 확연하다.

7 商鞅(?~B.C.338) : 진나라의 재상. 위나라 태생이나 자신의 나라에서는 뜻을 펼치기가 어렵다고 여겨 위나라로 건너갔다가 결국 진나라 효공孝公에게 등용되었다. 20년간 진나라의 재상으로 있으면서 엄격한 법치주의 정치를 펼쳐 나라를 강국으로 성장시켰으나 한편으로는 그 때문에 많은 사람들의 원한을 샀다. 결국 반대파에게 반역죄로 몰려 처형되었다.

8 潘岳(247~300) : 서진의 문학가. 자는 안인安仁. 반안潘安이라고 호칭하는 사례가 많다. 문학적 재능이 뛰어나 당시의 권세가 가밀賈謐의 문객들 '24우友' 가운데의 제1인자였다. 정서적 표현에 뛰어났으며, 철저한 기교주의자로서 감각적인 애상시와 산수시山水詩의 걸작을 남겼다.

3. 태사자 太史慈

삼국시대 때 한漢·위魏 교체시기에 영웅들이 용쟁호투를 벌여 뜻있는 호걸들이 일시를 풍미하였으니, 후세 사람들이 따라갈 수 있는 바가 아니었다. 그런데 그 중 태사자太史慈[9]는 특히 더 주목할 만하다. 태사자는 젊었을 때 동래東萊 본군에서 주조리奏曹吏의 벼슬을 지냈다. 당시 군수와 주州 자사의 사이가 좋지 않아 자사가 군수를 탄핵하는 상소를 올렸는데 태사자가 계책을 써 그 상소를 폐기하였고 군수는 무사할 수 있었다.

공융孔融이 북해北海에서 도적에게 포위당했을 때, 태사자는 평원平原에 구원을 요청하기 위해 포위를 뚫고 나왔으며 결국 구원병을 얻어 공융의 난국을 풀었다. 나중에 유요劉繇가 양주揚州자사에 임명되자 태사자가 그를 보러 갔었다. 마침 손책이 쳐들어오자 혹자가 태사자를 대장군으로 임명하라고 유요에게 권했다. 유요가 말했다.

"만약 내가 태사자를 기용하면, 허소[10]가 나를 비웃지 않겠나?"

그러나 결국 유요는 태사자에게 손책 군대의 상황을 정탐하도록 명령하였다. 태사자는 홀로 말을 타고 나갔다가 손책을 맞닥뜨렸고 나서 싸워 손책의 투구를 빼앗아 돌아왔다. 후에 유요는 손책에게 패하여 예장豫章으로 달아났고 태사자는 손책에게 사로 잡혔다. 손책이 그의 손을 잡고 "그대는 우리 둘이 신정神亭에서 싸웠던 일을 기억하시오?"라고 말하였다. 그리고 태사자의 충의와 용맹을 칭찬하면서 천하의 지혜로운 인물이라고 하더니, 그의 포박을

9 太史慈(166~206) : 삼국시대 오나라의 장수. 자는 자의子義. 동래東萊 황현黃縣(지금의 산동 용구龍口) 사람이다. 신의가 있고 계책이 뛰어났을 뿐 아니라 활솜씨가 뛰어나 손책孫策과 손권孫權에게 중용되었다.

10 許劭(150~195) : 후한의 사상가. 자 자장子將. 여남汝南 평여平與 출생. 명절名節을 존중하고 품행이 단정하여, 그의 앞에서는 옷깃을 여미지 않는 자가 없었다. 향당鄕黨의 인물을 즐겨 평하였으며, 매월 1회 그 인품을 평하였다 하여 세상 사람들이 이를 '여남의 월단평月旦評'이라고 칭하였다. 조조曹操를 "청평淸平의 간적姦賊, 난세亂世의 영웅"이라고 평한 사실은 유명하다.

풀어주고 기용하였다. 또한 유요의 아들을 위로하고 그의 가족을 살펴주도록 명하였다.

손권孫權이 손책을 이어 오나라를 다스리게 되자, 태사자를 건창建昌[11] 도위都尉에 임명하고 오나라 남방의 군정을 감독 통치하도록 하였는데, 관청은 해혼海昏[12]에 설치하였다.

태사자가 세상을 떠날 때 그의 나이 겨우 41세였으며, 신오新吳에서 장례를 지냈으니, 지금의 홍부洪府 봉신奉新현이다. 읍 사람들은 그를 위해 사당을 세워 제사를 지냈다. 송 효종 건도乾道[13] 연간에 영혜후靈惠侯에 책봉했다. 당시 나는 서쪽 궁문인 중서성에서 문서를 담당하는 관직에 있었기에 태사자 묘의 제사祭詞를 쓰게 되었다. 그 내용은 다음과 같다.

> 일찍이 난을 만난 공융에게 달려갔으니, 거룩한 그 행실 청주靑州의 열사라고 하네. 만년에는 손책에게 귀의하여 드디어 오나라의 신임 받는 신하가 되었네. 사당 세워 지금까지 전해지니, 사람들의 수명을 담당하는 사명司命 신이 되었네. 한결같은 언행을 모아 책봉하고 사당 짓는 두 가지 사업을 완성하니, 장강 일대 사람들이 신정神亭 일을 기억하길 바라노라.

이 제사의 내용이 바로 앞서서 설명한 일들이다.

4. 시법 謚法

『예기禮記·표기表記』에 "선왕에게 존귀한 호칭을 시호로 정하여, 일생의 공덕을 개괄한다"고 언급되어있다. 그렇지만 시법이 언제부터 시작했다고 말하진 않았는데, 지금 세상에 「주공시법周公謚法」이 전해지고 있으므로, 문왕·무왕 때부터 시호가 있었음을 알 수 있다.

주나라는 문치를 숭상하였으니, 이 또한 증거가 된다. 요·순·우·탕은

11 建昌 : 지금의 강서성 봉신현奉新縣.
12 海昏 : 지금의 강서성 영수현永修縣.
13 乾道 : 남송 효종孝宗 황제 시기 연호(1165~1173).

모두 이름인데, 황보밀皇甫謐 등은 시호라고 하였으니 견강부회한 주장이다. 그리고 걸桀과 주紂에게 네 글자의 시호가 있다고 하였는데, 모두 아니다. 주나라 왕은 원래 한 글자로 시호를 정했다가, 위열왕威烈王·정정왕貞定王에 이르러 두 글자로 정하였다.

위무공衛武公은 예성무공睿聖武公이라고 했다는 내용이 『국어國語·초어楚語』에 보인다. 공문자孔文子는 정혜문자貞惠文子라고 했다는 내용이 『예기·단궁檀弓』에 나온다. 각각 세 글자로 정하였으니, 당시 여러 자로 시호를 정한 것을 알 수 있다. 당나라 황제들의 시호는 세 차례 추가 책봉을 거쳐서, 고조高祖부터 현종까지 모두 일곱 글자로 정하였고, 그 후에는 글자 수가 일정하지 않다.

대종代宗의 시호는 네 자였고, 숙종肅宗과 순종順宗·헌종憲宗의 시호는 아홉 자였고, 나머지 황제들의 시호는 모두 다섯 자였다. 선종宣宗만 혼자서 18자로 '원성지명성무헌문예지장인신총의도대효元聖至明成武獻文睿智章仁神聰懿道大孝'라고 했다.

송대 조종祖宗의 시호는 16자로 정했는데, 신종神宗만은 시호를 20자로 하여 '체원현도법고입헌제덕왕공영문렬무흠인성효體元顯道法古立憲帝德王功英文烈武欽仁聖孝'라고 했다. 이는 채경蔡京이 정한 것이다.

5. 의견을 수용한 한문제 漢文帝受言

한漢 문제文帝[14] 즉위 13년, 제齊의 태창령太倉令 순우의淳于意가 죄를 지어 형벌을 받게 되었다. 그의 딸 제영緹縈은 당시 14세로, 압송되는 아버지를 장안까지 따라와 아버지의 형벌을 대신하여 자신이 관비가 되겠다고 문제에게 글을 올렸다. 문제는 그 뜻을 가상히 여겨 육형을 없애라는 명령을

14 文帝(B.C.202~B.C.157) : 전한의 5대 황제(재위 B.C.180~B.C.157). 가혹한 형벌을 폐지하였으며, 흉노에 대한 화친정책 등으로 민생안정과 국력배양에 힘을 기울였다. 문제가 죽고 그의 아들 경제가 즉위하여 선왕의 정책을 잘 이어 나갔다. 중국사에서 문제와 경제景帝의 치세를 '문경의 치文景之治'라고 부르며 풍요로운 시대를 상징하는 칭호로 사용된다.

내렸다. 승상 장창張蒼과 어사대부 풍경馮敬이 논의하여 율령으로 정하자고 청을 하여, 오른쪽 발을 참하는 것에 해당되던 자가 도리어 기시棄市 형에 처해지고, 태형에 해당되던 자가 등에 300에서 500대를 맞는 장형杖刑에 처해져 죽은 자가 많았다. 단지 형벌을 경감한다는 명목만 있었을 뿐 실제로는 사람을 많이 죽인 것이다.

삼족三族을 멸하는 죄 또한 때에 맞춰 명확하게 정리하지 않아, 백성을 가엾이 여기는 천자의 덕망을 퇴색되게 하였으니, 장창과 풍경은 직책에 맞지 않은 신하라고 할 수 있다. 역사서에서 문제는 수레를 멈추고 백성의 의견을 들었다고 했다. 한 여자가 올린 글을 직접 살펴보고 수천 년 시행된 형벌을 조금도 주저하지 않고 없애게 했으니, 그렇다면 이 세상에 지지부진하게 지체되어 결정되지 않을 일이 어찌 있겠는가! 이른바 "조정에 올리는 글을 모은 보따리로 대전의 장막을 삼는다"는 것과 같으리니, 조정에 올리는 글이 담긴 보따리가 반드시 대전 앞에 오게 될 것이다.

6. 두보의 「단청인」丹青引

두보는 「단청인증조장군패丹青引贈曹將軍霸」에서 다음과 같이 읊었다.

선제께서 타시던 천마 옥화총,	先帝天馬玉花驄,
화공은 산처럼 많으나 그린 모습 같지 않아.	畫工如山貌不同.
그날 끌려와 궁전 계단 밑 서 있으니,	是日牽來赤墀下,
문 앞에 우뚝 서 위풍 생겨난다.	迥立閶闔生長風.
조서 내려 장군[15]에게 하얀 비단 펼쳐 그리라고 하니,	詔謂將軍拂絹素,
장인은 고심하며 그려냈네.	意匠慘澹經營中.
구중에 진짜 용이 나타난 듯하여,	斯須九重眞龍出,
단번에 만고의 말이 평범한 말이 되어버렸네.	一洗萬古凡馬空.

15 여기서 장군은 조패曹霸를 말한다. 조패는 당대 유명한 화가로, 인물과 말을 잘 그린 것으로 유명하며, 고종의 총애를 받아서 좌무위장군에까지 이르렀다.

옥화총 그린 것을 어탁에 올려놓으니,	玉花卻在御榻上,
어탁에 놓인 그림 궁정 뜰에 서 있는 것 똑같아라.	榻上廷前屹相向.
황제께서 웃음 머금으시고 황금 하사 재촉하시니,	至尊含笑催賜金,
신하들이 모두 어쩔 줄 모르네.	國人太僕皆惆悵.

이 시를 본 사람 중 간혹 그 뜻을 이해하지 못하고, 말을 그렸는데 참 모습을 잃어 어인圉人[16]과 태복太僕[17] 이 기분이 안 좋은 것으로 보았다. 그런데 그렇지 않다. 어인과 태복은 말을 키우는 관리와 말을 모는 사람이다. 그런데 황금을 하사한 것을 화공이 가졌으니, 그래서 슬픈 것이다. 두보의 깊은 뜻이 담긴 것이다. 또 「관조장군화마도觀曹將軍畫馬圖」에서 다음과 같이 읊었다.

선제의 애마 조야백을 그리게 했더니,	曾貌先帝照夜白,[18]
용지에 열흘 동안 벽력이 쳤었지.	龍池十日飛霹靂.
궁중 창고 보관했던 붉은 마노 쟁반,	內府殷紅碼碯盤,
첩여가 조서 전하여 재인이 받아갔도다.	婕妤傳詔才人索.

역시 같은 뜻이다.

7. 『시경·국풍』 중 진나라 지역과 관련된 내용 詩國風秦中事

『시경』의 「주남周南」과 「소남召南」·「빈풍豳風」에 실린 것은 모두 주나라 문왕과 무왕·성왕 때의 시로, 그 안에 나오는 것은 진나라 지역의 일이다. 그러나 시에서 언급한 소沼와 지沚·주洲·간澗 등의 강이나 빈蘋과 번蘩·조藻·행荇 등의 식물은 진나라 지역에 있지 않은 것으로 의심된다. 주나라 영역이 장강長江과 한수漢水 일대까지 확장되었기 때문에 장강의 영원함과 한수의 광대함을 함께 아울러서 모두 말할 수 있었던 걸까?

16 圉人 : 관직 명칭으로, 말을 기르는 일을 맡았다. 말을 기르는 모든 사람을 일컫기도 했다.

17 太僕 : 진·한 시기 황제의 마차와 마필을 주관하던 관직으로, 나중에 점차로 관부의 목축업을 전반적으로 관리하는 관직이 되었다.

18 照夜白 : 현종이 아꼈던 말馬로, 서역西域에서 나는 준마.

「표유매摽有梅」 시에서는 매梅에 주석을 하지 않고, 「진풍秦風·종남終南」 시에서 "종남산에 무엇이 있을까? 조條가 있고 매梅가 있지[終南何有, 有條有梅]"라고 한 것에 대해 모씨毛氏는 "매梅는 남枏이다"라고 했고, 정현鄭玄은 『모시정전毛詩鄭箋』에서 "명산이 높고 커서 무성한 나무가 있는 것이 마땅하다[名山高大, 宜有茂木]"라고 했다. 오늘날 매梅와 남枏은 다르고, 무성한 나무도 아니다. 모씨와 정씨는 북방 사람이라 매梅를 몰랐을 뿐이다.

「상림부上林賦」에서 인용한 강리江蘺와 미무蘪蕪·게거揭車·양하蘘荷·손蓀·약若·번蘋·서芧 등도 실제보다 과장한 수사법의 하나로, 이른바 '여덟 하천이 동쪽으로 가 태호로 흘러든다[八川東注太湖]'는 것과 같은 표현이다.

8. 시문에서의 '當句對당구대' 詩文當句對

당대 시인의 시문을 보면, 한 구절 안에서 자체로 대우對偶를 이룬 것이 있다. 이런 것을 '당구대當句對'라고 한다. 이는 『초사楚辭』의 구문에서 기원한 것이다.

혜초 안주 난초 깔개, 蕙烝蘭藉,
계수나무 화초 맛술. 桂酒椒漿.[19]
옥계로 만든 긴 노 목란으로 깎은 짧은 노, 桂櫂蘭枻,
얼음 깎아 눈이 쌓이는 듯. 斲冰積雪.[20]

제·량 시대 이래 강엄江淹과 유신庾信 등이 쓴 시들도 그러하다. 왕발王勃의 「연등왕각서宴滕王閣序」 한 편도 모두 그렇다.

3강이 옷깃처럼 만나고 5호가 요대처럼 둘러선 곳 襟三江帶五湖,
만과 형을 당기고 구와 월을 끌어들이는 듯 한 지세. 控蠻荊引甌越.
용광과 우두 龍光牛斗,

19 『초사·구가九歌·동황태일東皇太一』.
20 『초사·구가九歌·상군湘君』.

서유와 진번.　　徐孺陳蕃.
교룡이 솟아오르고 봉황이 날아오르고　　騰蛟起鳳,
자줏빛 번개와 푸른빛 서리.　　紫電青霜.
학이 나는 물가 오리 노는 강가　　鶴汀鳧渚,
계수나무 전각 난초 궁전.　　桂殿蘭宮.
종 울리고 대형 솥에 밥을 해서 먹는 집안　　鍾鳴鼎食之家,
청작과 황룡의 주축.　　青雀黃龍之軸.
떨어지는 노을 외로운 오리　　落霞孤鶩,
가을의 호수 기나긴 하늘.　　秋水長天.
하늘만큼 높고 대지만큼 멀고　　天高地迥,
흥이 다하면 슬픔이 온다.　　興盡悲來.
우주는 차고 비고　　宇宙盈虛,
이미 황량한 터가 되어버렸네.　　丘墟已矣.

우공이于公異의 「파주차로포破朱泚露布」 역시 그렇다.

요·순·우·탕의 덕으로　　堯舜禹湯之德,
근원을 지키고 법도를 확립한 군주.　　統元立極之君.
북을 눕혀놓고 기를 뽑아놓다　　臥鼓偃旗,
위세를 키우고 정예를 쌓았네.　　養威蓄銳.
강물과 육지를 끼고 좌로 우로 작전하며　　夾川陸而左旋右抽,
구릉에 닿아서 침투하며 널리 퍼진다.　　抵丘陵而浸淫布濩.
소리는 우주를 채우고　　聲塞宇宙,
징소리 북소리 기세 웅장하다.　　氣雄鉦鼓.
추와 코뿔소의 위세를 보이며　　貙兕作威,
풍운의 변화를 일으킨다.　　風雲動色.
서로 짓밟는 기회를 틈타　　乘其跆藉,
경예鯨鯢를 잡는다.　　取彼鯨鯢.
묘시부터 유시까지　　自卯及酉,
항거하고 공격한다.　　來拒復攻.
산도 기울고 강도 무너져　　山傾河泄,
우레처럼 싸우고 달린다.　　霆鬪雷馳.
북쪽에서 남쪽까지　　自北徂南,
수레에 시신과 잘린 머리.　　輿屍折首.
무는 좌로 문은 우로　　左武右文,
창끝 다듬고 살촉 만든다.　　銷鋒鑄鏑.

두보의 시에서도 일일이 열거할 수 없을 정도이다.

마당도 회랑도 봄 왔건만 쓸쓸하고, 小院回廊春寂寂,
물 속 오리 나는 백로 저녁 무렵 여유롭다. 浴鳧飛鷺晚悠悠.[21]

맑은 강 비단 돌 상심 속에 아름답고, 淸江錦石傷心麗,
여린 꽃술 진한 꽃잎 눈에 가득 울긋불긋. 嫩蘂濃花滿目斑.[22]

책갈피 약봉지 거미줄로 싸고, 書籤藥裹封蛛網,
객점 지나 다리 건너 말발굽에 보내노라. 野店山橋送馬蹄.[23]

전쟁터의 말도 귀향하는 말만큼 빠르지 못해, 戎馬不如歸馬逸,
천 가구가 이제 와서 백 가구만 남았구나. 千家今有百家存.[24]

개도 양도 번성했었거늘, 犬羊曾爛漫,
궁궐은 아직도 쓸쓸하기만 하구나. 宮闕尙蕭條.[25]

교룡이 새끼 데리고 지나가고, 蛟龍引子過,
연꽃과 마름이 꽃을 따라 낮아진다. 荷芰逐花低.[26]

전쟁터 나서니 눈에 먼지 따라붙고, 干戈況復塵隨眼,
살쩍 두발 보면 머리에 눈 가득 내린 듯. 鬢髮還應雪滿頭.[27]

백만 군대 깊이 쳐들어가, 百萬傳深入,
온 세상이 그 아니면 누굴 바라보리. 寰區望匪他.[28]

상아 침상 섬섬옥수, 象床玉手,

21 「涪城縣香積寺官閣」.
22 「滕王亭子」.
23 「將赴成都草堂途中有作先寄嚴鄭公」.
24 「白帝」.
25 「寄董卿嘉榮十韻」.
26 「到村」.
27 「寄杜位」.
28 「散愁二首」.

만 가지 풀 천 가지 꽃.　　萬草千花.

……

떨어지며 흩날리는 버들개지,　　落絮遊絲,
바람 따라 햇빛을 비추네.　　隨風照日.[29]

청포 백마[30],　　靑袍白馬,
금곡 동타[31].　　金谷銅駝.[32]

대나무는 차고 모래는 푸르고,　　竹寒沙碧,
마름 가시 등나무 가지 끝.　　菱刺藤梢.[33]

뱃사공이,　　長年三老,
방향타 돌려 배를 출발시키다.　　捩柂開頭.[34]

문정門庭과 이항里巷의 가시밭,　　門巷荊棘底,
군신과 맹수의 곁에 있네.　　君臣豺虎邊.[35]

창과 칼의 예봉을 감추고,　　養拙干戈,
미록을 온전히 살리다.　　全生麋鹿.[36]

배 놔두고 말을 몰아,　　捨舟策馬,
옥을 끌고 금을 차고.　　拖玉腰金.[37]

29 「白絲行」 : 象床玉手亂殷紅, 萬草千花動凝碧. …… 落絮遊絲亦有情, 隨風照日宜輕擧.

30 靑袍白馬 : 북위 때 후경(侯景: 503-552)이 푸른 도포를 입고 백마를 타고 반란을 일으켰기 때문에 난신적자를 일컫는 말로 쓰였는데, 여기서는 '낮은 지위'나 '한직'의 뜻으로 쓰였다.

31 金谷銅駝 : 금곡원金谷園과 동타맥銅駝陌. 금곡원은 서진西晉 때 석숭石崇이 하남 낙양 서북쪽에 건축한 것으로 전해지는 호화 정원을 말하고, 동타맥은 낙양 궁 밖 교차로에 있던 거리 이름을 말한다. 구리로 주조한 낙타상 두 개가 길 양편에 마주보고 있었다고 하며, 번화한 거리를 비유한다.

32 「至後」 : 靑袍白馬有何意, 金谷銅駝非故鄕.

33 「將赴成都草堂途中有作, 先寄嚴鄭公五首」 : 竹寒沙碧浣花溪, 菱刺藤梢咫尺迷.

34 「撥悶」(「贈嚴二別駕」라고도 함) : 長年三老遙憐汝, 棙柁開頭捷有神.

35 「晝夢」 : 故鄕門巷荊棘底, 中原君臣豺虎邊.

36 「暮春題瀼西新賃草屋五首」 제2수 : 養拙干戈際, 全生麋鹿群.

37 「季夏送鄕弟韶陪黃門從叔朝謁」 : 舍舟策馬論兵地, 拖玉腰金報主身.

큰 강 물살 급한 협곡, 高江急峽,
파릇한 나무 푸릇한 등나무. 翠木蒼藤.[38]

고묘의 삼나무 소나무, 古廟杉松,
세시 맞춰 복랍제 올리네. 歲時伏臘.[39]

셋으로 나누어 할거한 것, 三分割據,
만고 세월 구름 끝 걸려 있으리. 萬古雲霄.[40]
백중지간, 伯仲之間,
마치 미리 정한 듯 지휘하다. 指揮若定.[41]

복사꽃 길 오얏꽃 길, 桃蹊李徑,
치자 홍초. 梔子紅椒.[42]

유신 나함, 庾信羅含,
봄이 오고 가을 가고. 春來秋去.[43]

단풍숲 귤나무, 楓林橘樹,
겹겹 도로 층층 건물. 複道重樓.[44]

이상은의 시중에는 제목을 아예 「당구유대當句有對」로 한 시도 있는데, 내용은 다음과 같다.

평양 가까이에 상란 인접하고, 密邇平陽接上蘭,
진나라 누각 원왕기와 한나라 궁전 반석. 秦樓鴛瓦漢宮盤.
연못 빛은 흔들리고 꽃 빛은 어지럽고, 池光不定花光亂,
해의 기운 올라와서 이슬 기운 말라간다. 日氣初涵露氣乾.
깨어난 꿀벌과 춤추는 나비만 풍요롭고, 但覺遊蜂饒舞蝶,

38 「白帝」: 高江急峽雷霆鬪, 翠木蒼藤日月昏.
39 「詠懷古蹟五首」 제4수 : 古廟杉松巢水鶴, 歲時伏臘走村翁.
40 「詠懷古蹟五首」 제5수 : 三分割據紆籌策, 萬古雲霄一羽毛.
41 「詠懷古蹟五首」 제5수 : 伯仲之間見伊呂, 指揮若定失蕭曹.
42 「寒雨朝行視園樹」: 桃蹊李徑年雖故, 梔子紅椒豔復殊.
43 「舍弟觀赴藍田取妻子到江陵, 喜寄三首」 제3수 : 庾信羅含俱有宅, 春來秋去作誰家.
44 「夔州歌十絕句十首」 제4수 : 楓林橘樹丹青合, 複道重樓錦繡懸.

외로운 봉 떠나간 난 그리워함을 어찌 알리오. 豈知孤鳳憶離鸞.
세 별 저절로 돌면서 세 산 멀어지고, 三星自轉三山遠,
자부는 저 멀리 드넓은 하늘에 있다네. 紫府程遙碧落寬.

이상은의 다른 시구도 마찬가지이다. 이를테면 "청녀소아青女素娥"와 "월중상리月中霜裏"가 대우를 이루고,[45] "황엽풍우黃葉風雨"와 "청루관현青樓管絃"이 대우를 이루고,[46] "골육서제骨肉書題"와 "혜란혜경蕙蘭蹊徑"이 대우를 이루고,[47] "화수류안花鬚柳眼"과 "자접황봉紫蝶黃蜂"이 대우를 이루고,[48] "중음세파重吟細把"와 "이락유개已落猶開"가 대우를 이루고,[49] "급고소종急鼓疏鐘"과 "휴등멸촉休燈滅燭"이 대우를 이루고,[50] "강어삭안江魚朔雁"과 "진수숭운秦樹嵩雲"이 대우를 이루고,[51] "만호천문萬戶千門"과 "풍조로야風朝露夜"가 대우를 이룬 것[52] 등이다. 이와 같은 것이 아주 많다.

9. 소식의 「명정」 東坡明正

소식의 「명정明正」이라는 글은 우급于伋이 관직을 잃고 동쪽으로 귀향할 때 전송하며 쓴 것이다.

45 「霜月」: 初聞徵雁已無蟬, 百尺樓高水接天. 青女素娥俱耐冷, 月中霜裏鬪嬋娟.

46 「風雨」: 淒涼寶劍篇, 羈泊欲窮年. 黃葉仍風雨, 青樓自管絃. 新知遭薄俗, 舊好隔良緣. 心斷新豐酒, 銷愁鬪幾千.

47 「荊門西下」: 一夕南風一葉危, 荊雲回望夏雲時. 人生豈得輕離別, 天意何曾忌嶮巇. 骨肉書題安絕僥, 蕙蘭蹊徑失佳期. 洞庭湖闊蛟龍惡, 卻羨楊朱泣路岐.

48 「二月二日」: 二月二日江上行, 東風日暖聞吹笙. 花鬚柳眼各無賴, 紫蝶黃蜂俱有情. 萬里憶歸元亮井, 三年從事亞夫營. 新灘莫悟遊人意, 更作風簷夜雨聲.

49 「即日」: 一歲林花即日休, 江間亭下悵淹留. 重吟細把真無奈, 已落猶開未放愁. 山色正來銜小苑, 春陰只欲傍高樓. 金鞍忽散銀壺漏, 更醉誰家白玉鉤.

50 「曲池」: 日下繁香不自持, 月中流豔與誰期. 迎憂急鼓疏鐘斷, 分隔休燈滅燭時. 張蓋欲判江灩灩, 回頭更望柳絲絲. 從來此地黃昏散, 未信河梁是別離.

51 「及第東歸次灞上, 卻寄同年」: 芳桂當年各一枝, 行期未分壓春期. 江魚朔雁長相憶, 秦樹嵩雲自不知. 下苑經過勞想像, 東門送餞又差池. 灞陵柳色無離恨, 莫枉長條贈所思.

52 「流鶯」: 流鶯漂蕩復參差, 渡陌臨流不自持. 巧囀豈能無本意, 良辰未必有佳期. 風朝露夜陰晴裏, 萬戶千門開閉時. 曾苦傷春不忍聽, 鳳城何處有花枝.

> 자네가 관직을 잃었는데, 자네 자신만큼 자네를 위하여 슬퍼하는 자가 있었는가? 자네의 부형과 처자들만큼 자네를 위하여 슬퍼하는 자가 있었는가? 자네가 슬퍼한 이유는 득실에 연연했기 때문이요, 부형과 처자가 슬퍼한 것은 사랑에 연연했기 때문이네.

『전국책』을 보면, 제나라 추기鄒忌가 아내에게 "나와 성 북쪽에 사는 서공徐公 중 누가 더 잘 생겼소?"라고 묻자, 아내는 "당신이 훨씬 잘 생겼지요. 서공이 어떻게 당신을 따라올 수 있겠어요!"라고 했다. 첩과 객에게 또 묻자, 모두 "서공은 당신만큼 잘 생기지 않았어요"라고 대답했다. 저녁에 침대에 누워 생각해보고, 다음과 같은 결론을 내렸다.

> 처가 내가 잘 생겼다고 한 것은 나를 사랑하기 때문이요, 첩이 내가 잘 생겼다고 한 것은 나를 두려워하기 때문이요, 객이 내가 잘 생겼다고 한 것은 나한테 얻으려는 것이 있기 때문이다.

소식이 우급에게 해준 말은 이 이야기에서 힌트를 얻은 것으로 보인다. 그런데 「사보살각기四菩薩閣記」에서는 다음과 같이 말했다.

> 이 그림은 선친께서 좋아하시던 것으로, 이제 상이 끝났으니 승려 유간惟簡에게 보시하려 한다. 이 그림은 당 현종도 자손에게 물려주지 못한 것인데, 하물며 나야 어떻겠는가! 나는 이것을 오래 지키지 못할 것이라고 짐작한다. 그래서 자네에게 보낸다.

말미에서는 또 다음과 같이 말했다.

> 내가 이것을 자네에게 주는 것은 선친께서 희사하시는 것이라고 할 수 있네.

이는 처음에 했던 말과 뜻이 다르니, 만학도인 나로서는 무슨 말인지 모르겠다.

10. 대관과 간관의 왕래 금지 臺諫不相見

인종 가우嘉祐 6년(1059), 사마광이 수기거주修起居注로 재직하면서 간원諫院의 장관을 겸임하고 있었는데, 당시 아직 후사가 없었던 인종에게 종실의 자제를 후계자로 세울 것을 건의하는 상소를 올렸다. 상소를 올린 후 중서성에 들러 재상 한기韓琦[53]에게도 그 뜻을 대략 얘기했다. 한기가 명당明堂에 제사를 지내러 갔는데 전중시어사殿中侍御史 진수陳洙가 감제監祭를 하러 왔다.

한기와 진수는 다음과 같은 대화를 나누었다.

"전중시어사와 사마사인(사마광)께서 아주 친하다고 들었습니다."
"얼마 전에 함께 직강直講으로 있었습니다."
"최근 사마사인께서 대전에서 어떤 일을 상소했는지 들은 적 있습니까?"
"그분과 저는 대관臺官과 간관諫官이어서 서로 왕래하면 안 되므로, 무엇을 말했는지 모릅니다."

이 조항에 대해 사마광은 개인적으로 매우 상세하게 기록했다.

그렇다면 우리 송 왕조 예전 규정에서 대관臺官과 간관諫官은 원래 서로 만나면 안되는 것이었다. 그래서 조변趙抃[54]이 어사가 되어 진공공陳恭公에 대해 논의하는데 범진范鎭[55]이 간관 신분으로 그와 논쟁을 하였다. 신종 원풍 연간에는 또한 두 성省의 관원이 서로 왕래하는 것을 허락하지 않아, 이 금령을 폐지할 것을 선우자준鮮于子駿이 청원했다. 철종哲宗 원우元祐[56] 연간에는 간관 유기지劉器之와 양황지梁況之 등이 채신주蔡新州에 대해 논의하였는데, 어사중승 이하 관원들은 상소하지 않아 모두 파직되었다. 흠종 정강靖康[57]

53 韓琦(1008~1075) : 중국 북송의 정치가. 사천四川의 굶주린 백성 190만 명을 구제하고, 서하西夏의 침입을 격퇴하여 변경방비에도 역량을 과시함으로써, 30살에 이미 명성을 떨쳐 추밀부사가 되었다. 이후 재상에 올랐으나 왕안석과 정면 대립함으로써 관직에서 물러났다.

54 趙抃(1008~1084) : 자는 열도閱道 또는 열도悅道, 호는 지비자知非子, 구주衢州 서안西安(지금의 절강 구현衢縣) 사람. 조상趙湘의 손자. 인종 지화至和 원년(1054) 전중시어사가 되어, 권세있는 자를 두려워하지 않고 탄핵하였으므로 철면어사鐵面御史라고 불렸다고 한다.

55 范鎭(1007~1088) : 자는 경인景仁, 화양華陽(지금의 사천 성도) 사람.

56 元祐 : 북송 철종 시기 연호(1086~1094).

연간에 간의대부 풍해가 정치의 실책을 논의하자 시어사 이광李光이 반박하였다. 지금은 두 부서가 하나의 부府로 합해져 같은 사무실에 있고 같은 문으로 출입하니 옛날과 다르다. 그런데 재상이 제사 행사에서는 감찰어사와 만나지 않는다.

11. 집정 사입두 執政四入頭

송대 조정에서 재상을 임용할 때 대부분 삼사사三司使와 한림학사翰林學士·지개봉부知開封府·어사중승御史中丞 출신에서 임용했다. 그래서 이 네 부서를 속칭 '사입두四入頭'라고 했다. 그러나 네 직책을 모두 거치고도 집정으로 임용되지 않은 경우도 있었다. 이를테면 장제현張齊賢과 왕선휘王宣徽 등과 같은 경우이다. 조변趙抃이 성도成都에서 소환되어 간원諫院에서 일하기로 되어 있었는데, 대신들이 예전의 사례를 말하면서 근신近臣을 성도에서 불러들여 장차 크게 임용하려 하면 반드시 성부省府[58]에서 먼저 근무해야 한다고 하여, 간관이 되지 않았다. 이를 통해 한 조대의 전장 제도가 이처럼 엄격했음을 알 수 있다. 임시 시랑직에 있다가 뒤이어 곧바로 참지정사·추밀사가 된 시구施矩와 정중웅鄭仲熊 같은 경우는 아마도 진회秦檜가 임용한 것이리라.

12. 갑작스런 화 無望之禍

예로부터 무망지화無望之禍 즉 전혀 예측 못했다가 갑자기 들이닥친 화로 인해 옥석玉石이 함께 타버리는 것을 불교에서는 겁수劫數라고 했다. 그런데 그것도 다행인 것이 있고 불행인 것이 있다.

57 靖康 : 북송 흠종 시기 연호(1126~1127).
58 省府 : 삼사사三司使와 개봉부開封府.

한 무제는 기운을 살펴 국가의 운명을 예언하는 망기望氣 술사가 장안의 옥중에 천자의 기가 있다고 하자 신하를 보내 중앙부처 관리들에게 옥사와 관련된 자들을 분류하여 경중을 가리지 말고 모두 죽이도록 명했다. 오로지 번왕의 가족들로 감옥에 있었던 사람들만이 정위감廷尉監 병길丙吉의 보호 덕에 살아날 수 있었다.

수 양제가 숭산嵩山의 도사 반탄潘誕에게 금단金丹을 만들게 했다. 반탄이 석담石膽과 석수石髓가 없다면서 만약 어린 남녀의 쓸개와 골수를 각각 3곡斛 6두斗를 구할 수 있다면 그걸로 대체할 수 있다고 하자, 양제는 크게 화를 내며 그를 죽였다. 그 후 방사가 양제에게 이씨李氏가 천자가 될 것이라고 하면서 전국의 이씨를 모두 죽이라고 권했다. 양제는 원래 무도하고 살인을 좋아하여 도적떼와 다를 바 없었는데, 어찌 된 일인지 이 두 가지 의견은 모두 채택되지 않았다.

당 태종은 이순풍李淳風이 무씨武氏 성을 가진 여자가 황제가 될 것이며 그 여자는 이미 궁중에 들어와 있다고 하자 의심이 갈 만한 사람을 찾아 모두 죽이려고 했다. 그러나 다행히도 이순풍의 간언을 받아들여 실행에 옮기지는 않았다.

태종같이 현명한 황제도 이러하였는데, 어찌 행운과 불행을 말하지 않을 수 있으랴!

13. 「연설」燕說

황정견黃庭堅이 장문잠張文潛에게 화답한 시 8수가 있는데, 그 중 두 번째 시는 다음과 같다.

경을 논하면서 「연설」을 따라서	談經用燕說,
여러 유자가 전하던 것을 묶어 버렸네.	束棄諸儒傳.
남상에 비록 죄 있다 하나	濫觴雖有罪,
여파가 9현에 넘쳤다네.	末派瀰九縣.

대의는 왕씨王氏의 새 경학을 지칭한 것이다. 「연설燕說」은 『한비자韓非子』에 나온다. 선왕이 '영서郢書'를 남겼는데, 후세에는 「연설」을 더 높게 평했다고 했다. 또 그때 일을 인용하여 다음과 같이 말했다.

> 영郢 사람이 연나라 상국에게 편지를 썼다. 밤에 글씨를 쓰는데 불이 밝지 않아서, 초를 들고 있는 사람에게 '초를 들라'고 말했다. 그러다가 실수하여 초를 들라는 '거촉擧燭' 두 글자를 써넣었는데, 편지의 본뜻은 아니다. 연나라 상국이 편지를 받아보고 '초를 든다는 것은 밝음을 숭상한다는 것이다. 밝음을 숭상한다는 것은 현명한 사람을 선발 등용한다는 것이다'라고 이해하고, 마침내 이것을 왕에게 말하여, 왕이 크게 기뻐했고, 이렇게 해서 나라가 다스려졌다. 다스려지기는 다스려졌으되 편지의 원래 뜻은 아니었다.

새 경학에 천착한 내용이 많다고 황정견은 생각했기 때문에 이러한 시를 읊은 것이다.

14. 두보의 「절함행」 折檻行

두보의 시 「절함행折檻行」에서 다음과 같이 노래했다.

주운朱雲[59]같은 사람 천 년 동안 드물어서,	千載少似朱雲人,
지금까지 절함折檻[60]은 그저 저렇게 장식일 뿐.	至今折檻空嶙峋.
누공은 말 안하고 송공은 말을 하니,	婁公不語宋公語,
선황께서 곧은 신하 용납하던 그때 생각하네.	尚憶先皇容直臣.

이 시는 간쟁하는 신하 즉 누사덕婁師德[61]과 송경宋璟[62]에 대해서 쓴 것이다. 누사덕은 말 한 마디 하지 않았는데 어떻게 직간하는 신하가 될 수 있었는지

59 朱雲 : 한 성제成帝 때 사람으로, 곧은 성품으로 유명했다.
60 折檻 : 다음 칙 「朱雲陳元達」 참조.
61 婁師德(630~699) : 당대 고종·무측천 때의 대신. 자 종인宗仁. 정주鄭州 원무原武(지금의 하남 원양原陽) 사람.

62 宋璟(663~737) : 현종 개원 초기 재상. 자 광평廣平. 형주邢州 남화南和 사람.

의심하는 사람이 많다. 전신중錢伸仲은 "조정의 정치에 실책이 있을 때, 누공婁公이 말하지 않으면 송공宋公이 말했다"고 했다. 그러나 누사덕은 무후 때 사람으로, 송경이 재상이 되었을 때는 이미 그가 세상을 떠난 지 오랜 시간이 흐른 뒤였다. 그런데 두보도 재상 방현령을 위한 제문에서 "여러 명재상이 계속 출현하였으니, 위魏·두杜·누婁·송宋이다"라고 하며 두 사람을 병칭했다. 시에서 말하는 선황先皇은 현종을 지칭한 것으로 보이는데, 개원開元 연간에는 이름이 알려진 누씨가 특별히 없으니, 어찌 된 것인지 알 수 없다.

15. 주운과 진원달 朱雲陳元達

주운朱雲이 한 성제成帝를 만나, 장우張禹의 머리를 베려 하니 참마검斬馬劍을 내려달라고 요청했다. 성제는 대노하여 "죽을 죄를 지었으니 결코 용서할 수 없다"고 했다. 어사가 주운을 끌고 내려가려 하자 주운은 대전 난간으로 올라갔고, 난간이 부러졌다. 어사는 결국 주운을 끌고 갔다. 신경기辛慶忌가 머리를 바닥에 찧으며 죽을 각오로 간언을 하여 성제의 화가 풀어지고 나서야 사태가 마무리될 수 있었다. 나중에 난간을 고치려고 하자 성제는 "새 것으로 바꾸지 말라. 조각을 모아서 수리해서, 곧은 신하를 표창하는 의미로 삼도록 해라"고 했다.

오호십육국五胡十六國 시기 유총劉聰[63]이 황후인 유후劉后를 위하여 황의전鷍儀殿을 건축하려 했다. 진원달陳元達이 간언하자, 유총은 화가 나서 진원달을 끌고 나가 참수하라고 명령했다. 그때 진원달은 허리에 쇠사슬을 묶고 소요원逍遙園 이중당李中堂으로 들어가 쇠사슬로 당 아래 나무를 둘러 묶어

63 劉聰(?~318) : 오호십육국시대 한나라 제 3대 황제. 자 현명玄明. 신흥新興(지금의 산서 흔주忻州) 출신. 311년 서진西晉의 도읍 낙양을 공략하여 함락시키고, 316년에는 서진을 완전히 멸망시켰다. 그러나 유총은 잔인한 성격으로 주색에 탐닉했으며, 그의 재위기간 동안 이상한 자연현상이 끊이지 않았다고 한다. 그의 사후 한나라는 전조前趙와 후조後趙 두 나라로 분열하여 멸망하였다.

좌우에서 아무리 끌어도 꿈쩍도 하지 않았다. 이 소식을 들은 황후가 은밀히 형벌 집행 정지를 명한 후, 직접 상소문을 써서 간절히 간언하자, 유총은 결국 화를 가라앉혔다. 유총은 진원달을 풀어주라 명을 내리고 그의 간언을 치하하는 의미로 소요원과 이중당의 명칭을 납현원納賢園과 괴현당媿賢堂으로 바꾸었다.

두 사람 사례가 매우 비슷한데, 주운이 죽음을 면한 것은 신경기가 즉시 간쟁하여 구원했기 때문이니, 그나마 힘쓰기 쉬웠을 것이다. 진원달의 경우는 목숨이 촌각에 달려 있고 유총의 성미가 조급한데다가 격노한 상태였는데, 잠시라도 시간을 두어서 유씨가 상소를 쓰게 할 겨를이 어찌 있었을까? 만약 목을 베려고 했다면 당장 목을 치라고 무사에게 명을 내리면 되었을 텐데, 사슬로 허리를 묶은 게 무슨 소용인가? 이 점에 의문이 좀 간다.

성제는 난간을 바꾸지 않음으로써 주운의 강직함을 표창하면서도 관직을 한 계급 올려준다든가 하지는 못했으니, 유총이 진원달을 대우한 것만 못하다. 지금까지도 궁전 정중앙은 난간 한 칸을 설치하지 않고 '절함折檻'이라고 하는데, 아마도 한나라 이후 이와 같이 전해지는 모양이다.

16. 군주를 잊지 않은 두보 杜老不忘君

두보는 낭패하여 유랑하던 와중에 밥 한 끼를 먹을 때도 군주를 잊은 적이 없다고 한다. 이제 그 근거가 되는 시 구절을 적어 보겠다.

만방에서 빈번하게 전송을 하게 되니, 萬方頻送喜,
폐하의 옥체에 노고가 없기를. 無乃聖躬勞.[64]

지금 이렇게 성상을 힘들게 하니, 至今勞聖主,
어떻게 황천에 알릴까. 何以報皇天.[65]

64 「收京三首」.
65 「有感五首」.

천자께만 사직을 염려하게 하다니, 獨使至尊憂社稷,
제군은 어떻게 승평한 세상으로 보답할까. 諸君何以答升平.[66]

천자도 도망 다니기 싫어할 텐데, 天子亦應厭奔走,
신하들은 승평을 가져올 생각해야 하네. 群公固合思升平.[67]

이와 같은 것이 비일비재하다.

17. 백거이의 「재송」 栽松詩

백거이의 시 「재송栽松」을 보자.

한 자도 안 되는 어린 소나무, 小松未盈尺,
너무 애틋하여 직접 손으로 옮겨 심었네. 心愛手自移.
푸릇푸릇 골짜기 같은 색, 蒼然澗底色,
습기 머금은 구름 촉촉한 안개 雲濕煙霏霏.
내가 만년에 너를 심으니, 栽植我年晩,
장성하려면 얼마나 더딜까. 長成君性遲.
어찌하여 마흔이 넘어서, 如何過四十,
이 몇촌 크기 가지를 심었단 말인가? 種此數寸枝.
그늘 만드는 것 볼 수나 있을까? 得見成陰否,
일흔까지 사는 사람 드무니. 人生七十稀.

내가 시골에 텃밭을 가꾸었던 때가 효종孝宗 건도乾道 5년(1169) 기축년으로, 바로 47세 때였다. 형님의 산속 거처에서 어린 소나무 수십 그루를 손수 옮겨 심었는데, 키가 겨우 너 댓 마디였다. 구름 낀 골짜기 돌 위에 심고 단단히 흙을 북돋아주었는데, 그것들이 꼭 산나고 보장할 수 없었다. 그런데 20년이 지나니 소나무들이 울창하게 숲을 이루어 모두 하늘을 찌를 듯한 기세가 되었다. 우연히 백거이 문집을 보다가 느낀 바가 있어 적어둔다.

66 「諸將」.
67 「釋悶」.

18. 까마귀 까치 소리 烏鵲鳴

북방 사람들은 까마귀 소리를 기쁜 것으로 여기고 까치 소리를 나쁜 것으로 여긴다. 남방 사람들은 까치가 시끄럽게 지저귀는 소리를 들으면 기뻐한다. 그러나 까마귀 소리를 들으면 침을 뱉으며 내쫓고 심지어 새총으로 쏘아 멀리 내쫓는다.

『북제서北齊書』에 나오는 이야기이다. 해영락奚永洛과 장자신張子信이 마주 앉아 있었는데, 마침 까치가 마당 나무 사이에서 울었다. 장자신이 말했다.

> "까치 소리를 들으면 불길하니, 구설수에 오를 것이오. 오늘 밤 누가 부르더라도 절대 가면 안 됩니다."

장자신이 가고 나서, 고엄高嚴이 사람을 보내 황제의 칙령이라며 해영락을 불러오게 했다. 해영락은 말에서 떨어졌다고 거짓 핑계를 대서 결국 화에서 벗어났다.

백거이는 강주江州에서 「답원낭중양원외희오견기答元郎中楊員外喜烏見寄」 시를 썼다.

남궁은 원앙의 땅,	南宮鴛鴦地,
어찌 까마귀가 갑자기 찾아왔나.	何忽烏來止.
금장랑 친구는,	故人錦帳郎,
까마귀 소리 듣고 웃으며 서로 쳐다보았네.	聞烏笑相視.
까마귀는 소식을 전한다는데,	疑烏報消息,
내가 고향에 돌아가길 바라서지.	望我歸鄕里.
내 귀향은 검은 머리가 하얗게 되어야 가능할 듯,	我歸應待烏頭白,
원랑 잠시 잘못 기뻐하게 하여 부끄러울 따름이네.	慙愧元郎誤歡喜.

그러므로 까치 소리가 좋은 게 아니고 까마귀도 기쁜 소식을 전할 수 있다는 것이다. 또 백거이가 원진에게 화답한 「대자오大觜烏」라는 시가 있다.

무당이 간교한 꾀를 내,	老巫生姦計,
까마귀와 몰래 뜻이 통했다.	與烏意潛通.
이것은 비범한 새라며,	云此非凡鳥,
멀리서 보이기만 하면 공경을 표한다.	遙見起敬恭.
천 년에 한 번 나올까말까 하다면서,	千歲乃一出,
주인에게 축하한다.	喜賀主人翁.
이 새가 머무는 집은,	此烏所止家,
가산이 밤낮으로 풍성해질 것이라.	家産日夜豐.
위로는 오래 살게 해주고,	上以致壽考,
아래로는 농사 잘 되게 해준다.	下可宜田農.

원진의 원래 시는 다음과 같다.

무당이 말하길 이 새가 날아오면,	巫言此烏至,
재산이 날마다 풍성해진다네.	財産日豐宜.
주인은 그 말에 일심으로 현혹되어,	主人一心惑,
까마귀 유인하느라 피곤한 줄도 모르네.	誘引不知疲.
결국 까마귀 날아와 모여든 것을 보고,	轉見烏來集,
우리 집 번영하리라 스스로 말하네.	自言家轉孳.
오로지 까마귀 소리로 희로애락 판정하여,	專聽烏喜怒,
마치 장리長離처럼 신봉하네.	信受若長離.

지금 까마귀에 대한 인식이 바로 그렇다.

[8]동방삭東方朔이 지었다는 「음양국아경陰陽局鴉經」 세상에 전해지는데, 까마귀 소리로 점을 치는 것을 소개하고 있다. 먼저 그 소리의 횟수를 세고 다음으로 그 방위를 정한다. 예를 들면, 갑甲의 날에 한 번 울면 갑성甲聲이고 두 번째 소리는 을성乙聲이라는 식으로 십간十干으로 세어 완급을 판별하여 길흉을 판정하는 것이다. 이러한 설은 전적으로 까마귀 소리를 길하다 또는 흉하다고 판단하는 것에서 벗어난 것이다.

1. 一定之計

人臣之遇明主, 於始見之際, 圖事揆策, 必有一定之計, 據以爲決, 然後終身不易其言, 則史策書之, 足爲不朽。東坡序范文正公之文, 蓋論之矣。伊尹起於有莘, 應湯三聘, 將使君爲堯、舜之君, 民爲堯、舜之民, 卒之相湯伐夏, 俾厥后惟堯、舜, 格于皇天。傅說在巖野, 爰立作相, 三篇之書, 皎若星日, 雖史籍久遠, 不詳紀其行事, 而高宗克鬼方, 伐荊、楚, 嘉靖商邦, 禮陟配天, 載于易之旣濟, 書之無逸、詩之殷武, 商代之君莫盛焉。罔俾阿衡, 專美有商, 於是爲允蹈矣。管仲以其君霸, 商君基秦爲强, 雖聖門羞稱, 後世所賤, 然考其爲政, 蓋未嘗一戾於始謀。韓信勸漢祖任天下武勇, 以城邑封功臣, 以義兵從思東歸之士, 傳檄而定三秦；下魏之後, 請北擧燕、趙, 東擊齊, 南絶楚糧道, 西會滎陽, 至於滅楚, 無一言不酬。鄧禹見光武於河北, 知更始無成, 說帝延攬英雄, 務悅民心, 立高祖之業, 救萬民之命, 帝與定計議, 終濟大業。耿弇與光武同討王郎, 願歸幽州, 益發精兵, 定彭寵, 取張豐, 還收富平、獲索, 東攻張步, 以平齊地, 帝常以爲落落難合, 而事竟成。諸葛亮論曹操挾天子令諸侯, 難與爭鋒, 孫權據有江東, 可與爲援而不可圖。荊州用武之國, 益州沃野千里, 勸劉備跨有荊、益, 外觀時變, 則霸業可成, 漢室可興。及南方已定, 則表奬率三軍, 北定中原。已而盡行其說, 至於用師未戰而身先死, 則天也。房喬杖策謁太宗爲記室, 卽收人物致幕府, 與諸將密相申結, 輔成大勳, 至於爲相, 號令典章, 盡出其手, 雖數百年猶蒙其功。王朴事周世宗, 當五季草創之際, 上平邊策, 以爲：「唐失吳、蜀, 晉失幽、幷, 當知所以平之之術。當今吳易圖, 可撓之地二千里, 攻虛擊弱, 則所向無前, 江北諸州, 乃國家之有也。旣得江北, 江之南亦不難平。得吳則桂、廣皆爲內臣, 岷、蜀可飛書而召之, 不至則四面並進, 席卷而蜀平矣。吳、蜀平, 幽可望風而至。唯幷必死之寇, 候其便則一削以平之。」世宗用其策, 功未集而殂。至於國朝, 掃平諸方, 先後次第, 皆不出朴所料。獨幽州之擧, 旣至城下, 而諸將不能成功。若乃王安石顓國, 言聽計從, 以身任天下之重, 而師慕商鞅爲人, 苟可以取民者無不盡, 遂詒後世之害, 則在所不論也。

2. 秋興賦

宋玉九辯詞云：「憭慄兮若在遠行, 登山臨水兮送將歸。」潘安仁秋興賦引其語, 繼之曰：「送歸懷慕徒之戀，遠行有羈旅之憤。臨川感流以歎逝，登山懷遠而悼近。彼四慼之疚心，遭一塗而難忍。」蓋暢演厥旨，而下語之工拙較然不侔也。

3. 太史慈

三國當漢、魏之際，英雄虎爭，一時豪傑志義之士，礌礌落落，皆非後人所能冀，然太史慈者尤爲可稱。慈少仕東萊本郡，爲奏曹吏，郡與州有隙，州章劾之，慈以計敗其章，而郡得直。孔融在北海爲賊所圍，慈爲求救於平原，突圍直出，竟得兵解融之難。後劉繇爲揚州刺史，慈往見之，會孫策至，或勸繇以慈爲大將軍。繇曰：「我若用子義，許子將不當笑我邪？」但使慈偵視輕重，獨與一騎，卒遇策，便前鬭，正與策對，得其兜鍪。及繇奔豫章，慈爲策所執，捉其手曰：「寧識神亭時邪？」又稱其烈義，爲天下智士，釋縛用之，命撫安繇之子，經理其家。孫權代策，使爲建昌都尉，遂委以南方之事，督治海昏。至卒時，纔年四十一，葬于新吳，今洪府奉新縣也，邑人立廟敬事。乾道中封靈惠侯，予在西掖當制，其詞云：「神早赴孔融，雅謂青州之烈士；晚從孫策，遂爲吳國之信臣。立廟至今，作民司命。(濫)一同之言狀，擇二美以建侯。庶幾江表之間，尙憶神亭之事。」蓋爲是也。

4. 謚法

「先王謚以尊名，節以壹惠。」語出表記。然不云起於何時。今世傳周公謚法，故自文王、武王以來始有謚。周之政尙文，斯可驗矣。如堯、舜、禹、湯皆名，皇甫謐之徒附會爲說，至於桀、紂，亦表以四字，皆非也。周王謚以一字，至威烈、貞定益以兩，而衛武公曰叡聖武公，見於楚語。孔文子曰貞惠文子，見於檀弓。各三字，意當時尙多有之。唐諸帝謚，經三次加冊，由高祖至明皇皆七字，其後多少不齊。代宗以四字，肅、順、憲以九字，餘以五字，唯宣宗獨十八字，曰元聖至明成武獻文睿智章仁神聰懿道大孝。國朝祖宗謚十六字，唯神宗二十字，曰體元顯道法古立憲帝德王功英文烈武欽仁聖孝，蓋蔡京所定也。

5. 漢文帝受言

漢文帝即位十三年，齊太倉令淳于意有罪當刑，其女緹縈，年十四，隨至長安，上書願沒入爲官婢，以贖父刑罪。帝憐悲其意，即下令除肉刑。丞相張蒼、御史大夫馮敬議，請定律，當斬右止者反棄市，笞者杖背五百至三百，亦多死。徒有輕刑之名，實多殺人。其三族之罪，又不乘時建明，以負天子德意，蒼、敬可謂具臣矣。史稱文帝止輦受言。今以一女子上書，躬自省覽，即除數千載所行之刑，曾不留難，然則天下事豈復有稽滯不決者哉！ 所謂集上書囊以爲殿帷，蓋凡囊封之書，必至前也。

6. 丹青引

杜子美丹青引贈曹將軍霸云：「先帝天馬玉花驄，畫工如山貌不同。是日牽來赤墀下，迥立閶闔生長風。詔謂將軍拂絹素，意匠慘澹經營中。斯須九重眞龍出，一洗萬古凡馬空。玉花却在御榻上，榻上廷前屹相向。至尊含笑催賜金，圉人、太僕皆惆悵。」讀者或不曉其旨，以爲畫馬奪眞，圉人、太僕所爲不樂。是不然。圉人、太僕蓋牧養官曹及馭者，而黃金之賜，乃畫史得之，是以惆悵，杜公之意深矣。又觀曹將軍畫馬圖云：「曾貌先帝照夜白，龍池十日飛霹靂。內府殷紅碼碯盤，婕妤傳詔才人索。」亦此意也。

7. 詩國風秦中事

周召二南、豳風皆周文、武、成王時詩，其所陳者，秦中事也。所謂沼沚洲澗之水，蘋蘩藻荇之菜，疑非所有。旣化行江、漢，故幷江之永、漢之廣，率皆得言之歟？摽有梅之詩，不注釋梅；而秦風終南詩：「終南何有，有條有梅。」毛氏云：「梅，柟也。」箋云：「名山高大，宜有茂木。」今之梅與柟異，亦非茂木，蓋毛、鄭北人，不識梅耳。若上林賦所引江蘺、蘼蕪、揭車、蘘荷、蓀、若、蕿、芧之類，自是侈辭過實，與所謂八川東注太湖者等也。

8. 詩文當句對

唐人詩文，或於一句中自成對偶，謂之當句對。蓋起於楚辭「蕙烝蘭藉」、「桂酒椒漿」、「桂櫂蘭枻」、「斵冰積雪」。自齊、梁以來，江文通、庾子山諸人亦如此。如王勃宴滕王閣序一篇皆然。謂若襟三江，帶五湖，控蠻荊，引甌越，龍光牛斗，徐孺陳蕃，騰蛟起鳳，紫電青霜，鶴汀鳧渚，桂殿蘭宮，鐘鳴鼎食之家，青雀黃龍之軸，落霞孤鶩，秋水長天，天高地迥，興盡悲來，宇宙盈虛，丘墟已矣之辭是也。于公異破朱泚露布亦然。如堯、舜、禹、湯之德，統元立極之君，臥鼓偃旗，養威蓄銳，夾川陸而左旋右抽，抵丘陵而浸淫布濩，聲塞宇宙，氣雄鉦鼓，貔兕作威，風雲動色，乘其跆藉，取彼鯨鯢，自卯及酉，來拒復攻，山傾河泄，霆鬬雷馳，自北徂南，輿尸折首，左武右文，銷鋒鑄鏑之辭是也。杜詩小院回廊春寂寂，浴鳧飛鷺晩悠悠，淸江錦石傷心麗，嫩蘂濃花滿目斑；書籤藥裹封蛛網，野店山橋送馬蹄；戎馬不如歸馬逸，千家今有百家存；犬羊曾爛漫，宮闕尙蕭條；蛟龍引子過，荷芰逐花低；干戈況復塵隨眼，鬢髮還應雪滿頭；百萬傳深入，寰區望匪他。象床玉手，萬草千花，落絮遊絲，隨風照日，靑袍白馬，金谷銅駝，竹寒沙碧，菱刺藤梢，長年三老，捩柂開頭，門巷荊棘底，君臣豺虎邊，養拙干戈，全生麋鹿，捨舟策馬，拖玉腰金，高江急峽，翠木蒼藤，古廟杉松，歲時伏臘，三分割據，萬古雲霄，伯仲之間，指揮若定，桃蹊李徑，梔子紅椒，庾信羅含，春來秋去，楓林橘樹，複道重樓之類，不可勝擧。李義山一詩，其題曰當句有對云：「密邇平陽接上蘭，秦樓鴛瓦漢宮盤。池光不定花光亂，日氣初涵露氣乾。

但覺游蜂饒舞蝶, 豈知孤鳳憶離鸞。三星自轉三山遠, 紫府程遙碧落寬。」 其他詩句中, 如青女素蛾, 對月中霜裏；黃葉風雨, 對青樓管絃；骨肉書題, 對蕙蘭蹊徑；花鬚柳眼, 對紫蝶黃蜂；重吟細把, 對已落猶開；急鼓疏鐘, 對休燈滅燭；江魚朔雁, 對秦樹嵩雲；萬戶千門, 對風朝露夜。如是者甚多。

9. 東坡明正

東坡明正一篇送于伋失官東歸云：「子之失官, 有爲子悲如子之自悲者乎？ 有如子之父兄妻子之爲子悲者乎？ 子之所以悲者, 惑於得也。父兄妻子之所以悲者, 惑於愛也。」案, 戰國策齊鄒忌謂妻曰：「我孰與城北徐公美？」其妻曰：「君美甚, 徐公何能及公也。」復問其妾與客, 皆言「徐公不若君之美。」暮寢而思之, 曰：「吾妻之美我者, 私我也。妾之美我者, 畏我也。客之美我者, 欲有求於我也。」東坡之斡旋, 蓋取諸此。然四菩薩閣記云：「此畫乃先君之所嗜, 旣免喪, 以施浮圖惟簡, 曰：『此唐明皇帝之所不能守者, 而況於余乎！ 余惟自度不能長守此也, 是以與子。』」而其末云：「軾之以是與子者, 凡以爲先君捨也。」與初辭意蓋不同, 晚學所不曉也。

10. 臺諫不相見

嘉祐六年, 司馬公以修起居注同知諫院, 上章乞立宗室爲繼嗣。對畢, 詣中書, 略爲宰相韓公言其旨。韓公攝饗明堂, 殿中侍御史陳洙監祭, 公問洙：「聞殿院與司馬舍人甚熟。」洙答以「頃年嘗同爲直講」。又問：「近日曾聞其上殿言何事？」洙答以「彼此臺、諫官不相往來, 不知言何事」。此一項, 溫公私記之甚詳。然則國朝故實, 臺、諫官元不相見。故趙淸獻公爲御史論陳恭公, 而范蜀公以諫官與之爭。元豐中, 又不許兩省官相往來。鮮于子駿乞罷此禁。元祐中, 諫官劉器之、梁況之等論蔡新州, 而御史中丞以下, 皆以無章疏罷黜。靖康時, 諫議大夫馮澥論時政失當, 爲侍御史李光所駁。今兩者合爲一府, 居同門, 出同幕, 與故事異, 而執政祭祠行事, 與監察御史不相見云。

11. 執政四入頭

國朝除用執政, 多從三司使、翰林學士、知開封府、御史中丞進拜, 俗呼爲「四入頭」。固有盡歷四職而不用, 如張文定公、謂仁、英朝, 至神宗初始用。王宣徽之類者。趙淸獻公自成都召還知諫院, 大臣言故事近臣自成都還將大用, 必更省府, 謂三司使、開封府。不爲諫官。以是知一朝典章, 其嚴如此。至若以權侍郎方受告卽爲參樞, 如施鉅、鄭仲熊者, 蓋秦檜所用云。

12. 無望之禍

自古無望之禍玉石俱焚者, 釋氏謂之劫數, 然固自有幸不幸者。漢武帝以望氣者言長安獄中有天子氣, 於是遣使者分條中都官詔獄繫者, 亡輕重一切皆殺之, 獨郡邸獄繫者, 賴丙吉得生。隋煬帝令嵩山道士潘誕合鍊金丹不成, 云無石膽石髓, 若得童男女膽髓各三斛六斗, 可以代之, 帝怒斬誕。其後方士言李氏當爲天子, 勸帝盡誅海內李姓。以煬帝之無道, 嗜殺人不啻草芥, 而二說偶不行。唐太宗以李淳風言女武當王, 已在宮中, 欲取疑似者盡殺之, 賴淳風諫而止。以太宗之賢尙如此, 豈不云幸不幸哉!

13. 燕說

黃魯直和張文潛八詩, 其二云:「談經用燕說, 束棄諸儒傳。濫觴雖有罪, 末派瀰九縣。」 大意指王氏新經學也。燕說出於韓非子, 曰先王有郢書而後世多燕說。又引其事曰:「郢人有遺燕相國書者, 夜書, 火不明, 謂持燭者曰:『擧燭。』已而誤書『擧燭』二字, 非書本意也。燕相受書, 曰:『擧燭者尙明也, 尙明者擧賢而用之。』遂以白王, 王大說, 國以治, 治則治矣, 非書意也。」魯直以新學多穿鑿, 故有此句。

14. 折檻行

杜詩折檻行云:「千載少似朱雲人, 至今折檻空嶙峋。婁公不語宋公語, 尙憶先皇容直臣。」此篇專爲諫爭而設, 謂婁師德、宋璟也。人多疑婁公旣無一語, 何得爲直臣? 錢伸仲云:「朝有闕政, 或婁公不語, 則宋公語。」但師德乃是武后朝人, 璟爲相時, 其亡久矣。杜有祭房相國文, 言「羣公間出, 魏、杜、婁、宋」, 亦併二公稱之。詩言先皇, 意爲明皇帝也。婁氏別無顯人有聲開元間, 爲不可曉。

15. 朱雲陳元達

朱雲見漢成帝, 請斬馬劍斷張禹首。上大怒曰:「罪死不赦。」御史將雲下, 雲攀殿檻, 檻折, 御史遂將雲去。辛慶忌叩頭以死爭, 上意解, 然後得已。及後當治檻, 上曰:「勿易。因而輯之, 輯與集同, 謂補合也。以旌直臣。」劉聰爲劉后起鵾儀殿, 陳元達諫, 聰怒, 命將出斬之, 時在逍遙園李中堂, 元達先鎖腰而入, 卽以鎖繞堂下樹, 左右曳之不能動。劉氏聞之, 私敕左右停刑, 手疏切諫, 聰乃解, 引元達而謝之, 易園爲納賢園, 堂爲媿賢堂。兩人之事甚相類, 雲之免於死, 由慶忌卽時爭救之故, 差易爲力。若元達之命在須臾間, 聰之急暴且盛怒, 何暇延留數刻而容劉氏得以草疏乎? 脫使就刎其首, 或令武士擊殺亦可, 何恃於鎖腰哉? 是爲可疑也。成帝不易檻以旌雲直, 而不能命以一官, 乃不若聰之待元達也。至今宮殿正中一間橫檻, 獨不施欄楯, 謂之折檻, 蓋自漢以來, 相傳如此矣。

16. 杜老不忘君

前輩謂杜少陵當流離顚沛之際, 一飯未嘗忘君, 今略紀其數語云 : 「萬方頻送喜, 無乃聖躬勞。」「至今勞聖主, 何以報皇天。」「獨使至尊憂社稷, 諸君何以答昇平。」「天子亦應厭奔走, 羣公固合思昇平。」 如此之類非一。

17. 栽松詩

白樂天栽松詩云 : 「小松未盈尺, 心愛手自移。 蒼然澗底色, 雲濕烟霏霏。 栽植我年晩, 長成君性遲。 如何過四十, 種此數寸枝? 得見成陰否? 人生七十稀。」 予治圃於鄕里, 乾道己丑歲, 正年四十七矣。 自伯兄山居手移稺松數十本, 其高僅四五寸, 植之雲壑石上, 擁土以爲固, 不能保其必活也。 過二十年, 蔚然成林, 皆有干霄之勢, 偶閱白公集, 感而書之。

18. 烏鵲鳴

北人以烏聲爲喜, 鵲聲爲非。 南人聞鵲噪則喜, 聞烏聲則唾而逐之, 至於弦弩挾彈, 擊使遠去。 北齊書 : 奚永洛與張子信對坐, 有鵲正鳴於庭樹間。 子信曰 : 「鵲言不善, 當有口舌事, 今夜有喚, 必不得往。」 子信去後, 高儼使召之, 且云敕喚, 永洛詐稱墮馬, 遂免於難。 白樂天在江州答元郎中、楊員外喜烏見寄曰 : 「南宮鴛鴦地, 何忽烏來止? 故人錦帳郎, 聞烏笑相視。 疑烏報消息, 望我歸鄕里。 我歸應待烏頭白, 慚愧元郎誤歡喜。」 然則鵲言固不善, 而烏亦能報喜也。 又有和元微之大觜烏一篇云 : 「老巫生姦計, 與烏意潛通。 云此非凡鳥, 遙見起敬恭。 千歲乃一出, 喜賀主人翁。 此烏所止家, 家産日夜豐。 上以致壽考, 下可宜田農。」 案微之所賦云 : 「巫言此烏至, 財産日豐宜。 主人一心惑, 誘引不知疲。 轉見烏來集, 自言家轉孳。 專聽烏喜怒, 信受若長離。」 今之烏則然也。 世有傳陰陽局鵶經, 謂東方朔所著, 大略言凡占烏之鳴, 先數其聲, 然後定其方位, 假如甲日一聲, 卽是甲聲, 第二聲爲乙聲, 以十干數之, 乃辨其急緩, 以定吉凶, 蓋不專於一說也。

••• 용재속필 권4(17칙)

1. 회남 수비 淮南守備

오대 후주後周 세종世宗이 중원의 100군郡에서 병사를 동원하여 남당南唐의 이경李景을 치러 갔다. 그때만 해도 후주 왕실은 한창 강성했었고 남당 이씨 정권은 혼란에 빠졌기에, 군대를 이끌고 나섰고 토벌은 아주 쉬운 것처럼 보였다. 그런데 세종 현덕顯德 2년(955) 겨울부터 현덕 5년(958) 봄에 이르기까지 도합 4년 동안 세종이 직접 세 번이나 출동했지만 겨우 강북 지역만을 손에 넣었을 뿐이다.

이에 앞서 하중河中 절도사 이수정李守貞이 북한北漢에 반기를 들고 식객 주원朱元을 남당南唐에 보내 구원을 요청하도록 했다. 주원은 남당에 머물며 관직에 올랐고, 추밀사樞密使 사문휘查文徽의 딸을 아내로 맞이하였다. 당시 주원은 군대를 청하여 남당의 여러 주州를 수복하고 서舒·화和 지방을 취하였다. 후에 주원이 공을 믿고 교만해지자, 남당에서는 그의 병권을 빼앗으려고 하였고, 주원은 화가 나서 후주에 투항해버렸다. 이경은 그의 처를 체포하여 사형시키려고 했는데, 재상이었던 사문휘가 자신의 딸의 목숨을 살려줄 것을 간청하는 상소를 올렸다. 이경은 "주원의 처만 참형에 처하고 사씨 집안의 딸은 죽이지 말라"는 처분을 내렸고, 결국 저자거리에서 참형에 처해졌다.

남당의 곽정郭廷은 호주濠州를 지킬 수 없다고 판단했는데, 식솔이 강남에 있어서 남당에 의하여 멸족될까 염려하여 사람을 금릉金陵으로 보내 보고하게 한 다음에 항복했다.

이를 통해 볼 때, 후주의 군대가 남당 정벌에 오랜 시일이 걸렸던 것은 남당 이경 정권의 법도가 장수의 목숨을 통제할 수 있을 정도로 여전히 건재했기 때문이었음을 알 수 있다.

송 고종 소흥 말기에 외적이 회수淮水 일대를 침범했는데, 한 달 남짓한 기간에 14개 군이 모두 함락되었다. 나는 회수 일대 여러 군의 태수들이 관가의 창고에 쌓아놓은 재물들을 모두 챙겨서 강남의 경구京口 일대로 피난가 지내면서, 유사시에 관아를 옮겨서 다스리도록 황제의 윤허를 미리 받았다고 말하는 것을 직접 보았다. 그들은 평소 난리가 없을 때는 변방에게 주는 특혜를 누리고, 일단 위급한 상황이 되면 버리고 달아났다가 도적이 물러나면 돌아왔다. 그래도 그들의 잘못이 논의된 적이 한 번도 없었으니, 어찌 그들이 강토를 굳게 지키겠다는 마음을 품을 수 있겠는가!

2. 주 세종 周世宗

후주後周 세종世宗은 빼어나고 걸출하며, 오대십국의 쇠망과 혼란이 지속될 때 겨우 5·6년 사이에 위무威武를 드날려 이족과 중국을 진동시켰으니, 현명한 군주라고 할만하다. 그런데 마흔도 되지 못해 생애를 마감했고 그가 세상을 떠난 지 반년 만에 나라도 망했다. 혹시 하늘이 천하를 송宋에게 주려고 그랬던 것일까! 그러나 그의 행적을 살펴보면, 살상을 지나치게 하고 법 적용이 과도하게 엄격했음을 알 수 있다. 신하들이 맡은 일을 조금이라도 제대로 하지 못하면 종종 극형에 처했다. 그가 평소 재능과 명성이 있었지만 너그럽게 관용을 베푼 적이 없었으니 이것이 그의 단점이었다.

설거정薛居正의 『구오대사舊五代史』에 한림의관翰林醫官 마도원馬道元이 세종에게 장계를 올려 수주壽州 구역에서 자기 아들이 도적에게 살해되었고 주범은 체포되어 숙주宿州에 있는데 숙주에서는 제대로 심문 처벌하지 않는다고 하소연하는 이야기가 실려 있다. 왕이 대노하여 두의竇儀에게 역참 말을 타고 가서 사건을 처리하라고 했다. 심리를 마치니, 일족까지 연루되어 죽은 사람이 24명이었다. 왕의 뜻이 너무 준엄하였기에 두의는 지나칠 정도로 엄격하게 형벌을 집행하였고 지주知州 조려趙礪까지 연좌되어 파직되었다. 이 사건은 본래 마씨 아들 한 사람이 살해를 당한 것이었는데, 어찌하여 일족 24명을 주살하기에 이르렀는가! 그 밖의 다른 경우에도 이와 비슷하다. 『태조실록太祖實錄·두의전竇儀傳』에 이 사건이 기록되어 있다. 사관은 그저 두의에게만 허물을 씌웠다.

3. 두정고 竇貞固

두정고竇貞固는 오대 후한後漢 은제隱帝 때 재상을 지냈다. 후주가 정권을 잡자 명예직 사도司徒로 귀가시켰다. 후에 범질范質이 사도 관직으로 중서성에 있게 되자 두정고는 낙양으로 돌아갔다. 자주 호구를 재편하면서 부역을 부과하자 두정고는 감당하지 못해 유수留守 상공向拱에게 하소연했는데, 상공은 들어주지 않았다.

송 신종 희녕熙寧[1] 초기에 한국공韓國公 부필富弼이 재상이 되었을 때, 신종이 대신들에게 하남부河南府를 다스리던 이중사李中師의 치적을 칭찬했다. 부필은 이중사가 환관들에게 후하게 뇌물을 줘 결탁했다고 생각하여 "폐하께서는 어떻게 아셨는지요?"라고 물었다. 이중사는 부필이 자기를 비난한 것을 마음 속에 품었다. 이중사가 다시 하남을 다스리게 되었을 때, 연로한 부필은 퇴직하여 낙양에 살고 있었다. 이중사는 부필을 평민호구에 편입시켜 부자富者들처럼 면역전免役錢을 내게 했다.

이를 통해 군자가 권세를 잃으면 손쉽게 소인들에게 모욕 받을 수 있음을 알 수 있다. 상공·이중사 같은 인간이 결코 적지 않다.

1 熙寧 : 북송 신종神宗 시기 연호(1068~1077).

4. 정권 鄭權

당 목종穆宗 때, 공부상서 정권鄭權을 영남절도사로 임명하자 경대부들이 시를 지어 전송했다. 한유가 서문을 썼다.

> 정권의 공덕은 칭송할 만하다. 가솔이 백 명인데 몇 무畝정도 되는 집도 없이 세를 얻어 살았다. 존귀한 신분에도 가난을 받아들이고 부유하지 않았지만 인仁을 행하는 자의 본보기이다.

그런데 『구당서·정권전鄭權傳』에는 이렇게 기록되어 있다.

> 정권이 경사에 있을 때, 집안 식구 수는 많은데 연봉 수입이 부족하여 지방 진鎭의 장관 자리를 청하였고 환관의 도움으로 발령받게 되었다. 남해에 진귀한 물건이 많았고, 정권이 상당량을 쌓아 환관에게 선물하여, 조정 인사들의 크나큰 웃음거리가 되었다.

또 「설정로전薛廷老傳」에서는 다음과 같이 말했다.

> 정권은 정주鄭注의 도움으로 광주廣州 절도사가 되었다. 정권이 진鎭에 도착하여, 관가의 진귀한 보물을 모두 경사로 보내게 하여, 그동안 은혜를 입은 사람에게 보답하였다. 우습유였던 설정로는 상소하여 정권의 죄를 다스릴 것을 요청했고, 환관들은 이로 인해 이를 갈았다.

그렇다면 그의 사람 됨됨이는 삿되고 탐욕스러운 사람일 뿐이다. 그런데 한유는 왜 어진 사람이라고 했을까?

5. 당고에 연루된 현인들 黨錮牽連之賢

한대 당고黨錮의 화禍에서 이름이 알려진 현명한 인물 중 죽은 자가 백여 명에 달하여, 온 나라가 도탄에 빠졌다. 그 명성과 자취가 훤히 드러난 자는 모두 역사서에 실렸다. 그런데 갑자기 연루되어 죄를 얻고서도 달가운 마음으로 형벌과 주살을 받아들인 자는 모두 절의를 지킨 인물들로, 그

중에는 직위나 행실이 드러나지 않아 다른 사람의 전기에서 부수적으로 볼 수밖에 없는 자가 많다.

이응李膺이 죽고, 문하생과 옛 동료도 함께 금고禁錮에 처해졌다. 시어사 경의景毅의 아들이 이응의 문하생이었는데 명단에 등록되지 않았기 때문에 견책을 당하지 않았다. 경의는 탄식하며 말했다. "본래 이응이 현명하다고 여겨 아들을 보내 스승으로 모시게 했는데, 어찌 명단에 누락되었다 하여 구차하게 편하게 살겠는가?" 결국 스스로 사직하고 귀향했다.

고성高城[2] 사람 파숙巴肅은 수배를 당하자 스스로 현청으로 가 자수했다. 현령이 인수印綬를 풀어버리고 함께 달아나려고 했는데, 파숙은 동의하지 않았다.

범방范滂이 정강征羌[3]에 있었는데, 급히 체포하라는 조서가 내려왔다. 독우督郵 오도吳導는 현에 도착하여 조서를 껴안고 객사 문을 닫아걸고 침상에 엎드려 울었다. 범방은 스스로 감옥으로 찾아갔다. 현령 곽읍郭揖은 깜짝 놀라 인수를 풀어버리고 범방을 이끌고 함께 도망쳤다. 범방은 "제가 죽으면 환난이 멈출텐데, 어찌 감히 현령께 누를 끼치겠습니까!"라고 말했다.

장검張儉이 곤경과 핍박을 벗어나 도망하는데, 가는 곳마다 집안 파산의 위험을 무릅쓰고 받아주었다. 그가 묵었다 간 집에서 중죄인으로 사형당한 자가 열 명에 달했다. 다시 이리저리 떠돌다가 이독李篤의 집에 갔다. 외황령外黃令 모흠毛欽이 병사를 데리고 이독의 집 문 앞에 이르자, 이독이 말했다.

> "장검이 망명한 것은 그가 죄가 없기 때문이오. 설령 장검의 신병을 확보할 수 있다 해도 어찌 체포하려 하는 거요?"

모흠은 이독의 어깨를 쓰다듬으며 "거백옥蘧伯玉은 홀로 군자가 되는 것을 수치스러워했는데, 귀하는 어찌 혼자만 인의를 독차지하려 하는 거요?"라며 탄식을 하고 돌아갔다. 결국 장검은 위험에서 벗어날 수 있었다. 몇 년

2 高城 : 지금의 하북성 염산鹽山.
3 征羌 : 지금의 하남성 언성偃城 동부.

후 상록上祿[4] 장관 화해和海가 "당인黨人의 금고禁錮가 오족五族까지 미치는 것은 정상적인 법이 아닙니다"라고 상소를 올렸다. 이로인해 조부 이하 오족들이 모두 풀려나게 되었다.

몇몇 군자들이 위와 같이 현명했고, 후한의 많은 사람들이 명분과 절의를 숭상했으니, 이것이 그 증거 아닌가!

6. 한대 문서 양식 漢代文書式

한대의 문서 중 신하가 조정에 올린 것과 조정에서 군국郡國에 내려 보낸 것은 『한관전의漢官典儀』과 『한구의漢舊儀』 등에 실려 있다. 그러나 금석에 새긴 것만큼 명백하게 드러나는 것이 없다. 사신史晨의 「사공묘비祠孔廟碑」 앞부분을 살펴보자.

> 건녕建寧 2년(169) 3월 계묘 삭朔 7일 기유己酉에 노상魯相 신 신晨과 장사長史 신 겸謙이 머리 조아리고 사죄하며 상서에게 올립니다. 신 신晨은 머리 조아리고 머리 조아리고, 사죄하고 사죄하옵니다.[5]

말미에서는 다음과 같이 말했다.

> 신 신晨은 참으로 황공하고 황공하게 머리 조아리고 머리 조아리며 사죄하고 사죄하며 상서에게 올립니다.

그리고 부본을 태부太傅와 태위太尉·사도司徒·사공司空·대사농부大司農府에게 보낸다고 언급하고 있다. 번의樊毅의 「복화하민조비復華下民租碑」의 앞부분과 뒷부분도 이와 같다.

「무극산비無極山碑」에서는 다음과 같은 기록이 있다.

4 上祿 : 지금의 감숙성 성현成縣 서남쪽.

5 원문이 "頓首頓首, 謝罪謝罪"로 공식 문서에서 사용되는 격식어가 반복되어 있다. 양식에 관한 내용이므로 원문대로 중복 번역하였다.

광화光化 4년(181) 모월 신묘 삭 22일 임자에 태상 신 탐耽과 승丞 민敏이 머리 조아리고 상서에게 올립니다.

그리고 말미에는 다음과 같은 기록이 있다.

신 탐이 어리석고 우둔하니, 머리 조아리고 머리 조아리며 상서에게 올렸다. 황제가 '가可하다'고 비준을 했다. 태상이 이어서 적었다. 모월 17일 정축丁丑에, 상서령 충忠이 낙양궁雒陽宮에 상소했다. 광화 4년 8월 신유辛酉 삭 17일 정축, 상서령 충忠이 하달했다. 광화 4년 8월 신유 삭 17일 정축, 태상 탐과 승 민에게 하달하다.

「상산상공묘비常山相孔廟碑」를 보면, 맨 앞에는 "사도司徒 신 웅雄과 사공司空 신 계戒가 머리 조아리며 말씀드립니다"라고 했고, 말미에는 다음과 같이 기록되어있다.

신 웅과 신 계는 어리석고 우둔하여, 참으로 황공하게도 머리 조아리고 머리 조아리며 죽을죄를 무릅쓰고 죽을죄를 무릅썼으니 신 계는 머리 조아리며 들었다. 황제는 '가하다'고 비준했다. 원가元嘉 3년(153) 3월 27일 임인壬寅에, 낙양궁에 상소했다. 원가 3년 3월 병자丙子 삭 27일 임인, 사도 웅과 사공 계가 노상魯相에게 내려보냈다.

또 다음과 같은 기록이 있다.

영흥永興 원년(153) 6월 갑진甲辰 삭 18일 신유辛酉, 노상魯相 평平과 행장사사行長史事 변卞·수장守長 천擅이 머리 찧으면서 죽을죄를 무릅쓰고 감히 사도와 사공부에 말씀드립니다.

그리고 말미에서 "평은 황공하여 머리 찧으면서 죽을죄를 무릅쓰고 사공부에 올립니다"라고 했다.

이 비에는 삼공三公이 천자에게 상소하고, 조정에서 군국에 하달하고, 군국에서 공부公府에 올리는 세 가지 양식이 있는데, 처음과 말미가 갖추어져 있다. 문혜공의 『예석隸釋』에 관련 내용이 있다. 무극산의 제사와 관련된 문서를 정축일에 낙양궁에 상소하고, 이 날 태상공묘의 일을 하달하고, 임인일에 낙양궁에 상소하고, 또한 이 날 노상에게 하달하였으니, 한대에는 문서가 지체되지 않았음을 또한 알 수 있다.

7. 『자치통감』 資治通鑑

사마광司馬光이 『자치통감資治通鑑』을 편찬할 때 범조우范祖禹를 선발하여 소속 편집자로 삼고 찬술의 요지를 논한 글이 있는데, 대체로 『좌전』의 서술 체제와 같이 하려고 한다는 내용이었다. 또한 다음과 같이 말했다.

> 연호는 모두 나중 것으로 정한다. 예를 들면 무덕武德 원년은 정월부터 무덕 원년으로 하니, 바로 당 고조의 연호이며, 수隋 의녕義寧 2년이라고는 더 이상 하지 않는다. 양梁나라 개평開平 원년 정월은 당 천우天祐 4년이라고 하지 않는다.

그래서 『자치통감』은 서술할 때 같은 해에 연호가 두 개이면 나중의 것으로 기록하는 방법을 채택했다. 그러나 더 깊이 따져보면, 너무 꽉 막혀서 통하지 않는 곳이 꽤 있다. 사마광이 채택한 방법은 『춘추』의 노나라 정공定公을 예로 들어 설명하자면 아직 즉위하지 않았는데 정월을 정공 원년으로 기록한 것이다. 소공昭公이 작년 12월에 세상을 떠났으니, 다음 해의 일은 더 이상 소공과 연계될 수 없기 때문에, 정공이 비록 왕위에 아직 오르지 않았어도 당연히 소급해서 쓴 것이다. 이는 『춘추』의 경문經文이 지극히 간결하여 10·20자에 불과하기 때문에 한 번 보면 이해할 수 있다.

그러나 『통감』의 경우는 상황이 다르다. 수 양제 대업大業 13년은 공황제恭皇帝 상권에 속해있는데, 하권의 말미에 가서야 공제가 즉위하여 비로소 의녕義寧으로 연호가 고쳐졌고, 뒤 1권은 곧 당 고조 원년이 되었다. 무릇 이 세 권의 내용에 두루두루 언급되고 있는 것은 당시 아직 생존하고 있었던 양제와 관련된 것으로, 양제가 강도江都에서 있을 때의 일을 기록하였다. 또 당 현종 후권을 숙종肅宗 지덕至德 원년이라고 표기했는데, 1권의 반쯤에 이르러 태자가 즉위한 것을 썼다. 대종代宗 하권에서 "황제가 정신을 진작하여 치세를 추구하여, 차례대로 등용하지 않고 파격적으로 하였다"고 했는데,

여기서 언급된 황제는 바로 덕종이다. 장종莊宗 동광同光 4년을 명종明宗의 연호인 천성天成으로 표기하면서, 권 안에서 이사원李嗣源(명종의 본명)에게 업鄴을 토벌하라고 명한 것을 기록하였고, 다음 권 첫머리에서 장종이 세상을 떠난다. 노왕潞王 청태清泰 3년을 진晉 고조高祖로 표기했는데, 권 안에서 석경당石敬瑭이 반란을 일으킨 것을 기록하고 권말에 이르러 비로소 진晉 천복天福이 된다. 이와 같은 것을 일일이 말하기 힘들 정도이다.

이밖에 진晉과 송宋 때 오랑캐들이 왕을 참칭僭稱하고 책봉한 왕공과 임명한 경상卿相을 모두 상세히 기록하여, 200자에 달하는 것도 있다. 예를 들면 서진西秦 승상 남천南川 선공宣公 출련걸도出連乞都가 죽었다느니, 위魏의 도좌대관都坐大官 장안후章安侯 봉의封懿와 천부대인天部大人 백마문정공白馬文正公 최굉崔宏·의도문성왕宜都文成王 목관穆觀·진원장군鎮遠將軍 평서후平舒侯 연봉燕鳳·평창선왕平昌宣王 화기노和其奴가 죽었다느니 하는 것은 모두 사직의 치란과는 아무런 관련이 없다. 그런데 정작 한나라의 역사적 변화와 관련이 깊은 주발周勃의 죽음은 기록하지 않았다.

그리고 한 장제章帝가 장안에 행차했다거나, 괴리槐里와 기산岐山에 행차했다거나, 또 장평長平에 행차했다거나, 지양궁池陽宮에 들렀다거나, 동쪽으로 고릉高陵에까지 갔다거나, 12월 정해에 환궁했다거나, 또 을미에 동아東阿에 행차했다거나, 북쪽으로 태항산太行山에 올랐다거나, 전정관天井關까지 갔다거나, 여름 4월 을묘乙卯에 환궁했다거나 하는 기록이 있다. 또 위魏의 군주가 7월 무자戊子에 어지魚池에 갔다거나, 청강원青岡原에 올랐다가 갑오甲午에 환궁했다거나, 8월 기해己亥에 미택彌澤에 갔다거나, 갑인甲寅에 우두산牛頭山에 올랐다거나, 갑자甲子에 환궁했다거나 하는 기록이 있다. 이와 같은 출행은 없었던 해가 없으니, 모두 생략해도 될 것이다.

8. 능력을 고려하지 않은 약소국 弱小不量力

초楚 장왕莊王이 소蕭[6]를 공격하자, 소나라 사람들이 웅상의료熊相宜僚와 공자

병公子丙을 옥에 가두었다. 장왕이 "죽이지 마시오. 우리가 물러나겠소"라고 했으나, 소나라 사람들은 그들을 죽였다. 장왕이 분노하여 결국 소를 멸망시켰다.

초나라가 거莒[7]를 공격하자, 거나라 사람들이 초의 공자 평平을 옥에 가두었다. 초나라에서 "죽이지 마시오. 우리가 포로를 돌려보내겠소"라고 했으나, 거나라 사람들은 그를 죽였다. 초나라 군대가 거를 포위하여, 거는 궤멸되고 거나라 군주는 결국 운鄆[8]으로 피신했다.

제나라 경공頃公이 노魯나라를 공격하여 용龍[9]을 포위했다. 경공의 측근 총신 노포취괴盧蒲就魁가 찾아가 투항을 권유했으나, 용지역 사람들은 그를 옥에 가두었다. 경공은 "죽이지 마시오. 내가 그대들과 맹약을 맺을 것이고, 영역에 들어가지 않고서 책봉을 하겠소"라고 했으나, 용 사람들은 듣지 않고 그를 죽여서 성 위에 효수했다. 제나라는 결국 용을 공격하여 점령했다.

제나라와 초나라는 대국이고, 거는 소국이며, 소는 속국, 용은 변읍이다. 공격을 받을 때 다행히도 상대방 사람을 사로잡아 옥에 가둘 수 있게 되었으나, 강한 적이 자기 사람을 죽이지 않으면 군대를 퇴각시키겠다고 했음에도 불구하고 자기들 역량을 헤아리지 않아 그들에게 원망을 샀고, 결국 멸망에 이르게 되었다. 이는 크나큰 실책이라고 할 수 있다. 역사서에 자산子産이 특히 소국을 잘 다스렸다고 전하고 있는데, 만약에 자산이라면 이러한 상황에 처해서도 분명히 잘 대처했을 것이다.

9. 전횡과 여포 田橫呂布

전횡田橫이 싸움에서 패하여 섬으로 숨어들어 기거하고 있었다. 고조가

6 蕭 : 지금의 안휘성 소현蕭縣.
7 莒 : 지금의 산동성 거현莒縣.
8 鄆 : 지금의 산동성 기수沂水 북쪽.
9 龍 : 지금의 산동성 태안泰安.

사람을 보내 항복을 권유하며 “전횡이 오면 크게는 왕이 될 수도 있고, 작게는 후侯라도 될 수 있을 것이다”라고 했다. 전횡은 두 문객을 따라 낙양으로 갔다. 도착 할 무렵 문객에게 다음과 같이 말하고, 스스로 목을 벴다.

> 나는 처음에는 한왕과 함께 남면하여 왕이라고 칭했었소. 지금 한왕은 천자가 되었는데, 나는 도망한 포로가 되어 북면하여 그를 모시려고 하게 되었으니, 이것은 사실 너무 수치스러운 일이오.

전횡은 왕후의 작위를 돌아보지 않고 담담하게 죽음을 선택했기 때문에, 한 고조는 눈물을 흘리며 그가 현명하다 칭송했고, 반고 또한 그를 뛰어난 인재로 여겼다. 한유는 지나는 길에 그의 묘를 찾아가 “예로부터 죽은 자는 한둘이 아니었으되, 귀하는 지금에 이르기까지 밝은 빛을 발한다오[自古死者非一, 夫子至今有耿光.]”라고 글을 써서 조문했다. 전횡의 이와 같은 강직하고 늠름한 기개는 지금까지도 생생하여 사람들의 칭송을 받는다.

여포呂布가 조조曹操에게 사로잡혀 죽게 되었을 때 조조에게 다음과 같이 말했다.

> “명공明公의 근심거리라면 저 여포 하나 였을 터인데, 지금 저는 이미 투항을 한 상태입니다. 만약에 제게 기병을 통솔하게 하고 명공께서 보병을 통솔하시면, 천하 평정은 분명 어렵지 않을 것입니다.”

그러나 조조는 그를 죽였다. 여포의 재능은 전횡보다 아래가 아니었으나 치욕을 참고 적을 섬기려고 했다. 그래서 소식은 시에서 다음과 같이 여포를 비웃었다.

백문에서 승리를 거두어 여포를 궁지로 몰아넣자,	猶勝白門窮呂布,
말을 타고 거짓으로 조조를 모시겠다고 했네.	欲將鞍馬事曹瞞.

오대 때 유수광劉守光은 스스로 연제燕帝라고 칭했다가 패하여 진왕晉王에게 사로잡혔는데, 죽음을 면하지 못할 것을 알면서도 다음과 같이 말하였다.

"왕께서 당 왕실을 회복하여 패업을 이루려 하시면서 어찌 신을 사면하여 공을 세우도록 하지 않으시는지요?"

유수광 또한 비열하고 비천하기 짝이 없는 소인배로, 책망할 가치도 없다.

10. 중산과 의양 中山宜陽

전국시대에 관련된 기록은 여러 책에 잡다하게 나오기 때문에 믿을 만한 사실인지 정확하게 고증할 수 없는 경우가 있다.

위魏 문후文侯가 악양樂羊에게 중산中山[10]을 치게 하여, 악양이 이기자 문후는 자기 아들을 책봉했다. 그래서 임좌任座는 "주군이 중산을 손에 넣어 주군의 아우를 책봉하지 않고 주군의 아들을 책봉했다"고 했고, 적황翟璜은 "중산을 이미 정복하고도 이를 지키라 명 받은 자가 없으니, 신은 이극李克을 추천합니다"라고 했다. 그런데 『사기·조세가趙世家』에는 조나라 무령왕武靈王은 중산이 강한 제나라를 등에 업고 조나라 땅을 침탈한다고 여겨 보복을 하기 위해 호복胡服으로 바꿔입고 기마궁술을 익혀서 몇 년 만에 제·연과 함께 중산을 멸망시키고 중산의 왕을 부이膚施[11]로 이주시켰다고 되어 있다. 이 때는 이미 위문후와 100년의 차이가 나는데, 위문후 때 망한 중산이 다시 존속했을 리가 없다. 또 부이는 상군上郡에 속한 곳으로 원래 위나라 땅이었다가 진秦에게 빼앗겼기에, 조나라가 마음대로 책임자를 배치할 수 있는 곳이 아니었다. 이해할 수 없는 내용이다.

『사기·악의열전』에는 다음과 같은 기록이 있다.

> 위나라가 중산을 점령하였는데, 나중에 중산이 다시 나라를 회복하였고, 조나라가 다시 중산을 멸망시켰다.

10 中山 : 지금의 하북성 정현定縣.
11 膚施 : 지금의 섬서성 연안延安.

『사기·육국연표』에서는 "위열왕威烈王 12년에 중산의 무공武公이 처음으로 왕위에 올랐다"고 했고, 서광徐廣은 무공이 "주 정왕定王의 손자요, 서주 환공桓公의 아들이다"라고 했는데, 이 설명은 잘못된 것이다.

의양宜陽은 한韓나라의 큰 현인데, 주 현왕顯王 34년(B.C. 334)에 진나라가 한나라를 공격하여 빼앗았다. 그래서 굴의구屈宜臼가 "전년前年에 진나라가 의양을 빼앗았다"고 말한 것이다. 이것이 바로 한나라 소후昭侯 때의 일이다. 그리고 한나라 선혜왕宣惠王과 양왕襄王 이후에 진나라 감무甘茂가 또 의양을 점령했다. 이 두 사건이 거의 30년 차이가 나니, 한나라가 의양을 잃었다가 얼마 후 다시 수복했다는 것이 아니겠는가!

11. 가축 관상보기 相六畜[12]

『장자莊子』에 서무귀徐無鬼가 위무후魏武侯를 만나서 개와 말의 관상을 보는 이야기가 나온다. 『순자』에서 견백동이堅白同異[13]를 논하면서 "닭·개의 관상을 잘 봐서 유명해지는 것만 못하다"는 말을 했다. 『사기』에서 저선생褚先生이 「일자전日者傳」 뒷부분에서 다음과 같이 말했다.

> 황직黃直은 남편이고, 진군부陳君夫는 부인인데, 말 관 상보는 것으로 천하에 명성을 날렸다. 유장유留長孺는 돼지 관상 보는 것으로 이름을 날렸다. 영양滎陽 저씨褚氏는 소 관상 보는 것으로 이름을 날렸다. 모두 당시 누구도 따라오지 못할 최고의 실력을 지녔다.

지금은 말 관상 보는 사람은 간혹 있지만, 소 관상 보는 사람은 거의

12 六畜 : 소와 말·양·돼지·개·닭 등의 가축으로, 동물 중에 인간에 의해 순화되어 집에서 기르는 동물을 지칭한다.

13 堅白同異 : 전국시대 조나라의 학자 공손룡公孫龍의 궤변. 단단한 흰 돌을 눈으로 보아서는 흰 것을 알 수 있으나 단단한지는 모르며, 손으로 만져 보았을 때는 그 단단한 것을 알 뿐 빛이 흰지는 모르므로, 단단한 돌과 흰 돌이 동일한 물질이 아니라고 주장했다. 즉 옳은 것을 틀린 것이라 하고 틀린 것을 옳은 것이라고 주장하며 같은 것을 다른 것이라고 하고 다른 것을 같은 것이라고 하는 궤변을 지칭한다.

없고, 닭과 개·돼지의 관상을 보는 사람이 있다는 말은 들어보지 못했다. 유향劉向의 『칠략七略·상육축相六畜』 38권에서 골법骨法의 방도를 말했는데, 지금은 하나도 전해지지 않는다.

12. 卜복과 筮서는 다르다 卜筮不同

『상서·홍범洪範·칠계의七稽疑』에 날짜를 택하여 복서卜筮[14]하는 사람에 대한 이야기가 나오는데, "복卜과 서筮의 결과가 정반대"라는 설이 있다. 『예기』에서 "'복'과 '서'는 서로 답습하지 않는다"고 했는데, '복'의 결과가 불길하면 또 '서'를 하고 '서'의 결과가 불길하면 또 '복'을 하여, 복서를 가볍게 보았다는 의미이다. 『좌전』에서 진헌공晉獻公이 여희驪姬를 부인으로 맞으려고 하여, '복'을 하니 불길하다고 하고, '서'를 하니 길하다고 했다. 헌공은 "'서'를 따른다"고 했다. 그러나 점술가가 "작은 일에는 서를 사용하고 중요한 일에는 귀복龜卜을 사용했으니, 귀복을 따르는 것이 좋습니다"라고 했다. 노나라 목강穆姜이 동궁으로 거처를 옮기는데 '서'로 길흉을 따지니, 그 결과 '간艮'괘의 8이 나왔다. 역사에서는 "이것을 '간'의 '수隨'"라고 하였는데 두예杜預는 주에서 다음과 같이 설명했다.

> 『주례』를 보면 태복太卜이 세 종류의 『역易』을 관장했는데, 하나라의 『연산連山』과 상나라의 『귀장歸藏』을 섞어 사용했다. 이 두 『역』은 모두 7·8로 점을 쳤기 때문에 '간'의 8을 만났다고 한 것이다. 사신史臣은 옛날 『역』에서 8을 만나면 불리하다고 여겼기에 다시 『주역』으로 점을 쳐서, 변효變爻로 '수'괘를 얻은 것이다.

한 무제 때 점치는 자들을 불러 모아 모월 모일에 아내를 맞이해도 되겠느냐고 물었다. 오행가五行家는 "좋습니다"라고 하고, 감여가堪輿家는 "안됩니다"라

14 卜筮 : 인간의 지능으로 예측할 수 없는 미래의 일을 주술의 힘을 빌려 추리 내지는 판단을 하는 점술행위. 복卜은 거북이껍질이나 짐승의 뼈를 불에 태워서 갈라지는 금의 모양을 보고 점을 치던 방법이고, 서筮는 산가지의 조작에 의해서 얻어진 수數로 길흉의 점을 치는 방법이다.

고 하고, 건제가建除家는 "불길합니다"라고 하고, 총신가叢辰家는 "매우 흉합니다"라고 하고, 역가曆家는 "조금 흉합니다"라고 하고, 천인가天人家는 "조금 길합니다"라고 하고, 태일가太一家는 "매우 길합니다"라고 했다. 논쟁이 결말이 나지 않자 이 상황을 그대로 보고했다. 무제는 다음과 같이 말했다.

> 죽음과 관련된 금기일을 피하고 오행을 위주로 하라.

이를 통해 볼 때 역법과 점복의 학파들은 예로부터 같지 않았다. 당나라 때 여재呂才가 『광제음양백기력廣濟陰陽百忌曆』을 저술하자, 많은 사람들이 이 책을 사용했다. 최근에는 또 『삼력회동집三曆會同集』이 나와 상세하게 모든 것을 수록했다.

그런데 길일을 택하는 것을 말해보자면 1년은 360일인데 만약에 하나만 고수하며 변통을 모르면 일년 중 거의 하루도 쓸 만한 날이 없게 된다.

13. 점쟁이 日者

『묵자·귀의貴義』에 다음과 같은 내용이 있다.

> 내가 북쪽으로 제나라에 가다가 점쟁이를 만났다.
> 점쟁이가 말했다.
> "천제께서 오늘 북방에서 흑룡을 죽이려 하는데, 선생은 피부가 검으니까 북쪽으로 가면 안 됩니다."
> 나는 그 말을 듣지 않고 결국 북쪽으로 가 치수淄水에 갔다가 강을 건너지 못하고 돌아왔다.
> 점쟁이가 말했다.
> "선생은 북쪽으로 가면 안 된다고 했잖소."
> 묵자가 말했다.
> "남쪽 사람은 북쪽으로 가지 못하고 북쪽 사람은 남쪽으로 가지 못하고, 안색이 검은 사람도 있고 하얀 사람도 있을 텐데, 왜 모두 강을 건너지 못했을까! 또 천제는 갑을일에 동방에서 청룡을 죽이고, 병정일에 남방에서 적룡을 죽이고, 경신일에 서방에서 백룡을 죽이고, 임계일에 북방에서 흑룡을 죽이니, 당신의 말은 믿을 수 없소."

『사기』의 「일자열전」은 이것에 기초한 것이다. 서광徐廣은 "옛날에 복서卜筮로 점을 치고 예측하는 사람들을 모두 일자日者라고 했다"고 했다. 오행이 해당되는 날짜에 따라 그 방위의 용을 죽인다는 말과 같은 경우는, 그게 무슨 뜻인지 알 수 없으니, 또 괴이하기만 할 따름이다.

14. 왕숙문 당파에 가담한 유종원 柳子厚黨叔文

유종원과 유우석劉禹錫[15]은 모두 왕숙문王叔文 당파에 연좌되어 폐출되었다. 유우석은 잘못을 해명하고 비방에 대해 변호를 했는데, 유종원은 그러지 않았다. 그의 「답허맹용서答許孟容書」를 보면 다음과 같다.

> 일찍부터 저는 죄를 지은 자와 친하게 지내서, 처음에는 그 능력이 뛰어나다 여겨, 함께 인의를 세우고 교화에 도움이 되게 할 수 있겠다고 생각했습니다. …… 갑자기 요직에 올라 일을 주도하게 되니, 사람들의 신임을 얻지 못했습니다. 사리사욕을 노리고 승진을 추구한 자들이 문지방이 닳도록 찾아왔지만 백 중의 하나도 얻지 못했는데, 일단 자기들 뜻대로 되자, 더더욱 원망과 비방을 만들어냈지요. 이런 큰 죄 이외에 온갖 욕설과 비방이 들끓고, 너도나도 왕래하며 선동하여, 모두 적이나 원수가 되었습니다.

그런데 왕숙문의 모친 유부인劉夫人을 위해 쓴 묘지명을 보면 다음과 같이 칭송을 아끼지 않았다.

> 작은아들은 왕숙문王叔文으로, 굳고 밝고 곧고 성실하며 문무의 재질을 갖추었다. 정원 년간에 조정에서 대조待詔로 재직 중 세자와 도가 합치되어, 이후 18년 동안 선을 권장하고 악을 배척하며 열심히 세자를 가르치고 보필했다. 선제가 세상을 떠나고 후사 황제가 대위를 이었다. 공은 금중禁中에 거하며 정책을 모의하고 명령을 결정하는 등 국정 운영을 돕는 공적을 쌓았다. 소주사공참군蘇州司功參軍

15 劉禹錫(772~842) : 자 몽득夢得. 중당의 시인. 유종원과 함께 왕숙문王叔文의 정치개혁에 동참했는데 그것이 실패하고 왕숙문이 실각하자 낭주郎州(지금의 호남성湖南省 상덕시常德市) 사마로 좌천되었다. 중당의 사회현실이 반영된 작품을 창작하여 환관의 횡포, 번진 세력의 할거, 정치 권력에 대한 풍자와 비판을 아끼지 않았다.

에서 기거사인起居舍人·한림학사翰林學士가 되었다. 왕명의 출납을 관장하고 사리와 시비를 밝히면서 국가대사의 통변通變을 두루 관장하고 지방을 경영하고 재정을 관할하는 직책을 보좌했다. 호부시랑戶部侍郎에 더해지고, 자금어대紫金魚袋를 하사받았다. 물가의 경중과 물자 교류의 문을 열고 닫는 것이 조화롭고 균등하고 적절하고 충분한 효과가 있었다. 안으로 국정 모의에 참여하여 그 자리를 헛되지 않게 하여, 이 직분을 맡은 것이 146일이었다. 백성을 이롭고 편하게 하는 도가 장차 백성에게 베풀어지려고 하는데 부인께서 댁에서 돌아가셨으니, 정원 21년 6월 21일이었다. 도를 아는 사람들은 만백성을 위하여 안타까워했다.

유우석은 자신의 전기를 쓰면서 다음과 같이 말했다.

순종께서 즉위하셨을 때, 한문寒門 출신 인재 왕숙문은 바둑을 잘 두어 박망博望에 드나들 수 있게 되어서 틈을 보아 시사時事에 관하여 언급할 기회를 얻을 수 있었고, 황제께서 그를 아주 기특하게 여기셨다. 왕숙문은 자신이 전진前秦의 재상 왕맹王猛의 후손으로 머나먼 조상의 유풍이 있다고 스스로 말했는데, 오직 여온呂溫과 이경검李景儉·유종원만이 그 말을 믿었다. 그러나 이 세 사람은 모두 나와 친분이 두터워 밤낮으로 지나다가 마주치면 그가 유능하다고 말했다. 왕숙문은 사실 치도治道를 말하는 것에 뛰어나 언변으로 사람의 마음을 움직일 수 있었다. 임용되고 나서 그가 시행한 것에 대해 사람들은 합당하다고 여기지 않았다. 황제께서 평소 병을 앓으시어 내선內禪을 한다는 조서를 내리셨는데, 궁중의 일은 극비로 집행하는 게 많아서 공이 모두 귀신貴臣에게 돌아갔고, 이에 왕숙문은 폄적되어 죽음을 맞았다.

한유는 두 사람과 가까운 벗이었지만, 『순종실록順宗實錄』을 편찬할 때는 그 일을 있는 그대로 썼다.

왕숙문은 당시 유명해져 요행을 바라며 조속히 승진하려는 유우석·유종원 등 10여 명과 은밀히 결탁해 생사를 함께 하는 친교를 맺었는데, 종적이 괴이하고 은밀했다. 뜻을 얻게 되어서는 유우석·유종원이 모의와 창화를 주도하여 외부의 반응을 채집해 들었다. 실패하게 되자 그 당파는 모두 쫓겨났다.

이 논조가 아주 적당했다. 비록 친구 사이지만 조금도 가리면 안 된다.

15. 한 무제의 마음 漢武心術

『사기·귀책전龜策傳』에 다음과 같은 내용이 있다.

> 지금 황제께서 즉위하여 재능을 펼칠 기회를 널리 열고 백 가지 학문에 뛰어난 사람을 모두 초청하여, 한 가지 재능이라도 통달한 사람은 모두 능력을 발휘하도록 했다. 몇년 사이 태복太卜이 대대적으로 모여들었다. 마침 황제께서 흉노를 공격하고 서쪽으로 대완大宛을 물리치고 남쪽으로 백월百越을 거두고자 하여, 점을 쳐서 미리 그 표상表象을 보고 먼저 그 유리한 입장을 도모하려고 했다. 맹장들이 부절을 쥐고 창을 휘두르며 저쪽 전장에서 승리를 거둘 때, 점술가들은 이쪽에서 승리의 날을 점치는 것에 힘을 다 쏟았다. 황제가 특별히 배려하여 상을 내린 것이 수천만에 이르기도 했다. 구자명丘子明같은 자는 부가 넘치고 총애가 극에 달해 조정을 뒤흔들 정도였다. 복서卜筮로 무고巫蠱를 하기에까지 이르고, 그 무고가 때로 상당히 들어맞는 경우도 있었다. 평소 반목하여 감정이 안 좋은 사람이 있으면 공공연히 무고를 행하여 죽이기도 하고 마음대로 해치기도 하여 일족이 깨지고 가문이 절멸한 경우 또한 이루 다 셀 수가 없었다. 백관들은 두려워 떨면서 귀책龜策이 말을 할 줄 안다고 모두 말할 정도였다. 나중에 모든 일이 발각되고 그들의 죄가 궁해 역시 삼족이 주벌을 당했다.

『한서음의漢書音義』는 사마천이 세상을 떠난 후 『사기』 중 10여 편이 목록만 있고 내용이 없이 누락되어 있어 원제元帝와 성제成帝 연간에 저褚 선생이 보충하였는데 그 가운데 「일자열전」과 「귀책열전」이 포함되어 있으며 그 말이 조잡하고 비루하다고 하였다. 그러므로 후세 사람들은 그것을 상당히 업신여긴다.

그러나 이 권 첫머리에서 "지금 황제께서 즉위하여"라고 한 것은 사마천이 무제를 지칭한 것으로, 무고巫蠱의 억울함을 표현한 것이다. 지금 논자들은 이 점을 소홀히 다룬다. 『자치통감』 또한 이 내용을 버리고 취하지 않아 구자명의 악행이 더 이상 훤히 드러나게 하지 못했다. 이는 무제가 이단의 설을 널리 채택하여 이런 화가 이르게 한 것이다. 만약 무제의 마음이 정당한 쪽으로 기울었더라면 이처럼 잔혹한 일은 일어나지 않았을 것이다.

16. 天천·高고라 호칭하는 것을 금지하다 禁天高之稱

남북조 주周 선제宣帝는 스스로를 천원황제天元皇帝라고 호칭하고, 다른 사람이 천天·고高·상上·대大 등의 글자를 쓰는 것을 허용하지 않았다. 관명에서 이에 저촉되는 것이 있으면 모두 바꿨다. 성이 고高인 것을 강姜으로 바꾸고, 9족 중 고조高祖란 호칭을 장조長祖로 바꿨다.

송 휘종徽宗 정화政和[16] 연간에는 안팎에서 용龍·천天·군君·옥玉·제帝·상上·성聖·황皇 등을 이름 글자로 쓰는 것을 허용하지 않았다. 그래서 모우룡毛友龍의 이름을 그냥 우友라고 하고, 섭천장葉天將의 이름을 그냥 장將이라고 하고, 악천작樂天作의 이름을 그냥 작作이라고 하고, 구룡여연句龍如淵의 이름을 그냥 구여연句如淵이라고 하고, 위상달衛上達에게는 중달仲達이라는 이름을 내려주고, 갈군중葛君仲은 사중師仲으로 바꾸고, 방천임方天任은 대임大任으로 바꾸고, 방천약方天若은 원약元若으로 바꾸고, 여성구余聖求는 응구應求로 바꾸고, 주강周綱의 자字 군거君擧를 원거元擧로 바꾸고, 정진程振의 자 백옥伯玉을 백기伯起로 바꾸고, 정우程瑀 역시 자가 백옥伯玉인데 백우伯禹로 바꾸고, 장독張讀의 자 성행聖行을 언행彥行으로 바꿨다.

이는 채경蔡京[17]이 권력을 쥐고 있을 때 역사 공부를 금지시켜, 남북조 주나라에서 이미 이런 일이 있었다는 것을 아는 사람이 없었기 때문이었다. 선화 7년(1125) 7월, 황제가 직접 조서를 작성하여, 전에 신료들이 사람들의 이름에서 천天·옥玉·군君·성聖·주主를 쓰는 것을 모두 금할 것을 주청하였는데, 이는 상제의 이름을 피휘하는 것도 아니요 또한 경전에 근거도 없는 것으로 맹목적으로 아첨하여 후세에 조롱거리를 남기는 것이니 폐지한다고 하였다.

16 政和 : 북송 휘종 시기 연호(1111~1118).

17 蔡京(1047~1126) : 북송北宋 말기의 재상·서예가. 16년간 재상자리에 있으면서 숙적 요遼를 멸망시켰으나, 휘종에게 사치를 권하고 재정을 궁핍에 몰아넣었다. 금군金軍이 침입하고 흠종 즉위 후, 국난을 초래한 6적賊의 우두머리로 몰려 실각하였다. 문인으로서 뛰어나 북송 문화의 흥륭에 크게 기여하였다.

17. 선화 연간 용관 宣和冗官

선화 원년(1119), 채경蔡京이 재상의 자리를 떠나려고 할 때, 신료들이 용관冗官과 남관濫官의 폐단을 말하는 상소를 올렸다. 내용은 대략 다음과 같다.

> 작년 7월부터 올해 3월까지, 승진하면서 상을 줄 것을 논한 자가 5천여 명입니다. 신주辰州에서 궁노수弓弩手를 뽑는데, 추밀원 지차방支差房에서 추은推恩한 사람이 84명입니다. 연주兗州가 부府로 승격하는데, 삼성三省 병방兵房에서 추은推恩한 사람이 336명입니다. 입사入仕한 지 2년만에 열 개의 관직을 전전한 경우도 있습니다. 지금 이부에서 선발 임명하는 것이 조봉대부朝奉大夫에서 조청대부朝請大夫에 이르기까지 655명이요, 임의로 임명하는 것이 우무대부右武大夫에서 통시通侍에 이르기까지 229명이요, 수무랑修武郞에서 무공대부武功大夫에 이르기까지 6,991명이요, 소사신小使臣 23,700여명이요, 후보 16,500여명입니다. 관리의 인원이 너무 많아 지방관 파견과 임명이 정상적으로 시행되지 않습니다.

삼성三省과 추밀원樞密院에 조서를 내려 법을 제대로 따르도록 했다. 그러나 이 조서가 4월 경자일에 하달되었는데, 서쪽 변방을 주벌하고 토벌한 공에 내리는 상으로 그 다음날 신축일에 태사太師 채경蔡京과 재상 여심余深·왕보王黼·지추밀원知樞密院 등순무鄧洵武 등을 대상으로 각각 아들 하나에게 관직을 주었고 집정자는 모두 승진했다. 천자의 명령이 이와 같이 당일에 폐기되다니, 채경의 죄는 극악하기 짝이 없다.

••• 卷第四(十七則)

1. 淮南守備

周世宗擧中原百郡之兵, 南征李景。當是時, 周室方彊, 李氏政亂, 以之討伐, 云若易然。而自二年之冬, 訖五年之春, 首尾四年, 至於乘輿三駕, 僅得江北。先是河中李守貞叛漢, 遣其客朱元來唐求救, 遂仕於唐。樞密使査文徽妻之以女。是時, 請兵復諸州, 即取舒、和。後以恃功偃蹇, 唐將奪其兵, 元怒而降周。景械其妻欲戮之, 文徽方執政, 表乞其命, 景批云:「只斬朱元妻, 不殺査家女。」竟斬于市。郭廷謂不能守濠州, 以家在江南, 恐爲唐所種族, 遣使詣金陵稟命, 然後出降。則知周師所以久者, 景法度猶存, 尙能制將帥死命故也。紹興之季, 虜騎犯淮, 踰月之間, 十四郡悉陷。予親見沿淮諸郡守, 盡掃府庫儲積, 分寓京口, 云預被旨許令移治。是乃平時無虞, 則受極邊之賞, 一有緩急, 委而去之, 寇退則反, 了無分毫絓於吏議, 豈復肯以固守爲心也哉!

2. 周世宗

周世宗英毅雄傑, 以衰亂之世, 區區五六年間, 威武之聲, 震慴夷夏, 可謂一時賢主, 而享年不及四十, 身沒半歲, 國隨以亡。固天方授宋, 使之驅除。然考其行事, 失於好殺, 用法太嚴, 羣臣職事, 小有不擧, 往往置之極刑, 雖素有才幹聲名, 無所開宥, 此其所短也。薛居正舊史紀載翰林醫官馬道元進狀, 訴壽州界被賊殺其子, 獲正賊見在宿州, 本州不爲勘斷。帝大怒, 遣竇儀乘馹往按之。及獄成, 坐族死者二十四人。儀奉辭之日, 帝旨甚峻, 故儀之用刑, 傷於深刻, 知州趙礪坐除名。此事本只馬氏子一人遭殺, 何至於族誅二十四家, 其它可以類推矣。太祖實錄竇儀傳有此事, 史臣但歸咎於儀云。

3. 竇貞固

竇貞固, 漢隱帝相也。周世罷政, 以司徒就第。後范質用此官在中書, 乃歸洛陽。常與編戶課役, 貞固不能堪, 訴於留守向拱, 拱不聽。熙寧初, 富韓公爲相, 神宗嘗對大臣稱知河南府李中師治狀。公以中師厚結中人, 因對曰:「陛下何從知之?」 中師銜其沮己, 及再尹河南, 富公已老, 乃籍其戶, 令出免役錢, 與富民等。乃知君子失勢之時, 小人得易而侮之, 如向拱、李中師輩, 固不乏也。

4. 鄭權

唐穆宗時, 以工部尙書鄭權爲嶺南節度使, 卿大夫相率爲詩送之。韓文公作序, 言:「權功德可稱道。家屬百人, 無數畝之宅, 僦屋以居, 可謂貴而能貧, 爲仁者不富之效也。」舊唐史權傳云:「權在京師, 以家人數多, 奉入不足, 求爲鎭, 有中人之助, 南海多珍貨, 權頗積聚以遺之, 大爲朝士所嗤。」又薛廷老傳云:「鄭權因鄭注得廣州節度, 權至鎭, 盡以公家珍寶赴京師, 以酬恩地。廷老以右拾遺上疏, 請按權罪, 中人由是切齒。」然則其爲人, 乃貪邪之士爾, 韓公以爲仁者何邪?

5. 黨錮牽連之賢

漢黨錮之禍, 知名賢士死者以百數, 海內塗炭, 其名迹章章者, 並載于史。而一時牽連獲罪, 甘心以受刑誅, 皆節義之士, 而位行不顯, 僅能附見者甚多。李膺死, 門生故吏並被禁錮。侍御史景毅之子, 爲膺門徒, 未有錄牒, 不及於譴。毅慨然曰:「本謂膺賢, 遣子師之, 豈可以漏籍苟安。」遂自表免歸。高城人巴肅被收, 自載詣縣, 縣令欲解印綬與俱去, 肅不可。范滂在征羌, 詔下急捕。督郵吳導至縣, 抱詔書, 閉傳舍, 伏床而泣。滂自詣獄, 縣令郭揖大驚, 出解印綬, 引與俱亡。滂曰:「滂死則禍塞, 何敢以罪累君。」張儉亡命, 困迫遁走, 所至破家相容。其所經歷, 伏重誅者以十數。復流轉東萊, 上李篤家。外黃令毛欽操兵到門, 篤謂曰:「張儉亡非其罪, 縱儉可得, 寧忍執之乎?」欽撫篤曰:「蘧伯玉恥獨爲君子, 足下如何自專仁義?」歎息而去。儉得免。後數年, 上祿長和海上言:「黨人錮及五族, 非經常之法。」由是自從祖以下, 皆得解釋。此數君子之賢如是, 東漢尙名節, 斯其驗歟!

6. 漢代文書式

漢代文書, 臣下奏朝廷, 朝廷下郡國, 有漢官典儀、漢舊儀等所載, 然不若金石刻所著見者爲明白。史晨祠孔廟碑, 前云:「建寧二年三月癸卯朔七日己酉, 魯相臣晨長史臣謙頓首死罪上尙書, 臣晨頓首頓首, 死罪死罪。」末云:「臣晨誠惶誠恐, 頓首頓首, 死罪死罪上尙書。」副言太傅、太尉、司徒、司空、大司農府。樊毅復華下民租碑前後與此同。無極山碑:「光和四年某月辛卯朔廿二日壬子, 太常臣耽、丞敏頓首上尙書。」末云:「臣耽愚戇, 頓首頓首上尙書。制曰:可。大尙。承書從事, 某月十七日丁丑, 尙書令忠奏雒陽宮。光和四年八月辛酉朔十七日丁丑, 尙書令忠下。」又云:「光和四年八月辛酉朔十七日丁丑, 太常耽、丞敏下。」常山相孔廟碑, 前云:「司徒臣雄、司空臣戒, 稽首言。」末云:「臣雄、臣戒愚戇, 誠惶誠恐, 頓首頓首, 死罪死罪, 臣稽首以聞。制曰:可。元嘉三年三月廿七日壬寅, 奏雒陽宮。元嘉三年三月丙子朔廿七日壬寅, 司徒雄、司空戒下魯相。」又云:「永興元年六月甲辰朔十八日辛酉, 魯相平, 行長史事卞、守長擅叩頭死罪, 敢言之司徒、司空府。」末云：「平惶恐叩頭, 死罪死罪, 上司空府。」此碑有三公奏天子, 朝廷下郡國, 郡國上公府三式, 始末詳備。文惠公隸釋有之。無極山祠事, 以丁丑日奏雒陽宮, 是日下太常孔廟事, 以壬寅日奏雒陽宮, 亦以是日下魯相, 又以見漢世文書之不滯留也。

7. 資治通鑑

司馬公修資治通鑑, 辟范夢得爲官屬, 嘗以手帖論纘述之要, 大抵欲如左傳敘事之體。又云：「凡年號皆以後來者爲定。如武德元年, 則從正月便爲唐高祖, 更不稱隋義寧二年。梁開平元年正月, 便不稱唐天祐四年。」故此書用以爲法。然究其所窮, 頗有窒而不通之處。公意正以春秋定公爲例, 於未卽位, 卽書正月爲其元年。然昭公以去年十二月薨, 則次年之事, 不得復係於昭。故定雖未立, 自當追書。兼經文至簡, 不過一二十字, 一覽可以了解。若通鑑則不侔, 隋煬帝大業十三年, 便以爲恭皇帝上, 直至下卷之末恭帝立, 始改義寧, 後一卷則爲唐高祖。蓋凡涉歷三卷, 而煬帝固存, 方書其在江都時事。明皇後卷之首, 標爲肅宗至德元載, 至一卷之半, 方書太子卽位。代宗下卷云：「上方勵精求治, 不次用人。」乃是德宗也。莊宗同光四年, 便係於天成, 以爲明宗, 而卷內書命李嗣源討鄴, 至次卷首, 莊宗方殂。潞王淸泰三年, 便標爲晉高祖, 而卷內書石敬瑭反, 至卷末始爲晉天福。凡此之類, 殊費分說。此外, 如晉、宋諸胡僭國, 所封建王公及除拜卿相, 纖悉必書, 有至二百字者。又如西秦丞相南川宣公出連乞都卒, 魏都坐大官章安侯封懿、天部大人白馬文正公崔宏、宜都文成王穆觀、鎭遠將軍平舒侯燕鳳、平昌宣王和其奴卒, 皆無關於社稷治亂, 而周勃薨乃不書。及書漢章帝行幸長安, 進幸槐里、岐山, 又幸長平, 御池陽宮, 東至高陵, 十二月丁亥還宮；又乙未幸東阿, 北登太行山, 至天井關, 夏四月乙卯還宮。又書魏主七月戊子如魚池, 登靑岡原, 甲午還宮；八月己亥如彌澤, 甲寅登牛頭山, 甲子還宮。如此行役, 無歲無之, 皆可省也。

8. 弱小不量力

楚莊王伐蕭, 蕭人囚熊相宜僚及公子丙。王曰：「勿殺, 吾退。」蕭人殺之, 王怒, 遂滅蕭。楚伐莒, 莒人囚楚公子平。楚人曰：「勿殺, 吾歸而俘。」莒人殺之。楚師圍莒, 莒潰, 遂入鄆。齊侯伐魯, 圍龍, 頃公之嬖人盧蒲就魁門焉, 龍人囚之。齊侯曰：「勿殺, 吾與而盟, 無入而封。」弗聽, 殺而膊諸城上。齊遂取龍。夫以齊、楚之大, 而莒一小國, 蕭一附庸, 龍一邊邑, 方受攻之際, 幸能囚執其人, 强敵許以勿殺而退師, 乃不度德量力, 致怨於彼, 至於亡滅, 可謂失計。傳稱子産善相小國, 使當此時, 必有以處之矣。

9. 田橫呂布

田橫旣敗, 竄居海島中。高帝遣使召之, 曰：「橫來, 大者王, 小者乃侯耳。」橫遂與二客詣雒陽。將至, 謂客曰：「橫始與漢王俱南面稱孤, 今漢王爲天子, 而橫迺爲亡虜, 北面事之, 其媿固已甚矣！」卽自剄。橫不顧王侯之爵, 視死如歸, 故漢祖流涕稱其賢, 班固以爲雄才。韓退之道出其墓下, 爲文以弔曰：「自古死者非一, 夫子至今有耿光。」其英烈凜然, 至今猶有生氣也。呂布爲曹操所縛, 將死之際, 乃語操曰：「明公之所患, 不過於布, 今已服矣。令布將騎, 明公將步, 天下不足定也。」操竟殺之。布之材, 未必在橫下, 而欲忍耻事讎。故東坡詩曰：「猶勝白門窮呂布, 欲將鞍馬事曹瞞。」蓋笑之也。劉守光以燕敗爲晉王所擒, 旣知不免, 猶呼曰：「王將復唐室以成霸業, 何不赦臣使自效？」此又庸奴下才, 無足責者。

10. 中山宜陽

戰國事雜出於諸書, 故有不可考信者。魏文侯使樂羊伐中山, 克之, 以封其子。故任座云：「君得中山, 不以封君之弟, 而以封君之子。」翟璜云：「中山已拔, 無使守之, 臣進李克。」而趙世家書武靈王以中山負齊之强, 侵暴其地, 銳欲報之, 至於變胡服, 習騎射, 累年乃與齊、燕共滅之, 遷其王於膚施。此去魏文侯時已百年, 中山不應旣亡而復存, 且膚施屬上郡, 本魏地, 爲秦所取, 非趙可得而置他人, 誠不可曉。惟樂毅傳云：「魏取中山, 後中山復國, 趙復滅之。」史記六國表：「威烈王十二年, 中山武公初立。」徐廣曰：「周定王之孫, 西周桓公之子。」此尤不然。宜陽於韓爲大縣, 顯王三十四年, 秦伐韓, 拔之。故屈宜臼云：前年, 秦拔宜陽。正是昭侯時。歷宣惠王、襄王, 而秦甘茂又拔宜陽, 相去幾三十年, 得非韓嘗失此邑, 旣而復取之乎！

11. 相六畜

莊子載徐無鬼見魏武侯, 告之以相狗、馬。荀子論堅白同異云：「曾不如好相鷄狗之可以爲名也。」史記褚先生於日者傳後云：「黃直, 丈夫也, 陳君夫, 婦人也, 以相馬立名天下。留長孺以相彘立名。滎陽褚氏以相牛立名。皆有高世絶人之風。」今時相馬者間有之, 相牛者殆絶, 所謂鷄、狗、彘者, 不復聞之矣。劉向七略相六畜三十八卷, 謂骨法之度數, 今無一存。

12. 卜筮不同

洪範七稽疑, 擇建立卜筮人, 有「龜從, 筮逆」之說。禮記：「卜筮不相襲。」謂卜不吉, 則又筮, 筮不吉, 則又卜, 以爲瀆龜筴。左傳晉獻公欲以驪姬爲夫人, 卜之不吉, 筮之吉。公曰：「從筮。」卜人曰：「筮短龜長, 不如從長。」魯穆姜徙居東宮, 筮之, 遇艮之八。史曰：「是謂艮之隨。」杜預注云：「周禮太卜掌三易, 雜用連山、歸藏, 二易皆以七、八爲占, 故言遇艮之八。史疑古易遇八爲不利, 故更以周易占, 變爻得隨卦也。」漢武帝時, 聚會占家問之, 某日可取婦乎？五行家曰：可。堪輿家曰：不可。建除家曰：不吉。叢辰家曰：大凶。曆家曰：小凶。天人家曰：小吉。太一家曰：大吉。辯訟不決, 以狀聞。制曰：「避諸死忌, 以五行爲主。」則曆卜諸家, 自古蓋不同矣。唐呂才作廣濟陰陽百忌曆, 世多用之。近又有三曆會同集, 蒐羅詳盡。姑以擇日一事論之, 一年三百六十日, 若泥而不通, 殆無一日可用也。

13. 日者

墨子書貴義篇云：「子墨子北之齊, 遇日者。日者曰：『帝以今日殺黑龍於北方, 而先生之色黑, 不可以北。』子墨子不聽, 遂北, 至淄水, 不遂而反。日者曰：『我謂先生不可以北。』子墨子曰：『南之人不得北, 北之人不得南, 其色有黑者, 有白者, 何故皆不遂也？且帝以甲乙殺青龍於東方, 以丙丁殺赤龍於南方, 以庚辛殺白龍於西方, 以壬癸殺黑龍於北方, 若子之言, 不可用也。』」史記作日者列傳, 蓋本於此。徐廣曰：「古人占候卜筮, 通謂之日者。」如以五行所直之日而殺其方龍, 不知其旨安在, 亦可謂怪矣。

14. 柳子厚黨叔文

柳子厚、劉夢得皆坐王叔文黨廢黜。劉頗飾非解謗, 而柳獨不然。其答許孟容書云：「早歲與負罪者親善, 始奇其能, 謂可以共立仁義, 裨教化。暴起領事, 人所不信, 射利求進者, 百不一得, 一旦快意, 更恣怨讟, 詆訶萬狀, 盡爲敵讎。」及爲叔文母劉夫人墓銘, 極其稱誦, 謂：「叔文堅明直亮, 有文武之用。待詔禁中, 道合儲后。獻可替否, 有康弼調護之勤。訏謨定命, 有扶翼經緯之績。將明出納, 有彌綸通變之勞。內贊謨畫, 不廢其位。利安之道, 將施于人。而夫人終于堂, 知道之士, 爲蒼生惜焉。」其語如此。夢得自作傳, 云：「順宗卽位, 時有寒儁王叔文以善弈棋得通籍博望, 因間隙得言及時事, 上大奇之。叔文自言猛之後, 有遠祖風, 唯呂溫、李景儉、柳宗元以爲信。然三子皆與予厚善, 日夕過, 言其能。叔文實工言治道, 能以口辯移人。既得用, 其所施爲, 人不以爲當。上素被疾, 詔下內禪, 宮掖事祕, 功歸貴臣, 於是叔文貶死。」韓退之於兩人爲執友, 至修順宗實錄, 直書其事, 云：「叔文密結有當時名欲僥倖而速進者劉禹錫、柳宗元等十數人, 定爲死交, 蹤跡詭祕。既得志, 劉、柳主謀議唱和, 采聽外事。及敗, 其黨皆斥逐。」此論切當, 雖朋友之義, 不能以少蔽也。

15. 漢武心術

史記龜策傳：「今上卽位, 博開藝能之路, 悉延百端之學, 通一技之士, 咸得自效, 數年之間, 太卜大集。會上欲擊匈奴, 西攘大宛, 南收百越, 卜筮至預見表象, 先圖其利。及猛將推鋒執節, 獲勝於彼, 而著龜時日亦有力於此。上尤加意, 賞賜至或數千萬。如丘子明之屬, 富溢貴寵, 傾於朝廷。至以卜筮射蠱道, 巫蠱時或頗中。素有眦睚不快, 因公行誅, 恣意所傷, 以破族滅門者, 不可勝數。百僚蕩恐, 皆曰龜策能言。後事覺姦窮, 亦誅三族。」漢書音義以爲史遷沒後, 十篇闕, 有錄無書。元、成之間, 褚先生補闕, 言辭鄙陋, 日者、龜策列傳在焉。故後人頗薄其書。然此卷首言「今上卽位」, 則是史遷指武帝, 其載巫蠱之寃如是。今之論議者, 略不及之。資治通鑑亦棄不取, 使丘子明之惡不復著見。此由武帝博采異端, 馴致斯禍。儻心術趨於正, 當不如是之酷也。

16. 禁天高之稱

周宣帝自稱天元皇帝, 不聽人有天、高、上、大之稱。官名有犯, 皆改之。改姓高者爲姜, 九族稱高祖者爲長祖。政和中, 禁中外不許以龍、天、君、玉、帝、上、聖、皇等爲名字。於是毛友龍但名友, 葉天將但名將, 樂天作但名作, 句龍如淵但名句如淵, 衛上達賜名仲達, 葛君仲改爲師仲, 方天任爲大任, 方天若爲元若, 余聖求爲應求, 周綱字君擧, 改曰元擧, 程振字伯玉, 改曰伯起, 程瑀亦字伯玉, 改曰伯禹, 張讀字聖行, 改曰彦行。蓋蔡京當國, 遏絶史學, 故無有知周事者。宣和七年七月, 手詔以昨臣僚建請, 士庶名字有犯天、玉、君、聖及主字者悉禁, 旣非上帝名諱, 又無經據, 諂佞不根, 貽譏後世, 罷之。

17. 宣和冗官

宣和元年, 蔡京將去相位, 臣僚方疏官僚冗濫之敝, 大略云 :「自去歲七月至今年三月, 遷官論賞者五千餘人。如辰州招弓弩手, 而樞密院支差房推恩者八十四人, 兗州陞爲府, 而三省兵房推恩者三百三十六人。至有入仕才二年而轉十官者。今吏部兩選朝奉大夫至朝請大夫六百五十五員, 橫行右武大夫至通侍二百二十九員, 修武郎至武功大夫六千九百九十一員, 小使臣二萬三千七百餘員, 選人一萬六千五百餘員。吏員猥冗, 差注不行。」詔三省樞密院令遵守成法。然此詔以四月庚子下, 而明日辛丑以賞西陲誅討之功, 太師蔡京, 宰相余深、王黼, 知樞密院鄧洵武, 各與一子官, 執政皆遷秩。天子命令如是卽日廢格之, 京之罪惡至矣。

••• 용재속필 권5(13칙)

1. 진나라와 수나라의 단점 秦隋之惡

삼대三代로부터 오대五代에 이르기까지, 천하의 군주가 되었으되 백성에게 죄를 얻어 후세에게 오랫동안 비판당한 경우로 진秦나라와 수隋나라보다 더한 경우가 없었다. 둘의 죄악이 걸桀과 주紂보다 심했단 말인가? 진나라 다음이 바로 한나라요 수나라 다음이 바로 당나라였는데, 이 두 나라가 모두 오래 지속되었기 때문일 것이다. 당시 정치를 논하는 신하들이 앞 시대를 예로 들어 거론하려면 꼭 제일 먼저 두 시대를 거론했고, 바로 앞 시대였기 때문에 증거가 많아서 신빙성이 있고, 그래서 그들의 행적이 만천하에 모두 드러나고 정권이 오래 될수록 더욱 훤히 밝혀져서 도저히 덮을 수 없었다. 예를 들어보자.

장이張耳는 다음과 같이 평했다.

> 진나라는 혼란한 정치와 잔학한 형벌을 시행하여 천하의 국가를 전멸시키고, 북방으로는 장성을 쌓는 노역을 벌이고, 남방으로는 오령五嶺을 수비하기에 이르러, 안팎으로 소동이 그치지 않고 인두세를 득달같이 거두고 가혹하게 법을 적용하여 부자지간에도 서로 의지할 수 없게 했다.

장량張良은 말했다.

> 진나라가 무도했기 때문에 패공沛公이 관關에 들어가 천하를 위하여 도적을 제거했다.

육가陸賈의 평가는 다음과 같다.

> 진나라가 형법에 일임하는 것을 바꾸지 않아서 결국 영씨嬴氏가 멸망한 것이다.

왕위위王衛尉가 말했다.

진나라는 자신의 과오를 들으려고 하지 않아서 천하를 잃었다.

또 장석지張釋之는 다음과 같이 말했다.

진나라는 무문농묵舞文弄墨하는 관리를 임용하여 신속하고 가혹하게 처리하는 것을 능사로 삼았다. 이 때문에 자신의 과오를 들으려고 하지 않고, 이세황제에 이르러 쇠미해져서 천하가 와르르 무너졌다.

가산賈山은 진나라를 비유로 들어 말했다.

궁실을 화려하게 지었으되 후손은 의탁할 곳이라고는 초가집 한 채도 없게 했고, 치도馳道를 화려하게 닦았으되 후손은 발 디딜 곳이라고는 오솔길 하나도 없게 했고, 죽어서 매장될 능묘를 화려하게 지었으되 후손은 장례지낼 곳이라고는 풀 한 포기 나는 땅도 없게 했다. 1,800개 국가의 백성들을 데려다 자신을 봉양하게 하였는데, 힘이 다 빠지도록 일해도 그 노역을 감당하지 못하였고, 재물을 다 내놓아도 그 요구를 당해내지 못하였다. 모든 사람이 그에게 원한을 품었고, 모든 집안들이 그와 원수가 되어, 천하가 이미 무너지고 있는데도 그 자신은 모르고 있었다. 그래서 시황제가 세상을 떠난 지 불과 몇 달 지나지 않아 나라가 멸망해버렸다.

가의賈誼는 다음과 같이 논했다.

상앙商鞅[1]은 마땅히 행해야 할 도리를 저버리고 인은仁恩을 포기하고 앞으로 나아가는 것에만 마음을 썼다. 실행한 지 2년 만에 진나라 풍속이 날이 갈수록 무너지고, 예의염치가 사라져 진작되지 않았고, 군신의 관계가 어그러지고, 육친이 서로를 살해하고, 천하 백성들이 반란을 일으키니, 나라는 쇠약해졌다.

또 다음과 같이 말하기도 했다.

1 商鞅(?~B.C.338) : 위나라 태생이나 자신의 나라에서는 뜻을 펼치기가 어렵다고 여겨 위나라로 건너갔다가 결국 진나라 효공孝公에게 등용되었다. 20년간 진나라의 재상으로 있으면서 엄격한 법치주의 정치를 펼쳐 나라를 강국으로 성장시켰으나 한편으로는 그 때문에 많은 사람들의 원한을 샀다. 결국 반대파에게 반역죄로 몰려 처형되었다.

조고趙高에게 호해胡亥를 보좌하게 했는데, 감옥에 가두는 것만 가르쳤다. 오늘 즉위해 다음날 사람을 쏘아 죽였으니, 사람을 죽이는 것을 마치 풀을 베는 것처럼 쉽게 생각했다. 천하를 법령과 형벌에 놓아두어, 은덕과 은택은 하나도 베풀어지지 않았으니, 원망과 미움만 세상에 가득 차, 백성들은 호해를 원수처럼 증오했다.

조조晁錯도 다음과 같이 평했다.

진나라에서 병사를 징발하여 변방을 수비하게 했는데, 만 번 죽을 만큼의 해악만 있고 보상이라고는 한 푼도 없었다. 천하 사람들은 화가 자기에게 미칠 것을 알았고, 진승陳勝이 먼저 봉기하자 천하가 물 흐르듯 뒤따랐다.
진시황제는 모자란 사람을 임용하고 남을 헐뜯는 도적을 신임하였다. 백성들의 힘이 피폐해져 소진되었지만, 그 혼자만 스스로가 대단하다고 자부하고 스스로 현명하다고 여겼다. 그리고 법령이 번거로울 정도로 많고 형벌이 포학하고 잔혹하여, 그와 가까운 사람이든 먼 사람이든 모두가 위급함을 느꼈고, 조정 안팎의 사람들이 모두 그를 원망했다. 그로인해 제사가 끊기고 후대가 망한 것이다.

동중서董仲舒는 다음과 같이 말했다.

진나라는 학문을 엄하게 금지하여 책을 갖고 다니지 못하게 했고 예의를 포기하고 그것에 대해 듣는 것을 싫어했다. 그런 마음으로 전해져 내려온 성현들의 학설을 완전히 없애버리기 위해서, 구차하고 간결한 통치 방법을 마음대로 실행하였다. 예로부터 지금까지 혼란으로 혼란을 구제하려다 천하의 백성을 크게 망친 예로 진나라만한 경우가 없었다.
신불해申不害과 상앙商鞅의 법을 본받아 한비韓非의 학설을 시행하였고, 제왕지도帝王之道를 증오하고 탐욕을 풍속으로 삼았다. 부세 징수에 법도 없이 백성의 재력을 갈취하여, 도적떼가 여기저기에서 일어나고 죽는 자가 줄을 이었지만, 조정을 어지럽히는 사악한 이들은 멈출 줄을 몰랐다.

회남왕淮南王 유안劉安이 말했다.

진나라는 위尉 도초屠睢에게 월越을 공격하게 하여, 수로를 파고 길을 개통하면서 오랫동안 시일을 끌었고, 죄인을 징발하여 변방을 수비하러 보내 적에게 대비하도록 했는데, 한 번 가면 돌아오는 자가 없고 도망자가 줄을 이어 무리지어 도적이 되었다. 그래서 산동의 난리가 일어난 것이다.

오구수왕吾丘壽王이 말했다.

진나라는 왕도를 폐기하고 사사로운 이론을 내세워, 인의와 은덕을 버리고 형벌로 사람들을 죽였기에, 전과자가 길을 가득 메우고 도적떼가 산에 가득 차는 지경에 까지 이르렀다.

주보언主父偃은 다음과 같이 논했다.

진나라는 전쟁에서 이긴 위세만을 믿고 공이 삼대와 맞먹는다고 여겨, 쉬지 않고 승리만을 추구하여 병사들을 한데로 내몰았다. 백성들은 피폐해지고, 고아와 과부·노인·약자들이 스스로를 부양할 수 없게 되어 죽는 자가 줄을 이어, 천하가 결국 반란을 일으켰다.

서악徐樂이 말했다.

진나라 말년에 백성이 곤경에 처했어도 군주는 백성을 구휼하지 않았고, 아래에서 원망해도 위에서는 모르고 있었다. 풍속이 이미 혼란에 빠졌지만 정치는 개선되지 않았으니, 이것이 진섭陳涉이 거사를 일으킨 원인이 되었다. 이것을 일러 바로 토붕土崩 즉 점점 잘못되어 손을 댈 여지없이 산산이 부서지는 것이라고 말하는 것이다.

엄안嚴安은 말했다.

진나라는 해내海內의 정치를 통일하고 제후국의 성을 허물었다. 권세와 이익에 눈이 밝은 사람들이 중용되고, 돈독하고 두터우며 바르고 충성스러운 사람들이 물러났다. 법령이 가혹하고 엄격했고, 근무자세는 건성건성했으며, 마음가짐은 무사안일했다. 북쪽에서는 호胡와 전쟁이 벌어지고 남쪽에서는 월越과 대치하여 쓸모없는 곳에서 군대를 머물게 하며, 전진만 있을 뿐 후퇴하면 안 된다고 하더니, 천하백성들이 크게 진나라를 배반하여 나라가 멸망했다.

사마상여가 말했다.

이세황제는 몸가짐이 성실하지 않아 나라를 망하게 하고 권세를 잃었고, 참언을 믿고 깨닫지 않아 종묘가 망했다.

오피伍被가 말했다.

진나라가 무도하여 백성들 중 열 가구 중 다섯 가구가 반란을 생각했다. 서복徐福에게 바다를 건너 불로장생약을 구해오라고 하자 백성들 중 열 가구 중 여섯 가구가 반란을 생각했다. 위타尉佗에게 백월百越을 공격하라고 하자 백성들 중 열 가구 중 일곱 가구가 반란을 생각했다. 아방궁을 짓자 백성들 중 열 가구 중 여덟 가구가 반란을 생각했다.

노온서路溫舒가 말했다.

진나라에서 열 사람이 죽게 되었는데, 만약에 그 중 한 사람이 살아남게 되었다고 한다면, 그 사람은 분명 감옥을 다스리는 관리일 것이다.

가연지賈捐之가 평했다.

진나라는 군사를 일으켜 먼 곳을 정벌하러 갔으나, 국토 확장을 탐내다가 국력이 날로 쇠약해져, 천하가 붕괴하게 되었으니, 결국 진이세황제 말에 그 화가 닥쳤다.

유향劉向이 말했다.

시황제를 여산驪山에 안장하는데, 지하에 수은으로 강과 바다를 만들고, 많은 궁중 사람들을 죽이고 기술자와 일꾼들을 생매장하여, 그 숫자가 만 단위에 이르렀으니, 천하 사람들이 그 노역을 고통스러워하여 반기를 들었다.

매복梅福이 말했다.

진나라는 무도하여 공자의 자취를 없애고 주공의 궤적을 끊어서 예와 악이 무너지고 왕도가 통하지 않았다. 다른 사람을 헐뜯고 비방하는 말들이 성행을 하여 결국 한나라에 의해 축출되었다.

곡영谷永은 말했다.

진나라가 두 명의 황제로 치세 16년 만에 멸망한 것은 통치자의 생활이 지나치게 사치스러웠고 장례를 너무 화려하게 행했기 때문이다.

유흠劉歆이 말했다.

경서를 태우고 유사儒士를 죽이고 책을 소지하면 벌을 주는 법을 반포하여, 옛것이 옳다고 하면 죄를 묻는 법을 시행하였다. 이로 인해 정도正道와 법술이 결국 사라졌다.

한대 사람들이 진나라의 나쁜 점을 논한 것이 대략 이와 같다.
당 고조가 말했다.

수나라는 군주가 교만하고 신하가 아첨만을 일삼아서 천하를 잃었다.

손복가孫伏伽는 다음과 같이 말했다.

수나라는 자신의 과실을 듣는 것을 싫어해서 천하를 잃었다.

『신당서·설수전薛收傳』에서 다음과 같은 기록이 있다.

진왕秦王 이세민이 낙양洛陽을 평정하고 수나라 궁실을 둘러보고 탄식하며 "양제가 무도하여 인력을 모두 쓸어다가 과시와 사치를 일삼았다"고 하자, 설수는 "양제가 사치와 포악을 능사로 삼다가 한 필부의 손에 죽어 후세의 웃음거리가 되었습니다"고 말했다.

장원소張元素가 말했다.

예로부터 지금까지 수나라처럼 혼란스러운 때가 없었으니, 군주가 제멋대로 하여 국법이 나날이 어지러워진 때문이 아니겠는가! 건양전乾陽殿을 지으면서 예장豫章[2]에서 나무를 베는데 목재 하나에 수십만 일꾼이 투입되었다. 건양전 공사가 끝나고 수나라는 해체되었다.

위징魏徵은 다음과 같이 평했다.

양제가 우세기虞世基를 신임하여 도적이 천하에 퍼져도 듣지를 못했다.
수나라는 음식을 바치지 않거나 공물에 정성을 기울이지 않는 것만 책망하며 끝없이 쾌락을 즐기다가 망하기에 이르렀다. 아직 혼란해지기 전 필시 혼란이 없을 거라고 스스로 여기고, 아직 망하기 전 필시 망하지 않을 거라고 스스로 여겼다. 그래서 군대를 자주 동원했고 부역을 쉴 틈 없이 동원했다.

2 豫章 : 지금의 강서성 남창南昌.

부강함을 믿고 후환을 염려하지 않고 모든 물자를 동원하여 자기만을 봉양하도록 하고 자녀의 옥백만을 추구하고 궁전과 건물만을 장식했다. 밖으로는 막중한 위세를 보여주고 안으로는 해선 안될 일을 음험하게 하여, 위 아래가 서로 속여 그 운명을 감당하지 못하고 필부의 손에 죽기에 이르렀다.

문제文帝는 그 아들들을 교만하게 키워 멸망에 이르도록 했다.

마주馬周가 말했다.

물자를 비축해두는 것은 원래 국가가 늘 해야 하는 것인데, 백성들에게 여력이 있은 후에 거두는 것이지, 어찌 백성들이 힘들어 하는데 강제로 거두어 도적에게 보태줄 수 있겠는가! 수나라는 낙구창洛口倉에 식량을 쌓아두었다가 이밀李密이 그것을 활용했고, 낙양에 포백을 쌓아두었다가 왕세충王世充이 그것을 차지했고, 장안의 창고 역시 당나라의 차지가 되었다.

진자앙陳子昂이 말했다.

수 양제는 사해四海의 부富를 믿고 물길을 파고 강물을 트느라고 백성의 힘을 소진하여, 국내에서 난이 일어나서 그 자신은 남의 손에 죽고 종묘는 폐허가 되었다.

양상여楊相如가 말했다.

수 양제는 자기가 강하다고 믿고 당시 정국을 염려하지 않았다. 말하는 것은 요·순 같았지만 하는 행동은 걸·주 같아서 그 큰 천하를 단번에 던져버렸다.

오긍吳兢이 말했다.

수 양제는 자긍심과 자부심이 대단해서 요·순도 자기만 못하다고 보았고, 망국을 논하는 것을 꺼리고 간언하는 것을 증오했다. 그래서 "내게 간언을 하는 자는 당장 죽이지 않을지라도 나중에 반드시 죽일 것이다"라고 말하기까지 했다. 이로부터 바른 말 하는 사람은 뒤도 돌아보지 않고 떠나갔고 밖에 비록 변고가 있어도 조정의 신하들이 입을 다물어 황제가 이를 알지 못했다.

유종원은 말했다.

수나라는 사해四海를 솥으로 삼고 구주九州를 화로로 삼아, 맹렬한 불길로 끓여대고 잔학한 불꽃으로 부채질하여 끓어 넘치도록 볶아대서, 백성들이 울부짖고 소리치며 날뛰었다.

이각李玨은 말했다.

수문제는 자잘한 일에 힘쓰고 부하들을 의심으로 상대하였으니, 그래서 이세에 이르러 망했다.

당대 사람들이 수나라의 나쁜 점을 논한 것이 대략 이와 같았다.

2. 한무제와 측천무후 漢唐二武

소식은 「전표성주의서田表聖奏議序」에서 다음과 같이 말했다.

옛날의 군자들은 반드시 치세에 걱정을 하였고 현명한 군주를 위태롭게 여겼다. 왜냐하면 현명한 군주는 남보다 뛰어난 자질을 지녔기에, 치세에 두려워하여 방비하려는 것이 없기 때문이다.

이 말이 참으로 훌륭하다.

한 무제武帝와 당나라의 무측천武則天은 현명하지 않다고 말할 수는 없지만, 무고巫蠱의 화禍[3]와 죄를 날조하여 만들어낸 옥사로 천하가 도탄에 빠지고 후비后妃와 공경公卿들이 연이어 살육을 당하여, 후세에는 '무武'가 들어가는 이 두 호칭을 듣기만 해도 증오했다.

채확蔡確이 학증산郝甑山에서 정월 대보름에 있었던 일을 소재로 시 한 수를 지었는데, 선인宣仁 황후는 자신을 무후에 비교한 것으로 보았다. 소철은

3 巫蠱의 禍(B.C. 91) : 무제 때 황족들이 죽어간 사건으로, 무고란 나무인형 등을 땅 속에 묻고 저주를 하는 주술을 말한다. 황태자 여태자戾太子는 무제로부터 소외당하고 외숙 위청衛青도 죽어 고립되어 있었는데, 이때에 무제가 병이 들자 무고에 의해 무제를 저주했다는 용의로 정승들이 처형되었다. 여태자와 반목하고 있던 강충江充은 이 기회에 그를 무고의 죄에 빠뜨리려 했다. 여태자는 화가 자신에게 미칠 것을 두려워해, 먼저 병사를 일으켜 장안성에서 시가전을 벌였으나 실패하고 자살하였다. 후에 태자의 무죄가 판명되자 무제는 후회하여 강충 일족을 참형시켰으나, 민간의 동요는 계속되었다.

한 무제가 사치하고 끝까지 전쟁을 벌임으로 인해 온 나라의 물자를 모두 소모하여 국고를 텅 비게 한 역사적 사실을 들어 간언하는 상소를 올렸는데, 철종은 한 무제를 끌어들여 자신과 비교했다고 여겼다. 그래서 채학과 소철은 모두 벌을 받았다.

그렇기 때문에 군주가 정치를 하는데 이를 어찌 거울로 삼지 않을 수 있겠는가!

3. 옥천자 노동 玉川子

한유의 「기노동寄盧仝」이라는 시를 보자.

옥천玉川 선생이 낙양성에서,	玉川先生洛城裏,
가진 것이라고는 쓰러져가는 몇 칸 집 뿐.	破屋數間而已矣.
하인 하나 긴 수염에 두건도 두르지 않고,	一奴長鬚不裹頭,
여종 하나 맨발에 늙어서 이도 다 빠졌네.	一婢赤腳老無齒.
……	……
어젯밤 수염 긴 하인이 찾아와 편지 내려놓았는데,	昨晚長鬚來下狀,
이웃 못된 도령의 악행이 비길 데 없다 하네.	隔墻惡少惡難似.
매일 지붕 타고 앉아 아래를 엿보니,	每騎屋山下窺瞰,
온 집안 놀라서 달아나다 발목까지 부러졌다네.	渾舍驚怕走折趾.
……	……
즉각 관가의 치안담당관 부르고 곤장 치는 이 불러,	立召賊曹呼五百,
쥐새끼 무리 모두 잡아다 기시棄市 형에 처하라 했네.	盡取鼠輩屍諸市.

간음질과 도적질은 진실로 의롭지 않은 행동으로, 반드시 무슨 이유가 있어서 그렇게 하는데, 재화를 탐내서가 아니면 여자를 희롱하기 위해서이다. 노동盧仝[4] 같은 경우는 너무도 가난하여 이웃 승려에게 가서 쌀을 구걸했을

4 盧仝(796?~835) : 중당中唐의 시인. 호 옥천자玉川子. 소실산少室山에서 은거하다가 나중에 낙양洛陽에서 살았다. 한유韓愈가 하남령河南令으로 있을 때 후대를 받았다고 한다. 재상 이훈李訓 등이 환관 소탕을 도모하다가 실패한 감로지변甘露之變 때 휩쓸려 살해되었다.

정도이니, 이웃에 산다는 자가 어찌 몰랐겠는가! 만약 색을 밝혀서 그런 행동을 하여 옆집의 내실을 엿보려 한 것이라면 이는 맨발의 늙은 여종 때문에 목숨을 잃은 것이니, 못된 도령은 억울하게 죽었다고도 할 수 있을 것이다. 매번 한유의 시를 읽다가 이 시를 접하면 나도 모르게 실소를 금치 못했다.

노동의 문집에 「유소사有所思」 한 편이 실려있는데, 다음과 같다.

그 때 나는 미인 집에서 취해 있었으니,	當時我醉美人家,
미인의 얼굴은 꽃처럼 어여뻤지.	美人顔色嬌如花.
이제 미인은 나를 버리고 떠나가,	今日美人棄我去,
청루青樓의 주박珠箔은 하늘 저 편에 있는 듯.	青樓珠箔天之涯.
꿈에서는 취하여 무산 구름에 누워 있었는데,	夢中醉臥巫山雲,
깨어나니 상강에 눈물방울 떨어지네.	覺來淚滴湘江水.
상강 양안에는 꽃과 나무 깊이 우거졌는데,	湘江兩岸花木深,
미인 보이지 않으니 마음엔 시름만 가득.	美人不見愁人心.
밤새 그리워하다 매화꽃 피어,	相思一夜梅花發,
창가로 가보니 그대인가 하노라.	忽到窗前疑是君.

노동의 이 시는 그 풍미가 특별히 깊으니, 한유의 시는 아마도 풍자의 의미를 담은 것일 것이다.

4. 은청 등급의 관직 銀青階

당나라 숙종肅宗과 대종代宗 이후로 관작官爵으로 포상을 했다. 그런데 오랜 시간동안 지나치게 포상을 남발해서, 아래로 주州와 군郡의 서리와 군대의 하급 장교에 이르기까지 일단 임명했다 하면 은청광록대부銀青光祿大夫 등급이었지만, 직무는 없는 것과 거의 마찬가지였다. 후당 명종明宗 장흥長興 2년(931)에 주현州縣의 관리에 은청 등급을 추천할 수 없다는 조서가 발표되었으니, 관직의 가치가 그 지경까지 하락되었던 것이다.

후진後晉 천복天福[5] 연간 중서사인中書舍人 이상李詳이 상소하여, 최근 10년 동안 각 도道 책임자는 모두 사람을 추천할 수 있다고 허용했다. 그러자 번방藩方에서 추천하는 자가 걸핏하면 수백 명을 초과했고, 도서와 문서를 관리하는 자나 배우 노복들도 처음 임명했다 하면 은청 단계에 이르러, 모두 자포紫袍를 입고 상아 홀을 들고 다니는 등 명기名器들이 참람하고 귀천을 구분하지 못할 정도였다. 그래서 앞으로는 절도사의 주州에서는 대장 10명만을 추천하고, 다른 주에서는 도압아都押牙와 도우후都虞候·공목관孔目官만을 추천할 수 있게 해달라고 청했다. 황제는 이 건의를 받아들였다.

풍증馮拯의 부친 풍준馮俊이 후주後周 태조 때 안원진장安遠鎭將에 보임補任되고, 은청광록대부 검교태자빈객 겸 어사대부의 관작을 받았다. 송 태종 단공端拱[6] 연간에 이르러 풍증이 조정에 등원했는데, 교제郊祭 때 황제를 만나 대리평사를 하사받았다.

나의 8대 종조부는 홍사창洪師暢이고, 홍사창洪師暢의 아들이 홍한경洪漢卿이며, 홍한경洪漢卿의 아들이 홍응도洪膺圖로, 모두 남당 때 은청광록대부의 관작을 받았고, 관직이 검교상서와 국자좨주에 이르렀다. 그러나 가향家鄕인 낙평현樂平縣의 첩지를 살펴보면 관직명 없이 그들의 성명이 그대로 적혀있고 그들이 부담한 요역도 이장里長과 같았던 것을 알 수 있다.

원풍 연간에 이청신李淸臣이 관직 제도를 논하는 상소를 올렸다.

> 송 왕조는 몇 대 전부터 전해져 내려오는 관례의 폐단을 그대로 답습하여, 군대의 말단 장교도 은청광록대부의 관작을 가지고 있고, 겨우 백 명의 병졸을 관리하는 졸장卒長도 개국공신이라는 이유로 식읍을 가지고 있습니다.

상소문의 내용이 바로 그러한 상황을 그대로 반영하는 것이었다. 지금 번관蕃官을 임명할 때도 여전히 이 제도를 따른다. 소흥 28년(1158), 광서경략사廣西經略司가 안화安化[7] 등 세 주에 살고 있는 만인蠻人, 즉 몽전계蒙全計 등

5 天福 : 후진後晉 시기 연호(936~943).
6 端拱 : 북송 태종太宗 시기 연호(988~989).
7 安化 : 지금의 귀주성 덕강현德江縣.

318명을 황제에게 추천하면서 관훈을 내려줄 것을 청하니, 삼반三班[8]의 관직이 내려졌다. 삼반의 관직이면, 은청쇄주가 딸리고 차등에 따라서 공훈이 더해진다. 중형인 문안공文安公[9]이 서원西垣에 있을 때 이 사령장을 썼다.

5. 말의 구매와 방목 買馬牧馬

국가에서 말을 구매할 때, 남쪽 변방으로는 옹관邕管[10]에서, 서쪽 변방으로는 민주岷州[11]·여주黎州[12] 등지에서 구매한다. 모두 담당 기구와 관원을 설치하여, 해마다 중앙으로 보내는 말이 대체로 만 필을 넘는다. 사신과 장교가 이 일을 잘 해서 승진이 되기도 한다. 말이 이동하는 경로에 있는 수십 주에서는 역참을 만들어 숙식 영업을 하고 마구간을 짓고 먹이용 풀을 준비하는데, 그 비용의 액수가 적지 않다.

그러나 장강과 회수淮水 일대는 본래 기병들이 말을 타고 다니면서 전투를 하기에 적당한 지역이 아니고, 또 삼아三衙에서 무더운 계절을 만나면 말을 소주蘇州와 수주秀州에 방목하여 물과 풀을 얻게 하기에, 가는 곳마다 근심거리가 되었다. 『구오대사舊五代史』에 다음과 같은 기록이 나온다.

> 후당 명종이 추밀사樞密使 범연광范延光에게 안팎의 말 숫자를 물으니 "3만5천 필"이라고 대답했다. 명종은 탄식하며 말했다.
> "태조께서 태원太原에 계실 때는 기병이 7천 명에 불과했다. 선황께서는 처음부터 끝까지 겨우 1만 필의 말을 가지고 계셨다. 지금 이와 같이 많은 철마가 있는데도 구주를 하나로 통일하지 못하다니, 이는 내가 병사와 장군을 양성하고 수련하는 것을 충분히 하지 않았기 때문이다."
> 범연광이 상소했다.

8 三班 : 송나라의 관직. 공봉관供奉官과 좌우반전직左右班殿直을 삼반이라고 하였다가, 후에 동서공봉東西供奉과 좌우시금左右侍禁·승지차직承旨借職을 삼반이라고 하였다.

9 文安公 : 홍매의 작은 형 홍준洪遵.

10 邕管 : 지금의 광서성 남녕南寧.

11 岷州 : 지금의 감숙성 민현岷縣.

12 黎州 : 지금의 사천성 한원漢源.

"나라에서 말을 너무 많이 기릅니다. 기병 한 명을 유지하는 데 드는 비용이라면 보병 다섯 명을 충원할 수 있습니다. 기병 3만5천 명은 보병 15만 명에 해당되는데, 뚜렷한 효과도 없이 국력만 허비하고 있습니다."

명종이 말했다.

"참으로 경의 말이 맞소이다. 기병을 살찌우느라 백성을 고통스럽게 하여 수척하게 만든다면, 백성이 어떻게 감당하겠소!"

명종은 변방 유목지역에서 태어났기 때문에 그래도 백성의 처지를 헤아려 백성을 아끼는 마음이 있었던 것이다.

후당 이극용李克用[13] 부자는 말 위에서 나라를 세워 승리를 거두었지만, 키우는 말은 오히려 적었다. 명종은 그때보다 몇 배의 말을 가지고 있으면서도, 조금의 공도 세우지 못했으니, 애석할 뿐이다! 게다가 명종은 낙양을 도읍으로 정하여 중원에 있으면서도 기병이 별로 효용이 없다고 여겼다. 그렇기 때문에 지금 비록 보병만을 활용한다고 해도 실책이 되지는 않을 것이다.

6. 두보 시의 글자 운용 杜詩用字

율시律詩에서 자自와 상相·공共·독獨·수誰 등의 글자를 사용하는데, 모두 실제 의미가 있는 글자로, 피彼나 아我와 마찬가지로 서로 짝을 이룰 수 있다. 그렇기 때문에 두보 또한 그렇게 여기고 사용했다. 지금 아래에 그런 시구를 대략 적어본다.

길과 돌이 서로 감아 돌아,	徑石相縈帶,
시내와 구름이 떠나고 머문다.	川雲自去留.[14]

13 李克用(856~908) : 당나라 말기 돌궐계 사타족沙陀族 출신의 최대 군벌이자 군사지도자. 후당後唐의 건국자 이존욱李存勗은 그의 아들이며, 그에 의해 태조太祖 무제武帝라 추증 받았다. 훗날 명종明宗이 된 이사원의 의부義父이기도 하다. 당나라 말기 갈가마귀군(鴉軍)이라 불리는 정예병을 이끌고 황소의 난을 평정하는 최대의 공적을 세워 당나라 조정으로부터 진왕晉王에 봉해졌다. 이후 동료이자 라이벌인 주전충朱全忠과 격렬한 권력쟁탈전을 벌였다.

산꽃이 서로 빛을 발하고, 물새가 외롭게 난다.	山花相映發, 水鳥自孤飛.[15]
노쇠한 얼굴에 스스로 웃음 나와, 말단 관리 서로 가장 경시한다.	衰顔聊自哂, 小吏最相輕.[16]
높은 성 가을 잎 저절로 떨어져, 온갖 나무 저녁 무렵 눈앞을 어지럽히네.	高城秋自落, 雜樹晩相迷.[17]
온갖 새들 각자 울며 소식 전해, 외로운 구름은 마음 둘 곳 없어라.	百鳥各相命, 孤雲無自心.[18]
경치 빼어난 곳 처음 끌려와서, 천천히 걸으며 스스로 즐긴다.	勝地初相引, 徐行得自娛.[19]
구름 속에서 서로 부르고, 모래 가에서 함께 묵는다.	雲裏相呼疾, 沙邊自宿稀.[20]
반디는 어둠 속에서 날며 스스로 비추고, 물가에 묵는 새 서로 불러본다.	暗飛螢自照, 水宿鳥相呼.[21]
원숭이 매달려 가끔 서로 흉내 내고, 갈매기 가면서 절로 반짝이네.	猿挂時相學, 鷗行炯自如.[22]
스스로 시 읊어 노인 전송하며, 서로 술을 권하니 얼굴 활짝 펴진다.	自吟詩送老, 相勸酒開顔.[23]

14 「遊修覺寺」.
15 「送何侍御歸朝」.
16 「久客」.
17 「晩秋陪嚴鄭公摩訶池泛舟」.
18 「西閣」.
19 「陪李金吾花下飮」.
20 「歸雁」.
21 「倦夜」.
22 「瀼西寒望」.

함께 나는 호랑나비 원래 서로 좇고,　俱飛蛺蝶元相逐,
두 송이로 피는 부용 본래 한 쌍이었다네.　並蒂芙蓉本自雙.[24]

스스로 갔다가 스스로 왔다가 하는 당 위 제비,　自去自來堂上燕,
다가가고 다가가는 물 속 수리.　相親相近水中鷗.[25]

그 때 눈을 마주한 것 멀리서 생각나는데,　此時對雪遙相憶,
객을 보내며 봄을 맞으니 이렇게 흐르는구나.　送客逢春可自由.[26]

매화는 피려 하나 모르는 것이 있으니,　梅花欲開不自覺,
가지와 꽃 한 번 이별하면
　영영 바라보기만 할 것을.　棣蕚一別永相望.[27]

복사꽃 따뜻한 날씨에 눈이 절로 취해,　桃花氣暖眼自醉,
봄날 냇가 해 저물녘 꿈에서 이끄네.　春渚日落夢相牽.[28]

이상은 자自자와 상相자가 대對를 이룬 것이다.

스스로 대나무 길을 여니,　自須開竹徑,
누가 등나무 덩굴을 피하라 했던가.　誰道避雲蘿.[29]

등불 앞에서 춤추며 스스로 웃나니,　自笑燈前舞,
취해 노래하는 것을 누가 가련히 여기리.　誰憐醉後歌.[30]

이 세상 떠나면 누가 알릴 것인가,　死去憑誰報,
돌아와서야 스스로를 가련하게 여기네.　歸來始自憐.[31]

23 「宴王使君宅題二首」.
24 「進艇」.
25 「江村」.
26 「和裴迪登蜀州東亭送客逢早梅相憶見寄」.
27 「至後」.
28 「晝夢」.
29 「秋日寄題鄭監湖上亭三首」.
30 「陪鄭廣文遊何將軍山林十首」.
31 「喜達行在所三首」.

슬픈 노래 때때로 저절로 짧아지니, 哀歌時自短,
취해서 춤추다 누구 위해 깨어날까. 醉舞爲誰醒.[32]

이별은 사람 누구에게나 있으니, 離別人誰在,
세월 흘러 늙으면 저절로 멈추리라. 經過老自休.[33]

긴긴 밤 뿔피리 소리 슬퍼 혼잣말 하나니, 永夜角聲悲自語,
하늘 한가운데 좋은 달빛 누구와 함께 볼까. 中天月色好誰看.[34]

이상은 자自자와 수誰자가 대를 이룬 것이다.

야인은 때때로 홀로 가고, 野人時獨往,
구름까지 솟은 나무 새벽 함께 한다. 雲木曉相參.[35]

정월에 꾀꼬리 만나니, 正月鶯相見,
때가 아니건만 새소리 함께 들려온다. 非時鳥共聞.[36]

강가에 서 있는 모습 나 홀로 늙어서, 江上形容吾獨老,
세상 끝 풍토에 병만 가까워 졌구나. 天涯風俗病相親.[37]

마음껏 마시며 오래 헤어지니 사람 모두 버리고, 縱飮久判人共棄,
아침 조회 귀찮으니 정말 세상과 멀어졌구나. 懶朝真與世相違.[38]

이 날 이 때 모두 함께 하여, 此日此時人共得,
담소하고 웃으면서 서로 바라보네. 一談一笑俗相看.[39]

이상은 공共자, 독獨자가 상相자와 대를 이룬 것이다.

32 「暮春題瀼西新賃草屋五首」.
33 「懷灞上遊」.
34 「宿府」.
35 「朝二首」.
36 「南楚」.
37 「冬至」.
38 「曲江對酒」.
39 「人日兩篇」.

7. 요순시대의 형법 唐虞象刑

『상서·우서虞書』에서 "상형象刑을 시행하여 분명하게 하였다[象刑惟明]"고 했다. 상象은 본뜨다는 말이다. 한문제의 조서 시작 부분에서 "유우씨有虞氏 때는 의관에 그림을 그리고 복장의 무늬를 다르게 하는 것을 형벌로 삼았다. 그러나 백성은 죄를 저지르지 않았다"고 했다. 무제의 조서에서도 역시 "당우唐虞[40] 때는 그림을 그려서 표시했지만 백성은 죄를 저지르지 않았다"고 했다.

『백호통白虎通』에서 다음과 같이 말했다.

> 그림을 그려서 표시한다는 것은 의복에 오형五刑을 표시한다는 것이다. 묵형墨刑의 죄를 저지르면 수건을 덮어쓰도록 하고, 의형劓刑의 죄를 저지르면 옷이 붉은 빛을 띠게 하고, 빈형臏刑의 죄를 저지르면 무릎을 제거한 위를 먹물로 덮게 하고, 궁형宮刑의 죄를 저지르면 '비屝'를 신도록 했는데, 비屝는 짚신을 말하고, 대벽大辟의 죄를 저지르면 깃이 없는 포의布衣를 입게 했다.

이 설명이 꼭 맞는 것은 아니다.

양웅揚雄은 『법언法言』에서 "당唐·우虞 시대에는 형벌을 상징화하여 세상에 밝혔다[唐虞象刑惟明]"고 말하면서, 앞에 언급한 한문제의 조서를 인용하여 증거로 삼았다. 그렇다면 당우 시대에 백성을 다스린 기조는 예의영욕禮義榮辱을 알게 하는 것이었지 형벌을 시행하는 것이 아니었다.

진秦나라 말년에 길 가는 사람 중 붉은 옷을 입은 사람이 반이었는데 나쁜 짓이 그치지 않았다. 송대의 제도에 따라 사형에서 한 등급 감형된 자와 서리와 병졸 중 징역 판결을 받은 자는 얼굴에 검은 칠을 하고 글자를 새겼으니, 본래는 이렇게 해서 치욕을 느끼게 하고 또한 사람들이 보고 알 수 있게 하려는 것이었다. 세월이 오래 되자 그런 사람은 더욱 많아지고 군郡마다 수용할 수 있는 인원보다 더 많은 죄수들로 감옥이 넘쳐나 거의

40 唐虞 : 중국 고대의 임금인 도당씨陶唐氏 요堯와 유우씨有虞氏 순舜을 아울러 이르는 말로, 중국 역사에서 가장 이상적인 태평 시대 즉 요순시대를 지칭한다.

십여만 명에 이르렀는데, 흉악한 도적은 아무렇지도 않은 듯 처신했다. 아마도 익숙해져서 수치로 여기는 바가 없어서였을 것이다.

나은羅隱이 『참서讒書』에서 다음과 같이 말하였다.

> 아홉 사람이 모자를 쓰고 있고 한 사람이 상투를 틀고 있으면, 상투를 틀고 있는 사람이 부러워하니 모자를 쓰고 있는 사람이 이기고, 아홉 사람이 상투를 틀고 있고 한 사람이 모자를 쓰고 있으면, 모자를 쓰고 있는 사람이 부러워하니 상투를 틀고 있는 사람이 이긴다.

이 글은 바로 이것을 말한 것인가?

『노자老子』에서 말하였다.

> 백성은 늘 죽음을 두려워하지 않는데 어떻게 죽음으로 그들을 두려워하게 할 수 있겠는가! 만약 백성이 늘 죽음을 두려워하고, 악을 행하는 자가 있어 우리가 그를 잡아 죽인다면, 누가 감히 악을 행하겠는가![41]

지당한 말이라고 할 수 있다.

8. 최우보와 상곤·우승유·이덕유 崔常牛李

사대부의 그때그때 논점은 각각 맞을 때도 있고 아닐 때도 있다. 하나하나를 가지고 그가 평생 현명했는지의 여부를 따질 수는 없다.

상곤常袞[42]이 재상의 자리에 있을 때, 당 덕종이 막 즉위하여 조정 신하들과 함께 선황제의 복상 기간에 대해서 논의했다. 이 때 상곤은 "천하의 관리는 사흘이면 상복을 벗는다天下吏人三日釋服"는 대종의 유조遺詔를 말하며, 옛날

41 『노자』 74장.

42 常袞(729~783) : 당나라 대종 덕종 때의 재상. 문하시랑門下侍郎 동평장사同平章事가 되어 관봉官俸을 증가시켰고, 매관매직의 폐해를 없앴으며, 문장이 뛰어난 사람이 아니면 임용되지 못하도록 하였다. 후에 조주자사潮州刺史로 좌천되었다가 복건관찰사福建觀察使로 승진해, 복건에 향교를 설치하고 직접 교육에 참여하는 등 문풍을 일으켜 선발된 세공사歲貢士가 내지와 같아져 복건 사람들이 그를 추앙했다.

에 경대부는 자신의 주군을 따라 상복을 입는 것이 원칙이니, 지금 황제께서 27일 후에 상복을 벗기에 조정의 대신들은 당연히 황제를 따라 27일 뒤 상복을 벗어야 한다고 했다. 최우보崔祐甫[43]는 유조에 조정의 대신들과 서인庶人의 구분이 없고, 무릇 백관들 모두가 천하의 관리이니 관직에 있는 모든 관리들이 모두 사흘 뒤 상복을 벗는 것이 마땅하다고 했다. 서로 치열한 논쟁을 벌이다가, 상곤이 참지 못하고 최우보를 폄직시킬 것을 상주했다. 얼마 후 상곤이 기만죄에 연루되어 폄직되고 최우보가 그 자리를 대신했다. 논자들은 최우보의 현명함이 상곤보다 훨씬 뛰어나다 하여 더 이상 그 일에 대해 논평하지 않았다. 그러나 이치를 따지면 상곤의 말이 맞다.

이덕유李德裕[44]가 서천西川 절도사가 되었을 때, 토번吐蕃 유주維州 부사 실달모悉怛謀가 투항하겠다고 했다. 이덕유는 군대를 파견하여 그 성을 점거하고 당시의 모든 상황에 대해 상소를 올리고, 이를 통해 서융西戎의 심장을 틀어쥐려고 했다. 백관들이 논의하여 모두 이덕유의 계책대로 할 것을 요청했다. 재상 우승유牛僧孺[45]가 말했다.

> "토번 지역은 사방이 각 만 리라 유주 하나를 잃어도 그들의 형세에 손실이 생기지 않습니다. 최근 옛날의 우호 관계를 회복해서 변경의 군대를 철수하기로 약속을 해도, 그들이 만약에 신의를 잃은 것에 대해 질책하러 온다면, 평량平涼[46]에서 출동하여 1만의 기병이 회중回中[47]에서 연합해 노기를 뿜으며 곧장 치달리면, 사흘이 안 되어 함양교咸陽橋에 도달할 것입니다. 이쯤 되면 서남쪽 수천 리 밖에

43 崔祐甫(721~780) : 당대 대종과 덕종 때의 재상. 성격이 강직하여 늘 상곤과 쟁론을 벌였다. 덕종 즉위 후 상곤의 상주로 좌천되었다가, 상곤이 좌천된 후 재상직에 올랐다. 인재 추천과 선발에 뛰어난 능력을 발휘하였다.

44 李德裕(787~849) : 당나라 무종武宗때의 재상. 자 문요文饒. 경학經學·예법을 존중하고 귀족적 보수파로서 번진藩鎭을 억압하고, 위구르 등 이민족을 격퇴하는 데 힘써 중앙집권의 강화를 꾀하였다. 이종민李宗閔·우승유牛僧孺 등의 반대파를 탄압하였고, 폐불廢佛을 단행하였다. 선종宣宗 즉위와 함께 실각하여 해남도海南島로 추방되었다.

45 牛僧孺(779~847) : 당나라 목종·문종 때 재상. 자 사암思黯. 안정安定 순고鶉觚(지금의 감숙 영대靈臺) 사람. 우이牛李 당쟁에서 우당의 우두머리였다.

46 平涼 : 지금의 감숙성 평량.

47 回中 : 지금의 섬서성 농현隴縣 서북쪽.

백 개의 유주가 있다 해도 무슨 소용이 있겠습니까!"

문종은 그렇다고 생각하여 성을 토번에 돌려주라는 조서를 내렸다. 이로 인해 이덕유는 우승유를 더욱 깊이 원망했다. 논자들도 또한 이덕유가 우승유보다 현명하다고 여기고, 우승유와 이덕유의 개인적 감정이 풀리지 않아 우승유가 이덕유의 공을 질투해서 그의 일을 방해했다고 여겼다. 그러나 지금 두 사람의 의견을 살펴보면 우승유의 말이 맞다. 사마광司馬光이 의義와 이利로 이 일을 판단하면서 비로소 두 사람의 시비곡직이 분명해졌다.

9. 관리를 향한 도적의 원한 盜賊怨官吏

진승陳勝이 봉기를 일으키자, 여러 군현에서 진나라 관리의 포악에 시달리던 사람들이 앞 다투어 각 지방 관리를 죽이고 진승에게 호응했다.

진晉 안제安帝 때 손은孫恩이 동부 지방에서 반란을 일으켜 가는 곳마다 각지 현령을 죽여 살점을 저며서 장에 절여 그들의 처자식더러 먹게 했고, 안 먹으려고 하면 사지를 잘랐다.

수나라 양제 대업大業[48] 말년에 도적들이 봉기하여 수나라 관리 및 사족士族 자제를 붙잡으면 모두 죽였다.

당나라 말기 황소黃巢가 수도 장안을 함락하자 그의 부하들이 저마다 밖에 나가 대대적으로 노략질을 하고 사람을 죽여서 시체가 길에 가득할 정도였건만, 황소는 제지하지 못했다. 특히 관리를 증오해서 붙잡으면 모두 죽였다.

송나라 휘종 선화宣和[49] 연간에 방랍方臘이 반란을 일으켜 몇몇 주州를 함락했는데, 관리를 붙잡으면 반드시 사지를 자르고 내장을 꺼내고 솥에 고아 기름을 짜기도 하고 수많은 화살을 충충히 발사하기도 하는 등, 온갖

48 大業 : 수 양제 양광楊廣의 연호(605~617).
49 宣和 : 북송 휘종徽宗 시기 연호(1119~1125).

악독한 고초를 모두 맛보게 하며 원한을 달랬다.

항주杭州의 병졸 진통陳通이 반란을 일으켜 관리 하나를 잡을 때마다 즉각 참수하여 효수했다.

이 모든 것이 탐욕스럽고 잔인한 자들이 관리가 되서 권세에 기대어 백성에게 못되게 굴었기 때문이다. 그들로 인해 집집마다 원한이 쌓여서 언젠가 한 번 분출하고 싶은 분노를 오랫동안 품어왔기에, 이렇게 마음대로 할 수 있는 기회를 빌어 스스로 분노를 표출한 것이 아니겠는가!

10. 시를 지을 때 먼저 운자 정하기 作詩先賦韻

남조南朝 사람들은 시를 지을 때 먼저 운자韻字를 정했다. 예를 들면 양무제梁武帝가 화광전華光殿에서 연회를 열면서 연구連句를 지을 때, 심약沈約은 운자를 정했는데 운자를 정하지 못한 조경종曹景宗이 심약에게 부탁하여 경競과 병病 두 글자를 얻은 것이 그것이다.

우리 집에 『진후주문집陳後主文集』 10권이 있다. 군대가 승리를 거두어 축하하는 시를 지은 「문사文思」가 있는데, 모든 신료가 연회에 참석하여 각각 한 글자 씩 제시하여 운을 정하기로 하여, 성盛과 병病·병柄·령令·횡橫·영映·형敻·병併·경鏡·경慶 열 글자를 얻었고, 선유당宣猷堂의 연회에서 책迮과 격格·백白·혁赫·역易·석夕·척擲·척斥·척拆·아啞 열 글자를 얻었고, 사인舍人을 찾아가 만나서 일日과 밀謐·일一·슬瑟·필畢·흘訖·귤橘·질質·질帙·실實 열 글자를 얻었다. 이와 같은 것이 대략 수십 편이다. 지금 사람들은 이런 격이 없다.

11. 후비의 운명 后妃命數

『좌전左傳』에 따르면, 정문공鄭文公의 아들이 십여 명이었다. 그들의 모친은 모두 명문귀족 출신이었다. 그런데 아들들은 제 명대로 살지 못하고 죽은 경우가 많았다. 오직 신분이 비천한 연길燕姞이 낳은 목공穆公만이 부친을 이어 나라를 다스렸고 자손들이 성대하게 번창하여 정나라와 운명을 같이 했다.

박희薄姬가 한왕漢王 유방의 궁에 들어갔는데, 한 해가 넘도록 유방이 찾아주지 않았다. 박희와 가깝게 지내던 관부인管夫人과 조자아趙子兒가 먼저 유방의 총애를 받아 기회를 틈타 유방에게 박희 얘기를 했다. 그래서 유방이 그녀를 불러 가까이 하였고, 박희는 그 해에 문제文帝[50]를 낳았는데 두 사람은 왕자를 낳은 이후로는 드물게 만났다. 여후呂后가 유방이 가까이 한 모든 여인들을 유폐시켜 궁에서 나오지 못하게 했기 때문이었다. 그렇지만 박희는 한왕과 드물게 만났던 까닭에 아들을 따라 대代땅으로 갈 수 있었고, 대의 태후가 되었다. 결국 한나라의 대업을 이은 사람은 박희가 낳은 문제였다.

경제景帝가 정희程姬를 불러 밤을 보내려고 했다. 마침 정희는 달거리 중이라 가고 싶지 않아서 시녀 당아唐兒를 잘 치장시켜 대신 밤에 궁에 들게 했다. 황제는 술에 취해 사람이 바뀐 지 알아채지 못하고 하룻밤을 보냈고, 공교롭게 임신이 되어 장사왕長沙王 유발劉發을 낳았다. 발은 모친이 미천하고 황제의 총애를 받지 않았기 때문에 지대가 낮고 습기가 많은 빈한한 지역의 왕으로 책봉되었다. 그런데 한나라 종실에 10여만 명이 있었는데, 종실의 홍복洪福을 중흥시켜 400년 기틀을 이룩한 사람은 유발의 5대손인 광무제였다.

원제元帝가 태자였을 때 사랑하던 사마양제司馬良娣가 죽자 다른 모든 후궁들에게 화를 내서, 어느 누구도 그에게 다가갈 수 없었다.[51] 선제宣帝는 황후에게

50 文帝(B.C.202~B.C.157) : 전한의 5대 황제(재위 B.C.180~B.C.157). 이름은 항恒, 묘호는 태종太宗으로 고조의 넷째아들이다. 여씨呂氏의 난이 평정된 후 태위太尉 주발周勃, 승상 진평陳平 등 중신의 옹립으로 즉위하였다. 고조의 군국제郡國制를 계승하고, 전조田租·인두세人頭稅를 대폭 감면하였으며 이러한 정책은 사회와 경제를 발전시켰다. 또한 자신이 직접 농업을 장려하는데 솔선수범하고 농지의 조세를 12년 동안 면제하였다. 문제는 검소한 생활을 실천하였는데 화려한 건물를 신축하지 않았고 자신은 검정색 비단을 입었다. 가혹한 형벌을 폐지하였으며, 흉노에 대한 화친정책 등으로 민생안정과 국력배양에 힘을 기울였다. 문제가 죽고 그의 아들 경제가 즉위하여 선왕의 정책을 잘 이어 나갔다. 중국사에서 문제와 경제景帝의 치세를 '문경의 치文景之治'라고 부르며 풍요로운 시대를 상징하는 칭호로 사용된다.

후궁에서 다섯 사람을 가려 뽑아 태자의 시중을 들게 하라고 했다. 황후가 옆에 있던 장어長御[52]를 태자에게 보내 어떤 여인이 마음에 드는지 묻게 했는데, 태자는 다섯 여인 모두 특별히 마음이 없었지만 모후의 뜻을 거스를 수 없어 "그 중 한 사람이면 됩니다"라고 억지로 대답했다. 그래서 왕정군王政君으로 결정되었다. 한 번 동침으로 임신이 되었고 성제成帝 유오劉驁를 낳았다. 아들이 태어난 후 태자와 왕정군이 다시 만난 일은 거의 드물었다. 그러나 왕정군은 한나라 네 황제의 즉위를 겪었고, 60여 년 동안 천하의 어머니 역할을 하였다.

이상의 네 후비를 보면, 황제의 총애를 받은 것은 한시적이었지만 부귀와 영화를 누린 것은 다른 후비들과 비교할 수 없을 정도였다. 그리고 왕정군은 네 황제의 즉위를 지켜보다 결국에 전한의 멸망을 맞이하기도 하였다. 천명은 각각 정해진 수가 있는 모양이다!

휘종황제는 아들이 30명인데 오직 고종황제만이 대업을 재건했다. 고종의 모친인 현인황후賢仁皇后가 후궁에 있을 때 다른 후비와 총애를 다투려고 하지 않았으니, 박태후薄太后와 아주 비슷하다.

12. '公공'은 존칭 公爲尊稱

유종원은 「당상국방공덕명지음唐相國房公德銘之陰」에서 다음과 같이 말했다.

> 천자天子를 곁에서 보좌하는 삼공三公을 공公이라 칭하고, 왕의 후손을 공이라 칭하고,[53] 제후 중 조정에 들어가 왕후·경상卿相·사대부가 되면 또한 공이라 칭한다. …… 도를 존경하여 스승으로 모시면 공이라 칭한다. …… 옛날 사람들은 나이 지긋한 어른을 통상 공이라고 했다. …… 그런데 대신들 중에서 성姓 다음에 공公이란 호칭을 붙일 수 있는 경우가 드물었고, …… 당唐나라의 대신 중에서

51 『한서』의 기록에 따르면, 사마양제가 죽으면서 다른 여인들이 자신을 질투하고 저주해서 죽는다고 말했기 때문에 태자가 다른 여인들을 멀리 했다고 한다.
52 長御 : 한대 황후궁 내 궁녀 중의 수장으로, 시중侍中에 맞먹는 지위였다.
53 『공양전公羊傳』의 내용이다.

성姓 다음에 공公이라 호칭한 인물 중 가장 드러난 인물이 방공房公이다.

소식은 「묵군당기墨君堂記」에서 다음과 같이 말했다.

사람들이 서로 호칭할 때, 상대방의 신분이 존귀하면 공公이라고 칭했다.

범엽范曄은 『후한서』에서 이렇게 설명했다.

오직 태사太師·태부太傅·태보太保 삼공만 성姓과 함께 썼다. 이러한 칭호가 문란한 경우는 없었다.

등우鄧禹를 등공鄧公이라고 한다든가, 오한吳漢을 오공吳公이라고 한다든가, 복공伏公 담湛·송공宋公 횡宏·모공牟公 융融·원공袁公 안安·이공李公 고固·진공陳公 총寵·교공橋公 현玄·유공劉公 총寵·최공崔公 열烈·호공胡公 광廣·왕공王公 공龔·양공楊公 표彪·순공荀公 상爽·황보공皇甫公 숭嵩·조공曹公 조操 등 이라고 칭하는 경우가 그것이다.

삼국시대에도 제갈공諸葛公·사마공司馬公·고공顧公·장공張公 등이 있었다. 송대에 와서는 한공韓公·부공富公·범공范公·구양공歐陽公·사마공司馬公·소공蘇公 등이 가장 유명하다.

13. 대성과 소성 臺城少城

진晉·송宋 시기 황궁의 무단출입 금지 지역을 대臺라고 했다. 그래서 금성禁城을 대성臺城이라고 하고, 관군官軍을 대군臺軍이라고 하고, 사자를 대사臺使라고 하고, 경사卿士를 대관臺官이라고 하고, 법령을 대격臺格이라고 했다.

어떤 것이 필요하면 "대에서 필요한 것이 있다[臺有求須]"라고 하고, 군대를 파견할 때는 "대에서 군대를 보낸다[臺所遣兵]"라고 했다.

유우석이 「금릉오영金陵五詠」을 지었는데, 그 중 「대성臺城」 한 편이 있다. 지금 사람들은 다른 곳에다가 적용하여 건강建康을 대성臺城이라고 하는데, 잘못이다.

진晉나라 때, 익주益州 자사는 대성大城을 다스리고 촉군蜀郡 태수는 소성少城을 다스렸다고 했다. 모두 성도成都에 있으면서, 대성大城·소성小城이라고 구분해서 말한 것일 뿐이다. 두보가 촉蜀에 있을 때 지은 시 중에서 "동쪽으로 소성少城을 바라본다[東望少城]"는 구절이 있다. 지금 사람들은 다른 곳에서 성도를 가리킬 때 소성少城이라고 하는데, 잘못된 것이다.

••• 卷第五(十三則)

1. 秦隋之惡

自三代訖于五季, 爲天下君而得罪於民, 爲萬世所麾斥者, 莫若秦與隋。豈二氏之惡浮於桀、紂哉? 蓋秦之後卽爲漢, 隋之後卽爲唐, 皆享國久長。一時論議之臣, 指引前世, 必首及之, 信而有徵, 是以其事暴白於方來, 彌遠彌彰而不可蓋也。嘗試裒擧之。

張耳曰:「秦爲亂政虐刑, 殘滅天下, 北爲長城之役, 南有五嶺之戍, 外內騷動, 頭會箕斂, 重以苛法, 使父子不相聊。」張良曰:「秦爲無道, 故沛公得入關, 爲天下除殘去賊。」陸賈曰:「秦任刑法不變, 卒滅嬴氏。」王衛尉曰:「秦以不聞其過亡天下。」張釋之曰:「秦任刀筆之吏, 爭以亟疾苛察相高, 以故不聞其過, 陵夷至于二世, 天下土崩。」賈山借秦爲喩, 曰:「爲宮室之麗, 使其後世曾不得聚廬而託處, 爲馳道之麗, 後世不得邪徑而託足; 爲葬薶之麗, 後世不得蓬顆而託葬。以千八百國之民自養, 力罷不能勝其役, 財盡不能勝其求, 人與之爲怨, 家與之爲讎, 天下已壞而弗自知, 身死纔數月耳, 而宗廟滅絶。」賈誼曰:「商君遺禮誼, 棄仁恩, 并心於進取, 行之二歲, 秦俗日敗, 滅四維而不張, 君臣乖亂, 六親殃戮, 萬民離叛, 社稷爲虛。」又曰:「使趙高傅胡亥, 而敎之獄。今日卽位, 明日射人, 其視殺人若刈草菅然。置天下於法令刑罰, 德澤亡一有, 而怨毒盈於世, 下憎惡之如仇讎。」鼂錯曰:「秦發卒戍邊, 有萬死之害, 而亡銖兩之報。天下明知禍烈及己也, 陳勝首倡, 天下從之如流水。」又曰:「任不肖而信讒賊, 民力罷盡, 矜奮自賢, 法令煩憯, 刑罰暴酷, 親疏皆危, 外內咸怨, 絶祀亡世。」董仲舒曰:「秦重禁文學, 不得挾書, 棄捐禮誼而惡聞之。其心欲盡滅先聖之道, 而顓爲自恣苟簡之治。自古以來, 未嘗有以亂濟亂, 大敗天下之民如秦者也。」又曰:「師申、商之法, 行韓非之說, 憎帝王之道, 以貪狼爲俗, 賦斂亡度, 竭民財力, 羣盜並起, 死者相望, 而姦不息。」淮南王安曰:「秦使尉屠睢攻越, 鑿渠通道, 曠日引久, 發謫戍以備之, 往者莫反, 亡逃相從, 羣爲盜賊。於是山東之難始興。」吾丘壽王曰:「秦廢王道, 立私議, 去仁恩而任刑戮, 至於赭衣塞路, 羣盜滿山。」主父偃曰:「秦任戰勝之威, 功齊三代, 務勝不休, 暴兵露師, 百姓靡敝, 孤寡老弱, 不能相養, 死者相望, 天下始叛。」徐樂曰:「秦之末世, 民困而主不恤, 下怨而上不知, 俗已亂而政不修, 陳涉之所以爲資也。此之謂土崩。」嚴安曰:「秦一海內之政, 壞諸侯之城, 爲知巧權利者進, 篤厚忠正者退。法嚴令苛, 意廣心逸。兵禍北結於胡, 南挂於越, 宿兵於無用之地, 進而不得退, 天下大畔, 滅世絶祀。」司馬相如曰:「二世持身不謹, 亡國失勢, 信讒不寤, 宗廟滅絶。」伍被曰:「秦爲無道, 百姓欲爲亂者十室而五。使徐福入海, 欲爲亂者十室而六。使尉佗攻百越, 欲爲亂者十室而七。作阿房之宮, 欲爲亂者十室而八。」路溫舒曰:「秦有十失, 其一尙存, 治獄之吏是也。」賈捐之曰:「興兵遠攻, 貪外虛內, 天下潰畔, 禍卒在於二世之末。」劉向曰:「始皇葬於驪山, 下錮三泉, 多殺宮人, 生薶工匠, 計以萬數, 天下苦其役而反之。」梅福曰:「秦爲無道, 削仲尼之迹, 絶周公之軌, 禮壞樂崩, 王道不通, 張誹謗之罔, 以爲漢敺除。」谷永曰:「秦所以二世十六年而亡者, 養生泰奢, 奉終泰厚也。」劉歆曰:「燔經書, 殺儒士, 設挾書之法, 行是古之罪, 道術由是遂滅。」凡漢人之論秦惡者如此。

唐高祖曰:「隋氏以主驕臣諂亡天下。」孫伏伽曰:「隋以惡聞其過亡天下。」薛收傳:「秦王平洛陽, 觀隋宮室, 歎曰:『煬帝無道, 殫人力以事夸侈。』收曰:『後主奢虐是矜, 死一夫之手, 爲後世笑。』」張元素曰:「自古未有如隋亂者, 得非君自專, 法日亂乎? 造乾陽殿, 伐木於豫章, 一材之費, 已數十萬工。乾陽畢功, 隋人解體。」魏徵曰:「煬帝信虞世基, 賊徧天下而不得聞。」又曰:「隋唯責不獻食, 或供奉不精, 爲此無限, 而至於亡。方其未亂, 自謂必無亂, 未亡, 自謂必不亡。所以甲兵亟動, 傜役不息。」又曰:「恃其富强, 不虞後患, 役萬物以自奉養, 子女玉帛是求, 宮室臺榭是飾。外示威重, 內行險忌, 上下相蒙, 人不堪命, 以致隕匹夫之手。」又曰:「文帝驕其諸子, 使至夷滅。」馬周曰:「貯積者固有國之常, 要當人有餘力而後收之, 豈人勞而强斂之以資寇邪! 隋貯洛口倉, 而李密因之; 積布帛東都, 而王世充據之; 西京府庫, 亦爲國家之用。」陳子昂曰:「煬帝恃四海之富, 鑿渠決河, 疲生人之力, 中國之難起, 身死人手, 宗廟爲墟。」楊相如曰:「煬帝自恃其彊, 不憂時政。言同堯、舜, 迹如桀、紂, 擧天下之大, 一擲棄之。」吳兢曰:「煬帝驕矜自負, 以爲堯、舜莫己若, 而諱亡憎諫, 乃曰:『有諫我者, 當時不殺, 後必殺之。』自是謇諤之士去而不顧, 外雖有變, 朝臣鉗口, 帝不知也。」柳宗元曰:「隋氏環四海以爲鼎, 跨九垠以爲鑪, 爨以毒燎, 煽以虐焰, 沸湧灼爛, 號呼騰蹈。」李珏曰:「隋文帝勞於小務, 以疑待下, 故二世而亡。」凡唐人之論隋惡者如此。

2. 漢唐二武

東坡云:「古之君子, 必憂治世而危明主, 明主有絶人之資, 而治世無可畏之防。」美哉斯言。漢之武帝, 唐之武后, 不可謂不明, 而巫蠱之禍, 羅織之獄, 天下塗炭, 后妃公卿, 交臂就戮, 後世聞二武之名, 則憎惡之。蔡確作詩, 用郝甑山上元間事, 宣仁謂以吾比武后; 蘇轍用武帝奢侈窮兵虛耗海內爲諫疏, 哲宗謂至引漢武上方先朝。皆以之得罪。人君之立政, 可不監玆。

3. 玉川子

韓退之寄盧仝詩云：「玉川先生洛城裏，破屋數間而已矣。一奴長鬚不裹頭，一婢赤脚老無齒。昨晚長鬚來下狀，隔墻惡少惡難似。每騎屋山下窺瞰，渾舍驚怕走折趾。立召賊曹呼五百，盡取鼠輩尸諸市。」夫姦盜固不義，然必有謂而發，非貪慕貨財，則挑暴子女。如玉川之貧，至於鄰僧乞米，隔墻居者，豈不知之。若爲色而動，窺見室家之好，是以一赤脚老婢隕命也，惡少可謂枉著一死。予讀韓詩至此，不覺失笑。仝集中有所思一篇，其略云：「當時我醉美人家，美人顔色嬌如花。今日美人棄我去，青樓珠箔天之涯。夢中醉臥巫山雲，覺來淚滴湘江水。湘江兩岸花木深，美人不見愁人心。相思一夜梅花發，忽到窗前疑是君。」則其風味殊不淺，韓詩當亦含譏諷乎？

4. 銀青階

唐自肅、代以後，賞人以官爵，久而浸濫，下至州郡胥吏軍班校伍，一命便帶銀青光祿大夫階，殆與無官者等。明宗長興二年，詔不得薦銀青階爲州縣官，賤之至矣。晉天福中，中書舍人李詳上疏，以爲十年以來，諸道職掌，皆許推恩，藩方薦論，動踰數百，乃至藏典書吏，優伶奴僕，初命則至銀青階，被服皆紫袍象笏，名器僭濫，貴賤不分。請自今節度州聽奏大將十人，它州止聽奏都押牙、都虞候、孔目官。從之。馮拯之父俊，當周太祖時，補安遠鎭將，以銀青光祿檢校太子賓客兼御史大夫。至本朝端拱中，拯登朝，遇郊恩始贈大理評事。予八世從祖師暢，暢子漢卿，卿子膺圖，在南唐時，皆得銀青階，至檢校尚書、祭酒。然樂平縣帖之全稱姓名，其差徭正與里長等。元豐中，李淸臣論官制，奏言：「國朝踵襲近代因循之弊，牙校有銀青光祿大夫階，卒長開國而有食邑。」蓋爲此也。今除授蕃官，猶用此制。紹興二十八年，廣西經略司申安化三州蠻蒙全計等三百十八人進奉，乞補官勛，皆三班借差。三班差使，悉帶銀青祭酒，而等第加勳，文安公在西垣爲之命詞。

5. 買馬牧馬

國家買馬，南邊於邕管，西邊於岷、黎，皆置使提督，歲所綱發者蓋踰萬匹。使臣、將校得遷秩轉資，沿道數十州，驛程券食、廐圉薪芻之費，其數不貲，而江、淮之間，本非騎兵所能展奮，又三衙遇暑月，放牧於蘇、秀以就水草，亦爲逐處之患。因讀五代舊史云：「唐明宗問樞密使范延光內外馬數。對曰：『三萬五千匹。』帝歎曰：『太祖在太原，騎軍不過七千。先皇自始至終，馬纔及萬。今有鐵馬如是，而不能使九州混一，是吾養士練將之不至也。』延光奏曰：『國家養馬太多，計一騎士之費可贍步軍五人，三萬五千騎，抵十五萬步軍，旣無所施，虛耗國力。』帝曰：『誠如卿言。肥騎士而瘠吾民，民何負哉！』」明宗出於蕃戎，猶能以愛民爲念。李克用父子以馬上立國制勝，然所蓄只如此。今蓋數倍之矣。尺寸之功不建, 可不惜哉！ 且明宗都洛陽, 正臨中州, 尙以爲騎士無所施。然則今雖純用步卒, 亦未爲失計也。

6. 杜詩用字

律詩用自字、相字、共字、獨字、誰字之類, 皆是實字, 及彼我所稱, 當以爲對, 故杜老未嘗不然。今略紀其句於此：「徑石相縈帶, 川雲自去留。」「山花相映發, 水鳥自孤飛。」「衰顔聊自哂, 小吏最相輕。」「高城秋自落, 雜樹晩相迷。」「百鳥各相命, 孤雲無自心。」「勝地初相引, 徐行得自娛。」「雲裏相呼疾, 沙邊自宿稀。」「暗飛螢自照, 水宿鳥相呼。」「猿挂時相學, 鷗行炯自如。」「自吟詩送老, 相勸酒開顔。」「俱飛蛺蝶元相逐, 並蒂芙蓉本自雙。」「自去自來堂上燕, 相親相近水中鷗。」「此時對雪遙相憶, 送客逢春可自由。」「梅花欲開不自覺, 棣萼一別永相望。」「桃花氣暖眼自醉, 春渚日落夢相牽。」此以自字對相字也。「自須開竹徑, 誰道避雲蘿。」「自笑燈前舞, 誰憐醉後歌。」「死去憑誰報, 歸來始自憐。」「哀歌時自短, 醉舞爲誰醒。」「離別人誰在, 經過老自休。」「永夜角聲悲自語, 中天月色好誰看。」此以自字對誰字也。「野人時獨往, 雲木曉相參。」「正月鶯相見, 非時鳥共聞。」「江上形容吾獨老, 天涯風俗病相親。」「縱飮久判人共棄, 懶朝眞與世相違。」「此日此時人共得, 一談一笑俗相看。」此以共字、獨字對相字也。

7. 唐虞象刑

虞書：「象刑惟明。」象者, 法也。漢文帝詔始云：「有虞氏之時, 畫衣冠、異章服以爲戮, 而民弗犯。」武帝詔亦云：「唐虞畫象, 而民不犯。」白虎通云：「畫象者, 其衣服象五刑也。犯墨者蒙巾, 犯劓者赭著其衣, 犯髕者以墨蒙其髕, 犯宮者屝。屝, 草屨也。大辟者, 布衣無領。」其說雖未必然, 揚雄法言, 「唐、虞象刑惟明」, 說者引前詔以證, 然則唐、虞之所以齊民, 禮義榮辱而已, 不專於刑也。秦之末年, 赭衣半道, 而姦不息。國朝之制, 減死一等及胥吏兵卒配徒者, 涅其面而刺之, 本以示辱, 且使人望而識之耳。久而益多, 每郡牢城營, 其額常溢, 殆至十餘萬, 兇盜處之恬然。蓋習熟而無所耻也。羅隱讒書云：「九人冠而一人髽, 則髽者慕而冠者勝, 九人髽而一人冠, 則冠者慕而髽者勝。」正謂是歟？ 老子曰：「民常不畏死, 奈何以死懼之。若使民常畏死, 則爲惡者吾得執而殺之, 孰敢？」可謂至言。荀卿謂象刑爲治古不然。亦正論也。

8. 崔常牛李

士大夫一時論議, 自各有是非, 不當一一校其平生賢否也。常衮爲宰相, 唐德宗初立, 議羣臣喪服, 衮以爲遺詔云「天下吏人三日釋服」, 古者卿大夫從君而服, 皇帝二十七日而除, 在朝羣臣亦當如之。崔祐甫以爲遺詔無朝臣、庶人之別, 凡百執事, 孰非吏人, 皆應三日釋服。相與力爭，衮不能堪，奏貶祐甫。已而衮坐欺罔貶，祐甫代之。議者以祐甫之賢，遠出衮右，故不復評其事。然揆之以理，則衮之言爲然。李德裕爲西川節度使，吐蕃維州副使悉怛謀請降。德裕遣兵據其城，具奏其狀，欲因是擣搗西戎腹心。百官議皆請如德裕策。宰相牛僧孺曰：「吐蕃之境，四面各萬里，失一維州未能損其勢。比來修好，約罷戍兵，彼若來責失信，上平涼坂，萬騎綴回中，怒氣直辭，不三日至咸陽橋。此時西南數千里外得百維州，何所用之？」文宗以爲然，詔以城歸吐蕃。由是德裕怨僧孺益深。議者亦以德裕賢於僧孺，咸謂牛、李私憾不釋，僧孺嫉德裕之功，故沮其事。然以今觀之，則僧孺爲得，司馬溫公斷之以義利，兩人曲直始分。

9. 盜賊怨官吏

陳勝初起兵，諸郡縣苦秦吏暴，爭殺其長吏以應勝。晉安帝時，孫恩亂東土，所至醢諸縣令以食其妻子，不肯食者輒支解之。隋大業末，羣盜蜂起，得隋官及士族子弟皆殺之。黃巢陷京師，其徒各出大掠，殺人滿街，巢不能禁，尤憎官吏，得者皆殺之。宣和中，方臘爲亂，陷數州，凡得官吏，必斷臠支體，探其肺腸，或熬以膏油，叢鏑亂射，備盡楚毒，以償怨心。杭卒陳通爲逆，每獲一命官，亦即梟斬。豈非貪殘者爲吏，倚勢虐民，比屋抱恨，思一有所出久矣，故乘時肆志，人自爲怒乎？

10. 作詩先賦韻

南朝人作詩多先賦韻，如梁武帝華光殿宴飲連句，沈約賦韻，曹景宗不得韻，啓求之，乃得競病兩字之類是也。予家有陳後主文集十卷，載王師獻捷，賀樂文思，預席羣僚，各賦一字，仍成韻，上得「盛病柄令橫映夐併鏡慶」十字，宴宣猷堂，得「迮格白赫易夕擲斥坼啞」十字，幸舍人省，得「日謐一瑟畢訖橘質帙實」十字。如此者凡數十篇。今人無此格也。

11. 后妃命數

左傳所載鄭文公之子十餘人，其母皆貴胄，而子多不得其死，惟賤妾燕姞生穆公，獨繼父有國，子孫蕃衍盛大，與鄭存亡。薄姬入漢王宮，歲餘不得幸，其所善管夫人、趙子兒先幸漢王，爲言其故，王卽召幸之，歲中生文帝，自有子後希見。及呂后幽諸幸姬不得出宮，而薄氏以希見故，得從子之代，爲代太后。終之承漢大業者，文帝也。景帝召程姬，程姬有所避不願進，而飾侍者唐兒使夜往，上醉不知而幸之，遂有身，生長沙王發。以母微無寵，故王卑濕貧國。漢之宗室十有餘萬人，而中興炎祚，成四百年之基者，發之五世孫光武也。元帝爲太子，所愛司馬良娣死，怒諸娣妾，莫得進見。宣帝令皇后擇後宮家人子五人，虞侍太子。后令旁長御問所欲，太子殊無意於五人者，不得已於皇后，彊應曰：「此中一人可。」乃王政君也。壹幸有身, 生成帝, 自有子後, 希復進見。然歷漢四世, 爲天下母六十餘載。觀此四后妃者, 可謂承恩有限, 而光華啓佑, 與同輩遼絶, 政君遂爲先漢之禍。天之所命, 其亦各有數乎! 徽宗皇帝有子三十人, 唯高宗皇帝再復大業。顯仁皇后在宮掖時, 亦不肯與同列爭進, 甚類薄太后云。

12. 公為尊稱

柳子厚房公銘陰曰:「天子之三公稱公, 王者之後稱公, 諸侯之入爲王卿士亦曰公, 尊其道而師之稱曰公。古之人通謂年之長者曰公。而大臣罕能以姓配公老, 唐之最著者曰房公。」東坡墨君亭記云:「凡人相與稱呼者, 貴之則曰公。」范曄漢史:「惟三公乃以姓配之, 未嘗或紊。」如鄧禹稱鄧公, 吳漢稱吳公, 伏公湛、宋公宏、牟公融、袁公安、李公固、陳公寵、橋公玄、劉公寵、崔公烈、胡公廣、王公龔、楊公彪、荀公爽、皇甫公嵩、曹公操是也。三國亦有諸葛公、司馬公、顧公、張公之目。其在本朝, 唯韓公、富公、范公、歐陽公、司馬公、蘇公爲最著也。

13. 臺城少城

晉宋間, 謂朝廷禁省爲臺, 故稱禁城爲臺城, 官軍爲臺軍, 使者爲臺使, 卿士爲臺官, 法令爲臺格。需科則曰臺有求須, 調發則曰臺所遣兵。劉夢得賦金陵五詠, 故有臺城一篇。今人於它處指言建康爲臺城, 則非也。晉益州刺史治太城, 蜀郡太守治少城, 皆在成都, 猶云大城、小城耳。杜子美在蜀日, 賦詩故有「東望少城」之句。今人於它處指成都爲少城, 則非也。

••• 용재속필 권6(15칙)

1. 엄무는 두보를 죽이려고 하지 않았다 嚴武不殺杜甫

『신당서新唐書·엄무전嚴武傳』을 보면 이런 대목이 있다.

> 방관房琯이 옛 재상의 신분에서 순내자사巡內刺史가 되었는데, 엄무는 거만하고 무례하게 방관을 대했다. 두보와 관계가 제일 두터웠는데, 그러나 여러 차례 두보를 죽이려고 하기도 했었다. 이백이 「촉도난蜀道難」을 지은 것은 방관과 두보의 위험함을 걱정해서였다.

『신당서·두보전杜甫傳』에는 또 이런 글이 있다.

> 엄무는 대대로 이어온 친분에 따라 두보와 사귀긴 했는데, 두보가 만나러 가면 두건을 쓰지 않을 때도 있었다. 한 번은 두보가 취하여 엄무의 침대에 올라가 엄무를 노려보면서 "엄정지嚴挺之에게 이런 아들이 있었단 말인가!"라고 했다. 엄무는 이것을 마음에 두고 어느 날 두보를 죽이려고 했다. 모자를 세 번이나 발에 걸었다 썼다 하면서 결행을 못하고 있는데, 좌우 사람들이 그의 모친에게 알려 모친이 달려와 말려서야 그만 두었다.

『구당서』에서는 그저 "두보는 성격이 편협하고 조급했다. 한 번은 취해서 엄무의 침대에 올라가 엄무의 부친의 이름을 외쳤는데, 엄무는 개의치 않았다"고만 적혀 있다.

처음에는 엄무가 두보를 죽이려고 했다는 말이 없었는데, 아마도 당대 소설에 그런 내용이 실린 것을 보고 『신당서』를 편찬했던 이들이 그것이 사실이라고 여기고 기록한 듯하다. 내가 보기에 이백의 「촉도난」은 본래 장구겸경章仇兼瓊[1]을 비판하려고 쓴 것으로 이전 사람이 이것에 대해 논한 적이 있다. 두보의 문집에 실린 시 중에서 엄무를 위해서 지은 것이 거의

30편이다.

두보는 엄무가 조정으로 돌아가는 것을 환송하는 시에서 다음과 같이 노래했다.

그대 홀로 돌아가고 나는 이곳 강촌에서,	江村獨歸處,
쓸쓸하게 여생을 살리라.	寂寞養殘生.[2]

또 엄무가 다시 촉蜀을 다스리게 된 것을 기뻐하는 시를 쓰기도 했다.

성도로 부임하여 초가로 돌아오게 되었다니,	得歸茅屋赴成都,
그저 문옹을 위하여 다시 부절 가르노라.	直爲文翁再剖符.[3]

이 시들은 또한 엄무가 살아 있을 때 쓴 시이다.

「곡기귀츤哭其歸櫬」[4]에서 엄무嚴武가 자신에게 기실記室[5]과 참모의 일을 맡긴 것에 대해, 자신을 하손何遜[6]과 손초孫楚[7]에 비유하기도 했다.

기실 자리로는 하손을 얻었고,	記室得何遜,
『육도』와 『옥검玉鈐』에 뛰어난 자로는 손초를 얻었네.	韜鈐延子荊.[8]

「팔애시八哀詩」에서는 엄무와의 이별을 마음 아파하기도 했다.

1 章仇兼瓊(?~750) : 당나라 절도사. 자는 겸경兼瓊, 노군魯郡 임성현任城縣(지금의 산동성 제녕시濟寧市 임성구任城區) 출신으로, 당현종 천보天寶 초년에 검남절도사劍南節度使를 지냈다.

2 「奉濟驛重送嚴公四韻」.

3 「將赴成都草堂途中有作, 先寄嚴鄭公五首」 제1수.

4 원제목은 「哭嚴僕射歸櫬」.

5 記室 : 문서를 담당하는 보좌관으로 지금의 비서와 같은 역할을 했다.

6 何遜(480~520) : 양梁나라 때 시인. 자는 중신仲言, 양梁나라 동해東海 담郯(지금의 산동성 담현) 사람. 건안왕建安王의 기실을 지냈다.

7 孫楚(?~293) : 서진西晉 때 시인. 자 자형子荊·태원太原. 중도中都(지금의 산서성 평요平遙) 사람. 재주가 매우 탁월했으나 마흔이 넘어서야 벼슬길에 올랐고, 석포石苞의 참군參軍이 되었다.

8 『용재속필』에는 이 시 구절의 제목이 「哭其歸櫬」으로 나와 있는데 이는 홍매가 잘못 안 것으로, 이 시구절의 제목은 「八哀詩之三·贈左僕射鄭國公嚴公武」이다.

남은 것 없는 다 늙은 빈객, 空餘老賓客,
몸에 비녀 꽂고 갓끈 매는 것도 부끄럽다. 身上媿簪纓.[9]

만약에 엄무가 두보를 정말 죽이려고 했었다면, 필시 이렇게 절절한 내용의 시를 쓰지는 않았을 것이다.

호사가들이 그저 엄무의 시에 "「앵무부」 잘 짓는 것에 의지하지 말라(莫倚善題「鸚鵡賦」)"는 구절이 있는 것만 가지고 엄무가 두보를 죽이려고 했다는 것의 증거로 삼고, 황조黃祖가 예형禰衡을 죽인 것에 비유 한 것이다. 바보 앞에서는 꿈 얘기도 하면 안 되는 것이다. 엄무가 황조와 같아지려고 했겠는가!

2. 공광을 추천한 왕가 王嘉薦孔光

한나라 때 왕가王嘉가 승상이 되어 충간으로 애제哀帝의 비위를 건드렸다. 애제는 이 일을 장군과 조정의 관리에게 하달하여 토의하게 했다. 광록대부 공광孔光 등이 왕가가 나라를 혼란스럽게 하고 윗사람을 기만하고 무도하다고 탄핵하면서, 정위廷尉와 함께 치죄하게 해달라고 부탁했다. 황제는 그렇게 하라고 허락을 하였다.

공광은 황제의 시중을 드는 알자謁者더러 왕가를 잡아 감옥에 넣으라고 했다. 왕가가 옥리에게 말했다.

"현인을 추천하고 불초한 사람을 물러나게 하지 못했습니다."

누구를 말하는 것이냐고 옥리가 묻자, 왕가는 말했다.

"현인은 예전에 승상을 지낸 공광을 말합니다. 요직에 추천하지 못했지요."

왕가가 죽고 나서 황제가 그 대답 내용을 듣고 왕가의 말을 생각하여

9 「八哀詩之三·贈左僕射鄭國公嚴公武」.

다시 공광을 승상으로 삼았다. 왕가가 감옥에 갇힌 것은 공광이 애제의 증오에 영합했기 때문이다. 그러나 왕가는 죽음을 앞에 두고도 오히려 공광이 현명하다고 칭찬을 했다. 왕가는 충직으로 목숨을 잃고 일시에 이름이 드러났다. 그러나 그 역시 사람을 알지 못했다고 할 수 있다. 공광이 얼마나 나쁘고 아첨하는지, 귀신도 침을 뱉을 정도다. 비굴하게 동현董賢[10]을 섬기고 왕망에게 아부하고 협조하여 한나라의 벌레가 되었다. 그래도 현명하다고 할 수 있겠는가!

3. 주전충의 세 가지 일 朱溫三事

의리와 관계된 일인 경우에는 아무리 흉악무도한 도적이라도 받아들이지 않을 수 없는 것이 있다.

당나라 말 유인공劉仁恭이 노룡盧龍 절도사였을 때 그의 아들 유수문劉守文은 창주滄州를 지키고 있었다. 주전충朱全忠[11]이 군대를 이끌고 공격하자 성 안의 식량이 모두 바닥났고, 주전충은 사람을 보내 일찌감치 항복하라고 설득했다. 유수문은 다음과 같이 대답했다.

> "유주幽州를 지키고 있는 분과 저는 부자 사이입니다. 양왕梁王이 대의로 천하를 정복하려고 하는데, 만약 자식이 부모에게 반기를 들고 온다면, 어떻게 하시겠습니까?"

주전충은 그의 곧은 말에 부끄러워하여 공격을 늦췄다. 그 후 군대가

10 董賢(BC22~1) : 자는 성경聖卿, 서한 운양雲陽(지금의 섬서성 순화淳化) 사람. 애제哀帝의 총애를 받았던 동성애 상대로, 이로 인해 급속 승진하여 22세 때 대사마에 이르러 조정을 농락했고, 부친·동생·장인 등도 모두 공경에 올라서, 사치 생활이 극에 달했다. 애제가 세상을 떠나자 권세를 잃어서 자살하였다.

11 朱全忠(852~912) : 본명 주온朱溫. 오대五代 후량後梁의 건국자(재위 907~912). 당나라 말기 '황소의 난'에 가담하였으나 형세의 불리함을 간파하고 관군에 항복, 정부로부터 '全忠'이라는 이름을 하사받고 반란의 잔당을 평정하여 그 공으로 각지의 절도사를 겸하는 등 화북 제일의 실력자가 되었다. 이후 양梁나라를 세우고 당 왕조를 멸망시켰다. 만년에 황음무도하여 며느리를 강간하기도 하였으며, 셋째 아들 주우규朱友珪에게 살해되었다.

귀환하는데, 병영에 있던 물자와 식량을 모두 불태우고 배 안에 있는 것은 구멍을 뚫어 침몰시켰다. 유수민이 주전충에게 편지를 보내서 말했다.

> 성 안 수만 명이 몇 달 동안 먹지를 못했습니다. 태워서 연기로 사라지게 하고 물에 가라앉혀 진흙이 되게 하느니 남은 것을 우리에게 주어 구원해주기를 부탁합니다.

주전충은 창고 몇 곳을 남겨주었고, 창주 사람들은 그 덕택으로 구조를 받았다.

주전충이 당을 찬탈한 뒤 후량後粱의 황제가 되었고, 소순蘇循과 그의 아들 소해蘇楷는 자신들이 후량을 위해 공을 세웠다고 생각했기 때문에 파격적인 중용을 기대했다. 그러나 주전충은 그들의 사람 됨됨이를 좋지 않게 여기고 나라를 팔아 사익을 챙긴 매국노라고 하면서 칙령을 내려 소순과 소해의 관직을 박탈하였다.

송주宋州 절도사가 상서로운 징조의 이삭을 진상하자, 주전충은 살펴보고 언짢아하며 말했다.

> "송주는 올해 수해가 발생해서 백성들이 먹을 것이 부족한데, 이런 거나 진상해서 어쩌자는 건가!"

중사中使를 보내서 꾸짖고 현령을 파면시켰다.

이 세 가지 일은 다른 사람의 경우라면 말할 것이 못되겠지만 주전충의 경우에는 대서특필할 만한 것이다. 누군가를 미워하더라도 그의 좋은 점은 알 필요가 있다.

4. 원고 청탁 文字潤筆

글을 써주고 사례를 받는 것은 진晉·송宋 시기부터 시작되어 당대에 이르러 성행했다. 「이옹전李邕傳」에 다음과 같은 말이 나온다.

> 이옹은 비문碑文과 송사頌辭에 특히 뛰어나서, 중앙 조정의 의관을 갖춘 관리나

천하의 사찰과 도관에서 금은과 비단을 많이 갖고 찾아가 그에게 글을 부탁했다. 그가 지은 글이 대략 수백 수에 달했고, 받은 사례 역시 수 만 금에 달했다.

당시 논자들은 예로부터 글을 팔아 재물을 모은 사람 중 이옹만한 사람이 없다고 보았다. 그래서 두보는 시에서 다음과 같이 말했다.

글을 청탁하는 자가 문에 가득하여,	干謁滿其門,
비석과 판각이 사방 끝까지 빛을 발하네.	碑版照四裔.
……	……
집에 가득 산호 장식,	豐屋珊瑚鉤,
기린 털로 짠 양탄자.	騏驎織成罽.
자류는 검궤를 따르며,	紫騮隨劍幾,
헛되이 세월을 보내지 않았지.	義取無虛歲.[12]

또 「송곡사육관시送斛斯六官詩」에서도 다음과 같이 말했다.

남군으로 가는 친구,	故人南郡去,
가서 비문 지어주며 돈을 요구했네.	去索作碑錢.
본래 글 팔아서 생활하였건만,	本賣文爲活,
오히려 집안은 아무것도 없이 텅 비었네.	翻令室倒懸.

비웃음이 담겨 있다.

한유韓愈가 「평회서비平淮西碑」를 짓자, 헌종憲宗은 석본石本을 한굉韓宏에게 하사했고, 한굉은 비단 500필을 한유에게 보내 감사를 표했다. 한유가 왕용王用을 위해 「왕용비王用碑」를 짓자 왕용의 아들이 안장 얹은 말과 백옥 띠를 보내왔다. 유차劉叉가 "이건 무덤 속 사람에게 아부하여 얻은 것일 뿐이니, 이 유아무개에게 한 턱 내는 것이 낫겠네"라고 하며 한유의 금 몇 근을 가지고 갔지만, 한유는 말리지 않았다. 유우석은 한유를 위해 쓴 제문祭文에서 "공이 고관대작을 위해 비문을 쓰니, 한 글자의 가치가 금수레로 산을

12 「八哀詩之五·贈秘書監江夏李公邕」.

쌓은 것과 같았네[公鼎侯碑, 志隧表阡.]"라고 했다.

황보식皇甫湜이 배도裴度에게 「복선사비福先寺碑」 비문을 지어주었다. 배도가 마차에 빛깔이 곱고 화려한 비단을 상당히 많이 실어 와서 사례했다. 황보식이 크게 화를 내며 "비문의 글자가 3천 자요. 한 글자에 고운 비단 세 필은 쳐주어야지, 어찌 나를 이리 박하게 대하시오!"라고 하자, 배도는 웃으며 견絹 9천 필을 사례로 주었다.

목종穆宗이 소부蕭俛에게 조서를 내려 성덕成德 왕사진王士真의 비문을 쓰라고 했다. 소부는 사양하면서 말했다.

> "왕사진의 아들 왕승종王承宗은 특별히 쓸 만한 행적이 없습니다. 또한 비문을 써서 바친 뒤 관례에 따라 사례를 받아야 하는데, 억지로 그것을 받게 하는 것은 저의 평소 신념이 아닙니다."

목종은 그 청을 따랐다.

문종文宗 때 장안에서는 서로 다투어 비지碑誌를 써주려고 하여, 마치 시장에서 물건을 파는 것과 똑같았다. 대관이 죽으면 그의 집 문 앞이 시장처럼 되어 비지를 써주겠다며 시끄럽게 떠드는 지경에까지 이르러, 상가에서도 어떻게 할 수 없을 정도였다.

배균裴均의 아들이 비단 만 필을 들고 위관지韋貫之를 찾아가 명문銘文을 부탁하자, 위관지는 "내가 차라리 굶어죽을지언정, 어찌 차마 이런 일을 하겠는가!"라고 했다.

백거이白居易는 「수향산사기修香山寺記」에서 다음과 같이 말했다.

> 나는 원미지元微之(원진元稹)와 생사의 우정을 나누었다. 원미지가 세상을 떠나려 하자, 내게 묘지문을 부탁했고, 조금 있다 원씨 댁 어른이 노비와 거마·능백·은박안장·옥대 등 가치가 60·70만에 달하는 물품을 가져와 묘지문을 써준 것에 사례하는 것이라고 했다. 나는 평생 원미지와의 친분을 생각하여 물품을 받아들일 수 없다고 했는데, 두 번 세 번 왕래하며 받아달라며 끊임없이 부탁을 했다. 그래서 이 절에 시주하기로 하였다. 이 이익과 공덕은 모두 원미지에게 돌려야 한다.

유비柳玭가 글을 잘 썼는데, 어사대부御史大夫에서 노주자사瀘州刺史로 폄직되었다. 동천東川 절도사 고언휘顧彦暉가 덕정비德政碑를 써달라고 부탁했다. 유비는 "만약 글을 써준 대가로 제게 무슨 사례를 하려고 하신다면, 저는 써달라는 부탁을 받아들일 수 없습니다"라고 대답했다.

송대에 와서도 이 기풍은 여전히 남아 있다. 오직 소식만이 묘지명을 거의 쓰지 않았고, 단지 다섯 명에게만 써주었는데, 그 사람들이 모두 훌륭한 덕망을 갖추었기 때문이었다. 그 다섯 사람은 바로 부필富弼[13]과 사마광司馬光[14]·조변趙抃[15]·범진范鎭[16]·장방평張方平[17]이다. 이밖에 조기趙旣와 등원발滕元發 두 사람의 묘지명도 소식이 썼다고 하는데, 이는 장방평張方平을 대신해서 쓴 것이다. 한림학사로 있을 때, 동지추밀원同知樞密院 조첨趙瞻의 신도비를 쓰라고 조서가 내려왔지만, 소식은 사양하고 쓰지 않았다.

증조曾肇[18]와 팽기자彭器資는 친한 친구였다. 팽기자가 세상을 떠나자 증조가 비문을 썼다. 팽기자의 아들은 금대金帶와 비단으로 사례를 하려고 했다. 증조는 거듭 거절하면서 말했다.

13 富弼(1004~1083) : 북송 시기 재상. 자 언국彦國. 추밀사樞密使가 되어 범중엄範仲淹 등과 함께 경력신정慶曆新政을 추진했으며, 재상까지 지냈다. 왕안석王安石의 청묘법靑苗法을 반대하다가 탄핵을 받아 강등되었다.

14 司馬光(1019~1086) : 북송 때 유명한 사학자이자 산문가. 자 군실君實, 호 우부迂夫·만호晩號·우수迂叟. 태사太師·온국공溫國公에 추증되었고, 시호는 문정文正이다.

15 趙抃(1008~1084) : 북송의 대신. 자 열도閱道 또는 열도悅道, 호는 지비자知非子, 시호 청헌淸獻. 구주衢州 서안西安(지금의 절강 구현衢縣) 사람. 조상趙湘의 손자. 인종 지화至和 원년(1054) 전중시어사가 되어, 권세 있는 자를 두려워하지 않고 탄핵하였으므로 철면어사鐵面御史라고 불렀다고 한다.

16 范鎭(1008~1089) : 북송의 정치가, 학자. 자 경인景仁, 시호 충문忠文. 인종仁宗 보원寶元 원년(1038) 진사제일進士第一로 급제하였고, 왕안석王安石의 신법新法을 극력 반대하다가 치사致仕했다. 철종哲宗 때 단명전학사端明殿學士로 재기하여 숭복궁崇福宮을 관리했고, 사후에 촉군공蜀郡公에 봉해졌다.

17 張方平(1007~1091) : 북송 신종 때의 재상. 자 안도安道. 호 낙전거사樂全居士. 시호 문정文定. 소순, 소식, 소철 삼부자와 교분이 두터웠다.

18 曾肇(1047~1107) : 자는 자개子開, 호는 곡부선생曲阜先生, 증이점曾易占의 아들이요, 증공曾鞏의 이복동생이다. 이부·호부·형부·예부 시랑을 지냈다. 어릴 때부터 총명하고 공부를 좋아했으며, 형 증공을 사승했다.

"이 비문은 친구의 정을 다하기 위해서 쓴 것인데, 만약 재물로 사례를 한다면 부친의 친한 친구를 대하는 도리가 아니네."

팽기자의 아들은 황송해하면서 그만두었다. 그 서찰이 지금도 그 집에 보관되어 있다.

5. 한나라 때 현량 천거 漢擧賢良

한 무제 건원建元 원년(B.C. 140), 현량賢良과 방정方正·직언直言·극간極諫 부문 인재를 천거하라는 조서를 내려 보냈다. 승상 위관衛綰이 상소했다.

"현량으로 천거된 자 가운데 신불해와 상앙·한비·소진·장의의 학설을 연구한 자가 있어 국정을 어지럽힐 염려가 있으니 모두 물리치시기 바랍니다!"

무제는 이 상소를 받아들였다. 당시 대책對策에 응시한 자가 백여 명이었는데, 무제는 장조莊助의 대책만 훌륭하다고 여겨 중대부로 발탁했다. 6년 뒤 원광元光 원년(B.C.134)이 되어 다시 현량 부문 인재 천거 조서를 내려 보냈고, 이에 동중서董仲舒 등이 등장했다. 『자치통감資治通鑑』에서는 동중서가 대책에 응시한 때가 건원建元[19] 연간이라고 했다.

동중서가 참가했던 책문策問의 내용은 다음과 같다.

짐이 직접 농사를 격려하러 나가서, 부모를 공경하고 형제들을 사랑하며 덕이 있는 자를 숭상하기를 권장하였다. 파견한 사자들이 줄을 이어 열심히 일하는 자들을 위문하고 외로운 자들을 보살피고 마음과 정성을 다하도록 했다.

그리고 동중서의 대책은 다음과 같다.

지금은 음양이 어지럽혀져 기가 막혀 있고, 생명 있는 모든 것 중 끝까지 누리는 것이 적고, 백성은 아직 구제되지 않았다.

19 建元 : 한나라 무제 시기 연호(B.C.140~B.C.135).

이 모든 정황을 보면 동중서가 책문에 참가했던 것은 분명 무제가 즉위했던 첫해 즉 건원 원년은 아니었을 것이다.

6. 戊무는 武무이다 戊爲武

십간十干에서 '戊무'는 '茂무'하고만 동음이다. 민간에서는 '務무'라고 발음하는데, 잘못된 것이다. 오吳 지방의 어떤 술사術士는 또 '武무'라고 하기도 했다. 어쩌다 우연히 『구오대사舊五代史』를 열람하게 되었는데, 후량後梁 개평開平 원년(907)에 사천감司天監이 역법에 관한 글을 올려서 '戊무'를 '武무'로 고치자고 한 내용이 있어, 비로소 이 설이 유래가 있음을 알았다. 지금 북방사람들은 '武무'라고 발음하는 경우가 많은데, 후량을 건국한 주온朱溫의 부친 이름이 성誠인데, '戊무'자의 글자 형태가 '成성'자와 비슷해서 사천감이 황제에게 아첨하기 위해서 제안한 것이다.

7. '仇구'는 원망스러운 짝 怨耦曰仇

『좌전』에서 사복師服이 다음과 같이 말했다.

> 훌륭한 짝을 비妃라고 하고, 원망스러운 짝을 구仇라고 한다. 이는 옛날 해석이다.[嘉耦曰妃, 怨耦曰仇, 古之命也]

주注에 "예로부터 이러한 설이 있다[自古有此言]"고 했다.

허신許愼의 『설문해자』를 보면, 글자 '구逑'에서 『우서虞書』의 내용이라며 "방구잔공方逑孱功"을 인용하고, "배필을 원망하는 것을 구逑라고 한다[怨匹曰逑]"고 했다. 그런데 『우서』에서 인용했다는 부분이 지금은 전해지지 않는다. '鳩僝구잔'은 '逑孱구잔'으로 되어 있고, '耦우'가 '匹필'로 되어 있고, '仇구'가 '逑구'로 되어 있으니, 차이가 상당하다. 그리고 글자 '잔僝' 아래에 인용된 것은 '방구잔공旁救僝功'이어서, 예로부터 두 가지 설이 있었음을 알 수 있다. 글자 '민旻'

아래에 『우서』를 인용하여 "어질게 대하고 가련히 여기고 감싸주면 하늘을 칭찬할 것이다(仁閔覆下, 則稱旻天)"라고 했고, 글자 '𡠷자' 아래에 『우서』를 인용하여 "雉𡠷치지"라고 했는데, 지금은 모두 전해지지 않는다.

8. 『설문해자』와 경전의 내용 이동 說文與經傳不同

허신許愼은 동한 시기 마융馬融이나 정강성鄭康成 등과는 시기가 많이 차이나지 않는데, 그가 저술한 『설문해자』에서 인용한 경전은 지금 전해지는 경전과 다른 것이 많다. 그래서 공부하는 이들이 참고하도록 그 중 10여 가지 조목을 골랐다. 글자는 다른데 발음은 같은 것은 싣지 않았다.

『주역周易』을 인용한 것에서 다른 부분은 다음과 같다.

"百穀草木麗乎土" --- "艸木蘼乎地"
"服牛乘馬" --- "犕牛乘馬"
"夕愓若厲"--- "若夤"
"其文蔚也" --- "斐也"
"乘馬班如" --- "驙如"
"天地絪縕" --- "天地壹壼"
"繻有衣袽" --- "需有衣絮"
「晉」(괘명) --- "簮"
「巽」(괘명) --- "顨"
「艮」(괘명) --- "𥃩"

『서경』을 인용한 것에서 다른 부분은 다음과 같다.

"帝乃殂落" --- "勛乃殂"
"竄三苗" --- "𢿱三苗"
"勿以憸人" --- "譣人"
"在後之侗" --- "在夏后之詷"
"尚不忌于凶德"--- "上不諅"
"峙乃糗糧" --- "餱糧"

"教胄子" --- "教育子"
"百工營求" --- "敻求"
"至于屬婦"--- "嫋婦"
"有疾弗豫" --- "有疾不悆"
"我之弗辟" --- "不㢸"
"截截諞言" --- "戔戔巧言"

또 "圜圜升雲, 半有半無", "貘有爪而不敢以撅", "以相陵懱", "維紺有稽" 등의 구절이 모두 『서경』의 『주서周書』에 있다고 했는데, 지금은 전해지지 않는다.

『시경』을 인용한 것에서 다른 부분은 다음과 같다.

"既伯既禱" --- "既禡既禂"
"新臺有泚" --- "有玼"
"焉得諼草" --- "安得藼艸"
"牆有茨" --- "有薺"
"棘人欒欒" --- "臠臠"
"江之永矣" --- "羕矣"
"得此戚施" --- "𪓰䵹"
"伐木許許" --- "所所"
"儦儦俟俟" --- "伾伾俟俟"
"嘽嘽駱馬" --- "痑痑"
"赤舃几几" --- "己己", 또한 "掔掔"로 된 것도 있음
"民之方殿屎" --- "方唸吚"
"混夷駾矣" --- "大夷呬矣"
"陶復陶穴" --- "陶寝"
"其會如林" --- "其旝"
"國步斯頻" --- "斯矉"
"滌滌山川" --- "蔋蔋"

『논어』를 인용한 것에서 다른 부분은 다음과 같다.

"荷蕢" --- "荷臾"

“褻裘” --- “紲衣”, 또한 “跢予之足”이라는 구절이 있음

『맹자』를 인용한 것에서 다른 부분은 다음과 같다.

“源源而來” --- “謜謜”
“接淅” --- “滰淅”

『좌전』을 인용한 것에서 다른 부분은 다음과 같다.

“尨涼” --- “牻涼”
“芟夷” --- “癹夷”
“圭竇” --- “圭窬”
“澤之萑蒲” --- “澤之目籞”
“衷甸兩牡” --- “中佃一轅”
“楄柎藉幹” --- “楄部薦榦”

『공양전』을 인용한 것에서 다른 부분은 다음과 같다.

“闖然” --- “覢然”

『국어』를 인용한 것에서 다른 부분은 다음과 같다.

“觥飯不及壺飧” --- “侊飯不及一食”

이와 같이 『설문해자』의 인용문들은 현재 전해지는 경전과 다른 부분이 아주 많다.

9. 주아부 周亞夫

한 경제景帝 즉위 3년, 7국이 같은 날 반란[20]을 일으키고 오왕吳王은 자신을

20 한나라 경제는 즉위한 뒤 당시 점차 세력을 확대해 가던 오吳나라를 견제하기 위해 그 영지를 삭감하고 세력을 약화시켜야 한다는 조조의 건의를 받아들여 오의 3군 가운데 회계會稽와 예장豫章 2군을 삭감한다는 결정을 내렸다. 오나라뿐만 아니라 초楚·조趙나라까지 영토

동제東帝라고 칭하기까지 하여 천하가 들끓었다. 주아부周亞夫[21]가 일단 출동하자 바로 평정되었으니, 그 공 또한 작지 않다. 그러나 주아부는 죄도 없이 죽을 수 밖에 없었다. 경제가 비록 어진 군주는 아니었지만 경대부 죽이기를 좋아하지도 않았는데, 어떻게 유독 주아부한테만 그렇게 대했을까? 내가 그 원인을 좀 파 해쳐 봤다.

반고와 사마천이 비록 주아부의 사람 됨됨이에 대해 확실하게 말하지 않았지만, 분명 성격이 올곧은 사람이었을 것이다. 그가 세류細柳[22]에 주둔하려고 한 목적은 흉노匈奴를 대비하려고 했던 것이었다. 그러나 세류는 장안과 몇 십 리밖에 떨어지지 않은 곳으로, 나서면 곧바로 적과 보루를 마주하여 순식간에 예측할 수 없는 일이 일어나는 변방이 아니었다.

그런데 문제文帝가 군대를 위문하러 갔는데 들여보내지 않았다. 문제가 부절을 든 사신을 보내 조서를 내린 후에야 비로소 성문이 열렸다. 주아부는 또 황제의 행렬인데도 말을 타고 달리지 못하게 하고, 갑옷과 투구를 착용한 무사는 절을 하지 않는다고 말하며 황제를 맞이하여 배례拜禮하지 않고 읍례揖禮만을 하였다. 문제는 낯빛을 고쳐 예를 갖춰 주아부의 노고를 치하한 후 떠났다. 이는 황제의 군대 만 기騎와 황제의 수레가 잠시 장수에게 통제를 받은 것이니, 이것이 어떻게 신하의 예라고 할 수 있겠는가!

이는 즉 주아부가 황제의 존엄을 얕잡아 보는 것이 이미 습성으로 굳어졌고, 그 때문에 경제景帝가 음식을 하사하면서 젓가락을 준비하지 않았다고 불평을 하게 된 것이다. 앙앙거리면서 주군과 신하의 관계를 비난하고 경시하는 것이 이미 말투 사이에 보였다. 그로인해 목숨을 잃었으니, 참으로 애석한

삭감을 도모했고, 이에 반발한 제후들이 B.C.154에 교서膠西왕 · 교동膠東왕 · 치천菑川왕 · 제남濟南왕 등과 연합해 반란을 일으켰다. 경제는 결국 반란군에 대한 회유책으로 조조를 처형했고 반란은 일단락 되었다.

21 周亞夫(B.C.199~B.C.143) : 한나라 개국공신 주발周勃의 아들로, 장군으로 임명되어 군사들을 근엄하게 다스린 것으로 유명하다. 경제 시기 태위와 승상을 지냈으며 '오초吳楚 7국의 난'을 평정하는데 큰 공을 세웠다.

22 細柳 : 지금의 섬서성 함양咸陽 서남쪽.

일이다.

전진前秦의 왕맹王猛이 전연前燕을 공격하여 업鄴을 포위하자, 전진의 황제 부견苻堅이 장안에서 말을 달려왔다. 부견이 안양安陽에 도착하자, 왕맹이 몰래 만나러 왔다. 부견이 왕맹에게 말했다.

> "옛날 주아부는 한문제를 영접하지 않았는데, 지금 장군은 적과 마주하다 군대를 버리고 왔으니, 무엇 때문이오?"

왕맹이 말했다.

> "옛날 주아부는 주군을 물리쳐 명성을 얻으려고 한 것입니다. 신은 그런 주아부가 하찮게 여겨집니다."

왕맹의 식견과 생각은 주아부와 달랐다.

10. 양왕과 양제 煬王煬帝

남송 고종 때 금金나라의 군주 해릉왕海陵王 완안량完顏亮[23]이 광릉廣陵[24]에서 부하들이 마구 쏜 화살을 맞고 세상을 떠나자, 갈왕葛王 완안포完顏褎가 스스로 왕위에 올랐다. 그리고 완안량의 황제 칭호를 폐지하여 해릉왕이라고 하고 시호를 양煬이라고 했다. 내가 금나라에 사신으로 갔을 때 가장 먼저 이 소식을 들었다. 동행하던 부사副使 비서소감秘書少監 왕보王補가 이 이야기를 하다가, 북방 사람들의 해학적 말투를 빌어 "칙령을 받들어 강남에 와 공무를 마치고 돌아간다"라고 했다.

23 完顏亮(1122~1161) : 금나라 제4대 황제(재위: 1149~1161)인 해릉양왕海陵煬王. 금 태조 아골타의 서장자인 요왕遼王 종간宗幹의 차남. 자 원공元功. 여진 이름은 적고내迪古乃이며, 후에 살해되어 폐위 되어 폐황제廢皇帝라고 불리기도 한다. 제국의 수도를 상경 회령부에서 연경으로 천도하였고 진회의 사후 남송 침공을 개시했으나 번번이 실패했다. 지독하게 색을 밝혔으며 잔혹한 인물로 자신의 부장에게 막사에서 살해당했다.

24 廣陵 : 지금의 강소성 양주揚州.

귀국하여 덕수궁에 가서 그 일을 보고하자, 고종께서 매우 기뻐하시며 말씀하셨다.

> "완안량이 작년에 우리를 침략하였는데, 얼마 되지 않아 죽어 버렸구나. 사람들은 모두 그가 전진의 부견을 닮았다고 하지만, 오직 짐만이 그가 수 양제를 닮았다고 여겼지. 그런데 완안량과 수 양제가 죽은 장소가 똑 같이 양주揚州이고, 시호 또한 똑같이 '양煬'이니, 아마도 하늘이 뜻인가보오!"

고종이 하신 이 말씀이 사서에 기록에 실리지 않을 것이기에 여기에 기록한다.

11. 정 장공 鄭莊公

『좌전』에 여러 나라의 일이 실려 있다. 제1권 첫머리에 정鄭 장공莊公 이야기를 실었고, 그 뒤에 그의 행적을 아주 상세하게 기록했다. 그런데 매 편마다 꼭 "군자왈君子曰"의 형식으로 작자의 시각과 평론을 피력했다. 그 중에 그가 영고숙穎考叔을 사살射殺한 자를 저주하라고 명한 것에 대해서만 정치와 형벌을 제대로 행하지 못했다고 평가하고, 그 외 대부분은 잘했다고 칭찬했다. 두예杜預도 『좌전』에 주석을 달면서 이러한 견해를 받아들여 정장공을 칭찬했다.

장공은 원래 주周나라의 경사卿士였는데, 주나라 평왕平王은 장공의 위세에 두려움을 느끼고 괵공虢公에게 장공이 가진 경사직을 주려고 하자, 이를 알아챈 장공이 화를 내고 이를 무마시키기 위해 평왕은 어쩔 수 없이 정鄭나라로 왕자 호狐를 인질로 보냈다. 그리고 왕자 호의 아들로 왕위에 오른 환왕桓王은 또 장공의 경사직을 빼앗으려고 하자, 장공은 주나라 직할지인 온溫땅의 보리와 성주成周[25]의 벼를 빼앗았다. 또 왕이 그의 권력을 빼앗아 정치에 참여하지 못하도록 하자, 분개하며 조회도 하지 않고 천자의 군대에 항거하여

25 成周 : 지금의 낙양洛陽.

주왕의 어깨에 활을 쏴 맞추었다. 그리고 천자가 더 이상 순수巡守를 못할 거라고 말하며 태산의 팽祊[26]을 허許나라의 밭과 바꿨다. 그리고 자신의 모친을 용납하지 못해, 아우를 살해하고 성영城潁[27]에서 '황천에 가기 전에는 모친과 만나지 않겠다'는 맹세를 하기에 이른다. 이렇듯 그가 군주를 섬기고 부모를 모셨던 이상의 행태를 보면 그야말로 난신적자亂臣賊子, 즉 나라를 어지럽게 하는 신하이며 부모의 뜻을 거스르는 자식이라고 할 수 있다. 그러나 한 마디도 그를 비판한 것이 없다.

장공이 모친 강씨姜氏와 처음과 같은 관계를 회복했다는 기록에 대해 두예는 다음과 같이 주석을 달았다.

> 공이 비록 처음에는 실수를 했지만 효심을 잊지는 않았기 때문에, 영고숙이 그를 감화시켜 그들 모자의 관계를 회복시킬 수 있었다.

제齊나라 사람인 정 장공이 주왕에게 조회를 한 것을 일러 "예절이 있다"고 기록했는데, 이에 대해 두예는 다음과 같이 주석을 달았다.

> 장공은 괵공이 자신의 직책을 받아 정권을 얻었음에도 주왕을 배반하지 않았기 때문에, 여전히 예의를 갖춘 것이다.

식후息侯가 정鄭나라를 공격한 것을 기록하며 "식후가 자신의 덕을 고려하지 않았다"고 한 것에 대해 두예는 "정 장공은 현명하다"고 주석을 달았다.

고郜[28]과 방防[29]을 취하여 노魯나라에게 돌려준 것에 대해 다음과 같이 말했다.

> 바르다고 할 수 있다. 왕명으로 불손한 자들을 토벌하고, 그 땅을 탐내지 않고 왕작王爵을 위로했다.

26 祊 : 태산에 제사를 올리던 정鄭의 탕목읍湯沐邑.
27 城潁 : 지금의 하남 임영臨潁 서북쪽.
28 郜 : 지금의 산동 성무成武 동남쪽.
29 防 : 지금의 산동 금향金鄕 서남쪽.

허숙許叔에게 허許의 동쪽으로 가서 살라고 한 것에 대해서는 다음과 같이 평했다.

> 정 장공은 그렇듯 예의를 갖추었다. 덕을 살펴 처신하고, 힘을 재보아서 실행하고, 기회를 보아서 움직이니, 예의를 안다고 할 수 있다.

주나라와 정나라의 관계가 나빠진 것에 대해서는 "마음에서 믿음이 우러나지 않으면 인질을 교환한다 해도 소용이 없다"고 했다. 이는 천자와 제후를 뒤섞어 하나로 본 것으로, 더 이상 상하 관계의 구분을 하지 않은 것이다.

정 장공이 주왕에게 활을 쐈던 밤에 제족祭足을 시켜서 왕을 위로한 것에 대해 두예는 다음과 같이 주석을 달았다.

> 정 장공의 뜻은 어떻게든 벗어나려는 것이었으니, 주나라 왕이 토벌한 것은 잘못이다.

이 부분은 더욱 이치에 맞지 않는다.

오직 공양고公羊高만이 언鄢에서 공숙단共叔段을 이겼다는 기록 밑에 "이것은 정 장공의 죄악을 크게 밝힌 것이다"라고 하였으니, 제대로 말한 것이다.

12. 106년 동안 9년의 한재 百六陽九

술수가術數家들은 4,617년을 1원元으로 하여 해를 기록한다. 역사서의 기록에 따르면, 처음 원元이 시작되는 106년 동안 9년간의 한재旱災가 있었다고 하는데, 이를 '양구陽九'라고 하며, 재난이 집중되는 때이다. 역법으로 따져보면 8가지 명목이 있다. 처음 원元이 시작되는 106년 중 한재가 9년 동안 발생[陽九]하고, 이후 또 수재가 9년 동안 발생[陰九]하고, 한재 7년[陽七], 수재 7년[陰七], 한재 5년[陽五], 수재 5년[陰五], 한재 3년[陽三], 수재 3년[陰三]으로, 이는 모두 재난의 해를 말한다. 대체로 1원 중 '경세經歲'가 4,560년이고 재난이 있는 해가 57년이다. 평균 숫자로 따지면, 80년마다 한 차례 재난을 맞는다. 지금 사람들은 단지 원이 시작될 때 106년 동안 9년간의 한재가 있다는 것만 안다. 위에서 '경세經歲'라고 한 것은 정상적인 해를 말한다.

13.『좌전』에 수록된『주역』점서 左傳易筮

『좌전』에 실린『주역』의 점서占筮는 대부분 한 개의 효爻가 변한 것으로, 두 개 이상의 효가 변한 것은 없다. 필만畢萬이 벼슬길을 점쳐서「둔屯」괘의「비比」괘가 나왔다. 초구初九가 변한 것이다. 성계成季가 태어나려고 하여「대유大有」괘의「건乾」괘가 나왔다. 육오六五가 변한 것이다. 진晉나라가 백희伯姬를 시집보내는데「부매婦妹」괘의「규睽」괘가 나왔다. 상육上六이 변한 것이다.

진晉 문공文公이 주나라 천자를 영접하는데「대유大有」괘가 나왔다. 구삼九三이 변하여「규睽」괘가 된 것이다. 숙손장숙叔孫莊叔이 아들 표豹를 낳는데「명이明夷」괘가 나왔다. 초구初九가 변하여「겸謙」괘가 된 것이다. 최저崔杼가 아내를 맞이하는데「곤困」괘가 나왔다. 육삼六三이 변하여「대과大過」괘가 된 것이다. 남괴南蒯가 난을 일으키자「곤坤」괘가 나왔다. 육오六五가 변하여「비比」괘가 된 것이다. 조앙趙鞅이 정鄭나라를 구하여「태泰」괘가 나왔다. 육오六五가 변하여「수需」괘가 된 것이다.

점을 치는 사람은 점괘를 연역해서 해설을 하였다. 최저崔杼[30]가 과부 당강棠姜을 후처로 맞이할 때 나온 괘사 "집으로 들어가니 아내가 안 보인다[入于其宮, 不見其妻]"와 숙손叔孫[31]이 아들 숙손목자叔孫穆子가 태어날 때 얻은 괘사 "군자는 길을 가는데 사흘 동안 먹지 못한다[君子于行, 三日不食]" 등은 아마 두 사람만을 위해 지어진 것인 듯하다. 진陳 여공厲公이 경중敬仲을 낳자

30 崔杼(?~B.C.546) : 춘추 시대 제齊나라 대부. 최무자崔武子 또는 최자崔子로도 불린다. 영공靈公 때 정鄭나라와 진秦나라 등의 정벌에 공을 세웠다. 자신의 후처 당강와 사통한 장공莊公을 시해하고 경공景公을 세워 전권을 휘둘렀지만 집안의 불화를 틈탄 경봉慶封에 의해 멸문을 당했다.

31 叔孫 : 노魯나라 삼경三卿씨 중 대대로 경상卿相을 차지해온 숙손씨 가문의 장자인 장숙莊叔을 지칭한다.

「관觀」괘의 「비否」괘가 나왔다.

주나라 사관이 말했다.

> 「곤坤」괘는 토土이다. 「손巽」괘는 풍風이다. 「건乾」괘는 천天이다. 바람이 땅 위에서 하늘이 되고, 땅 위에 산이 있다. 산에는 온갖 재물이 있어, 하늘의 빛으로 그것을 비추니, 그런 상황에서 땅 위에 머물고 있는 것입니다.

두예는 이렇게 주를 달았다.

> 두 번째 효에서 네 번째 효까지 「간艮」괘의 상象이 있으면, 「간艮」괘는 산山이 된다.

내 생각에 이것이 바로 가운데 효[中爻]로 뜻을 취하는 것으로, 이전 책에서 자세히 논한 적이 있다. 또 서로 어떤 일을 논하는데 점을 칠 겨를이 없이 괘만 인용하여 논한 것도 있다. 예를 들면 정鄭나라의 공자公子 만만曼滿이 경卿이 되고 싶어하자, 왕자백료王子伯廖가 말했던 것이다.

> "『주역』에 그런 괘가 있는데, 「풍豐」괘의 「리離」괘이다."

또 진晉나라의 선곡先穀이 왕명을 어기고 군대를 전진시켰을 때, 지장자知莊子가 "『주역』에 그런 괘가 있는데, 「사師」괘의 「임臨」괘이다"라고 했다. 그리고 초왕楚王이 지나칠 정도로 사치를 일삼자 자대숙子大叔이 "「복復」괘가 「이頤」괘로 변했다"고 했다. 이들은 모두 단지 효사爻辭를 이용해 일에 부합시킨 것뿐이다. "위영패희爲嬴敗姬"나 "벌제즉가伐齊則可" 등의 말은 시대를 탐색하여 얻어진 것으로, 후세 사람들이 도달할 수 있는 바가 아니다.

위衛 양공襄公이 아들을 낳아서 공성자孔成子가 점을 쳤는데, 역시 「둔屯」괘의 「비比」괘가 나와서, 필만의 경우와 같았다. 비록 사조史朝와 신료辛廖의 말은 다르지만, 모두 "이건후利建侯"를 위주로 하였다.

14. 자신을 탄핵한 종요 鍾繇自劾

건안建安[32] 연간에 조조가 종요鍾繇를 사례교위司隸校尉에 임명하고 관중의 각 군대를 감독하게 했다. 조서를 내려 하동태수 왕읍王邑을 불러들이고, 두기杜畿를 태수에 임명했다. 하동 군연郡掾이 종요를 찾아가 왕읍을 남게 해달라고 부탁해서 종요는 들어주지 않았는데, 왕읍이 허許에 갔다가 스스로 귀환했다.

종요는 자신이 소속 관리들을 감독하는 책무에 실수를 금하는 법을 어겼다고 생각하여, 글을 올려 스스로를 탄핵했다.

> 삼가 말씀드립니다. 시중侍中·수사례교위守司隸校尉·동무정후東武亭侯 종요는 다행스럽게도 성은을 입어서 보잘것없는 재주를 지녔음에도 불구하고 발탁되어, 조정에 들어가 폐하를 가까이서 모시면서 관중 각 군대를 감독하라는 명을 받았습니다. 조서에서 장관과 관리의 정치와 교화가 느슨하고, 소속 하급 단속의 실적이 없고, 오랫동안 병에 걸려 지체하고, 많은 맡은 업무가 지체되어 처리되지 않는 것을 깊이 질책하신다는 것을 분명히 알았습니다. 문서를 집행하는데 다루는 것이 이치를 잃었습니다. 법도를 경시하고 무시하고, 나라와 마음을 같이하지 않아, 신하로서 불충하고 크게 불경죄를 저질렀습니다. 법거法車를 보내서 정위廷尉 앞으로 소환하여 제 죄를 다스리고 대홍려大鴻臚더러 작위와 토지를 삭탈하라고 해주시기를 신은 청합니다. 신은 이 문서를 즉각 공조종사功曹從事에게 넘겨 처리하게 하고, 죄에 대한 주벌을 엎드려 기다리겠습니다.

이것을 부결하는 조서가 내려왔다.

내가 보기에 최근 사대부가 스스로를 탄핵한 것으로는 자신을 벽지로 추방해달라고 부탁한다거나 문을 닫고 죄에 대한 처분을 기다린다거나 하는 것들 뿐이다. 종요의 이 탄핵문은 타인을 규탄하는 것과 다를 바 없다. 이는 아무래도 그 자신이 사례교위여서 자신의 직무가 규찰과 적발이었기 때문에 그런 것 아닐까!

---

32 建安 : 후한 헌제獻帝 시기 연호(196～220).

15. 사람을 감동시키는 대의 大義感人

도리와 정의는 사람을 감동시킨다. 궁극적으로는 살갗에 젖어들고 골수에 스며드는 정도에 이른다. 그러나 창졸간에 꺼낸 말일 경우, 처음에는 그다지 기발하거나 탁월하지 않은 경우도 있다.

초楚나라 소왕昭王이 오吳나라 합려闔廬가 몰고 온 재난으로 인해 나라가 멸망해서 도망을 갈 수 밖에 없었다. 초나라의 부로父老[33]들이 소왕을 전송하니, 소왕이 "부로들은 이제 귀가하시지요. 군주가 없다고 근심하지 마십시오!"라고 하자, "왕처럼 현명한 군수가 또 어디 있겠습니까!"라고 하며 너도나도 소왕의 뒤를 따랐고, 어떤 이는 진秦나라로 가 진왕의 면전에서 통곡하며 구원병을 요청하였다. 이로 인해 끝내 초나라는 다시 일어설 수 있었다.

한 고조高祖가 함곡관에 들어가서 각 현縣의 호걸들을 불러 말했다.

> "부로들께서 오랫동안 진나라의 가혹한 법에 고통 받으셨습니다. 내가 마땅히 관중의 왕이 되어야 하는데, 법은 간략하게 세 조항만 정하겠다고 부로들과 약속합니다. 내가 이렇게 온 것은 부형들을 위해 해악을 제거하려는 것이지 침탈하거나 포악을 떨려는 것이 아닙니다. 두려워하지 마십시오!"

이리하여 사람을 시켜서 진나라 관리와 현과 읍을 다니면서 고지하게 했고, 진나라 백성이 매우 기뻐했다. 얼마 후에 항우가 들어와 지나는 곳마다 백성들을 해치는 잔인한 행동을 일삼으니, 백성들이 매우 실망했다. 유씨의 400년 기틀이 이 때 정해졌다.

당 현종이 안녹산의 난을 피해 사천으로 가는 길에 부풍扶風[34]에 도착했다. 사졸 중 이탈하려는 마음을 품은 자가 적지 않았고 불손한 유언비어가

33 父老 : 전국戰國시대와 진秦·한漢나라 때의 취락, 즉 리里의 대표자이며, 질서유지의 책임자. 부형父兄이라고도 한다. 일반주민인 자제子弟에 상대되는 것으로 이사里社의 제사 감독과 지도 및 리里의 토목공사 등 공동작업을 통할하였고 부세賦稅의 징집에도 관계하였다. 한漢나라 때 설치되었던 향삼로鄕三老와 현삼로縣三老 등은 권력으로 부로를 장악하기 위한 향관鄕官이었다고 한다.

34 扶風 : 지금의 섬서 부풍.

나돌기도 하자, 신하들을 불러들여 말했다.

> "짐이 사람을 잘못 임용해서 역적 호인胡人이 반란을 일으켰으니 그들의 예봉을 피하여 멀리 가야 하오. 경들은 창졸간에 짐을 따르느라고 부모처자와 작별의 말도 하지 못했으니 짐은 매우 부끄럽소. 이제 내 말을 들어 각자 집으로 돌아가시오. 짐이 혼자 자제들과 촉으로 갈테니 오늘이 경들과 작별을 고하는 날인가 보오. 귀가해서 부모와 장안의 부로들을 만나면 짐 대신 안부 전해주시오."

무리가 모두 울며 "죽든 살든 폐하를 따르겠습니다!"라고 했다. 이로부터 유언비어가 수그러들었다. 반란군이 장순張巡을 옹구雍丘에서 포위하자 장순 휘하의 대장들이 장순에게 항복을 권했다. 장순이 황제의 화상을 걸어놓고 장군과 사병을 인솔하여 조회하게 하니 너도나도 모두 흐느꼈다. 장순이 여섯 대장을 앞으로 끌고 와 대의로써 그들을 꾸짖고 참하니 병사의 사기가 더욱 높아졌다.

당나라 덕종 때 하북의 흉악한 네 사람이 반란을 일으켜 왕을 칭하였다[35]. 이포진李抱眞이 가림賈林을 보내 왕무준을 설득하며 황제의 말을 전하였다.

> "짐이 전에 일처리 한 것이 정말 잘못 되었다. 친구 사이에도 실수가 있으면 사과하고 그러는 법인데 하물며 짐은 사해의 주인 아니겠는가!"

왕무준은 곧장 앞장서서 당 황제에게 귀순하자고 외쳤다. 봉천奉天에 이르러 조서가 내려오자 왕무준은 사람을 보내 전열田悅에게 말하도록 했다.

> "천자께서 지금 숨기긴 근심이 많음에도 불구하고 덕으로 우리를 품으려 하시니 어찌 잘못을 뇌우치고 귀순하지 않겠소!"

왕정주王庭湊가 성덕成德[36]을 훔쳐서 거점으로 삼고 있었을 때, 한유韓愈가 황제의 명을 받들어 백성들을 위로하기 위해 갔다. 왕정주는 칼을 뽑고

35 왕무준王武俊이 조왕趙王이라 칭하고, 전열田悅이 위왕魏王이라 칭하고, 이납李納이 제왕齊王이라 칭하고, 주도朱滔가 기왕冀王이라 칭했다.

36 成德 : 지금의 하북성 정안正安.

활 시위를 당기며 한유를 맞이했는데, 한유가 숙소에 도착하니 뜰에 무장한 무사들이 가득했다. 한유는 왕정주의 사병들에게 안·사의 난 이래 반역을 하고 귀순을 했던 것의 화와 복의 이치를 설명하였는데, 왕정주는 한유의 말을 듣고 병사들의 마음이 움직일까 염려되어 손을 휘둘러 모두 밖으로 나가게 했다. 그리고 왕정주는 결국 당나라의 번신藩臣이 되었다.

황소黃巢가 장안을 점령한 후 내린 임시 사면령 문서가 봉상鳳翔에 도착했는데, 절도사 정전鄭畋은 나와 맞이하지 않았고, 음악이 연주되자 장수와 보좌진이 모두 울었다. 황소의 사자가 괴이하게 여기자 막부 식객이 "상공相公께서 풍비風痺에 걸려 오시지 못했기 때문에 슬퍼하는 것일 뿐입니다"라고 했다. 민간에서 이 소식을 듣고 흐느끼지 않는 사람이 없었다. 정전이 말했다.

"민심이 아직은 당 왕조를 싫어하지 않는다는 것을 내가 분명히 알겠구나! 역적들의 머리를 벨 날이 얼마 안 남았다."

이에 기병하여 여러 진鎭에 앞서 봉기를 외쳐서 장안을 수복했다.

전열田悅은 위주魏州[37]를 근거로 반란을 일으켰다가 군대를 잃고 도망하여 돌아왔는데, 말로 대중의 마음을 움직여 생사를 함께 하겠다는 맹세를 얻었다. 이를 통해 육지陸贄[38]가 덕종에게 통렬하게 스스로 잘못을 뉘우치고 천하에 사과의 말을 하는 문서가 내려간다면, 비록 무인이나 사나운 사졸이라도 감동하여 눈물을 흘리지 않는 이가 없을 것이며, 식자들은 역적을 평정하는 것이 어렵지 않다는 것을 알게 되리라고 권한 이유를 알겠다.

이상 몇 가지 사례는 모두 다른 시대에 일어났지만 사건의 경과는 똑같다. 흠종 정강靖康[39] 연간과 고종 건염建炎[40] 연간의 난도 아주 참담한 지경에까지

37 魏州 : 지금의 하북성 대명大名.

38 陸贄(754~805) : 당나라 관료·학자. 자 경여敬輿. 가흥嘉興(지금의 절강성浙江省) 출신으로, 재상의 자리까지 올랐지만, 모함으로 좌천되었다. 재주가 남달랐으며, 민정民情을 몸소 살폈고, 성품이 강직했다. 한림학사에 재임하였을 때 덕종德宗의 신임을 얻었으나 황제에게 직언을 잘하여 점차 덕종의 불만을 사기도 했다.

39 靖康 : 북송 흠종 시기 연호(1126~1127).

이르렀는데 이런 사례가 있다는 말은 듣지 못했다. 왜일까?

40 建炎 : 북송 고종 시기 연호(1127~1130).

1. 嚴武不殺杜甫

新唐書嚴武傳云：「房琯以故宰相爲巡內刺史, 武慢倨不爲禮, 最厚杜甫, 然欲殺甫數矣, 李白爲蜀道難者, 爲房與杜危之也。」甫傳云：「武以世舊待甫, 甫見之, 或時不巾。嘗醉登武牀, 瞪視曰：『嚴挺之乃有此兒。』武銜之, 一日欲殺甫, 冠鉤于簾三, 左右白其母, 奔救得止。」舊史但云：「甫性褊躁, 嘗憑醉登武牀, 斥其父名, 武不以爲忤。」初無所謂欲殺之說, 蓋唐小說所載, 而新書以爲然。予案李白蜀道難, 本以譏章仇兼瓊, 前人嘗論之矣。甫集中詩, 凡爲武作者, 幾三十篇。送其還朝者, 曰「江村獨歸處, 寂寞養殘生」。喜其再鎭蜀, 曰「得歸茅屋赴成都, 直爲文翁再剖符」。此猶是武在時語。至哭其歸櫬及八哀詩「記室得何遜, 韜鈐延子荊」, 蓋以自況；「空餘老賓客, 身上媿簪纓」, 又以自傷。若果有欲殺之怨, 必不應眷眷如此。好事者但以武詩有「莫倚善題鸚鵡賦」之句, 故用證前說引黃祖殺禰衡爲喩, 殆是癡人面前不得說夢也, 武肯以黃祖自比乎！

2. 王嘉薦孔光

漢王嘉爲丞相, 以忠諫忤哀帝。事下將軍朝者, 光祿大夫孔光等劾嘉迷國罔上不道, 請與廷尉雜治。上可其奏。光請謁者召嘉詣廷尉, 嘉對吏自言：「不能進賢退不肖。」吏問主名。嘉曰：「賢故丞相孔光, 不能進。」嘉死後, 上覽其對, 思嘉言, 復以光爲丞相。案嘉之就獄, 由光逢君之惡, 而嘉且死, 尙稱其賢, 嘉用忠直隕命, 名章一時, 然亦可謂不知人矣。光之邪佞, 鬼所唾也, 奴事董賢, 協媚王莽, 爲漢蟊蜮, 尙得爲賢也哉！

3. 朱溫三事

義理所在, 雖盜賊凶悖之人, 亦有不能違者。劉仁恭爲盧龍節度使, 其子守文守滄州, 朱全忠引兵攻之, 城中食盡, 使人說以早降。守文應之曰：「僕於幽州, 父子也。梁王方以大義服天下, 若子叛父而來, 將安用之？」全忠愧其辭直, 爲之緩攻。其後還師, 悉焚諸營資糧, 在舟中者鑿而沉之。守文遺全忠書曰：「城中數萬口, 不食數月矣, 與其焚之爲煙, 沉之爲泥, 願乞其所餘以救之。」全忠爲之留數囷, 滄人賴以濟。及篡唐之後, 蘇循及其子楷, 自謂有功於梁, 當不次擢用。全忠薄其爲人, 以其爲唐鴟梟, 賣國求利, 勒循致仕, 斥楷歸田里。宋州節度使進瑞麥, 省之不懌, 曰：「宋州今年水災, 百姓不足, 何用此爲！」遣中使詰責之, 縣令除名。此三事, 在他人爲不足道, 於全忠則爲可書矣, 所謂憎而知其善也。

4. 文字潤筆

作文受謝, 自晉、宋以來有之, 至唐始盛。李邕傳：「邕尤長碑頌, 中朝衣冠及天下寺觀, 多齎持金帛, 往求其文。前後所製, 凡數百首, 受納饋遺, 亦至巨萬。時議以爲自古鬻文獲財, 未有如邕者。」故杜詩云：「干謁滿其門, 碑版照四裔。豐屋珊瑚鉤, 騏驎織成罽。紫騮隨劍几, 義取無虛歲。」又有送斛斯六官詩云：「故人南郡去, 去索作碑錢。本賣文爲活, 翻令室倒懸。」蓋笑之也。韓愈撰平淮西碑, 憲宗以石本賜韓宏, 宏寄絹五百匹；作王用碑, 用男寄鞍馬幷白玉帶。劉叉持愈金數斤去, 曰：「此諛墓中人得耳, 不若與劉君爲壽。」愈不能止。劉禹錫祭愈文云：「公鼎侯碑, 志隧表阡。一字之價, 輦金如山。」皇甫湜爲裴度作福先寺碑, 度贈以車馬繒綵甚厚。湜大怒曰：「碑三千字, 字三縑, 何遇我薄邪！」度笑, 酬以絹九千匹。穆宗詔蕭俛撰成德王士眞碑, 俛辭曰：「王承宗事無可書。又撰進之後, 例得貺遺, 若黽勉受之, 則非平生之志。」帝從其請。文宗時, 長安中爭爲碑誌, 若市買然。大官卒, 其門如市, 至有喧競爭致, 不由喪家。裴均之子, 持萬縑詣韋貫之求銘。貫之曰：「吾寧餓死, 豈忍爲此哉！」白居易修香山寺記曰：「予與元微之定交於生死之間, 微之將薨, 以墓誌文見託, 旣而元氏之老, 狀其臧獲、輿馬、綾帛洎銀鞍、玉帶之物, 價當六七十萬, 爲謝文之贄。予念平生分, 贄不當納, 往反再三, 訖不得已, 因施玆寺。凡此利益功德, 應歸微之。」柳玭善書, 自御史大夫貶瀘州刺史, 東川節度使顧彦暉請書德政碑。玭曰：「若以潤筆爲贈, 卽不敢從命。」本朝此風猶存, 唯蘇坡公於天下未嘗銘墓, 獨銘五人, 皆盛德故, 謂富韓公、司馬溫公、趙淸獻公、范蜀公、張文定公也。此外趙康靖公、滕元發二銘, 乃代文定所爲者。在翰林日, 詔撰同知樞密院趙瞻神道碑, 亦辭不作。曾子開與彭器資爲執友, 彭之亡, 曾公作銘, 彭之子以金帶縑帛爲謝。却之至再, 曰：「此文本以盡朋友之義, 若以貨見投, 非足下所以事父執之道也。」彭子皇懼而止。此帖今藏其家。

5. 漢擧賢良

漢武帝建元元年, 詔擧賢良方正直言極諫之士。丞相綰奏：「所擧賢良, 或治申、商、韓非、蘇秦、張儀之言, 亂國政, 請皆罷。」奏可。是時, 對者百餘人, 帝獨善莊助對, 擢爲中大夫。後六年, 當元光元年, 復詔擧賢良, 於是董仲舒等出焉。資治通鑑書仲舒所對爲建元。案, 策問中云：「朕親耕籍田, 勸孝弟, 崇有德, 使者冠蓋相望, 問勤勞, 恤孤獨, 盡思極神。」對策曰：「陰陽錯繆, 氛氣充塞, 羣生寡遂, 黎民未濟。」必非卽位之始年也。

6. 戊爲武

十干「戊」字只與「茂」同音, 俗輩呼爲「務」, 非也。吳中術者, 又稱爲「武」。偶閱舊五代史, 梁開平元年, 司天監上言日辰, 內「戊」字請改爲「武」, 乃知亦有所自也。今北人語多曰「武」, 朱溫父名誠, 以「戊」類「成」字, 故司天諂之耳。

7. 怨耦曰仇

左傳師服曰:「嘉耦曰妃, 怨耦曰仇, 古之命也。」注云:「自古有此言。」案, 許叔重說文於「逑」字上引虞書曰:「方逑孱功。」又曰:「怨匹曰逑。」然則出於虞書, 今亡矣。以「鳩僝」爲「逑孱」, 以「耦」爲「匹」, 以「仇」爲「逑」, 其不同如此。而「僝」字下所引, 乃曰:「旁救僝功。」自有二說。「旻」字下引虞書曰:「仁閔覆下, 則稱旻天。」「埶」字下引虞書「雉埶」, 今皆無此。

8. 說文與經傳不同

許叔重在東漢, 與馬融、鄭康成輩不甚相先後, 而所著說文, 引用經傳, 多與今文不同。聊摭逐書十數條, 以示學者, 其字異而音同者不載。所引周易「百穀草木麗乎土」爲「艸木麗乎地」,「服牛乘馬」爲「犕。牛乘馬」,「夕惕若厲」爲「若夤」,「其文蔚也」爲「斐也」,「乘馬班如」爲「驙如」,「天地絪縕」爲「天地壹壺」,「繻有衣袽」爲「需有衣絮」。書晉卦爲「晉」,「巽」爲「顨」,「艮」爲「皀」。所引書「帝乃殂落」爲「勛乃殂」,「竄三苗」爲「𥨍三苗」,「勿以憸人」爲「譣人」,「在後之侗」爲「在夏后之詷」,「尙不忌于凶德」爲「上不諅」,「峙乃糗糧」爲「餱糧」,「敎胄子」爲「敎育子」,「百工營求」爲「夐求」,「至于屬婦」爲「嫋婦」,「有疾弗豫」爲「有疾不悆」,「我之弗辟」爲「不𨐨」,「截截諞言」爲「戔戔巧言」。又「圛圛升雲, 半有半無」,「貀有爪而不敢以撅」及「以相陵懱」,「維緢有稽」之句, 皆云周書, 今所無也。所引詩「旣伯旣禱」爲「旣禡旣禂」,「新臺有泚」爲「有玼」,「焉得諼草」爲「安得藼艸」,「牆有茨」爲「有薺」,「棘人欒欒」爲「𩟪𩟪」,「江之永矣」爲「羕矣」,「得此戚施」爲「䵑䵚」,「伐木許許」爲「所所」,「儦儦俟俟」爲「伾伾俟俟」,「嘽嘽駱馬」爲「痑痑」,「赤舄几几」爲「己己」, 又爲「掔掔」「民之方殿屎」爲「方唸吚」,「混夷駾矣」爲「大夷呬矣」,「陶復陶穴」爲「陶𡼏」,「其會如林」爲「其旝」,「國步斯頻」爲「斯矉」,「滌滌山川」爲「蔋蔋」。論語「荷蕢」爲「荷臾」,「褻裘」爲「絬衣」, 又有「跢予之足」一句。孟子「源源而來」爲「謜謜」,「接淅」爲「滰淅」。左傳「尨涼」爲「牻涼」,「芟夷」爲「癹」,「圭竇」爲「圭窬」,「澤之萑蒲」爲「澤之目篻」,「衷甸兩牡」爲「中佃一轅」,「楄柎藉幹」爲「楄部薦榦」。公羊「闖然」爲「䫰然」。國語「觥飯不及壺飧」爲「侊飯不及一食」。如此者甚多。

9. 周亞夫

漢景帝卽位三年, 七國同日反, 吳王至稱東帝, 天下震動。周亞夫一出卽平之, 功亦不細矣, 而訖死於非罪。景帝雖未爲仁君, 然亦非好殺卿大夫者, 何獨至亞夫而忍爲之? 切嘗原其說, 亞夫之爲人, 班、馬雖不明言, 然必悻直行行者。方其將屯細柳, 秖以備胡, 且近在長安數十里間, 非若出臨邊塞, 與敵對壘, 有呼吸不可測知之事。今天子勞軍至不得入, 及遣使持節詔之, 始開壁門。又使不得驅馳, 以軍禮見, 自言介冑之士不拜。天子改容稱謝, 然後去。是乃王旅萬騎, 乘輿黃屋, 顧制命於將帥, 豈人臣之禮哉。則其傲睨帝尊, 習與性成, 故賜食不設箸, 有不平之意。鞅鞅非少主臣, 必已見於辭氣之間。以是隕命, 甚可惜也。秦王猛伐燕圍鄴, 苻堅自長安赴之。至安陽, 猛潛謁堅, 堅曰:「昔周亞夫不迎漢文帝, 今將軍臨敵而棄軍, 何也?」猛曰:「亞夫前却人主以求名, 臣竊少之。」猛之識慮, 視亞夫有間矣。

10. 煬王煬帝

金酋完顔亮隕於廣陵, 葛王褎已自立, 於是追廢爲王, 而諡曰煬。邁奉使之日, 實首聞之。接伴副使祕書少監王補言及此, 云北人戲誚之, 曰:「奉敕江南幹當公事回。」及歸, 覲德壽宮奏其事, 高宗天顔甚悅, 曰:「亮去歲南牧, 已而死歸。人皆以爲類苻堅, 唯吾獨云似隋煬帝, 其死處旣同, 今得諡又如此, 豈非天乎!」此段聖語, 當不見於史錄, 故竊志之。

11. 鄭莊公

左傳載諸國事, 於第一卷首書鄭莊公, 自後紀其所行尤詳, 仍每事必有君子一說, 唯詛射潁考叔以爲失政刑, 此外率稱其善。杜氏注文, 又從而奬與之。案, 莊公爲周卿士, 以平王貳於虢, 而取王子爲質, 以桓王畀虢公政, 而取溫之麥, 取成周之禾。以王奪不使知政, 忿而不朝, 拒天子之師, 射王中肩。謂天子不能復巡守, 以泰山之祊易許田。不勝其母, 以害其弟, 至有城潁及泉之誓。是其事君、事親可謂亂臣賊子者矣, 而曾無一語以貶之。書姜氏爲母子如初, 杜注云:「公雖失之於初, 而孝心不忘, 故考叔感而通之。」書鄭伯以齊人朝王曰:「禮也。」 杜云:「莊公不以虢公得政而背王, 故禮之。」 書息侯伐鄭曰:「不度德。」杜云:「鄭莊賢。」書取郜與防歸于魯曰:「可謂正矣。以王命討不庭, 不貪其土, 以勞王爵。」書使許叔居許東偏曰:「於是乎有禮, 度德而處, 量力而行, 相時而動, 可謂知禮。」 書周、鄭交惡曰:「信不由中, 質無益也。」 是乃以天子諸侯混爲一區, 無復有上下等威之辨。射王之夜, 使祭足勞王, 杜云:「鄭志在苟免, 王討之非也。」此段尤爲悖理。唯公羊子於克段于鄢之下, 書曰「大鄭伯之惡」, 爲得之。

12. 百六陽九

史傳稱百六陽九爲厄會，以曆志考之，其名有八。初入元百六曰陽九，次曰陰九。又有陰七、陽七、陰五、陽五、陰三、陽三，皆謂之災歲。大率經歲四千五百六十，而災歲五十七。以數計之，每及八十歲，則値其一。今人但知陽九之厄。云經歲者，常歲也。

13. 左傳易筮

左傳所載周易占筮，大抵只一爻之變，未嘗有兩爻以上者。畢萬筮仕，遇屯之比，初九變也。成季將生，遇大有之乾，六五變也。晉嫁伯姬，遇歸妹之睽，上六變也。晉文公迎天子，遇大有，乃九三變而之睽。叔孫莊叔生子豹，遇明夷，乃初九變而之謙。崔杼娶妻，遇困，乃六三變而之大過。南蒯作亂，遇坤，乃六五變而之比。趙鞅救鄭，遇泰，乃六五變而之需。占者卽演而爲說。然崔杼「入于其宮，不見其妻」，叔孫「君子于行，三日不食」，殆若專爲二子所作也。唯陳厲公生敬仲，遇觀之否。周史曰：「坤，土也；巽，風也；乾，天也。風爲天，於土上山也，有山之材，而照之以天光，於是乎居土上。」杜氏注云：「自二至四有艮象，艮爲山。」予謂此正是用中爻取義，前書論之詳矣。又有相與論事，不假蓍占而引卦以言者，如鄭公子曼滿欲爲卿，王子伯廖曰：「周易有之，在豐之離。」晉先縠違命進師，知莊子曰：「周易有之，在師之臨。」楚王汰侈，子大叔曰：「在復之頤。」但以爻辭合其所行之事耳。至於「爲嬴敗姬」、「伐齊則可」等語，自是一時探賾索隱，非後人所可到也。衛襄公生子，孔成子占之，亦遇屯之比，與畢萬同，雖史朝與辛廖之言則異，然皆以「利建侯」爲主。

14. 鍾繇自劾

漢建安中，曹操以鍾繇爲司隸校尉，督關中諸軍。詔召河東太守王邑，而拜杜畿爲太守。郡掾詣繇求留邑，繇不聽，邑詣許自歸。繇自以威禁失督司之法，乃上書自劾，曰：「謹案，侍中守司隸校尉東武亭侯鍾繇，幸得蒙恩，以斗筲之才，仍見拔擢，顯從近密，銜命督使。明知詔書深疾長吏政教寬弱，檢下無刑，久病淹滯，衆職荒頓。旣擧文書，操彈失理。輕慢憲度，不與國同心，爲臣不忠，大爲不敬。臣請法車召詣廷尉治繇罪，大鴻臚削爵土。臣輒以文書付功曹從事，伏須罪誅。」詔不許。予觀近時士大夫自劾者，不過云乞將臣重行竄黜闔門待罪而已，如繇此章，蓋與爲它人所糾亡異也，豈非身爲司隸，職在刺擧，故如是乎。

15. 大義感人

理義感人心，其究至於浹肌膚而淪骨髓，不過語言造次之間，初非有怪奇卓詭之事也。楚昭王遭吳闔廬之禍，國滅出亡，父老送之，王曰：「父老返矣，何患無君！」父老曰：「有君如是其賢也。」相與從之, 或奔走赴秦, 號哭請救, 竟以復國。漢高祖入關, 召諸縣豪桀曰：「父老苦秦苛法久矣, 吾當王關中, 與父老約法三章耳。凡吾所以來, 爲父兄除害, 非有所侵暴, 毋恐。」乃使人與秦吏行至縣鄕邑, 告諭之, 秦民大喜。已而項羽所過殘滅, 民大失望。劉氏四百年基業定於是矣。唐明皇避祿山亂, 至扶風, 士卒頗懷去就, 流言不遜, 召入諭之, 曰：「朕託任失人, 致逆胡亂常, 須遠避其鋒。卿等倉卒從朕, 不得別父母妻子, 朕甚愧之。今聽各還家, 朕獨與子弟入蜀, 今日與卿等訣。歸見父母及長安父老, 爲朕致意。」衆皆哭, 曰：「死生從陛下。」自是流言遂息。賊圍張巡於雍丘, 大將勸巡降, 巡設天子畫像, 帥將士朝之, 人人皆泣。巡引六將於前, 責以大義而斬之, 士心益勸。河北四凶稱王, 李抱眞使賈林說王武俊, 託爲天子之語, 曰：「朕前事誠誤, 朋友失意, 尙可謝, 況朕爲四海之主乎。」武俊卽首唱從化。及奉天詔下, 武俊遣使謂田悅曰：「天子方在隱憂, 以德綏我, 何得不悔過而歸之。」王庭湊盜據成德, 韓愈宣慰, 庭湊拔刃弦弓以逆。及館, 羅甲士於廷。愈爲言安、史以來逆順禍福之理, 庭湊恐衆心動, 麾之使出, 訖爲藩臣。黃巢僞赦至鳳翔, 節度使鄭畋不出, 樂奏, 將佐皆哭。巢使者怪之, 幕客曰：「以相公風痺不能來, 故悲耳。」民間聞者無不泣, 畋曰：「吾固知人心尙未厭唐, 賊授首無日矣。」旋起兵率倡諸鎭, 以復長安。田悅以魏叛, 喪師遁還, 亦能以語言動衆心, 誓同生死。乃知陸贄勸德宗痛自咎悔, 以言謝天下, 制書所下, 雖武人悍卒, 無不感動流涕, 識者知賊不足平。凡此數端, 皆異代而同符也。國家靖康、建炎之難極矣, 不聞有此, 何邪?

••• 용재속필 권7(17칙)

1. 세금의 경중 田租輕重

이회李悝[1]가 위魏나라 문후文侯[2]에게 토지를 충분히 활용할 수 있는 방법을 건의하면서 이렇게 말했다.

> "한 농부가 백 묘畝의 땅을 경작하면 일 년에 150섬[3]의 곡식을 수확할 수 있습니다. 십분의 일에 해당하는 15섬을 세금으로 낸다 하더라도 135섬이 남습니다."

십분의 일 외에 다른 세금이 없었음을 알 수 있다.

그러나 지금은 다르다. 농민이 1섬의 양식을 납부할 때마다 의창義倉[4]에서는 운수와 비축의 명목으로 한말 두되를 별도로 거둔다. 관창에서는 10분의 6을 거두도록 규정하고 있으나, 곡식의 품질에 따라서 등급을 나누고 심지어는 7, 8 등급으로 나누어 등급의 고하에 따라서 액외 징수를 한다. 창고 관리인이 들고 다니는 평미레는 두 섬의 양식을 잴 때 손의 경중에 따라 아주 쉽게 두, 세말 정도를 더 측량할 수 있다.

수각水脚,[5] 두자頭子,[6] 시례市例[7] 같은 여러 가지 명목까지 합치면 칠, 팔백

1 李悝(B.C.455~B.C.395) : 전국시대 위나라 문후의 재상. 법가 사상을 토대로 개혁을 추진하였으며 이극李克이라고도 한다.

2 文侯(?~B.C.396) : 중국 전국시대 위나라의 군주. 재위 B.C.445~B.C.396.

3 섬[石] : 열 말[斗].

4 義倉 : 평상시에 곡식을 저장하여 두었다가 흉년에 이것을 내어 빈민을 구제하던 제도를 말한다.

5 水脚 : 수로와 육로의 운수 비용이다.

6 頭子 : 당송 시대 법정 세금 이외 징수되는 부가세의 일종이다.

7 市例 : 송대의 상업 부가세이다.

전에 달한다. 중간 금액으로 계산을 하고 거기다가 배 임대 비용까지 합치면 다섯 말은 더 내야 한다. 그러니 1섬의 세금을 거둘 때 실제로는 3섬을 거두는 셈이 된다. 내 경험에 따르면 회계會稽지역의 세금이 비교적 가벼운 편인데 앞에서 말한 것의 반이 되지 않는다.

동중서董仲舒[8]가 무제武帝에게 말했다.

> "백성의 일 년 노역이 고대의 서른 배 입니다. 경작세와 인두세는 고대의 스무 배에 달합니다."

예전에 비해 백성들의 재산이 일 년에 20에서 30배 줄었다는 의미이다. "소작농은 10분의 5를 세금으로 내야한다"고도 했으니 빈민이 자신의 땅이 없어 부호의 땅을 경작하게 되면 10분의 5를 땅주인에게 내야 하는 것이다. 지금 우리 고향의 풍속이 이러한데 이를 주객분主客分[9]이라 한다.

2. 아낙들의 밤 길쌈 女子夜績

『한서漢書·식화지食貨志』에 이런 말이 있다.

> 겨울에는 집안에 있는 시간이 많다. 밤이면 아낙들은 한 곳에 모여 길쌈을 하는데 한 달 동안 약 45일치의 작업량을 한다.

한 달 동안 매일 밤까지 일을 하게 되므로 45일이라고 한 것이다. 함께 모여 작업을 하면 등불도 아낄 수 있고 서로 가르쳐주고 배울 수 있기 때문이었는데, 이것이 오래되어 풍속이 되었다.

『전국책戰國策』에 감무甘茂[10]가 진秦나라를 도망쳐 동관潼關을 빠져나오다가

8 董仲舒(B.C.170~B.C.120) : 전한 시기 유학자. 춘추공양학의 대가이며, 무제는 그의 건의로 유교를 통치술로 채택하게 된다.

9 主客分 : 토지를 소유한 지주와 토지가 없는 소작농이 소득을 똑같이 분배하는 것을 말한다.

10 甘茂 : 전국시대 진秦나라 정치가. 하채下蔡(지금의 안휘성 봉대현鳳臺縣) 사람. 감무는 참소를 당하여 진나라에서 제나라로 달아나 소대를 만났다. 본문의 인용부분은 소대가 제나라를 위해 진나라에 사신으로 가게 되자 감무가 한 말이다. 자신은 곤궁한 처지이며 진나라에

소대蘇代[11]를 만난 대목이 있다. 감우가 소대에게 이런 이야기를 해 주었다.

> 강가에 사는 가난한 여인이 부잣집 여인들과 함께 베를 짜게 되었다. 그러나 집안 형편이 가난했기 때문에 등불을 살 수 없었고 부잣집 여인들은 그녀를 쫓아내려 했다. 가난한 여인이 사정했다. "저는 등불이 없지만 항상 먼저 방을 깨끗이 청소하고 베를 짤 자리를 마련했습니다. 왜 벽을 비추는 남는 빛을 아까워하십니까? 바라건대 저에게 나누어 주십시오."

삼대三代에는 백성의 풍속이 순박하고 후했음을 알 수 있다. 여자뿐만 아니라 남자도 그러했으니 『시경詩經·빈풍豳風』에 이러한 시가 있다.

낮에는 띠풀을 손질하고	晝爾于茅,
밤에는 새끼를 꼰다.	宵爾索綯.

낮에는 밖에 나가 띠풀을 구해 오고, 밤에는 새끼를 꼬아 때와 계절의 쓰임에 맞게 일하는 것을 노래하였다. 밤은 낮의 나머지이니 유익한 일을 많이 할 수 있다.

3. 회남왕 淮南王

한漢나라 회남려왕淮南厲王[12]이 죽자 백성들은 노래를 지어 문제文帝[13]를 풍자

처자가 있으니 사신으로 가는 소대가 남는 빛으로 그들을 구해달라고 부탁한 것이다.

11 蘇代 : 전국시대 유세가. 동주 낙양(지금의 하남성河南省 낙양시洛陽市) 사람. 전국시대 대표적 유세가인 소진蘇秦의 아우이다.

12 淮南厲王 : 유장劉長. 한 고조의 막내아들. 모친은 조왕 장오張敖의 후궁. 문제가 즉위하자 회남왕은 자신이 가장 가까운 지친이라 여기고 교만해져서 위법을 자주 행했지만, 문제는 그를 용서하였다. 결국 여왕은 더욱 방자해져 황제처럼 행동하였고 모반을 도모하였다. 문제는 그의 자격을 박탈하고 함께 모반한 자를 모두 처형하고 여왕을 유배 보냈다. 유배지로 가던 중 여왕은 음식을 먹지 않고 죽었다.

13 文帝(B.C.202~B.C.157) : 전한의 5대 황제(재위 B.C.180~B.C.157). 이름은 항恒, 묘호는 태종太宗으로 고조의 넷째아들이다. 여씨呂氏의 난이 평정된 후 태위太尉 주발周勃, 승상 진평陳平 등 중신의 옹립으로 즉위하였다. 고조의 군국제郡國制를 계승하고, 전조田租와 인두세人頭稅를 대폭 감면하였으며 이러한 정책은 사회와 경제를 발전시켰다. 또한 자신이 직접 농업을 장려하는데 솔선수범하고 농지의 조세를 12년 동안 면제하였다. 문제는 검소한 생활을

했다.

한 자의 베도 꿰맬 수 있고,	一尺布, 尙可縫.
한 말의 곡식도 빻을 수 있거늘,	一斗粟, 尙可舂.
두 형제는 서로를 아낄 줄 모르네.	兄弟二人不相容.

이는 『사기』와 『한서』에 기록되어 있는 것이다. 고유高誘의 「홍렬해서鴻烈解敍」[14]와 허신許愼[15]의 주에는 그 가사가 이렇게 하였다.

비단 한 자면 맵시 줄줄,	一尺繒, 好童童.
한 되 곡식이면 배 빵빵한데,	一升粟, 飽蓬蓬.
두 형제는 서로를 아낄 줄 모르네.	兄弟二人不能相容.

기록상에 다소 차이가 있다. 후인들이 베 한 자와 곡식 한 말의 비유로 해서 형제간의 우애 없음을 비유한 것일 뿐이다.

여왕厲王의 아들 유안劉安[16]은 복권되어 왕이 되자 방술方術을 잘 아는 선비를 빈객으로 모아 신선과 황백黃白의 술수[17]에 대해 『내서內書』 21편, 『외서外書』 다수, 『중편中篇』 8권을 지었다. 『한서·예문지藝文志』에 『회남내淮南內』 21편, 『회남외淮南外』 33편이 잡가雜家로 분류되어 있는데 지금 전해지는 것은 21권으로 모두 내편이다. 수춘壽春[18]의 팔공산八公山이 바로 유안이 빈객을 모았던

실천하였는데 화려한 건물를 신축하지 않았고 자신은 검정색 비단을 입었다. 가혹한 형벌을 폐지하였으며, 흉노에 대한 화친정책 등으로 민생안정과 국력배양에 힘을 기울였다. 문제가 죽고 그의 아들 경제가 즉위하여 선왕의 정책을 잘 이어 나갔다. 중국사에서 문제와 경제景帝의 치세를 '문경의 치文景之治'라고 부르며 풍요로운 시대를 상징하는 칭호로 사용된다.

14 「鴻烈解敍」: 『홍렬』은 유안이 주도하여 여러 학자들과 함께 집필한 저작인 『회남자』를 가리키는 것으로 이 책은 본래 『회남홍렬』이라고 불렀다. 고유가 이 책의 주석서를 집필하고 쓴 서문이다.

15 許愼 : 후한 시기 경학자. 자 숙중叔重. 하남성河南省 여남군汝南郡 소릉召陵 출생. 중국 최초의 자서인 『설문해자』를 집필하였다.

16 劉安(B.C.179?~B.C.122) : 한 고조의 손자. 여왕을 이어 회남왕淮南王이 된 후 많은 문사와 방사方士를 식객으로 불러 모아 이들과 함께 『회남자淮南子』를 저술하였다. B.C. 122년 무제 때 반역을 기도하였다가 실패하여 자살하였다.

17 黃白之術 : 단사丹砂로 황금과 백은을 제조하는 방술을 지칭한다.

18 壽春 : 지금의 안휘성安徽省 수현壽縣.

곳이다. 유안의 전기에는 빈객들의 이름이 기록되어 있지 않지만, 고유高誘의 「홍렬해서」에는 소비蘇飛와 이상李尙 · 좌오左吳 · 전유田由 · 뢰피雷被 · 모피毛被 · 오피伍被 · 진창晉昌 등 8명이 기록되어 있다. 좌오左吳와 뇌피雷被 · 오피伍被는 사서에도 기록되어 있다. 뢰피는 유안에게 배척당한 후 장안으로 도망가 한 무제에게 유안을 고발하였다.[19] 이로 보건대 현명하고 능력 있는 자는 아니었던 것 같다.

4. 설나라 薛國久長

『좌전左傳』에 이런 내용이 있다.

> 노魯나라 애공哀公의 대부大夫가 말했다.
> "우禹임금이 도산塗山에서 제후들과 회합할 때 옥백玉帛을 들고 모인 나라가 1만 국이나 되었으나 지금의 제후국은 겨우 수십 개국에 불과하다."[20]

한나라 때 공손경公孫卿이 무제武帝에게 말했다.

> 황제黃帝 때는 만 명의 제후가 있었으나, 신령께서 군주로 책봉한 것은 7천입니다.

『예기禮記 · 왕제王制』에 기록된 구주九州는 1773국이다.

이들 숫자의 기록이 같지 않다. 한 나라의 군주가 회맹에 참여할 때 대동하는 군졸을 100명으로 친다면, 만국의 나라라면 백만의 무리가 된다. 도산塗山에 어찌 이 많은 수의 사람이 머무를 수 있겠는가? 허황된 말이니 믿을 수 없다. 남은 것이 수십이라는 것을 경전에서 고증해보았더니 규명할 수 있는 것은 설薛나라 뿐이다.

19 회남왕 유안의 태자가 검술을 배웠는데 낭중郎中 뇌피가 검술에 뛰어나다는 소문을 듣고 그를 불러 겨루었다. 뇌피가 잘못해 태자를 찔렀고 뇌피는 두려워하여 장안으로 달아나 회남왕을 고발하였다.

20 『좌전 · 애공 7년』.

설나라의 조상은 해중奚仲[21]으로 우임금의 수레와 의복을 관장하는 대부였다. 그러다가 책봉을 받았고 상나라를 거쳐 주나라 말기 송宋나라 언왕偃王에게 멸망하였으니 1900여년, 64대에 걸쳐 지속되었다. 삼대의 제후 중 설나라에 비할 수 있는 나라는 없다. 그러나 설나라는 국토가 협소하고 노래가 국풍國風에도 수록되지 않았으며, 『사기』의 세가에도 수록되지 않았다. 『춘추』 242년 동안 설나라는 주邾, 기杞, 등滕, 증鄫나라와 마찬가지로 대국의 침략을 받지 않았다. 나라를 유지하고 지키는 나름의 방도가 있었던 것이다.

5. 건제십이진 建除十二辰

'건제십이진建除十二辰'[22]은 『사기』와 『한서』의 역서曆書에 모두 수록되어 있지 않다. 『사기·일자열전日者列傳』에 "건제가建除家는 불길하다고 대답하였다"라는 말이 있을 뿐이다. 『회남홍렬해淮南鴻烈解·천문훈天文訓』편에 이런 내용이 있다.

> 인寅은 건建이 되고, 묘卯는 제除가 되며, 진辰은 만滿이 되고, 사巳는 평平이 되어 생生을 주관한다. 오午는 정定이 되고, 미未는 집執이 되어 함陷을 주관한다. 신申은 파破가 되어 형衡을 주관하고, 유酉는 위危가 되어 표杓를 주관하며, 술戌은 성成이 되어 소덕少德을 주관하고, 해亥는 수收가 되어 대덕大德을 주관하며, 자子는 개開가 되어 태세太歲를 주관하고, 축丑은 폐閉가 되어 태음太陰을 주관한다.

『회원관력會元官曆』에서는 매월 건建과 평平·파破·수收에 해당하는 날은

21 중화서국 저본에는 '是仲'으로 되어 있으나 교감기에 의하면 '奚仲'이 옳다. 임성任姓으로 황제黃帝의 후예이자 수레의 창시자이다.

22 길흉을 점치는 12가지 별자리. 建, 除, 滿, 平, 定, 執, 破, 危, 成, 收, 開, 閉이다. 북쪽하늘에 고착된 좌표는 북극성을 중심으로 하여 아래의 지평선 쪽을 자子·위쪽을 오午·동쪽을 묘卯·서쪽을 유酉로 정하고, 이에 따라 십이지의 방위가 시계 반대 방향으로 결정된다. 이 좌표는 우리가 보는 지평좌표계에 대하여 고정되어 있다. 이 좌표와 북두칠성의 방향을 엮어 그날의 길흉을 점치는 데 쓰였다.

모두 사용하지 않고, 건建을 월양月陽으로, 파破를 월대月對로 하고, 평平과 수收는 음양 달을 따라 번갈아 두괴斗魁와 천강天罡이 된다.

『유양잡조酉陽雜俎·몽편夢篇』[23]에 이런 내용이 있다.

> 『주례周禮』에 해와 달·별자리로 여섯 가지 꿈을 점치는데, 해는 갑을甲乙이 있고, 달은 건파建破가 있다고 한다.

지금 주에는 이 말이 없다.

『정의正義』에 다음과 같은 기록이 있다.

> 「감여堪輿」[24]에 따르면, 황제黃帝가 신하 천로天老에게 물으면서 이렇게 말했다고 한다. "4월에 양은 사巳에서 건建하고, 해亥에서 파破한다. 음은 미未에서 건하고 계癸에서 파한다. 이는 양이 음을 파하고, 음이 양을 파하는 것이다."

지금은 이런 내용이 어떤 책에 수록되어 있는지는 모르겠지만, 10간十干으로 파破를 삼는 것은 들어보지 못했다.

6. 곱셈 俗語算數

삼삼 구, 삼사 십이, 이팔 십육, 삼구 이십칠, 사구 삼십육, 육육 삼십육, 오팔 사십, 오구 사십오, 육구 오십사, 칠구 육십삼, 팔구 칠십이, 구구 팔십일. 이러한 것들은 모두 속어 산수로 『회남자淮南子』에 보인다. 삼칠 이십일은 소진蘇秦[25]이 제왕齊王에게 말한 것이다.[26]

23 『酉陽雜俎』: 당나라 단성식段成式이 편찬한 필기집이다.

24 堪輿 : 감은 하늘, 여는 땅이라는 뜻으로 풍수지리를 알려면 하늘과 땅의 이치에 통달해야 하므로 감여라 하였다. 풍수지리에 관한 책을 '감여지' 또는 '감여록'이라 한다.

25 蘇秦 : 전국시대 유세가. 한韓·위魏·조趙·연燕·초楚·제齊의 여섯 나라가 합종合從하여 진秦나라에 대항하는 합종설을 주장하였기에 진나라를 위해 연횡책連橫策을 썼던 장의와 함께 전국시대 책사의 제1인자로 병칭된다.

26 『사기·소진열전』: "임치에는 7만 호가 있으니 제가 헤아려보아도 집집마다 남자 세 명이 있다고 가정하면 21만 명이나 됩니다."

『한서漢書·율력지律曆志』에 유흠劉歆[27]이 음률을 관장할 때 상주문에 팔팔 육십사라는 표현을 썼다. 두예杜預는 『좌전左傳』 주에서 천자는 '8'을 쓴다는 말을 하면서 팔팔 육십사, 육육 삼십육, 사사 십육이라는 표현을 썼다. 여순如淳과 맹강孟康·진작晉灼은 「율력지」의 주에서 이팔 십육, 삼사 십이, 육팔 사십팔, 팔팔 육십사 등의 표현을 썼다.

7. 왕비와 왕숙문의 정치 伾文用事

당나라 순종順宗은 즉위 전 중풍에 걸려 말을 못 하게 되었다. 왕비王伾와 왕숙문王叔文[28]은 순종이 태자로 지내던 시절부터 일을 도맡아 했었기 때문에, 이들이 정책의 결정을 주도하였다. 즉위하자마자 바로 궁시宮市[29]가 백성을 어지럽히는 것을 금지했으며, 황제를 위해 매와 개를 기르는 오방五坊[30]이 민간에서 새와 개를 잡으면서 백성에게 횡포를 부리는 것을 금지했다. 그리고 염철사鹽鐵使[31]의 월진月進[32]을 폐지했고 교방의 600명 기녀를 석방하여

27 劉歆(B.C.53?~25) : 전한 말기의 유학자. 자 자준子駿. 나중에 이름을 수秀, 자를 영숙穎叔으로 고쳤다. 아버지 유향劉向과 궁정의 장서를 정리하고 육예六藝의 군서群書를 7종으로 분류하여 『칠략七略』이라 하였다. 이것은 중국 최초의 체계적인 서적목록으로 현존하지는 않지만, 『한서漢書·예문지藝文志』가 대체로 그에 의해서 엮어졌다.

28 王叔文(753~806) : 덕종시기 태자 이송의 시독으로 지내면서 매번 백성의 현실과 질고에 대해 태자에게 이야기했다. 순종은 즉위 후 환관의 전횡과 번진 할거의 국면을 해결하고자 왕숙문을 한림학사에 임명하여 개혁정치를 시행한다. 왕숙문은 왕비王伾·유종원柳宗元·유우석劉禹錫 등과 함께 영정개혁을 주도하였으나 실패로 돌아갔고, 개혁에 참여했던 대다수의 사람은 유배되거나 처형되었다.

29 宮市 : 당나라 덕종 정원貞元 말년 궁에서 환관을 파견하여 민간 시장에 가서 물건을 사오도록 했는데, 명목은 궁시였지만 실질적으로는 강탈이었다.

30 五坊 : 당대 황제의 매와 사냥개를 기르던 부서. 오방은 조방雕坊과 골방鶻坊·요방鷂坊·응방鷹坊·구방狗坊을 말하고, 소아小兒는 이러한 오방에서 잡일을 하는 심부름꾼에 대한 호칭인데, 밥 먹고 할 일 없는 이 자들은 백성들을 수탈하는 것을 업으로 삼았다고 한다.

31 鹽鐵使 : 당 중엽 이후에 설치된 관명. 식염의 전매를 관리하며, 은·구리·철·주석의 제련 등의 관리를 겸한다.

32 月進 : 일부 지역의 절도사들, 특히 소금과 철을 관리하는 관리들은 덕종에게 잘 보이려고 늘 재물을 바쳤는데, 한 달에 한 번씩 바치는 것을 월진이라 한다.

각자의 집으로 돌아가게 했다.

덕종德宗은 10년 동안 대사면령을 내린 적이 없기에 강등된 관리는 명망과 재능이 있더라도 다시 기용될 기회를 얻지 못했었다. 그러나 순종이 즉위하자 육지陸贄[33]와 정여경鄭餘慶·한고韓皐·양성陽城은 경사로 돌아오게 되었고, 강공보姜公輔[34]는 자사로 발탁되었다. 사람들은 기뻐하며 환호하였다. 또한 환관이 장악하고 있던 병권을 빼앗기 위해 범희조范希朝와 그의 문객 한태韓泰에게 경사 서쪽 성城과 진鎭의 병영과 병마를 총괄하도록 했다.[35] 환관들은 눈치를 채지 못했다가 장수들이 와서 상황을 보고할 때가 되어서야 비로소 상황을 파악하고 격노하였다. 곧바로 장군들에게 사람을 보내 "병권을 다른 사람에게 주지 말라"고 알리도록 했다. 만약 이 계획이 성공하여 병권이 조정 신하들에게 귀속되었다면 모의를 했던 대신들은 후환을 당하지 않았을 것이다.

왕비王伾·왕숙문王叔文과 뜻을 함께 했던 육질陸質·여온呂溫·이경검李景儉·한엽韓曄·유우석劉禹錫·유종원柳宗元은 모두 당시의 호걸이자 저명 인사들이었다. 왕비와 왕숙문은 공을 이루는 것에만 급급해하며 권력을 모두 자신들이 장악하고자 하였다. 정순유鄭珣瑜와 고영高郢·무원형武元衡이 자신들과 견해를 약간 달리하자 모두 축출하였으며 이 때문에 이 두 사람은 얼마 후 모함을 당해 죽음에 이르게 되었다. 후세 사람들은 왕비·왕숙문과 같은 지위에 있으면서도 경솔한 소인들을 끌어들여 부하로 삼았으니 이들은 왕비·왕숙문의 백분의 일에도 미치지 못한 것이다.

33 陸贄(754~805) : 당 중기 명재상. 자 경여敬輿. 직간直諫과 주의문奏議文으로 명성이 높다. 덕종 정원貞元8년(792), 재상에 임명되었으나 배연령裵延齡의 참소에 의해 충주忠州(지금의 중경시重慶市 충현忠縣)로 폄적되었다. 순종이 즉위하여 경사로 돌아오도록 조서를 내렸으나 임지에서 세상을 뜨고 말았다.

34 姜公輔 : 덕종 시기 간의대부, 동중서문하평장사를 지냈으나 덕종의 심기를 건드려 천주별가泉州別駕로 좌천되었다. 순종이 즉위한 후 길주자사吉州刺史로 기용되었으나 임지에 이르기 전에 죽고 말았다.

35 왕숙문은 범희조를 경서신책제군절도사京西神策諸軍節度使로, 한태를 신책행영행군사마로 임명하였다.

백거이가 원화元和 4년(809)에 지은 풍유시 중 「매탄옹賣炭翁」이 있는데, 당시 환관들이 민간에서 궁정용품이라는 명목으로 재물을 강탈하고 약탈하던 궁시宮市에 대한 것이다.[36] 그러나 궁시는 여전히 근절되지 않았다.

8. 50현 금슬 五十絃瑟

이상은李商隱[37]의 시에 "금슬은 왜 공연스레 오십 줄이나 되는지錦瑟無端五十絃"라는 구절이 있다.[38] 사람들은 금슬錦瑟이 영호승상令狐丞相 시녀의 이름을 가리키는 것으로 시 전체가 우언이라고 한다. 그러나 '50현'의 실제 의미를 알 수 없다.

유소劉昭의 『석명釋名』에서는 공후箜篌[39]가 상나라 주紂임금이 악사 사연師延에게 짓도록 한 음악으로 공국空國의 제후가 만들었다고 했다. 단안절段安節의 『악부잡록樂府雜錄』에는 이러한 기록이 있다.

> 공후箜篌는 정鄭나라와 위衛나라의 음악으로 망국의 노래이므로, 공국지후空國之侯라고 하거나 감후坎侯라고도 한다.

오긍吳兢은 『악부고제요해樂府古題要解』에서 다음과 같이 기록했다.

36 「매탄옹」 중 환관들이 백성을 약탈하는 장면은 이러하다. "말을 타고 오는 저 두 사람은 누구인가? 황색 옷의 사자와 흰 삼베옷을 입은 어린이. 문서를 손에 들고 칙명을 외치며 수레를 돌려 소를 몰아 북쪽으로 향한다. 수레 한 대의 석탄이 천여 근이지만 궁의 사자가 끌고 가는데 어찌하리오.[翩翩兩騎來是誰, 黃衣使者白衫兒. 手把文書口稱勅, 廻車叱牛牽向北. 一車炭重千餘謹, 宮使驅將惜不得.]"

37 李商隱(813~858) : 만당의 시인. 자 의산義山. 자칭 옥계자玉溪子. 그의 시는 전고典故와 수식이 번다하여 시의詩意가 모호하다는 평을 받기도 하지만, 애정시와 영사시에 있어 높은 성취를 이룩했다. 이상은은 태화太和 3년(829) 당시 천평군절도사 영호초에게 문재를 인정받아 그의 막료가 되었다가 개성開成 2년(837) 영호초의 아들 영호도의 도움으로 진사에 급제하게 된다.

38 「금슬錦瑟」. 이 시가 무엇을 읊은 것인지에 대해서는 이설이 분분하다.

39 箜篌 : 고대 현악기. 서양의 하프와 비슷하며, 틀 모양에 따라 와공후臥箜篌(13현)·수공후竪箜篌(21현)·대공후大箜篌(23현)·소공후小箜篌(13현) 등으로 구분된다.

한 무제가 거문고를 따라서 감후坎侯를 만들었으니 감감坎坎하는 소리로 박자를 맞추기 때문이다. 후에 공후箜篌라 와전되었다.

『사기史記·봉선서封禪書』에도 다음과 같은 기록이 있다.

공손경公孫卿이 무제武帝에게 말했다.
“태제太帝가 신녀인 소녀素女에게 50현 거문고를 연주하게 했는데 그 음조가 너무 구슬퍼 태제는 중단하게 하였습니다. 이 때문에 그 거문고를 부수고 25현 거문고를 만들었습니다.”
이에 무제는 가녀歌女를 모아들여 25현 거문고와 공후를 만들었다.

응소應劭는 “무제가 악인樂人 후조侯調에게 처음으로 이 악기를 만들게 했다”고 주를 달았다.

『한서漢書·교사지郊祀志』에는 이 일을 기록하면서 “공후슬空侯瑟이 여기에서 시작되었다”고 했다. 안사고顔師古[40]는 응소의 주를 인용하지 않았다. 두 악기가 처음 만들어진 연유에 대해서는 분명하니 참고할 만하다. 유소劉昭와 오긍吳兢처럼 박학다식한 자들도 깊이 궁구하지 못했다. 그리고 공空은 원래 나라 이름이 아니므로 그들의 학설은 견강부회이다. 『초학기初學記』와 『태평어람太平御覽』에 음악·악기와 관련된 내용이 수록되어 있지만, 이에 대해서는 누락되어 있다. 『장자莊子』에 “노거魯遽가 거문고를 조율하자 25개의 현이 모두 움직였다”[41]고 했는데 아마 이것일 것이다. 『속한서續漢書』에서 “영제靈帝가 호복胡服을 입고 공후箜篌를 만들었다”고 한 것도 잘못된 것이다.

9. 사마천과 반고가 의심의 어기를 표현한 글자 遷固用疑字

소식蘇軾의 「조덕린자설趙德麟字說」에 이러한 내용이 있다.

40 顔師古(581~645) : 당나라 고조, 태종 시기 학자. 자 사고師古. 이름 주籒. 『한서漢書』에 주석을 가함으로써 전대前代의 여러 주석을 집대성했다.

41 『장자·잡편雜篇·서무귀徐無鬼』.

한 무제가 흰 기린을 잡은 것에 대해 사마천司馬遷과 반고班固는 "일각수를 잡았다는 것은 아마 기린일 것이다.[獲一角獸, 蓋麟云]"라고 했다. 여기서 '蓋개'자는 짐작의 어기를 담고 있다.

『사기』와 『한서』의 내용을 직접 살펴보니, 의심스런 부분에서는 '若약'자나 '云운'·'焉언'·'蓋개'자를 사용하고 있는데, 완곡한 표현에 깊은 의미가 담겨있다. 「봉선서封禪書」와 「교사지郊祀志」에서 고증하여 여기에 기록해본다.

- 옹주雍州 호치好畤는 자고이래로 여러 신령의 사당을 모아놓은 곳이다. 대략 황제 때부터 이곳에서 제사를 거행하였으며 주나라 말엽까지도 제사를 지냈다.[雍州好畤自古諸神祠皆聚云. 蓋黃帝時嘗用事, 雖晚周亦郊焉.]
- 삼신산三神山에 가 본적이 있는 사람들은 대개 신선과 장생불사의 약이 모두 거기에 있다고들 한다.[三神山, 蓋嘗有至者, 諸僊人及不死之藥皆在焉.]
- 아직 도달하지 않았을 때 멀리서 바라보았다.[未能至, 望見之焉.]
- 신원평新垣平은 구름의 기운을 보고서 황제에게 말했다. "신령스런 기운이 나타나 오채를 이루니 마치 관면을 쓴 사람의 모습 같습니다."[有神氣, 成五采, 若人冠絻焉.]
- 봉화에 점화하고서 제사를 시작하는데 그 불빛이 휘황찬란하여 하늘에 비치었다.[權火擧而祠, 若光煇然屬天焉.]
- 장안문으로 나가니 마치 다섯 사람이 도로 북쪽에 서 있는 듯했다.[出長安門, 若見五人於道北.]
- 밤에 왕부인의 형상을 불러들여 천자는 휘장을 통해서 그녀의 모습을 볼 수 있었다.[蓋夜致王夫人之貌云, 天子自帷中望見焉.]
- 중악 태실산에 올라 제사를 거행했다. 천자의 시종관들은 산 아래에서 '만세'라고 외치는 듯한 고함소리를 들었다.[登中岳太室, 從官在山下聞若有言萬歲者云.]
- 봉선제를 지내자 그날 밤 광채 같은 것이 나타났다.[祭封禪祠, 其夜若有光.]
- 난대를 책봉하는 조서를 내렸다. "하늘이 만약 짐을 보좌하도록 방사를 보내주셨다면 난대는 하늘의 뜻에 통할 수 있으리라."[天若遺朕士而大通焉.]
- 하동河東에서 정鼎을 영접하자 "황운이 하늘을 가렸다.[有黃雲蓋焉.]"
- 동래산에서 신선을 보았는데 "천자를 만나고 싶다"고 말하는 것 같았다.[見神人東萊山, 若云欲見天子.]
- 방사들이 "봉래산의 여러 신선들을 머지않아 찾을 수 있을 것입니다[蓬萊諸神若將可得.]"라고 아뢰었다.
- 천자가 황하의 터진 곳을 막고 통천대를 짓자 하늘에는 번쩍거리는 듯한 상서로운 빛이 나타났다.[天子爲塞河, 興通天臺, 若見有光云.]

• (진문공은)옥석을 얻었는데 진창산陳倉山에서라 한다.[獲若石, 云于陳倉.]

이 외에 다음의 것들도 비슷한 의미이다.

• 신하 중에 어떤 자가 그 노인의 일을 말하자 신선임을 믿게 되었다.[及羣臣有言老父, 則大以爲僊人也.]
• 지금 천자께서 누대를 건립하시고 구지성처럼 말린 고기와 대추를 차려놓으시면 신선이 응당 나타날 것입니다.[可爲觀, 如緱城, 神人宜可致.][42]
• 하늘의 가뭄은 봉토를 마르게 하려는 뜻이 아니겠는가?[天旱, 意乾封乎.]
• 그 결과가 어떠하였을지는 눈에 보이는 듯하다[然其效可睹矣.]

10. 찬탈자들의 분수에 넘치는 명칭들 僭亂的對

왕망王莽이 제위를 찬탈하고는 신실新室[43]이라 하였고, 공손술公孫述[44]은 성가成家라 하였고, 원술袁術[45]은 중가仲家라 하였고, 동탁董卓은 미오郿塢[46], 공손찬公孫瓚[47]은 역경易京이라 하였으니 모두 분수에 넘치는 명칭이라는 부분에서 대구를 이룬다고 할 수 있다.

42 원문을 누락한 부분이 있다. "可爲觀, 如緱城置脯棗, 神人宜可致也."

43 新室 : 8년, 왕망이 제위를 찬탈하여 국호를 '신'이라 하고 왕조를 '신실'이라 하였다.

44 公孫述(?~36) : 후한 때의 군웅. 자 자양子陽. 지금의 섬서성陝西省 흥평興平에 해당하는 부풍扶風 무릉茂陵 출신. 처음에는 왕망王莽을 섬겼으나, 전한前漢 말 경시제更始帝가 반란을 일으키자, 성도成都에서 군사를 일으켰다. 촉蜀·파巴를 평정하고, 25년 스스로 천자라 칭하고 국호를 성가成家라고 하였다. 36년 후한의 광무제光武帝에게 패하여, 일족과 함께 멸망하였다.

45 袁術(?~199) : 후한 때의 군웅. 자 공로公路. 여남汝南(지금의 하남성河南省 상수현商水縣)에서 태어났다. 종형從兄인 원소袁紹와 더불어 당대의 명문거족이었다. 동탁을 격파하여 명성을 떨쳤다. 조조와 원소에게 패하여 양주揚州로 근거지를 옮기고, 197년 제위에 올라 국호를 중씨仲氏·중가仲家라 하였다.

46 후한後漢 초평初平 3년 동탁董卓이 미현郿縣에 산과 같이 높은 언덕을 쌓고 장안에 필적할 만한 곳이라며 만세오萬歲塢라고 불렀고 이를 미오郿塢라 하였다. 이곳에 온갖 보물과 30년의 식량을 비축해두고 "일이 잘 되면 천하가 내 차지요, 일이 잘못 된다면 이곳에서 여생을 보내리라"고 했다. 그러나 동탁이 패하고 미오도 파괴되었다.

47 公孫瓚(?~199) : 후한 말기의 군웅. 자字는 백규伯圭. 오환 토벌의 공을 세웠으며 황건적을 무찌르고 원소, 유우와 싸우고 유주幽州를 근거지로 삼았다.

11. 『장자·외물』 중 '月不勝火월불승화'의 의미 月不勝火

『장자莊子 · 외물편外物篇』에 다음과 같은 구절이 있다.

> 이해에 대한 관념이 서로 마찰하다가 결국 불이 심하게 붙어 올라 많은 사람들이 마음 속 태화의 기를 태워버리고 만다. 사람의 마음이 달빛처럼 청명해도 이 불에는 이길 수가 없다. 여기서 모든 것은 무너져 버리고 천리는 사라져서 육체도 정신도 소멸되게 된다.

곽상郭象[48]은 이렇게 주를 달았다. "달빛은 크지만 어두우니 이지러짐이 많고, 불은 작지만 밝으니 세미한 것을 식별할 수 있다."

소식蘇軾은 곽상의 주를 인용하며 이렇게 말했다.

> 곽상은 크고 어두운 것은 작지만 밝은 것만 못하다고 여겼다. 좁은 식견이구나! 바꿔 말하면 달은 촛불을 이길 수 없다는 것으로, 큰 것을 밝히는 것은 작은 것에는 어둡다는 것이다. 달은 천지를 밝힐 수 있으나 작고 세밀한 것을 비추지는 못하기 때문에, 달빛이 불을 이기지 못한다는 의미이다. 그렇다면 촛불이 달보다 나은가? 달이 촛불보다 나은 것인가?

주원성朱元成의 『평주가담萍洲可談』에 이런 내용이 있다.

> 왕안석王安石이 수찬경의국修撰經義局에 있을 때 촛불을 보고서 말했다.
> "불서佛書에 해와 달, 등불이 불상을 밝힌다는 말이 있는데 등불이 어찌 일월과 짝할 수 있겠는가?"
> 여혜경呂惠卿이 말했다.
> "해는 낮에 빛나고 달은 밤에 빛나지만 등불은 해와 달이 비추지 못하는 곳을 비추니, 그 쓰임은 차별이 없는 것입니다."
> 왕안석도 그의 말이 옳다고 여겼다. 말에 이치가 담겨 있고 고정 관념을 벗어난 것이었다.

장자의 의도를 짐작해 보건데, 사람의 마음은 달빛처럼 담담하고 고요하나 이해관계가 끼어들면 불길이 확 일어나 고요한 마음을 태워버리니, 달빛과

48 郭象(252?~312) : 육조시기 진晉나라 사상가. 자 자현子玄. 『장자주莊子注』(33권)를 지었다.

같은 마음은 타오르는 이해의 침식을 이길 수 없다는 것이다. 밝고 어두움을 말한 것이 아니다.

12. 『장자·경상초』 중 '靈臺有持영대유지'의 의미 靈臺有持

『장자莊子·경상초庚桑楚』에 이런 구절이 있다.

> 마음은 가질 수 있지만 가지는 방법을 알지 못하면 가질 수 없다.[靈臺者, 有持而不知其所持而不可持者也.]

곽상郭象은 "갖는다는 것은 외물에 동요되지 않는 것을 말할 뿐이지 실제로는 가지는 것이 아니다. 만약 가지는 바를 알고서 그것을 가진다 해도, 가지면 잃게 된다"고 해석하였다.

진벽허陳碧虛는 "진정한 주재자가 존재한다면, 그 마음을 좇아 그것을 스승 삼는다"고 해석하였다.

이는 모두 표면적 의미를 넘어 현묘함을 추구하면서 장자의 말을 약간만 바꾸어 설명한 것이다. 그러나 본래의 뜻은 이것이 아닌 듯하다. 홍경선洪慶善은 이렇게 해석하였다.

> "이 장은 마음을 갖는 것에 방법이 있음을 말한 것이다. 만약 갖는 방법을 알지 못한다면 가질 수 없게 된다는 것이다."

곽상과 진벽허 두 사람의 해석은 두 '이而'자를 잘못 이해해서 그렇게 해석한 것 같다.

13. 동중서의 대책문 董仲舒災異對

한漢나라 무제武帝 건원建元 6년(B.C.135) 요동遼東의 고묘高廟와 고조의 능인 장릉長陵의 고원전高園殿에 화재가 났다. 당시 동중서董仲舒[49]는 집에 있었는데 음양오행의 원리를 이용해 화재의 원인을 추측하여 상소를 작성하였다. 그런데 동중서가 미처 상소를 올리기도 전에 주보언主父偃이 상소문을 훔쳐 무제에게 바쳤다. 무제는 유생들을 소집하여 동중서의 상소문을 토론하게 했는데, 동중서의 제자인 여보서呂步舒는 자신의 스승이 쓴 줄 모르고서 어리석은 견해라고 했다. 결국 무제는 동중서를 하옥하였다. 사형이 내려졌었으나 후에 다시 조서를 내려 사면하였다. 동중서는 결국 재이災異에 대해 다시는 말하지 않았다. 이는 『한서·동중서전』의 내용이다.

「오행지五行志」에 동중서의 대책對策이 수록되어 있다.

> 한 왕조는 진나라가 멸망하고 천하가 몹시 피폐한 상황에서 건국되었으므로 진나라의 폐단 또한 전해져 내려왔습니다. 게다가 한나라 왕실은 형제·친척·자녀가 너무 많아, 교만하고 사치스러우며 멋대로 하는 자도 많습니다. 이 때문에 하늘이 재앙을 내려, 폐하에게 이렇게 말하는 것입니다.
> "태평과 지공으로 천하를 다스려야 한다. 친척과 귀족 제후 중에서 가장 정도를 벗어난 자를 골라 내가 고원전을 태운 것처럼 처형하라."
> 조정 밖에서 바르지 못한 자라면 비록 고묘처럼 귀하더라도 재앙을 내려 태웠으니, 하물며 제후는 어떻겠습니까? 조정안에서 바르지 않는 것은 비록 고원전 같이 귀하더라도 태울 수 있으니, 하물며 대신은 어떻겠습니까. 이는 하늘의 뜻입니다.

이후 회남왕淮南王[50], 형산왕衡山王[51]이 모반하자 무제는 동중서가 예전에 했던 말을 생각하고는 여보서를 보내 회남왕의 안건을 처리하게 했다. 여보서는 『춘추春秋』에서 조정 밖에서는 독자적으로 판단했던 것에 근거하여, 모반에 가담한 제후와 가속을 처벌하면서 무제의 지시를 청하지 않았다. 사태를 처리한 후 돌아와 무제에게 아뢰었고 무제는 이를 타당하다고 여겼다.

49 董仲舒(B.C.170~B.C.120) : 전한 시기 유학자. 춘추공양학의 대가이며, 무제는 그의 건의로 유교를 통치술로 채택하게 된다.

50 淮南王 : 유안劉安. 한 고조의 손자. 회남여왕의 아들. 여왕을 이어 회남왕淮南王이 된 후 많은 문사와 방사方士를 식객으로 불러 모아 이들과 함께 『회남자淮南子』를 저술하였다. B.C. 122년 무제 때 반역을 기도하였다가 실패, 자살하였다.

51 衡山王 : 유사劉賜. 회남왕 유안의 동생.

회남왕과 함께 모반에 가담했던 열후, 이천석 관리, 호걸은 모두 경중에 관계없이 주살되었으니 두 안건에 연루되어 죽은 자가 수 만 명이었다. 아! 살인을 좋아하는 무제라도 당시는 제위에 오른 지 얼마 되지도 않았을 때이므로 좋은 일을 하도록 권면할 수 있었다. 고묘와 고원전의 화재에 대해 다른 이유로 설명할 수 없었단 말인가? 그런데 동중서가 먼저 무제에게 친족과 대신을 죽이도록 권했으니, 이는 평생의 학술과도 크게 어긋나는 것이었다. 수만 명을 죽음에 이르게 한 화가 모두 이 글에서 시작된 것이다. 그러므로 동중서가 하옥되어 죽을 뻔 했던 것도 하늘이 여보서에게 그렇게 말하도록 한 것이 아닐까? 만약 그가 주살되었다 하더라도 불행한 일은 아니었을 것이다.

14. 이정기의 상납 李正己獻錢

당唐나라 덕종德宗이 처음 즉위했을 때 치청淄青[52] 절도사節度使 이정기李正己[53]가 덕종의 위명을 두려워하여 30만민緡을 바쳤다. 덕종은 받자니 속임수가

52 淄青 : 지금의 산동성 치박淄博

53 李正己(732~781) : 당나라의 장수. 고구려 멸망 뒤 당나라로 끌려간 고구려 유민 부모에게서 태어났으며 본명은 회옥懷玉이다. 안사安史 의 난(755~763)이 일어났을 때 이회옥은 평로군平盧軍의 비장裨將으로서 두각을 나타내었고 이후 758년에 평로절도사 왕현지王玄志가 죽자 왕현지의 아들을 죽여서 자신의 고종사촌형인 후희일侯希逸이 절도사가 되는데 도움을 주었다. 후희일은 이정기를 부장副將으로 삼고 산동반도의 등주登州로 건너가 안사의 난을 평정하는 데 큰공을 세웠다. 이에 당나라 조정이 후희일을 치주淄州·청주青州 등 6개 주를 관장하는 평로치청절도사平盧淄青節度使에 임명하였으며 검교공부상서檢校工部尚書 벼슬을 주었다. 이후 군대 내부에서 이회옥의 신망이 두터워지자 후희일은 그를 해임하였고, 이회옥은 자신을 따르던 군사들과 함께 후희일을 쫓아내고 스스로 절도사 자리에 올랐다(765년). 절도사가 된 이정기는 당나라 조정과 적절한 관계를 유지하기 위해 노력하였다. 이에 당나라 조정은 그를 평로치청절도관찰사平盧淄青節度觀察使 해운압발해신라양번사海運押渤海新羅兩蕃使 검교공부상서檢校工部尚書 어사대부御史大夫 청주자사青州刺史에 임명하고 정기正己라는 새 이름을 주었다. 이정기는 당나라 변경을 침입하는 토번土蕃 등을 막기 위해 병사를 보내거나, 타 지방의 절도사가 반란을 일으키자 토벌을 자청하는 등 당나라 조정에 적극 협력하면서 세력을 넓혀나갔고 결국 15주를 지배하는 대번大藩의 번수藩帥가 되었다. 이정기는 당나라 조정과 대립하며 군사적 충돌 직전까지 갔다가 781년 8월 갑자기 병으로 사망하였다.

있을까 두렵고 거절하자니 구실이 없었다. 재상 최우보崔祐甫는 사신을 파견하여 치청의 군사들을 위로할 것을 건의하였다. 그러면서 이정기가 바친 돈을 장군 및 병사들에게 하사한다면 병사들은 주상의 은혜에 감격할 것이고, 다른 지역에게는 조정이 재화를 중시하지 않는다는 것을 알게 할 수 있다는 것이었다. 덕종은 기뻐하며 그의 건의대로 시행했다. 이정기는 부끄러워하면서도 그 결정에 승복할 수밖에 없었다. 사람들은 태평의 시대가 곧 올 것이라 기대했다.

송 고종 소흥紹興 30년(1160), 진강鎭江 도통제都統制 유보劉寶가 궁궐에 와서 아뢰기를 청하였다. 조정은 당시 유보가 명을 어기고 백성을 수탈했다는 이유로 그의 관직을 삭탈한 상태였다. 유보는 고종의 환심을 사고자 창고의 모든 재물을 배에 싣고 대동하여 상경하였다. 큰 배가 줄지어 가니, 백금을 실은 배가 다섯 척이나 되고 그 외에 다른 보물도 그 정도였다. 당초 유보는 무슨 일을 하던 돈으로 해결할 수 있다고 믿었다. 그러나 경사에 도착한 후 성문 밖을 기웃거렸으나 궁에 들어가는 허락을 받을 수가 없었다. 어떤 사람이 그가 재물을 내부內府에 바치려고 한다고 말했기 때문이다.

당시 추밀원樞密院 검상관檢詳官[54]이었던 나는 재상에게 이렇게 건의했다.

> 최우보崔祐甫가 진언했던 것에 근거하여, 유보가 바친 것들을 그의 군사에게 하사하시고, 황제께서는 공개적으로 조서를 내리고 사신을 파견하여 유보가 평생 동안 지은 죄악을 군사들에게 알려주어, 그들로 하여금 천자가 군사들을 위로하고 염려하는 마음을 알게 하도록 하시기를 청합니다. 만약 유보가 자기의 소유라고 우기며 내놓으려 하지 않는다면 그의 말에 따라 그 재물들이 어디서 난 것들인지, 무엇에 쓰려 했던 것인지를 책문하시고 그것을 다 몰수하십시오. 그가 대동한 배에 실어 진강으로 돌려보내 군사들에게 하사한다면 끝없이 탐욕을 채우려는 그의 속셈을 깨뜨릴 수 있습니다.

당시 탕기공湯岐公이 재상이었는데, 나의 건의를 받아들이지 않았다.

54 檢詳官 : 추밀원의 사무를 관찰하는 관직.

15. 선실 宣室

한漢나라 선실宣室에는 전殿과 각閣이 있는데 모두 미앙궁전未央宮殿의 북쪽에 있다. 「삼보황도三輔黃圖」에서는 전전前殿이 정실正室이라고 했다.

무제武帝가 그의 고모인 두태주竇太主[55]를 위해 선실에서 주연을 베풀면서 내인 동언董偃을 불러 배석하게 했다. 동방삭東方朔이 말했다.

> "선실은 선제의 정전正殿입니다. 국가의 대사를 논하는 자가 아니면 들어갈 수 없는 곳입니다."

문제文帝는 이곳에서 제사고기를 받았고,[56] 선제宣帝는 항상 재계하고 이곳에 거하면서 국가의 대사를 결정지었다. 여순如淳은 "정교를 선포하는 곳"이라고 했다.

선실은 고조 때 소하蕭何가 만든 곳으로 조회가 끝나고 정무를 보는 곳이다. 그런데 『사기史記 · 귀책전龜策傳』에서는 다음과 같이 말했다.

> 무왕武王이 상아로 장식된 주왕紂王의 궁전을 포위하자, 주왕은 선실에서 자살하였다.

이에 대해 서광徐廣은 "천자天子의 거처를 '선실'이라 한다"고 주를 달았다. 『회남자淮南子』에도 다음과 같은 기록이 있다.

> 무왕의 3천 병사가 주왕을 목야牧野에서 격파하자, 주왕은 선실에서 자살하였다.

이 구절에 "상나라 궁전의 이름으로, 일설에는 감옥이라고도 한다"는 주가 달려있다. 아마 상나라 때도 이 명칭이 있었는데, 한나라 때 우연히 같게 되었을 것이다. 「황도黃圖」에서 "한나라가 옛 명칭을 사용하였다"고

---

55 竇太主 : 무제의 고모로 두태후의 딸이다. 한나라 제도에 황제의 딸을 공주라고 하고, 황제의 자매를 장공주라고 하며, 황제의 고모를 태주라고 했다.

56 한나라 제도에는 천지와 오치에 제사를 지낼 때 황제는 사람을 보내 제사 고기를 황제에게 가져오도록 하는데 복을 받는다는 상징적 의미가 담겨있다.

한 것은 잘못된 것이다.

16. 설도형의 「석석염」 昔昔鹽

설도형薛道衡[57]은 "빈 들보에서 제비집 진흙 떨어진다空梁落燕泥"라는 구절 때문에 수隋나라 양제煬帝의 질투를 받았다.[58] 이 시의 제목인 「석석염昔昔鹽」을 찾아보니 10운韻 이다.

늘어진 수양버들 제방을 뒤덮고	垂柳覆金堤,
미무 잎은 또 다시 가지런히 돋아났네.	蘼蕪葉復齊.
부용 가득한 늪에 물이 넘쳐나고	水溢芙蓉沼,
복숭아 나무 가득한 길에 꽃잎 날아다니네.	花飛桃李蹊.
뽕나무 뜯는 진씨 여인	采桑秦氏女,
비단 짜는 두씨 집 아내.	織錦竇家妻.
관산에서 탕자와 이별하고	關山別蕩子,
풍월 속에서 빈 방을 지키고 있네.	風月守空閨.
천금의 웃음을 거둔 채	常斂千金笑,
두 줄기 눈물만 흘리네.	長垂雙玉啼.
용은 거울 따라 숨고	盤龍隨鏡隱,
봉황은 장막 속으로 달아났네.	彩鳳逐帷低.
혼백은 밤 까치처럼 날아가고	飛魂同夜鵲,
잠에 싫증나 새벽 닭만 생각하네.	倦寢憶晨雞.
어두운 창에는 거미줄이 드리우고	暗牖懸蛛網,
빈 들보에서 제비집 진흙이 떨어진다.	空梁落燕泥.
작년엔 대북으로 떠나고	前年過代北,
올해는 요서로 떠나고	今歲往遼西.

57 薛道衡 : 중국 수隋 나라 때의 문신文臣. 문제文帝의 신임을 받았으며, 글 재주가 뛰어났다.

58 양제가 신하들에게 '泥'자로 압운한 시를 지어 화답해 보라고 했다. 다른 사람은 평범한 수준이었으나 설도형의 「석석염」은 출중하였고 그 중에서도 "빈 들보에서 제비집 진흙이 떨어진다"라는 구절은 사람이 떠나버리고 텅 빈 집의 쓸쓸함을 잘 묘사하였다. 설도형은 이 구절로 많은 이들의 칭찬을 받았지만 이 때문에 양제의 시기 대상이 되었다. 후에 설도형이 처형 당하기 전 양제는 조롱섞인 말투로 이렇게 물었다고 한다. "그대는 다시 '빈 들보에서 제비집 진흙이 떨어진다' 같은 구절을 지을 수 있겠는가?"

한번 가면 소식이 없으시니 一去無消息,
어찌 말 발굽 닳을 것을 아끼시는가. 那能惜馬蹄.

당唐나라 조하趙嘏[59]가 이를 20장으로 늘렸는데 「연니燕泥」 1장에서 이렇게 말했다.

봄이 오니 오늘 아침 제비가 春至今朝燕,
꽃 필 때 맞춰 홀로 우네. 花時伴獨啼.
비스듬히 날아와 구슬발을 사이에 두고 있어 飛斜珠箔隔,
화려한 들보 아래 있어 울음소리 가깝네. 語近畫梁低.
말아 올린 장막 사이 문을 들여다보니 帷卷閒窺戶,
빈 침대는 어둡고 진흙이 떨어지네. 牀空暗落泥.
누가 이를 오랫동안 마주할 수 있는가 誰能長對此,
짝 이뤄 날아가고 짝 이뤄 둥지 트니. 雙去復雙棲.

『악원樂苑』에서 「석석염」은 우조곡羽調曲이라고 했다. 『현괴록玄怪錄』에 "거저삼랑蘧篨三娘이 아작염阿鵲鹽을 잘 노래했다"고 했다. 이 외에 돌궐염突厥鹽, 황제염黃帝鹽, 백합염白鴿鹽, 신작염神雀鹽, 소륵염疏勒鹽, 만좌염滿座鹽, 귀국염歸國鹽이 있다.

당시唐詩에 다음과 같은 구절이 있다.

아름다운 오땅 아가씨 이 염鹽을 노래하네. 媚賴吳娘唱是鹽.

새 노래 괄골염刮骨鹽을 다시 연주하네. 更奏新聲刮骨鹽.

노래 가사를 '염鹽'이라고 하는 것이니, 음吟·행行·곡曲·인引과 같은 것이다. 남악묘南嶽廟의 신에게 바치는 악곡에 황제염黃帝鹽이 있는데 속칭 황제염皇帝炎이라고 하기도 하는 것을 『장사지長沙志』에서는 제대로 고증을 하지 않고 그대로 썼다. 위곡韋穀이 『당재조시唐才調詩』를 편찬하였는데, 조하趙嘏의 시를 유장경劉長卿이 쓴 것이라 하고 제목을 「별탕자원別宕子怨」라고 하였으니, 이는

59 趙嘏(806?~852?) : 만당의 시인. 자 승우承佑. 약 200여수의 시를 남겼는데 그 중 7언 절구와 율시가 뛰어나다.

잘못된 것이다.

17. 군대는 한 명의 장수가 통솔해야 한다 將帥當專

『주역周易·사괘師卦』에 다음과 같은 내용이 있다.

> 육삼은 군사를 여러 사람이 주관하면 흉하리라.[六三, 師或輿尸, 凶.]
> 육오는 장자가 군사를 거느릴지니 제자가 여럿이 주장하면 바르게 하더라도 흉하리라.[六五, 長子帥師, 弟子輿尸, 貞凶.]

효의 의미는 군사를 부릴 때는 한 명의 장수를 두어야하니, 만약 군대가 제대로 통솔되지 않은 채 적과 대치하게 된다면 불길하다는 것이다. '여시輿尸'란 여러 사람이 주관한다는 의미이다.

안경서安慶緖[60]가 상주相州[61]로 패주하자 숙종肅宗은 곽분양郭汾陽과 이림회李臨淮 등 9명의 절도사에게 토벌하도록 했다. 두 사람 모두가 우두머리였기 때문에 누가 누구를 통솔하고 예속될 것인지가 어려웠다. 그리하여 우두머리를 두지 않고 환관 어조은魚朝恩을 관군용선위처치사觀軍容宣慰處置使[62]로 임명하였다. 결국 보병과 기병 60만이 사사명史思明에게 단번에 궤멸되었다.

헌종憲宗 시기 회서淮西를 토벌할 때 선무宣武 등 16도 절도사에게 출병하도록 했다. 한홍韓弘은 도통都統으로 임명되었으나 직접 참전하지 않았다. 결국 통수가 없어 4년 동안 계속해서 공격했으나 반란군을 토벌할 수 없었다. 이후 배도裴度가 출전하여 수 개월 만에 반란을 평정하였다.

목종穆宗이 왕정주王庭湊[63]와 주극융朱克融[64]의 반란을 토벌할 때였다. 당시

60 安慶緖(?~759) : 이름 인집仁執. 안녹산의 둘째아들. 녹산이 안사安史의 난을 일으켜 대연황제大燕皇帝를 자칭하게 되자, 그도 진왕晋王으로 봉해졌다. 녹산이 눈병과 악성 종기를 앓게 되어 포악해지고, 동생인 경은慶恩을 편애하게 되자, 불안을 느껴 757년 녹산을 죽이고 반란군을 통솔했다. 호남湖南의 업鄴에서 녹산의 부장 사사명史思明에게 살해되었다.

61 相州 : 지금의 하남성河南省 안양安陽.

62 觀軍容宣慰處置使 : 이 때 처음 생겨난 관직명이다. 9군을 총괄하는 총지휘권을 가진 최고통수권자.

배도裴度는 하동河東[65]에 주둔하면서 도초토사都招討使에 임명되었고, 수장인 이광안李光顔과 오중사烏重嗣 등은 모두 당시의 명장이었다. 그러나 재상이 되고 싶었던 한림학사翰林學士 원진元稹은 배도가 공을 세워 먼저 재상이 될까 시기하여, 지추밀知樞密 위간魏簡과 결탁하였다. 배도가 매번 군사에 관한 사항을 그림으로 그려 상주하면 그때마다 중간에서 방해하고 트집을 잡았다. 결국 군대가 1년을 주둔하면서도 아무런 성과가 없었다. 덕종 정원貞元 연간 오소성吳少誠[66]을 토벌하고, 헌종 원화元和 연간 노종사盧從史[67]를 정벌할 때도 모두 유사한 원인으로 여러 차례 실패하였다.

오대 후진後晉 개운開運[68] 연간, 거란契丹의 공격을 받았을 때 후진의 군사력은 열세했다. 당시 재상이었던 상유한桑維翰[69]은 15명의 절도사를 총괄하였다. 비록 두중위杜重威와 이수정李守貞·장언택張彦澤의 재주는 거란 장수들만 못했지만, 두중위가 주장이 되었고 이들은 모두 죽음을 각오한 결심으로 양성陽城에서 강적을 크게 무찔렀다.[70] 야율덕광耶律德光은 낙타를 타고 달아나 간신히 죽음을 면했다. 이로 보건데 대장은 군대를 통솔하는 권한을 장악해야 하지 않겠는가?

63 王庭湊(?~834) : 성덕절도사成德節度使.

64 朱克融(?~826) : 노룡절도사盧龍節度使.

65 河東: 지금의 산서성山西省 태원太原.

66 吳少誠(750~809) : 회서淮西 지방의 군벌로 반란을 일으켰다. 조정에서는 여러 차례 토벌군을 파견했으나 모두 패하였다. 결국 조정은 오소성의 모든 죄를 사면하고 그를 회서절도사로 임명하였다.

67 盧從史(?~810) : 번진 할거 시기 소의절도사昭義節度使.

68 開運 : 오대 후진 시기 연호(944~946).

69 桑維翰 : 오대五代 때 후진後晉의 관리. 자 국교國僑. 후진의 군주가 광대에게 무분별하게 상을 내리자 이를 간언하였으나 받아들여지지 않았다. 뒤에 경연광景延廣이 맹약에 실패하여 거란이 진晉을 쳤는데 이때 죽었다.

70 944년 후진과 요遼나라는 전쟁을 시작하였고, 947년에는 요나라의 태종인 야율덕광이 직접 군대를 이끌고 남하하였다. 당시 두중위의 군대는 양성에서 거란군에게 포위당한 상태였다. 두중위의 군대는 식수도 없고 역풍까지 불어오는 최악의 상황이었다. 나가서 싸워야할지, 바람이 가라앉을때까지 기다려야 할지 제장들의 의견이 분분한 가운데 두중위는 죽음을 각오하고 나가 싸우자는 결단을 내렸고 직접 정예 기병대를 끌고 나가 방심하고 있던 거란군을 크게 격파하였다. 야율덕광은 전차를 타고 달아나다가 낙타로 바꿔 타고 달아났다.

1. 田租輕重

李悝爲魏文侯作盡地力之敎, 云:「一夫治田百畮, 歲收粟百五十石, 除十一之稅十五石, 餘百三十五石。」蓋十一之外, 更無他數也。今時大不然, 每當輸一石, 而義倉省耗別爲一斗二升, 官倉明言十加六, 復於其間用米之精麤爲說, 分若干甲, 有至七八甲者, 則數外之取亦如之。庾人執槩從而輕重其手, 度二石二三斗乃可給。至於水脚、頭子、市例之類, 其名不一, 合爲七八百錢, 以中價計之, 并僦船負擔, 又須五斗, 殆是一而取三。以予所見, 唯會稽爲輕, 視前所云不能一半也。董仲舒爲武帝言:「民一歲力役, 三十倍於古, 而田租口賦, 二十倍於古。」謂一歲之中, 失其資産三十及二十倍也。又云:「或耕豪民之田, 見稅什五。」言下戶貧民自無田, 而耕墾豪富家田, 十分之中以五輸本田主, 今吾鄕俗正如此, 目爲主客分云。

2. 女子夜績

漢食貨志云:「冬, 民旣入, 婦人相從夜績, 女工一月得四十五日。」謂一月之中, 又得夜半, 爲四十五日也。必相從者, 所以省費燎火, 同巧拙而合習俗也。戰國策甘茂亡秦出關, 遇蘇代, 曰:「江上之貧女, 與富人女會績而無燭, 處女相與語, 欲去之。女曰:妾以無燭故, 常先至掃室布席, 何愛餘明之照四壁者, 幸以賜妾。」以是知三代之時, 民風和厚勤樸如此。非獨女子也, 男子亦然。豳風:「晝爾于茅, 宵爾索綯。」言晝日往取茅歸, 夜作綯索, 以待時用也。夜者日之餘, 其爲益多矣。

3. 淮南王

漢淮南厲王死, 民作歌以諷文帝曰:「一尺布, 尙可縫。一斗粟, 尙可舂。兄弟二人不相容。」此史、漢所書也。高誘作鴻烈解敍, 及許叔重注文, 其辭乃云:「一尺繒, 好童童。一升粟, 飽蓬蓬。兄弟二人不能相容。」殊爲不同, 後人但引尺布斗粟之喩耳。厲王子安復爲王, 招致賓客方術之士, 作爲內書二十一篇, 外書甚衆, 又有中篇八卷, 言神仙黃白之術。漢書藝文志淮南內二十一篇, 淮南外三十三篇, 列於雜家, 今所存者二十一卷, 蓋內篇也。壽春有八公山, 正安所延致客之處, 傳記不見姓名, 而高誘敍以爲蘇飛、李尙、左吳、田由、雷被、毛被、伍被、晉昌等八人, 然唯左吳、雷被、伍被見於史。雷被者, 蓋爲安所斥而亡之長安上書者, 疑不得爲賓客之賢也。

4. 薛國久長

左傳載魯哀公大夫云：「禹合諸侯于塗山, 執玉帛者萬國, 今其存者無數十焉。」漢公孫卿語武帝云：「黃帝萬諸侯, 而神靈之封君七千。」案, 王制所紀九州, 凡千七百七十有三國, 多寡殊不侔。以環移之, 一君會朝所將吏卒, 姑以百人計之, 則萬國之衆, 當爲百萬, 塗山之下, 將安所歸宿乎。其爲奰言, 無可疑者。所謂存者數十, 考諸經傳, 可見者唯薛耳。薛之祖是仲, 爲夏禹掌車服大夫, 自此受封, 歷商及周末, 始爲宋偃王所滅, 其享國千九百餘年, 傳六十四代, 三代諸侯莫之與比。薛壤地褊小, 以詩則不列於國風, 以世家則不列於史記, 而春秋二百四十二年之間, 視同儕郲、杞、滕、郳, 獨未嘗受大國侵伐, 則其爲邦, 亦自有持守之道矣。

5. 建除十二辰

建除十二辰, 史、漢曆書皆不載, 日者列傳但有「建除家以爲不吉」一句。惟淮南鴻烈解天文訓篇云：「寅爲建, 卯爲除, 辰爲滿, 巳爲平, 主生；午爲定, 未爲執, 主陷；申爲破, 主衡；酉爲危, 主杓；戌爲成, 主少德；亥爲收, 主大德；子爲開, 主太歲；丑爲閉, 主太陰。」今會元官曆, 每月遇建、平、破、收日, 皆不用, 以建爲月陽, 破爲月對, 平、收隨陰陽月遞互爲魁罡也。酉陽雜俎夢篇云：「周禮以日月星辰各占六夢, 謂日有甲乙, 月有建破。」今注無此語。正義曰：「案堪輿, 黃帝問天老事云『四月陽建於巳, 破於亥, 陰建於未, 破於癸, 是爲陽破陰, 陰破陽。』」今不知何書所載, 但又以十干爲破, 未之前聞也。

6. 俗語算數

三三如九, 三四十二, 二八十六, 四四十六, 三九二十七, 四九三十六, 六六三十六, 五八四十, 五九四十五, 六九五十四, 七九六十三, 八九七十二, 九九八十一, 皆俗語算數, 然淮南子中有之。三七二十一, 蘇秦說齊王之辭也。漢書律曆志劉歆典領鐘律, 奏其辭, 亦云八八六十四。杜預注左傳, 天子用八, 云八八六十四人, 又六六三十六人, 四四十六人。如淳、孟康、晉灼注漢志, 亦有二八十六, 三四十二, 六八四十八, 八八六十四等語。

7. 伾文用事

唐順宗卽位, 抱疾不能言, 王伾、王叔文以東宮舊人用事, 政自己出。卽日禁宮市之擾民, 五坊小兒之暴閭巷, 罷鹽鐵使之月進, 出教坊女伎六百還其家。以德宗十年不下赦令,左降官雖有名德才望, 不復叙用, 卽追陸贄、鄭餘慶、韓皐、陽城還京師, 起姜公輔爲刺史。人情大悅, 百姓相聚讙呼。又謀奪宦者兵, 旣以范希朝及其客韓泰總統京西諸城鎭行營兵馬, 中人尙未悟。會諸將以狀來辭, 始大怒, 令其使歸告其將, 「無以兵屬人」。當是時, 此計若成, 兵柄歸外朝, 則定策國老等事, 必不至後日之患矣。所交黨與如陸質、呂溫、李景儉、韓曄、劉禹錫、柳宗元, 皆一時豪儁俊知名之士, 惟其居心不正, 好謀務速, 欲盡据大權, 如鄭珣瑜、高郢、武元衡稍異己者, 皆亟斥徙, 以故不旋踵而身陷罪戮。後世蓋有居伾、文之地, 而但務嘯引沾沾小人以爲鷹犬者, 殆又不足以望其百一云。白樂天諷諫元和四年作, 其中賣炭翁一篇, 蓋爲宮市, 然則未嘗能絶也。

8. 五十絃瑟

李商隱詩云:「錦瑟無端五十絃。」, 說者以爲錦瑟者, 令狐丞相侍兒小名, 此篇皆寓言, 而不知五十絃所起。劉昭釋名箜篌云:「師延所作靡靡之樂, 蓋空國之侯所作也。」段安節樂府錄云:「箜篌乃鄭、衛之音, 以其亡國之聲, 故號空國之侯, 亦曰坎侯。」吳兢解題云:「漢武依琴造坎侯, 言坎坎應節也。後訛爲箜篌。」予案史記封禪書云:「漢公孫卿爲武帝言:『太帝使素女鼓五十絃瑟, 悲, 帝禁不止, 故破其瑟爲二十五絃。』於是武帝益召歌兒, 作二十五弦及空侯。」應劭曰:「帝令樂人侯調始造此器。」前漢郊祀志備書此事, 言「空侯瑟自此起」。顔師古不引劭所注, 然則二樂本始, 曉然可攷, 雖劉、吳博洽, 亦不深究, 且「空」元非國名, 其說尤穿鑿也。初學記、太平御覽編載樂事, 亦遺而不書。莊子言「魯遽調瑟, 二十五絃皆動」, 蓋此云。續漢書云「靈帝胡服作箜篌」, 亦非也。

9. 遷固用疑字

東坡作趙德麟字說云:「漢武帝獲白麟, 司馬遷、班固書曰『獲一角獸, 蓋麟云』, 蓋之爲言, 疑之也。」予觀史、漢所紀事, 凡致疑者, 或曰若, 或曰云, 或曰焉, 或曰蓋, 其語舒緩含深意, 姑以封禪書、郊祀志考之, 漫記于此。「雍州好畤, 自古諸神祠皆聚云。蓋黃帝時嘗用事, 雖晩周亦郊焉。」「三神山, 蓋嘗有至者, 諸僊人及不死之藥皆在焉。」「未能至, 望見之焉。」新垣平望氣言:「有神氣, 成五采, 若人冠絻焉。」「權火擧而祠, 若光輝然屬天焉。」「出長安門, 若見五人於道北。」「蓋夜致王夫人之貌云, 天子自帷中望見焉。」「登中岳太室。從官在山下聞若有言萬歲者云。」「祭封禪祠, 其夜若有光。」封欒大詔:「天若遺朕士而大通焉。」河東迎鼎, 「有黃雲蓋焉。」「見神人東萊山, 若云欲見天子。」方士言「蓬萊諸神若將可得。」「天子爲塞河, 興通天臺, 若見有光云。」「獲若石, 云于陳倉。」此外如所謂「及羣臣有言老父, 則大以爲僊人也。」「可爲觀, 如緱城, 神人宜可致。」「天旱, 意乾封乎。」「然其效可睹矣。」詞旨亦相似。

10. 僭亂的對

王莽竊位稱新室，公孫述稱成家，袁術稱仲家，董卓郿塢，公孫瓚易京，皆自然的對也。

11. 月不勝火

莊子外物篇：「利害相摩，生火甚多，衆人焚和，月固不勝火，於是乎有僓然而道盡。」注云：「大而闇暗則多累，小而明則知分。」東坡所引，乃曰：「郭象以爲大而闇不若小而明。陋哉斯言也！爲更之曰：月固不勝燭，言明於大者必晦於小，月能燭天地，而不能燭毫釐，此其所以不勝火也。然卒之火勝月耶？月勝火耶？」予記朱元成萍洲可談所載：「王荊公在修撰經義局，因見擧燭，言：『佛書有日月燈光明佛，燈光豈足以配日月乎？』呂惠卿曰：『日煜乎晝，月煜乎夜，燈煜乎日月所不及，其用無差別也。』公大以爲然，蓋發言中理，出人意表云。」予妄意莊子之旨，謂人心如月，湛然虛靜，而爲利害所薄，生火熾然，以焚其和，則月不能勝之矣，非論其明闇也。

12. 靈臺有持

莊子庚桑楚篇云：「靈臺者，有持而不知其所持而不可持者也。」郭象云：「有持者，謂不動於物耳，其實非持。若知其所持而持之，持則失也。」陳碧虛云：「眞宰存焉，隨其成心而師之。」予謂是皆置論於言意之表，玄之又玄，復采莊子之語以爲說，而於本旨殆不然也。嘗記洪慶善云：「此一章謂持心有道，苟爲不知其所以持之，則不復可持矣。」蓋前二人解釋者，爲兩「而」字所惑，故從而爲之辭。

13. 董仲舒災異對

漢武帝建元六年，遼東高廟、長陵高園殿災，董仲舒居家，推說其意，草稿未上，主父偃竊其書奏之。上召視諸儒，仲舒弟子呂步舒不知其師書，以爲大愚。於是下仲舒吏，當死，詔赦之。仲舒遂不敢復言災異。此本傳所書。而五行志載其對曰：「漢當亡秦大敝之後，承其下流。又多兄弟親戚骨肉之連，驕揚奢侈，恣睢者衆，故天災若語陛下：『非以太平至公不能治也。視親戚貴屬在諸侯遠正最甚者，忍而誅之，如吾燔遼東高廟迺可；視近臣在國中處旁仄及貴而不正者，忍而誅之，如吾燔高園殿乃可』云爾。在外而不正者，雖貴如高廟，猶災燔之，況諸侯乎。在內不正者，雖貴如高園殿，猶燔災之，況大臣乎！此天意也。」其後淮南、衡山王謀反，上思仲舒前言，使呂步舒持斧鉞治淮南獄，以春秋誼顓斷於外，不請。旣還奏事，上皆是之。凡與王謀反列侯二千石豪傑，皆以罪輕重受誅，二獄死者數萬人。嗚呼！以武帝之嗜殺，時臨御方數歲，可與爲善，廟殿之災，豈無它說？而仲舒首勸其殺骨肉大臣，與平生學術大爲乖剌，馴致數萬人之禍，皆此書啓之也。然則下吏幾死，蓋天所以激步舒云，使其就戮，非不幸也。

14. 李正己獻錢

唐德宗初卽位，淄靑節度使李正己畏上威名，表獻錢三十萬緡。上欲受之，恐見欺，却之則無辭。宰相崔祐甫請遣使慰勞淄靑將士，因以正己所獻錢賜之，使將士人人戴上恩，諸道知朝廷不重貨財。上悅從之。正己大慚服。天下以爲太平之治，庶幾可望。紹興三十年，鎭江都統制劉寶乞詣闕奏事，朝廷以其方命刻下，罷就散職。寶規取恩寵，掃一府所有，載以自隨，巨舟連檣，白金至五艦，它所賫挾皆稱是。其始謀蓋云此行不以何事，必可力買。旣至，趑趄國門，不許入覲，或以謂欲上諸內府。予時爲樞密檢詳，爲丞相言：「援祐甫所陳，乞以寶所賫等第賜其本軍，明降詔書，遣一朝士以寶平生過惡告諭卒伍，使知明天子惠綏惻怛之意。或寶靳固奄有，仍爲己物，則宜因人之言，發命詰問在行之物，本安所出，今安所用？悉取而籍之。就其舟楫，北還充賜，尤可以破其谿壑無厭之謀。」湯岐公當國，不能用也。

15. 宣室

漢宣室有殿有閣，皆在未央宮殿北。三輔黃圖以爲前殿正室。武帝爲竇太主置酒，引內董偃，東方朔曰：「宣室者，先帝之正處也，非法度之政不得入焉。」文帝受釐于此，宣帝常齋居以決事。如淳曰：「布政敎之室也。」然則起於高祖時，蕭何所創，爲退朝聽政之所。而史記龜策傳云：「武王圍紂象郞，自殺宣室。」徐廣曰：「天子之居，名曰宣室。」淮南子云：「武王甲卒三千，破紂牧野，殺之宣室。」注曰：「商宮名，一曰獄也。」蓋商時已有此名，漢偶與之同，黃圖乃以爲「漢取舊名」，非也。

16. 昔昔鹽

薛道衡以「空梁落燕泥」之句，爲隋煬帝所嫉。考其詩名昔昔鹽，凡十韻：「垂柳覆金堤，蘼蕪葉復齊。水溢芙蓉沼，花飛桃李蹊。采桑秦氏女，織錦竇家妻。關山別蕩子，風月守空閨。常斂千金笑，長垂雙玉啼。盤龍隨鏡隱，彩鳳逐帷低。飛魂同夜鵲，倦寢憶晨鷄。暗牖懸蛛網，空梁落燕泥。前年過代北，今歲往遼西。一去無消息，那能惜馬蹄。」唐趙嘏廣之爲二十章，其燕泥一章云：「春至今朝燕，花時伴獨啼。飛斜珠箔隔，語近畫梁低。帷卷閑窺戶，牀空暗落泥。誰能長對此，雙去復雙栖。」樂苑以爲羽調曲。玄怪錄載「籧篨三娘工唱阿鵲鹽」，又有突厥鹽、黃帝鹽、白鴿鹽、神雀鹽、疏勒鹽、滿座鹽、歸國鹽。唐詩「媚賴吳娘唱是鹽」，「更奏新聲刮骨鹽」。然則歌詩謂之「鹽」者，如吟、行、曲、引之類云。今南嶽廟獻神樂曲，有黃帝鹽，而俗傳以爲「皇帝炎」，長沙志從而書之，蓋不考也。韋縠編唐才調詩，以趙詩爲劉長卿，而題爲別宕子怨，誤矣。

17. 將帥當專

周易師卦 :「六三, 師或輿尸, 凶。」「六五, 長子帥師, 弟子輿尸, 貞凶。」爻意謂用兵當付一帥, 苟其儔雜然臨之, 則凶矣。輿尸者, 衆主也。安慶緒旣敗, 遁歸相州, 肅宗命郭汾陽、李臨淮九節度致討。以二人皆元勳, 難相統屬, 故不置元帥, 但以宦者魚朝恩爲觀軍容宣慰處置使, 步騎六十萬, 爲史思明所挫, 一戰而潰。憲宗討淮西, 命宣武等十六道進軍, 雖以韓弘爲都統, 而身未嘗至。旣無統帥, 至四年不克, 及裴度一出, 才數月卽成功。穆宗討王庭湊、朱克融, 時裴度鎭河東, 亦爲都招討使, 羣帥如李光顔、烏重嗣, 皆當時名將。而翰林學士元稹, 意圖宰相, 忌度先進, 與知樞密魏簡相結, 度每奏畫軍事, 輒從中沮壞之, 故屯守踰年, 竟無成績。貞元之誅吳少誠, 元和之征盧從史, 皆此類也。石晉開運中, 爲契丹所攻, 中國兵力寡弱, 桑維翰爲宰相, 一制指揮節度使十五人。雖杜重威、李守貞、張彦澤輩, 駑材反虜, 然重威爲主將, 陽城之戰, 三人者尙能以身徇國, 大敗强胡, 耶律德光乘橐駝奔竄, 僅而獲免。由是觀之, 大將之權, 其可不專邪!

••• 용재속필 권8(15칙)

1. 거북점과 시초점 蓍龜卜筮

옛 사람들은 점이 신과 통하는 방식이라 여겨 중시하였다. 귀갑으로 점치는 것을 복卜, 시초로 점치는 것을 서筮라 했다. 그러므로 다음과 같은 말이 있다.

> 너의 신령스런 거북을 빌려 점을 치고, 너의 신령스런 시초를 빌려 점을 친다.[1]
>
> 천하의 길흉을 정하며 천하가 힘쓰도록 한다.[2]
>
> 백성으로 하여금 시일時日의 길흉을 믿게 하고, 귀신을 공경하게 하고, 법령을 두려워하게 한다.[3]

순舜임금이 우禹임금에게 제위를 선양했을 때, 무왕武王이 주紂임금을 타도했을 때, 소공召公이 성왕成王의 거주지를 정하고, 주공周公이 성주成周를 건립하였을 때도 모두 점을 쳤었다. 그러나 시초점보다는 거북점이 영험하다.

유향劉向의 『칠략七略』[4]을 기초로 한 『한서·예문지』에는 『귀서龜書』, 『하귀夏

---

1 『예기禮記·곡례상曲禮上』

2 『주역周易·계사전繫辭傳』.

3 『예기·곡례상』.

4 『七略』: 전한의 학자 유향이 궁정의 장서를 정리하여 『별록』을 편찬하였고, 그의 아들 흠歆이 이를 근거로 하여 『칠략』을 완성하였다. 도서를 집략과 육예략·제자략·시부략·병서략·술수략·방기략으로 분류하였으며, 이것이 최초의 체계적인 서적 목록이다. 『별록』과 『칠략』 모두 전하지 않으며, 『한서·예문지』가 『칠략』에 기초하고 있다고 밝히고 있어 이를 통해 그 대략을 짐작할 수 있다.

龜』 등 15가家 41권이 있는데 후세에는 전하지 않는다.

오늘날 시초점은 대부분 형태만 남아 전하게 되었고, 거북점인 귀책龜策은 저잣거리의 비천한 사람들만이 익히는 기예가 되었다. 수입이 몇 전에 불과하니 사대부들은 이 잡기에 대해 관심을 갖지 않는다. 많은 사람들이 재주와 술수를 익혔다고 자부하며, 오성五星과 육임六壬[5]·연금衍禽·삼명三命·궤석軌析·태일太一·통미洞微·자미紫微·태소太素·둔갑遁甲으로 점을 친다. 모두들 자신이 한나라 엄군평嚴君平[6]이라 자칭하고 전설적 점쟁이인 사마계주司馬季主[7]라 하지만 사실은 모두 형편없다. 이 때문에 고위 관리들을 끌어모으고 수레가 길에 가득하고 비방과 명예가 분분하지만 점술은 점차 사라지게 되었다.

『주례周禮』에 다음과 같은 구절이 있다.

> 태복太卜은 삼조三兆의 법을 관장하니 첫째는 옥조玉兆[8], 둘째는 와조瓦兆[9], 셋째는 원조原兆라 한다.

이에 대해 두자춘杜子春[10]은 다음과 같이 설명했다.

> 옥조玉兆란 전욱顓頊[11] 자신이 제위에 오를 징조를 예측한 것이고 와조瓦兆란 요임금이 자신이 제위에 오를 것을 예측한 것이고 원조原兆란 주周 무왕이 상나라를

5 六壬 : 점복술의 하나. 십이신十二辰의 천반天盤의 분야와 지반地盤의 방위와의 배합관계로서 4괘卦 3전傳의 법을 써서 길흉을 점치는 것으로 64과課가 있음.

6 嚴君平 : 한나라의 방술가. 이름 엄준嚴遵, 자 군평君平. 촉군蜀郡 성도成都 출신. 원래 장莊씨였으나 한나라 명제明帝의 이름이 '莊'이었으므로 피휘하여 엄준으로 바꿨다. 엄군평은 생계수단으로 점을 치는 일을 했는데, 하루에 백전을 벌고 나면 문을 닫고 노자를 공부했다. 대표저술로 『노자지귀老子指歸』가 있다.

7 司馬季主 : 한나라의 방술가. 장안의 동시東市에서 점을 쳤다. 『사기·일자열전』에 한나라 송충宋忠과 가의賈誼가 시장에서 우연히 사마계주를 만나 이야기를 나누다가 그의 학식과 견문에 탄복하는 일화가 수록되어 있다.

8 玉兆 : 귀갑의 갈라지는 모양이 옥이 갈라지는 듯한 균열의 무늬를 만들어 내는 것.

9 瓦兆 : 거북의 껍질을 불로 지져 기와가 갈라지는 듯한 무늬를 보고서 길흉을 점치는 것.

10 杜子春 : 동한시기 경학자. 유흠劉歆에게서 『주례』를 수학하였다.

11 顓頊 : 중국 전설의 삼황오제 중 한명. 『사기史記』에 의하면 황제黃帝의 손자이며 창의昌意의 아들로서, 아들은 곤鯀, 손자는 우왕禹王이라고 한다.

멸망시키고 즉위할 징조를 예측한 것이다.

예측이 들어맞은 것이 모두 120가지 일이고, 예측한 복사卜辭가 1200개다.

태복은 삼역三易을 관장하니 연산역連山易[12]과 귀장역歸藏易[13]·주역周易이다. 경괘經卦는 모두 8개이니 나머지까지 합치면 모두 64개이다.

그러나 지금은 『周易』만이 남아있고 다른 것들은 볼 수 없다. 사람들은 문왕文王이 『주역』의 육효六爻를 발전시켜 64괘를 만들었다고 하지만, 하夏나라와 상商나라의 역易이 이미 이와 같았다.

『좌전左傳』 중 점괘에 관한 부분을 살펴보자.

진陳나라 대부 의씨懿氏가 그의 딸을 경중敬仲에게 보낼 생각으로 점을 쳤는데, 그의 아내가 점괘를 다음과 같이 풀이했다.

봉황이 비상하여 암수가 서로 어울려 화목하게 울 괘이니 길합니다. 유규有嬀씨[진나라의 성씨]의 후손이 장차 강姜씨[제나라의 성씨]에게서 길러질 것입니다.[14]

계우季友[15]가 태어날 때 노 환공桓公이 점을 치게 했고 이런 풀이가 나왔다.

그 이름은 우友라고 하는데 군주의 오른편에 자리 잡을 것입니다. 그 존귀함이 부친과 같아 군주와 같은 존경을 받을 것입니다.[16]

12 連山易 : 하夏나라의 역.
13 歸藏易 : 은殷나라의 역.
14 『좌전·장공 22년』. 진나라가 망조를 보이기 시작했을 때 경중의 5세손인 진환자陳桓子가 제나라에서 강대해지기 시작했고, 진나라가 결국 초나라에 의해 망했을 때 경중의 8세손인 진성자陳成子가 제나라의 실권을 장악하게 되었다.
15 季友(?~B.C. 644) : 춘추시대 노魯나라의 공자. 성계成季라고도 쓴다. 노환공魯桓公의 막내아들로, 형 노장공魯莊公이 서거한 후 제위를 노리는 서형庶兄 경보慶父의 난을 수습하고 그를 추방시켜 더 큰 혼란을 막았다. 난리가 가라앉고 노장공의 아들 노희공魯僖公이 즉위하자 내정을 안정시킨 공로로 비費읍과 문양汶陽 땅을 하사받고 계손씨季孫氏의 개조가 되었다. 그의 자손들은 후대에 공손오公孫敖의 자손들인 맹손씨孟孫氏와 공손자公孫玆의 자손들인 숙손씨叔孫氏와 함께 '삼환씨三桓氏'로 통칭되면서 노나라 내정을 마음대로 휘둘렀다.
16 『좌전·민공閔公 2년』.

진晉 헌공獻公이 총애하는 여희驪姬를 부인으로 삼기 위해 점을 쳤는데 이런 점괘가 나왔다.

> 한 여인을 지나치게 총애하면 환란으로 변하고 군주가 좋아하는 태자를 빼앗을 것이다.[17]

진 헌공이 딸 백희伯姬를 진나라로 시집보내며 점을 쳤다.

> 수레의 지지대가 떨어져 나가고 깃발이 불에 타니 불길합니다. 석이 활을 당기는 상이니 조카가 고모에게 의지할 것입니다.[18]

진백秦伯이 진晉을 공격하기 위해 출병하면서 점을 쳤다.

> 천승의 나라가 세 번 몰아붙이고, 세 번 몰아붙인 후에 숫여우를 잡게 된다.[19]

진晉 문공文公이 주양왕을 받아들일 때 점을 쳤는데 옛날 황제黃帝가 판천阪泉[20]에서 신농씨의 후손과 싸웠을 때와 유사한 점괘가 나왔다.[21]

언릉鄢陵의 전쟁에서 진晉 여공厲公이 점을 쳤더니 이런 점괘가 나왔다.

> 남방 국가가 위축될 것이니 원왕元王에게 활을 쏘아 그의 눈을 맞추게 될 것이다.[22]

송宋나라가 정鄭나라를 공격하자 진나라 대부 조앙趙鞅은 정나라를 원조하려 했다. 거북점을 쳤더니 물길이 불로 향하는 점괘를 얻었다. 사구史龜가 다음과 같이 점괘를 풀이했다.

17 『좌전·희공僖公 4년』.
 ○ 진헌공은 불길하다는 점괘를 따르지 않고 여희를 부인으로 삼았다. 여희는 해제를 낳았다. 여희는 자신의 소생인 해제를 태자로 세우기 위해 독을 넣은 고기로 태자인 신생을 모함하였고 신생은 결국 목을 매 죽었다.

18 『좌전·희공 15년』.

19 『좌전·희공 15년』.

20 阪泉 : 하북성 탁록현 북쪽.

21 『좌전·희공 25년』.

22 『좌전·성공 16년』.

이 점괘는 양기陽氣인 불이 물을 만나 아래로 가라앉는 형상이니 군대를 출병시킬 수 있습니다. 강씨姜氏인 제나라를 공격하는 것은 이로우나 상나라의 후예인 송나라를 치는 것은 불리합니다.

사묵史墨은 이렇게 풀이했다.

영盈은 물[江]의 이름이고, 자子는 물의 방위입니다. 이름과 방위는 맞서기 때문에 서로 범할 수가 없습니다.

이에 대해 두예杜預는 "조앙의 성은 영盈이고 송宋나라의 성은 자子"라고 풀이하였다. '嬴영'과 '盈영'은 같다. 사조史趙는 "이 점괘는 강에 물이 넘쳐나 수영할 수 없는 것과 같습니다"[23]라고 풀이했다.

위장공衛莊公이 꿈을 꾸고는 거북점을 쳤는데 점괘가 이렇게 나왔다.

저 꼬리 붉은 물고기와 같이 파리한 몸으로 거센 물길 속에서 오르락 내리락 편안할 수가 없다. 문을 닫고 구멍을 막고서 뒷담을 넘어 달아날 것이다.[24]

이러한 점괘들은 모두 그 정확한 의미를 파악할 수 없다. 그렇기 때문에 두예는 다음과 같이 말했다.

시초점을 치는 자들은 『주역』을 사용하여 그 상象을 추측할 수 있지만, 이 외에 임시로 점을 치는 자들은 혹은 상象에서, 혹은 기氣에서, 혹은 날짜나 왕상王相[25]으로 추측하여 점괘를 완성한다. 이 점사를 모두 효상爻象으로 견강부회한다면 형식만 갖추고 근거가 없는 것이 된다.

이는 매우 통찰력 있는 견해라 할 수 있다. 그렇지만 이러한 점사들이 『연산連山』과 『귀장歸藏』에 기록된 것이 아니라고 할 수 있겠는가?

23 『좌전·애공 9년』.

24 『좌전·애공 17년』.

25 王相 : 음양가들이 왕(王, 왕성함), 상(相, 강건함), 태(胎, 생육), 몰(沒, 몰락), 사(死, 죽음), 수(囚, 수감), 폐(廢, 폐기), 휴(休, 물러나 쉼)의 여덟 글자를 오행, 사시, 팔괘와 연계하여 사물의 부침浮沈을 설명하는 것.

2. 지명의 별칭 地名異音

군읍郡邑의 명칭은 본래 글자와 다른 경우가 있다. 안사고顔師古[26]는 통속이나 습속에 따라 지방마다 별칭이 있다고 했다. 『한서漢書 · 지리지地理志』를 가지고 얘기를 해 보자.

> 풍익馮翊[27]의 역양현櫟陽縣을 약양藥陽, 연작현蓮勺縣을 연작輦酌이라 하고,
> 태원군太原郡[28]의 여제慮虒를 여이廬夷,
> 상당군上黨郡[29]의 첨현沾縣을 첨添,
> 하내군河內郡[30]의 융려현隆慮縣을 임려林廬,
> 탕음현蕩陰縣을 탕음湯陰,
> 영천군潁川郡[31]의 불갱不羹을 불랑不郎,
> 남양군南陽郡[32]의 역현酈縣을 척擲, 도양堵陽을 자양者陽, 찬酇을 찬讚으로,
> 패군沛郡[33]의 찬酇을 차嵯로, 단鄲을 다多로,
> 청하군淸河郡[34]의 유현鄃縣을 수輸로,
> 여남군汝南郡[35]의 평여平輿를 평여平預로,
> 제음군濟陰郡[36]의 완구宛句를 원구冤朐로,

26 顔師古(581~645) : 자 사고師古. 이름 주籒. 당나라 고조, 태종 시기 학자. 『한서漢書』주로 유명하다.

27 馮翊 : 한나라 때는 수도 장안長安과 그 주변을 세 부분으로 나누었다. 장안과 그 동부를 경조京兆라 하고, 북부는 좌풍익左馮翊, 서부는 우부풍右扶風이라 하였으며, 이 셋을 합쳐 삼보三輔라고 불렀다. 「지리지」에 따르면 좌풍익에는 24개 현이 속해 있다.

28 太原郡 : 관아는 진양晉陽(지금의 태원시太原市 서남쪽 분수汾水 동안東岸)에 두었으며 21개 현이 속해 있다.

29 上黨郡 : 지금의 산서성 동남부에 속하는 지역으로 14개의 현이 속해 있다.

30 河內郡 : 지금의 하남성 황하 이북지역으로 18개의 현이 속해 있다.

31 潁川郡 : 관아는 양적陽翟(지금의 하남성 우주禹州)에 두었으며 20개의 현이 속해 있다.

32 南陽郡 : 형주荊州에 속하며 36개 현이 속해 있다.

33 沛郡 : 예주豫州에 속하며 관아는 상현相縣(지금의 안휘성 회북시淮北市)에 두었다. 37개 현이 속해 있다.

34 淸河郡 : 관아는 청양현淸陽縣(지금의 하북성 청하淸河 동남쪽) 기주冀州에 속해 있었으며 14개의 현이 속해 있다.

35 汝南郡 : 관아는 평여현平輿縣에 두었으며 예주豫州에 속해 있었다. 37개의 현이 속해 있다.

36 濟陰郡 : 지금의 산동시 하택시荷澤市 부근으로 연주兗州에 속해 있었다. 9개의 현이 속해 있다.

강하군江夏郡[37]의 사선沙羨를 사이沙夷로,
구강군九江郡[38]의 탁고槖皐를 탁고拓姑로,
여강군廬江郡[39]의 우루雩婁를 우려吁閭로,
산양군山陽郡[40]의 방여方與를 방예房豫로,
낭야군琅邪郡[41]의 불기不其를 불기不基로,
동해군東海郡[42]의 승현承縣을 증證으로,
장사국長沙國[43]의 승양承陽을 증양烝陽으로,
임회군臨淮郡[44]의 취려取慮를 추려秋廬로,
회계군會稽郡[45]의 제기諸暨를 제기諸既로, 태말太末을 달말闥末로,
예장군豫章郡[46]의 여한餘汗을 여간餘干으로,
광한군廣漢郡[47]의 십방汁方을 십방十方으로,
촉군蜀郡[48]의 사徙를 사斯로,
익주군益州郡[49]의 미味를 매昧로,
금성군金城郡[50]의 윤오允吾를 연아鉛牙로, 윤가允街를 연가鉛街로,
무위군武威郡[51]의 박환樸劋을 포환蒲環으로,

37 江夏郡 : 관아는 서릉현西陵縣(지금의 호북성湖北省 안륙시安陸市 북쪽)에 두었으며 형주荊州에 소속되었다. 14개의 현이 속해 있다.
38 九江郡 : 관아는 수춘현壽春縣(지금의 안휘성 수현壽縣)으로 양주揚州에 속하며 15개의 현이 속해 있다.
39 廬江郡 : 관아는 서현舒縣(지금의 안휘성 여강현廬江縣 서쪽)으로 양주에 속하며 12개의 현이 있다.
40 山陽郡 : 관아는 창읍현昌邑縣(지금의 산동성 금향현金鄕縣 서북쪽)으로 연주에 속하며 23개의 현이 있다.
41 琅邪郡 : 관아는 동무현東武縣(지금의 산동성 저성諸城)으로 서주에 속하며 51개의 현이 있다.
42 東海郡 : 관아는 담현郯縣(지금의 산동성 담성郯城)으로 서주에 속하며 38개의 현이 있다.
43 長沙國 : 진秦나라의 군郡이었으나 한 고제 5년에 국國이 되었다. 관아는 임상臨湘(지금의 호남성湖南省 장사시長沙市)으로 형주에 속하며 13개의 현이 있다.
44 臨淮郡 : 관아는 서현徐縣(지금의 강소성 사홍현泗洪縣 남쪽)으로 29개의 현이 있다.
45 會稽郡 : 관아는 오현吳縣(지금의 강소성 소주시蘇州市)으로 양주에 속하며 26개 현이 있다.
46 豫章郡 : 관아는 남창南昌(지금의 강서성 남창시)으로 양주에 속하며 18개의 현이 있다.
47 廣漢郡 : 저본에는 '梓潼'으로 되어있으나 『한서·지리지』에 '광한'으로 되어 있다. 광한군의 관아는 재동梓潼(지금의 사천성 재동梓潼)으로 익주益州에 속하며 13개의 현이 있다.
48 蜀郡 : 관아는 성도成都(지금의 사천성 성도시)로 익주에 속하며 15개의 현이 있다.
49 益州郡 : 관아는 전지滇池(지금의 운남성 진녕晉寧 동쪽)로 익주에 속해 있으며 24개의 현이 있다.
50 金城郡 : 지금의 감숙성과 청해성 일부로 양주涼州에 속하며 13개의 현이 있다.
51 武威郡 : 관아는 고장姑臧(지금의 감숙성 무위)으로 양주에 속하며 10개의 현이 있다.

장액군張掖郡[52]의 번화番禾를 반화盤和로,
안정군安定郡[53]의 오씨烏氏를 오지烏支로,
상군上郡[54]의 구자龜茲를 구자邱慈로,
서하군西河郡[55]의 곡택鵠澤을 곡택梏澤으로,
대군代郡[56]의 의씨狋氏를 권정權精으로,
요서군遼西郡[57]의 차려且慮를 저려趄廬로, 영지令支를 영지鈴秖로,
요동군遼東郡[58]의 번한番汗을 반한盤寒으로,
낙랑군樂浪郡[59]의 점선黏蟬을 점제黏提으로,
남해군南海郡[60]의 번우番禺를 반우潘隅로,
창오군蒼梧郡[61]의 여포荔浦를 이포肄浦로,
교지군交趾郡[62]의 이루羸𨻻를 연루蓮簍로,
구진군九眞郡[63]의 도룡都龐을 도롱都聾으로,
일남군日南郡[64]의 서권西捲을 서권西權으로,
회양국淮陽國[65]의 양하陽夏를 양가陽賈로,
노국魯國[66]의 번蕃을 피皮라 하였다.

52 張掖郡 : 관아는 역득觻得(지금의 감숙성 장액張掖)으로 양주에 속하며 10개의 현이 있다.
53 安定郡 : 관아는 고평高平(지금의 영하성寧夏省 고원현固原縣)으로 양주에 속하며 21개 현이 있다.
54 上郡 : 관아는 부시膚施(지금의 섬서성 유림시楡林市 남쪽)로 병주幷州에 속하며 23개 현이 있다.
55 西河郡 : 지금의 산서, 섬서성 황하 연안 일대와 내몽고의 이극소맹伊克昭盟 동부에 해당하는 곳으로 병주에 속하며 36개 현이 있다.
56 代郡 : 관아는 대현代縣(지금의 하북성 울현蔚縣 북동쪽)으로 병주에 속하며 18개의 현이 있다.
57 遼西郡 : 관아는 양악陽樂(지금의 요녕성 의현義縣 서쪽)으로 유주幽州에 속하며 14개의 현이 있다.
58 遼東郡 : 관아는 양평襄平(지금의 요녕성 요양시遼陽市)으로 유주에 속하며 18개 현이 있다.
59 樂浪郡 : 한사군漢四郡의 하나. 관아는 조선朝鮮(지금의 평양平壤)으로 유주에 속하며 25개 현이 있다.
60 南海郡 : 한 무제 원정6년(B.C.111) 남월국을 정복하고 9군(남해南海·창오蒼梧·울림鬱林·합포合浦·교지交趾·구진九眞·일남日南·주애珠崖·담이儋耳)을 설치하였다. 관아는 번우番禺(지금의 광동성 광주시)로 교주交州에 속하며 6개의 현이 있다.
61 蒼梧郡 : 관아는 광신廣信(지금의 광서성 오주시梧州市)으로 교주에 속하며 10개의 현이 있다.
62 交趾郡 : 관아는 이루羸𨻻(지금의 베트남 하노이)로 10개의 현이 있다.
63 九眞郡 : 지금의 베트남 하노이 이남 지역으로 7개 현이 있다.
64 日南郡 : 구진군九眞郡의 이남으로 5개의 현이 있다.
65 淮陽國 : 관아는 진현陳縣(지금의 하남성 회양淮陽)으로 연주에 속하며 9개 현이 있다.

이상의 명칭들은 모두 의미상으로도 옳지 않고 자서에도 수록되어 있지 않다.

3.『한시외전』韓嬰詩

『한서漢書 · 유림전儒林傳』에서 『시경詩經』에 대해 다음과 같이 말하였다.

> 한漢나라가 일어나자 신공申公[67]은 노시魯詩를 짓고 후창后蒼은 제시齊詩를 짓고 한영韓嬰은 한시韓詩를 지었다.
> 신공申公이 『시경』을 주석하자 제齊나라 원고轅固[68]와 연燕나라 한생韓生[69]은 시경의 전을 지었는데 어떤 것은 『춘추春秋』에서 혹은 잡가의 설을 취하였으나 모두 본래의 의미가 아니다. 노시가 본의에 가장 가깝다.

한영韓嬰은 문제文帝의 박사博士였고, 경제景帝 때 상산왕常山王의 태부太傅가 되었다. 시인의 뜻을 헤아려 『외전外傳』 수만 언을 지었다. 제와 노 지역에 전해지던 것과는 다소 차이가 있지만, 대체적인 의미는 일치한다. 한영과 동중서董仲舒가 무제 앞에서 『시경』에 대한 토론을 벌린 적이 있었는데, 한영의 견해는 분명하고 정확해서 동중서도 반박할 수 없었다. 이후 한영의 제자로 왕길王吉과 식자공食子公 · 장손순長孫順 등이 있었다. 『한서 · 예문지藝文志』에는 『한가시경韓家詩經』 28권, 『한고韓故』 36권, 『내전內傳』 4권, 『외전外傳』 6권, 『한설韓說』 41권이 기재되어 있다. 지금은 『외전』 10권만이 전한다.

경력慶曆[70] 연간 장작감주부將作監主簿 이용장李用章이 서문을 쓰고 출판업자

66 魯國 : 관아는 노현魯縣(지금의 산동성 곡부曲阜)으로 예주에 속하며 6개 현이 있다.

67 申公 : 성은 신申이고 이름이 배培이며 공公은 존칭이다. 노魯(지금의 산동성山東省 곡부시曲阜市 일대) 출신. 노시학魯詩學의 창시자. 문제文帝때 박사博士가 되었다.

68 轅固 : 제齊(지금의 산동성 치박시淄博市 일대) 출신. 제시학齊詩學의 창시자로 경제景帝 때 박사를 지냈다.

69 韓生 : 한영을 말하는 것으로 '生'은 존칭이다. 연燕(지금의 북경시北京市 일대) 출신. 제시학齊詩學의 창시자로 문제 때 박사를 지냈고 경제 때 상산왕常山王 유순劉舜의 태부가 되었다.

70 慶曆 : 북송 인종仁宗 시기 연호(1041~1048).

를 동원하여 항주杭州에서 간행했는데, "문상공文相公께서 3천 여자를 고쳐주심"이라고 적혀있다. 우리 집에 이 책이 있는데 첫째 권 2장을 읽다보니 이런 내용이 있다.

> 공자가 남쪽을 주유하다가 초楚 나라로 가던 중 아곡阿谷에 이르렀다. 옥 귀걸이를 한 아가씨가 빨래를 하고 있었다.
> 공자가 자공子貢에게 잔을 꺼내어 주며 말했다.
> "아! 지 여인이라면 말을 건네 볼 만 하구나. 그녀와 잘 얘기해 보거라."
> 자공이 말을 걸었다.
> "우리는 남쪽 초나라로 가는 길인데 날씨가 무척 덥습니다. 물 한 모금 얻어먹고 내 마음을 좀 식혔으면 합니다."
> 여인이 대답했다.
> "아곡阿谷의 물은 흘러 바다로 들어가는 것입니다. 마시고 싶으면 마시면 되지 어찌 이 아낙에게 물으십니까?"
> 자공의 잔을 받아 물을 떠서는 모래 위에 놓았다.
> "직접 전달하지 않는 것이 예입니다."
> 공자는 거문고를 꺼내 기러기 발軫[71]을 빼낸 채 자공에게 다시 가서 음을 조절해 줄 것을 청하라 했다. 여인이 말했다.
> "저는 오음을 알지 못하는데, 어찌 거문고의 소리를 맞출 수 있겠습니까?"
> 공자가 칡베 다섯 량을 꺼내 자공에게 주었다. 자공이 말했다.
> "감히 그대에게 직접 줄 수 없으니 물가에 두겠습니다."
> 여인이 말했다.
> "제 나이가 어린데 어찌 주시는 것을 받을 수 있겠습니까? 어서 떠나시지 않으면 친척들이 저를 지키겠다고 미친 듯이 달려올 것입니다."
> 『시경』의 다음 시는 이를 두고 이른 것이다.
>
> 남쪽의 높은 나무, 南有喬木
> 그 아래 쉴 수 없고, 不可休息
> 한수가의 저 처자, 漢有遊女
> 말 걸기조차 어렵네, 不可求思[72]

이 장을 보면 공자가 젊은 처자를 보고서 자공을 시켜 은근한 말로 세

71 軫 : 현악기에서 현을 지지하는 받침대로 음의 높낮이를 조절할 수 있다.
72 「주남周南 · 한광漢廣」.

번 그녀를 찔러본 것이라고 『시경』을 해석했는데, 그렇게 볼 수 있는 것인가? 이는 말도 되지 않는 억지이니 다른 것은 거론할 필요조차 없다.

4. 오행과 십이지 五行衰絶字[73]

목木은 금金에 해당하는 신申에게 죽는다.[74] 그러므로 '柛신'자는 "나무가 저절로 죽는다"는 의미이다. 수水와 토土는 화火에 해당하는 사巳를 이긴다. 그러므로 '汜사'자를 『설문해자說文解字』에서는 "물이 다하는 곳"이라고 풀었으며 '圯이'자는 "기슭이 무너져 내려앉다"는 의미라고 풀었다.[75] 화火는 토土에 해당하는 술戌에게 덮여 꺼진다.[76] 그러므로 '烕멸'자는 '滅멸'의 의미이다.[77] 금金은 토土에 해당하는 축丑에 덮여있다.[78] 그러므로 '鈕뉴'는 "열쇠, 잠근다"는 의미가 된다. 글자가 만들어진 뜻이 분명하다.

5. 『한서·공신표』 漢表所記事

『한서漢書·공신표功臣表』는 열후들의 공로를 기록한 것인데 「본기」와 「열전」에 누락된 내용들이 있다.

한신韓信[79]은 위魏를 공격하면서 병사들이 강을 건널 때 나무로 만든 항아리

73 십이지十二支를 오행과 결부시키기도 하는데 축丑·진辰·미未·술戌을 토土로 하고, 인寅·묘卯를 목木, 사巳·오午를 화火, 신申·유酉를 금金, 해亥·자子를 수水로 배당한다.

74 금과 목은 '金克木'의 상극관계이다.

75 저본의 '圯'자는 '다리 이'자이며, 맥락상 '圮[무너질 비]'가 맞는 듯하다. 홍매가 착각한 것인지 형태 유사성 때문에 전래 과정에서 와전된 것인지 알 수 없다.

76 술戌은 토土에 해당한다.

77 '烕[불꺼질 멸]'자는 '火'와 '戌'로 결합되어 있다.

78 축丑은 토土에 해당한다.

79 韓信(?~B.C.196) : 회음淮陰(江蘇省) 출생. 한漢 나라 고조高祖 때의 개국 공신. 처음에는 항우項羽에게 있다가 소하蕭何가 유방劉邦에게 천거하여 대장이 되었으며, 유방의 천하 평정 때 큰 공을 세움으로써 제왕齊王, 이어 초왕楚王이 되었다. 그러나 한제국의 권력이 확립되자 유씨劉氏 외의 다른 제왕諸王과 함께 차차 권력에서 밀려나, 회음후淮陰侯로 격하되었고 끝내

를 이용하게 했다. 「공신표」에는 "축아후祝阿侯 고읍高邑은 회음후淮陰侯 휘하의 장군이었는데 위魏를 공격할 때 항아리를 타고 강을 건넜다"고 되어있다. 이 계략은 고읍이 건의한 것이다.

한신이 기병하여 여후呂后를 습격할 준비를 할 때였다. 사인舍人 하나가 죄를 짓자 한신은 그를 가둬놓았고 죽일 생각이었다. 사인의 동생은 한신의 모반을 고발했다. 진작晉灼은 "『초한춘추楚漢春秋』에는 사공謝公이라고 되어있다"고 설명했다. 「공신표」에는 선양후愼陽侯 악설樂說이라고 되어있고, 『사기史記』에는 난설欒說이라고 되어 있다. 회음후의 사인舍人은 모반을 밀고한 것으로 작위를 받았으니 사공謝公은 아닐 것이다.

수창후須昌侯 조연趙衍이 한왕漢王을 따라 한중漢中에서 기병하였는데 위상渭上에서 옹군雍軍에게 포위당했다. 한 고조는 퇴각하려 했으나 조연은 다른 길로 갈 것을 건의했다. 결국 길을 뚫을 수 있었다.

중모후中牟侯 단우거單右車는 당초 고조가 미천한 신분일 때 위급한 상황에서 고조에게 말 한필을 바쳤고 이 때문에 제후에 봉해졌다.

기후邔侯 황극충黃極忠은 도적떼의 우두머리였지만, 임강臨江의 장군이 되었고 후에 한나라를 위해 임강왕臨江王을 격퇴하였다.

기후祁侯 증하繒賀는 항적項籍을 공격하였는데 한왕漢王이 패주하게 되었다. 증하는 뒤에서 초나라의 추격 기병을 저지하였다. 한왕이 증하를 돌아보며 기왕祁王이라 하였다. 안사고顔師古는 주에서 "그를 '기왕'이라 한 것은 그의 공로를 가상히 여겨 포상하고자 왕을 허여한 것이다"라고 했다.

열전과 다른 부분도 있다. 『사기史記·장량張良』전에는 항량項梁이 한성韓成을 한왕韓王으로 세우고 장량을 한왕의 신도申徒로 삼았다고 되어 있다. 서광徐廣은 "신도申徒는 사도司徒로 음이 와전된 것"이라고 했다. 『한서·공신표』에는 장량을 한왕의 신도申都로 삼았다고 되어있는데, 안사고顔師古는 다음과 같은 주를 달았다.

진희陳豨의 난에 가담하였다가 멸족을 당했다.

한신도韓申都는 한왕韓王 신信이다. 『초한춘추』에는 '신도信都'라 되어 있는데 고대 '信신'과 '申신'은 같은 글자였다.

생각건대, 장량과 한왕 신은 서로 아무 상관이 없는 것으로 안사고의 주는 잘못된 것이다. '司徒사도'가 '申徒신도'로, 다시 '申都신도'로 와전되었다가 '信都신도'로 전해졌으니 옛 서적을 글자의 뜻으로만 해석해서야 되겠는가? 한신韓信이 한왕漢王에게 귀순하여 치속도위治粟都尉가 되었는데 「공신표」에서는 '표객票客'이라고 되어 있다. 안사고는 다음과 같은 주를 달았다.

「본기」, 「열전」과 다르다. 혹자는 한신의 행동이 재빨라 빈객의 예로 그를 대우하였으므로 '표객票客'라 했다고 한다.

『사기』는 '전객典客'이라 했고 『사기색은史記索隱』은 '속객粟客'이라 했다.

이 외에도 사서에 기록되지 않은 관직 명칭이 있다. 예를 들면 공취孔聚가 집순종執盾從에, 주조周竈가 장비도위長鈹都尉로, 곽몽郭蒙은 호위戶衛로, 선호宣虎는 중장重將에 임명되었다. 중장重將은 주장主將이면서 치중輜重을 담당한다. 내척彫廝이 문위門尉에, 극구후棘邱侯 양襄을 집순대사執盾隊史에, 곽정郭亭을 새로塞路에 임명하였다. 새로塞路는 중요 길목을 막아 적의 침입을 대비하는 것을 담당한다. 정례丁禮를 중연기中涓騎에, 원류爰類를 신장愼將에 임명하였는데 신중하게 군대를 통솔한다는 의미이다. 허앙許盎은 변린세위騈隣說衛에 임명하였다. 말 두 마리가 나란히 가는 것을 '騈변'이라 하니 '騈隣변린'은 수레 양옆에 두 마리 말이 나란히 끄는 것을 말한다. '說'자는 '稅세'로 읽어야 한다. '稅衛세위'란 군대가 행군을 하다 잠시 주둔할 때 수비를 담당한다. 허계許瘛를 조趙의 우림장右林將으로 임명하였는데 임장林將이라는 것은 병사를 통솔한다는 의미로 황제의 호위군인 우림군羽林軍의 장수를 말한다. 청후淸侯를 노장弩將에, 유힐留肸을 객리客吏에, 풍해산馮解散을 대代의 대여大與에 임명하였다. 대여大與란 작위와 봉록을 관장하는 것으로, 『사기』에는 태위太尉라 되어있다. 근강靳彊을 낭중기천인郎中騎千人에 임명한 것 등이 모두 이러한 예이다.

여기에 기록해두니 역사를 읽을 때 참고하길 바란다.

6. 한신을 속인 소하 蕭何紿韓信

경포黥布[80]의 수하 분혁賁赫이 경포가 반란을 꾀하려 한다고 고발했다. 고조가 소하蕭何에게 말하자 소하가 말했다.

> "경포는 절대 모반하지 않을 것이옵니다. 아마 원한이 있어 그를 모함한 것일 것이오니 분혁을 체포하시고 사람을 보내 회남왕淮南王을 은밀히 살피게 하십시오."

경포는 결국 모반하였다.

한신韓信이 모반을 도모한다는 고발이 들어오자 여후呂后는 한신을 불러들이려 했다. 그러나 한신이 오지 않을 것을 걱정하여 소하와 모의하여 거짓으로 사람을 시켜 진희陳豨[81]가 이미 토벌되었다는 말로 한신을 속여 "비록 병중이라도 꼭 상경하여 축하를 올리라"고 말하도록 했다. 한신은 왔고 주살되었다.

한신이 대장군이 된 것은 사실 소하가 추천한 것이다. 그러나 한신의 죽음 또한 소하의 계략에서 나온 것이므로 세상에는 "성공도 소하 때문, 망한 것도 소하 때문"이라는 말이 돌았다. 소하는 경포를 구해 주었으면서도 왜 한신에게는 이같이 했을까? 고조는 출정 중이었고 여후가 조정에 남아 있는 상황에서 급격하게 변고가 일어나자, 당시 유수留守[82]였던 소하는 부득불 그를 주살할 수밖에 없지 않았을까? 경포처럼 명확하게 판단할 수 없는 의심스런 상황과 달랐던 것이다.

80 黥布(?~B.C.195) : 한나라 초기 개국공신. 원래 성은 영씨英氏인데, 죄를 짓고 경형黥刑[칼로 죄인의 얼굴에 글씨를 새기고 그 위에 먹물을 칠하는 것으로 묵형墨刑이라고도 함]을 받았기에 경포黥布라고 부른다. 처음에는 항우의 수하에 있었으나 후에 유방에게 투항하여 한나라 개국에 공을 세웠고 회남왕에 봉해졌다. 유방이 개국공신인 한신과 팽월을 죽이는 것을 보고 한나라에 반기를 들었으나 싸움에 져 죽임을 당했다.

81 陳豨 : 한나라 건국 이후 유방을 따라 여러 차례 반란을 평정하였다. 하양후夏陽侯로 봉해져 대代나라의 상국相國이 되었다. 유방에게 의심을 받자 반란을 일으켰다.

82 留守 : 황제가 출정하거나 순수를 떠날 때 경사에 남아 국정을 담당하는 것.

7. 무고한 팽월 彭越無罪

한신韓信, 영포英布, 팽월彭越[83]은 모두 모반이라는 죄명으로 멸족을 당하였다.

한신은 고조가 직접 군대를 이끌고 진희陳豨를 정벌하러 간 틈을 타 황제의 명령을 사칭하여 각 관아의 죄인들과 관노들을 석방하고 이들을 동원하여 여후呂后와 태자를 습격하였다. 영포는 한나라 사신이 자신을 심문하자 곧바로 병력을 징발하여 동쪽으로 형荊을, 서쪽으로 초楚를 공격하고, 고조에게 자신이 황제가 되겠다고 말했으니 그가 반역을 했다는 것은 아주 분명하다. 진희가 대代땅에서 반란을 일으키자 고조는 직접 진압을 나섰는데 한단邯鄲에 도착해서 팽월에게 병사를 보내도록 했다. 그러나 팽월은 병을 구실로 직접 가지 않고 장수를 보냈다. 이 때문에 고조는 팽월을 평민으로 강등시켜 귀양 보냈다. 그러나 여후가 사람을 시켜 팽월이 모반을 하려 한다고 무고했고 결국 멸족을 당했다.

이 세 사람 중 팽월은 억울하다. 팽월의 장수인 호첩扈輒이 모반을 권유했으나 팽월은 그의 말을 듣지 않았다. 그러나 사건을 조사했던 관리는 팽월이 모반을 종용한 호첩을 죽이지 않았다는 것만으로도 죄상이 인정된다고 여겼다. 관고貫高[84]가 고조를 죽이려 했으나 장오張敖[85]는 동조하지 않았다. 이 일은 팽월의 상황과 비슷하다. 그러나 장오는 정황을 모른다고 해서 석방될 수 있었다. 왜인가?

83 彭越 : 창읍昌邑(지금의 산동성 금향현金鄕縣) 사람. 초한 전쟁 때 유방에게 귀속하여 양나라를 점령하여 수차례 항우의 식량 보급로를 차단하고, 유방을 따라 해하에서 항우를 격파하는 공로를 세웠다. B.C. 202에 양왕梁王에 봉해졌으나 6년 뒤 모반죄로 살해되었다.

84 貫高(?~B.C.198) : 조趙 나라의 승상. 고조가 한나라 조정에 충직한 조왕 장오張敖를 이유 없이 꾸짖자 분개하며 고조의 암살을 기도하다가 체포되었다. 고조는 조왕이 지시한 것으로 생각하여 관고를 고문하였지만, 관고는 끝까지 부인하였다. 결국 고조는 그 충의에 감동하여 관련자들을 모두 석방하였다. 조왕이 풀려난 후 관고는 자살하였다.

85 張敖(?~B.C.182) : 조왕趙王 장이張耳의 아들. 한 고조 유방劉邦의 장녀 노원공주魯元公主의 남편. 장이가 죽자 그를 조왕으로 세웠다.

악설樂說은 한신을 고발하고 분혁賁赫은 영포를 고발하여 모두 열후의 작위를 받았다. 그러나 양梁[86]의 태복太僕[87]은 팽월을 고발하였으나 상을 받지 못했으니, 한나라 조정이 그 자초지종을 알고 있었기 때문이 아니겠는가? 난포欒布[88]는 팽월의 대부였는데 제齊나라에 사신을 갔다가 팽월이 죽은 후 돌아와 팽월 시신의 머리 아래에서 제나라에 다녀온 일을 보고하였다.[89] 고조가 난포를 불러 욕하며 그를 삶아 죽이려하자, 난포는 팽월이 반역을 도모하려는 형세가 드러나지 않았는데 조정이 사소한 일을 확대하여 그를 죽음으로 몰았다고 했다. 고조는 결국 난포를 석방하고 도위都尉에 임명하였다. 고조가 형을 집행하는데 있어 팽월을 저버린 면이 있으니 안타까운 일이다.

8. 거미의 그물 짜기 蜘蛛結網

불경에 "모든 만물은 정령을 갖고 있으며 모두 불성佛性이 있다"는 말이 있다. 장자莊子 또한 "곤충은 곤충일수도 있고 하늘일 수도 있다"고 했다. 곤충 같은 미물도 하늘이 영험한 기운을 부여하였기 때문에 이들의 정교하고 민첩함은 때로 사람의 지혜와 기능을 능가하기도 한다.

봄 누에가 실을 뽑고 거미가 줄을 치며 벌이 벌집을 만들고 제비가 둥지를 트는 것, 개미가 굴을 만들고 나방이 새끼를 나나니벌에게 맡기는 것이 그러하다. 그러나 이들에게도 각각 행운과 불행이 있다.

거미가 줄을 치는 일을 보자. 처음 실을 뽑아 날실을 만들 때는 민첩하게

86 팽월은 양왕梁王에 봉해졌었다.

87 太僕 : 구경의 하나로 왕의 거마車馬와 말에 관한 행정사무를 맡았다. 당시 양왕 팽월은 그의 태복에게 노하여 그를 죽이려 했다. 태복은 한나라 조정으로 달아나 양왕과 호첩이 반란을 도모한다고 고발하였다.

88 欒布 : 양나라 사람으로 팽월이 평민이었을 때부터 교유가 있었다.

89 당시 모반죄로 팽월을 처형하고 그의 머리를 낙양 아래에 걸어놓고 다음과 같은 조칙을 내렸다. "감히 그의 머리를 거두어 보살피는 사람이 있으면 즉시 체포한다."

위 아래를 왔다 갔다 하며 몹시 애를 먹는다. 씨줄을 만들면서 부터는 눈 깜짝할 새에 짜 나가는데 성기고 조밀함이 모두 규격에 맞게 가지런하다. 그러나 문턱이나 꽃가지, 대나무 사이에 짜 좋은 거미줄은 하루도 채 가지 않아서 사람이나 바람에 망가진다. 한적한 방, 허물어진 담 구석처럼 인적이 드문 곳이어야 오랫동안 편안히 지낼 수 있는 것이다.

그러므로 소진蘇秦[90]은 천막 위 제비 둥지를 보고 아주 위험한 곳이라 했다. 이사李斯는 변소의 쥐가 불결한 것을 먹으며 사람과 개가 가까이 가기만 하면 놀라 두려워하지만, 창고의 쥐는 비축된 곡식을 먹으며 큰 방에서 지내면서도 사람과 개를 걱정할 필요가 없는 것을 보고는 탄식하며 말했다.

> 사람이 현명한지 아닌지의 여부는 마치 쥐와 같아서 처한 곳에 달려있는 것이다.

참으로 일리 있는 말 아닌가!

9. 손권을 지존이라 부르다 孫權稱至尊

진수陳壽의 『삼국지三國志』에는 당시 잡사雜史에서 채용한 내용이 많지만 유독 『삼국지·오서吳書』는 손권孫權[91]을 '지존至尊'이라 호칭하였다. 후한後漢 건안建安 연간 그가 장군으로 임명되었을 때부터 이미 이러했고, 제갈량諸葛亮과 주유周瑜의 글에서도 모두 그러하다.

주유가 중병이 들어 손권에게 서신을 보냈다.

> 조공曹公이 북방에 있고 유비劉備가 한 쪽을 차지하게 되면 이는 지존의 근심스런 날이 될 것입니다.

노숙魯肅[92]이 조공曹公을 물리치고 돌아오자 손권이 그를 맞이하였다. 노숙

90 蘇秦 : 전국시대 유세가. 한韓·위魏·조趙·연燕·초楚·제齊의 육국六國이 합종合從하여 진秦나라에 대항하는 합종설을 주장하였기에, 진나라를 위해 연횡책連橫策을 썼던 장의와 함께 전국시대 책사의 제1인자로 병칭된다.

91 孫權(182~252) : 자 중모仲謀. 삼국시대 오나라의 초대황제. 손견孫堅의 둘째 아들.

이 말했다.

"지존의 위엄과 덕망이 사해에 가득하시길 바랍니다."

여몽呂蒙[93]이 등현지鄧玄之를 학보郝普에게 파견하고 이렇게 말하게 했다.

"관우關羽가 지키던 남군南郡은 이미 지존께서 친히 점거하셨다."

"지존의 병사가 길을 가득 메우고 있다."

또 여몽은 관우를 공격하려는 계획을 은밀히 보고하면서 이렇게 말했다.

"관우가 동쪽으로 세력을 확장하지 못하는 이유는 성명하신 지존과 신이 있기 때문입니다."

육손陸遜이 여몽에게 말했다.

"지존을 뵙게 되면 응당 좋은 계책을 말씀드려야 하네."

감녕甘寧[94]이 형주荊州를 도모하고자 하여 말했다.

"유표劉表는 사려 깊지 못하고 자식은 용렬하니 지존께서는 응당 서둘러 계략을 마련하셔야 합니다."

손권이 장료張遼[95]에게 급습을 당했을 때 하제賀齊가 말했다.

92 魯肅 : 자 자경子敬. 오나라의 찬군교위贊軍校尉(총참모)를 지냈으며 주유의 뒤를 이어 도독이 되었다.

93 呂蒙(178~219) : 자명子明. 후한 말의 무장으로 오나라의 손씨 일가를 섬겼다. 관우를 쓰러뜨리고 형주를 되찾는 공훈을 세운다.

94 甘寧 : 삼국시대 오나라 장수. 형주의 군웅이었던 유표劉表를 찾아가 그의 부하가 되지만 감녕은 평판이 좋지 않아 그의 실력을 인정받지 못했다. 이후 황조黃祖 휘하에 들어가 전장에서 공적을 세웠지만, 이곳에서도 실력자로 대우받지 못하자 오나라 손권의 부하 장수가 되어 황조를 토벌하는데 공을 세웠다.

95 張遼 : 삼국시대 위나라 장수. 자는 문원文遠. 원래 동탁과 여포의 수하에 있었으나 여포가 조조에게 패하자 조조에게 귀순하였다. 주로 오나라와의 전투에서 활약하였는데 특히 합비合肥에서는 수적 열세에도 손권을 궁지에 몰아 조조의 치하를 받고 정동장군으로 임명되었

"지존은 만인의 주인이시니 흔들림 없이 진중하셔야 합니다."

손권이 제갈각諸葛恪에게 군량미를 관장하게 하려 하자 제갈량諸葛亮은 육손陸遜에게 서신을 보냈다.

제 형님께서는 연로하시고 아들 각은 소홀한 성격입니다. 군량을 책임지는 것은 군중에서 가장 중요한 일이니 이러한 것을 그대가 지존에게 전해주십시오.

육손이 손권에게 이를 고했다.

이러한 사례는 모두 호칭이 마땅하지 않은 경우이다. 진수가 역사를 저술하면서 사실이 아닌 말을 쓴 것이라 하더라도 위나라나 촉나라 사람들의 말에서는 그렇게 사용하면 안 된다.

10. 이백이 독서하던 광산 匡山讀書

두보杜甫가 이백에게 준 시다.

광산은 그대가 책을 읽던 곳, 匡山讀書處,
머리도 세었을 테니 돌아오기 좋은 때. 頭白好歸來.[96]

사람들은 이 산을 여산廬山[97]이라고 한다. 오증吳曾의 『능개재만록能改齋漫錄』에 「변오辨誤」 편이 있는데 '광산'에 대해 고증하면서 두전杜田의 『두시보유杜詩補遺』를 인용하였다.

범전정范傳正의 「이백신묘비李白新墓碑」에 의하면 "이백은 본디 종실의 후손으로 그의 선조가 원수를 피해 촉蜀땅으로 옮겨와 창명彰明[98]이라는 곳에서 살게 되었다. 이백은 바로 이곳에서 출생했다"고 한다. 창명은 면주綿州의 속읍으로 대광

다. 이후 장료는 오나라의 위협 인물로, 우는 아이의 울음도 그치게 하는 장수로 여겨졌다.
96 「不見」.
97 廬山 : 지금의 강서성江西省 구강시九江市에 있는 산.
98 彰明 : 지금의 사천성四川省 강유시江由市.

산大匡山, 소광산小匡山이 있다. 이백은 대광산에서 독서를 했는데 독서당이 아직도 있다. 이백의 집터는 청렴향淸廉鄕에 있었는데 이후에 선방이 되어 농서원隴西院이라 했으니 이백 때문에 그런 이름을 갖게 된 것이다. 농서원에는 이백상이 있다.

오증은 이를 근거로 두보의 시에서 언급된 광산이 촉蜀에 있지 여산이 아니라고 논증하였다.

당도當塗에서 간행된 『이태백집』을 보니, 앞에 선주宣州·흡주歙州·지주池州 관찰사觀察使 범전정范傳正이 지은 「신묘비新墓碑」가 수록되어 있는데, 1500자 정도 되는 편폭의 글이다.

국조 이래로 이백의 선조는 종실 족보에 수록되었다. 중종 신룡神龍 초, 이백이 쇄엽碎葉[99]에서 광한廣漢[100]으로 이주하여 살게 되면서 본 군의 사람이 되었다.

원래 비문에는 두전의 『두시보유』의 내용이 없었음을 알 수 있었다. 호사자가 이 책을 위조하여 『개원유사開元遺事』와 같은 책들처럼 두보의 시를 견강부회하려 한 것이 아니겠는가? 구양민歐陽忞의 『여지광기輿地廣記』에도 "창명彰明에 이백비李白碑가 있는데 이백은 이 현에서 출생하였다"고 했으니 전설을 믿은 실수라 할 수 있다. 범전정의 비문이 정확한 것이다.

11. 『좌전』 중 성문 이름 列國城門名

군현郡縣과 성문의 이름을 한 글자로 하면 고상하고 옛 뜻이 잘 담겨있는 듯하다. 지금은 고소姑蘇를 오군吳郡·오현吳縣이라고 하고, 반문盤門·창문閶門·봉문葑門·누문婁門·제문齊門이라 하지만 다른 지방은 이렇지 않다.

『좌전』 중 열국의 성문 이름을 보면 정鄭나라가 가장 많은데 거문渠門과

99 碎葉 : 당나라 서역의 중점 기지 중 하나로 구자龜玆·소륵疏勒·우전于田과 함께 안서사진安西四鎭에 속한다. 지금의 키르기즈스탄 수도 비슈케크(Bishkek) 동쪽 도시에 해당한다.
100 廣漢 : 지금의 사천성 광한시.

순문純門·시문時門·장문將門·규문閨門·황문皇門·전문鄟門·묘문墓門이 있었고, 사지량師之梁·곡질지문梏桎之門이라는 명칭도 있다. 주周나라에는 어문圉門이 있었다. 노魯나라에는 우문雩門과 치문雉門·직문稷門·내문萊門·녹문鹿門·자구지문子駒之門이 있었다.

『공양전公羊傳』[101]에는 쟁문爭門과 이문吏門이 보인다. 송宋나라에는 내문彤門과 동문桐門·노문盧門·조문曹門·택문澤門·양문揚門·상림지문桑林之門이 있었다. 주邾나라에는 어문魚門과 범문范門이, 위衛나라에는 열문閱門과 개획지문蓋獲之門이 있었고 제齊나라에는 옹문雍門과 양문揚門·녹문鹿門·직문稷門이 있었고, 오吳나라에는 서문胥門이 있었다.

『맹자孟子』에는 송宋나라의 질택지문垤澤之門이 보인다.

12. 진여의의 「묵매시」 緇塵素衣

진여의陳與義[102]의 「묵매墨梅」는 다음과 같다.

눈부시게 빛나던 강남의 매화,	粲粲江南萬玉妃,
떠난 뒤 몇 번이나 봄이 돌아왔던가!	別來幾度見春歸.
낙양에서 만나니 예전과 다를 바 없는데,	相逢京洛渾依舊,
다만 검은 먼지 흰 옷을 더럽힘이 한스럽네.	只恨緇塵染素衣.[103]

의미가 절묘하다.

진여의의 시는 다음의 육조시기 시 구절들을 차용한 것이다.

101 『公羊傳』: 정식 명칭은 『춘추공양전春秋公羊傳』이며, 유가의 주요 경전 가운데 하나로 『춘추좌씨전春秋左氏傳』(『좌전左傳』), 『춘추곡량전春秋穀梁傳』과 더불어 '춘추삼전春秋三傳'으로 꼽히는 『춘추』의 해설서이다. 『춘추』에 담긴 이른바 '미언대의微言大義'를 문답問答 형식으로 풀이하고 있는데, 서한시대 금문경학今文經學의 주요 경전이었다.

102 陳與義(1090~1138): 남북송 교체기 시인. 자 거비去非, 호 간재簡齋.

103 「和張矩臣水墨梅五絶」 제3수.

진晉나라 육기陸機[104] — 「위고영증부爲顧榮贈婦」

서울 낙양에는 어찌 그리 바람 먼지 많은지,	京洛多風塵,
흰 옷이 온통 새까맣게 변하였네.	素衣化爲緇.

제齊나라 사조謝朓[105] — 「수왕진안酬王晉安」

누가 서울 낙양에 오래 머무를 수 있는가	誰能久京洛,
검은 먼지 흰 옷을 더럽히니	緇塵染素衣.

13. 후사를 세우는 일 去國立後

제齊나라 고씨高氏의 식읍은 노盧땅[106]에 있었다. 고약高弱이 노땅을 갖고 제齊나라에 반란을 일으키자[107] 제나라는 여구영閭邱嬰을 파견하여 공격하였다. 고약이 말했다.

"만약 우리 고씨 가문의 후사를 잇게 해 준다면 이 노땅을 돌려주겠소."

제나라는 고연高酀을 후손으로 세웠고 고약은 노땅을 내놓고 진晉나라로 떠났다.

노魯나라 장씨臧氏의 봉지는 방防땅[108]에 있었다. 장흘臧紇은 죄를 짓고는 사자를 보내 아뢰게 했다.

"만약 선조의 제사를 지낼 수 있게 해 주신다면 봉지를 두말없이 내놓겠습니다."

노나라는 장위臧爲를 세웠고 장흘은 방防땅을 내놓고 제齊나라로 달아났다.

생각건대, 고익과 장흘 두 사람은 봉지를 갖고 군주에게 요구하였다.

104 陸機(260~303) : 서진西晉의 문인. 자 사형士衡. 수사修辭에 중점을 두고 미사여구와 대구의 기교를 살려 육조시대의 화려한 시풍의 선구자가 되었다.

105 謝朓(464~499) : 남조 제齊나라 시인. 자 현휘玄暉.

106 盧 : 지금의 산동성 장청현長淸縣 서남쪽.

107 고약은 제나라 영공靈公이 자신의 부친을 유배 보낸 것에 원한을 품고 반란을 일으켰다.

108 防 : 지금의 산동성 비현費縣 동북쪽.

이에 대해 공자는 이렇게 말했다.

> 장무중臧武仲는 방防땅을 가지고 노나라 군주에게 그의 후손을 책봉해줄 것을 요구하였다. 비록 군주를 위협한 것이 아니라고 하더라도 나는 믿지 않겠다.[109]

그러나 제나라와 노나라의 군주는 그들의 요구를 들어주었고 군주를 위협했다고 해서 약속을 어기지 않았다. 당시는 선왕의 은택이 아직 사라지지 않은 때였다. 속임수와 권모술수만이 판치는 전국시대와 같지 않았던 것이다. 사람을 죽이더라도 예의를 갖춘다는 것이 바로 이런 것이다. 그러나 후대는 이렇지 않았다. 갑옷을 입고 있을 때는 투항을 약속했다가도 갑옷을 풀면 즉시 포위해서 죽여 버렸다. 아, 인의가 사라졌구나.

14. 시구 다듬기 詩詞改字

왕안석王安石의 절구가 있다.

> 경구와 과주는 강물 하나 사이인데, 京口瓜洲一水間,
> 종산은 몇 겹 산이 가로막혀 있네. 鍾山秪隔數重山.
> 봄바람에 강남 언덕 또 다시 푸르건만, 春風又綠江南岸,
> 밝은 달은 언제나 돌아가는 나를 비추려나. 明月何時照我還.[110]

오吳 지역의 선비 집에 이 시의 초고가 보존되어 있다. 처음엔 제 3구를 '又到江南岸우도강남안'으로 했다가 '到'자 위에 '좋지 않다不好'라고 쓰고 '過과'자로 고쳤다. 다시 '入입'자로 고쳤다가 '滿만'자로 또 고쳐 썼다. 이같이 하기를 10여 차례 되풀이해서 겨우 '綠록'자로 결정하였다.

황정견黃庭堅의 시에 이런 구절이 있다.

> 돌아 온 제비는 歸燕略無三月事,

109 『논어·헌문憲問』.
110 「泊船瓜洲」.

마치 삼월에 일이 없는 듯한데,
높은 가지의 매미는 　　高蟬正用一枝鳴.[111]
한 가지를 차지하고 울어만 대네.

둘째 구의 '用용'자는 처음에 '抱포'자였다가 다시 '占점'자로 바꿨다가 또 '在재'로, '帶대'로, '要요'로 바꾸었다가 마지막에 '用용'자로 쓰게 되었다고 한다. 예장豫章에서 간행된 판본에는 "때늦은 매미 아직도 한 가지를 차지하고 울어대네殘蟬猶占一枝鳴"로 되어 있다. 전신중錢伸仲 대부大夫가 들려준 얘기다.

상거원向巨原이 말했다.

> 원불벌元不伐의 집에 황정견이 쓴 소식의 「염노교念奴嬌」가 있는데 요새 사람들이 부르는 것과 다른 곳이 몇 군데 있습니다. 예를 들어 '浪淘盡낭도진'이 '浪聲沉낭성침'으로, '周郎赤壁주랑적벽'이 '孫吳赤壁손오적벽'으로, '亂石穿空난석천공'이 '崩雲붕운'으로, '驚濤拍岸경도박안'이 '掠岸약안'으로 '多情應笑我早生華髮다정응소아조생화발'이 '多情應是笑我生華髮다정응시소아생화발'로, '人生如夢인생여몽'이 '如寄여기'로 되어있습니다.[112]

111 「登南禪寺懷裴仲謀」.

112 「염노교」는 사패로 박자 및 구성 등의 음악 정보를 제공하는 것이다. 따라서 작품의 내용과는 관련이 없다. 소식의 「염노교」에는 「적벽회고赤壁懷古」라는 부제가 있다. 내용은 다음과 같다.

장강은 쉼없이 동으로 동으로 　　大江東去,
천고의 풍류 인물들도 장강 물결 따라 가버렸는가. 　　浪淘盡千古風流人物.
옛 요새 서쪽에 　　故壘西邊,
삼국시대 주유의 적벽이 있었다 말하네. 　　人道是三國周郎赤壁.
기암절벽은 구름을 지를 듯, 　　亂石穿空,
세찬 파도는 강가를 부술 듯, 　　驚濤拍岸,
천 겹으로 쌓인 눈을 말아 올린 듯하네. 　　捲起千堆雪.
그림 같은 이 강산에도, 　　江山如畫,
한때는 얼마나 많은 호걸들이 있었던가. 　　一時多少豪傑.
(중략)
다정한 이들은 응당 나를 비웃겠지. 　　多情應笑我.
벌써 흰머리 났다고, 　　早生華髮,
꿈 같은 인생, 　　人間如夢,
강물에 비친 달에게 술 한잔을 따르노라. 　　一尊還酹江月.

지금은 이렇게 되어 있는 판본을 어느 곳에서 볼 수 있는지 모르겠다.

15. 고모와 외삼촌 간의 결혼 姑舅爲婚

고모와 외삼촌 형제의 혼인을 예법에서는 금하지 않지만 세상 사람들은 그 구체적인 상황에 대해 잘 알지 못한다. 내가 이에 대해 고찰해 보았다. 『형통刑統 · 호혼률戶婚律』에 이런 내용이 있다.

> 부모의 고모와 외삼촌, 양가 모친의 자매, 모친의 사촌 자매, 모친의 고모, 당고모, 자신의 당堂이모, 재종再從 이모, 당자매의 자녀, 사위의 자매는 결혼을 할 수 없다.

'의議'에 말하길,[113]

> 부모의 고모와 외삼촌·양가 모친의 자매는 나에게는 무복無服[114]의 관계이지만, 부모에게는 시마緦麻[115]의 관계이고, 나보다 높은 항렬이므로 결혼할 수 없다. 이모는 부모와 대공大功[116]의 관계이고 나보다 높은 항렬이다. 당이모는 부모와는 무복의 관계지만 높은 항렬이다. 모친의 고모와 당고모도 모친과 소공小功[117] 이

113 『형통刑統』은 형법을 총괄하고 해석한 것으로 당나라의 형법전인 『당률소의唐律疏議』를 체제로 삼았다. 『당률소의』는 매 율문律文아래 '의왈議曰'이라고 하여 법문에 대해 부연설명을 진행하는 체제로 구성되어 있다.

114 無服 : 5복 밖에 있는 관계.

115 緦麻 : 상복의 제도인 5복五服 중 하나. 5복은 참최斬衰·재최齋衰·대공大功·소공小功·시마로 나뉜다. 죽은 사람과 가까운 관계일수록 삼베의 질이 나쁜 옷을 입는다. 시마는 5복 중 가장 낮은 등급이고, 복상 기간은 3개월이다.

116 大功 : 굵은 숙포熟布로 상복을 만들어 입으며, 복상 기간은 9달이다. 대공친大功親의 범위는 종형제 자매, 장손 이외의 손자·손녀, 장자부長子婦 이외의 자부·질부 및 동모이부同母異父의 형제자매이다. 남의 아내 된 자는 시조부모·시백부모·시숙부모·질부의 상喪, 남편이 양자 갔을 때에는 남편의 생가 시부모의 상에 입는다.

117 小功 : 소공친은 할아버지 형제의 내외(증조부·종조부·종조모), 아버지의 사촌형제 내외(종숙부·종숙모), 6촌형제(재종형제), 4촌형제의 아들(종질), 형제의 손자(종손) 등과, 외가로 외할아버지·외할머니·외아저씨(외삼촌)·이모 등이 해당된다. 시집간 여자의 경우는 남편의 형제, 남편형제의 손자, 남편 사촌형제의 아들, 남편형제의 부인(동서) 등이 소공복친의 범위에 든다. 소공복은 숙포熟布로 만들고 대공복보다는 가는 베를 사용하며 5개월간 상복을 입는다.

상의 항렬이다. 나의 당이모와 재종이모, 당자매가 낳은 자녀, 사위의 자매는 나에게 무복의 관계이지만, 도리적으로 결혼을 할 수 없다. 항렬의 높고 낮음이 뒤섞여 인륜의 질서가 어지럽게 되기 때문이다.

그러므로 중표中表의 형제자매는 같은 항렬이기 때문에 혼인에 제한이 없다.

휘종 정화政和 8년(1118) 지한양군知漢陽軍 왕대부王大夫가 이 규정을 명확히 공표하여 칙국勅局에서 자세히 검토하였는데 표숙表叔과 표질녀表姪女의 결혼이나 종생녀從甥女와 종구從舅의 결혼 같은 문제에 대해 아주 분명하게 설명하였다. 휘주徽州의 「법사편류속강法司編類續降」에 전문이 있는데, 지금 주현州縣 관리의 판결은 고모와 외삼촌 형제의 혼인을 갈라놓았으니, 이는 모두 법률을 상세히 읽지 않은 것에서 비롯된 실수이다.

서위西魏 문제文帝 시기에는 중표中表와 이모의 형제자매가 혼인하는 것을 금지하였고, 주周 무제武帝는 조서를 내려 모친과 동성인 사람을 처첩으로 들이지 못하도록 하였으며, 선제宣帝는 모친과 동성이더라도 5복 밖의 관례라면 혼인을 허락하는 조서를 내렸다. 모두 정통 왕조가 아닌 시기의 제도이긴 하지만 여기에 함께 기록해둔다.

1. 蓍龜卜筮

古人重卜筮, 其究至於通神, 龜爲卜, 蓍爲筮, 故曰「假爾泰龜有常, 假爾泰筮有常」,「定天下之吉凶, 成天下之亹亹」,「所以使民信時日, 敬鬼神, 畏法令」。舜之命禹, 武王之伐紂, 召公相宅, 周公營成周, 未嘗不昆命元龜, 襲祥考卜。然筮短龜長, 則龜卜猶在易筮之上。漢藝文志、劉向所輯七略, 自龜書、夏龜之屬, 凡十五家至四百一卷, 後世無傳焉。今之揲蓍者, 率多流入於影象, 所謂龜策, 惟市井細人始習此藝。其得不過數錢, 士大夫未嘗過而問也。伎術標牓, 所在如織, 五星、六壬、衍禽、三命、軌析、太一、洞微、紫微、太素、遁甲, 人人自以爲君平, 家家自以爲季主, 每況愈下。由是藉手于達官要人, 舟車交錯於道路, 毁譽紛紜, 而術益隱矣。周禮:「太卜掌三兆之法, 一曰玉兆, 二曰瓦兆, 三曰原兆。」杜子春云:「玉兆, 顓帝之兆;瓦兆, 帝堯之兆;原兆, 有周之兆。」「經兆之體皆百有二十, 其頌皆千有二百。」又「掌三易之法, 曰連山, 曰歸藏, 曰周易。其經卦皆八, 其別皆六十有四。」今獨周易之書存, 它不復可見。世謂文王重易六爻爲六十四卦, 然則夏、商之易已如是矣。左氏傳所載懿氏占曰:「鳳皇于飛, 和鳴鏘鏘。有嬀之後, 將育于姜。」成季之卜曰:「其名曰友, 在公之右。同復于父, 敬如君所。」晉獻公驪姬之繇曰:「專之渝, 攘公之羭。」嫁伯姬之繇曰:「車說其輹, 火焚其旗。寇張之弧, 姪其從姑。」秦伯伐晉曰:「千乘三去, 三去之餘, 獲其雄狐。」文公納王, 遇黃帝戰于阪泉之兆。鄢陵之戰, 晉侯筮曰:「南國蹙, 射其元王, 中厥目。」宋伐鄭, 趙鞅卜救之, 遇水適火, 史龜曰:「是謂沈陽, 可以興兵, 利以伐姜, 不利子商。」史墨曰:「盈, 水名。子, 水位。名位敵, 不可干也。」杜氏謂「鞅姓盈, 宋姓子」, 蓋言「嬴」與「盈」同也。史趙曰:「是謂如川之滿, 不可游也。」衛莊公卜夢, 曰:「如魚竀尾, 衡流而方羊裔焉。闔門塞竇, 乃自後踰。」此十占皆不可得其說, 故杜元凱云:「凡筮者用周易, 則其象可推。非此而往, 則臨時占者或取於象, 或取於氣, 或取於時日、王相以成其占。若盡附會以爻象, 則架虛而不經。」可爲通論, 然亦安知非連山、歸藏所載乎!

2. 地名異音

郡邑之名, 有與本字大不同者, 顔師古以爲土俗各有別稱者是也。姑以漢書地理志言之:馮翊之櫟陽爲「藥陽」, 蓮勺爲「輦酌」, 太原之慮虒爲「廬夷」, 上黨之沾爲「添」, 河內之隆慮爲「林廬」, 蕩陰爲「湯陰」, 潁川之不羹爲「不郎」, 南陽之酈爲「擲」, 堵陽爲「者陽」, 鄮爲「讚」, 沛之鄼爲「嵯」, 鄲爲「多」, 淸河之鄃爲「輸」, 汝南之平輿爲「平預」, 濟陰之宛句爲「冤劬」, 江夏之沙羨爲「沙夷」, 九江之橐皐爲「拓姑」, 廬江之雩婁爲「吁閭」, 山陽之方與爲「房豫」, 琅邪之不其爲「不基」, 東海之承爲「證」, 長沙之承陽爲「烝陽」, 臨淮之取慮爲「秋廬」, 會稽之諸暨爲「諸旣」, 太末爲「闥末」, 豫章之餘汗爲「餘干」, 梓潼之汁方爲「十方」, 蜀郡之徙爲「斯」, 益州之味爲「昧」, 金城之允吾爲「鉛牙」, 允街爲「鉛街」, 武威之樸劓爲「蒲環」, 張掖之番禾爲「盤和」, 安定之烏氏爲「烏支」, 上郡之龜兹爲「丘慈」, 西河之鵠澤爲「梏澤」, 代郡之狋氏爲「權精」, 遼西之且慮爲「趄廬」, 令支爲「鈴祇」, 遼東之番汗爲「盤寒」, 樂浪之黏蟬爲「黏提」, 南海之番禺爲「潘隅」, 蒼梧之荔浦爲「肆浦」, 交趾之羸𨻻爲「蓮簍」, 九眞之都龐爲「都聾」, 日南之西捲爲「西權」, 淮陽之陽夏爲「陽賈」, 魯國之蕃爲「皮」。皆不可求之於義訓, 字書亦不盡載也。

3. 韓嬰詩

前漢書儒林傳敘詩云：漢興, 申公作魯詩, 后蒼作齊詩, 韓嬰作韓詩。又云：申公爲詩訓故, 而齊轅固、燕韓生皆爲之傳, 或取春秋, 采雜說, 咸非其本義。與不得已, 魯最爲近之。嬰爲文帝博士, 景帝時至常山太傅, 推詩人之意, 作外傳數萬言, 其語頗與齊、魯間殊, 然歸一也。武帝時, 與董仲舒論於上前, 精悍分明, 仲舒不能難。其後韓氏有王吉、食子公、長孫順之學。藝文志, 韓家詩經二十八卷, 韓故三十六卷, 內傳四卷, 外傳六卷, 韓說四十一卷。今惟存外傳十卷。慶曆中, 將作監主簿李用章序之, 命工刊刻于杭, 其末又題云：「蒙文相公改正三千餘字。」予家有其書, 讀首卷第二章, 曰：「孔子南遊適楚, 至於阿谷, 有處子佩瑱而浣者。孔子曰：『彼婦人其可與言矣乎？』抽觴以授子貢, 曰：『善爲之辭。』子貢曰：『吾將南之楚, 逢天暑, 願乞一飮以表我心。』婦人對曰：『阿谷之水流而趨海, 欲飮則飮, 何問婦人乎？』受子貢觴, 迎流而挹之, 置之沙上, 曰：『禮固不親授。』孔子抽琴去其軫, 子貢往請調其音。婦人曰：『吾五音不知, 安能調琴？』孔子抽絺紘五兩以授子貢, 子貢曰：『吾不敢以當子身, 敢置之水浦。』婦人曰：『子年甚少, 何敢受子？ 子不早去, 今切有狂夫守之者矣。』詩曰：『南有喬木, 不可休息。漢有游女, 不可求思。』此之謂也。」觀此章, 乃謂孔子見處女而教子貢以微詞三挑之, 以是說詩, 可乎？ 其謬戾甚矣, 它亦無足言。

4. 五行衰絕字

木絶於申, 故柛字之訓爲木自斃。水土絶於巳, 故汜字之訓, 說文以爲窮瀆, 圯字之訓爲岸圯及覆。火衰於戌, 故烕爲滅。金衰於丑, 故鈕爲鍵閉。製字之義昭矣。

5. 漢表所記事

漢書功臣表所記列侯功狀, 有紀傳所軼者。韓信擊魏, 以木罌缶度軍, 表云：祝阿侯高邑以將軍屬淮陰, 擊魏, 罌度軍。蓋此計由邑所建也。信謀發兵襲呂后, 其舍人得罪信, 信囚欲殺之。舍人弟上書變告信欲反。晉灼注曰：「楚漢春秋云：謝公也。」表有愼陽侯樂說, 史記作欒說, 以淮陰舍人告反, 侯, 蓋非謝公也。須昌侯趙衍從漢王起漢中, 雍軍塞渭上, 上計欲還, 衍言從它道, 道通。中牟侯單右車, 始高祖微時, 有急, 給高祖馬, 故得侯。邔侯黃極忠以羣盜長爲臨江將, 已而爲漢擊臨江王。祁侯繒賀從擊項籍, 漢王敗走, 賀擊楚迫騎, 以故不得進, 漢王顧謂賀祁王。顏師古曰：「謂之祁王, 蓋嘉其功, 故寵褒之, 許以爲王也。」 它復有與傳小異者。史記張良傳：項梁立韓王成, 以良爲韓申徒。徐廣云：「申徒卽司徒, 語音訛轉也。」而漢表, 良以韓申都下韓。師古云：「韓申都卽韓王信也。楚漢春秋作『信都』, 古『信』、『申』同字。」案, 良與韓王信了不相干, 顏注誤矣。自「司徒」訛爲「申徒」, 自「申徒」爲「申都」, 自「申都」爲「信都」, 展轉相傳, 古書豈復可以字義求也韓信歸漢, 爲治粟都尉, 表以爲票客。師古曰：「與紀傳參錯不同, 或者以其票疾而賓客禮之, 故云票客也。」史記作「典客」, 索隱以爲「粟客」。此外又有官名非史所載者。如孔聚以執盾從；周竈以長鈹都尉；郭蒙以戶衛；宣虎以重將, 重將者, 主將領輜重也；耏跖以門尉；棘丘侯襄以執盾隊史；郭亭以塞路, 塞路者, 主遮塞要路以備敵寇也；丁禮以中涓騎；爰類以愼將, 謂以謹愼爲將也；許盎以駢鄰說衛, 駢鄰者, 二馬曰駢, 謂並兩騎爲軍翼也, 說讀曰稅, 稅衛者, 軍行初舍止之時主爲衛也；許瘛以趙右林將, 林將者, 將士林, 猶言羽林之將也；淸侯以弩將；留肹以客吏；馮解散以代大與, 大與, 主爵祿之官也, 史記作「太尉」；靳彊以郎中騎千人之類。聊紀於此, 以示讀史者云。

6. 蕭何給韓信

黥布爲其臣賁赫告反, 高祖以語蕭相國, 相國曰：「布不宜有此, 恐仇怨妄誣之, 請繫赫, 使人微驗淮南。」布遂反。韓信爲人告反, 呂后欲召, 恐其不就, 乃與蕭相國謀, 詐令人稱陳豨已破, 給信曰：「雖病, 强入賀。」信入, 卽被誅。信之爲大將軍, 實蕭何所薦, 今其死也, 又出其謀, 故俚語有「成也蕭何, 敗也蕭何」之語。何尙能救黥布, 而翻忍於信如此？豈非以高祖出征, 呂后居內, 而急變從中起, 己爲留守, 故不得不亟誅之, 非如布之事尙在疑似之域也。

7. 彭越無罪

韓信、英布、彭越皆以謀反誅夷。信乘高祖自將征陳豨之時, 欲詐赦諸官徒, 發兵襲呂后、太子。布見漢使驗問, 卽發兵東取荊, 西擊楚, 對高祖言欲爲帝, 其爲反逆已明。

唯越但以稱病不親詣邯鄲之故, 上旣赦以爲庶人, 而呂后令人告越復謀反, 遂及禍。三人之事, 越獨爲寃。且扈輒勸越反, 越不聽, 有司以越不誅輒爲反形已具。然則貫高欲殺高祖, 張敖不從, 其事等耳, 乃以爲不知狀, 而敖得釋, 何也？欒說告信, 賁赫告布, 皆得封列侯。而梁大僕告越不論賞, 豈非漢朝亦知其故耶？欒布爲越大夫, 使於齊而越死, 還, 奏事越頭下, 上召罵布, 欲烹之, 布謂越反形未見, 而帝以苛細誅之, 上乃釋布, 拜爲都尉。然則高祖於用刑, 爲有負於越矣, 傷哉！

8. 蜘蛛結網

佛經云：「蠢動含靈, 皆有佛性。」莊子云：「惟蟲能蟲, 惟蟲能天。」蓋雖昆蟲之微, 天機所運, 其善巧方便, 有非人智慮技解所可及者。蠶之作繭, 蜘蛛之結網, 蜂之累房, 燕之營巢, 蟻之築垤, 螟蛉之祝子之類是已。雖然, 亦各有幸不幸存乎其間。蛛之結網也, 布絲引經, 捷急上下, 其始爲甚難。至於緯而織之, 轉盼可就, 疏密分寸, 未嘗不齊。門檻及花梢竹間, 則不終日, 必爲人與風所敗。唯閑屋垝垣, 人迹罕至, 乃可久久而享其安。故燕巢幕上, 季子以爲至危。李斯見吏舍廁中鼠食不絜, 近人犬, 數驚恐之, 倉中之鼠食積粟, 居大廡之下, 不見人犬之憂, 歎曰：「人之賢不肖, 譬如鼠矣, 在所自處耳。」豈不信哉！

9. 孫權稱至尊

陳壽三國志, 固多出於一時雜史, 然獨吳書稱孫權爲至尊, 方在漢建安爲將軍時, 已如此, 至於諸葛亮、周瑜, 見之於文字間, 亦皆然。周瑜病困, 與權書曰：「曹公在北, 劉備寄寓, 此至尊垂慮之日也。」魯肅破曹公還, 權迎之, 肅曰：「願至尊威德加乎四海。」呂蒙遣鄧玄之說郝普曰：「關羽在南郡, 至尊身自臨之。」又曰：「至尊遣兵, 相繼於道。」蒙謀取關羽, 密陳計策, 曰：「羽所以未便東向者, 以至尊聖明, 蒙等尙存也。」陸遜謂蒙曰：「下見至尊, 宜好爲計。」甘寧欲圖荊州, 曰：「劉表慮旣不遠, 兒子又劣, 至尊當早規之。」權爲張遼掩襲, 賀齊曰：「至尊人主, 常當持重。」權欲以諸葛恪典掌軍糧, 諸葛亮書與陸遜, 曰：「家兄年老, 而恪性疏, 糧穀軍之要最, 足下特爲啓至尊轉之。」遜以白權。凡此之類, 皆非所宜稱, 若以爲陳壽作史虛辭, 則魏、蜀不然也。

10. 匡山讀書

杜子美贈李太白詩：「匡山讀書處, 頭白好歸來。」說者以爲卽廬山也。吳曾能改齋漫錄內辨誤一卷, 正辨是事, 引杜田杜詩補遺云：「范傳正李白新墓碑云：『白本宗室子, 厥先避仇客蜀, 居蜀之彰明, 太白生焉。』彰明, 綿州之屬邑, 有大、小匡山, 白讀書于大匡山, 有讀書堂, 尙存。其宅在淸廉鄕, 後廢爲僧坊, 稱隴西院, 蓋以太白得名。院有太白像。」吳君以是證杜句, 知匡山在蜀, 非廬山也。予案當塗所刊太白集, 其首載新墓碑, 宣、歙、池等州觀察使范傳正撰, 凡千五百餘字, 但云:「自國朝已來, 編於屬籍, 神龍初, 自碎葉還廣漢, 因僑爲郡人。」初無補遺所紀七十餘言, 豈非好事者僞爲此書, 如開元遺事之類, 以附會杜老之詩邪?歐陽忞輿地廣記云:「彰明有李白碑, 白生於此縣。」蓋亦傳說之誤, 當以范碑爲正。

11. 列國城門名

郡縣及城門名, 用一字者爲雅馴近古。今獨姑蘇曰吳郡吳縣, 有盤門、閶門、葑門、婁門、齊門, 它皆不然。春秋時, 列國門名見於左氏傳者, 鄭最多, 曰渠門、純門、時門、將門、閨門、皇門、鄟門、墓門, 又有師之梁、桔柣之門。周曰圉門。魯曰雩門、雉門、稷門、萊門、鹿門, 又有子駒之門。公羊傳有爭門、吏門。宋曰耏門、桐門、盧門、曹門、澤門、揚門、桑林之門。邾曰魚門、范門。衛曰閱門, 蓋獲之門。齊曰雍門, 亦有揚門、鹿門、稷門。吳曰胥門。宋垤澤之門, 見孟子。

12. 緇塵素衣

陳簡齋墨梅絕句一篇, 云:「粲粲江南萬玉妃, 別來幾度見春歸。相逢京洛渾依舊, 只恨緇塵染素衣。」語意皆妙絕。晉陸機爲顧榮贈婦詩云:「京洛多風塵, 素衣化爲緇。」齊謝元暉酬王晉安詩云:「誰能久京洛, 緇塵染素衣。」正用此也。

13. 去國立後

齊高氏食邑于盧, 高弱以盧叛齊, 閭丘嬰圍之, 弱曰:「苟使高氏有後, 請致邑。」齊人立高酀, 弱致盧而出奔晉。魯臧氏食邑于防, 臧紇得罪, 使來告曰:「苟守先祀, 敢不辟邑。」乃立臧爲, 紇致防而奔齊。案, 弱、紇二人, 據地要君, 故孔子曰:「臧武仲以防求後于魯, 雖曰不要君, 吾不信也。」然齊、魯之君, 竟如其請, 不以要君之故而背之, 蓋當是時先王之澤未熄, 非若戰國務爲詐力權謀之比, 所謂殺人之中又有禮焉者也。降及末世, 遂有帶甲約降, 旣解甲卽圍而殺之者, 不仁孰甚焉!

14. 詩詞改字

王荊公絕句云:「京口、瓜洲一水間, 鍾山秖隔數重山。春風又綠江南岸, 明月何時照我還。」吳中士人家藏其草, 初云「又到江南岸」, 圈去「到」字, 注曰不好, 改爲「過」, 復圈去而改爲「入」, 旋改爲「滿」, 凡如是十許字, 始定爲「綠」。黃魯直詩:「歸燕略無三月事, 高蟬正用一枝鳴。」「用」字初曰「抱」, 又改曰「占」、曰「在」、曰「帶」、曰「要」, 至「用」字始定。予聞於錢伸仲大夫如此。今豫章所刻本, 乃作「殘蟬猶占一枝鳴」。向巨原云:「元不伐家有魯直所書東坡念奴嬌, 與今人歌不同者數處, 如『浪淘盡』爲『浪聲沉』, 『周郎赤壁』爲『孫吳赤壁』, 『亂石穿空』爲『崩雲』, 『驚濤拍岸』爲『掠岸』, 『多情應笑我早生華髮』爲『多情應是笑我生華髮』, 『人生如夢』爲『如寄』。」不知此本今何在也。

15. 姑舅為婚

姑舅兄弟爲婚, 在禮法不禁, 而世俗不曉。案, 刑統戶婚律云:「父母之姑舅、兩姨、姊妹及姨若堂姨、母之姑、堂姑, 己之堂姨及再從姨、堂外甥女、女婿姊妹, 並不得爲婚姻。」議曰:「父母姑舅、兩姨姊妹, 於身無服, 乃是父母緦麻, 據身是尊, 故不合娶。及姨又是父母大功尊, 若堂姨雖於父母無服, 亦是尊屬; 母之姑、堂姑, 並是母之小功以上尊; 己之堂姨及再從姨、堂外甥女亦謂堂姊妹所生者、女婿姊妹, 於身雖並無服, 據理不可爲婚。並爲尊卑混亂, 人倫失序之故。」然則中表兄弟姊妹正是一等, 其於婚娶, 了無所妨。予記政和八年知漢陽軍王大夫申明此項, 敕局看詳, 以爲如表叔取表姪女, 從甥女嫁從舅之類, 甚爲明白。徽州法司編類續降有全文, 今州縣官書判, 至有將姑舅兄弟成婚而斷離之者, 皆失於不能細讀律令也。惟西魏文帝時, 禁中外及從母兄弟姊妹爲婚, 周武帝又詔不得娶母同姓以爲妻妾, 宣帝詔母族絶服外者聽婚, 皆偏閏之制。漫附於此。

••• 용재속필 권9(14칙)

1. 노나라의 삼가와 정나라의 칠목 三家七穆

춘추 시대 대대로 성세를 누렸던 경대부卿大夫 중에서 노魯나라의 삼가三家와 정鄭나라의 칠목七穆이 가장 대단했다. 노나라의 공족公族으로는 장씨臧氏와 전씨展氏·시씨施氏·자숙씨子叔氏·숙중씨叔仲氏·동문씨東門氏·후씨郈氏 등이 있었지만, 맹손孟孫과 숙손叔孫·계손季孫 만이 환공桓公의 후손으로 대대손손 국정을 장악하면서 노나라가 존속되는 동안 세력을 유지했다. 이치상으로 따진다면 환공이 형을 시해하고 나라를 찬탈하였기 때문에 천벌을 받아 마땅한데도, 이처럼 후손이 번창할 수 있었다.

정鄭나라 영공靈公이 죽고 후사가 없자 나라 사람들은 목공穆公의 아들인 자량子良을 세웠다. 자량은 왕위를 사양하며 공자견公子堅을 추천하였다.[1] 공자견이 바로 양공襄公이다. 양공이 즉위 후 형제인 목씨穆氏를 축출하려 하자 자량은 이를 저지하며 목씨와 함께 죽겠다고 했다. 양공은 결국 포기하였고 목씨를 모두 대부에 임명하였다. 이후 경대부의 자리에 올라 대대로 지위를 세습 받았으니 한罕·시駟·풍豐·인印·유游·국國·량良으로 이들을 칠목七穆이라 한다. 이들이 축출되지 않고 살아남을 수 있었던 것은 자량의 공이다. 그러나 자량은 손자인 양소良霄에 이르러 멸족을 당하였고 나머지 여섯 집안은 경대부의 지위를 세습하였으니 이 또한 이해할 수 없는 일이다.

1 정鄭나라 목공穆公이 죽고 그의 아들 이夷인 영공이 제위를 계승한다. 그러나 영공은 즉위 1년 만에 신하에게 시해 당한다. 정나라 사람들은 목공의 서자인 자량子良을 군주로 세우려 했으나 자량은 사양하며 영공靈公의 아우인 공자견을 추천하였다.

2. 공우와 설광덕·위현성·광형 貢薛韋匡

『한서漢書·원제기元帝紀』 찬贊에 "공貢과 설薛·위韋·광匡이 번갈아 재상이 되었다"고 했다. 이는 공우貢禹[2]와 설광덕薛廣德[3]·위현성韋玄成[4]·광형匡衡[5]을 가리킨다. 이들은 도량이 좁고 잘난체하는 자들이었으며 당시 황제는 우유부단하였기 때문에 나라를 다스리는데 아무런 공헌을 하지 못했다. 광형은 환관 석현石顯[6]에게 들러붙었던 최고의 간신이다. 설광덕은 황제 전용의 누선樓船에 대해서 한 번 간언한 적이 있을 뿐이다. 그러나 「공우전」에는 그가 재상의 자리에 있으면서 수차례 시정의 득실을 진언했다고 했고, 「위현성전」에서는 재상을 지냈던 7년 동안 곧고 진중한 태도는 부친인 위현韋賢만 못했지만 글재주는 부친보다 뛰어났다고 했다. 모두 이들의 과오에 대해서는 기록하지 않았다.

「유향전劉向傳」[7]에 다음과 같은 기록이 있다.

> 홍공弘恭과 석현石顯이 유향을 고발하였다. 유향은 체포 후 하옥되었고, 황제는 태부太傅 위현성韋玄成과 간대부諫大夫 공우貢禹에게 명하여 정위廷尉와 함께 조사하도록 했다. 그들은 유향을 이렇게 탄핵했다.
> "유향은 이전 구경의 직위에 있을 때 소망지蕭望之[8]·주감周堪과 함께 외척인 허許

2 貢禹(B.C.124~B.C.44) : 자 소옹少翁. 서한 원제가 즉위한 후 그의 현명함을 듣고 불러 간대부諫大夫에 임명하였고 이후 광록대부, 어사대부를 역임하였다.
3 薛廣德 : 자 장경長卿. 경학가經學家이자 우공의 뒤를 이어 어사대부에 임명되었다.
4 韋玄成(?~B.C.36) : 자 소옹少翁. 위현韋賢의 아들. 영광永光 연간 승상에 임명되었다.
5 匡衡 : 자 치규稚圭. 경학가로 『시경』에 정통했다. 건소建昭 3년(B.C.36년) 위현성이 죽자 광형이 승상에 임명되었다.
6 石顯 : 자 군방君房. 서한 시기 환관. 원제元帝가 즉위하자 홍공弘恭을 대신하여 중서령中書令이 되었는데, 원제가 병이 들자 대소 정사를 모두 결정하며 권세를 장악했다. 이후 성제成帝가 즉위하자 실권하였고 고향으로 돌아가던 길에 병사하였다.
7 劉向(B.C.77?~B.C.6) : 자 자정子政. 처음 이름 경생更生. 원제 시기 환관 홍공弘恭, 석현石顯의 전횡에 반대하였다가 참소를 당해 하옥되었다. 성제 시기 다시 등용되었다. 『설원說苑』, 『신서新序』, 『열녀전列女傳』등을 편찬하였다.
8 蕭望之(B.C.106~B.C.47) : 자 장천長倩. 전한 때의 학자, 관리. 홍공, 석현 등 환관의 전횡을 막아 제도를 개혁하려 했으나 반대로 모함에 빠져 벌을 받게 되자 자살하였다.

씨·사史씨 두 집안을 몰아낼 것을 모의하여, 그들을 이간질하여 배척하고 정권을 장악하려 했습니다. 신하로써 충성스럽지 못하였지만 다행히 주륙을 면하고 다시 성은을 입어 기용되었습니다. 그러나, 이전의 과오를 반성하지 않고 사람을 시켜 변란이 있다 상서하였으니 무도하고 무망합니다."

유향은 결국 서인으로 강등되었다.

법대로라면 유향은 죽어 마땅할 정도였으나, 다행히 원제가 그를 죽이지 않았다.

「경방전京房傳」에 의하면 경방이 관리의 업적을 평가하는 고과법을 시행하려 했으나 석현과 위현성이 반대했다고 한다. 위현성과 공우가 조정에 중용된 것은 바로 홍공弘恭과 석현에게 영합했기 때문이다. 그러나 반고의 『한서』는 이러한 사실들을 은폐하고 기록하지 않았다. 「석현전石顯傳」에만 이런 기록이 있다.

공우는 경전에 통달하고 고상한 지조로 유명했다. 석현이 사람을 보내 안부를 전하면서 두 사람은 깊은 결탁을 맺게 되었다. 석현은 공우를 천자에게 추천하였고, 구경九卿을 거쳐 어사대부御史大夫에 이르게 되었다.

소망지가 석현에게 죽음을 당한 후의 일이다.

3. 아관과 장안세 兒寬張安世

『한서』에는 당연히 기록되어야 할 일이 본전에 기록되지 않은 경우가 있다. 무제武帝 시기, 아관兒寬[9]은 큰 죄를 지어 체포되었다. 안도후按道侯 한열韓說이 간언하였다.

"예전에 오구수왕吾邱壽王을 죽인 일에 대해 폐하께서는 지금까지 한스러워 하십니다. 지금 아관을 죽이신다면 이후 더 큰 후회를 하시게 될 것입니다!"

무제는 그 말에 감동하여 아관의 죄를 용서해주고 다시 그를 기용하였다.

9 兒寬(?~B.C.103) : 공안국의 제자로 『상서』에 정통하였다. 어사대부를 역임하였다.

선제宣帝 시기, 장안세張安世[10]가 선제의 심기를 거슬러 주살될 위기에 처하였다. 조충국趙充國[11]은 장안세가 무제 신변에서 수십 년간 고문으로서 역할을 수행했던 충성스럽고 근신한 자이므로 그를 살려주어야 한다고 했다. 장안세는 조충국 덕분에 죽음을 면할 수 있었다.

이 두 가지 사건은 아관과 장안세의 열전에 기록되어 있지 않고 유향과 조충국의 열전에 기록되어 있다. 아관과 장안세가 현신賢臣이었기에 사관이 고의로 기피하여 기록하지 않은 것일까? 한열은 한 마디 말로 어진 신하를 죽음에서 구할 수 있었으나 한열의 열전에는 이 일이 기록되지 않아 그의 선행을 드날리지 못했으니 안타깝다.

4. 방어의 미덕 深溝高壘

한신韓信[12]이 조趙나라를 공격하였다. 조나라의 진여陳餘[13]는 정형구井陘口[14]에서 그를 막으려 했다. 이좌거李左車[15]가 진여를 설득하였다.

10 張安世 : 혹리 장탕張湯의 아들. 장탕이 죽은 후 한 무제는 그가 모함을 받아 죽은 것을 불쌍히 여겨 특별히 장안세를 기용하고 많은 은혜를 베풀었다. 장안세는 무제·소제·선제 3대에 걸쳐 황제의 신임을 받으면서, 대사마·거마장군·위장군을 지냈으며 부평후富平侯에 봉해졌다.

11 趙充國(B.C.137~B.C.52) : 서한 무제, 소제 시기 장군. 자 옹손翁孫. 흉노 토벌에 탁월한 공로를 세웠다.

12 韓信(?~B.C.196) : 한漢 나라 고조高祖 때의 개국 공신開國功臣. 회음淮陰(강소성江蘇省) 출생. 처음에는 항우項羽에게 있다가 소하蕭何가 후에 고조가 되는 유방劉邦에게 천거하여 대장이 되었으며, 고조의 천하 평정 때 큰 공을 세움으로써 제왕齊王, 이어 초왕楚王이 되었다. 그러나 한제국漢帝國의 권력이 확립되자 유씨劉氏 외의 다른 제왕諸王과 함께 차차 권력에서 밀려나, 회음후淮陰侯로 격하되었고 끝내 진희陳豨의 난에 가담하였다가 멸족을 당했다.

13 陳餘 : 진秦 나라 말기 장이의 부하 장수. 대량大梁(전국시대 위魏나라 도성, 지금의 하남성河南省 개봉시開封市 서북쪽) 사람. 진나라 말기, 장이張耳와 함께 문경지교를 맺은 사이로 진승陳勝의 봉기에 참여하였으며 진승의 장수 무신武臣이 조나라를 평정하자 장이와 함께 무신을 조왕으로 옹립하였다. 그러나 항우가 관중을 평정한 뒤 장이만 상산왕常山王에 봉하자 공로를 인정받지 못한 진여는 분노하여 제齊나라에 투항하였고 제왕 전영田榮과 함께 초나라에 반기를 들고 장이를 공격하여 몰아냈다. 장이는 한나라로 도주하였다. 진여는 결국 정형구에서 한신과 장이의 공격으로 죽음을 당했고, 장이가 조왕으로 세워진다.

14 井陘 : 지금의 하북성 정형현井陘縣 동북쪽의 정형산井陘山.

한신은 승승장구하며 왔기에 그 예봉을 당할 수가 없습니다. 제게 정예군을 주신다면 샛길로 가서 저들의 식량로를 끊겠습니다. 우리는 참호를 깊이 파고 성벽을 높이 쌓고 수비하며 저들의 공격에 대응하지 말아야 합니다. 그렇게 하면 저들은 전진도, 퇴각도 못하게 될 것이니 십일 안에 한신의 머리가 장군의 깃발 아래 걸리게 될 것입니다.

그러나 진여는 그의 말을 듣지 않고 나가 싸우다가 포로가 되었다. 오초칠국吳楚七國의 난[16] 때 주아부周亞夫[17]가 토벌군을 이끌고 출전하여 쌍방이 형양滎陽에서 맞서게 되었다. 등도위鄧都尉가 말하였다.

오吳나라, 초楚나라 군사의 사기가 충천하니 맞서 싸우기 힘듭니다. 따라서 량梁나라의 땅은 포기하고 동북의 창읍昌邑에 근거하여 참호를 깊이 파고 성벽을 높이 쌓아 방어에 치중하면서 한편으로 병력을 파견하여 저들의 식량 수송로를 막아야 합니다. 이것이 그들을 제압하는 최선의 방법입니다.

주아부는 그 말을 따랐고 오나라는 결국 패망하였다. 이좌거와 등도위의 계책은 같은 것이었고, 그것이 채택되었는지 안 되었는지가 달랐을 뿐이다.

진秦나라 군사가 무안武安[18] 서쪽에 집결하여 연여閼與[19] 땅을 공격할 준비를 하고 있었다. 조나라의 조사趙奢[20]가 그 곳에 파견되었다. 그는 한단邯鄲[21]에서

15 李左車 : 조나라 장수. 조왕趙王 헐歇을 보좌한 공으로 광무군에 봉해졌다. 한왕 3년(B.C. 204년), 한신과 장이가 군사를 이끌고 조나라를 공격해오자, 이좌거는 무리하게 공격하기보다는 먼저 지구전으로 대항하고 군수 보급을 차단시키면 충분히 승산이 있을 거라 간하였다. 그러나 진여는 이를 묵살하고 무리하게 응전하다 결국 대패하고, 조나라는 멸망하고 만다. 그를 사로잡은 한신은 그의 재능을 인정하여 참모로 중용하였다.

16 吳楚七國의 난 : 한 경제 시기(B.C.154)에 제후국인 오나라와 초나라 등 7국이 일으킨 반란. 한나라 경제는 즉위한 뒤 당시 점차 세력을 확대해 가던 오吳나라를 견제하기 위해 그 영지를 삭감하고 세력을 약화시켜야 한다는 조조의 건의를 받아들여 오의 3군 가운데 회계會稽와 예장豫章 2군을 삭감한다는 결정을 내렸다. 오나라뿐만 아니라 초楚와 조趙나라까지 영토 삭감을 도모했고, 이에 반발한 제후들은 교서膠西왕·교동膠東왕·치천菑川왕·제남濟南왕 등과 연합해 반란을 일으켰다. 경제는 결국 반란군에 대한 회유책으로 조조를 처형했고 반란은 일단락 되었다.

17 周亞夫(B.C.199～B.C.143) : 한나라 개국공신 주발周勃의 아들로, 오초칠국의 난을 평정하는데 큰 공을 세웠다.

18 武安 : 지금의 하북성 무안현武安縣 서남쪽.

19 閼與 : 지금의 산서성山西省 화순현和順縣 서북부.

30리 떨어진 곳에 진영을 구축하고 굳게 지키면서 28일 동안 꿈쩍도 하지 않고 성을 단단히 하였다. 얼마 후 조나라는 진나라가 방심한 틈을 타서 급습하여 크게 이겼다. 조사의 전략은 바로 적군을 손바닥 위에서 가지고 노는 격이었으니 싸우기 전에 이미 승패는 정해져 있었다.

앞에서 말한 등도위는 주아부의 선친 주발周勃의 문객이다. 『한서漢書·조조전晁錯傳』에 이런 기록이 있다.

> 조조가 죽자 등공鄧公을 교위校尉로 삼아서 오, 초를 공격하는 장수로 삼았다. 오초칠국의 난을 평정한 후 경사로 돌아와 군사에 관해 논의한 글을 올려 성양城陽 땅의 중위中尉에 임명되었다.

이 등공이 바로 등도위가 아니겠는가? 「주아부전」에서는 참호를 깊이 파고 성벽을 높이하여 수비에 치중한 이 계책을 등도위가 진언하여 주아부가 실행한 것으로 되어 있는데, 당나라의 안사고顔師古는 『한서』 주注에서 이를 의심했다. 그러나 당시의 정황을 미루어 보면, 이러한 계책은 분명 주아부에게서 나온 것이 아닐 것이다.

5. 『노자』 50장 「出生入死출생입사」의 해석 生之徒十有三

『노자老子』의 「출생입사出生入死」에는 다음과 같은 기록이 있다.

> 사는 길을 떠나 죽는 길로 들어서는구나.
> 삶의 부류가 열에 셋이고
> 죽음의 부류가 열에 셋이다.
> 그런데 사람들은 사는 일에만 더욱 열중하지만
> 하는 일마다 모두 죽는 길로 가는 것이 또 열에 셋이구나.
> 왜 그런가?
> 지나치게 삶을 좋게 하려 하기 때문이다.[22]

20 趙奢 : 전국시대 인상여藺相如와 함께 대표적인 조나라 장수.
21 邯鄲 : 조나라의 수도. 지금의 하북성河北省 한단시邯鄲市.

왕필王弼[23]은 이렇게 주를 달았다.

> 열 중에 셋이라 한 것은 십 분에 삼이 생도를 얻을 수 있으니 삶의 최대치를 온전히 누릴 수 있는 사람은 열 중의 셋 뿐이다. 죽음의 도를 얻어 죽음의 궁극을 온전히 할 수 있는 자도 열 중에 셋 뿐이다. 사람이 너무 살고자 집착하다보니 더 살 수 있는 여지가 없게 되는 것이다.

이 해석은 너무 천박하며 게다가 뒷부분은 해석하지도 않았다. 소철蘇轍만이 의미를 온전히 풀이하였다.

> 삶과 죽음의 도를 열로 말한다면, 세 가지가 각각 삼씩이니 이는 생사의 도가 9가지이고 살지도 죽지도 못하는 도는 단지 하나뿐이라는 것 아니겠는가? 노자가 9가지를 말하고 한 가지를 말하지 않은 것은 사람들이 직접 이를 알게 하려는 것으로 무사無思와 무위無爲의 묘를 기탁한 것이다.

6. 장씨 집안의 거북 臧氏二龜

장문중臧文仲이 점치는 거북[蔡]을 보관하는 것에 대해 공자는 그를 지혜롭지 못하다고 평했다.[24] '蔡채'는 군주가 점을 칠 때 사용하는 거북으로 이것이 채 땅에서 생산되기 때문에 이렇게 부른 것이다. 『좌전左傳』에서는 이를 '허기虛器'라 표현했다.[25]

손자인 장무중臧武仲은 노나라에서 죄를 짓고 주邾나라로 망명하였다. 장무

22 『노자』 50장.

23 王弼(226~249) : 위진 현학을 대표하는 학자. 자 보사輔嗣. 삼국시기 위魏나라 사람으로, 18세에 『노자주老子註』를, 20세 초반에 『주역주周易註』를 지어 이름을 떨쳤다.

24 『논어·공야장公冶長』 : 장문중이 지혜롭다는 이름을 얻었으나 내가 보니, 장문중이 집을 지어 거북을 보관하는데 기둥머리 모진 나무에는 산을 새기고 대들보 위의 짧은 기둥에는 마름풀을 그려 장식하였다. 그를 어찌 지혜롭다 하겠는가?[子曰: 臧文仲居蔡, 山節藻梲, 何如其知也?]

○ 이는 장문중이 백성을 다스리는데 힘쓰지 않고 거북이 거처하는 것처럼 꾸며 길흉화복을 기원하니 그 마음의 미혹이 심함을 힐난한 것이다. 그러므로 공자는 사람들이 모두 장문중이 지혜롭다고 하지만 나는 그를 지혜롭다 할 수 없다고 한 것이다.

25 『좌전·문공2년』. 공자의 평을 인용하여 장문중이 진귀한 거북 껍질을 모아 방을 꾸민 것을 '헛된 기물'이라 표현한 것이다.

중은 주鑄땅에 있는 형 장가臧賈에게 사람을 보내 자신의 망명을 알리고 거북의 등껍질을 올리면서 이렇게 전했다.

> 저의 죄가 조상의 제사를 끊기게 할 정도는 아닙니다. 그러니 형님이 거북을 바쳐 가문의 후계자를 세울 것을 청하십시오.

이는 조상을 위해 후사를 세우도록 요청한 것이다. 장가는 두 번 절한 후 거북을 받아들였다. 그리고는 아우인 장위臧爲를 시켜 노나라 조정에 거북을 바치고 후사 세우는 문제를 요청하도록 했다. 그러자 장위는 자신을 후사로 세울 것을 청했고, 결국 노나라 조정은 장위를 후계자로 결정했다.[26]

장위臧爲의 아들인 장소백臧昭伯이 진晉나라로 갔을 때 그의 종제 장회臧會가 누구僂句[27] 거북을 훔쳤다. 장회는 거북으로 장씨 가문에 대해 성실과 불성실 중 어느 쪽이 길한 지를 점쳤는데 불성실이 길하다는 점괘가 나왔다. 장회가 진나라로 갔다. 장소백이 처자와 동모제인 숙손의 안부를 물었으나 모두 대답하지 않았다. 장회의 의도는 장소백이 무슨 변고가 있는 것이 아닌지 의심하게 하려는 것이었다. 장소백이 돌아와 처자와 형제를 찾아가 보았지만 찾을 수가 없었다. 장소백이 장회를 잡아 죽이려고 하자 장회는 후郈땅으로 달아났다. 장소백이 노소공을 따라 제齊나라로 망명하자 계평자季平子는 장회를 장씨의 후계자로 삼았다. 장회는 "누구 거북이 나를 속이지 않았다"[28]고 말했다.

장씨 가문의 이 일은 모두 거북으로 인해 생긴 것이며, 둘 다 아우가 형의 자리를 빼앗은 경우니 이상하다.

26 『좌전·양공襄公 23년』.
　○ 『용재속필』권8, 「去國立後」 참조.
27 僂句 : 거북 산지의 이름으로, 후대에는 일반적으로 거북을 가리킨다.
28 『좌전·소공昭公 25년』.

7. 유호씨 有扈氏

『하서夏書·감서甘誓』[29]에 계啓[30]와 유호有扈[31]가 감甘[32]에서 전쟁을 치루었는데 계가 유호를 토벌한 이유에 대해 "오행을 모욕하고 삼정三正[33]을 위배했으므로 하늘을 대신해 그들을 멸망시킨다"라고 했다.

공안국孔安國[34]은 이에 대해 "유호와 하나라는 동성이다. 유호가 동성의 친함을 믿고서 공경하지 않았기 때문"이라고 해석했다. 유호의 죄가 그와 같았던 것이다.

그러나 『회남자淮南子·제속훈齊俗訓』에 "유호씨는 도의 때문에 멸망한 것이다. 도의를 알았지만 어떻게 하는 것이 옳은지 알지 못했다"고 했다. 고유高誘는 이렇게 설명했다.

> 유호는 계啓의 배다른 형이다. 요임금과 순임금은 현자에게 제위를 물려주었으나, 우임금은 자신의 아들에게 제위를 물려주었다. 이 때문에 유호씨는 계를 토벌하려 했으나 계에게 멸망당하였다.

이는 다른 책에는 보이지 않는 기록이라 고유가 이를 어떻게 알았는지 모르겠다. 오랜 시간동안 흩어지고 사라진 기록이 많으니 분명 어떤 근거를 가지고 그렇게 말했을 것이다. 『장자莊子』에서 "우임금이 유호有扈를 공격하였고 이 때문에 나라는 폐허가 되었다"[35]고 한 것은 잘못된 것이다.

29 「甘誓」: '誓서'는 출병할 때 장병을 모아놓고 굳게 약속하면서 훈계하는 맹세이다. 우의 아들 계가 왕위에 오르자 유호씨가 복종하지 않고 반란을 일으켰다. 이에 계가 6군을 이끌고 감땅에 가서 정벌군에게 맹세한 내용을 기록한 것이다.

30 啓 : 하나라의 두 번째 왕.

31 有扈 : 계啓가 즉위하자 유호가 불복하였고, 계에게 멸망당하였다.

32 甘 : 지금의 섬서성 서안시 서남쪽 호현戶縣.

33 三正 : 천天·지地·인人 삼재三才의 올바른 도리.

34 孔安國 : 전한前漢 무제시기 학자. 자 자국子國. 공자의 옛 집 벽에서 나온 『고문상서古文尙書』와 『예기禮記』·『논어論語』·『효경孝經』을 금문今文과 대조·고증, 해독하여 주석을 붙였다. 이것에서 고문학古文學이 비롯되었다고 한다.

35 『장자·인간세人間世』.

8. 강태공의 『단서』 太公丹書

지금 강태공의 『단서丹書』는 희귀한 서적이다. 황정견黃庭堅이 각종 예서禮書에 인용된 명문을 취합하였으나 출처를 명확히 밝히지 않았다. 내가 『대대례기大戴禮記 · 무왕천조편武王踐阼篇』을 읽다보니 기록이 아주 잘 갖춰져 있다. 옛 것을 좋아하는 군자를 위해 여기에 기록해 둔다.

무왕武王이 즉위한 후 삼일 째에 사대부를 소집하여 물었다.
"만세토록 자손들이 행하고 따를 준칙으로 삼을 만한 것이 있는가?"
모두 들어본 적이 없다고 대답했다. 다시 사상보師尙父[36]를 불러 물었다.
"황제黃帝와 전제顓帝가 나라를 다스렸던 방법을 알 수 있습니까?"
강태공이 대답했다.
"『단서丹書』에 있습니다. 왕께서 듣고자 하신다면 재개를 하십시오."
무왕이 삼일 간 재개하고 나자 사상보가 의관을 갖추고 책을 바치며 그 내용을 읽었다.
"'공경함이 태만을 이기는 사람은 길하지만, 태만이 공경을 이기는 자는 망한다. 의로움이 욕망을 이기는 자는 순조롭지만, 욕망이 의로움을 이기는 자는 흉하다. 무릇 일이란 노력하지 않으면 삐뚤어지게 되고 공경하지 않으면 바르지 못하게 되니 비뚤어진 자는 멸망하고 공경하는 자는 만세토록 영원하리라.' 만세토록 자손에게 줄 수 있는 가르침이란 이 말을 이르는 것입니다."
"인仁으로써 천하를 얻어 인으로써 지킨다면 백세百世를 갈 수 있습니다. 불인不仁함으로 천하를 얻어 인으로 지킨다면 십세十世를 갈 수 있습니다. 불인으로 천하를 얻어 불인으로 다스린다면 한 세대를 못 넘기고 망하게 될 것입니다."
무왕은 『단서』의 말을 듣고 두려운 듯 걱정했다. 물러나 『계서戒書』를 써서 자리의 네 모서리에 두고 명심해야 할 말로 삼았다.
자리의 왼쪽 앞에는 '편안하고 즐거운 중에도 반드시 경건함을 지킨다'는 글귀를, 오른쪽 앞에는 '후회할 일을 하지 말 것', 뒤쪽 왼쪽에는 '잠시라도 절대 잊지 말 것', 오른쪽 뒤에는 '은나라의 교훈이 멀지 않다'는 글귀를 새겨 두었다.
책상 위에는 '오직 입을 조심할 것, 말 때문에 공경을 받을 수도 있고 부끄러움을 당할 수도 있으며 나를 해치게 될 수도 있다'는 글귀를 새겨 두었고, 거울에는

36 師尙父 : 강태공 여상呂尙을 가리킨다. 주나라 문왕文王의 초빙을 받아 그의 스승이 되었고, 무왕武王을 도와 상商나라 주왕紂王을 멸망시켜 천하를 평정하였으며, 그 공으로 제齊나라 제후에 봉해져 그 시조가 되었다.

'앞에서 살펴보고 뒤에서 숙고할 것'이라는 글귀를, 대야에는 '사람에게 빠지느니 연못에 빠지는 것이 낫다. 연못에 빠지면 헤엄칠 수 있지만 사람에 빠지면 구할 수 없다'는 글귀를 새겨 두었다.

또 기둥에는 '얼마나 잔혹한지 말하지 말라, 그 화가 장차 이를 것이다. 얼마나 피해를 입었는지 말하지 말라, 그 화가 커질 것이다. 얼마나 다쳤는지 말하지 말라, 그 화가 더 오래갈 것이다'는 글귀를 새겨두고, 지팡이에는 '언제 위태로운가? 분노했을 때다. 언제 도를 잃는가? 탐욕에 빠졌을 때다. 언제 친구를 잊게 되는가? 부귀해졌을 때다'라는 글귀를 새겨 두었다.

허리띠에도 '불을 끄고 난 후에는 물을 담았던 그릇을 수리해야 하니 삼가고 조심하며 공경한다면 오래갈 것이다'라는 글귀를 새겨 놓고, 신발에는 '부지런히 일하면 부유해진다'라는 글귀를 새겨 두었다.

술잔에는 '먹을 때는 예에 맞게, 먹을 때는 예에 맞게. 교만함을 경계하라. 교만하면 함부로 행동하게 된다'는 글귀를 새기고, 문 위에는 '명성은 얻기는 힘들고 잃기는 쉽다. 노력하지 않아 기억하지 못한다면 그것을 안다 할 수 있겠는가? 애쓰지 않아 쫓아가지 못한다면 그것을 유지할 수 있겠는가? 진흙으로 바람을 막으려 해도 바람이 불어오면 분명 먼저 진흙을 떨어뜨릴 것이다. 비록 성인이라 하더라도 아무런 방법이 없다'는 글귀를 새겼다.

창문에는 '천시天時를 따르고 땅의 재물을 이용하여 하늘을 공경하는 제사를 지내고 조상을 공경한다'는 글귀를 새기고, 검에는 '이를 몸에 차면 장식이지만 사용할 때는 반드시 덕에 따라서 해야 하니 도덕에 따라 사용한다면 흥할 것이요, 도덕에 위배되는 일에 사용한다면 망할 것이다'라는 글귀를 새겼다.

활에는 '굽히고 펴는 뜻은 활을 쏠 때 있으니 자신도 잘못이 있을 수 있다는 것을 잊지 말라'는 글귀를 새기고, 창에는 '창을 만드는 사람이 순간이라도 참지 못한다면 종신토록 수치스러움이 있을 수 있다. 내 한 사람이 들은 것으로서 후세 자손들에게 경계하도록 한다'는 글귀를 새겼다.

모두 16가지의 좌우명이다.

가의賈誼[37]의 「정사서政事書」에는 태자를 가르치는 내용이 있는데 약 천여자로 모두 『대대례기』의 「보부편保傅篇」에 수록된 것이다. 그 중 호해胡亥[38]와

37 賈誼(B.C.200~B.C.168) : 전한前漢 문제 때의 문인 겸 학자. 진나라 때부터 내려온 율령·관제·예악 등의 제도를 개정하고 전한의 관제를 정비하기 위한 많은 의견을 상주했다.

38 胡亥(B.C.229?~B.C.207 / 재위 B.C.210~B.C.207) : 진秦의 제2대 황제. 성은 영嬴, 이름은 호해胡亥이며, 진秦의 제2대 황제皇帝로서 이세황제二世皇帝 혹은 진이세秦二世라고 한다. 시황제始皇帝의 막내아들로 태어났으나, 진시황이 순행 도중 병사하자 환관 조고, 승상 이사와

조고趙高에 관한 일은 한나라 유학자들이 지은 내용이다. 『한서漢書·소제기昭帝紀』 중 "「보부전保傅傳」에 통달했다"는 내용에 대해 문영文穎은 "가의賈誼가 지은 것으로 『대대기大戴記』에 수록되어 있다"고 주석을 달았다. 이는 『단서』를 가리킨 것이 아닐까?

순경荀卿[39]의 「의병편議兵篇」에 다음과 같은 구절이 있다.

> 공경함이 태만을 이기는 사람은 길하지만, 태만이 공경을 이기는 자는 망한다. 모략이 욕망을 이기는 자는 순조롭지만, 욕망이 모략을 이기는 자는 흉하다.

이 구절은 아마도 『단서』에서 나온 것일 것이다.

『좌전左傳』에 진晉나라 비표斐豹의 이름이 "단서에 기록되었다[著於丹書]"는 것은 붉은 색 글자로 그의 죄를 기록했다는 의미이다. 우연히 같은 명칭을 사용하였을 뿐이다. 한나라 고조가 철계鐵契[40] 단서를 만들어 공신에게 증표로 주었다는 것도 다른 용례이다.

9. 한나라 경제 漢景帝

한나라 경제景帝[41]의 인품은 논란의 여지가 많다. 조조晁錯[42]가 내사內史[43]에

함께 유언을 조작해 황제의 자리에 올랐다. 황위에 오른 뒤 여산驪山의 시황제능묘와 아방궁·만리장성 등의 토목사업을 서두르고, 흉노의 침공에 대비해 대규모 징병을 실시해 민심의 반발을 샀다. 조고의 정변으로 인해 결국 자살로 생을 마감하였다.

39 荀卿 : 순자를 가리킨다. 순자는 이름이 황況, 자가 경卿이다. 맹자孟子의 성선설性善說을 비판하여 성악설性惡說을 주장했으며, 예禮를 강조하는 유학 사상을 발달시켰다.

40 鐵契 : 한나라 고조가 공신들에게 하사한 것으로 자자손손 특권을 누리게 해 주겠다는 증표로 내린 것이다. 쇠로 된 증서에 단사丹砂로 글씨를 써서 반으로 나눠 조정과 하사자가 반쪽씩 나누어 보관한다. 당나라 이후에는 단서를 사용하지 않고 금으로 상감하여 '사형을 면함免死' 등의 특권에 해당하는 글을 써 주었다.

41 景帝 : 한나라 6대 황제 유계劉啓. 재위 B.C.157～B.C.141.

42 晁錯(B.C.200～B.C.154) : 제후들의 봉지를 점진적으로 회수하여 중앙집권의 기반을 공고히 하고자 하였으나, 그로 인하여 오초7국吳楚七國의 난이 유발되었다. 결국 제후들에 대한 회유책으로서 조조는 처형되었다.

43 內史 : 관직명. 진秦나라 때부터 설치되었는데 경기 지방을 관장하였다. 후세의 경조윤京兆尹

임명된 후 동쪽 문으로 드나드는 것이 불편하여 다시 남쪽으로 드나들 수 있는 문을 하나 냈는데 바로 한 고조의 부친인 태상황太上皇 묘의 담벼락 쪽이었다. 승상 신도가申屠嘉[44]는 조조가 종묘의 담을 뚫었다는 것을 듣고 조조를 주살할 것을 청하는 상소를 올렸다. 조조는 두려워 야밤에 입궁하여 경제에게 그 일에 대해 상세히 아뢰었다. 이튿날 조회에서 신도가가 조조를 주살할 것을 청하자 경제가 답했다.

> "조조가 뚫은 것은 진짜 종묘의 담이 아니라 외담이고 게다가 내가 그에게 시킨 것이니 조조는 죄가 없다."

임강왕臨江王 유영劉榮[45]은 황태자에서 폐위되어 왕이 되었다. 임강왕이 태종의 묘 담장 자리에 궁을 짓자 경제는 임강왕을 중위부中尉府에서 심문받게 하였고 결국 유영은 자살하였다.

이 두 가지 사건은 똑같이 종묘를 침범한 일이다. 그러나 유영은 폐출되어 총애를 잃었을 뿐만 아니라 목숨까지 잃은 반면 조조는 막 신임을 얻을 때였기 때문에 죄를 묻지 않고 넘어갔다. 경제가 불공평하고 인지하지 못함이 이와 같았다. 그러나 이후 원앙爰盎[46]의 한 마디 때문에 조조를 멸족하였으니 얼마나 은혜가 없고 잔인한가.

에 해당한다.

44 申屠嘉(?~B.C.155) : 전한 혜제 시기 재상. 고조와 함께 경포의 난을 평정한 공으로 도위가 되었다. 혜제 시기 회양 군수로 임명되었다가 장창이 승상이 되자 신도가는 어사대부로 승진하였으며, 장창이 죽자 재상에 임명되었다. 경제 때 조조晁錯가 종묘의 담을 뚫어서 문을 만들었다. 신도가는 함부로 종묘의 담을 뚫어 문을 낸 조조를 법으로 다스리고자 하였으나 오히려 경제가 조조를 비호하자 피를 토하고 죽었다.

45 劉榮 : 한 경제의 장자. 태자에 봉해졌으나, 후에 모친이었던 율희栗姬의 불손한 행동으로 인해 폐위되어 임강왕이 되었다. 임강왕은 종묘 경내의 토지 침해라는 죄명으로 중위부中尉府에 소환되어 심문을 받았다. 붓을 빌려 황제에게 사죄의 편지를 쓰려 했으나 질도가 부하에게 붓을 주지 못하게 했다. 이때 위기후魏其侯였던 두영竇嬰이 몰래 사람을 보내어 임강왕에게 붓을 주게 했고, 임강왕은 황제에게 사죄의 편지를 쓴 뒤 자살했다.

46 爰盎(?~B.C.148) : 한 문·경제 시기 명신. 오왕吳王에게 뇌물을 받고 그의 모반 사실을 숨겨주었다가 조조의 고발로 파직되어 평민이 되었다. 오초칠국의 난이 일어나자 경제에게 조조를 죽일 것을 건의했다.

10. 소하의 선견지명 蕭何先見

한신韓信은 항량項梁[47]의 수하로 있는 동안 두각을 나타내지 못했다. 이후 항우項羽의 수하가 되어 여러 번 계책을 진언하였지만 항우는 채택하지 않았다. 한신은 결국 한왕 유방에게 귀의하였다.

진평陳平도 항우를 섬겼다. 항우가 진평에게 하내河內[48]를 차지하도록 명령했으나 얼마못가 유방이 먼저 함락시켰다. 격노한 항우는 하내 점령 책임자를 주살하려 했고 죽음이 두려워진 진평은 유방에게 투항하였다.

한신과 진평은 따라야 할 바를 잘 선택했다고 할 수 있으나 소하蕭何의 선견지명에는 미치지 못한다. 소하는 사수泗水의 말단 관리였지만 뛰어난 업무 처리 능력으로 유명했다. 진秦의 어사御史가 소하를 발탁하도록 조정에 건의하려 했지만 소하는 간곡히 거절하였고 결국 가지 않았다. 진나라가 멸망하지 않은 때였지만 진나라가 오래 지속되지 않으리라는 것을 미리 내다 보았던 것이다. 여러 번 진언하였으나 인정받지 못하고 나서야 떠난 한신이나 죽음이 두려워 떠난 진평과는 달랐다.

11. 『사기』와 『한서』의 서법 史漢書法

『사기史記』와 『한서漢書』를 보면 고조 수하 장군들의 전공을 기록할 때 반복적으로 사용하는 문체가 있음을 알 수 있다.[49]

> 「주발전周勃傳」:
> 개봉開封을 공격할 때 먼저 성 아래에 도착하여 공로가 가장 많았다.[攻開封, 先至城下爲多]
> 호치好畤를 공격할 때 최고의 공을 세웠다.[攻好畤, 最]
> 함양咸陽을 공격할 때 최고의 공을 세웠다.[擊咸陽, 最]

47 項梁(?~B.C.208) : 진秦 말기의 반란군 지도자로 회왕懷王을 옹립하였다. 항우項羽의 숙부이다.
48 河內 : 지금의 하남성河南省 심양沁陽.
49 이 칙은 원문의 반복적 표현에 주목한 것이다. 따라서 원문과 함께 병기한다.

곡우曲遇를 공격할 때 최고의 공을 세웠다.[攻曲遇, 最]

장도臧荼를 격파할 때 그의 사병들이 가장 많이 선봉에 섰다.[破臧荼, 所將卒當馳道爲多]

평성平城아래에서 흉노의 기마병을 공격할 때 그의 사병들이 가장 많이 선봉에 섰다.[擊胡騎平城下, 所將卒當馳道爲多]

「하후영전夏侯嬰傳」:

이유李由의 군대를 격파할 때 그는 쏜살같이 전차를 몰아 맹렬하게 공격했다.[破李由軍, 以兵車趣攻戰疾]

유방을 쫓아 장한章邯을 공격할 때 그는 쏜살같이 전차를 몰아 맹렬하게 공격했다.[從擊章邯, 以兵車趣攻戰疾]

진秦나라 군대를 낙양雒陽 동쪽에서 공격할 때 그는 쏜살같이 전차를 몰아 맹렬하게 공격했다.[擊秦軍雒陽東, 以兵車趣攻戰疾]

「관영전灌嬰傳」[50]:

진나라 군대를 강리杠里에서 공격할 때 속전이었고,[破秦軍於杠里, 疾鬪]

곡우曲遇를 공격할 때 빠르고 힘 있었으며[攻曲遇, 戰疾力]

남전藍田에서 싸울 때는 빠르고 힘이 있었다.[戰於藍田, 疾力]

항타項佗의 군대를 공격할 때는 속전이었다.[擊項佗軍, 疾戰]

노땅에서 항관項冠을 공격할 때 거느리던 병사가 사마司馬, 기장騎將 각 한 사람을 참했다.[擊項冠於魯下, 所將卒斬司馬、騎將各一人]

왕무王武의 군사를 격파할 때 거느리던 병사가 누번樓煩의 장수 5명을 죽였다.[擊破王武軍, 所將卒斬樓煩將五人]

왕무의 별장을 공격할 때 거느리던 병사가 도위 한 사람을 죽였다.[擊武別將, 所將卒斬都尉一人]

역하歷下에서 제나라 군대를 공격하는데 거느리던 병사가 장군과 장리 46명을 포로로 잡았다.[擊齊軍於歷下, 所將卒虜將軍、將吏四十六人]

전횡田橫을 공격하는데 거느리던 병사가 기장 1명을 죽였다.[擊田橫, 所將卒斬騎將一人]

한신韓信을 따라 용저龍且를 공격하였는데 휘하의 병사가 용저를 죽였고 자신은 부장인 주란周蘭을 생포하였다.[從韓信, 卒斬龍且, 身生得周蘭]

설군薛郡을 공격하여 직접 기병대장 한 사람을 포로로 잡았다.[破薛郡, 身虜騎將]

진성 아래에서 항적의 군대를 공격하였는데 휘하의 병사가 누번의 장군 2명을

50 灌嬰 : 휴양현睢陽縣(지금의 하남성河南省 상구시商丘市 남쪽)의 비단 장사꾼이었으나 유방에게 가담하여 전공을 세웠다.

참수하였다.[擊項籍陳下, 所將卒斬樓煩將二人]

동성까지 추격하여 격파하였다. 휘하의 병사 5명이 함께 항적을 참수하였다.[追至東城, 所將卒共斬籍]

진양晉陽에서 흉노를 공격할 때 거느리던 병사가 백제白題 장수 1명을 죽였다.[擊胡騎晉陽下, 所將卒斬白題將一人]

진희陳豨를 공격할 때 병사가 특장 5명을 죽였다.[攻陳豨, 卒斬特將五人]

경포黥布를 공격할 때 그는 좌사마左司馬 1명을 생포하였고 병사가 소장 10명을 죽였다.[破黥布, 身生得左司馬一人, 所將卒斬小將十人]

「부관전傅寬傳」:

회음후 한신에게 예속되어 역하歷下의 군대를 공격하였다.[屬淮陰, 擊破歷下軍]

상국 조참에게 예속되어 박博을 꺾었다.[屬相國參, 殘博]

태위 주발에게 예속되어 진희陳豨를 격파하였다.[屬太尉勃, 擊陳豨]

「역상전酈商傳」:

종리매鍾離昧와 교전하면서 량상국梁相國의 인수를 받았다.[與鍾離昧戰, 受梁相國印]

상곡上谷을 평정하여 조상국趙相國의 인수를 받았다.[定上谷, 受趙相國印]

이 다섯 사람의 열전은 서법이 다르다. 관영의 일은 계속 중복이 되었는데도 읽을 때 번잡한 느낌이 없으니, 필체가 탁월하고 고아하기 때문이다. 범엽范曄 이후의 사람들이 어찌 그 심오한 이치를 엿볼 수 있겠는가!

또 『사기·관영전灌嬰傳』을 보면

조서를 받고 단독으로 초나라 군대의 후방을 공격하였다.[受詔別擊楚軍後]

조서를 받고 낭중의 기바병을 통솔하였다.[受詔將郎中騎兵]

조서를 받고 단독으로 기마병을 동원하여 항적項籍을 추격하였다.[受詔將車騎別追項籍]

조서를 받고 단독으로 누번樓煩에서부터 북쪽의 6개 현을 함락시켰다.[受詔別降樓煩以北六縣]

조서를 받고 연燕과 조趙의 기마 전차부대를 이끌었다.[受詔並將燕、趙車騎]

조서를 받고 단독으로 진희陳豨를 공격하였다.[受詔別攻陳豨]

'조서를 받다[受詔]'라는 표현이 모두 6차례 나온다. 『한서漢書』에서는 이를 세 차례로 줄였다.

12. 박소와 전분 薄昭田蚡

주발周勃이 모반하려 한다는 고발이 들어오자 조정은 이 사건을 정위廷尉[51]에게 내려 처리하도록 했고 주발은 체포되었다. 옥리는 그에게 계속 모욕을 주었다. 그러자 주발은 예전에 여씨 일가를 주살한 공으로 하사받았던 금을 모두 태후太后의 동생인 박소薄昭[52]에게 보냈다. 사태가 긴급해지자 박소는 박태후薄太后[53]에게 통사정을 했고, 박태후가 문제에게 말해서 주발은 석방될 수 있었다.

무제시기, 장군이었던 왕회王恢는 흉노 선우單于의 후방부대를 치지 않고 퇴각하였다. 조정은 사건을 정위에게 내려 처리하도록 했고 처형으로 판결되었다. 왕회는 재상인 전분田蚡에게 천금을 보냈다. 그러나 전분은 감히 무제에게 말하지 못하고 태후에게 말했다. 태후는 전분의 말을 무제에게 말했고 무제는 결국 왕회를 주살하였다. 전분은 왕태후의 친동생이다. 한나라 시기에는 모후가 정사에 간여하였기 때문에 박소와 전분은 권세를 믿고 뇌물을 받은 것이다. 역사에 기록되지 않은 일들도 한 두 가지가 아닐 것이다.

북송 신종神宗 희녕熙寧 7년(1074), 큰 가뭄이 들었다. 신종은 조회에서 탄식하며 부당한 법과 제도를 모두 폐지하려 했다. 왕안석王安石은 발끈하며 동의하지 않았다. 신종이 말했다.

> "요사이 경사에서 일어난 난으로 천하의 인심을 잃을까 태후와 황후가 눈물을 흘리며 걱정하고 있소."

왕안석이 답했다.

> "태후궁과 황후궁에서 말이 나는 것은 상경向經과 조일曹佾이 한 일일 뿐입니다"

---

51 廷尉 : 형옥刑獄을 관장하는 최고 장관.
52 薄昭 : 박태후의 동생으로 지후軹侯에 봉해졌다.
53 薄太后 : 유방의 비妃이며 문제文帝의 모친이다.

당시 왕안석은 신법을 추진 중이었다. 상경과 조일은 신법이 백성에게 미치는 폐해를 사실대로 아뢰었으니 현명한 외척이라 할 수 있다. 그럼에도 왕안석은 그들을 비난하고 저지하였는데 만약 박소나 전분 같은 이들이 외척이었다면 어찌 되었겠는가!

고준유高遵裕[54]가 서쪽 정벌을 나섰다가 군법을 어긴 죄로 면직되었다. 선인성렬후宣仁聖烈后[55]가 수렴청정을 하고 있을 때였는데 당시 재상인 채확蔡確이 고준유의 관직을 복직하게 해 줄 것을 청했다. 황후가 다음과 같이 말했다.

> "고준유의 영무靈武행 인사 때문에 수백만 백성들이 도탄에 빠졌으니 그를 죽이지 않은 것만도 다행이라 할 수 있소. 내 어찌 사사로운 정 때문에 천하의 공론을 어길 수 있겠소!"

이처럼 영명한 태후였으니, 비록 박소와 전분 같은 무리라 하더라도 어찌 그들의 간사한 뜻대로 될 수 있겠는가?

13. 글의 마무리 文字結尾

『노자老子·도경道經』의 「공덕지용孔德之容」장의 마지막 구절은 다음과 같다.

> "나는 무엇으로써 모든 것이 시작되는 모습을 알겠는가? 이것으로써 이다.[以此]"

'以此이차' 두 글자로 결론을 지었다.

54 高遵裕(1027~1086) : 자 공작公綽. 원풍4년 9만 명의 군대를 이끌고 서하西夏를 공격하였으나 영무성靈武城에서 대패하였다.

55 宣仁聖烈后 : 북송 영종의 황후이자 신종의 모친. 왕안석의 신법을 반대하였으며, 사마광을 중심으로 한 보수당을 신임했다. 1085년 신종의 병세가 악화되자 당시 10세였던 철종이 즉위하였다. 황후는 당시 태황태후였기에 신종의 유조를 받들어 어린 황제를 보좌한다는 명목으로 수렴청정을 시행하였다.

『좌전』의 다음 구절을 보자.

> 무숙武叔은 자리가 안정되자 후읍郈邑의 마정馬正인 후범侯犯을 보내 공약막公若藐을 죽이게 했다. 그러나 후범은 성공하지 못했다. 그러자 후범의 어인圉人[56]이 건의했다.
> “제가 칼을 들고 후읍의 조당을 지나면 공약은 반드시 누구의 칼인지 물을 것입니다. 제가 어른의 칼이라고 말하면 그는 틀림없이 보고자 할 것입니다. 이 때 제가 고루하여 예의를 모르는 것처럼 가장하여 칼 끝을 그에게 쥐게 하면 그를 죽일 수 있을 것입니다.”
> 그에게 그렇게 하도록 했다.[使如之][57]

『맹자』에 다음과 같은 내용이 있다.

> 제나라 사람 가운데 한 아내와 한 첩을 두고 사는 사람이 있었다. 그 남편이 나가면 반드시 술과 고기를 배불리 먹은 뒤 돌아오곤 하였다. 그의 아내가 누구와 함께 음식을 먹었는가라고 물어보면 모두 부귀한 사람이었다. 아내가 남편이 가는 곳을 엿보니 동쪽 성곽의 무덤 사이의 제사하는 사람에게 남은 음식을 구걸하는 것이었다. 아내가 돌아와서 첩에게 말하였다.
> “남편은 우러러 바라보면서 일생을 마쳐야 할 사람인데, 지금 이 모양이군요.[今若此]”

『좌전』과 『맹자』의 기록은 수십 수백마디의 마지막에 ‘使如之사여지’, ‘今若此금여차’라는 세 글자로만 마무리를 지었다.

『사기史記·봉선서封禪書』[58]에는 무제가 방사의 말에 현혹되어 벌린 여러 가지 사건이 나열되어 있다. 장릉長陵 신군神君[59]에게 제사지내고, 이소군李

56 圉人 : 관명. 말을 관리하는 사람.

57 『좌전·정공定公 10년』.

58 『사기·봉선서』: ‘봉封’이란 고대에 군왕이 즉위한 후, 태산에 흙을 쌓아 제단을 만들고 천신에게 제사 지내 그 공덕에 보답하는 것을 말하며, ‘선禪’이란 태산 아래의 양보산梁父山에 일정한 구역을 설정하여 지신에게 제사 지내 그 공덕에 보답하는 것을 말한다. 「봉선서」에는 순임금부터 한 무제까지 봉선 제도에 관해 기록하였다. 특히 한 무제 부분은 “지금의 천자가 막 즉위하자 특히 귀신의 제사를 숭상하였다”며 가장 많은 편폭을 할애하여 상세히 기록하고 있다. 무제가 신선술과 방술에 집착하며 막대한 재정을 낭비한 것에 대해 사마천이 의도적으로 기록한 것이라 본다.

少君와 박유기薄謬忌[60] · 소옹少翁[61] · 유수발근游水發根[62] · 난대欒大[63] · 공손경公孫卿 · 사관서史寬舒 · 정공丁公 · 왕삭王朔 · 공옥대公王帶 · 월越나라 사람 용지勇之 등의 방사들이 등장한다. 이들은 조왕제竈王祭[64]와 연단술을 말하고, 봉래산蓬萊山의 신선 안기생安期生[65]을 추구하고, 태일신太一神에게 제사를 지냈다. 또 감천궁甘泉宮[66]을 짓고, 그 안에 대실臺室을 설치하고 신을 모셨으며, 백량대栢梁臺[67]와 선인장仙人掌[68]을 만들고, 수궁壽宮에 신군神君을 모시고, 바둑돌을

59 神君 : 장릉현長陵縣의 어떤 여자가 아들을 구하고 죽었는데 그녀의 영혼이 동서에게 옮아 영험을 나타냈다. 동서는 영혼을 자신의 집에서 공양하였고 이후 많은 사람들이 와서 제사를 지냈다. 무제는 직위하자마자 신군에게 성대한 제례를 준비하여 궁중에서 공양하였다.

60 薄謬忌 : 박유기가 무제에게 "천신 중 가장 존귀한 분이 태일신太一神이며 태일신을 보좌하는 것이 오제五帝"라고 아뢰었다. 이에 무제는 장안의 동남쪽 교외에 태일신의 사당을 세우고 때에 맞춰 박유기가 말한 방식대로 제사를 거행하게 하였다.

61 少翁 : 무제가 총애했던 왕부인王夫人이 죽자 소옹이 방술로 왕부인의 혼백을 불러왔고 무제는 휘장을 통해 그녀의 모습을 볼 수 있었다. 이에 무제는 소옹을 문성장군에 봉하고 많은 재물을 하사하였으며 빈객으로 예우하였다.

62 游水發根 : 성이 유수游水, 이름이 발근發根이다. 문성장군 소옹이 죽은 후 무제는 중병을 앓았다. 무의들이 온갖 방술을 다 써보았으나 효험이 없었다. 이에 유수발근으로부터 소개받은 무사巫師에게서 병이 낫게 된다. 병이 낫자 무제는 수궁壽宮에 신군神君을 모셨다.

63 欒大 : 한 무제 때의 방사. 난대는 뛰어난 용모와 언변으로 무제의 지극한 총애를 받았다. 악통후樂通侯에 봉해졌으며 최상급의 제후에게 주는 저택을 하사하고, 천 명의 노복과 천자가 사용하는 거마·의복·휘장·기물을 그 저택에 채워주었으며, 위황후가 낳은 장공주를 그에게 시집보내기까지 했다.

64 竈王 : 부엌을 관장하는 신. 늘 부엌에 있으면서 모든 길흉을 판단한다고 한다. 도사는 조왕제를 지내면 귀신을 부릴 수 있고, 귀신을 부리면 단사를 황금으로 변화시킬 수 있으며, 그 황금으로 식기를 만들면 수명이 길어지고, 수명이 길어지면 동해 가운데 있는 봉래산의 선인을 만날 수 있다는 말로 황제를 유혹했다. 무제는 도사의 진언에 따라 조왕제를 올리고 동해로 사자를 보내 봉래산과 선인을 찾도록 명령했다.

65 安期生 : 고대 전설상의 선인. 낭야琅邪 사람으로 동해 해변에서 약을 팔며 살았는데 당시 사람들은 그의 나이가 천살이라고 하였다.

66 甘泉宮 : 운양궁雲陽宮이라고도 한다. 지금의 섬서성陝西省 순화현淳化縣 감천산甘泉山에 위치한다. 무제는 감천궁 안에 대실을 설치하고 그 안에 천신·지신·태일신 등 신의 형상을 그려놓고 제기를 진열하여 천신을 불러들이고자 했다.

67 栢梁臺 : 지금의 섬서성 장안현長安縣 서북쪽에 있는 누대. 높이가 20장이나 되고, 향백香栢으로 대들보를 만들었다.

68 仙人掌 : 구리로 만든 선인의 거대한 상. 높이 20장, 둘레 일곱 아름의 이 선인상은 커다란 쟁반을 받쳐 든 손을 공중에 뻗치고 있었다. 쟁반에 고인 이슬에 옥가루를 타서 마시면 불로장생 할 수 있다 믿었다. 이것을 선인장 혹은 승로반承露盤이라 불렀다.

부딪치는 방술을 시험해 보였다.[69] 방사들에 의해 태제泰帝[70]의 신정神鼎을 얻었고,[71] 운양궁雲陽宮에서 아름다운 광채가 나타났으며, 구지성緱氏城[72]에서 선인의 발자국이 발견되었다. 그리고 태실산太室山에 올라 제사를 거행할 때 '만세'라고 외치는 소리가 들렸으며, 개를 끌고 있던 노인이 무제를 찾아오고,[73] 흰 구름이 제단 위에서 솟아오르고,[74] 덕성德星이 나타났다.[75] 월축사越祝祠를 건립하였고, 계복雞卜[76]을 사용하였으며,[77] 통천대通天臺[78]와 명당明堂·곤륜昆侖[79]·건장궁建章宮[80]·5성과 12루를 지었다. 이 수십 가지의

69 방사 난대欒大가 무제를 처음 만나 신선술과 방술에 대한 자신의 능력을 말하자 무제가 그의 능력을 시험해 보고자 작은 방술을 보여줄 것을 요구했다. 그러자 난대는 바둑돌을 바둑판 위에 놓고 저절로 서로 부딪치도록 했다. 그러나 이는 자성이 서로 당기고 밀어내는 원리를 이용한 속임수이다.

70 泰帝 : 태호泰昊 복희伏羲를 가리킨다.

71 오래된 동정銅鼎이 후토后土의 사원 주변에서 출토되었다. 이 정鼎은 신이 내린 것으로 해석되어 장안으로 운반하여 여러 신하들에게 전시한 다음 감천궁에 안치토록 했다. 이 무렵 원호를 '원정元鼎'이라 개원하게 된다.

72 緱氏城 : 지금의 하남성河南省 언사현偃師縣 동남쪽.

73 공손경이 신선을 찾아 동래東萊에 이르렀을 때 밤에 거인을 목격하였는데 가까이 접근하자 사라졌으며 그의 발자국은 짐승의 것처럼 매우 컸다고 했다. 무제가 큰 발자국을 보고도 믿지 않았는데 어떤 신하가 개를 끌고 있던 한 노인이 "천자를 만나고 싶다"고 말하고 갑자기 사라졌다고 하자 무제는 그 노인이 바로 선인이었다고 믿었다.

74 무제가 태산에서 봉선을 지냈을 때 밤에는 하늘에 광채가 번쩍였고 낮에는 제단에서 흰 구름이 솟아올랐다고 한다.

75 德星 : 나라에 좋은 일이나 현인의 출현을 예고하는 길성吉星.

76 雞卜 : 고대 점복법의 일종으로 산 닭과 개를 사용하였다. 축원을 바치면 개와 닭을 죽여 삶아 또다시 제사를 지내고 닭 안골眼骨의 균열이 사람의 형태와 같은지 다른지를 관찰하여 길흉을 판단하는 점이다.

77 월인越人 방사 용지勇之가 월인이 믿는 귀신이 용하다고 건의하였다. 이에 무제는 월축사를 건립하고 계복을 사용하도록 명하였다.

78 通天臺 : 누대 이름. 감천궁 안에 있으며 대의 높이가 30장丈이어서 200리 밖의 장안성을 볼 수 있다고 한다.

79 昆侖 : 곤륜은 서장성西藏省과 신강성新疆省 사이에 있는 산이다. 전설에 의하면 황제 때 곤륜산 위에 신선이 살도록 5개의 성과 12개의 누대를 지었다고 한다. 무제 때 황제 때의 명당 설계도에 따라 다시 명당과 곤륜의 5개의 성과 12개의 누대를 재건하였다.

80 백량대에 화재가 발생하자 용지勇之가 "월나라 풍속에 따르면 화재가 발생한 후에 다시 집을 지을 때는 반드시 원래의 것보다 크게 지어 집의 크기로 재앙의 기운을 제압해야 한다"고 하여 규모가 천문天門 만호萬戶인 건장궁을 지었다.

일은 3천자 정도 되는데 그 마지막에 "그 결과가 어떠하였을지는 눈에 보이는 듯하다[然其效可睹矣]"라고 마무리를 지었다.

이는 무제가 행한 일들이 모두 황당하고 허망한 일들이어서 하나하나 평을 할 필요가 없다는 의미이다. 간결하면서도 핵심을 짚은 결말이다.

14. 송나라 초기의 고문 國初古文

구양수歐陽脩[81]는 「서한문후書韓文後」[82]에서 이렇게 말했다.

> 나는 젊었을 때 한동漢東[83]에 살았다. 그곳 유지였던 이씨李氏 가문에 요보堯輔라는 아들이 있었는데 자못 학문을 좋아했다. 그 집에 놀러갔다가 벽 사이 낡은 상자에 고서가 들어있는 것을 발견했다. 당나라 한유韓愈[84]의 『창려선생문집昌黎先生文集』 6권이었다. 중간 중간 떨어져나가고 뒤죽박죽이라 집으로 가지고 돌아가 읽을 수 있도록 부탁했다. 당시 세상 사람들은 아직 한유의 문장을 말하지 않았었고 나 또한 막 진사에 급제했을 때라 예부禮部의 시험을 위해 주로 시부詩賦를 지었다. 이후 낙양洛陽에서 관직을 지낼 때 윤사로尹師魯(윤수尹洙)[85] 등도 모두 그곳에 있어 함께 고문古文을 쓰게 되었다. 나는 이때 소장하고 있던 『창려집昌黎集』을 보완하였다. 이후 학인들이 점차 옛 것을 추종하게 되면서 한유의 글은 세상에 유행하게 되었다.

81 歐陽脩(1007~1072) : 북송 저명 정치가 겸 문학가. 자 영숙永叔, 호 취옹醉翁, 육일거사六一居士. 길안吉安 영풍永豊(지금의 강서성江西省)인. 송나라 초기의 미문조美文調 시문인 서곤체西崑體를 개혁하고, 당나라의 한유를 모범으로 하는 시문을 지었다. 당송8대가唐宋八大家의 한 사람이었으며, 후배들에게 많은 영향을 주었고, 『신당서新唐書』와 『신오대사新五代史』를 편찬하였다.

82 원제는 「書舊本韓文後」이다.

83 漢東 : 한수漢水의 동쪽. 구양수는 본래 여릉廬陵(지금의 강서성 길안吉安) 사람인데 4세 때 부친이 돌아가시자 모친과 함께 수주隨州에서 관직생활을 하던 숙부에게 의탁하였다. 수주가 한수의 동쪽에 있다.

84 韓愈(768~824) : 당唐나라 문학가 겸 사상가. 자 퇴지退之, 시호 문공文公. 조적祖籍이 하남河南 창려현昌黎縣이기 때문에 한창려韓昌黎라고도 부른다. 유가 사상을 추존하고 불교를 배격하여 송대 성리학의 선구자가 되었으며, 기존의 대구對句를 중심으로 짓는 변문騈文에 반대하고 자유로운 고문古文을 주창하여 문체개혁을 주도하였다.

85 尹洙(1001~1047) : 북송의 문인. 자 사로師魯. 구양수歐陽脩와 함께 고문古文을 창도했고, 세칭 하남선생河南先生으로 불린다.

소순흠蘇舜欽[86]의 문집 서문序文에서는 이렇게 말하고 있다.

자미子美의 나이는 나보다 어리다. 그러나 나보다 먼저 고문을 익혔다. 천성天聖[87] 연간, 사람들은 언어의 대우와 평측·전고와 수식을 일삼는 글을 선호했다. 그러나 자미는 형인 재옹才翁·목백장穆伯長(穆脩)[88]과 함께 옛 시가와 잡문을 즐겨 썼다. 당시 사람들은 모두 이들을 비난하거나 조소하였지만 자미는 이러한 평가를 신경 쓰지 않았다. 이후 사람들이 점차 고문을 쓰기 시작했다. 세상 사람들이 고문에 관심을 갖지 않을 때 오직 자미만이 고문을 썼으니 탁월한 식견을 가진 선비라 할 수 있다.

『유자후집柳子厚集』에 목수穆脩가 지은 후서後敍가 있다.

나는 젊었을 때부터 한유와 유종원의 글을 좋아했다. 유종원의 문장은 온전히 전해지지 않고 있고, 한유는 비록 목차는 온전하지만 누락된 글자나 구문이 많기로는 문집 중에서도 가장 심하다. 나는 20년의 시간을 들여 글자와 구문을 거의 복원하였으니 이때가 천성天聖 9년(1031)이다.

『장경집張景集』[89]의 「유개행장柳開行狀」[90]에 다음과 같은 내용이 있다.

공은 어려서부터 경전을 암송하였다. 천수天水에 조趙씨 성을 가진 늙은 유생이 있었는데 한유의 문장 100편을 공에게 주며 말했다.
"소박하고 꾸밈이 없으나 뜻은 쉽게 이해하기 어려우니 그대가 자세히 읽어보는 것이 어떤가?"
공은 일람하고서 손에서 놓지 않으며 탄식하였다.
"당나라에 이런 문장이 있었다니!"
이때부터 문장을 쓸 때는 한유를 종주로 삼았다. 당시 한유 문장의 풍격을 좇는 사람은 공 한 사람뿐이었기 때문에 이름을 견유肩愈라 하고 자를 소선紹先이라

86 蘇舜欽(1008~1048) : 북송의 문인. 자 자미子美, 호 창랑옹滄浪翁.
87 天聖 : 북송 인종 시기 연호(1023~1032).
88 穆脩(979~1032) : 북송 시대 산문가. 자 백장伯長. 한유와 유종원을 존경하여 이들의 문집을 직접 교정하고 간행하며 '고문古文'을 제창하였다.
89 張景(970~1018) : 유개柳開의 제자. 스승인 유개의 문집을 정리하고 「행장行狀」을 첨부하였다.
90 柳開(947~1000): 북송 때의 문인. 자 중도仲途. 사륙문四六文의 유행에 반대하여 고체古體로의 복귀를 제창한 고문古文 운동의 선구자이다. 저서로 『하동집河東集』이 있다.

했다. 지금 한유의 문풍이 크게 유행하는 것은 공에게서 시작된 것이다.
공은 후진後晉말에 태어나 송나라 초에 성장하면서 백세의 가르침을 일으켜 한유와 맹자를 계승하고 주공과 공자를 드날렸다. 병부시랑兵部侍郎 왕호王祜는 공의 서신에 대해 "그대의 글은 지금 세상의 것이지만 실로 옛 문장의 풍격을 갖추고 있다"고 평하였고, 병부상서兵部尙書 양소검楊昭儉도 "그대의 문장은 세상에서 200년이나 볼 수 없었던 것이요"라고 하였다.

유개는 개보開寶 6년(973)에 진사에 급제하였고, 장경이 그의 행장을 지은 때는 함평咸平 3년(1000)이다. 유개는 한유의 글에 대한 서문을 쓰면서 "내가 한유 선생의 글을 읽은 것은 17세부터 지금까지이니 7년이다"라고 했다. 그렇다면 송나라 초기에 이미 유개가 『창려집昌黎集』을 수중에 넣어 고문을 선도했다는 것이니, 목수穆脩보다 수십 년은 먼저인 셈이다. 소순흠과 구양수는 유개와 목수 이후에 나온 사람들이고, 구양수는 소순흠보다 조금 더 이후 사람인데, 구양수가 세상에 아직 한유의 문장을 칭찬하는 이가 없다고 한 것은 왜인가?

범중엄范仲淹[91]의 「윤사로집서尹師魯集序」에서도 다음과 같이 말하였다.

오대五代의 문풍이 쇠락하여 송나라 유중도柳仲塗(유개柳開)가 먼저 고문을 제창하였으나, 양대년楊大年(양억楊億)[92]이 문장의 수식을 추구하면서 고문은 글을 쓰는데 적당하지 않다고 하자, 오랫동안 고문은 쇠락하였고 사람들 또한 배우지 않았다. 윤사로(윤수尹洙)와 목백장穆伯長(목수穆脩)이 고문을 제창하고 구양영숙歐陽永叔(구양수)이 뒤쫓아 고문을 진작시키니 이때부터 천하의 문장이 바뀌어 고문이 되었다.

이 논의가 가장 정확하고 합당하다.

91 范仲淹(989~1052) : 북송의 정치가·문인. 자 희문希文. 부재상격인 참지정사參知政事에까지 올랐다.
92 楊億(974~1020) : 북송의 정치가·문인. 자 대년大年. 당말 이상은李商隱의 시풍을 계승하여 화려한 수사와 대구·전고典故 등을 중시하는 시풍인 서곤체西崑體를 대표하는 문인.

••• 卷第九(十四則)

1. 三家七穆

春秋列國卿大夫世家之盛, 無越魯三家、鄭七穆者。魯之公族如臧氏、展氏、施氏、子叔氏、叔仲氏、東門氏、郈氏之類固多, 唯孟孫、叔孫、季孫實出於桓公, 其傳序累代, 皆秉國政, 與魯相爲久長。若揆之以理, 則桓公弑兄奪國, 得罪於天, 顧使有後如此。鄭靈公亡, 無嗣, 國人立穆公之子子良, 子良辭以公子堅長。乃立堅, 是爲襄公。襄公將去穆氏, 子良爭之, 願與偕亡。乃舍之, 皆爲大夫。其後位卿大夫而傳世者, 罕、駟、豐、印、游、國、良, 故曰七穆。然則諸家不逐而獲存, 子良之力也。至其孫良霄乃先覆族, 而六家爲卿如故, 此又不可解也。

2. 貢薛韋匡

漢元帝紀贊云:「貢、薛、韋、匡迭爲宰相。」 謂貢禹、薛廣德、韋玄成、匡衡也。四人皆握娖自好, 當優柔不斷之朝, 無所規救。衡專附石顯, 最爲邪臣;廣德但有諫御樓船一事;禹傳稱在位數言得失, 書數十上;玄成傳稱爲相七年, 守正持重, 不及父賢, 而文采過之。皆不著其有過。案, 劉向傳:「弘恭、石顯白逮更生下獄, 下太傅韋玄成、諫大夫貢禹與廷尉雜考。劾更生前爲九卿, 坐與蕭望之、周堪謀排許、史, 毁離親戚, 欲退去之, 而獨專權。爲臣不忠, 幸不伏誅, 復蒙恩召用, 不悔前過, 而敎令人言變事, 誣罔不道。更生坐免爲庶人。」若以漢法論之, 更生死有餘罪, 幸元帝不殺之耳。京房傳房欲行考功法, 石顯及韋丞相皆不欲行。然則韋、貢之所以進用, 皆陰附恭、顯而得之。班史隱而不論, 唯於石顯傳云:「貢禹明經著節, 顯使人致意, 深自結納。因薦禹天子, 歷位九卿, 至御史大夫。」正在望之死後也。

3. 兒寬張安世

漢史有當書之事本傳不載者。武帝時, 兒寬有重罪繫, 按道侯韓說諫曰:「前吾丘壽王死, 陛下至今恨之;今殺寬, 後將復大恨矣!」上感其言, 遂貰寬, 復用之。宣帝時, 張安世嘗不快上, 上欲誅之, 趙充國以爲安世本持橐簪筆事孝武帝數十年, 見謂忠謹, 宜全度之。安世用是得免。二事不書於寬及安世傳, 而於劉向、充國傳中見之。豈非以二人之賢, 爲諱之邪? 韓說能以一言救賢臣於垂死, 而不於說傳書之, 以揚其善, 爲可惜也。

4. 深溝高壘

韓信伐趙, 趙陳餘聚兵井陘口禦之。李左車說餘曰:「信乘勝而去國遠鬭, 其鋒不可當。願假奇兵, 從間道絶其輜重, 而深溝高壘勿與戰。彼前不得鬭, 退不得還, 不至十日, 信之頭可致麾下。」餘不聽, 一戰成禽。七國反, 周亞夫將兵往擊, 會兵滎陽, 鄧都尉曰:「吳、楚兵銳甚, 難與爭鋒。願以梁委之, 而東北壁昌邑, 深溝高壘, 使輕兵塞其饟道, 以全制其極。」 亞夫從之, 吳果敗亡。李、鄧之策一也, 而用與不用則異耳。秦軍武安西, 以攻閼與。趙奢救之, 去邯鄲三十里, 堅壁, 二十八日不行, 復益增壘。旣乃卷甲而趨之, 大破秦軍。奢之將略, 所謂玩敵於股掌之上, 雖未合戰, 而勝形已著矣。前所云鄧都尉者, 亞夫故父絳侯客也。鼂錯傳云:「錯已死, 謁者僕射鄧公爲校尉, 擊吳、楚爲將。還, 上書言軍事, 拜爲城陽中尉。」 鄧公者, 豈非鄧都尉乎? 亞夫傳以爲此策乃自請而後行, 顔師古疑其不同, 然以事料之, 必非出於己也。

5. 生之徒十有三

老子出生入死章云:「出生入死, 生之徒十有三, 死之徒十有三, 人之生, 動之死地十有三, 夫何故? 以其生生之厚。」王弼注曰:「十有三, 猶云十分有三分取其生道, 全生之極, 十分有三耳; 取死之道, 全死之極, 十分亦有三耳。而民生生之厚, 更之無生之地焉。」其說甚淺, 且不解釋後一節。唯蘇子由以謂「生死之道, 以十言之, 三者各居其三矣, 豈非生死之道九, 而不生不死之道一而已乎? 老子言其九不言其一, 使人自得之, 以寄無思無爲之妙。」其論可謂盡矣。

6. 臧氏二龜

臧文仲居蔡, 孔子以爲不智。蔡者, 國君之守龜, 出蔡地, 因以爲名焉。左傳所稱作「虛器」, 正謂此也。至其孫武仲得罪于魯, 出奔邾, 使告其兄賈於鑄, 且致大蔡焉, 曰:「紇之罪不及不祀, 子以大蔡納請, 其可?」蓋請爲先人立後也。賈再拜受龜, 使弟爲爲己請, 遂自爲也。乃立臧爲。爲之子曰昭伯, 嘗如晉, 從弟會竊其寶龜僂句。以卜爲信與僭, 僭吉。會如晉。昭伯問內子與母弟, 皆不對。會之意, 欲使昭伯疑其若有它故者。歸而察之, 皆無之, 執而戮之, 逸奔郈。及昭伯從昭公孫于齊, 季平子立會爲臧氏後, 會曰:「僂句不余欺也。」臧氏二事, 皆以龜故, 皆以弟而奪兄位, 亦異矣。

7. 有扈氏

夏書甘誓, 啓與有扈大戰于甘, 以其「威侮五行, 怠棄三正, 天用勦絶其命」爲辭, 孔安國傳云:「有扈與夏同姓, 恃親而不恭。」 其罪如此耳。而淮南子齊俗訓曰:「有扈氏爲義而亡, 知義而不知宜也。」高誘注云:「有扈, 夏啓之庶兄也, 以堯、舜擧賢, 禹獨與子,故伐啓。啓亡之。」此事不見於他書, 不知誘何以知之。傳記散軼, 其必有以爲据矣。莊子以爲「禹攻有扈, 國爲虛厲」, 非也。

8. 太公丹書

太公丹書, 今罕見於世, 黃魯直於禮書得其諸銘而書之, 然不著其本始。予讀大戴禮武王踐阼篇, 載之甚備, 故悉紀錄以遺好古君子云:「武王踐阼三日, 召士大夫而問焉, 曰:『惡有藏之約, 行之行, 萬世可以爲子孫常者乎?』皆曰:『未得聞也。』然後召師尚父而問焉, 曰:『黃帝、顓頊之道可得見與?』師尚父曰:『在丹書。王欲聞之, 則齋矣。』王齋三日, 尙父端冕奉書, 道書之言曰:『「敬勝怠者吉, 怠勝敬者滅; 義勝欲者從, 欲勝義者凶。凡事不强則枉, 弗敬則不正, 枉者滅廢, 敬者萬世。」藏之約, 行之行, 可以爲子孫恒者, 此言之謂也。』又曰:『以仁得之, 以仁守之, 其量百世; 以不仁得之, 以仁守之, 其量十世; 以不仁得之, 以不仁守之, 必及其世。』王聞書之言, 惕若恐懼。退而爲戒書, 於席之四端爲銘。前左端銘曰:『安樂必敬。』前右端曰:『無行可悔。』後左端曰:『一反一側, 亦不可以忘。』後右端曰:『所監不遠, 視爾所代。』机之銘曰:『皇皇惟敬口, 口生敬, 口生口后, 口戕口。』鑑之銘曰:『見爾前, 慮爾後。』盥盤之銘曰:『與其溺於人也, 寧溺於淵。溺於淵, 猶可游也; 溺於人, 不可救也。』楹之銘曰:『毋曰胡殘, 其禍將然; 毋曰胡害, 其禍將大; 毋曰胡傷, 其禍將長。』杖之銘曰:『惡乎危? 於忿疐。惡乎失道? 於嗜欲。惡乎相忘? 於富貴。』帶之銘曰:『火滅脩容, 愼戒必共, 共則壽。』履之銘曰:『愼之勞, 勞則富。』觴豆之銘曰:『食自杖, 食自杖, 戒之憍, 憍則逃。』戶之銘曰:『夫名難得而易失。無勤弗志, 而曰我知之乎? 無勤弗及, 而曰我杖之乎? 擾阻以泥之, 若風將至, 必先搖搖, 雖有聖人, 不能爲謀也。』牖之銘曰:『隨天之時, 以地之財, 敬祀皇天, 敬以先時。』劍之銘曰:『帶之以爲服, 動必行德, 行德則興, 倍德則崩。』弓之銘曰:『屈申之義, 發之行之, 無忘自過。』矛之銘曰:『造矛造矛, 少間弗忍, 終身之羞。予一人所聞, 以戒後世子孫。』」凡十六銘。賈誼政事書所陳敎太子一節千餘言, 皆此書保傅篇之文, 然及胡亥、趙高之事, 則爲漢儒所作可知矣。漢昭帝紀「通保傅傳」, 文穎注曰:「賈誼作, 在禮大戴記。」其此書乎? 荀卿議兵篇:「敬勝怠則吉, 怠勝敬則滅, 計勝欲則從, 欲勝計則凶。」蓋出諸此。左傳晉斐豹「著於丹書」, 謂以丹書其罪也。其名偶與之同耳。漢祖有丹書鐵契以待功臣, 蓋又不同也。

9. 漢景帝

漢景帝爲人, 甚有可議。鼂錯爲內史, 門東出, 不便, 更穿一門南出, 南出者, 太上皇廟堧垣也。丞相申屠嘉聞錯穿宗廟垣, 爲奏請誅錯。錯恐, 夜入宮上謁, 自歸上。至朝, 嘉請誅錯。上曰:「錯所穿非眞廟垣, 乃外堧垣, 且又我使爲之, 錯無罪。」臨江王榮以皇太子廢爲王, 坐侵太宗廟壖地爲宮, 詣中尉府對簿責訊, 王遂自殺。兩者均爲侵宗廟, 榮以廢黜失寵, 至於殺之, 錯方貴幸, 故略不問罪, 其不公不慈如此。及用爰盎一言, 錯卽夷族, 其寡恩忍殺復如此。

10. 蕭何先見

韓信從項梁, 居戲下, 無所知名。又屬羽, 數以策干羽, 羽弗用, 乃亡歸漢。陳平事項羽, 羽使擊降河內, 已而漢攻下之。羽怒, 將誅定河內者。平懼誅, 乃降漢。信與平固能擇所從, 然不若蕭何之先見。何爲泗水卒史事, 第一。秦御史欲入言召何, 何固請, 得毋行。則當秦之未亡, 已知其不能久矣, 不待獻策弗用, 及懼罪且誅, 然後去之也。

11. 史漢書法

史記、前漢所書高祖諸將戰功, 各爲一體。周勃傳 : 攻開封, 先至城下爲多 ; 攻好畤, 最 ; 擊咸陽, 最 ; 攻曲遇, 最 ; 破臧荼, 所將卒當馳道爲多 ; 擊胡騎平城下, 所將卒當馳道爲多。夏侯嬰傳 : 破李由軍, 以兵車趣攻戰疾 ; 從擊章邯, 以兵車趣攻戰疾 ; 擊秦軍雒陽東, 以兵車趣攻戰疾。灌嬰傳 : 破秦軍於杠里, 疾鬪 ; 攻曲遇, 戰疾力 ; 戰於藍田, 疾力 ; 擊項佗軍, 疾戰。又書 : 擊項冠於魯下, 所將卒斬司馬、騎將各一人 ; 擊破王武軍, 所將卒斬樓煩將五人 ; 擊武別將, 所將卒斬都尉一人 ; 擊齊軍於歷下, 所將卒虜將軍、將吏四十六人 ; 擊田橫, 所將卒斬騎將一人 ; 從韓信, 卒斬龍且, 身生得周蘭 ; 破薛郡, 身虜騎將 ; 擊項籍陳下, 所將卒斬樓煩將二人 ; 追至東城, 所將卒共斬籍 ; 擊胡騎晉陽下, 所將卒斬白題將一人 ; 攻陳豨, 卒斬特將五人 ; 破黥布, 身生得左司馬一人, 所將卒斬小將十人。傅寬傳 : 屬淮陰, 擊破歷下軍 ; 屬相國參, 殘博 ; 屬太尉勃, 擊陳豨。酈商傳 : 與鍾離昧戰, 受梁相國印 ; 定上谷, 受趙相國印。五人之傳, 書法不同如此, 灌嬰事尤爲複重, 然讀之了不覺細瑣, 史筆超拔高古, 范曄以下豈能窺其籬奧哉 ! 又史記灌嬰傳書 : 受詔別擊楚軍後 ; 受詔將郎中騎兵 ; 受詔將軍騎別追項籍 ; 受詔別降樓煩以北六縣 ; 受詔幷將燕、趙車騎 ; 受詔別攻陳豨。凡六書受詔字, 漢減其三云。

12. 薄昭田蚡

周勃爲人告欲反, 下廷尉, 逮捕, 吏稍侵辱之。初, 勃以誅諸呂功, 益封賜金, 盡以予太后弟薄昭。及繫急, 昭爲言太后, 后以語文帝, 迺得釋。王恢坐爲將軍不出擊匈奴單于輜重, 下廷尉, 當斬。恢行千金於丞相田蚡, 蚡不敢言上, 而言於太后。后以蚡言告上, 上竟誅恢。蚡者, 王太后同母弟也。漢世母后豫聞政事, 故昭、蚡憑之以招權納賄, 其史所不書者, 當非一事也。神宗熙寧七年, 天下大旱, 帝對朝嗟歎, 欲盡罷法度之不善者。王安石怫然爭之, 帝曰 : 「比兩宮泣下, 憂京師亂起, 以爲更失人心。」安石曰 : 「兩宮有言,乃向經、曹佾所爲耳。」是時, 安石力行新法 以爲民害, 向經、曹佾能獻忠於母后, 可謂賢戚里矣, 而安石非沮之, 使遇薄昭、田蚡, 當如何哉！ 高遵裕坐西征失律抵罪, 宣仁聖烈后臨朝, 宰相蔡確乞復其官, 后曰：「遵裕靈武之役, 塗炭百萬, 得免刑誅幸矣, 吾何敢顧私恩而違天下公議！」其聖如此, 雖有昭、蚡百輩, 何所容其姦乎？

13. 文字結尾

老子道經孔德之容一章, 其末云：「吾何以知衆甫之然哉？ 以此。」蓋用二字結之。左傳：「叔孫武叔使郈馬正侯犯殺郈宰公若藐, 弗能。其圉人曰：『吾以劍過朝, 公若必曰：「誰之劍也？」吾稱子以告, 必觀之, 吾僞固而授之末, 則可殺也。』使如之。」孟子載：「齊人一妻一妾而處室者, 其良人出, 必厭酒肉而後反。問所與飮食者, 則盡富貴也。妻瞷其所之, 乃之東郭墦間之祭者, 乞其餘。歸告其妾, 曰：『良人者, 所仰望而終身也, 今若此！』」此二事, 反復數十百語, 而但以「使如之」及「今若此」各三字結之。史記封禪書載武帝用方士言神祠長陵神君, 李少君、謬忌、少翁、游水發根、欒大、公孫卿、史寬舒、丁公、王朔、公玉帶、越人勇之之屬, 所言祠竈, 化丹沙, 求蓬萊安期生, 立太一壇, 作甘泉宮臺室、柏梁、仙人掌, 壽宮神君, 鬭棊小方, 泰帝神鼎, 雲陽美光, 緱氏城仙人迹, 太室呼萬歲, 老父牽狗, 白雲起封中, 德星出, 越祠鷄卜, 通天臺, 明堂, 昆侖, 建章宮, 五城十二樓, 凡數十事, 三千言, 而其末云「然其效可睹矣」。則武帝所興爲者, 皆墮誕罔中, 不待一二論說也。文字結尾之簡妙至此。

14. 國初古文

歐陽公書韓文後, 云：「予少家漢東, 有大姓李氏者, 其子堯輔頗好學。予游其家, 見有敝篋貯故書在壁間, 發而視之, 得唐昌黎先生文集六卷, 脫落顚倒無次序, 因乞以歸讀之。是時, 天下未有道韓文者, 予亦方擧進士, 以禮部詩賦爲事。後官于洛陽, 而尹師魯之徒皆在, 遂相與作爲古文, 因出所藏昌黎集而補綴之。其後天下學者亦漸趨於古, 韓文遂行于世。」又作蘇子美集序, 云：「子美之齒少於予, 而予學古文, 反在其後。天聖之間, 學者務以言語聲偶擿裂以相誇尙, 子美獨與其兄才翁及穆參軍伯長作爲古歌詩雜文, 時人頗共非笑之, 而子美不顧也。其後學者稍趨於古。獨子美爲於擧世不爲之時, 可謂特立之士也。」柳子厚集有穆脩所作後敍云：「予少嗜觀韓、柳二家之文, 柳不全見於世, 韓則雖目其全, 至所缺墜, 亡字失句, 獨於集家爲甚。凡用力二紀, 文始幾定, 時天聖九年也。」予讀張景集中柳開行狀云：「公少誦經籍, 天水趙生, 老儒也, 持韓愈文僅百篇授公, 曰：『質而不麗, 意若難曉, 子詳之, 何如？』公一覽不能捨, 歎曰：『唐有斯文哉！』因爲文章, 直以韓爲宗尙。時韓之道獨行於公, 遂名肩愈, 字紹先。韓之道大行於今, 自公始也。」又云：「公生於晉末, 長於宋初, 扶百世之大教, 續韓、孟而助周、孔。兵部侍郞王祜得公書, 曰:『子之文出於今世, 眞古之文章也。』 兵部尙書楊昭儉曰:『子之文章, 世無如者已二百年矣。』」 開以開寶六年登進士第, 景作行狀時, 咸平三年。開序韓文云:「予讀先生之文, 自年十七至于今, 凡七年。」然則在國初, 開已得昌黎集而作古文, 去穆伯長時數十年矣。蘇、歐陽更出其後, 而歐陽略不及之, 乃以爲天下未有道韓文者, 何也? 范文正公作尹師魯集序, 亦云:「五代文體薄弱, 皇朝柳仲塗起而麾之, 洎楊大年專事藻飾, 謂古道不適於用, 廢而弗學者久之。師魯與穆伯長力爲古文, 歐陽永叔從而振之, 由是天下之文一變而古。」其論最爲至當。

••• 용재속필 권10(17칙)

1. 글의 번다함과 간략함 經傳煩簡

『좌전左傳』에 채蔡나라 성자聲子가 초楚나라 자목子木에게 다음과 같이 말한 대목이 있다.

> 나라를 잘 다스리는 사람은 상을 분에 넘게 주지 않고 형벌을 남용하지 않는다고 했습니다. 상을 분에 넘게 주면 상이 간사한 자에게까지 미칠까 염려되고, 형벌을 남용하면 형벌이 선인에게까지 미칠까 염려됩니다. 만일 불행히 잘못 처리될 경우라도 차라리 상을 분에 넘치게 줄지언정 형벌을 남용하지 말고, 선인을 잃느니 차라리 간사한 자를 이롭게 하십시오.[1]

이 말은 원래 『상서·대우모大禹謨』에 나온다.

> 죄가 의심스러우면 가볍게 형벌하고 공이 의심스러우면 무겁게 포상하였다. 죄 없는 사람을 죽이기보다는 차라리 법대로 처벌하지 않은 과실의 책임을 지는 것이 낫다.

진晉나라 숙향叔向이 정鄭나라 자산子産에게 다음과 같은 서신을 전했다.

> 옛날 선왕들은 일의 경중을 따져 죄를 다스렸고, 충으로써 교화하고, 행동으로써 권장하고, 근면으로 가르치고, 화목으로써 사람을 부리고, 공경으로써 대하고, 엄숙으로써 임하고, 결연하게 결단했소. 그럼에도 오히려 뛰어난 군주와 명찰한 관리, 믿음직스러운 지방장관, 자애로운 스승을 구했던 것이오.[2]

1 『좌전·양공 26년』.
2 『좌전·소공 6년』.

이 말은 『상서·여형呂刑』에서 나왔다.

> 오직 뛰어난 자만이 옥사를 판단할 수 있고 명철한 사람만이 형벌을 결정할 수 있다.

의미는 같지만 경經과 전傳의 간략함과 번다함은 비할 바가 아니다.

2. 조참은 왜 인재를 천거하지 않았나 曹參不薦士

조참曹參[3]은 소하蕭何[4]를 대신해 재상이 된 후 밤낮으로 술만 마시며 정사에 간여하지 않았다. 그러면서 이렇게 말했다.

> 고조 황제께서 이미 소하와 함께 천하를 평정하셨고, 법령과 제도도 이미 완비되었으니, 법대로 준수하고 집행하면서 실수가 없으면 되는 것 아닌가!

맞는 말이긴 하지만 당시 상황을 보면 진나라의 폭정을 이어 한나라가 막 개국하였기 때문에 모든 것을 새로 일구어야 하는 시점이었다. 어찌 관심을 가질만한 일이 없었겠는가?

조참이 제齊나라의 재상으로 있을 때, 교서膠西[5]의 개공蓋公이 황로술黃老術[6]에 뛰어나다는 것을 듣고 사람을 보내 후한 예물로 그를 모셔오게 했다. 개공은 청정무위를 중심으로 하면서 백성들이 스스로 알아서 하도록 만드는

3 曹參(?~B.C.190) : 한나라 개국 공신. 평양후平陽侯에 책봉되었으며, 고조가 죽은 뒤 소하의 추천으로 상국相國이 되어 혜제惠帝를 보필하였다.

4 蕭何(?~B.C.193) : 한나라 개국 공신. 유방과 함께 한나라 개국의 기틀을 닦아 고조가 즉위할 때 논공행상에서 일등가는 공신이라 인정하여 찬후酇侯에 봉하였다. 한신의 반란을 평정하고 재상에 임명되었다.

5 膠西 : 한 고조 6년 군으로 설치되었다가 문제 이후 나라가 되었는데 때때로 다시 군으로 개편되기도 하였다. 도읍지는 고밀高密(지금의 산동성 고밀현 서남쪽), 관할지역은 지금의 산동성 교하膠河 서쪽 지역이다.

6 黃老術 : 한 초에 유행한 도가적 치술로서 공신 집단과 황실의 많은 구성원들이 적극 신봉하였다. 황로술의 요체는 '무위이치'로, 오랜 전란에 지친 백성을 쉬게 해야 한다는 생각에 국가의 행위를 극도로 절제하고 백성에 대한 간섭을 최소화하는 것이었다.

다스림에 대해 이야기 했다. 조참은 그의 말에 탄복하여 본채를 그에게 내어 주어 머물게 하고 황노술을 정치에 적극 도용하였다. 그래서 조참이 제나라의 재상으로 있던 9년 동안 제나라는 평안하였다. 그러나 조참이 한나라 조정으로 들어가 재상이 되었을 때는 개공을 데려다 도움을 받은 적이 없다. 제나라의 처사 동곽선생東郭先生과 양석군梁石君이 심산에 은거하고 있을 때 어떤 사람이 조참의 문객인 괴철蒯徹[7]에게 말했다.

> "선생은 조상국을 보좌하고 있으니 어질고 능력 있는 자를 상국에게 천거해야 합니다. 세속에서 동곽선생과 양석군만한 사람이 없는데 어찌 상국에게 천거하지 않습니까!"

괴철은 조참에게 이들을 추천하였고, 조참은 즉각 이들을 초빙하여 상빈上賓으로 대우하였다. 괴철은 제나라 사람 안기생安其生과 친분이 있었다. 이들은 항우에게 계책을 바친 적이 있었는데 항우가 그들의 계책을 채용하지 않았다. 후에 항우가 이 두 사람에게 관직과 작위를 내리려 했지만 두 사람은 끝내 받지 않았다. 조참은 한나라 조정의 재상이 되어 이 현인들 모두 등용하지 않았다. 만약 사서에서 이 방면의 기록이 누락된 것이 아니라면, 인재를 추천하지 않은 조참의 과실이 크다고 할 수 있다.

3. 한나라 장수의 직함 漢初諸將官

한나라 초 장수들의 직함에는 '승상丞相'이 많았다. 한신韓信은 처음 대장군에 임명되었다가 후에 좌승상左丞相이 되어 위魏를 공격했고 또 상국相國이 되어 제齊를 공격했다. 주발周勃은 장군에서 태위太尉가 되었고 후에 상국相國으로 번쾌樊噲를 대신하여 연燕을 공격했다. 번쾌는 장군으로 한왕韓王 신信을

7 蒯徹 : 한나라 초기 모략가. 괴통蒯通. 본명은 철이나 한 무제의 이름이 유철劉徹이었기 때문에 피휘하여 괴통으로 알려졌다. 한신에게 천하 3분론을 주장하며 한신에 독립할 것을 권하지만 묵살되고 다시 자취를 감췄다가 조참에게 투항한 뒤, 조참을 보좌하였다.

공격했고 또 좌승상左丞相이 되었다가 상국으로 연燕을 공격하였다. 역상酈商은 장군이 되어 우승상右丞相으로 진희陳豨를 공격하였고 승상丞相으로 경포黥布를 공격하였다. 윤회尹恢는 우승상右丞相으로 회양淮陽을 지켰고, 진연陳涓은 승상으로 제齊땅을 평정하였다.

그러나 「백관공경표百官公卿表」에는 모두 수록되어 있지 않다. 당시는 소하蕭何가 재상이었으며 이 사람들은 조정에 있지 않았다. 특별히 재상이라는 명칭을 빌려 중임을 맡긴다는 것을 표현했을 뿐이다. 후세의 '사상관使相官'[8] 은 여기에서 시작된 것이다.

4. 한나라의 관직명 漢官名

한나라의 관직명은 예스럽고 우아하다. 역사서에 등장하는 관명들은 외우고 음미할 만하다.

> 조정 신하들이 분노하며 광록훈을 용납하지 못하네.[朝臣齗齗不可光祿勳]
> 누가 어사대부가 될 수 있는 자인가![誰可以爲御史大夫者]
> 어사대부의 말은 들을 만하다.[御史大夫言可聽]
> 낭중령은 남에게 창피를 잘 준다.[郎中令善媿人]
> 승상의 의론은 쓸 수 없다.[丞相議不可用]
> 태위는 함께 계획을 도모하기에 부족하다.[太尉不足與計]
> 대장군은 존귀하고 중요하다.[大將軍尊貴誠重]
> 대장군에게 절하지 않고 읍만 하는 객이 있다.[大將軍有揖客]
> 경조윤의 자리를 곧바로 얻을 수 있을 것이다.[京兆尹可立得]
> 대부들은 자신들의 수레를 타고 오는가?[大夫乘私車來邪]
> 날이 어두워지도록 대관승이 오지 않았다.[大官丞日晏不來]
> 전대부가 대사농을 위해 변호해 준 것을 고맙게 여긴다.[謝田大夫曉司農]
> 대사마께서 이 때문에 원망을 하신다면[大司馬欲用是忿恨]
> 후장군이 여러차례 내어놓은 책략을 보면[後將軍數畫軍冊]

8 使相 : 당 후기와 오대시기 절도사들은 종종 재상의 직함을 겸임했는데 이를 사상이라 했다. 조정의 정사에는 참여하지 않는다.

광록대부, 대중대부 두 노신이 늙고 병들어 벼슬에서 물러나려고 한다.[光祿大夫、大中大夫耆艾二人以老病罷]

부마도위는 어디에서 이런 말을 들었는가?[駙馬都尉安所受此語]

또 노중대부路中大夫와 한어사대부韓御史大夫·숙손태부叔孫太傅·정상서鄭尙書·포사예鮑司隸·조장군趙將軍·장정위張廷尉 같은 것도 법도가 있다. 『후한서後漢書』의 다음과 같은 표현에는 『한서』의 여운이 남아있다.

집금오가 언현郾縣을 공격하다.[執金吾擊郾]

대사마는 응당 완宛을 공격해야 할 것이다.[大司馬當擊宛]

대사마는 보병과 기병에 익숙하다.[大司馬習用步騎]

5. 한나라와 당나라의 재상 漢唐輔相

전한 시기의 재상이 45인인데 소하蕭何와 조참曹參·위상魏相[9]·병길丙吉[10] 외에 진평陳平[11]·왕릉王陵[12]·주발周勃[13]·관영灌嬰[14]·장창張蒼[15]·신도가申屠嘉[16]는

9 魏相(?~B.C.59) : 전한 선제 시기 재상. 자 약옹弱翁. 주로 사회와 국정을 안정시키는 시책을 써서 흉노와 전쟁 시도를 중단시켰다.

10 丙吉(?~B.C.55) : 전한 선제 시기 재상. 자 소경少卿. 위상의 친구로 전한 선제 시기 위상의 뒤를 이어 재상을 지냈다. 옥리로 재직할 때 후에 선제가 될 무제의 증손을 정성껏 보필하였다.

11 陳平(?~B.C.178) : 한나라 개국 공신. 처음에는 항우를 따랐으나 후에 유방을 섬겨 한나라 통일에 공을 세웠다. 재상 조참曹參이 죽은 후 좌승상左丞相이 되어, 여씨呂氏의 난 때에 주발周勃과 함께 이를 평정한 후 문제文帝를 옹립하였다.

12 王陵(?~B.C.181) : 한나라 개국 공신. 유방과 동향으로 한나라 건립에 군공을 인정받아 안국후安國侯로 봉해졌고 조참의 뒤를 이어 우승상을 지냈다. 고조 사후 여후가 황제의 권한을 행상하고 여씨 일족을 왕으로 삼고자 했으나 왕릉은 유씨가 아니면 왕이 될 수 없다는 고조의 맹약을 말하며 반대하였다. 결국 여후는 왕릉을 파면하여 태부太傅로 임명했다. 왕릉은 병을 핑계 삼아 사직하고 귀향하였다.

13 周勃(?~B.C.169) : 한나라 개국 공신. 유방과 동향으로 한나라 건립에 군공이 뛰어나 강후絳侯로 봉해졌으며, 문제 때 우승상右丞相을 지냈다.

14 灌嬰(B.C.250~B.C.176) : 한나라 개국 공신. 비단을 파는 소상인 출신이었으나 유방을 따라서 군공을 세워 유방의 부장이 되었으며 고조 즉위 후 영음후潁陰侯에 봉해졌다. 여후 사후 주발과 함께 문제를 옹립하는데 공을 세웠으며 문제 시기 주발을 이어 재상이 되었다.

15 張蒼(B.C.256~B.C.152) : 전한 문제 시기 재상. 원래 진秦의 관리였으나 유방에게 귀부하였

고조의 공신으로 재상이 된 자들이고, 도청陶靑과 유사劉舍[17]·허창許昌·설택薛澤[18]·장청적莊靑翟·조주趙周는 공신의 자손으로 재상이 되었으며[19], 두영竇嬰[20]과 전분田蚡[21]·공손하公孫賀·유굴리劉屈氂는 종실의 외척이었고, 위관衛綰[22]과 이채李蔡는 사졸 출신이었다.

왕릉王陵과 신도가申屠嘉·주아부周亞夫[23]·왕상王商·왕가王嘉는 강직한 절개가 있었고, 설선薛宣과 적방진翟方進은 재능이 있었다. 그러나 나머지는 모두 공적을 세우지 못하고 자리 보전에 급급했다. 어사대부御史大夫는 부재상격에 해당하는 직위로 더 평범한 자들이었다. 유향劉向은 어사대부 중 아관兒寬

다. 고제 시기 반란을 평정한 공으로 북평후北平侯에 봉해졌고, 문제 시기 관영의 뒤를 이어 승상에 임명되었다.

16 申屠嘉(?~B.C.155) : 전한 혜제 시기 재상. 고조와 함께 경포의 난을 평정한 공으로 도위가 되었다. 혜제 시기 회양 군수로 임명되었다가 장창이 승상이 되자 신도가는 어사대부로 승진하였으며, 장창이 죽자 재상에 임명되었다. 경제 때 조조晁錯가 종묘의 담을 뚫어서 문을 만들었다. 신도가는 함부로 종묘의 담을 뚫어 문을 낸 조조를 법으로 다스리고자 하였으나 오히려 경제가 조조를 비호하자 피를 토하고 죽었다.

17 劉舍(?~B.C.141) : 원래 '항項'씨였으나 항우와 동성이고, 부친 항양項襄이 한나라 개국에 공을 세워 '유劉'씨 성을 하사받고 도후桃侯에 봉해졌다. 부친 사후 유사劉舍가 작위를 이어받았다. 경제시기 주아부의 뒤를 이어 재상이 되었다.

18 薛澤 : 전분이 죽은 후 무제는 어사대부 한안국韓安國에게 승상 업무를 대행하게 하였다. 그러나 한안국이 수레에서 떨어져 다치면서 업무를 수행할 수 없게 되자 薛澤이 승상에 임명되었다.

19 『사기·장승상열전張丞相列傳』에 다음과 같은 내용이 있다. "신도가가 죽은 뒤로 경제 때에는 도청, 유사가 승상이 되었으며 지금의 황제에 이르러 허창, 설택, 장청책, 조주 등이 승상에 올랐다. 이들은 모두 열후인 아버지의 뒤를 이은 사람들로 근신하고 관대하여 승상이 되기는 하였으나 열후의 이름에만 올랐을 뿐 공명을 나타내어 당세에 드러난 자는 없었다."

20 竇嬰(?~B.C.131) : 두태후의 조카. 오초칠국의 난에 대장군에 임명되어 공로를 세웠으며, 위기후魏其侯에 봉해졌고, 승상에까지 올랐다.

21 田蚡 : 전한 경제景帝 왕황후王皇后의 동생. 유학을 좋아하며 무제 때 무안후武安侯에 봉해졌고, 승상丞相의 직위까지 올랐다.

22 衛綰 : 대릉大陵(지금의 산서성山西省 문수현文水縣 동북쪽) 사람으로 문제와 경제를 섬겼다. 수레 위에서 하는 곡예로 낭관郎官이 되었고 이후 충정과 청렴을 인정받아 계속 승진, 오초칠국의 난에서 공로를 세워 경사의 치안을 담당하는 중위中尉에 임명되었다가 건릉후建陵侯에 봉해졌고 어사대부에서 결국 승상의 직위에 올랐다.

23 周亞夫(B.C.199~B.C.143) : 한나라 개국공신 주발周勃의 아들. 장군으로 임명되어 군사들을 근엄하게 다스린 것으로 유명하다. 경제 시기 태위와 승상을 지냈으며 '오초吳楚 7국의 난'을 평정하는데 큰 공을 세웠다.

만한 사람이 없다고 했으니, 나머지 사람들 중 언급할 만한 자가 없다는 말이다.

당나라 재상 300인 중 방현령房玄齡과 두여회杜如晦 · 요숭姚崇 · 송경宋璟 외 위징魏徵과 왕규王珪 · 저수량褚遂良 · 적인걸狄仁傑 · 위원충魏元忠 · 한휴韓休 · 장구령張九齡 · 양관楊綰 · 최우보崔祐甫 · 육지陸贄 · 두황상杜黃裳 · 배기裴垍 · 이강李絳 · 이번李藩 · 배도裴度 · 최군崔羣 · 위처후韋處厚 · 이덕유李德裕 · 정전鄭畋은 모두 한 시대의 재상이었다. 이들의 행적은 한나라 재상들이 비할 바가 아니다.

6. 한 무제의 신중한 관리 임용 漢武留意郡守

한漢 무제武帝는 모든 정사를 자신이 직접 결정하고 관장했기 때문에 재상의 인선에 대해서는 그다지 신경 쓰지 않았다. 당시 재상의 직무는 거의 정해진 법령과 명령을 그대로 따라 실행하기만 하면 되는 것이었다. 무제는 그러나 지방 관리를 임명하는 일에 대해서는 매우 신중했다.

장조莊助[24]가 회계會稽[25] 태수가 된 후 몇 년 동안 이렇다 할 치적이 없자 무제는 직접 서신을 보냈다.

> 그대가 경사를 싫어하고 고향을 그리워 하길래 회계의 군수로 삼았는데, 오랫동안 좋은 소식이 들리지 않는구나.

오구수왕吾丘壽王[26]을 동군東郡[27]의 도위都尉로 임명하고 따로 태수를 두지 않았다. 그러나 오구수왕이 실적이 없자 한 무제는 옥쇄가 찍힌 서신을

24 莊助(?~B.C.122) : 회계군會稽郡 오현吳縣 사람. 본명은 장조이나 동한 명제의 이름인 장莊을 피휘하기 위해 엄嚴으로 바꾸어 엄조라 하기도 한다. 무제시기, 동방삭·사마상여·오구수왕과 함께 사부에 뛰어나 총애를 받았다.

25 會稽 : 군 이름. 지금의 강소성江蘇省 남부, 안휘성安徽省 남부, 절강성浙江省 대부분 지역에 해당한다.

26 吾丘壽王 : 전한 무제 때의 대신. 자 자공子贛. 바둑에 능하여 기용되었다.

27 東郡 : 지금의 하남성河南省 복양濮陽 서남쪽.

보내 책망했다.

> 그대는 짐 곁에 있을 때 지략이 충만한 사람이었다. 그런데 지금 열 개가 넘는 성城을 관할하는 큰 군의 도위가 되어 조정에서 주는 4천 석의 후한 녹봉을 받고 있는데도[28] 공무는 엉망이고 도둑이 판을 친다고 한다. 전과는 너무 다르니, 왜 그러한가?

급암汲黯[29]을 회양淮陽 태수에 임명하였는데, 급암은 자신의 능력을 과소평가한 직책이라 여겨 거절하려 했다. 무제는 말했다.

> 그대는 회양이 성에 안 차는가? 내가 지금 그대를 부른 것은 회양의 관리와 백성이 서로 화합하지 못해서 그대의 명성을 빌려 쉽게 그 곳을 다스리고자 함이다.

이 세 가지 일화를 보건데, 한 무제는 크고 작은 모든 일을 다 파악하고 있었다. 지방관들은 늘 황제가 눈앞에 있는 듯 했으니 어찌 전력을 다하지 않겠는가? 그러나 아쉽게도 정벌을 일삼고 사치하여 백성들이 그의 덕택을 보지 못했으니, 안타까울 뿐이다.

7. 고매채 苦蕒菜

삼국시대 오吳나라 귀명후歸命侯 손호孫皓[30] 천기天紀 3년(279) 8월, 기술자인 황구黃耈의 집에서 귀목채鬼目菜가, 오평吳平의 집에서 매채蕒菜가 자라났다. 길이는 4척, 두께는 3분으로 비파와 비슷했고 윗부분의 넓이는 8촌, 아래 줄기는 넓이 5촌, 양쪽에는 초록색 잎이 있었다. 동관東觀[31]에서 책을 찾아보니

28 군의 장관인 태수는 2천 석의 녹봉이고, 태수의 부관인 도위는 비 2천석의 녹봉이다. 태수까지 겸직하고 있었기 때문에 4천석의 녹봉이라 하였다.

29 汲黯 : 전한 무제 시기 명신. 자 장유長孺. 황로지도黃老之道·무위無爲의 정치를 주장하며 무제에게 건의하였으나 받아들여지지 않자 회양태수淮陽太守를 마지막으로 관직에서 물러났다.

30 孫皓(242~284 / 재위 264~280) : 손권孫權의 손자. 경제景帝의 뒤를 이어 제위에 올랐으나 대대적 토목공사를 일으키면서 나라의 일을 돌보지 않아 민심의 이반을 초래하였다. 결국 진晉에게 항복하였고, 진은 그를 귀명후歸命侯로 봉하게 된다.

귀목채는 지초芝草, 매채는 평려초平慮草라고 했다. 그리하여 황구黃耉를 시지랑侍芝郎으로, 오평吳平을 평려랑平慮郎으로 임명하고 은 인장과 청색 인수를 하사하였다.

『구당서舊唐書·오행지五行志』에 중종中宗 경룡景龍 2년(708) 기주岐州 미현郿縣 백성 왕상빈王上賓의 집에서 고매채가 자라났는데 길이는 3척, 윗부분의 넓이는 1척 즈음이고 두께는 2분이었다. 사람들은 '요사스런 풀[妖草]'이라고 했다.

생각건대 매채蕒菜가 바로 고매苦蕒로 지금 고마苦蕒라고 하는 것이다.

천기天紀와 경룡景龍 연간의 두 사건은 매우 비슷하다. 손호의 오나라는 이듬해에 멸망하였고, 중종은 2년 후에 죽음을 당했다. 이 식물 때문은 아니었지만 '요상하다[妖]'고 할만하다.

평려초平慮草는 생김새를 알 수 없다. 양웅楊雄[32]의 「감천부甘泉賦」 중 '병려幷閭'에 대한 주석에서 여순如淳은 다음과 같이 말했다.

> 병려의 잎은 당시의 정치 상황에 따라서 모양이 달라진다. 정치가 화평하면 평평하고, 정치가 평탄하지 못하면 기울어진다.

그런데 안사고顔師古는 "여순이 말한 것이 평려平慮다"라고 주를 달았으니, 또한 기이한 풀이다.[33]

귀목鬼目은 『이아爾雅』에도 수록되어 있다. 곽박郭璞은 이렇게 해석하였다.

> 강동江東 지방에는 귀목초鬼目草라는 것이 있는데 줄기는 칡 같고 잎은 둥글면서도 털이 나 있어 귀고리 모양이다. 붉은 색이며 넝쿨로 자란다.

31 東觀 : 궁중의 장서관.

32 楊雄(B.C. 53~18) : 전한 말의 저명 학자 겸 문인. 자 자운子雲. 성제成帝 때 궁정문인의 한 사람으로 성제의 여행에 수행하며 쓴 「감천부甘泉賦」, 「하동부河東賦」등은 화려한 문장이면서도 성제의 사치를 꼬집었다. 학술서적으로 『방언方言』, 『태현경太玄經』, 『법언法言』이 있다.

33 「감천부」는 『한서·양웅전』에 전문이 수록되어 있다. 여기서 언급한 여순과 안사고의 주는 『한서』의 주이다.

귀목에 대한 설명은 『이아』 외 다른 서적에도 보인다.

『광지廣志』 :
귀목鬼目은 매실과 비슷한데 남방 사람들은 술을 마실 때 먹는다.
『남방초목상南方草木狀』 :
귀목수鬼目樹의 열매는 큰 것은 양도楊桃만 하고 작은 것은 오리알만 하다. 7,8월에 익으며 노란색이고 신 맛이 난다. 꿀을 넣고 익히면 맛이 부드럽고 달아진다. 교지交趾[34]의 여러 군郡에서 난다.
『교주기交州記』 :
큰 것은 모과만 하지만 조금 작으며 반듯하지 않고 비스듬하다.
『본초本草』 :
귀목鬼目은 동방숙東方宿·연충륙連蟲陸·양제羊蹄라고도 한다.

8. 스승에게 바치는 예물 唐諸生束脩

『당육전唐六典』에 다음과 같은 내용이 있다.

> 국자학國子學의 학생이 처음 입학할 때 비단 한 묶음과 술 한 주전자·육포 한판을 마련하는 것을 '속수束脩'의 예라고 한다. 태학太學과 사문학四門學·율학律學·서학書學·산학算學은 모두 국자학의 규범을 따른다. 국자학의 학생들은 경전을 공부하고 겨를이 있으면 예서隷書를 익혀야 하며 아울러 『국어國語』와 『설문해자說文解字』·『자림字林』·삼창三蒼[35]·『이아爾雅』를 익힌다. 상·중·하순이 시작되기 전날 학생들의 학업을 시험한다.

이를 통해 당나라 선비들이 서법에 능했음을 알 수 있다. 육관六館[36]에 있는 동안 항상 이를 익혔기 때문이다. 『설문해자』와 『자림』·『삼창』·『이아』 등을 익히는 것은 단지 과거 시험에서 요구되는 힘 있고 아름다운 글씨체를

34 交趾 : 지금의 광동, 광서성과 월남 중부, 북부를 아우르는 지역.
35 三蒼 : 삼창三倉이라고도 한다. 한나라 초기에 편찬된 자서로 『창힐편蒼頡篇』·『원력편爰歷篇』·『박학편博學篇』을 삼창이라 합칭하였다. 위진魏晉 이후에는 이사李斯의 『창힐편蒼詰篇』과 양웅楊雄의 『훈찬편訓纂篇』, 가방賈訪의 『방희편滂喜篇』을 통틀어 삼창이라 했다.
36 六館 : 국자학과 태학太學·사문학四門學·율학律學·서학書學·산학算學을 총괄하여 육관이라 하며, 국자감을 가리킨다.

위해서 뿐만이 아니라, 글자의 조합을 통해 고의古義를 익힐 수 있게 하기 위함이었다. '속수'의 예를 중시하는 까닭이 바로 그 이유이다.

『개원례開元禮』에 황자들의 속수束脩에 대한 기록이 있는데. 5필의 비단 한 상자와 두 말의 술 한 주전자·세 가닥의 육포 한 판을 드렸다고 한다. 황자는 학생의 의복을 갖추고 학교의 문 밖에 도착해서 서남쪽에 세 가지 물건을 놓고 앞으로 몇 걸음 나아가 말한다.

"제가 선생님께 배우고자 하여 감히 뵙기를 청합니다."

상자를 든 사람이 상자를 황자에게 주면 황자는 무릎을 꿇고 상자를 바치며 절을 두 번 한다. 박사가 답례로 절을 두 번 하면 황자는 피하면서 나아가 무릎을 꿇고 상자를 바친다. 박사가 예물을 받으면 황자는 절을 하고 물러나 나온다. 의례가 이와 같았으며, 지방 주현州縣의 학생들도 모두 그렇게 했다.

9. 범덕유의 글씨첩 范德孺帖

범순수范純粹[37]의 첩에 다음과 같은 내용이 있다.

나는 부끄럽게도 아무런 재주도 없으면서 하는 일 없이 머릿수만 채우고 있는 면이 많다. 형님[38]이 북방으로 다시 돌아오실 수 있게 되어 내 마음의 짐을 덜었으니 무사히 잘 돌아오시기만 한다면 달리 무엇을 더 바라겠는가? 4월 말, 배를 빌려 균주均州[39]를 출발하여 사람들의 도움을 받아 등주鄧州[40]에 도착했다. 원래는 형님이 오시는 것을 기다리려 했다. 지금 형님께서는 영창潁昌[41]으로 돌아오실 수 있게 되었지만 아직 확실히 오신다는 소식은 듣지 못했다. 이미 여러 번 사람

37 范純粹(1046~1117) : 북송 저명 문학가이자 정치가인 범중엄의 넷째 아들. 자 덕유德孺.
38 范純仁(1027~1101) : 범중엄의 둘째 아들. 자 요부堯夫. 철종 시기 영주로 폄적되었다가 휘종이 즉위한 후 관문전대학사觀文殿大學士로 복직하였다.
39 均州 : 지금의 호북성湖北省 단강시丹江市 서북쪽.
40 鄧州 : 지금의 하남성河南省 등현鄧縣.
41 潁昌 : 지금의 하남성 허창許昌.

을 보내 행로와 상봉의 기약을 물어보았지만 사람이 아직 돌아오지 않았으니 약속대로 만날 수 있을지 알 수가 없다. 태원太原에서 나를 맞이하러 온 사람들이 곧 도착할 것이다. 규정대로라면 반달을 머무르고 북쪽으로 떠나야 한다.

시간을 따져보면 원부元符 3년(1100) 4월, 범순수는 태원太原 지부로 임명되었다. 이달 21일, 범순수의 형 범순인范純仁은 등주분사鄧州分司에서 복직되어 영창부潁昌府로 돌아가도록 윤허를 받았다. 이 첩은 5월에 쓴 것으로 당시 범순인은 유배지였던 영주永州를 아직 떠나지 않은 상황이었다. 범순수는 균주均州에서 하동河東 지방으로 발령받아 배를 빌려 임지로 간 것이다. 마중 나온 사람들이 반 달을 머무를 수 있고 기간이 되면 북쪽으로 떠나야 한다고 했으니, 형을 기다리려고 해도 그럴 수 없는 것이다. 지금은 지방 관원이 비록 작은 성채에 머무른다 하더라도, 전송하고 돌아오는 병사를 두는 등 뜻대로 할 수 있다. 신임 관리를 마중 오는 사람들은 관리의 사적인 일 처리에 맞춰 일정을 조정하며, 관리들은 나라의 법령으로 자신을 경계하거나 재촉하지 않는다. 만약 정부가 법령을 강화하여 점차 엄히 단속을 한다면, 사대부들도 과오를 범하지 않게 될 것이니 풍속을 개선하는 방법이 될 수 있을 것이다.

10. 『도덕경』 중 '民不畏死민불외사'의 의미 民不畏死

노자老子가 말했다.

백성들이 죽음을 두려워하지 않는다면 어찌 죽인다는 것으로 그들을 두렵게 할 수 있겠는가? 만약 백성들이 항상 죽음을 두려워하게 하고 못된 짓을 하는 자를 내가 잡아 죽인다고 하면 누가 감히 그런 짓을 하겠는가?[42]

이를 읽으면 대부분은 노자가 살인을 좋아한다고 생각할 수 있다. 노자가 어찌 살인을 좋아하겠는가? 그의 뜻은 군주들이 백성을 어리석고 천하게

42 『도덕경』 74장.

보아 그들의 생명을 가볍게 여기고 풀을 베듯 멋대로 죽이는 것을 경계하게 하기 위함이다. 그래서 군주들이 백성의 처지를 이해하고 백성이 자신의 적이 될 수 있으며, 백성을 대하는 것을 항상 조심스럽고 두려운 마음으로 할 것을 경계하기 위함이었다. 그러므로 이어서 이렇게 말했다.

> 죽이는 일을 관장하는 자가 있는데 죽이는 일을 관장하는 자를 대신하여 죽이는 것은 목수를 대신해서 나무를 베는 것과 같은 말이다. 목수를 대신해서 나무를 베는 자는 그 손을 다치지 않는 경우가 드물다.

다음 장에서는 이렇게 말했다.

> 사람들이 죽음을 가벼이 여기는 것은 생존을 위해 치뤄야 하는 댓가가 너무 크기 때문이다. 이 때문에 죽음을 가볍게 여긴다.

그러나 오래 살기를 바라는 것이 인지상정이니 피골이 상접하고 굶주려 남의 노예가 되더라도 죽는 것보다는 낫다고 여긴다. 그 누가 정말로 죽음을 두려워하지 않겠는가? 자고로 세상이 어지러워지고 도적떼가 일어나는 까닭은 백성들이 편안한 마음을 갖지 못하기 때문이다. 진秦나라와 한漢나라, 수隋나라, 당唐의 말기에 강산은 무너지고 조정은 부패하여 죽음을 면하기 어려운 시절이었다. 흉악한 왕선지王仙芝[43]나 황소黃巢[44]같은 역적들도 애초에는 관직 하나 얻기를 바라는 마음에서 시작되었을 뿐이다. 만약 군주와 재상이 그들을 제대로 다스렸다면 어찌 이런 재앙이 있었겠는가! 서한西漢의 공수龔遂가 발해군渤海郡을 평정하고,[45] 동한東漢의 풍이馮異가 관중關中을 평정

43 王仙芝(?~878) : 당나라 말기에 일어난 '황소黃巢의 난' 초기의 지도자. 소금 밀매상인이었으나 기근과 수탈이 심해지자 약 삼천명을 모아 반란을 일으켰으며 화북에서 양쯔강에 이르는 넓은 지역을 휩쓸고 다녔다.

44 黃巢 : 당唐나라 말기 농민 반란군의 수령. 소금밀매업자였던 왕선지王仙芝가 874년 난을 일으켰고 얼마후 황소가 왕선지에게 합류하였다. 전국 각지로 이동하며 가는 곳마다 관군을 격파하고, 수도 장안까지 함락시키자 황제 희종은 사천으로 달아났다. 880년 장안에서 제위에 올라 대제大齊라는 국호를 사용하여 정권을 세웠으나 결국 토벌군에게 격파되어 자결하였다. 황소의 난은 당나라가 멸망하는 계기가 되었다.

하고, 고인후高仁厚가 촉蜀땅의 군도를 진압하고,[46] 왕선성王先成이 왕종간王宗侃을 설득한 일에서 백성의 마음이 향하는 바를 알 수 있다.[47] 세상의 군주들 중 노자의 가르침을 깊이 이해할 수 있는 사람은 반도 안 되는 듯하다.

11. 지략을 가진 선비들 天下有奇士

세상에는 탁월한 지혜와 모략을 갖춘 사람들이 많다. 난세에는 작은 군대나 좁은 지역에서라도 뛰어난 모략을 가진 사람이 나오기 마련이다. 역사에서 이러한 예는 얼마든지 찾을 수 있다. 춘추시기 정鄭나라의 촉지무燭之武와 현고弦高는 침착한 계획으로 나라를 구할 수 있었다.[48] 후세에 이러한

45 한나라 선제宣帝는 발해군의 농민들이 기근으로 끼니를 굶다 못해 봉기하자, 공수龔遂를 파견하였다. 공수는 발해군에 도착하자 곧 각 현에 농민봉기를 진압하던 관리들을 파면하라고 명령을 내렸다. 아울러 농기구를 든 사람들은 모두 농민이므로 관리들은 그들을 해치지 말라고 지시하였다. 농민들은 공수의 명령을 받아들여 모두 무기를 버리고 농기구를 들고 일을 시작하였다. 공수는 양곡창고를 열어 농민들을 구제하고, 믿을만한 관리들을 파견하여 백성들을 위로하였다. 그리하여 얼마 후 발해군은 평정되었다.

46 당나라 말기, 천능阡能이 반란을 일으켜 촉지역의 성들을 공격하고 백성을 핍박하자 고인후가 군대를 이끌고 진압에 나섰다. 고인후는 천능이 보낸 민간인 첩자를 생포하였는데 그는 자신의 부모와 처자가 천능에게 인질로 잡혀 협박을 당해 첩자로 온 것이었다. 고인후는 첩자를 죽이지 않고 오히려 그를 잘 달래어 군영으로 돌아가 "고인후는 이곳의 백성들이 모두 천능의 핍박에 못 이겨 끌려온 죄 없는 자들이라고 생각하고 있기에 우리를 구해주려고 한다. 그러므로 고인후가 천능을 공격하면 우리도 천능의 병사들을 죽이고 고인후에게 투항해야 한다. 그러면 고인후는 우리들에게 '귀순'이라는 두 글자를 새겨주고 각자 돌아가 생업에 종사하도록 해 줄 것이다. 고인후는 무고한 백성을 절대 해치지 않는다"는 말을 퍼뜨리도록 했다. 결국 이들의 호응으로 고인후는 반란군을 평정할 수 있었다.

47 당 말기, 왕건王建이 사천절도사로 임명되어 성도에 부임하여 팽주성을 토벌하게 되었는데 장시간이 지나도록 성을 함락시키지 못했다. 그 곳의 백성들은 전란을 피해 산 속으로 도망가 있었는데, 관병은 백성을 위무하기는커녕 대량의 군사를 풀어 백성을 붙잡아왔으며 그들의 식량을 탈취하였다. 이 때 왕선성이라는 자가 지휘관인 왕종간을 찾아와 군대가 백성들을 약탈하는 것을 엄금하고 산 속으로 달아난 백성들을 불러내고 안심시켜 생업에 종사할 수 있도록 해 주어야 한다고 간언하였다. 왕종간은 이 계책을 왕건에게 건의하여 시행하였고, 사흘째 되는 날 백성들은 안심하고 산에서 내려오게 되었으며 군대의 기강은 바로잡히게 되었다.

48 진秦나라 목공穆公이 진晉나라 문공文公과 연합하여 정鄭나라를 공격하였다. 정나라 문공文公은 대부 촉지무燭之武를 파견하여 진목공을 설득하게 하였다. 촉지무는 목공에게 정나라를

경우는 셀 수도 없이 많은데 당나라에 유독 많다. 알려지지 않은 몇 사람을 여기에 기록해보려 한다.

무덕武德[49] 초, 북해北海 도적의 두목 기공순綦公順[50]이 군성郡城을 공격했지만 대패하고 말았다. 그 뒤 기공순은 유란성劉蘭成이란 책사를 기용하여 뛰어난 계책으로 겨우 수백명만 데리고 다시 싸워 북해군을 함락시켰다. 해주海州[51] 장군상臧君相이 5만의 군사를 이끌고 오자 유란성은 20명의 결사대를 데리고 밤에 습격하여 단번에 대군을 궤멸시켰다.

서원랑徐圓朗[52]이 산동 지역을 점령했을 때 어떤 사람이 그에게 말했다.

> "유세철劉世徹이라는 사람이 있는데 불세출의 재략을 가진 자로 동쪽 지역에서는 명성이 자자합니다. 만약 그를 중용한다면 천하를 얻을 수 있습니다."

서원랑은 사람을 보내 유세철을 모셔왔다. 유세철이 왔을 때 그에게는 이미 수천의 무리가 있었다. 그리고 서원랑이 그에게 초譙[53]와 기杞[54] 지역을

공격하면 결국 진晉나라의 패업을 돕는 격이라고 이해관계를 설명하며, 진秦과 진晉의 관계를 이간질 시키는 것으로 목공을 설득했다. 결국 목공은 기자杞子를 비롯한 일부 장수를 정나라에 주둔케하고 철수하였다. 진나라가 철수하자 진나라도 철군했다. 결국 정나라는 촉지무의 계략으로 멸망의 위기에서 벗어날 수 있었다. 2년 후, 기자는 자신들이 북쪽 성문을 장악하였으니 기습공격을 펼친다면 정나라를 정복할 수 있을 것이라고 알려왔다. 진나라 군대는 정나라로 출병하였다. 진나라 군대가 활滑나라에 이르렀을 때, 현고弦高라는 정나라 상인이 마침 소를 팔러 가기 위해 활나라를 지나고 있었다. 진나라 군대를 본 현고는 곧바로 정나라에 알리는 한편 살찐 소 12마리를 끌고 길 한복판에서 외쳤다. "정나라 사신 현고가 진나라 장수를 뵈러 왔습니다." 기습이라 여겼던 진나라 군대는 정나라 사신이라는 말에 놀랐다. 현고는 진나라 장수에게 아뢰었다. "저희 군주께서는 진나라 대군이 정벌하러 온다는 소식을 듣고 죄를 뉘우침과 동시에 소 12마리를 보내어 군대를 위로하라 하셨습니다. 지금 정나라 군사와 백성들은 기강을 바로잡고 모든 준비를 하고 있습니다." 진나라 군대는 결국 공격을 포기하고 회군하는 길에 효산에서 진晉나라의 기습을 받아 전멸당했다. 『용재수필』권3, 「三傳記事」 참조.

49 武德 : 당나라 고조高祖 시기 연호(618~626).

50 綦公順 : 수말 산동지역 농민 반란군의 수령. 북해北海인.

51 海州 : 지금의 강소성江蘇省 연운항시連雲港市 서남쪽.

52 徐圓朗(?~623) : 수隋말 농민 봉기 수령. 노군魯郡(지금의 산동성 연주兗州) 사람.

53 譙 : 지금의 안휘성安徽省 박현亳縣.

54 杞 : 지금의 하남성河南省 기현杞縣.

취하도록 하자, 동쪽 지방 사람들은 평소 그의 명성을 들었던 지라 그가 이르는 곳이면 모두 투항하였다.

구보裘甫[55]가 절동浙東 지역에서 난을 일으키자 조정은 왕식王式을 파견하여 토벌하게 했다. 구보의 측근인 유왕劉眭이 계책을 내놓았다.

> 먼저 병력을 이끌고 월越[56] 지역을 취하고 그 곳의 견고한 성곽에 의지하여 창고를 점령하십시오. 그리고 절강浙江을 따라 방어를 튼튼히 하여 관군을 방어하면서 기회를 엿보아 절강 서부 지역까지 진격하십시오. 그런 후 장강을 건너 양주揚州를 빼앗고 석두성石頭城[57]까지 진격하여 방어선을 구축하고 사수하십시오. 그 때가 되면 선宣[58]과 흡歙[59]·강서江西 지역에서 필히 응대해오는 자가 있을 것입니다. 별도로 병력 만명을 해안을 따라 남하시켜 복주福州와 건주建州[60]를 습격하면 당나라의 조공지는 모두 우리 수중에 떨어지게 됩니다.

그러나 구보는 그의 계책을 채용하지 않았다.

회남 절도사 고병高駢[61]의 부장 필사탁畢師鐸이 반란을 일으켜 고병을 공격하였다. 필사탁은 선주宣州의 진언秦彥에게 군사 지원을 요청하였고 진언의 군대가 양주揚州에 도착하였다. 필사탁은 사자를 보내 진언에게 강을 건널 것을 재촉하면서 그를 우두머리로 임명하겠다고 했다. 어떤 사람이 필사탁에게 조언했다.

> 복야僕射께서 민심을 따라 해악을 제거하였으니 마땅히 고공高公을 추대하고 그를 보좌하면서 병권을 총괄한다면 누가 감히 복종하지 않겠습니까? 만약 진언이

---

55 裘甫(?~860) : 당나라 후기에 일어난 농민 반란의 지도자. 859년 조정의 수탈에 대항하여 군사를 일으켜 절강성浙江省 각지를 습격하였다. 그러나 이듬해 위구르 등을 포함한 당나라 토벌군에 의해서 평정되었다.

56 越 : 지금의 절강성浙江省 소흥紹興 일대.

57 石頭城 : 지금의 강소성江蘇省 남경南京.

58 宣 : 지금의 안휘성安徽省 선성宣城.

59 歙 : 지금의 안휘성 흡현歙縣.

60 建州 : 지금의 복건성福建省 건구建甌.

61 高騈 : 당나라 말기 절도사. 황소의 난 당시 관할 소재지인 양주에 주둔한 채 장안을 점거한 황소군의 토벌에 적극적으로 움직이지 않고 형세를 관망하다가 조정으로부터 반역의 의심을 받아 총수의 지위를 박탈당하였다. 결국 부장 필사탁에게 살해당했다.

절도사가 된다면 여주廬州[62]와 수주壽州[63]가 그를 따르려 하겠습니까? 그렇게 되면 공명과 성패를 확신할 수 없게 될 것입니다. 어서 진언이 강을 건너지 못하게 해야 합니다. 저들도 안위를 조금이라도 헤아릴 줄 안다면 감히 쉽사리 도강하지 않을 것입니다. 만약 이후에 우리가 약속을 어겼다고 비난하더라도 우리는 고씨의 충신이 될 수 있습니다.

그러나 필사택은 그렇게 생각하지 않았고 이튿날 이 말을 정한장鄭漢章에게 말했다. 정한장은 "지혜와 모략을 갖춘 선비다"라며 그를 찾았지만, 찾을 수 없었다.

왕건王建[64]이 성도成都에 있을 때 팽주彭州[65]의 양성楊晟을 토벌하게 되었다. 오랜 시간동안 함락시키지 못하자 백성은 모두 산속으로 달아났고 병영의 군사들은 날마다 군영을 나와 그들을 노략질하였다. 왕선성王先成이 장수 왕종간王宗侃을 설득하였다.

산 속으로 달아난 백성들은 관군이 보살펴 줄 것을 기다리고 있습니다. 그러나 군사들은 도리어 그들을 쫓아가 탈취하고 있으니 도적과 다를 바가 없습니다. 아침이면 나가 약탈하고 날이 저물어서야 돌아오니 수비에는 뜻이 없습니다. 만일 팽주성에 지략 있는 자가 있어 양성을 위해 계략을 모의한다면 이러한 허점을 틈타 공격해 올 것입니다. 미리 정예병을 문 안에 매복해 두고 약탈하는 자들이 점점 멀리 가는 것을 보고 있다가 궁수와 포수 각각 백 명을 출동시켜 진영의 한 쪽을 공격하고 또 삼면에서도 공격을 해 오면 여러 성채들은 다들 각자 방어하느라 서로 구조해 줄 겨를이 없을 것입니다. 이렇게 되면 어찌 패하지 않을 수 있겠습니까!

왕종간은 정신이 번쩍 들었다. 왕선성은 7가지 조례로 문서를 만들어 왕건에게 건의하였고 왕건은 즉시 그것을 시행했다. 방이 붙고 사흘째 되자 산 속의 백성은 다투어 나와 점차 예전의 생활로 돌아갔다.

62 廬州 : 지금의 안휘성 합비合肥.
63 壽州 : 지금의 안휘성 수현壽縣.
64 王建(847~918): 소싯적 무뢰한이었으나 황소의 난이 일어나자 당나라 군대에 가담, 장안이 함락되자 앞장서 어가를 호위하였으며 그 공로로 사천절도사에 임명되었다.
65 彭州 : 지금의 사천성四川省 팽현彭縣.

이 외에 이름이 전해지지 않아 초목처럼 사라진 사람들은 아마 부지기수일 것이다.

12. 『주역』의 사덕 易卦四德

『주역周易』의 원元 · 형亨 · 리利 · 정貞을 사덕四德이라 한다. 건乾과 곤坤괘만이 이 사덕을 가지고 있다.

둔屯과 수隨괘는 대형정大亨貞이고, 임臨 · 무망无妄 · 혁革괘는 대형이정大亨以正이다.

형亨 · 이利 · 정貞 세 가지를 가지고 있는 것은 몽蒙 · 동인同人 · 이離 · 함咸 · 태兌 · 항恒 · 둔遯 · 췌萃 · 환渙 · 소과小過 · 기제旣濟 등 11괘이다.

원元 · 형亨 · 이利를 가진 것은 고蠱괘 하나이다.

이利 · 정貞을 가진 것은 대축大畜 · 대장大壯 · 명이明夷 · 가인家人 · 중부中孚 · 건蹇 · 손損 · 점漸 여덟 괘이다.

형亨 · 정貞을 가진 것은 수需 · 곤困 · 여旅 세 괘이다.

원元 · 형亨을 가진 것은 대유大有 · 승升 · 정鼎 세괘이다.

형亨 · 이利를 가진 것은 분賁 · 복復 · 대과大過 · 손巽 · 서합噬嗑 5괘이다.

형亨을 가진 것은 소축小畜 · 이履 · 태泰 · 겸謙 · 절節 · 감坎 · 진震 · 풍豐 · 미제未濟 9괘이다.

이利를 가진 것은 송訟 · 예豫 · 해解 · 익益 · 쾌夬 5괘이다.

정貞을 가진 것은 사師 · 비比 · 부否 · 이頤 4괘이다.

관觀 · 박剝 · 진晉 · 규睽 · 구姤 · 귀매歸妹 · 정井 · 간艮 8괘는 4덕 중 하나도 없다. 괘상으로 따진다면 박剝 · 규睽 · 구姤는 억지로 갖다 붙일 수는 있겠지만 나머지는 전혀 가능성이 없다.

13. 손견의 기병 孫堅起兵

동탁董卓[66]이 나라의 대권을 절취하자 천하가 모두 의병을 일으켜 그를 타도하고자 했다. 손견孫堅[67]이 장사태수長沙太守의 신분으로 군대를 대동하고 먼저 도착하여 동탁을 위협하고 공로를 세웠다. 그러므로 『삼국지』에 주를 단 배송지裴松之는 손견이 가장 충성스럽다고 하였다.

그러나 장사長沙는 형주荊州[68]에 예속된 곳으로 자사刺史 왕예王叡[69]의 감독하에 있었다. 앞서 왕예는 손견과 함께 영릉零陵[70]과 계양桂陽[71] 일대의 반란을 진압했는데 왕예는 무관인 손견을 무시하였다. 왕예가 군대를 일으켜 동탁을 타도하려 하자 손견은 사신의 명령을 행한다며 거짓 격문을 구실로 왕예를 살해하여 오랜 원한을 갚았다.

남양태수南陽太守 장자張咨는 장사와 인접한 고을의 이천석二千石 관리였다. 그러나 손견의 군수 물자를 제공하지 않아 손견에게 죽음을 당했다.

손견은 작은 고을의 수령이었으나 전란이라는 시대적 기회를 틈타 지방 장관과 이웃 고을 영수를 살해하였는데 어찌 그를 나랏일에 충성을 다하는

66 董卓(?~192) : 후한後漢 말기의 무장武將. 낙양에 입성하여 헌제를 옹립하고 정권을 잡았다. 이에 대해 동탁 토벌군이 조직되자 낙양성을 소각하고 장안으로 천도했으나 횡포가 심했고, 그 때문에 사도 왕윤의 모략에 걸려 살해되었다.

67 孫堅(156~192) : 후한 말기의 무장. 자 문대文臺. 오군吳郡 부춘현富春縣(지금의 절강성浙江省 항주杭州 부양富陽) 출신. 황건의 난 토벌에 공을 세우고 동탁 토벌에도 가담하였다. 형주목荊州牧 유표劉表의 공격에 나섰다가 현산峴山에서 전사하였다.

68 荊州 : 지금의 호북성湖北省 형주. 지정학적으로 중요한 위치에 있어 고대 여러 왕국의 수도가 되었고 특히 삼국시대에는 치열한 쟁탈전이 벌어졌던 곳이다.

69 王叡(?~189) : 자 통요通耀. 당시 명문귀족인 낭야왕씨. 형주자사荊州刺史로, 187년 장사태수 손견과 함께 영릉군零陵郡과 계양군桂陽郡의 반란을 진압했다. 그러나 왕예는 무관인 손견을 무시하였다. 영제靈帝가 죽은 후, 동탁이 실권을 장악하자 각지에서 동탁 타도를 위한 군사가 일어났다. 왕예도 이에 가담하려 했는데, 그 전에 평소 사이가 좋지 않았던 무릉태수武陵太守 조인曹寅을 죽이려 하였다. 이 사실을 안 조인은 왕예의 죄를 적은 격문을 날조하여 손견에게 보냈고, 격문을 읽은 손견은 왕예를 공격하였다. 입장이 불리해진 왕예는 독을 마시고 스스로 목숨을 끊었다.

70 零陵 : 지금의 호남성湖南省 영주永州.

71 桂陽 : 지금의 호남성 여성汝城.

자라 할 수 있겠는가? 유표劉表는 형주荊州에서 일심으로 왕실을 재건하려 했고 원술袁術은 황제가 되려는 야심을 품고 있었으나 손견은 오히려 원술의 명을 받들어 유표를 공격하였고 결국은 자신의 죽음을 자초하였다.[72] 이러한 일들은 모두 다시 논의해 볼만한 것들이다.

14. 손권의 형에 대한 예우 孫權封兄策

손권孫權은 즉위한 후 형인 손책을 장사왕長沙王으로 추존하고 손책의 아들을 오후吳侯에 책봉했다. 생각건대 손씨가 강江과 한漢지역을 차지할 수 있었던 것은 모두 손책의 공로이며 손권은 그것을 이어받았을 뿐인데 형에 대한 예는 합당하지 않은 것 같다. 그러므로 진수陳壽는 이렇게 평가했다.

> 강동江東을 차지한 것은 손책이 기반을 다진 것이다. 그러나 손권이 손책을 추존한 것은 미진하며 손책의 아들에게도 후작을 주었을 뿐이니 의리상 인색하다고 할 수 있다.

그러나 손성孫盛[73]은 손권에 대해 이렇게 평가했다.

> 손권은 멀리 내다보며 사물의 허실을 숙지하였다. 근본과 명분을 바로 세우고 작은 것이라도 미리 방지하였으니 미연에 행동하고 혼란에 앞서 미리 다스리는 사람이라 할 수 있다.

황당하고 진부한 이야기다.

한 왕실의 부흥은 광무제의 형인 유연劉縯에게서 시작되었다.[74] 광무제는

72 192년, 손견은 원술의 종용을 받아 형주荊州의 유표劉表를 공격하였다. 손견은 유표가 파견한 황조黃祖를 격파하고 한수漢水를 건너 양양襄陽을 포위했다. 하지만 현산峴山에서 황조黃祖 군사가 쏜 화살을 맞고 전사하였다.

73 孫盛 : 동진 시기 학자. 자 안국安國. 산서성山西省 태원太原 출신.

74 왕망의 신新 정권을 타도하기 위해 각지에서 봉기한 호족세력은 연합군을 형성하였고, 이 중 유연劉縯과 유수劉秀 형제가 가장 강력했다. 한 황실의 회복을 위해 유씨를 황제로 추대하자는 뜻이 모였으나, 유연의 세력이 커지는 것을 경계한 나머지 세력들은 병권이 없고 별다른 활약도 없으며 성격이 유약한 유현劉玄을 경시제更始帝로 추대한다. 그러나 평소 유

형이 공업을 이루지 못하고 피살된 것을 안타까워하여 건무建武 2년 먼저 형의 둘째 아들을 왕으로 책봉하고, 그런 다음에 자신의 아들에게 작위를 내렸으니, 형의 아들을 책봉한지 일 년이 지난 후였다.

사마소司馬昭[75]는 그의 형인 사마사司馬師를 이어받아 위魏나라 정권을 장악했기 때문에 자신의 둘째 아들 사마유司馬攸를 사마사의 후사로 삼고 항상 "천하는 경왕景王[76]의 천하"라고 하면서 대업을 사마유에게 물려주고자 했다.[77] 손권은 이들과 함께 논할 수 없다.

15. 개원 踰年改元

한漢 무제武帝 때 건원建元[78]이라는 연호를 사용한 이후 제위를 계승한 황제는 반드시 이듬해에 개원을 하게 되었다. 후한 상제殤帝가 즉위한지 1년이 채 되지 않고 요절하자 안제安帝가 제위에 올라 연평延平에서 영초永初[79]로 개원하였다. 질제質帝의 뒤를 이어 즉위한 환제桓帝는 본초本初에서 건화建和[80]로 개원하였다.

당唐 선종宣宗은 조카 무종武宗을 이어 제위에 올라 회창會昌[81] 6년을 끝내고

연을 시기하고 경계하던 무리들은 계속해서 유연이 장차 반역을 할 것이라고 경시제를 부추겼고 그 자신도 유연을 경계하고 있던 터라 결국 유연에게 군령 위반의 죄를 덮어씌워 처형하였다.

75 司馬昭 : 삼국시대 위나라 대신 사마의司馬懿의 둘째아들. 서진 초대 황제 사마염司馬炎의 부친. 형인 사마사가 죽은 뒤 정권을 장악했다.

76 형인 사마사를 가리킨다.

77 사마사에게 자식이 없었기 때문에 사마소는 자신의 차남인 사마유를 사마사의 후사로 세웠다. 사마소는 자신을 제거하려는 조모曹髦 황제의 계략을 간파하고 그를 폐위시키고 조환曹奐을 황제로 옹립함으로서 사실상 모든 전권을 갖게 되었다. 형에게 입양시킨 아들 사마유司馬攸를 자신의 후계자로 지명하려고 했으나 신료들의 반대로 사마염司馬炎이 후계자가 된다. 사마염은 위나라의 선양을 받아 진晉나라의 초대 황제가 된다.

78 建元 : 한 무제가 즉위하면서 건원이라는 연호를 사용하기 시작했다(B.C.140~B.C.135)

79 永初 : 후한 안제安帝의 연호(107~113).

80 建和 : 후한 환제桓帝의 연호(147~149).

81 會昌 : 당 무종의 연호(841~846).

대중大中[82]으로 개원하였다.

본조인 송나라 태조는 개보開寶 9년(976) 10월 20일 승하하셨는데 태종이 제위를 이어 이해 12월 22일 태평흥국太平興國[83] 원년으로 개원하였으니, 원년이 겨우 8일 뿐이었다. 당시 천체와 별자리의 운행으로 길흉의 여부를 점쳐보았을 것이고 개원에 타당한 연유가 있었을 것이나 국사와 전기에는 기록이 남아있지 않다. 영남嶺南[84]지역이나 파촉巴蜀처럼 먼 곳은 황제의 즉위를 알리는 제서가 이듬해 봄이 되어서야 도착했다. 당시 재상이었던 설거정薛居正과 심륜沈倫·노다손盧多遜은 선례와 구체적인 부분을 고증하지 않고 시행하는 실수를 하여, 황제가 즉위하고서 원년이 없게 만들었으니 합당하지 않다.

당나라 순종順宗은 정원貞元 21년(805) 정월에 제위에 올라 8월 신축辛丑일 영정永貞으로 개원하였다. 당시 순종은 이미 태상황太上皇이었는데 자신만 연호가 없어 급히 바꾼 것이다. 유선劉禪[85]과 손량孫亮[86]·석홍石弘[87]·부생苻生[88]·이경李璟[89]은 이듬해가 되기 전에 개원을 했으니 질책할 것도 없다. 서진西晉 혜제惠帝는 즉위하여 무제武帝의 태희太熙에서 영희永熙로 개원하였다.[90] 선황

82 大中 : 당 선종의 연호(847~859).
83 太平興國 : 송 태종太宗 시기 연호(976~983).
84 嶺南 : 오령五嶺 이남 지역. 즉 광서, 광동 일대를 이른다.
85 劉禪 : 삼국시대 촉나라 2대 황제. 유비의 장자로 223년 유비가 죽자 즉위하여 그 해에 건흥建興으로 개원하였다.
86 孫亮 : 삼국시대 오나라 2대 황제. 손권의 막내 아들. 252년 손권이 죽자 즉위하여 그 해에 건흥建興으로 개원하였다.
87 石弘 : 오호16국 시기 후조後趙의 2대 황제. 333년에 초대황제인 석륵이 죽자 그의 둘째 아들인 석홍이 즉위하여 그 해에 연희延熙로 개원하였다.
88 苻生 : 오호16국 시기 전진前秦의 2대 황제. 355년 초대 황제인 부건苻健이 죽자 즉위하여 그 해에 수광壽光 원년으로 개원하였다.
89 李璟 : 오대 남당南唐 2대 황제. 943년 초대 황제인 이변李昪이 죽자 즉위하여 그 해에 보대保大로 개원하였다.
90 290년 서진 초대 황제인 무제武帝가 태희太熙로 개원하였으나 4월에 죽었다. 혜제가 즉위하여 '선왕의 제도를 오래토록 받들겠다[欲長奉先皇之制]'(『진서晉書·혜제기惠帝紀』)는 의미로 영희永熙로 개원하였다.

의 제도를 길이 받들겠다는 의미였지만 잘못된 것이다.

당唐 중종中宗은 무후武后의 신룡神龍[91]이라는 연호를 그대로 사용하였고 오대 후량後梁의 말제末帝는 태조太祖의 건화乾化[92]라는 연호를 이어서 사용하였으며 후촉後蜀의 맹창孟昶은 부친 맹지상孟知祥의 연호인 명덕明德[93]을 이어 사용하였다. 후한後漢의 유지원劉知遠은 후진後晉의 천복天福 연호를 이어 사용하였으며[94] 은제隱帝는 부친의 건우乾祐 연호를 사용하였다.[95] 후주後周 세종世宗은 태조太祖의 현덕顯德이라는 연호를 사용하였다.[96] 이들은 모두 옳은 예법이 아니다. 당唐 애제哀帝는 소종昭宗의 천우天祐 연호를 사용하였으니 주온朱溫이 두려워 감히 개원하지 못한 것이다.

16. 난신적자의 천도 賊臣遷都

한나라 이후 신하가 국권을 찬탈하면 정권을 쇄신하기 위해 반드시 먼저 천도를 함으로써 자신에게 이롭게 했다. 동탁董卓은 수도를 낙양에서 장안長安으로 옮기려 했다. 수백만 호의 백성들은 서로 짓밟으면서 이주해야 했고,

91 神龍 : 당나라 측천무후와 중종 시기 연호(705~707).

92 乾化 : 오대 후량의 태조 주온朱溫과 말제末帝의 연호. 태조는 911년에 건화乾化로 개원한다. 912년 주온의 아들 주우규朱友珪가 부친을 시해하고 제위에 올라 봉력鳳歷으로 개원하였으나 913년 동생 주우정朱友貞에게 죽임을 당한다. 주우정은 이 해에 부친 주온의 연호를 이어 건화 3년으로 개원한다.

93 明德 : 오대 후촉의 고조 맹지상이 934년 명덕으로 개원한 후 죽었고, 그해 7월 아들 맹창이 즉위하여 개원하지 않고 명덕이라는 연호를 계속 사용하였다(934~937).

94 후진後晉 고조 석경당石敬瑭은 936년 천복으로 개원한다. 유지원은 원래 석경당의 부하로 후진 건국에 공을 세워 실권을 장악하게 되었다. 후진 2대 출제出帝 때 거란이 침공해오자 유지원은 출병을 거부하면서 군사력을 정비하며 사태를 관망했다. 그러다가 출제가 거란에 끌려가자 유지원은 947년 후진의 부흥을 주창하며 제위에 올라 국호를 후한後漢이라 하고 후진의 대신들을 포섭하기 위해 천복이라는 석경당의 연호를 이어서 사용하였다. 947년을 천복12년으로 하였다.

95 후한의 고조 유지원은 948년 건우乾祐로 개원하고 병사하였다. 즉위한 은제는 개원하지 않고 949년을 건우2년으로 하였다.

96 후주 태조 곽위郭威가 954년 현덕으로 개원하고 죽자 이를 이은 세조 시영柴榮은 개원하지 않고 955년을 현덕2년으로 하였다.

낙양의 궁묘와 관부·집을 다 불살라버려 2백리 내에 닭과 개 소리조차 들리지 않는 폐허로 변해버렸다.

고환高歡[97]은 동위東魏[98]의 수도를 낙양에서 업鄴[99]으로 옮겼다. 40만호가 길에서 낭패를 당했다.

주전충朱全忠[100]은 장안에서 낙양으로 천도하여[101] 관리와 백성들을 내몰아 이주시키면서 궁실과 관사, 민간의 집들을 모두 불태워버렸다. 장안은 이때부터 폐허가 되었다.

동탁은 얼마 못가 죽었고, 조조가 낙양에서 천자를 모셔와 허창許昌[102]에 도읍을 세웠으나[103], 결국 유씨劉氏 왕조를 전복시켰다. 동위東魏와 당나라의 운명도 결국 고환과 주전충 때문에 기울었으니 흉악한 역적의 계획과 생각은 자고이래로 매한가지다.

97 高歡(496～547) : 동위東魏의 실권자로 사실상의 북제北齊 창업자.

98 東魏 : 북위北魏가 내란으로 동서로 분리되었을 때 하북河北을 중심으로 존속한 왕조(534～550). 북위의 무장이었던 고환高歡은 532년 효무제孝武帝를 세우고 스스로 재상이 되어 북위의 실권을 잡았다. 고환의 지나친 권력 장악에 불안을 느낀 효무제는 정서征西장군 우문태宇文泰를 고환과 대립하게 하여 고환을 제거하려 하였다. 고환은 북위 종실의 한 사람인 원선견元善見, 즉 효정제孝靜帝를 옹립하여 도읍을 낙양洛陽에서 업鄴으로 옮겨 동위라 하고 서위의 우문태와 대립하였다.

99 鄴 : 지금의 하북성河北省 임장현臨漳縣 서남쪽.

100 朱全忠(852～912) : 본명 주온朱溫. 오대五代 후량後梁의 건국자(재위 907～912). 당나라 말기 '황소의 난'에 가담하였으나 형세의 불리함을 간파하고 관군에 항복, 정부로부터 '全忠'이라는 이름을 하사받고 반란의 잔당을 평정하여 그 공으로 각지의 절도사를 겸하는 등 화북 제일의 실력자가 되었다. 이후 양梁나라를 세우고 당 왕조를 멸망시켰다.

101 당시 최대 번진세력이었던 주전충은 904년 1월 대신들의 반대를 무릅쓰고 낙양으로 천도하였고 그해 8월 소종昭宗을 시해한다. 13살의 나이로 애제哀帝가 즉위하고 주전충이 섭정하게 된다. 907년에 주전충이 후량後梁을 건국하면서 양위의 형식으로 폐위되었으나 결국 주전충에게 독살당하게 된다.

102 許昌 : 지금의 하남성河南省 허창許昌 동쪽.

103 조조는 196년(건안 원년) 헌제를 옹립하여 대장군으로 임명되고, 수도를 낙양에서 허창으로 옮긴다.

17. 지도의 오류 輿地道里誤

고금의 지도 중 어느 주에서 어느 주까지의 거리는 몇 리라는 표기가 있는데 착오가 많다. 『원우구역지元祐九域志』에 기록되어 있는 나의 고향인 요주饒州[104]가 그렇다. 요주에서 서쪽으로 홍주洪州[105]까지의 거리가 380리인데, 『구역지』에서는 "서쪽으로 주의 경계까지 170리, 경계에서 홍주까지 568리"라고 되어있다. 홍주에서 요주까지를 기록한 것을 보면 20리를 더 늘여 760리라고 한 것도 있다.

요주에서 신주信州[106]까지는 370리다. 그러나 『구역지』에는 "동남쪽으로 본주의 경계까지는 290리이고 주 경계에서 신주까지는 350리"라고 했으니 640리가 된다. 요주에서 지주池州[107]까지는 480인데 구역지에는 "북쪽으로 주 경계까지가 190리, 주 경계에서 지주까지가 380리"라고 되어 있으니 570리이다.

당唐 가탐賈耽의 『황화사달기皇華四達記』의 기록은 중도中都에서 외국까지가 특히 상세하다. 건주虔州[108]에서 서남쪽으로 110리에 담구역潭口驛이 있고 100리에 남강현南康縣이 있다고 되어있다. 그러나 지금 건주에서 담구潭口까지는 40리에 불과하고 50리를 가면 남강南康이니, 기록의 반도 되지 않는다. 직접 경험을 바탕으로 따져본다면 착오는 더욱 많을 것이다.

104 饒州 : 지금의 강서성江西省 파양鄱陽.
105 洪州 : 지금의 강서성江西省 남창시南昌市.
106 信州 : 지금의 강서성江西省 상요시上饒市.
107 池州 : 지금의 안휘성安徽省 귀지貴池.
108 虔州 : 지금의 강서성江西省 공주시贛州市.

1. 經傳煩簡

左傳：蔡聲子謂楚子木曰：「善爲國者, 賞不僭而刑不濫。賞僭則懼及淫人, 刑濫則懼及善人。若不幸而過, 寧僭無濫, 與其失善, 寧其利淫。」其語本於大禹謨「罪疑惟輕, 功疑惟重, 與其殺不辜, 寧失不經」也。晉叔向詒鄭子産書曰：「先王議事以制, 誨之以忠, 聳之以行, 敎之以務, 使之以和, 臨之以敬, 涖之以强, 斷之以剛, 猶求聖哲之上, 明察之官, 忠信之長, 慈惠之師。」其語本於呂刑「惟良折獄, 哲人惟刑」也。旨意則同, 而經傳煩簡爲不侔矣。

2. 曹參不薦士

曹參代蕭何爲漢相國, 日夜飮酒不事事, 自云：「高皇帝與何定天下, 法令旣明, 遵而勿失, 不亦可乎！」是則然矣, 然以其時考之, 承暴秦之後, 高帝創業尙淺, 日不暇給, 豈無一事可關心者哉？ 其初相齊, 聞膠西蓋公善治黃、老言, 使人厚幣請之。蓋公爲言治道貴淸淨而民自定。參於是避正堂以舍之, 其治要用黃、老術。故相齊九年, 齊國安集。然入相漢時, 未嘗引蓋公爲助也。齊處士東郭先生、梁石君隱居深山, 蒯徹爲參客, 或謂徹曰：「先生之於曹相國, 拾遺擧過, 顯賢進能, 二人者, 世俗所不及, 何不進之於相國乎！」徹以告參, 參皆以爲上賓。徹善齊人安其生, 嘗干項羽, 羽不能用其策。羽欲封此兩人, 兩人卒不受。凡此數賢, 參皆不之用, 若非史策失其傳, 則參不薦士之過多矣。

3. 漢初諸將官

漢初諸將所領官, 多爲丞相。如韓信初拜大將軍, 後爲左丞相擊魏, 又拜相國擊齊。周勃以將軍遷太尉, 後以相國代樊噲擊燕。樊噲以將軍攻韓王信, 遷爲左丞相, 以相國擊燕。酈商爲將軍, 以右丞相擊陳豨, 以丞相擊黥布。尹恢以右丞相備守淮陽。陳涓以丞相定齊地。然百官公卿表皆不載, 蓋蕭何已居相位, 諸人者, 未嘗在朝廷, 特使假其名以爲重耳。後世使相之官, 本諸此也。

4. 漢官名

漢官名旣古雅, 故書於史者, 皆可誦味。如「朝臣齗齗不可光祿勳」, 「誰可以爲御史大夫者」, 「御史大夫言可聽」, 「郎中令善媿人」, 「丞相議不可用」, 「太尉不足與計」, 「大將軍尊貴誠重」, 「大將軍有揖客」, 「京兆尹可立得」, 「大夫乘私車來邪」, 「天官丞日晏不來」, 「謝田大夫曉大司農」, 「大司馬欲用是忿恨」, 「後將軍數畫軍冊」, 「光祿大夫、太中大夫耆艾二人以老病罷」, 「駙馬都尉安所受此語」之類。又如所書路中大夫、韓御史大夫、叔孫太傅、鄭尙書、鮑司隸、趙將軍、張廷尉, 亦煒然有法。後漢書「執金吾擊郾」, 「大司馬當擊宛」, 「大司馬習用步騎」等語, 尙有前史餘味。

5. 漢唐輔相

前漢宰相四十五人, 自蕭、曹、魏、丙之外, 如陳平、王陵、周勃、灌嬰、張蒼、申屠嘉以高帝故臣, 陶靑、劉舍、許昌、薛澤、莊靑翟、趙周以功臣侯子孫, 竇嬰、田蚡、公孫賀、劉屈氂以宗戚, 衛綰、李蔡以士伍, 唯王陵、申屠嘉及周亞夫、王商、王嘉有剛直之節, 薛宣、翟方進有材具, 餘皆容身保位, 無所建明。至於御史大夫, 名爲亞相, 尤錄錄不足數。劉向所謂御史大夫未有如兒寬者, 蓋以餘人可稱者少也。若唐宰相三百餘人, 自房、杜、姚、宋之外, 如魏徵、王珪、褚遂良、狄仁傑、魏元忠、韓休、張九齡、楊綰、崔祐甫、陸贄、杜黃裳、裴垍、李絳、李藩、裴度、崔羣、韋處厚、李德裕、鄭畋, 皆爲一時名宰, 考其行事, 非漢諸人可比也。

6. 漢武留意郡守

漢武帝天資高明, 政自己出, 故輔相之任, 不甚擇人, 若但使之奉行文書而已。其於除用郡守, 尤所留意。莊助爲會稽太守, 數年不聞問, 賜書曰 : 「君厭承明之廬, 懷故土, 出爲郡吏。間者, 闊焉久不聞問。」吾丘壽王爲東郡都尉, 上以壽王爲都尉, 不復置太守, 詔賜璽書曰 : 「子在朕前之時, 知略輻湊, 及至連十餘城之守, 任四千石之重, 職事並廢, 盜賊從橫, 甚不稱在前時, 何也?」汲黯拜淮陽太守, 不受印綬, 上曰 : 「君薄淮陽邪? 吾今召君矣, 顧淮陽吏民不相得, 吾徒得君重, 臥而治之。」觀此三者, 則知郡國之事無細大, 未嘗不深知之, 爲長吏者, 常若親臨其上, 又安有不盡力者乎! 惜其爲征伐、奢侈所移, 使民間不見德澤, 爲可恨耳。

7. 苦蕒菜

吳歸命侯天紀三年八月, 有鬼目菜生工人黃耇家, 有蕒菜生工人吳平家, 高四尺, 厚三分, 如枇杷形, 上廣尺八寸, 下莖廣五寸, 兩邊生葉綠色。東觀案圖, 名鬼目作芝草, 蕒菜作平慮草。以耇爲侍芝郎, 平爲平慮郎, 皆銀印靑綬。唐五行志, 中宗景龍二年, 岐州郿縣民王上賓家, 有苦蕒菜, 高三尺餘, 上廣尺餘, 厚二分。說者以爲草妖。予案蕒菜卽苦蕒, 今俗呼爲苦篕 者是也。天紀、景龍之事甚相類, 歸命次年亡國, 中宗後二年遇害, 雖事非此致, 亦可謂妖矣。平慮草不知何狀, 揚雄甘泉賦「幷閭」注, 如淳曰:「幷閭, 其葉隨時政, 政平則平, 政不平則傾也。」顔師古曰:「如氏所說, 自是平慮耳。」然則亦異草也。鬼目見爾雅, 郭璞云:「今江東有鬼目草, 莖似葛, 葉圓而毛, 如耳璫也, 赤色叢生。」廣志曰:「鬼目似梅, 南人以飮酒。」南方草木狀曰:「鬼目樹, 大者如木子, 小者如鴨子, 七月、八月熟, 色黃, 味酸, 以蜜煮之, 滋味柔嘉, 交趾諸郡有之。」交州記曰:「高大如木瓜而小, 傾邪不周正。」本草曰:「鬼目, 一名東方宿, 一名連蟲陸, 名羊蹄。」

8. 唐諸生束脩

唐六典:「國子生初入, 置束帛一篚、酒一壺、脩一案, 爲束脩之禮。太學、四門、律學、書學、算學皆如國子之法。其習經有暇者, 命習隸書, 幷國語、說文、字林、三蒼、爾雅, 每旬前一日, 則試其所習業。」乃知唐世士人多攻書, 蓋在六館時, 以爲常習。其說文、字林、蒼、雅諸書, 亦欲責以結字合於古義, 不特銓選之時, 方取楷法遒美者也。束脩之禮, 乃於此見之。開元禮載皇子束脩, 束帛一篚五匹, 酒一壺二斗, 脩一案三脡。皇子服學生之服, 至學門外, 陳三物於西南, 少進曰:「某方受業於先生, 敢請見。」執篚者以篚授皇子, 皇子跪, 奠篚, 再拜, 博士答再拜, 皇子還避, 遂進跪取篚, 博士受幣, 皇子拜訖, 乃出。其儀如此, 州縣學生亦然。

9. 范德孺帖

范德孺有一帖, 云:「純粹忝冒固多, 尤是家兄北歸, 遂解倒懸之念, 慶快安幸, 此外何求。四月末雇舟離均, 借人至鄧, 本待家兄之來。今家兄雖得歸潁昌, 而尙未聞來耗。已累遣人稟問所行路及相見之期, 人尙未還, 未知果能如約否? 蓋恐太原接人非久到此, 法留半月, 則須北去也。」予以其時考之, 元符三年四月, 德孺除知太原, 是月二十一日, 忠宣公自鄧州分司復故秩, 許歸潁昌府, 則此帖當在五月間, 忠宣猶未離永州也。德孺自均州守擢帥河東, 至於雇舟借人以行, 又云接人法留半月, 過此則須北去, 雖欲待其兄, 亦不可得。今世爲長吏, 雖居蕞爾小壘, 而欲送還兵士, 唯意所須。若接人之來, 視其私計辦否爲遲速耳, 未嘗顧法令以自儆策。使申固要束, 稍整攝之, 置士大夫於無過之地, 亦所以善風俗也。

10. 民不畏死

老子曰:「民常不畏死, 奈何以死懼之。若使人常畏死, 則爲奇者吾得執而殺之, 孰敢?」讀者至此, 多以爲老氏好殺。夫老氏豈好殺者哉! 旨意蓋以戒時君、世主視民爲至愚、至賤, 輕盡其命, 若刈草菅, 使之知民情狀, 人人能與我爲敵國, 懍乎常有朽索馭六馬之懼。故繼之曰:「常有司殺者殺。夫代司殺者殺, 是代大匠斲。夫代大匠斲, 希有不傷其手矣。」下篇又曰：「人之輕死。以其生生之厚，是以輕死。」且人情莫不欲壽，雖衰貧至骨，瀕於餓隸，其與受僇而死有間矣，烏有不畏者哉。自古以來，時運俶擾，至於空天下而爲盜賊，及夷考其故，亂之始生，民未嘗有不靖之心也。秦、漢、隋、唐之末，土崩魚爛，比屋可誅。然凶暴如王仙芝、黃巢，不過僥覬一官而已，使君相御之得其道，豈復有滔天之患哉。龔遂之淸渤海，馮異之定關中，高仁厚之平蜀盜，王先成之說王宗侃，民情可見。世之君子，能深味老氏之訓，思過半矣。

11. 天下有奇士

天下未嘗無魁奇智略之士，當亂離之際，雖一旅之聚，數城之地，必有策策知名者出其間，史傳所書，尙可考也。鄭燭之武、弦高從容立計，以存其國。後世至不可勝紀，在唐尤多，姑摭其小小者數人載于此。

武德初，北海賊帥綦公順攻郡城，爲郡兵所敗，後得劉蘭成以爲謀主，才用數十百人，出奇再奮，北海卽降。海州臧君相帥衆五萬來爭，蘭成以敢死士二十人夜襲之，掃空其衆。

徐圓朗據海岱，或說之曰：「有劉世徹者，才略不世出，名高東夏，若迎而奉之，天下指揮可定。」圓朗使迎之。世徹至，已有衆數千，圓朗使徇譙、杞，東人素聞其名，所向皆下。

裘甫亂浙東，朝廷遣王式往討，其黨劉眰勸甫引兵取越，憑城郭，據府庫，循浙江築壘以拒之，得間則長驅進取浙西，過大江，掠揚州，還修石頭城而守之，宣、歙、江西必有響應者，別以萬人循海而南，襲取福建，則國家貢賦之地，盡入于我矣。甫不能用。

高駢之將畢師鐸攻駢，乞師於宣州秦彦，彦兵至，遂下揚州。師鐸遣使趣彦過江，將奉以爲主。或說之曰：「僕射順衆心爲一方去害，宜復奉高公而佐之，總其兵權，誰敢不服。且秦司空爲節度使，廬州、壽州其肯爲之下乎。切恐功名成敗，未可知也。不若亟止秦司空勿使過江，彼若粗識安危，必未敢輕進，就使他日責我以負約，猶不失爲高氏忠臣也。」師鐸不以爲然，明日，以告鄭漢章，漢章曰：「此智士也。」求之，弗獲。

王建鎭成都，攻楊晟於彭州，久不下，民皆竄匿山谷，諸寨日出抄掠之。王先成往說其將王宗侃曰：「民入山谷，以俟招安，今乃從而掠之，與盜賊無異。且出淘虜，薄暮乃返，曾無守備之意，萬一城中有智者爲之畫策，使乘虛奔突，先伏精兵於門內，望淘虜者稍遠，出弓弩手礮各百人，攻寨之一面，又於三面各出耀兵，諸寨咸自備禦，無暇相救，如此能無敗乎！」宗侃矍然。先成爲條列七事爲狀，以白王建，建卽施行之。榜至三日，山中之民，競出如歸市，浸還故業。

觀此五者，則其他姓名不傳與草木俱腐者，蓋不可勝計矣。

12. 易卦四德

易元、亨、利、貞，謂之四德，唯乾、坤爲能盡之。若屯、隨二卦，但大亨貞。臨、無妄、革三卦，皆大亨以正而已。有亨、利、貞者十一：蒙、同人、離、咸、兌、恆、遯、萃、渙、小過、旣濟也。元、亨、利者一：蠱也。利、貞者八：大畜、大壯、明夷、家人、中孚、蹇、損、漸也。亨、貞者三：需、困、旅也。元、亨者三：大有、升、鼎也。亨、利者五：賁、復、大過、巽、噬嗑也。亨者九：小畜、履、泰、謙、節、坎、震、豐、未濟也。利者五：訟、豫、解、益、夬也。貞者四：師、比、否、頤也。唯八卦皆無之：觀、剝、晉、睽、姤、歸妹、井、艮也。若以卦象索之，如剝、睽、姤猶可强爲之辭，它則不復容擬議矣。

13. 孫堅起兵

董卓盜國柄，天下共興義兵討之，惟孫堅以長沙太守先至，爲卓所憚，獨爲有功。故裴松之謂其最有忠烈之稱。然長沙爲荊州屬部，受督於刺史王叡，叡先與堅共擊零、桂賊，以堅武官，言頗輕之。及叡擧兵欲討卓，堅乃承案行使者，詐檄殺之，以償曩忿。南陽太守張咨，鄰郡二千石也，以軍資不具之故，又收斬之。是以區區一郡將，乘一時兵威，輒害方伯、鄰守，豈得爲勤王乎！劉表在荊州，乃心王室，袁術志於逆亂，堅乃奉其命而攻之，自速其死，皆可議也。

14. 孫權封兄策

孫權卽帝位，追尊兄策爲長沙王，封其子爲吳侯。案，孫氏奄有江、漢，皆策之功，權特承之耳，而報之之禮不相宜稱。故陳壽評云：「割據江東，策之基兆也，而權尊崇未至，子止侯爵，於義儉矣。」而孫盛乃云：「權遠思盈虛之數，正本定名，防微於未兆，可謂爲之于未有，治之于未亂。」其說迂謬如此。漢室中興，出於伯升，光武感其功業之不終，建武二年，首封其二子爲王，而帝子之封，乃在一年之後。司馬昭繼兄師秉魏政，以次子攸爲師後，常云：「天下者，景王之天下。」欲以大業歸攸。以孫權視之，不可同日論也。

15. 踰年改元

自漢武帝建元紀年之後，嗣君紹統，必踰年乃改元。雖安帝繼殤帝，亦終延平而爲永初。桓帝繼質帝，亦終本初而爲建和。唐宣宗以叔繼姪，亦終會昌六年而改大中。獨本朝太祖以開寶九年十月二十日上仙，太宗嗣位，是年十二月二十二日，改爲太平興國元年，去新歲纔八日耳。意當時星辰曆象考卜兆祥，必有其說，而國史傳記皆失傳。竊計嶺、蜀之遠，制書到時，已是二年之春。是時，宰相薛居正、沈倫、盧多遜失於不考引故實，致行之弗審，使人君卽位而無元年，尤爲不可也。若唐順宗以貞元二十一年正月嗣位, 至八月辛丑, 改元永貞。蓋已稱太上皇, 嫌於獨無紀年, 故亟更之耳。劉禪、孫亮、石弘、苻生、李璟未踰年而改, 此不足責。晉惠帝改武帝太熙爲永熙, 而以爲欲長奉先皇之制, 亦非也。唐中宗仍武后神龍, 梁末帝追承太祖乾化, 孟昶仍父知祥明德, 漢劉知遠追用晉天福, 隱帝仍父乾祐, 周世宗仍太祖顯德, 皆非禮之正, 無足議者。唐哀帝仍昭宗天祐, 蓋畏朱溫而不敢云。

16. 賊臣遷都

自漢以來, 賊臣竊國命, 將欲移鼎, 必先遷都以自便。董卓以山東兵起, 謀徙都長安, 驅民數百萬口, 更相蹈藉, 悉燒宮廟、官府、居家, 二百里內無復鷄犬。高歡自洛陽遷魏於鄴, 四十萬戶狼狽就道。朱全忠自長安遷唐於洛, 驅徙士民, 毁宮室百司, 及民間廬舍, 長安自是丘墟。卓不旋踵而死, 曹操迎天子都許, 卒覆劉氏。魏、唐之祚, 竟爲高、朱所傾。凶盜設心積慮, 由來一揆也。

17. 輿地道里誤

古今輿地圖志所記某州至某州若干里, 多有差誤。偶閱元祐九域志, 姑以吾鄕饒州證之, 饒西至洪州三百八十里, 而志云:「西至州界一百七十里, 自界首至洪五百六十八里。」於洪州書至饒, 又衍二十里, 是爲七百六十里也。饒至信州三百七十里, 而志云:「東南至本州界二百九十里, 自界首至信州三百五十里。」是爲六百四十里也。饒至池州四百八十里, 而志云:「北至州界一百九十里, 自界首至池州三百八十里。」是爲五百七十里也。唐賈耽皇華四達記所紀中都至外國, 尤爲詳備, 其書虔州西南一百十里至潭口驛, 又百里至南康縣。然今虔至潭口纔四十里, 又五十里卽至南康, 比之所載, 不及半也。以所經行處驗之, 知其它不然者多矣。

••• 용재속필 권11(15칙)

1. 순우 古錞于

『주례周禮·지관地官·고인鼓人』에 다음과 같은 구절이 있다.

> 고인鼓人은 육고六鼓와 사금四金의 소리를 관장하여 음악의 절주를 맞추는 일을 담당한다.

사금四金은 순우[錞][1]와 징[鐲]·작은 징[鐃]·방울[鐸] 등 네 가지 금속 악기이다. 그리고 "쇠로 만든 순우로 북과 조화를 이룬다[以金錞和鼓]"는 구절 아래에 정현鄭玄[2]은 다음과 같은 주를 달았다.

> 순錞은 순우로, 돌확의 머리처럼 둥글고 위는 크고 아래는 작아 연주할 때 쳐서 소리를 내면 북과 조화를 이룬다.

가공언賈公彦은 정현의 주를 보충한 소疏에서 다음과 같이 설명했다.

> 순우의 명칭은 한漢나라 '대여악大予樂'을 담당하는 관직에서 유래했다.

남제南齊 시흥왕始興王 소감蕭鑑[3]이 익주자사益州刺史로 있을 때 광한군廣漢郡 십방현什邡縣의 백성 단조段祚가 순우를 소감에게 바쳤다. 이 순우는 고대의

---

1 錞 : 청동제의 타악기. 호순虎錞 또는 단순히 순이라고도 한다. 통 모양인데 윗쪽이 크고, 어깨부분이 넓으며 맨 윗부분은 접시 모양이고 그 위에 범 모양의 장식이 붙는다. 음악을 합주할 때 북과 함께 리듬악기로 사용되고 군대에선 신호용으로 사용했다. 춘추·전국시대에 시작되어 진한시대에 성행했다.

2 鄭玄(127～200) : 후한 말기 경학자. 자 강성康成.

3 蕭鑑 : 남조시기 제나라의 초대 황제인 소도성蕭道成의 10번째 아들. 자 선철宣徹.

것으로 높이가 3척尺 6촌寸 6푼[分], 둘레가 2척 4촌으로 대나무 통처럼 둥글고 옻칠을 한 것처럼 검은 빛을 띤 구리로 만들어 졌는데 아주 얇았다. 위에는 구리로 된 말이 있는데 여기에 끈을 달아 땅에서 한 자 남짓 되게 매단다. 용기에 물을 담아 아래에 두고 억새풀 줄기로 조심스럽게 물을 주입하면서 손으로 억새풀을 진동시키면 우레 같은 소리가 나는데 맑고 깨끗한 소리의 여운이 한참동안 지속된다. 고대에는 이것으로 음악의 박자를 맞추었다.

북주北周의 곡사징斛斯徵은 삼례三禮에 정통하여 태상경太常卿의 직위에 있었다. 북위의 효무제孝武帝가 장안으로 천도한 이후로 아악雅樂이 황폐화되었기 때문에 순우를 사용해야 하는 음악은 있었지만, 당시에는 이 악기를 볼 수 없었다. 촉 지방에서 이를 발견했지만 아무도 이것이 무엇인지 알지 못했다. 그때 곡사징이 말했다. "이것은 순우입니다." 모두 믿지 않았기 때문에 결국 간보干寶의 『주례주周禮注』에 나와 있는 방법대로 억새 대롱으로 그것을 쓰다듬어 보았더니 맑고 청아한 소리가 퍼져 나왔다. 그리하여 이것으로 악곡을 연주하게 되었다.

『선화박고도설宣和博古圖說』에 "순우는 가운데가 비어있다. 윗 부분은 쇠뭉치처럼 굵고 아랫 부분은 가늘다"고 했다. 왕보王黼[4]도 남제 시기의 백성 단조段祚가 바쳤던 것을 근거로 증명했다. 지금 악부樂府에 있는 금 순우는 바닥에 두고 쳐서 소리를 낸다. 물을 주입해서 소리를 내는 방법은 고증할 수가 없다.

북주시대에는 호룡순虎龍錞 하나, 산문순山紋錞 하나, 환화순圜花錞 하나, 집마순縶馬錞 하나, 귀어순龜魚錞 하나, 어순魚錞 둘, 봉순鳳錞 하나, 호순虎錞 일곱 개가 있었다. 가장 큰 것은 무게가 51근, 작은 것은 7근 짜리 였다.

4 王黼(1079~1126) : 북송의 대신. 초명 보甫, 자 장명將明. 휘종徽宗때에 관리가 되었는데, 지략이 많고 언변이 좋아 채경蔡京이 다시 재상이 되는 일을 도와 어사중승御史中丞에 올랐다. 권력을 잡은 후 사방에서 기이한 산물들을 가혹하게 착취하여 자기 소유로 삼았으며, 여진女眞과 손을 잡고 요遼나라를 공략하는데 찬성하여 대대적으로 민간의 재물을 수거하는데 앞장섰다. 흠종欽宗이 즉위하자 사형되었다.

순희淳熙 14년(1187) 예주澧州 자리현慈利縣 주난왕周赧王 묘 근처의 오리산五里山에서 산사태가 났다. 옛 무덤이 있었는데 그 곳에서 많은 기물이 발견되었다. 나의 생질인 여개余玠가 이 마을 현령이었기 때문에 순우 하나를 얻을 수 있었다. 높이가 한 자尺 세푼으로 윗부분의 직경은 9촌 5푼, 폭은 8촌, 아랫 부분의 직경은 5촌 8푼, 폭 5촌, 호랑이 무늬의 손잡이는 높이가 1촌 2푼, 폭은 1촌 1푼, 꼬리의 길이는 5촌 5푼, 무게는 13근이었다.

소희紹熙 3년(1192) 둘째 아들이 첨서簽書 협주峽州[5] 판관判官으로 부임하게 되었다. 장양현長陽縣에서 순우 하나를 얻게 되었는데 매우 컸다. 높이가 2자, 윗 부분의 지름은 1자 7푼, 폭은 한 자 4촌 2푼, 아랫 부분의 직경은 9촌 5푼, 폭은 8촌, 호랑이 손잡이는 높이가 2촌 5푼, 폭은 3촌 4푼, 꼬리가 1자, 무게가 35근이었다. 모두 호순이다.

우리 집에 고대 청동 제기 100종이 있는데 가장 귀한 것이 바로 이 순우다. 작은 순우는 흠이 없어 두드리면 청아한 음색이 오랫동안 퍼진다. 큰 순우는 5촌 정도가 깨져 온전하지는 못하지만 소리를 낼 수 있다. 후에 하나를 더 얻게 되었는데 가지고 있던 큰 것과 차이가 없는 것으로 협주에서 구해온 것이다. 대나무 통에 넣어 옮겨오다가 조심하지 않아 손잡이가 부러졌다. 장인이 땜질을 해서 복구를 할 수 있었고 결국 두 개의 호랑이가 마주볼 수 있게 되었다.

『삼례도三禮圖』와 『경우대악도景祐大樂圖』의 순우는 모두 잘못 그려진 것이다. 소식의 『동파지림東坡志林』에 시흥왕始興王 소감蕭鑑에 대한 기록이 있다.

> 기록자가 그 크기를 이처럼 상세히 기록해 두었지만 글이 서툴러 고대 기물의 모양새를 명확히 알 수 없게 되었으니 매우 안타깝다.

이는 소식이 순우의 모양에 대해 정확하게 알 수 없는 것을 안타깝게 여기며 말한 것이다.

5 峽州 : 지금의 호북성 의창宜昌.

2. 손옥여 孫玉汝

장민공莊敏公 한진韓縝[6]의 자는 옥여玉汝이다. 군자의 덕은 옥처럼 빈틈없고 견고하다는 것과 "왕이 너를 옥으로 만들고자 하시니[王欲玉汝]"[7]에서 의미를 취한 것이다. 이전 사람들이 쓴 적이 없는 것으로 아주 고아한 의미이다.

당唐 『등과기登科記』[8]를 살펴보면, 회창會昌 4년(844) 진사 급제자 중에 손옥여孫玉汝가 있는데 어사대부였던 이경양李景讓이 시어사侍御史 손옥여를 탄핵하여 파면시켰다. 회계會稽의 「대경사비大慶寺碑」는 함통咸通 11년(870)에 건립된 것인데 구주자사衢州刺史 손옥여孫玉汝가 지은 것이다. 영왕榮王 이종작李宗綽의 서목書目에는 『남북사선련南北史選練』 18권이 있는데, 손옥여孫玉汝가 편찬한 것이라고 되어 있으니, 동일 인물인 것 같다.

3. 당나라 사람들의 피휘 唐人避諱

당나라 사람들은 가휘家諱[9]에 대해 대단히 엄격하여 심지어 예법의 범위를 벗어나는 경우도 있었다. 이하李賀[10]가 진사시험을 치룰 때 그를 시기하는 자들이 이하 부친의 이름이 진숙晉肅이며 '晉진'과 진사進士의 '進진'자가 음이 같음을 지적하자 이하는 결국 시험을 포기하였다. 한유韓愈[11]가 「휘변諱辯」이

6 韓縝(1019~1097) : 북송의 대신. 자 옥여玉汝. 북송 영종·신종·철종 시기 관직을 지냈으며, 약간의 사 작품이 남아있다.

7 『시경·대아大雅·생민지십生民之什·민로民勞』 : 왕이 너를 옥으로 만들고자 하시니 이에 크게 간하노라.[王欲玉女, 是用大諫.]

8 『登科記』 : 과거 시험 합격자의 명부. '등과'란 과거에 합격하는 것을 말하는데, 고서목古書目에 의하면 등과기는 당·오대五代·송대의 것이 있었다고 전하나 현재 원본은 전하지 않는다.

9 家諱 : 국휘國諱에 대한 상대적인 표현으로 부친과 조부의 이름에 대한 피휘를 가리킨다. 사휘私諱라고도 한다.

10 李賀(790~816) : 중당 시기 시인. 자 장길長吉. 특출한 재능과 초자연적 제재를 애용하여 '귀재鬼才'라는 명칭이 붙었던 천재 시인이었으나, 27세로 요절하였다.

11 韓愈(768~824) : 중당시기 문학가 겸 사상가. 자 퇴지退之, 시호 문공文公. 조적祖籍이 하남河南 창려현昌黎縣이기 때문에 한창려韓昌黎라고도 부른다. 유가 사상을 추존하고 불교를 배격하여 송대 성리학의 선구자가 되었으며, 기존의 대구對句를 중심으로 짓는 변문騈文에 반대하고

라는 문장에서 공정하고 합당한 피휘에 대해 논했지만 대중들을 설복시킬 수 없었다. 심지어 『구당서舊唐書』에서는 한유의 「휘변」을 잘못된 문장이라고까지 하였으니, 당시 여론이 얼마나 한유를 비난했었는지 알 만 하다. 두보는 「송이이십구제진숙입촉送李二十九弟晉肅入蜀」라는 시를 썼는데, 이하의 부친인 이진숙에 대한 것이다.

배덕융裴德融 부친의 이름은 '고皐'였다. 당시 예부시랑禮部侍郎 고개高鍇[12]가 과거시험을 주관하였다. 배덕융이 응시하자 고개가 말했다.

> "이 사람은 '皐고'자를 피해야 하는데 내가 시험을 주관하게 되었으니 만약 합격한다면 평생 동안 이 때문에 곤란을 겪게 될 것이다."

이후 배덕융은 둔전원외랑屯田員外郎에 임명되었고 함께 임명된 낭관郎官과 우승右丞 노간구盧簡求에게 문안인사를 올리러 갔다. 노간구의 집에 도착하자 노간구는 낭관만 들어오게 했다. 낭관이 "저는 신임 둔전 배원외裴員外와 함께 왔습니다"고 하자 노간구는 사람을 시켜 말을 전하게 했다. "원외랑은 누가 시험을 주관할 때 진사에 급제하였습니까? 저는 일이 있어 만날 수가 없습니다." 배덕융은 황망하게 대문을 나왔다. 이러한 일들은 터무니가 없다. 고개와 노간구 같은 명사의 식견이 이러했다.

『당어림唐語林』에 다음과 같은 내용이 있다.

> 최은몽崔殷夢이 과거를 주관할 때 이부상서吏部尙書 귀인회歸仁晦가 동생인 인택仁澤을 위해 청탁을 넣었다. 최은몽은 가타부타 대답을 하지 않았다. 얼마 후 귀인회가 최은몽에게 재차 부탁을 했고 그 이후로도 서너 번을 더 찾아갔다. 그때야 최은몽은 정색을 하고 홀을 내놓으며 말했다.
> "저는 이 관직을 사직하려 합니다."
> 그제서야 귀인회는 자신의 성씨가 최은몽의 가휘를 범했다는 것을 알았다.

자유로운 고문古文을 주창하여 문체개혁을 주도하였다.

12 高鍇 : 당나라 대신. 자 약금弱金. 당나라 문종 시기, 고개는 예부시랑에 임명되어 과거시험을 3년간 관장하였다.

「재상세계표宰相世系表」에 의하면 최은몽의 부친은 귀종龜從이다. 이는 '고皐' 때문에 '고高'를 피휘해야 한다는 경우와 비슷하다.

부친의 이름이 진숙晉肅이라 아들이 진사進士에 응시할 수 없고, 부친의 이름이 고皐라 자식이 '고高'씨 성이 고시관일 때 급제할 수 없고, 부친의 이름이 귀종龜從이라 아들은 귀歸씨 성의 사람을 합격자 명부에 포함시킬 수 없다는 것이다. 과연 어디에 이런 예법이 있는가?

후당後唐 천성天成[13] 연간 초, 노문기盧文紀가 공부상서工部尙書일 때 새로 임명된 낭중 우업于鄴이 인사를 왔다. 노문기 부친의 이름은 사업嗣業이었는데 '업鄴'과 '업業'이 동음이라는 이유로 결국 만나지 않았다. 우업은 이를 지나치게 걱정한 나머지 어느 날 밤 방에서 스스로 목을 매었다. 노문기는 이 일로 석주사마石州司馬로 좌천되었으니 이 또한 희한한 일이다.

4. 고개의 인재 선발 高鍇取士

예부시랑禮部侍郎 고개高鍇는 지공거知貢擧[14]를 지내면서 3년 동안 유능한 인재를 선발했다. 처음에는 해마다 40명을 뽑았는데 인재가 점점 줄자 조서를 내려 10명을 감원했는데도 수를 채우지 못했다. 이는 『신당서新唐書』의 기록이다.

그러나 『등과기登科記』에 따르면 개성開成 원년(836) 중서문하中書門下에서 이렇게 상주하였다.

> 진사進士의 정원이 25명이니 40명까지 늘일 수 있도록 해 주십시오.

이 상소는 비준되었고, 고개는 원년과 2년·3년, 예부에 있으면서 매년 40명씩을 선발하였다. 4년째에 비로소 매년 30명으로 정하게 되었으니,

13 天成 : 후당 명종明宗 시기 연호(926~930).

14 知貢擧 : 지예부공거사知禮部貢擧事의 약칭으로, 그 해 성시省試의 최고 책임자이다. 과거科擧의 경우 지방 부주府州의 향시鄕試, 중앙예부中央禮部의 성시省試로 구분된다.

『신당서』의 기록은 잘못된 것이다.

『당척언唐摭言』[15]에 다음과 같은 기록이 있다.

> 고개가 처음 시험을 주관할 때였다. 배사겸裴思謙[16]이 구사량仇士良의 인맥으로 장원 급제를 요구하자 고개가 그 자리에서 배사겸을 질책하였다. 배사겸은 돌아보며 사납게 말했다. "두고 보시오. 내년 장원을 차지할테니"
> 이듬해, 고개는 과거를 주관하면서 문하생들에게 청탁 서신을 받아서는 안 된다고 주의를 주었다. 배사겸은 구사량의 서한을 직접 가지고 시험장으로 들어가 자색 옷으로 갈아입고는 계단 아래로 달려가 아뢰었다.
> "군용사軍容使 구사량의 추천장이 있습니다."
> 고개가 그것을 받아보니 서신에는 배사겸을 장원으로 해 달라고 되어있었다. 고개가 말했다.
> "장원은 이미 정해진 다른 사람이 있소. 그것 외는 군용의 뜻대로 해 드릴 수 있소."
> 배사겸이 말했다.
> 소인이 직접 군용의 분부를 받았는데, 배학사가 장원이 아니면 시랑께 급제자 방문을 발표하지 말라고 청하셨습니다.
> 고개는 한참을 고개를 숙이고 있다가 말했다.
> "그렇다면 배학사를 데려와 보시오." 배사겸이 대답했다
> "소인이 바로 그 사람입니다"
> 고개는 부득이 그렇게 할 수밖에 없었다.

배사겸은 급제한 후 평강리平康里[17]에 묵으면서 이런 시를 지었다.

은 등잔불 비스듬한 뒤편에서 귀걸이 소리내며 풀었지,	銀釭斜背解明璫,
속삭이는 낮은 소리로 옥랑에게 하례했다네.	小語低聲賀玉郎.
이제부턴 난초와 사향이 좋다고는 하지 않으리,	從此不知蘭麝貴,
어젯밤 갓 엉겨붙은 계수나무 향이여![18]	夜來新惹桂枝香.

15 『唐摭言』: 당말 오대 왕정보王定保(870~940) 편찬. 당대 과거제도에 대해 전문적으로 기술한 필기집이다.

16 裴思謙 : 개성3년(838), 환관 실력자인 구사량의 도움으로 장원급제 하였다.

17 平康里 : 장안 북동쪽에 있던 유흥가. 진사에 합격한 사람들은 이곳에 와 기생들과 여흥을 즐겼다.

18 과거급제자는 계수나무 가지를 잘라 그것으로 급제를 나타내었다. 따라서 계수나무의 향은

배사겸은 호탕하고 얽매임이 없는 선비였던 것이다. 고개는 환관의 뜻을 따라 그를 장원으로 뽑았으나 사서에서는 인재를 잘 선발했다고 했으니 다 그런 것은 아니었던 것 같다. 이보다 먼저 대화大和 3년(829)에 고공원외랑考功員外郎이었던 고개의 관리 선발이 부당하다며 감찰어사監察御史 요중립姚中立이 고공考功의 별두시別頭試[19]를 폐지할 것을 청하였고 6년 시랑侍郞 가속賈餗이 또 다시 주청하였다. 이 내용은 「선거지選擧志」에 있다.

5. 유명무실한 병부 兵部名存

당唐나라는 수隋나라의 제도를 계승하여 상서성尙書省에 육조六曹[20]를 두었다. 문관은 이부吏部에서, 무관은 병부兵部에서 나누어 관리의 선발을 맡았다. 3품 이상 관리는 황제가 직접 책봉하고, 5품 이상은 제수制授, 6품 이하는 칙수敕授로 상서성에 위임하여 심사·결정하게 했다. 이부와 병부는 삼전三銓을 두었다. 상서전尙書銓은 상서가 맡는다. 동전東銓과 서전西銓은 시랑侍郞 두 사람이 주관한다.[21] 조회에서 이부는 왼쪽, 병부는 오른쪽 앞줄에 선다. 그러므로 병부의 등급은 호부戶部·형부刑部·예부禮部의 위에 있었다.

예종睿宗이 막 즉위했을 때 송경宋璟[22]은 이부상서吏部尙書였고 이예李乂와 노종원盧從願은 이부시랑吏部侍郞이었다. 요숭姚崇[23]이 병부상서兵部尙書였고 육상선陸象先과 노회근盧懷謹이 병부시랑兵部侍郞이었다. 이 6인의 명신이 있었기에 당시 문무관의 선발은 합당했다. 그러나 이후로 이 6인처럼 현명한

곧 난초나 사향보다 등급이 높은 향인 동시에 자신이 장원급제하였음을 뜻한다.

19 別頭試 : 당송 시대 과거 응시생이 고관考官과 인척이거나 친구일 경우 혐의를 피하기 위해 따로 보던 시험을 말한다.

20 六曹 : 이·호·병·형·예·공의 6부部.

21 상서전은 5품에서 7품 관리의 선발을, 동전과 서전은 8품과 9품 관리의 선발을 담당한다.

22 宋璟(663~737) : 당 현종시기 재상. 자 광평廣平. 요숭과 함께 현종 시기 개원지치開元之治의 태평성세를 이끌었다.

23 姚崇(650~721) : 당 현종시기 재상. 자 원지元之. 중종·예종과 현종 초기에 걸쳐 여러 번 재상을 역임하였다.

사람을 얻지 못하였는데, 병부는 특히 더 심했다. 그 후 삼반三班[24] 유외流外[25]의 전형으로 바뀌었는데 언제부터인지 알 수 없다.

북송 신종 원풍元豐[26] 연간 관제를 개혁하면서 관리 선발은 문무를 나누지 않고, 모두 이부吏部에서 담당하게 되었다. 원우元祐[27] 연간 소식蘇軾이 병부상서兵部尙書에 임명되어 황제에게 사표謝表[28]를 올렸다.

> 선제께서 육경六卿의 명칭을 회복하셨던 것은 삼대의 옛 제도를 부활시키고자 한 것이었습니다. 고금의 제도가 다른 것은 정책의 마땅함이 시대마다 다르기 때문입니다. 지금은 무관의 선발을 이부에서 담당하고 군대와 관련된 정무를 추밀원에서 총괄하고 있으니 병부상서는 문서를 검토할 뿐입니다.

이것이 당시 실제 정황일 것이다. 지금 병조가 주관하는 업무는 각 주 상군廂軍[29]의 명부 관리와 중요한 행사가 있을 때마다 번관蕃官[30]에게 은덕을 베풀어 줄 것을 청하는 문서의 초안을 담당한다.

병부가 관할하는 금오가장사金吾街仗司[31]와 기기거로상원騏驥車輅象院[32]·법물고法物庫[33]·의란사儀鸞司와 같은 부서가 있지만, 계절마다 낭관이 파견되어 한 바퀴 둘러볼 뿐이다. 유명무실하여 결국 이 지경에 이르게 되었다.

24 三班 : 무관을 동東·서西·횡橫 삼반으로 나뉘었다.
25 流外 : 구품九品 이하의 관원을 유외라 통칭한다.
26 元豐 : 북송 신종神宗 시기 연호(1078~1085).
27 元祐 : 북송 철종哲宗 시기 연호(1086~1094).
28 謝表 : 황제의 은혜에 감사하는 뜻을 표하여 올리는 글.
29 廂軍 : 송나라 초기 각 주에서 모병을 하여 그 중 용맹한 자는 경사로 보내 금군으로 충당하게 하였고, 그 나머지는 중요 지역에 주둔하게 하여 훈련은 시키지 않고 노역을 충당하게 하였는데 이를 '상군廂軍'이라 한다.
30 蕃官 : 당송 시기 외국 상인들이 거주하도록 제공하던 장소를 번방蕃坊이라 하는데 광주廣州, 양주揚州, 천주泉州 등 항구도시에 설치하였다. 이 곳의 장관을 번관이라 한다.
31 金吾街仗司 : 관서명. 궁내의 숙위를 담당하는 좌우금오인가장左右金吾引駕仗, 거리의 야간 통행 금지 북소리를 알리는 것과 야간 경비를 담당하는 좌우가사左右街司 등을 두었다.
32 騏驥院 : 관서명. 말 사육을 담당하는 관서.
車輅院 : 태복시太僕寺에 속하는 관서로 수레를 담당했다.
33 法物庫 : 조복법물고朝服法物庫의 간칭.

6. 명실상부하지 않은 무관의 명칭 武官名不正

문관文官의 낭郎과 대부大夫, 무관武官의 장군將軍·교위校尉는 진秦·한漢 시대부터 있었다. 관리의 품계·봉록·복장에 대해서는 진晉·위魏를 거쳐 당唐대에 이르러서야 완비되었다. 당나라의 문산관文散官[34]은 29등급으로 개부開府·특진特進 이하 대부大夫가 11등급, 낭郎이 16등급이다. 무산관武散官은 45등급으로 장군이 12, 교위가 16등급이다. 이 외에 회화懷化와 귀덕대장군歸德大將軍·사과司戈·집극執戟은 모두 오랑캐의 군장이나 신하에게 수여하는 것이다.

송宋나라도 이를 답습하였다. 원풍元豐연간 관제를 개편하면서 문산관을 폐지하고, 과거 성省·부部·시寺·감監의 명칭을 다시 사용하였고, 낭郎과 대부大夫의 명칭을 기록관寄祿官으로 바꾸었다.[35] 휘종 정화政和[36] 연간에는 관리의 선발을 담당하는 7가지 관계官階도 모두 낭郎이라 하고, 횡반橫班[37] 이하 모든 사使와 삼반차직三班借職[38]까지 장군·교위라는 호칭으로 바꾸었다. 내각의 실권자는 두 관직의 차이가 너무 크다며 똑같이 낭과 대부로 바꿔줄 것을 청하였다. 이리하여 군병과 잡역 조차 이 관명을 남용하게 되었다. 게다가 절도사와 자사도 모두 무관으로 충당되었다.

낭과 대부의 직책은 한대에는 명사만이 임용될 수 있었고, 관찰사는

34 散官 : 관명은 있지만 실제 직무를 수행하지 않는 관직. 한나라의 조정에서 중신들에게 본래의 관직 이외에 명호名號를 하사했는데 실질적 관직은 아니었기에 이를 산관이라고 한다. 산관 제도는 위진남북조 시대에 계승되어, 수나라 때 완비되었다. 문산관에는 개부의 동삼사開府儀同三司과 특진特進·광록대부光祿大夫 등이 있고, 무산관으로는 표기장군驃騎將軍과 보국장군輔國將軍·진국장군鎭國將軍 등이 있다.

35 신종은 왕안석王安石을 재상으로 등용하여 재정·관제 등 각 방면의 개혁을 추진하였다. 원풍3년 새로 관제 개편을 시행하면서 상서와 시랑을 직사관으로 하고 산관을 기록관이라 하였다.

36 政和 : 북송 휘종徽宗 시기 연호(1111~1118).

37 橫班 : 무관의 계관階官. 횡행橫行이라고도 한다. 북송 초기 내객성사內客省使와 객성사客省使·인진사引進使·사방관사四方館使·동상합문사東上閤門使·서상합문사西上閤門使·객성부사客省副使·인진부사引進副使·동상합문부사東上閤門副使·서상합문부사西上閤門副使 등을 두었다. 휘종 정화 2년(1112), 무신의 계관을 다시 정하면서 사使를 대부로, 부사副使를 낭이라 했다.

38 三班借職 : 송대 무신 중 가장 낮은 직급.

당대 지방 최고 장관이었다. 자사는 한대漢代에는 감사監司였고, 당대唐代에는 군수郡守였다. 어찌 무관과 총애 받는 소인들이 감당할 수 있는 직책이겠는가? 무관의 명칭이 명실상부하지 않게 되었다.

7. 명장들의 실책 名將晩謬

예부터 최고의 공훈을 세우고 명성과 위엄을 갖춘 장군이 만년의 실수로 좋은 결말을 맺지 못하는 경우가 있다. 대부분이 공을 믿고 오만하다가 상대를 얕잡아보았기 때문에 이런 실수를 하게 된것이다.

관우關羽[39]는 군중 속에서 원소袁紹의 두 장군인 안량顔良과 문추文醜를 죽였다.[40] 번성樊城에서 조인曹仁을 공격할 때 우금于禁 등 7군을 섬멸하면서 관우는 중원에서 명성을 떨치게 되었다. 조조曹操가 허도許都를 떠나 관우의 예봉을 피하려 할 정도였으니 그의 공로와 명성이 얼마나 대단했는지를 알 수 있다.[41] 그러나 관우는 여몽呂蒙과 육손陸遜의 속임수를 깨닫지 못하고 손권의 계략에 걸려들었고 부자가 사로잡혀 결국 대사를 그르치게 되었다.[42]

서위西魏[43] 왕사정王思政이 옥벽玉壁[44]을 지키고 있을 때 고환高歡이 40리의 병영을 포위하고 공격하였으나 기아와 추위 때문에 퇴각하였다. 왕사정은

39 關羽(?~219): 삼국시대 촉蜀나라의 무장. 자 운장雲長.

40 200년 유비가 조조曹操에게 패하였을 때, 관우는 조조에게 잡혀 극진한 예우를 받으며 귀순을 종용 받았다. 그러나 관우는 원소袁紹와 조조曹操가 결전을 치른 관도전투官渡戰鬪에서 원소의 부하 안량과 문추의 목을 베어 조조에 보답한 다음 유비에게로 돌아갔다.

41 관우가 번성을 공격하여 우금을 생포하고 방덕을 참수하자 조조는 관우의 기세를 두려워하여 허도를 떠나 낙양으로 천도할 것을 고려하였으나, 실행되지는 않았다.

42 219년, 여몽은 형주를 지키고 있는 관우와 대항하던 중 병에 걸리게 되자 후임으로 육손을 임명하였다. 촉의 남군태수 미방糜芳이 손권 측과 내통을 약속하여 진격, 관우의 퇴로를 끊어버리고, 12월 겨울에 당양현當陽縣의 남쪽에 있는 장향障鄕에서 관우를 포획, 임저臨沮에서 그의 아들 관평關平과 함께 처형했다.

43 西魏 : 북위北魏는 고환과 우문태의 내란으로 동·서로 갈라지게 된다. 고환은 업鄴에서 북위 효정제孝靜帝를 옹립하여 동위가 되었고, 우문태는 장안에서 문제를 옹립하여 서위가 되었다.

44 玉壁 : 지금의 산서성山西省 직산현稷山縣 서남쪽.

형주荊州로 옮겨 가면서 위효관韋孝寬이 자신을 대신하도록 천거하였다. 고환은 산동山東의 군중을 통솔하여 공격해왔다. 50일을 공격하였으나 또 패하여 돌아갔으니 모두 왕사정의 공로다. 이후 그는 장사長社[45]에 행대치소行臺治所를 두려고 최유崔猷에게 서신을 보냈다. 최유가 말했다.

> 양성襄城은 경사京師와 낙양洛陽을 에워싸고 있는 가장 중요한 군사 요충지이므로 만약 무슨 동정이 있으면 대응하기가 쉽습니다. 영천潁川[46]은 적경과 인접해있고 장벽으로 삼을만한 험한 산천 지형이 없습니다. 그러므로 군대를 양성에 주둔시키고 훌륭한 장수를 파견하여 영천을 수비하게하면 내외를 견고하게 지킬 수 있고 인심도 편안할 것입니다. 만약 예기치 못한 일이 생긴다 해도 어찌 근심거리가 되겠습니까?

우문태宇文泰[47]는 최유의 계획대로 할 것을 명령했다. 그러나 왕사정은 자신의 주장을 굽히지 않으면서 수공은 일 년, 지상전은 삼년 내에 끝낼 수 있다고 장담하며 조정은 아무런 원조를 할 필요가 없다고 했다. 그러나 얼마 못가 왕사정은 고징高澄[48]에게 패하였고 자신도 포로가 되었다.

모용소종慕容紹宗[49]이 후경侯景을 물리치자 일시의 장수들 중 그에 비견될 수 있는 사람은 아무도 없었다. 그러나 영천潁川을 공격할 때 진퇴양난의 상황이 되자 물에 빠져 자살하였다.

오명철吳明徹[50]은 진陳나라가 쇠락했을 때 북제北齊[51]를 공격하였다. 그의 용병술과 재능은 조정 대신들 중 으뜸이었다. 그의 군대가 이르자 견고한

45 長社 : 지금의 하남성河南省 장갈長葛.
46 潁川 : 지금의 하남성 허창許昌.
47 宇文泰(505~556) : 서위西魏의 실권자이며 북주北周의 창설자. 535년 장안長安을 본거지로 효무제를 옹립하였다. 대승상이 되어서, 업鄴을 수도로 한 고환高歡의 동위東魏와 대립하였다.
48 高澄(521~549) : 동위의 실권자. 고환의 장남. 547년에 아버지 고환이 죽고 동위東魏 대승상의 지위를 계승하였을 때, 후경後景이 남조南朝 양梁나라에 귀순, 동위를 배신하자 모용소종慕容紹宗을 파견하여 후경의 난을 진압하게 했다.
49 慕容紹宗(501~549) : 북위, 동위의 장수.
50 吳明徹(512~578) : 남조 시기 진陳나라 명장. 자 통조通照.
51 北齊 : 동위東魏의 실권자 고양高洋(고환高歡의 아들)이 세운 왕조(550~577).

성은 없었고 수개월 만에 장강 이북의 땅을 모두 수복했다. 그러나 그 후 북주北周의 팽성彭城[52]을 공격할 때 왕궤王軌에게 포위되었다. 왕궤는 오명철의 퇴로를 차단할 계획이었다. 오명철의 장수 소마가蕭摩訶가 그를 공격할 것을 요청하였으나 오명철은 그의 건의를 듣지 않고 말했다.

> "적의 진지를 공격하여 저들의 깃발을 뽑는 것은 장군의 일이고, 원대한 계책을 세우는 것은 나의 일이다."

그러나 결국 열흘 만에 진나라의 수로가 단절되었다.[53] 소마가가 거듭 복병을 데리고 포위를 뚫어보겠다 했으나 오명철은 허락하지 않았다. 결국은 북주에 사로잡혔고 장수와 병사 3만인이 전몰하였다.

이 네 사람의 실책은 매우 비슷하다.

8. 태상황이 된 황제들 唐帝稱太上皇

당나라 고조高祖와 예종睿宗·현종玄宗·순종順宗 네 황제는 태상황太上皇[54]이 되었다. 순종은 병이 나서 조정에 임할 수가 없었기 때문이었고, 고조는 진왕秦王이 건성建成과 원길元吉을 살해하였기 때문이었고,[55] 현종은 촉蜀땅으로 피신했다가 태자에게 제위를 뺏겼기 때문이다.[56] 예종睿宗만이 하늘의

52 彭城 : 지금의 강소성江蘇省 서주徐州.

53 당시 오명철의 진나라 군대는 팽성을 둘러싼 청수淸水에 전함을 배치하고 있었다. 북주의 장군 왕궤는 청수에 수백개의 수레바퀴를 빠뜨려 뱃길을 차단하는 한편, 청수 양안에 축성을 쌓기 시작했다. 소마가가 선제 공격할 것을 건의했지만 오명철은 거절하였다. 10일만에 강 양안의 축성은 완성되었고 하류의 퇴로는 차단되었다.

54 太上皇 : 자리를 선양하고 물러난 황제를 높여 이르는 말.

55 수나라의 대장군이자 당국공이었던 이연은 장안을 점령하고 수나라를 타도, 당나라를 수립하게 된다. 이세민이 이연에게 거병을 촉구하였고 당을 수립하는 과정에서 가장 큰 공을 세운 것은 이세민이었으나 황태자는 적장인 이건성에게 돌아가고 이세민은 진왕에 봉해진다. 그러나 이세민의 출중한 지모와 용병술에 위협을 느낀 황태자는 원길과 결탁하게 되고, 이세민은 이를 구실로 형인 황태자 건성과 동생 원길元吉을 살해하니 이것이 '현무문의 변'이다. 고조 이연은 이 사건이 있고 나서, 3일 뒤에 황태자에 이세민을 봉하고, 2개월 뒤에 황제의 자리에서 물러나, 태상황太上皇이 된다.

경고가 두려워 진심으로 제위에서 물러났으므로 사서에서는 이 점을 칭송하였다.

그러나 당시의 형세로 고증을 해 보면, 예종은 선천先天 원년(712) 8월 황태자에게 제위를 물려주었으나 여전히 닷새에 한 번씩 신하들의 조회를 받았고 3품 이상 관리의 제수와 중대한 형사사건을 직접 처결하였다. 현종의 아들인 사직嗣直과 사겸嗣謙·사승嗣昇을 왕으로 책봉한 것은 모두 태상황의 명의로 된 임명장이 내려졌고, 황제를 파견하여 변경 지역을 시찰하게 했다. 2년 7월 갑자甲子일, 태평공주太平公主가 주살되고 이튿날인 을축乙丑일에서야 국정을 현종에게 넘겨주었다. 이로 보건데 국정을 넘겨준 것도 부득이한 것이었음을 알 수 있다. 요임금과 순임금처럼 미덕을 갖춘 것은 우리 송나라의 고종황제高宗皇帝와 지존수황성제至尊壽皇聖帝[57]가 있을 뿐이다.

9. 양량의 『순자』 주석 楊倞注荀子

당나라 양량楊倞은 원화元和 13년(818) 『순자荀子』에 주석을 달았는데,[58] 「신도臣道」에 다음과 같은 설명을 했다.

56 755년 안녹산安祿山의 난이 일어나자 현종은 촉蜀으로 피난하였다. 피난 중 황태자 이형은 마외역馬嵬驛에서 금군의 일부를 이끌고 북상하여 영무靈武에서 스스로 황위에 올랐으니 숙종이다. 숙종이 황위에 오른 것은 현종의 양위를 받아서 이루어진 것은 아니었으며, 현종은 나중에서야 숙종의 즉위를 인정하고 태상황이 되었다.

57 至尊壽皇聖帝 : 남송의 2대 황제인 효종孝宗을 가리킨다. 고종高宗은 휘종徽宗의 9번째 아들이며 흠종의 동생으로 강왕康王에 봉해졌었다. 정강의 변으로 휘종·흠종 두 황제가 북으로 잡혀갈 당시 강왕은 금의 포로가 되는 화를 면하였다. 그는 하남의 귀덕부歸德府에서 황제에 즉위하였고 남도한 후에 송조를 중흥시킨 첫 번째 황제가 되었다. 자식이 없었던 고종은 젊은 시절부터 태조의 후예를 골라 궁중에서 양육하여 장래의 계승문제에 대비하였으니 이가 바로 효종이다. 효종은 송 태조 진왕秦王 덕방德芳의 6대손이다. 송 태조가 제위를 동생에게 물려주면서 태종 이후 제위가 태종의 계열로 전해지게 되었다. 남송 효종에 이르러서야 제위가 다시 태조의 계열로 돌아오게 된다. 고종은 1162년 효종에게 제위를 선양하고 1187년 세상을 뜨기까지 태상황으로 지냈다.

58 원래 12권 322편이던 것을 한漢의 유향劉向이 정리하여 32편으로 만들고, 다시 당대 양량楊倞이 20권 32편으로 개편, 주注를 달고 서명을 『손경자孫卿子』라 개칭하였다가 후에 『순자』라고 간략히 불리게 되었다.

『서경書經』에 "군주의 명령을 거역하지 말며 부드럽게 꾸준히 간하기를 게을리 해서는 안 된다. 윗사람이 되어서는 일을 명백히 처리하고 아랫사람이 되어서는 겸손하게 따른다"라는 말이 있다.

양량은 이 구절이 『서경』의 「이훈伊訓」에서 나온 것이라고 했는데, 지금 『서경』에는 이 말이 없다.

또 양량은 「치사致士」에서 이런 주를 달았다.

마땅한 형벌과 사형이라 하더라도 즉시 시행하지 말라. 너는 다만 "아직 가르치지 못했다"고 말해야 한다.[義刑義殺, 勿庸以卽, 汝惟曰未有順事.]

그리고 이 문장은 『서경·강고康誥』에서 인용한 것이라고 주를 달았다. 그러나 「치사」의 주와 『서경·강고』의 문장은 약간의 차이가 있다.[59]

10. 당나라 소종의 안목 昭宗相朱朴

당나라 소종昭宗[60]이 반군 이무정李茂貞에 쫓겨 화주華州[61]로 달아났다. 당시 번진의 세력이 강성하여 모든 곳에서 문제를 일으키고 있었기에, 당 소종은 특별히 재능이 있는 사람을 기용하여 중흥을 이루고자 했다. 수부낭중水部郎中 하영何迎이 국자박사國子博士 주박朱朴을 추천하며 사안謝安[62]과 같은 재능을 가졌다고 하였다. 주박은 방사方士 허암사許巖士의 총애를 받아 황궁에 드나들

59 『서경·강고』의 원문은 다음과 같다. "用其義刑義殺, 勿庸以次汝封. 乃汝盡遜, 曰時敘, 惟曰未有遜事." 양량의 주와 다소 차이가 있다.

60 昭宗(867～904/ 재위 888～904) : 당나라의 제19대 황제. 의종懿宗의 일곱 번째 아들이며 희종僖宗의 동생. 904년 소종은 이어 애제哀帝로 등극한 소종의 13세의 9번째 아들을 제외한 나머지 아들과 함께 주전충의 손에 죽음을 당했다. 소종의 사후 애제가 뒤를 이었지만 소종이 실질적으로는 당唐의 마지막 황제로 여겨지고 있다.

61 華州 : 지금의 섬서성 화현華縣.

62 謝安(320～385) : 동진東晉 중기의 명재상. 자 안석安石. 제위를 찬탈하려는 환온의 야망을 저지했고 재상 재직 시 전진왕 부견의 남하를 막았으며 사현과 부견의 군대를 비수에서 격파했다.

었는데, 그도 소종에게 주박이 나라를 다스리고 백성을 안정시킬 수 있는 재능이 있다고 말했다. 소종은 매일 주박을 불러 대화를 나누었고 그의 뛰어난 언변에 기뻐하며 다음과 같이 말하였다.

"짐이 비록 태종太宗은 아니지만 위징魏徵과 같은 경을 얻게 되었구려."

당시 소종은 천하의 혼란에 힘들어했는데 주박은 자신이 만약 재상이 된다면 한 달 만에 천하를 태평하게 만들 수 있다고 호언했다. 결국 소종은 주박을 재상에 임명했다. 임명서가 내려오자 내외의 사람들이 크게 놀랐다. 『당제조唐制詔』에 주박에 대한 임명서가 수록되어 있는데 학사學士 한의韓儀가 지은 것이다. 내용은 이러하다.

상왕商王 무정武丁[63]은 꿈에 부암傅巖[64]에서 진정한 재상을 만나 상나라를 중흥시킬 수 있었다. 주왕은 위수渭水에서 사냥하다가 현신을 구하여 주나라의 치세를 이룰 수 있었다.[65] 짐은 어려운 난국에 처하여 출중한 현인이 나타나길 오랫동안 갈망하였다. 신령과 일월에 기도하여 마침내 내가 간구하던 것에 맞는 유능한 인재를 얻게 되었다. 주박은 학문이 깊고 학식 또한 정밀하다. 오랜 시간 방황하며 중용이 되지 못했지만 정도正道를 지키며 자신을 충실히 하였다. 짐이 그의 재능을 알아보고 마침내 긴 시간 함께 이야기를 나누게 되었다. 그의 치란과 성쇠에 대한 분석은 치밀하여 이제껏 들어본 적이 없는 것이었다. 군대와 농업에 대한 방책 또한 듣지 못했던 것들이었다. 나도 모르게 몸을 기울이며 그의 이야기에 빠져들고 감동되었다. 반드시 그에게 정권을 맡겨 쇠락한 국운을 다시 일으

63 武丁 : 상나라의 20대 임금 고종高宗. 59년간 재위했음. 쇠퇴하던 상나라를 중흥시킨 군주.

64 傅巖 : 부험傅險이라고도 하며 무정 시대의 명 재상 부열이 지냈던 곳이다. 무정은 즉위한 후 밤낮으로 상나라의 중흥을 위해 고민했다. 그러나 그를 도울 신하를 만나지 못했다. 그러다가 무정은 조정대신들에게 꿈 속에서 탕왕의 계시를 받았는데 이름이 '열說'인 현자를 기용하면 상나라가 부강해질 것이라 했다고 말한다. 그리고는 꿈 속에서 본 형상을 그림으로 그려 민간에서 찾도록 하였다. 결국 부험이라는 곳에서 용모가 비슷하며 이름이 '열'인 자를 찾아냈다. 무정은 도로를 건설하는 노예 신분이었던 '열'을 재상으로 기용하여 중흥의 대업을 이루게 된다. 무정이 꿈을 통해 계시를 받았다는 것은 노예인 부열을 기용하는 것에 대한 귀족의 반발을 물리치기 위해 무정이 강구한 방법이라고 해석된다.

65 강태공姜太公 여상呂尙을 이른다. 여상이 위수渭水에서 낚시를 하고 있는데, 인재를 찾아 떠돌던 주나라 서백[주 문왕]을 만났다. 서백은 노인과 문답을 통해 인물됨을 알아보고 주나라 재상으로 등용하게 된다.

켜야 한다. 뛰어난 재능을 가춘 자를 발탁하고자 하는데 어찌 관직의 등급에 국한되겠는가? 네가 구제해야 할 수많은 일과 사람들이 기다리고 있다.

그에 대한 찬사가 이와 같았다. 이 임명서를 작성한 한의韓儀는 한악韓偓[66]의 형이다. "신령에 기도하고 일월에 기도하였다"는 표현은 분명 당시 소종의 뜻이었을 것이다. 그러나 주박은 재상이 된지 반년 만에 파면되었고, 후에 침주郴州 사호참군司戶參軍으로 폄적되었다. 그 제서의 내용은 다음과 같다.

자신의 능력을 살피지 못하고 구차하게 윗선과 결탁하여 관계의 힘을 이용하였다. 간사한 수법으로 총애를 얻어 영화로운 자리에까지 올랐다. 전쟁을 그치게 할 방법과 나라를 살릴 학문이 있다고 했으나 반년동안 재상의 자리에 있으면서 나라의 정치를 위해 아무런 공로도 세우지 못했다. 재상의 자리를 욕되게 하고 의론을 분분하게만 만들었을 뿐이다.

아! 소종은 왕실이 위태로운 때에 인재를 알아보는 영명함 없이 일반 관료였던 주박을 일약 재상으로 발탁하였으니, 지금 보아도 후인의 조롱거리가 되기 족하다. 『신당서新唐書』의 소종에 대한 평가는 이러하다.

돼지 앞다리로 맹수의 어금니를 막으려 한 격이니 멸망을 재촉했을 뿐이다.

정말 슬픈 일이다.

11. 양국충의 관직 독점 楊國忠諸使

양국충楊國忠[67]은 탁지랑度支郞이 되자 15 여개의 자리를 겸직했다. 재상이

66 韓偓(844~923) : 당말 시인. 자 치요致堯. 장안長安 출생. 소종昭宗의 신뢰가 두터웠고 멸망 직전의 당나라에 충절을 다하였으나, 주전충朱全忠의 미움을 받고 좌천되어 만년에는 민閩의 지배자 왕심지王審知의 비호를 받으며 그곳에서 죽었다.

67 楊國忠(?~756) : 현종 시기 재상. 본명은 소釗이나 양귀비의 친척으로 등용되어 현종에게 중용되어 '국충'이라는 이름을 하사받았다. 뇌물로 인사를 문란시키고 백성으로부터 재물을 수탈하는 등 실정을 계속하였다. 안사安史의 난이 일어나자 사천四川으로 피난 중 살해되었다.

되어서는 40여 개의 직위를 독점했다. 관서에서도 직함을 다 말할 수 없었고 이 때문에 서리들의 비리가 만연했다. 『신당서』와 『구당서』에는 그의 직함이 다 기록되어 있지 않다. 그가 재상에 임명되기 전의 직함을 나열해보면 다음과 같다.

> 어사대부판탁지御史大夫判度支, 권지태부경사겸촉군장사權知太府卿事兼蜀郡長史, 검남절도지탁劍南節度支度, 영전등부대사營田等副大使, 본도겸산남서도채방처치사本道兼山南西道采訪處置使, 양경태부兩京太府, 사농司農, 출납出納, 감창監倉, 사제祠祭, 목탄木炭, 궁시宮市, 장춘구성궁등사長春九成宮等使, 관내도급경기채방처치사關內道及京畿采訪處置使, 배우상겸이부상서拜右相兼吏部尙書, 집현전숭문관학사集賢殿崇文館學士, 수국사修國史, 태청태미궁사太淸太微宮使.

이 외에도 과세와 화폐 주조를 담당했는데, 이 직함들을 통해 대략 양국충이 얼마나 많은 직책을 겸직했는지 알 수 있다.

궁시宮市가 덕종德宗 정원貞元[68] 연간에 시작되었다고 하는데 천보天寶[69] 연간에 이미 이 명칭이 있었는지, 재상이 궁시와 관련된 일을 겸임했는지 알 수 없다. 한유가 편찬한 『순종실록』에 다음과 같은 기록이 있다.

> 예전에 황궁에 필요한 물품을 궁 밖에서 구입하는 경우 담당 관리는 거래를 하면서 그 값을 적당하게 쳐 주었다. 정원 연간 말부터 환관이 궁시의 일을 담당하였다.

천보 연간에 이미 이러한 관행이 있었는지에 대해서는 언급하지 않았다.

12. 송대의 재상 祖宗朝宰輔

태조와 태종 시기 재상의 지위는 백관 중 가장 존귀하였다. 추밀부사樞密副使가 1품인 태사太師의 위에 있었다. 그러나 파면되고 나면 다른 관직과 다를 바가 없었다. 이숭구李崇矩[70]가 추밀사樞密使[71]에서 해임되어 진국군절도사鎭國

68 貞元 : 당나라 덕종德宗 시기 연호(785~805).
69 天寶 : 당나라 현종 시기 연호(742~756).

軍節度使에 임명되었다가 다시 좌위대장군左衛大將軍, 광남서도도순검사廣南西道都巡檢使가 되었다. 얼마 후에 조정에서는 조서를 내려 해남사주도순검사海南四州都巡檢使로 임명하였다. 이는 모두 수평이동이었지 승진이나 강등이 아니었다. 그는 몇 년 동안 남방에서 관직생활을 하다가 경사로 돌아와 금오가장사金吾街仗司 통판을 지내다가 세상을 떠났다. 조정에서는 그를 태위太尉로 추봉하였다.

조안인趙安仁은 부재상인 참지정사參知政事를 지냈다가 판등문고원判登聞鼓院[72]으로 임용되었다. 장용張鎔은 지추밀원知樞密院[73]을 지냈으나, 이후 여러 사고司庫의 업무를 감독하는 것에 임명되었다. 증효관曾孝寬은 첨서추밀簽書樞密[74]을 지냈으나, 고향으로 돌아가 복상을 마치고 나서는 사농사司農寺에 임명되었다. 장굉張宏과 이유청李惟淸은 모두 추밀부사樞密副使에서 어사중승御史中丞이 되었다.

이 외에 재상을 지냈으나 삼사사三司使나 중승中丞으로 임명된 자도 여러 명이다. 신종 연간의 관제 개혁 이후 다수의 재상들이 육조六曹의 상서尙書로 임명되었다. 숭녕崇寧 연간이 되어서야 이러한 상황이 변화되었다.

70 李崇矩(924~988) : 북송의 대신. 호 수칙守則. 북송 태조 건덕乾德 2년(964) 추밀사에 임명되었으나 태조에게 미움을 사 개보開寶 초 진국군절도사鎭國軍節度使로 임명되었다. 태평흥국 연간 경주瓊州와 애주崖州·담주儋州·만주萬州를 담당하는 사주도순검사四州都巡檢使에 임명되었다.

71 樞密使 : 추밀원의 장관. 추밀원은 군정을 장관하던 곳으로 송대에 이르러 더욱 중요시되어 내각內閣에 해당하는 중서中書와 상대되는 지위로서, 합하여 2부二府라 불리었다. 차관은 추밀부사이다.

72 登聞鼓院 : 궐문에 등문고를 걸어두고 억울함이 있는 자는 와서 북을 치고 하소연할 수 있게 하던 제도에서 유래한 것으로 북송 경덕 4년(1007)에 등문고원을 설치하였다. 정사나 군사, 상벌에 대한 건의를 할 수 있도록 하였다.
'判판'은 당송시기 관료제도에서 고관이 낮은 직위를 겸직할 때 쓰는 표현이다.

73 知樞密院 : 추밀원의 장관.

74 簽書樞密 : 정식 명칭은 '첨서추밀원사簽署樞密院事'로 추밀사의 부관. 군사 문서의 처리를 담당한다. 원래는 '첨서簽署'인데 북송 영종英宗의 이름인 조서趙曙를 피휘하여 '첨서簽書'로 썼다.

13. 백관이 재상의 행차를 피하는 예의 百官避宰相

유기지劉器之가 대제待制[75]에서 추밀도승지樞密都承旨[76]에 임명되었다. 길을 가다 상서성에서 귀가하던 재상을 마주쳤다. 유기지는 모자와 윗도리를 벗고 고삐를 당겨 말을 멈추게 한 후 사람을 보내 안부를 여쭙고는 읍을 하고 지나갔다. 좌승상左丞相 여급공呂汲公은 돌아와 문하성門下省의 법리法吏를 불러 종관從官이 길에서 재상을 만났을 때 어찌해야 하는지를 물었다. 법리가 관련 조목을 찾아보니, 상서성 관원은 상서령과 상서복야를 피하고 나머지 중서성과 문하성의 관원들은 각각 자신의 장관은 피한다는 규정은 있었지만, 한림학사와 중서사인이 재상을 피해야 하는 규정은 없었다. 여급공은 이에 대해 더 이상 언급하지 않았지만 몹시 불쾌했다. 유기지는 이 일을 다른 사람에게 이야기 하였고, 자신의 행동은 나름의 근거가 있다고 생각했다.

그러나 시종侍從[77]이 재상을 피하지 않은 것은 합당하지 못한 것 같다. 그리고 직속 상관 만을 피한다는 규정도 있지 않다. 유기지는 겉치레를 했을 뿐이다.

『천성편칙天聖編勅』[78]에 의하면 문무관이 길에서 재상을 만났을 때는 피해야 하고 부추밀사나 참지정사를 만나도 재상과 마찬가지로 피하도록 되어있다. 규정이 명확하니 원우 연간에 시행되지 않았을 리 없다.

75 待制 : 당 태종이 즉위하자 경관京官 5품 이상의 관리들에게 중서, 문하성에서 번갈아 숙직하게 하여 수시로 불러 제서制書의 초안을 작성하게 하였던 것에서 비롯되었다. 송나라 때에는 각 전殿과 각閣에 대제를 두었다. 예를 들면 보화전대제保和殿待制, 용도각대제龍圖閣待制와 같은 것들로 학사, 직학사보다 아래 등급이었다.

76 樞密都承旨 : 추밀원승지사樞密院承旨司의 장관. 추밀원승지사는 황제의 명령을 전달하고 추밀원 내부사무를 관리하는 곳이다.

77 侍從 : 송대에는 한림학사翰林學士와 급사중給事中·육상서六尙書·시랑侍郎을 시종이라 하였다.

78 『天聖編勅』 : 북송 인종 조 천성 연간에 편찬된 편칙.

14. 백관이 재상을 만나는 예의 百官見宰相

『천성편칙天聖編勅』에는 문무백관이 재상을 만날 때의 예의가 기록되어 있다. 문명전학사文明殿學士[79]에서 용도각직학사龍圖閣直學士[80]까지 모두 상서성의 계단에 줄지어 서면 당리堂吏[81]가 이렇게 고지한다.

> "인사하시오. 각 열의 맨 앞사람은 앞으로 나와 발언. 끝. 물러나시오. 자리로 돌아가시오. 일동 배례. 재상 답배."

중서성과 문하성의 관리가 재상을 알현하는 의례도 학사學士와 같다. 상장군上將軍과 대장군大將軍·장군將軍·어사대御史臺 관리와 남반南班[82]의 문무 관원은 중서성 문 밖에 차례대로 줄을 서고, 절도사에서 자사까지 관직의 등급에 따라 제 자리에 도열하여 어사중승御史中丞이 읍을 하고 나면 문으로 들어간다. 재상은 계단을 내려와 남향을 하고 자리에 서면 문관은 동쪽에, 무관은 서쪽에 서서 모두 북향을 하고서 선다. 어사대의 장관이 남행하여 동쪽에서 앞으로 나와서는 북향을 하고 크게 말한다.

> "백관 절. 재상 답배. 끝. 물러나시오"

내객성사內客省使[83]에서 합문사閤門使[84]가 재상과 추밀사를 만날 때는 모두

79 學士 : 남북조 시대부터 두었던 관직으로 문장에 뛰어난 자로 임명하였다. 송대에는 한림학사翰林學士와 제전학사諸殿學士·제각학하諸閣學士·추밀직학사樞密直學士·시독侍讀·시강학사侍講學士를 두었다.

80 直學士 : 직학사는 학사보다 낮고, 대제待制보다 높다.

81 堂吏 : 당송 시기 중서성의 사무원.

82 南班 : 송 인종 시기 남교南郊에서 대사大祀를 지낼 때 황족의 자제들에게 관작을 수여하였는데 이를 남반이라고 한다.

83 客省使 : 객성은 외국의 사신을 접견하고 송별할 때 연회 및 지방 관리, 소수민족의 수령을 접대하고 그들의 공물을 받아 처리하는 것을 담당하는 부서이다. 객성의 수장을 사使, 그 아래 부사를 두었다.

84 閤門使 : 합문사閤門司에 동상합문사東上閤門使, 서상합문사西上閤門使 각 3인을 두었다. 주로 외척 공훈자를 임명하였으며 조정의 연회, 예의를 담당한다.

계단 아래에서 나란히 줄서서 배례한다. 재상은 답배를 하지 않는다. 참지정사와 추밀부사·선휘사宣徽使가 재상을 만날 때는 빈객의 예로 배알한다. 황성사皇城使 이하 제사사諸司使[85]·횡행부사橫行副使[86]가 재상과 추밀사를 만날 때는 모두 계단 위[87]에서 직함을 말하고 절하며 재상은 답배를 하지 않는다. 참지정사와 부추밀사를 만날 때도 나란히 서서 절한다. 제사부사諸司副使와 합문지후閤門祗候가 참지정사와 추밀사를 만나면 답배를 하지 않는다. 이후 상하의 등급은 이처럼 엄격했으나 우리 송나라 점차 사라지게 되었다.

문언박文彦博[88]과 부필富弼[89]이 지화至和 연간 외지에서 서울로 발령받아 재상에 임명되었다. 백관이 모여 줄지어 문에서 맞이하였는데 사람들은 이를 두고 허식이라고 했다.

원풍 연간 관제를 개편하면서 왕규王珪[90]와 채확蔡確[91]을 복야僕射로 임명하

85 諸司使 : 관직명의 총칭. 송대 동, 서반班으로 나뉘어 각 20사使를 두었다. 동반에는 황성사皇城使·한림사翰林使·상식사尙食使·어주사御廚使·군기고사軍器庫使·의난사儀鸞使·궁전고사弓箭庫使·의고사衣庫使·동릉금원사東綾錦院使·서릉금원사西綾錦院使·동팔작사東八作使·서팔작사西八作使·우양사牛羊使·향약고사香藥庫使·각역사榷易使·전담사氈毯使·안비고사鞍轡庫使·주방사酒坊使·법주고사法酒庫使·한림의관사翰林醫官使가 있다. 서반에는 궁원사宮苑使·좌기기사左騏驥使·우기기사右騏驥使·내장고사內藏庫使·좌장고사左藏庫使·동작방사東作坊使·서작방사西作坊使·장택사莊宅使·육택사六宅史·문사사文思使·내원사內園使·낙원사洛苑使·여경사如京使·숭의사崇儀使·서경좌장고사西京左藏庫使·서경작방사西京作坊使·동염원사東染院使·서염원사西染院使·예빈사禮賓使·공비고사供備庫使가 있다. 각 사 아래에는 부사副使를 두었다.

86 橫行 : 무신武臣의 계관으로 황반이라고도 한다. 계관이란 실제 직책이 아닌 산관을 이른다. 북송 초, 내객성사內客省使·객성사客省使·인진사引進使·사방관사四方館使·동상합문사東上閤門使·서상합문사西上閤門使·객성부사客省副使·인진부사引進副使·동상합문부사東上閤門副使·서상합문부사西上閤門副使를 두었다.

87 중화서국본에는 '위上'이라고 되어있으나, 상해고적출판사 판본은 '아래下'로 되어있다.

88 文彦博(1006~1097) : 북송 시대 정치가. 자 관부寬夫. 인종, 영종, 신종, 철종 조대의 중신으로 전후 50년간 장상의 지위에 있으면서 중책을 담당하였다. 신종 시기에는 왕안석의 신법을 비난하였다가 지방으로 폄적되었으나 철종이 즉위하고 구법당이 부활하면서 평장군국중사平章軍國重事에 임명되었다. 『문로공집文潞公集』 40권이 있다.

89 富弼(1004~1083) : 북송 시기 재상. 자 언국彦國. 추밀사樞密使가 되어 범중엄範仲淹 등과 함께 경력신정慶曆新政을 추진했으며, 재상까지 지냈다. 왕안석王安石의 청묘법靑苗法을 반대하다가 탄핵을 받아 강등되었다.

90 王珪(1019~1085) : 북송 시기 재상. 자 우옥禹玉. 신종 희녕 3년(1070) 참지정사에 임명되었으며 원풍5년(1082) 상서좌복야尙書左僕射 겸 문하시랑門下侍郎에 임명되었다. 신종이 그의

였고 이날 이 예식을 거행했으나, 이후에는 다시 시행되지 않았다. 건도乾道[92] 초, 추밀원 관리였던 위중창魏仲昌이 일약 부승지副承旨가 되었다. 매번 공부公府에 배알을 갈 때마다 시종관들과 동석하여 수레를 타고 갔다. 당시 재상이었던 섭자앙葉子昂은 그가 경감卿監과 함께 들어왔다 물러나도록 하고 오른쪽에서 있도록 하였으며 말을 타지 못하도록 제지했다. 왕변王抃이 사신의 의전을 담당하는 관리에서 도승지都承旨 겸 관찰사觀察使가 되었을 때 승지의 예우가 시종관과 동등해지게 되었다.

15. 자신의 글을 재인용한 소식 東坡自引所爲文

소식蘇軾은 문언박文彥博을 위해 「덕위당명德威堂銘」을 지었다.

> 원우元祐 연간 초 평장군국중사平章軍國重事로 기용되었으나 일 년 후 사직을 청하였다. 황제께서는 조서에서 이렇게 말씀하셨다.
> "옛날 주문왕 서백西伯은 편히 여생을 보내려 했으나 강태공이 그에게 왔다. 노魯 목공穆公이 자사子思의 곁에 사람을 보내지 않자 식견이 있는 사람들은 그를 떠났다. 사직한다면 그대 자신을 위해서는 좋은 일이나 어찌 조정을 위해 걱정하지 않는가!"
> "당 태종은 전쟁에 늙은 이정李靖을 기용했다. 목종穆宗, 문종文宗은 화평한 시절에 한창인 배도裴度를 기용하지 않았다. 치란의 결과는 여기에서 알 수 있는 것이다."
> 공은 조서를 읽고 깊이 부끄러워하며 사직하겠다는 말을 꺼내지 않았다.

이 두 조서는 원우元祐 2년(1087) 3월 문언박이 사직을 청하자 조정에서 그의 요청을 거절하는 답으로 써진 것으로, 모두 소식이 작성했던 것이다.[93]

문재를 아껴 18년 동안 조서의 초안을 작성하도록 했고, 재상에 해당하는 관직에 16년 동안 재직하였다.

91 蔡確(1037~1093) : 북송 시기 재상. 자 지정持正. 원풍5년 상서우복야尙書右僕射 겸 중서시랑中書侍郞에 임명되었다.

92 乾道 : 남송 효종孝宗 황제 시기 연호(1165~1173).

93 이 글은 원래 소식이 원우元祐 2년(1087) 3월 26일에 쓴 「사태사문언박걸치사불윤비답賜太師

「격환걸파청묘장繳還乞罷青苗狀」에 다음과 같은 내용이 있다.

> 근자에 여혜경呂惠卿[94]을 폄적시키는 문서에서 '여혜경은 먼저 청묘법青苗法[95]을 제안하였으며 그 다음에 조역법助役法[96]을 추진하였다'고 하였다.

이 문서 역시 소식이 썼던 것이다.[97]

「장문정공묘지張文定公墓誌」에서는 장방평張方平[98]의 문장에 대해 자신이 예전에 썼던 320자 정도의 평가를 가져다 쓰면서 말미에 "세상에서는 소식의 평론이 지당하다고 했다"고 했다.[99] 또 용병에 대해 간언하는 부분에서 "노신이 장차 죽어 지하에서 선제를 뵙게 되면 핑계를 댈 수 있게 되었습니다"라고 한 것도 소식이 썼던 말이다.[100] 이 외에 여혜경을 질책하는 말이 있는데, 역시 소식이 지은 것이다.

건도乾道[101] 연간 나는 한림원翰林院 직학사直學士로 있으면서 진민陳敏에게 답하는 조서의 초안을 작성했다.

> 주아부周亞夫는 군대의 통솔에 엄격하여 극문棘門, 패상霸上의 장군들은 매우 두려워하였고,[102] 정불식程不識은 장락궁과 미앙궁의 위위衛尉[103] 중 으뜸이었다.[104]

文彥博乞致仕不允批答」에서 썼던 것을 「덕위당명德威堂銘」에서 재인용한 것이다.

94 呂惠卿(1031~1111) : 북송 시기 정치가. 자 길보吉甫. 왕안석이 신법을 추진하는데 있어 가장 큰 조력자이자 동지였다. 부재상인 참지정사參知政事까지 지냈다.

95 青苗法 : 왕안석 신법의 일환으로 실행된 농민에 대한 저리低利 금융정책.

96 助役法 : 왕안석은 신법의 일환으로 면역법을 시행하였는데 농민에게 노역 대신 면역전免役錢을 내게 하고 이를 재원으로 정부가 실업자를 저임금으로 고용하는 제도이다. 면역의 특권을 가진 지방 호족과 관리·승려 등도 조역전助役錢을 납부하도록 했다.

97 소식이 「여혜경책수건녕군절도부사본주안치불득첨서공사呂惠卿責授建寧軍節度副使本州安置不得簽書公事」에서 썼던 구절을 재인용한 것이다.

98 張方平(1007~1091) : 북송 시기 재상. 자 안도安道. 호 낙전거사樂全居士. 시호 문정文定. 북송 신종 시기 재상인 참지정사參知政事에 임명되었다. 소순·소식·소철 삼부자와 교분이 두터웠다.

99 소식은 「악전선생문집서樂全先生文集敍」에서 썼던 장방평의 글에 대한 논평을 다시 그의 묘지명에서 인용한 것이다.

100 이 문장은 소식이 희녕熙寧 10년(1077)에 쓴 「대장방평간용병서代張方平諫用兵書」에서 사용했던 구절을 장방평의 묘지명에서 재인용 한 것이다.

101 乾道 : 남송 효종孝宗 황제 시기 연호(1165~1173).

후에 진민陳敏의 신도비를 지을 때 이를 다시 인용하였다. 바로 소식을 따라한 것이다.

102 문제 후원後元 6년 흉노가 변경을 침략하자 문제는 유례劉禮를 장군으로 삼아 패상霸上에 주둔시키고, 서려徐厲를 장군으로 삼아 극문棘門에 주둔시키고 주아부를 세류細柳(지금의 섬서성陝西省 함양시咸陽市 서남쪽)에 주둔시켜 흉노를 방비하게 하였다. 문제가 친히 군대를 위문하러 갔는데 패상과 극문의 군영에 이르렀을 때는 곧장 말을 타고 진영으로 들어가자 장군과 군사들이 모두 말을 타고 영접하였다. 그러나 주아부가 있는 세류의 군영에 선발대가 먼저 도착하여 곧 천자께서 도착하신다고 했지만, 군문을 지키는 도위는 "군중에서는 단지 장군의 명령만 듣고, 천자의 조령도 듣지 말라"했다며 문을 열지 않았다. 문제는 도착해서도 군영에 들어갈 수 없었고, 문제가 부절을 지닌 사자를 파견하여 장군에게 알리고서야 군영에 들어갈 수 있었다. 문제는 "주아부야말로 진정한 장군이다. 패상과 극문의 군대는 아이의 장난과 같았다"라며 주아부 군영의 엄격한 기강과 군기를 칭찬하였다.

103 衛尉 : 관명. 궁전을 수비하는 군대의 사령관. 미앙위위는 황제가 거주하는 미앙궁을 담당하고, 장락위위는 황태후가 거주하는 장락궁을 담당한다.

104 한나라 무제시기, 이광李廣은 미앙궁의 위위로, 정불식은 장락궁의 위위로 임명되었다. 두 사람의 지휘 방식은 대조적이었다. 이광은 군기에 까다롭게 하지 않고 모두 자유롭게 행동하도록 했으나 정불식은 대오의 편성과 진형이 정연하고 휴식도 하지 않으며 엄격한 군지를 유지했다. 두 사람 모두 항상 전쟁에서는 승리한 명장이었으나 병사들은 대부분 이광을 좋아하고 정불식을 따르기를 싫어하였다.

1. 古錞于

周禮：「鼓人掌教六鼓四金之音聲, 以節聲樂。」四金者, 錞、鐲、鐃、鐸也。「以金錞和鼓」。鄭氏注云：「錞, 錞于也, 圜如碓頭, 大上小下, 樂作鳴之, 與鼓相和。」賈公彦疏云：「錞于之名, 出於漢之太予樂官。」南齊始興王鑑爲益州刺史, 廣漢什邡民段祚以錞于獻鑑, 古禮器也, 高三尺六寸六分, 圍二尺四寸, 圓如筩, 銅色黑如漆, 甚薄, 上有銅馬, 以繩縣馬, 令去地尺餘, 灌之以水, 又以器盛水於下, 以芒莖當心跪注錞于, 以手振芒, 則其聲如雷, 淸響良久乃絶, 古所以節樂也。周斛斯徵精三禮, 爲太常卿。自魏孝武西遷, 雅樂廢缺, 樂有錞于者, 近代絶無此器, 或有自蜀得之, 皆莫之識。徵曰：「此錞于也。」衆弗之信, 遂依干寶周禮注以芒筒捋之, 其聲極振, 乃取以合樂焉。宣和博古圖說云：「其製中虛, 椎首而殺其下。」, 王黼亦引段祚所獻爲證云。今樂府金錞, 就擊於地, 灌水之制, 不復考矣。是時, 有虎龍錞一, 山紋錞一, 圜花錞一, 縶馬錞一, 龜魚錞一, 魚錞二, 鳳錞一, 虎錞七。其最大者重五十一斤, 小者七斤。淳熙十四年, 澧州慈利縣周赧王墓傍五里山摧, 蓋古冢也, 其中藏器物甚多。予甥余玠宰是邑, 得一錞, 高一尺三寸, 上徑長九寸五分, 闊八寸, 下口長徑五寸八分, 闊五寸, 虎鈕高一寸二分, 闊寸一分, 并尾長五寸五分, 重十三斤。紹熙三年, 予仲子簽書峽州判官, 於長陽縣又得其一, 甚大, 高二尺, 上徑長一尺六分, 闊一尺四寸二分, 下口長徑九寸五分, 闊八寸, 虎鈕高二寸五分, 足闊三寸四分, 并尾長一尺, 重三十五斤。皆虎錞也。予家蓄古彝器百種, 此遂爲之冠。小錞無損缺, 扣之, 其聲淸越以長。大者破處五寸許, 聲不能渾全, 然亦可考擊也。後復得一枚, 與大者無小異, 自峽來, 寘諸篘籠中, 取者不謹, 斷其鈕, 匠以藥銲而栅之, 遂兩兩相對。若三禮圖、景祐大樂圖所畫, 形製皆非。東坡志林記始興王鑑一節, 云：「記者能道其尺寸之詳如此, 而拙於遣詞, 使古器形制不可復得其髣髴, 甚可恨也。」正爲此云。

2. 孫玉汝

韓莊敏公縝, 字玉汝, 蓋取君子以玉比德, 縝密以栗, 及王欲玉汝之義, 前人未嘗用, 最爲古雅。案, 唐登科記會昌四年及第進士有孫玉汝。李景讓爲御史大夫, 劾罷侍御史孫玉汝。會稽大慶寺碑咸通十一年所立, 云衢州刺史孫玉汝記。榮王宗綽書目, 有南北史選練十八卷, 云孫玉汝撰。蓋其人也。

3. 唐人避諱

唐人避家諱甚嚴, 固有出於禮律之外者。李賀應進士擧, 忌之者斥其父名晉肅, 以晉與進字同音, 賀遂不敢試。韓文公作諱辯, 論之至切, 不能解衆惑也。舊唐史至謂韓公此文爲文章之紕繆者, 則一時橫議可知矣。杜子美有送李二十九弟晉肅入蜀詩, 蓋其人云。裴德融諱「皐」, 高鍇以禮部侍郎典貢擧, 德融入試, 鍇曰:「伊諱皐, 向某下就試, 與及第, 困一生事。」後除屯田員外郎, 與同除郎官一人, 同參右丞盧簡求。到宅, 盧先屈前一人入, 前人啓云:「某與新除屯田裴員外同祗候。」 盧使驅使官傳語曰:「員外是何人下及第? 偶有事, 不得奉見。」裴蒼遽出門去。觀此事, 尤爲乖刺。鍇、簡求皆當世名流, 而所見如此。語林載崔殷夢知擧, 吏部尙書歸仁晦託弟仁澤, 殷夢唯唯而已。無何, 仁晦復詣託之, 至於三四。殷夢斂色端笏, 曰:「某見進表讓此官矣。」仁晦始悟己姓, 殷夢諱也。按, 宰相世系表, 其父名龜從, 此又與高相類。且父名晉肅, 子不得擧進士, 父名皐, 子不得於主司姓高下登科, 父名龜從, 子不列姓歸人於科籍, 揆之禮律, 果安在哉? 後唐天成初, 盧文紀爲工部尙書, 新除郎中于鄴公參, 文紀以父名嗣業, 與同音, 竟不見。鄴憂畏太過, 一夕雉經于室。文紀坐謫石州司馬。此又可怪也。

4. 高鍇取士

高鍇爲禮部侍郎, 知貢擧, 閱三歲, 頗得才實。始, 歲取四十人, 才益少, 詔減十人, 猶不能滿。此新唐書所載也。按登科記, 開成元年, 中書門下奏:「進士元額二十五人, 請加至四十人。」奉敕依奏。是年及二年、三年, 鍇在禮部, 每擧所放, 各四十人。至四年, 始令每年放三十人爲定, 則唐書所云誤矣。摭言載鍇第一牓裴思謙以仇士良關節取狀頭, 鍇庭譴之。思謙回顧厲聲曰:「明年打脊取狀頭。」 第二年, 鍇知擧, 誡門下不得受書題。思謙自携士良一緘入貢院, 旣而易紫衣, 趨至階下, 白曰:「軍容有狀薦裴思謙秀才。」鍇接之, 書中與求巍峩。鍇曰:「狀元已有人, 此外可副軍容意旨。」思謙曰:「卑吏奉軍容處分:『裴秀才非狀元請侍郎不放。』」鍇俛首良久, 曰:「然則略要見裴學士。」思謙曰:「卑吏便是也。」鍇不得已, 遂從之。思謙及第後, 宿平康里, 賦詩云:「銀釭斜背解明璫, 小語低聲賀玉郞。從此不知蘭麝貴, 夜來新惹桂枝香。」然則思謙亦疎俊不羈之士耳。鍇徇凶璫之意, 以爲擧首, 史謂頗得才實恐未盡然。先是大和三年, 鍇爲考功員外郎, 取士有不當, 監察御史姚中立奏停考功別頭試, 六年, 侍郎賈餗又奏復之, 事見選擧志。

5. 兵部名存

唐因隋制, 尙書置六曹。吏部、兵部分掌銓選, 文屬吏部, 武屬兵部。自三品以上官冊授, 五品以上制授, 六品以下敕授, 皆委尙書省奏擬。兩部各列三銓。曰尙書銓, 尙書主之。曰東銓, 曰西銓, 侍郎二人主之。吏居左, 兵居右, 是爲前行。故兵部班級在戶、刑、禮之上。睿宗初政, 以宋璟爲吏部尙書, 李乂、盧從愿爲侍郎；姚元之爲兵部尙書, 陸象先、盧懷愼爲侍郎。六人皆名臣, 二選稱治。其後用人不能悉得賢, 然兵部爲甚。其變而爲三班流外銓, 不知自何時。元豐官制行, 一切更改, 凡選事, 無論文武, 悉以付吏部。蘇東坡當元祐中拜兵書, 謝表云：「恭惟先帝復六卿之名, 本欲後人識三代之舊, 古今殊制, 閑劇異宜, 武選隷於天官, 兵政總於樞輔, 故司馬之職, 獨省文書。」蓋紀其實也。今本曹所掌, 惟諸州廂軍名籍, 及每大禮, 則書寫蕃官加恩告。雖有所轄司局, 如金吾街仗司、騏驥車輅象院、法物庫、儀鸞司, 不過每季郎官一往耳。名存實亡, 一至於是。

6. 武官名不正

文官郎、大夫, 武官將軍、校尉, 自秦、漢以來有之。至於階秩品著, 則由晉、魏至唐始定。唐文散階二十九, 自開府、特進之下, 爲大夫者十一, 爲郎者十六。武散階四十五, 爲將軍者十二, 爲校尉者十六。此外懷化、歸德大將軍, 訖于司戈、執戟, 皆以待蕃戎之君長臣僕。本朝因之。元豐正官制, 廢文散階, 而易舊省部寺監名, 稱爲郎、大夫, 曰寄祿官。政和中, 改選人七階亦爲郎, 欲以將軍、校尉易橫行以下諸使至三班借職, 而西班用事者嫌其塗轍太殊, 亦請改爲郎、大夫, 於是以卒伍厮圉玷汙此名, 又以節度使至刺史專爲武臣正任。且郎、大夫, 漢以處名流, 觀察使在唐爲方伯, 刺史在漢爲監司, 在唐爲郡守, 豈介胄恩倖所得處哉？ 此其名尤不正者也。

7. 名將晩謬

自古威名之將, 立蓋世之勳, 而晩謬不克終者, 多失於恃功矜能而輕敵也。關羽手殺袁紹二將顔良、文醜於萬衆之中。及攻曹仁於樊, 于禁等七軍皆沒, 羽威震華夏, 曹操議徙許都以避其銳, 其功名盛矣。而不悟呂蒙、陸遜之詐, 竟墮孫權計中, 父子成禽, 以敗大事。西魏王思政鎭守玉壁, 高歡連營四十里攻圍之, 飢凍而退。及思政徙荊州, 擧韋孝寬代己, 歡擧山東之衆來攻, 凡五十日, 復以敗歸, 皆思政功也。其後欲以長社爲行臺治所, 致書於崔猷。猷曰：「襄城控帶京洛, 當今要地, 如其動靜, 易相應接。潁川鄰寇境, 又無山川之固, 莫若頓兵襄城, 而遣良將守潁川, 則表裏膠固, 人心易安, 縱有不虞, 豈足爲患。」宇文泰令依猷策, 思政固請, 且約, 賊水攻期年、陸攻三年之內, 朝廷不煩赴救。已而陷於高澄, 身爲俘虜。慕容紹宗挫敗侯景, 一時將帥皆莫及, 而攻圍潁川, 不知進退, 赴水而死。吳明徹當陳國衰削之餘, 北伐高齊, 將略人才, 公卿以爲擧首, 師之所至, 前無堅城, 數月之間, 盡復江北之地。然其後攻周彭城, 爲王軌所困, 欲遏歸路。蕭摩訶請擊之, 明徹不聽, 曰：「搴旗陷陳, 將軍事也, 長筭遠略, 老夫事也。」一旬之間, 水路遂斷。摩訶又請潛軍突圍, 復不許, 遂爲周人所執, 將士三萬皆沒焉。此四人之過, 如出一轍。

8. 唐帝稱太上皇

唐諸帝稱太上皇者, 高祖、睿宗、明皇、順宗凡四君。順宗以病廢之故, 不能臨政, 高祖以秦王殺建成、元吉, 明皇幸蜀, 爲太子所奪, 唯睿宗上畏天戒, 發於誠心, 爲史冊所表。然以事考之, 睿宗以先天元年八月傳位於皇太子, 猶五日一受朝, 三品以上除授及大刑政, 皆自決之。故皇帝之子嗣直、嗣謙、嗣昇封王, 皆以上皇誥而出命。又遣皇帝巡邊。二年七月甲子, 太平公主誅, 明日乙丑, 卽歸政。然則猶有不獲已也。若夫與堯、舜合其德, 則我高宗皇帝、至尊壽皇聖帝爲然。

9. 楊倞注荀子

唐楊倞注荀子, 乃元和十三年。然臣道篇所引:「書曰, 從命而不拂, 微諫而不倦, 爲上則明, 爲下則遜。」注以爲伊訓篇, 今元無此語。致士篇所引曰:「義刑義殺, 勿庸以卽, 汝惟曰未有順事。」注以爲康誥, 而不言其有不同者。

10. 昭宗相朱朴

唐昭宗出幸華州, 方强藩悍鎭, 遠近爲梗, 思得特起奇士任之, 以成中興之業。水部郎中何迎, 表薦國子博士朱朴才如謝安, 朴所善方士許巖士得幸, 出入禁中, 亦言朴有經濟才。上連日召對, 朴有口辯, 上悅之, 曰:「朕雖非太宗, 得卿如魏徵矣。」上憤天下之亂, 朴自言得爲宰相, 月餘可致太平。遂拜爲相, 制出, 中外大驚。唐制詔有制詞, 學士韓儀所撰, 曰:「夢傅巖而得眞相, 則商道中興;獵渭濱而載獻臣, 則周朝致理。朕自逢多難, 渴竚英賢, 暗禱鬼神, 明祈日月。果得哲輔, 契予勤求。朱朴學業優深, 識用精敏, 久徊翔而不振, 彌貞吉以自多。朕知其才, 遂召與語。理亂立分於言下, 聞所未聞;兵農皆在於術中, 得所未得。不覺前席, 爲之改容;須委化權, 用昌衰運。自我拔奇, 寧拘品秩。百度羣倫, 俟爾康濟。」其美如此。儀者偓之兄, 所謂「暗禱鬼神, 明祈日月」之語, 必當時所授旨意也。朴爲相纔半年而罷。後貶郴州司戶參軍, 制云:「不爲自審之謀, 苟竊相援之力。實因姦幸, 潛致顯榮。亦謂術可弭兵, 學能活國。冒半歲容身之贊, 無一朝輔政之功。唯辱中台, 頗興羣論。」嗚呼!昭宗當王室艱危之際, 無知人之明, 拔朴於庶僚中, 位諸公袞, 以今觀之, 適足詒後人譏笑。新史贊謂:「捭豚臑而拒貙牙, 趣亡而已。」悲夫!

11. 楊國忠諸使

楊國忠爲度支郎, 領十五餘使。至宰相, 凡領四十餘使。第署一字不能盡, 胥吏因是恣爲姦欺。新、舊唐史皆不詳載其職。案, 其拜相制前銜云:「御史大夫判度支、權知太府卿事兼蜀郡長史、劍南節度支度、營田等副大使，本道兼山南西道采訪處置使、兩京太府、司農、出納、監倉、祠祭、木炭、宮市、長春九成宮等使，關內道及京畿采訪處置使，拜右相兼吏部尙書、集賢殿崇文館學士、修國史、太淸太微宮使。」自餘所領，又有管當租庸、鑄錢等使。以是觀之，槪可見矣。宮市之事，咸謂起於德宗貞元，不知天寶中已有此名，且用宰臣充使也。韓文公作順宗實錄，但云：「舊事，宮中有要市外物，令官吏主之，與人爲市，隨給其直，貞元末以宦者爲使。」亦不及天寶時已有之也。

12. 祖宗朝宰輔

祖宗朝，宰輔名爲禮絶百僚，雖樞密副使，亦在太師一品之上。然至其罷免歸班，則與庶位等。李崇矩自樞密使罷爲鎭國軍節度使，旋改左衛大將軍，遂爲廣南西道都巡檢使。未幾，遣使齎詔，徙海南四州都巡檢使。皆非降黜。在南累年，入判金吾街仗司而卒，猶贈太尉。趙安仁嘗參知政事，而判登聞鼓院。張鎔嘗知樞密院，而監諸司庫務。曾孝寬以簽書樞密，服闋，而判司農寺。張宏、李惟淸皆自見任樞密副使徙御史中丞。其他以前執政而爲三司使、中丞者數人。官制旣行，猶多除六曹尙書。自崇寧以來，乃始不然。

13. 百官避宰相

劉器之以待制爲樞密都承旨，道遇執政出尙書省，相從歸府第，劉去席帽涼衫，斂馬遣人傳語，相揖而過。左相呂汲公歸，呼門下省法吏，問從官道逢宰相如何。吏檢條，但有尙書省官避令僕，兩省官各避其官長，而無兩制避宰相之法。汲公乃止，而心甚不樂。劉以此語人，以爲有所據。然以事體揆之，侍從不避宰相，恐爲不然，亦無所謂只避官長法，劉公蓋飾說耳。案，天聖編敕，諸文武官與宰相相遇於路皆退避，見樞密使副、參知政事，避路同宰相，其文甚明，不應元祐時不行用也。

14. 百官見宰相

天聖編敕載文武百官見宰相儀。文明殿學士至龍圖閣直學士，列班於都堂階上，堂吏贊云：「請，不拜，班首前致詞，訖，退，歸位，列拜。宰相答拜。」兩省官相次同學士之儀。上將軍、大將軍、將軍、御史臺官，及南班文武百寮僚，序班於中書門外，應節度使至刺史，並綴本班，中丞揖訖，入。宰相降階，南向立於位，乃稱班，文東武西，並北上，臺官南行，北向東上。贊云：「百寮拜，宰相答拜，訖，退。」內客省使至閤門使見宰相、樞密使，並階上列行拜，不答拜；見參知政事、樞密副使、宣徽使，客禮展拜；皇城使以下諸司使、橫行副使見宰相、樞密使，並階上連姓稱職展拜，不答拜；見參政、副樞，並列行拜。若諸司副使、閤門祗候見參樞，亦不答拜。國朝上下等威，其嚴如此。已而浸廢。

文潞公、富韓公至和中自外鎭拜相，詔百官班迎於門，言者乃謂隆之以虛禮。元豐定官制，王禹玉、蔡持正爲僕射，上日始用此禮。其後復不行。乾道初，魏仲昌以樞密吏寅緣得副承旨，每謁公府，與侍從同席升車而去。葉子昂爲相，獨抑之，使與卿監旅進，送之于右序，不索馬。及王抃以國信所典儀吏爲都承旨，且正任觀察使，禮遂均從官矣。

15. 東坡自引所為文

東坡爲文潞公作德威堂銘，云：「元祐之初，起公以平章軍國重事，期年，乃求去。詔曰：『昔西伯善養老，而太公自至。魯穆公無人子思之側，則長者去之。公自爲謀則善矣，獨不爲朝廷惜乎！』又曰：『唐太宗以干戈之事，尙能起李靖於旣老，而穆宗、文宗以燕安之際，不能用裴度於未病。治亂之效，於斯可見。』公讀詔聳然，不敢言去。」案，此二詔，蓋元祐二年三月潞公乞致仕不允批答，皆坡所行也。又繳還乞罷靑苗狀云：「近日謫降呂惠卿告詞云：首建靑苗，次行助役。」亦坡所作。張文定公墓志載嘗論次其文凡三百二十字，結之云：「世以軾爲知言。」又述諫用兵云：「老臣且死，見先帝地下，有以藉口矣。」亦其所作也。幷引責呂惠卿詞亦然。乾道中，邁直翰苑，答陳敏步帥詔云：「亞夫持重，小棘門、霸上之將軍；不識將屯，冠長樂、未央之衛尉。」後爲敏作神道碑，亦引之，正以公爲法也。

•• 용재속필 권12(12칙)

1. 용맹하고 강직한 부인들 婦人英烈

부인과 아가씨들은 규방에서 아름답게 치장하며 유순하고 정숙하게 지내는 것을 미덕으로 여긴다. 여인이 애통한 일이 생기면 슬픔의 눈물을 흘리고, 큰 일이 생기면 망연자실하고, 죽음에 직면해서는 혼비백산하는 것은 당연한 일이다. 만약에 그녀들이 의義를 위해 사랑을 저버리고, 지혜롭게 책략을 써서 큰일을 해내고, 일을 이루기 위해서라면 죽음조차 불사한다면 정의를 위해 죽음조차 불사한 대장부와 다를 바가 없을 것이다.

제나라 민왕湣王[1]이 나라를 잃고 도망 다닐 때 왕손가王孫賈가 민왕을 모셨는데, 그만 왕의 종적을 놓쳐버렸다. 왕을 찾지 못하고 집으로 돌아오자 그의 어머니가 이렇게 말하였다.

> "네가 아침에 나갔다가 저녁에 늦게 오면 나는 문에 기대 너를 기다렸고, 네가 아침에 나갔다가 돌아오지 않으면 나는 마을 어귀에서 네가 오기만을 기다렸다. 네가 지금 임금을 섬기는데 임금께서 어디로 가신지 모르면서 어찌 너 혼자만 돌아올 수 있단 말이냐?"

왕손가는 시장으로 뛰어가 시장사람들에게 민왕을 시해한 초나라 장수 요치淖齒를 처단하자고 외쳤고, 그를 따르는 무리들과 함께 요치를 죽였다. 나라 밖을 떠돌던 제나라의 대신들도 돌아와 민왕의 후손들을 찾아 왕으로

1 湣王(B.C.324~B.C.284) : 전국시대 제나라의 6번째 임금. 본명 전지田地. B.C.284년에 진秦·연燕·삼진三晉 다섯 나라 연합군의 공격에 크게 패하여 여莒로 피난을 갔다. 그리고 얼마되지 않아 초나라의 장수인 요치에게 시해 당했다.

옹립하였고 결국 제나라를 다시 일으켰다.

마초馬超[2]가 한왕조를 배반하고 자사刺史와 태수太守를 살해했다. 양주참군凉州參軍 양부楊阜가 역성歷城에서 강서姜敍[3]를 만나 마초를 어떻게 토벌한 것인가를 의논했다. 이를 전해들은 강서의 어머니가 다음과 같이 말했다.

> "자사 위강韋康이 마초에게 죽임을 당한 것 또한 너의 책임이다. 그러니 어서 빨리 가서 마초의 반란을 평정하고, 내 안위에 대해서는 신경 쓰지 말아라."

강서는 조앙趙昂[4]과 함께 마초를 토벌하였다. 조앙은 마초가 자신의 아들 조월趙月을 인질로 삼자 아내 이異에게 물었다.

> "아들이 인질로 있으니 어찌하면 좋겠소?"

아내가 대답했다.

> "임금과 아비의 원수를 갚아야 하는 상황에서 내가 죽고 집안이 망해도 어쩔 수 없을 것인데, 아들 하나가 대수롭겠습니까!"

마초가 역성을 공격해 강서의 어머니를 사로잡았는데, 강서의 어머니는 마초를 크게 꾸짖었다.

> "너는 아비를 배반하고 임금을 시해했으니, 하늘이 어찌 오래도록 너를 그냥 내버려 두겠느냐, 네가 어찌 감히 사람을 볼 면목이 있단 말이냐!"

꾸짖는 말에 화가 난 마초는 강서의 어머니를 죽이고, 조앙의 아들인

2 馬超(176~222) : 후한 말기의 군벌이며 삼국시대 촉한의 무장. 자 맹기孟起. 관우關羽·장비張飛·황충黃忠·조운趙雲과 더불어 오호대장군五虎大將軍으로 불렸다.

3 姜敍(?~?) : 위魏나라의 장수. 역성歷城을 지키던 무이장군撫夷將軍. 마초가 재기하여 농서를 차지하였을 때, 일시 항복하였던 양부와 합세하여 그에게 항전하였다. 그의 늙은 어머니와 아내도 성원하여 크게 기세를 떨쳤는데 어머니는 마초에게 붙잡혀서도 당당하게 그를 꾸짖으며 죽음을 당하였다. 조조가 벼슬을 내렸으나 사양하였다.

4 趙昂(?~?) : 위나라의 장군. 양부, 강서 등과 장안을 지켰다. 마초가 재기하여 농서를 차지하였을 때 기성자사 위강을 죽였는데, 그의 수하였던 장수로서 동지를 규합하여 마초를 토벌했다.

조월도 죽여 버렸다.

동진東晉의 변호卞壼[5]는 군사를 거느리고 소준蘇峻의 반란군에 맞서다 전사하였고, 두 아들 또한 아버지의 뒤를 이어 적진으로 뛰어들어 장렬한 최후를 맞이했다. 변호의 어머니는 이들의 시신을 어루만지며 통곡하였다.

"아비는 충신이고, 자식은 효자이니, 내 어찌 한이 있겠는가!"

전진前秦의 부견苻堅[6]이 동진을 치려고 할 때, 부견의 총애를 받던 장부인張夫人은 우禹와 직稷·탕왕湯王·주무왕의 이야기를 인용하며 간했다.

"조정 내외의 사람들이 모두 동진을 정벌할 수 없을 것이라 말하는데, 어찌하여 폐하께서만 결연히 정벌을 행하시려 하십니까?"

부견은 장부인의 간언을 받아들이지 않고 말했다.

"군대의 일은 부인이 참견할 일이 아니요."

유유劉裕[7]가 병사를 일으켜 환현桓玄을 토벌하자, 함께 일을 도모했던 맹창孟昶이 아내 주씨周氏에게 다음과 같이 말했다.

"내가 도적이 되기로 결심했으니, 부인에게 피해가 가지 않도록 이혼해야 할 것 같소."

주씨가 답하였다.

5 卞壼(281~328) : 동진 때의 정치가. 자 망지望之. 동진의 원제元帝의 큰 신임을 받았으며, 소준의 반란을 평정하다가 사망했다.

6 苻堅(338~385 / 재위 357~385) : 5호16국시대 전진前秦의 제3대 왕. 박학다재하여 경세經世의 뜻을 품었으며, 저족氐族이었지만, 저족계 호족의 횡포를 누르고 왕맹王猛 등과 같은 한인들을 중용하여, 학문을 장려하고 농경을 활발히 일으켰다. 북방 대부분을 통일하였지만 동진과 비수淝水 싸움에서 대패하고 후진後秦의 요장姚萇에게 잡혀 살해당했다.

7 劉裕(363~422 / 재위 420~422) : 남조 송宋나라의 초대 황제. 자 덕여德輿. 동진 말기에 손은孫恩과 환현桓玄의 난리를 평정시키고 동진의 황제 안제安帝를 복위시켰다. 이후 선양을 받아 즉위하여 송나라를 건국하고, 귀족의 기득권을 보장해 주면서 정권을 안정화시켰지만, 왕위에 오른 지 얼마 안 되어 죽었다.

"아버님 어머님이 모두 건강하시고, 당신은 큰 일을 도모하고 계신데, 아녀자인 제가 어찌 불만을 가지겠습니까? 설령 도모하셨던 일이 성공하지 못하여 제가 노비가 된다하더라도 아버님 어머님 모시며 살며 후회하지 않을 터이니, 이혼 같은 것은 입에도 담지 마십시오."

맹창이 일어나 가려고 하자, 주씨가 그를 다시 자리에 앉히면서 말하였다.

"지금 당신의 행동을 보니, 아녀자는 함께 의논할 대상이 되지 못한다고 생각하시며 단지 재물이나 요구할 것이라 여기시는군요."

그리고 품속의 아이를 내 보이며 말했다.

"이 아이를 파신다고 해도 슬퍼하지 않겠습니다."

그리고서는 집안의 모든 재산을 맹창에게 주었다.

하무기何無忌 또한 유유와 함께 일을 도모했는데, 그의 어머니는 명장으로 이름난 유뢰劉牢의 누이였다. 어느 날 밤 그가 격문檄文을 쓰는 것을 어머니가 모두 지켜보고서 울면서 말했다.

"네가 이렇듯 도리를 잘 알고 행동하니, 내 무슨 한이 있겠느냐!"

그리고 누구와 함께 일을 도모하는가 물으셨다.

하무기가 답했다.

"유유이옵니다."

어머니는 매우 기뻐하며, 아들에게 이러한 큰일을 왜 반드시 성공시켜야 하는지 설명하며 격려하였다.

두건덕竇建德[8]이 왕세충王世充을 도우려 하였으나, 당나라 군대가 호뢰관虎牢

8 竇建德(573～621) : 수隋나라 말기와 당唐나라 초기에 활약한 군웅. 고사달高士達의 부하로 들어가 수나라 군대와 싸우다, 하夏나라를 세우고 하북河北 전역을 장악하여 군웅의 한 사람이 되었다. 당나라가 이세민李世民을 보내 낙양洛陽의 왕세충王世充을 공격하자 병사를 이끌고 가서 구하려 했으나, 호뢰관虎牢關에서 패하여 장안으로 끌려가 살해되었다.

關[9]에서 그를 가로막았다. 두건덕의 아내 조씨曹氏는 수도 장안의 수비가 허술한 틈을 타 서쪽 지름길로 가로질러 관중關中을 공격하면 당나라 군대는 반드시 관중을 지키기 위해 군사를 회군할 것이라고 계책을 내놓았다. 두건덕이 이에 답하였다.

"이런 일들은 여인네들이 알 수 있는 것이 아니오."

이극용李克用[10]은 주전충朱全忠[11] 때문에 변주汴州의 상원택上源驛에서 궁지에 몰려있었다. 먼저 빠져나온 사람이 이극용의 아내 유씨劉氏에게 변고가 생겨 이극용이 위험하게 되었다고 전했다. 유씨는 얼굴색 하나 변하지 않고, 즉시 이를 알려준 사람을 죽이고, 비밀리에 장군들을 불러모아 부하들을 단속시키게 하고 전군을 철수시킬 대책을 논의했다. 궁지에서 빠져나온 이극용은 변주를 공격하려고 하였다. 유씨가 말하였다.

"우선 이 사실을 조정에 알리십시오. 만약에 지금 공께서 무분별하게 군사를 일으켜 변주를 공격하면 천하는 이 일에 대한 시비를 제대로 가리지 못하고 공을 탓할 것입니다."

이극용은 이 말을 듣고 변주를 공격하려는 계획을 철회했다.

황소黃巢가 죽자 시부時溥가 그의 처첩들을 조정에 바쳤다. 희종僖宗이 그녀들에게 물었다.

"그대들은 모두 나라에 공을 세운 귀족가문의 여인들이데, 어찌하여 도적의 처와

9 虎牢關 : 지금의 하남성河南省 형양현滎陽縣 서북쪽.

10 李克用(856~908) : 당나라 말기 돌궐계 사타족沙陀族 출신의 최대 군벌이자 군사지도자. 후당後唐의 건국자 이존욱李存勗은 그의 아들이며, 그에 의해 태조太祖 무제武帝라 추증받았다. 훗날 명종明宗이 된 이사원의 의부義父이기도 하다. 당나라 말기 갈가마귀군鴉軍이라 불리는 정예병을 이끌고 황소의 난을 평정하는 최대의 공적을 세워 당나라 조정으로부터 진왕晉王에 봉해졌다. 이후 동료이자 라이벌인 주전충朱全忠과 격렬한 권력쟁탈전을 벌였다.

11 朱全忠(852~912 / 재위 907~912) : 오대십국시대 후량後梁의 초대 황제. 원래 이름은 온溫이었는데, 황소의 난 때 공적을 세워 당나라 조정으로부터 전충全忠이란 이름을 하사받아 개명하였다. 황제가 되어서는 황晃으로 다시 개명하였다.

첩이 되었느냐?"

그녀들 중 한 여인이 대답하였다.

"도적은 아주 흉폭해서, 조정의 백만 대군들도 그를 대적하지 못하고 경사京師인 장안까지 빼앗겼지요. 지금 폐하께서 도적을 거절하지 못했다는 이유로 연약한 여인인 저희들을 질책하시면, 조정의 공경公卿들과 장수들은 어찌하실 것입니까?"

희종은 더 이상 묻지 않고 그녀들을 저자거리에서 사형시키라고 명했다. 여인들은 모두 혼절할 정도로 두려움에 떨며 통곡하였는데, 희종 앞에서 또박또박 대답을 했던 그 여인은 눈물 한 방울 흘리지 않았다. 형이 집행되었을 때도 여전히 숙연한 모습이었다.

후당後唐[12] 장종莊宗[13]이 유수광劉守光을 참수하려고 하자, 유수광은 구슬프게 울려 살려달라고 빌었다. 그의 두 아내 이씨李氏와 축씨祝氏가 유수광을 책망하며 말하였다.

"일이 이리 되었는데, 사는 것이 무슨 소용 있겠습니까? 소첩이 먼저 죽겠나이다."

그리고는 목을 내밀고 참수형을 받았다.

유인섬劉仁贍[14]이 수춘壽春[15]을 지키는데, 그의 막내아들 유숭간劉崇諫이 야밤

12 後唐 : 오대五代시기의 왕조 중 하나로서 923년에 장종莊宗 이존욱李存勖(885~926)이 낙양洛陽을 도읍으로 하여 건립했다.

13 莊宗 : 오대五代 후당後唐의 시조. 본명은 이존욱으로, 산서성 태원太原 출신. 돌궐突厥 사타족沙陀族 출생으로 황소의 난을 진압했던 이극용李克用의 장자로서 연燕과 후량後梁을 멸망시키고, 제위에 올라 국호를 당唐이라 칭했다. 925년 전촉前蜀도 병합하여 하북의 땅을 평정하였다. 뛰어난 무장이었으나 측근들에게 정치를 맡기고 사치에 빠진 탓으로 반란이 일어나 부하에게 살해당하였다.

14 劉仁贍 : 오대십국五代十國 가운데 하나인 남당南唐의 수주壽州 절도사. 후주後周의 군대가 수춘성을 포위하고 공격을 감행하자 군사와 백성들을 독려하며 결사항전의 기세로 1년이 넘도록 성을 지켜냈다.

15 壽春 : 지금의 안휘성 수현壽縣.

을 틈 타 배를 띄워 회북淮北으로 도망가다가 발각되었다. 유인섬은 군령을 어긴 아들을 참수하라고 명령했다. 감군사監軍使[16]는 급히 유인섬의 부인에게로 달려가 구하기를 청했다. 이에 부인이 다음과 같이 답했다.

> "제가 아들을 사랑하지만, 사사로운 정 때문에 군법을 어길 수는 없습니다. 만약에 제 아들을 그냥 용서하고 이 일을 덮어버린다면, 유씨 가문은 불충한 가문이 될 것입니다."

그리고 형을 즉시 집행할 것을 재촉했고, 형 집행이 끝난 후에 상을 치렀다.

송나라의 군대가 금릉金陵을 포위하자, 이후주李後主는 유징劉澄을 윤주절도사潤州節度使로 임명했는데, 유징이 성문을 열고 투항해버렸다. 이후주는 분개하며 유징의 가족들을 모두 참수하려 명령했다. 그 당시 유징의 딸은 정혼을 했지만 아직 혼례는 치루지 않은 상태였다. 이후주는 유징의 딸은 참수시키지 않았다. 그러나 유징의 딸이 말하였다.

> "소첩은 반역자의 딸인데 어찌 살기를 청하겠습니까?"

그리고 스스로 목숨을 끊었다.

이상 10명의 여인들의 의로움을 중시하는 영웅의 풍모는 매우 감동스럽다. 역사서에 의로운 여인들의 사적이 모두 기재되어 있지만, 나는 지금 여기에 새로운 인물을 언급하고자 한다. 당나라 고조高祖가 태원太原에서 군대를 일으켰을 때, 고조의 딸인 평양공주平陽公主는 장안에 머물고 있었다. 그녀의 남편인 시소柴紹가 말했다.

> "아버님께서 군대를 일으키시어 분란을 일으키는 세력들을 제거하려 하시니, 내가 가야할 것 같소. 그러나 부인과는 함께 갈 수 없는데, 어찌하면 좋겠소?"

16 監軍使 : 전략을 연구하고 타국의 군사정보를 수집·분석하는 총감전군사總監全軍使의 부관으로 총감전군사를 보좌하는 관직.

공주가 답하였다.

"어서 가셔요. 저는 저대로 방법이 있습니다."

그리고 공주는 호鄠[17]로 몸을 피하고 재산을 풀어 남산으로 도망 온 사람들을 끌어 모아 군대를 만들었다. 또 이중문李仲文과 상선지向善志·구사리丘師利 등의 도적 떼들을 설득하였고, 병사들의 약탈 행위를 금지하는 등의 엄격한 군율도 제정하였다. 이로써 그녀를 따르는 세력들이 빠르게 증가하여 그 숫자가 7만에 달하였고, 그 위세는 관중을 뒤흔들 정도였다. 평양공주는 후에 진왕秦王 이세민李世民과 함께 공동작전을 수행하여 장안을 평정했는데, 평양공주 같이 용맹하고 위대한 여인은 다른 이들과 비교할 수 없다.

2. 무용의 쓰임 無用之用

『장자莊子』에서 이렇게 말했다.

> 사람들은 모두 쓸모가 있는 것만 쓸모 있는 줄 알지 쓸모가 없는 가운데 쓸모가 있다는 것을 모른다.[18]

무용에 대해 다시 이렇게 말했다.

> 쓸모가 없음을 알고 나서 비로소 쓸모 있는 것을 말할 수 있다. 저 땅은 턱없이 넓고 크지만 사람이 걸을 때 소용되는 곳은 발이 닿는 지면뿐이다. 그렇다고 발이 닿은 부분만 재어 놓고 그 둘레를 파 내려가 황천黃泉에 까지 이른다면 과연 그래도 사람들에게 쓸모가 있을까? 이른바 쓸모없는 것이 실은 쓸모 있는 것임이 분명하다.[19]

이러한 도리는 원래 『노자老子』에서 언급한 것이다.

17 鄠 : 지금의 섬서성陝西省 호현戶縣.
18 『장자·인간세人間世』.
19 『장자·외물外物』.

서른 개의 바퀴살이 하나의 바퀴 통으로 모이는데, 바퀴 통 속이 비어 있음으로 해서 수레로서의 쓰임이 생긴다.[20]

「학기學記」[21]에서도 이러한 도리를 설명하고 있다.

북[鼓]은 오성五聲에 해당하지 않지만, 오성은 북을 얻지 못하면 조화를 이루지 못한다. 물은 오색五色에 해당하지 않지만, 오색은 물을 얻지 못하면 아름다운 색채를 내지 못한다.

『노자』와 「학기」에서 말하는 도리는 같은 것이다.

새들은 날개를 사용해 날아간다. 그렇다고 두 다리를 끈으로 꽁꽁 묶어버린다면 새들은 날지 못한다. 또한 사람들이 다리를 사용해 달린다고 두 팔을 끈으로 묶어버리면 마찬가지로 달릴 수 없게 된다.

과거시험은 실력을 겨루는 것으로, 실력이란 재능과 학문이다. 그러나 평범한 재능을 가진 사람들 또한 쓸모가 있다. 전쟁에서 이기려면 먼저 용기가 있어야 한다. 그러나 노약자나 겁이 많은 사람들도 쓸모가 있다. 쓸모 있음[有用]과 쓸모 없음[無用]을 어찌 구분할 수 있겠는가! 그렇기 때문에 천하를 다스리는 사람은 천하의 선비들을 무용지물로 봐서는 안 된다.

3. 『용근봉수판』 龍筋鳳髓判

당나라의 역사책은 장작張鷟[22]이 어려서부터 지혜롭고 뛰어났으며 문장으로 조정에서 이름을 드날렸다고 칭송하고 있다. 그는 문장을 지을 때 일필휘지로 단숨에 써 내려 갔으며, 여덟 번 과거시험에 참가하여 모두 갑과甲科[23]로

20 『노자』 11장.

21 「學記」 : 『예기禮記』의 제18편으로 유학의 기초이론을 논하고 있다.

22 張鷟(660~740) : 당나라의 소설가. 자 문성文成, 자호 부휴자浮休子. 당나라 때 뛰어난 문장으로 유명했다.

23 甲科 : 과거 합격자를 성적에 따라 나누던 세 등급 가운데 첫째 등급. 일등인 장원, 이등인 방안, 삼등인 탐화가 이 등급에 속한다.

급제했다고 한다. 그러나 내 생각은 다르다.

지금 그의 책으로 세상에 전해지고 있는 것은 『조야첨재朝野僉載』와 『용근봉수판龍筋鳳髓判』이다. 『조야첨재』는 일상생활의 소소한 것들을 적은 것으로 문장이 매우 거칠다. 『용근봉수판』은 당시 판결서의 문체 격식에 맞춰 쓴 글로 해학적이다. 단지 발생한 사건들만 쭉 늘어놓고 어떤 법안에 근거해 판결했는지에 대해서는 자세하게 논하지 않았기 때문에 읽을 만한 것이 한 편도 없다. 그러나 백거이의 『갑을판甲乙判』은 읽을수록 맛깔스러운 것이 전혀 싫증이 나지 않는다. 몇 단락을 예로 들겠다.

> 갑甲이 자신의 아내를 버렸는데, 후에 그의 아내가 죄를 저질렀다. 그녀는 아들의 특권을 사용해 자신의 죄를 속죄贖罪해주기를 원했지만,[24] 갑이 허락하지 않았다. 이 사건의 판결문은 다음과 같다.
> "가정이 화목하지 못했으나, 아들은 효심으로 어머니의 마음을 위로할 수 있었을 것이다. 억지로라도 대문까지 전송하는 조그만 성의라도 보여야 했을 것을, 속죄하기 위해 사용하는 아들의 특권이 아까웠던가. 다른 사람들에게는 그리도 관대하게 하면서, 어찌 모자의 정은 보고서도 못 본척하는 것인가?"

> 신辛의 장부가 도적을 만나 살해되자, 그의 아내는 공개적으로 누구라도 남편을 살해한 도적을 죽여주면 그의 아내가 되겠다고 선언했다. 어떤 이가 그녀가 정절을 지키지 않는다고 질책했지만, 그녀는 자신의 떳떳함을 주장했다. 판결문은 다음과 같다.
> "원수를 갚지 않는다고 해도 비난받지 않지만, 부덕을 잃는 것은 실로 치욕스러운 것이다. 『시경』에서 개가하지 않겠다는 맹서를 중요하게 여겨 강조했던 것을 오랜 세월동안 모두 잘 알고 있고, 『예기』에도 재가하지 않는다는 문장이 적혀있는 것을 통해보면, 모든 것을 명백히 알 수 있다."

> 병丙이 초상을 치르는데, 늙은 데다 지나칠 정도로 슬퍼해서 몸이 극도로 허약해졌다. 어떤 이가 몸이 상할 정도로 슬퍼하는 것은 예의에 어긋난다며 비난했다. 병은 '내 속마음을 그대로 표현한 것이요'라고 했다. 이에 대한 판결문은 다음과 같다.

24 봉건시대에는 '음속蔭贖'이라고 해서 일정범위의 황족과 그의 친속, 나라에 공을 세운 관원과 그의 친속 등은 특정 죄를 제외하고는 재물을 바치고 형벌을 면할 수가 있었다.

"나이가 이미 많아 기력 또한 쇠약하니, 말할 수 없이 슬프다고 하여도 참고 절제하는 것이 옳다."

병丙의 처갓집에 초상이 났는데, 병이 아내의 옆에서 악기를 연주하자 아내는 이를 질책했다. 그러나 병은 자신이 잘못하지 않았다고 생각했다. 판결문은 다음과 같다.

"아내가 베로 만든 상복을 입고 슬픔을 삭이고 있었는데, 그 옆에서 악기를 연주한 그대의 마음이 편안했던가?"

갑甲이 한 밤중에 돌아다니다가 순라에게 잡혀 연행되었다. 갑은 '공무가 있어 일찌감치 조정으로 가는 길이었다고 말했지만, 순라가 통금령을 위반했다며 제 말을 들어주지 않았습니다'라고 했다. 판결문은 다음과 같다.

"지금이 무마기巫馬期[25]가 다스리는 시대도 아닌데 어찌 별을 보며 나와 일을 한다는 말인가? 조돈趙盾[26]이 날이 밝기를 기다렸던 것처럼, 어째서 집에서 기다리지 않았던가?"

을乙이 출세하였는데, 옛 친구가 그를 찾아갔다. 을은 친구를 대청아래 앉게 하고 하인들이 먹는 음식을 내주며 말했다. '내가 일부러 그대가 치욕스럽게 느끼도록 하는 것은 모두 그대를 자극해 나보다 출세하도록 하기 위해서라네.' 이 사건에 대한 판결문은 다음과 같다.

"안락에 빠져서 대업을 이루고자 하는 포부를 버린 중이重耳[27]는 외삼촌인 호언狐偃[28]의 꾸짖음에 부끄러워했다. 분한 마음이 큰일을 이루게 하니, 장의張儀[29]도

25 巫馬期 : 공자의 제자로, 별이 지기 전에 나와서 별이 뜨고 난 다음까지 직접 일을 처리하여 고을을 잘 다스렸다.

26 趙盾(?~B.C.601) : 춘추시대 진晉나라의 정치가. 시호는 선宣으로 역사서에는 조선자趙宣子·조선맹趙宣孟으로 기록되어있다. 진나라 영공靈公은 사치스런 생활과 잔인한 성품으로 충신을 미워하고 백성을 괴롭히자, 재상이었던 조돈이 이것을 자주 간하였다. 영공은 이를 귀찮게 여기고 조돈을 죽이려했지만, 영공이 보낸 자객은 이른 새벽 조복朝服을 갖춰 입고 단정하게 앉아 날이 밝기를 기다리는 모습을 보고 차마 충신을 죽일 수 없다며 스스로 목숨을 버렸다.

27 重耳(B.C.697~B.C.628 / 재위 B.C.635~B.C.628) : 춘추시대 5패五覇의 한 사람인 진晉나라의 문공文公. 아버지 헌공獻公이 여비驪妃의 소생을 후계자로 삼고자 태자 신생申生을 죽이자, 추방되어 19년간 국외에서 떠돌다가 62세에 진나라로 돌아와 즉위하였다. 오랜 방랑생활에 따라다니던 호언狐偃·조쇠趙衰·선진先軫 등의 현사賢士들을 중용하여 그들이 건의한 정책을 실행하여 패자가 되었다.

28 狐偃(B.C.715~B.C.629) : 춘추시대 진晉나라의 경대부. 문공의 외삼촌으로 문공과 함께 19년 동안 중국을 유랑한 오현사五賢士 중의 한 사람.

결국엔 자신을 푸대접한 소진蘇秦에게 감사했다."

병丙은 아내를 맞이하였지만, 자식이 없었다. 병의 부모가 자식을 낳지 못하는 며느리를 내쫓으려 했다. 병의 아내는 친정으로 돌아가도 다시 재혼할 수 없으니 살아갈 방법이 없다고 하였다. 이 사건에 대한 판결문은 다음과 같다.
"비록 결혼을 했어도 아이를 낳지 못했으니 활시위가 끊어진 활이라 할 수 있다. 그러나 친정으로 돌아가도 다시 재혼할 수가 없다고 하니, 어지럽게 엉킨 마麻처럼 판단할 방법이 없다."

을乙이 삼품三品의 관리가 되어 자사刺史를 만났을 때 절을 하지 않았다. 어떤 이가 이를 비난하자 을은 품계가 같기에 절을 하지 않아도 된다고 했다. 이에 대한 판결문은 다음과 같다.
"설령 상商나라와 주周나라의 역량이 대적할 수 없을 정도로 차이가 난다고 하더라도, 어찌 감히 주나라가 상나라의 임금에게 예를 다하지 않을 것인가? 지금 진晉나라와 정鄭나라의 지위가 같다고 해서, 어찌 진나라가 등급을 낮춰 정나라를 대할 것인가?"

앞에 예로 들은 판결문들은 모두 인정人情을 저버리지 않으면서 법에 어긋나지 않은 판결이다. 경서와 사서들을 인용하여 든 비유가 아주 명확하여 '청전학사靑錢學士'[30]라고 불렸던 장작이 미칠 수 있는 바가 아니다. 원진元稹 또한 백여 편의 판례문을 남겼지만 뛰어나지 못하다. 여정余靖[31]의 문집에도 판례문이 두 권 있는데 뛰어난 문장이 볼 만하다.

장작은 자가 문성文成이며 사서에서 다음과 같이 서술하고 있다.

조로調露[32] 연간에 진사에 급제하였고, 고공원외랑考功員外郎 건미도騫味道가 그를 보고 천하에 견줄 만한 이가 없다고 칭찬했다.

29 張儀(?~B.C.309) : 중국 전국 시대 위魏나라의 정치가. 귀곡 선생鬼谷先生에게서 종횡縱橫의 술책을 배우고, 뒤에 진秦나라 혜문왕惠文王의 신임을 받아 재상이 되어 연횡책을 6국에 유세遊說하여 열국으로 하여금 진나라에 복종하도록 힘썼다. 혜문왕이 죽은 후, 참소 당하여 뜻을 이루지 못하고 위나라에서 객사하였다.

30 靑錢學士 : 건미도騫味道가 장작張鷟의 문장이 만 번을 뽑아도 규격이 일정한 청동전靑銅錢 같다고 칭찬한 뒤 생긴 장작의 별명이다.

31 余靖(1000~1064) : 북송北宋의 관원이자 경력사간관慶曆四諫官 중 한 사람.

32 調露 : 당나라 고종高宗 시기 연호(679~680).

『등과기登科記』에는 장작이 고종高宗 상원上元 2년(675)에 급제했다고 기록되어 있는데, 조로 연간과는 6년의 차이가 난다. 상원 2년 진사에 급제한 사람이 45명인데, 장작의 이름은 29번째에 기록되어 있다. 그의 시문이 천하에 견줄 만 한 이가 없다고 하였는데, 어찌하여 그 이름이 앞에 기록되지 않은 것인가? 또 중종中宗 신룡神龍 원년(705)에 장작이 재응관악과才膺管樂科에 급제했다는 기록이 있는데, 급제한 9명 중 다섯 번째에 이름이 있다. 예종睿宗 경운景雲 2년(711)에 현량방정과賢良方正科에 급제한 것 또한 급제한 20명 중 3등이었다. 이른바 여덟 번 과거를 치러 갑과甲科에 급제했다고 하는 것 또한 사실이 아니다.

4. 당나라의 과거시험 과목 唐制擧科目

당나라 때는 과거시험 과목이 아주 많았다. 그런데 갑자기 시험 과목 이름만 바꿔서, 다른 과목과 실제로는 별 차이가 없는 것들이 많았다.

장구령張九齡은 '도모이여과道侔伊呂科'에 높은 점수로 합격을 했다. 『등과기登科記』와 『당회요唐會要』를 고증해보면, 선천先天 원년(712) 9월 현종玄宗이 막 즉위했을 때, 과거시험을 통해 선로사宣勞使로 추천된 사람은 9사람이었다. 그중 경방치국經邦治國과 재가경국材可經國·재감자사才堪刺史·현량방정賢良方正·도모이여과에서는 각각 1사람을 뽑았고, 조사청화藻思淸華와 흥화변속과興化變俗科에서는 각각 2사람을 뽑았다. 도모이여과의 문제는 아주 평범했다.

> 나라가 흥성하여 잘 다스려지기 위해서는 반드시 인재를 얻어야 한다. 어진이를 구하면 비정기적으로 임명할 수 있고 천거할 수 있다. 멀리 한漢나라와 위魏나라의 제도를 따르고 주州와 군郡에서 관리를 선발하는 방법을 다시 회복시켜야 한다. 그러나 주목州牧과 군수郡守가 각 주와 군의 인재들을 명확히 식별해 낼 만큼 식견이 높은 것은 아니다.
> 월기越騎[33]와 차비佽飛[34]는 모두 경사京師에서 멀리 떨어진 곳에서 활동하며, 전국

33 越騎 : 도성 밖에 주둔하고 있는 군대.

각 지역에서 균전제를 시행해서 병농兵農을 일치시키려 준비했다.

또 백성들을 위로하고 농업을 중시하는 것 등에 관해서만 언급하고 나라를 다스리는 중요한 문제에 대해서는 거의 언급하지 않았다. 백성을 위로하고 농업을 중시하는 이러한 일들은 바로 이윤伊尹과 여상呂尙이 행했던 것으로 좁은 의미의 정치였다. 장구령은 신룡 2년(706)에 재감경방과材堪經邦科에 합격했는데, 역사서의 열전에는 기록되어 있지 않다.

5. 아홉 종류의 연못 淵有九名

『장자』에는 호자壺子[35]가 계함季咸[36]을 만난 일이 기록되어있다.

> 소용돌이치는 깊은 물도 연못이 되고, 괴어 있는 깊은 물도 연못이 되며, 흐르는 깊은 물도 연못이 된다. 연못에는 아홉 가지가 있는데, 이것은 그 중 세 가지이다.[37]

『열자列子』[38]의 「황제黃帝」편에는 호자가 말한 아홉 가지 연못에 대해 자세하게 설명되어 있다.

> 소용돌이치는 깊은 물도 연못이 되고, 괴어 있는 깊은 물도 연못이 되며, 흐르는 깊은 물도 연못이 된다. 솟아 나오는 물도 연못이 되며, 뚝뚝 흘러 떨어지는 물도 연못이 되고, 곁 구멍에서 솟아나는 물도 연못이 되며, 제방이 무너져 밖으로 흘러 나갔다가 다시 강으로 흘러드는 물도 연못이 되고, 못으로 흘러드는 물도

34 佽飛 : 원래 춘추시대 초楚나라 용사의 이름으로, 한나라 때는 사냥을 담당한 관청을 가리켰고, 후에는 무관에 대한 범칭으로 사용되었다.

35 壺子 : 정鄭나라 사람으로 열자列子의 스승.

36 季咸 : 무녀로 영험하여 사람의 사생·존망·화복·수명 등을 귀신처럼 연월일年月日까지 예언해서 맞혔다고 한다.

37 『장자·응제왕應帝王』.

38 『列子』 : 전국 시대의 도가道家 사상가 열자列子와 그의 제자들이 엮은 책. 현재 『열자列子』 8편이 남아 있으나 후세의 위작이라고 본다. '우공이산愚公移山'과 '기우杞憂' 등의 우화가 실려 있는 『열자』는 『장자莊子』와 함께 도가적 우화가 풍부한 서적으로도 알려져 있다.

연못이 되며, 한 곳에서 나와 갈라진 물도 연못이 된다. 이것이 아홉 가지 연못이다.

『이아爾雅』에서는 "솟아 나오는 물이 나온다"고 했는데, 즉 함천檻泉이다.

옥천沃泉은 아래로 흘러나오고, 궤천氿泉은 구멍에서 나오며, 옹灉은 다시 들어오며, 견汧은 나오지만 흐르지 않는다.

물꼬가 터져 연못으로 흐르는 것을 견汧이라고 하고, 비肥는 같이 나오지만 돌아가는 바가 다른 것이다.

이것은 모두 우禹임금이 이름 붙인 것이다. 『이아』라는 책은 주공周公이 지은 것이 아니라, 『시경』에서 사용된 글자들을 해석한 책이다. 그런데 열자列子[39]가 활동 했을 당시 이미 이 책이 있지 않았을까? 열자가 자질구레한 새나 짐승·벌레·물고기 명칭들에 대해 주의를 기울이지는 않았을 터인데, 『열자』와 『이아』의 아홉 개의 연못의 명칭이 같은 것이 설마 우연일까?

『회남자淮南子』에도 구선九琁의 연못이 나오는데, 허신은 이를 "지극히 깊은 것이다"하고 주를 달았다. 가의賈誼의 「조굴부弔屈賦」에도 "지극히 깊은 연못의 신묘한 용(襲九淵之神龍)"이라는 구절이 있다. 안사고顔師古[40]는 이 구절을 "구연九淵은 구선九旋의 강으로 지극히 깊은 것을 말한다"고 해석했다. 허신과 안사고가 '구연九淵'을 지극히 깊다고 해석한 것은 『열자』·『장자』가 아홉 개의 연못으로 설명한 것과는 다르다.

6. 소식이 장자를 논하다 東坡論莊子

소식蘇軾은 「장자사당기莊子祠堂記」에서 장자가 결코 공자를 헐뜯지 않았다

39 列子 : 전국 시대의 도가道家 사상가. 이름은 어구禦寇로 정鄭나라의 은자로서 B.C. 4세기경의 사람으로 생각된다.

40 顔師古(581~645) : 당나라 초기의 문헌학자. 자는 주籀. 당나라 태종太宗 때 나라에서 실시한 『오경정의五經正義』·『수서隋書』 등의 문화사업에 편찬 비서감秘書監의 자격으로 참여했다. 또 그가 펴낸 『한서漢書』의 주석은 후한 이래의 주석을 집대성한 것으로서 조부 안지추顔之推, 숙부 안유진顔遊秦이 쌓아올린 가문의 학풍을 계승한 것이다.

고 변론하였다.

> 나는 「도척盜蹠」과 「어부漁父」 두 편이 진실로 공자를 폄하한 것인지 의심스러웠다. 그리고 「양왕讓王」과 「설검說劍」 두 편은 너무 천박하여 장자의 도리에 맞지 않는다. 내가 여러 차례 반복해서 『장자』를 읽으면서, 「우언寓言」편 끝에 나온 구절을 발견했다.
> "양주楊朱가 서쪽으로 진秦나라를 여행 중인 노자老子를 만났다. 양주가 노자를 만나러 올 때는 같은 여관에서 묵는 사람들이 그를 마중하고 전송하였고, 여관 주인은 방석을 들고 오며, 주인의 처는 수건과 빗을 갖다 주는 등 그를 두려워했다. 그러나 노자의 가르침을 받고 돌아갈 때는 그와 함께 여관에 묵는 사람들이 다투어 그와 함께 자리를 하려고 할 정도로 함께 어울리게 되었다."
> 「우언」편 뒤로 이어지는 「양왕」과 「설검」·「어부」·「도척」 네 편을 빼버리고, 곧바로 「열어구列禦寇」의 첫머리와 이어놓으면 내용이 합치된다.
> "열자가 제齊나라로 가다가 중간에 돌아오다가 백혼무인伯昏瞀人을 만났다. '어째서 길을 가다가 돌아오느냐'는 백혼무인의 물음에 열자는 '놀랐기 때문입니다. 열 곳에서 열 개의 마실 것을 사서 마셨는데, 다섯 곳이 돈을 주기도 전에 마실 것을 먼저 주었습니다'라고 답했다."
> 반복해서 생각하다가 크게 깨닫고서 웃으며 말했다.
> "「우언」과 「열어구」는 똑같은 내용으로 동일한 편이로구나."
> 장자의 말이 끝나지도 않았는데, 잘 알지도 못하는 어리석은 이들이 강제로 편篇을 나누고 중간에 자신의 작품을 삽입해 놓은 것이다.

소식의 견해는 실로 완벽하고 뛰어나다. 그렇기 때문에 「제서군유문祭徐君猷文」에서 다음과 같이 말한 것이다.

> 사람들이 서로 다투어 자리를 함께하였고, 다시는 열 곳에서 마실 것을 마시는데 다섯 곳에서 값을 치루기도 전에 마실 것을 내놓는 풍경이 벌어지지 않았다.

양주와 열어구의 일을 한 가지 사건으로 간주해서 인용한 것이다.

지금 『장자』를 보면 「우언」은 26번째 편이며, 이어서 「양왕」과 「설검」·「어부」·「도척」 네 편이 나온다. 그리고 「열어구」는 32번째 편이다. 『장자』를 읽을 때 「양왕」과 「설검」·「어부」·「도척」을 빼버리고 「우언」과 「열어구」를 이어 읽으면, 『장자』를 읽으면서 느꼈던 수많은 의문들이 얼음이 녹듯 모두 풀릴 것이다.

나는 『열자』의 두 번째 편 앞머리에 기록된 열어구가 음식점에 간 이야기, 즉 열어구가 음식점에 가서 음식을 사먹는데 말도 하기 전에 주인이 먼저 음식을 차려놓은 일과 관련된 수백 자를 자세히 살펴보았다. 그런데 이 일화에 연이어 양주의 자리다툼에 관한 일화를 기술하면 바로 소식이 말한 것과 완전히 같아진다. 『열자』와 소식은 시대적으로 천년의 차이가 나지만 똑같이 생각한 것이다. 그러나 소식은 『열자』의 이 기록을 언급하지 않았다. 문장을 쓸 때 잠시 잊어버렸던 것이 아닐까?

육덕명陸德明[41]은 『석문釋文』에서 다음과 같이 말했다.

> 곽상郭象[42]은 『장자』에 대해 이렇게 말했다.
> "작은 재주를 가지고 망령되이 헛소리를 지껄이는 이들이 『장자』에 대량의 거짓 문장들을 삽입했는데, 「알혁閼奕」·「의수意脩」의 첫머리와 「위언危言」·「유부游鳧」·「자서子胥」 같은 편이다. 이렇게 교묘하게 삽입된 위작은 『장자』 전체 10분의 3을 차지한다."
> 『한서·예문지藝文志』에서는 『장자』가 52편이라고 했는데, 사마표司馬彪와 맹씨孟氏가 주석한 책이다. 그 책에는 괴이하고 황당한 말들이 많아 어떤 부분은 『산해경山海經』 같기도 하고, 또 어떤 부분은 점몽서占夢書 같기도 하다. 그래서 주석가들은 자신의 견해에 의거해 내용을 빼기도 하고 취하기도 하였는데, 『장자』의 내편만은 여러 주석가들이 의견이 모두 같았다.

내가 육덕명의 이 글을 근거로 하여 살펴보니, 소식이 말했던 '잘 알지도 못하는 어리석은 자들'이란 바로 '작은 재주를 가지고 망령되이 헛소리를 지껄인 자들'인 것 같다. 그들이 『장자』에 삽입해 넣었던 「알혁」과 「유부」 등의 편들은 지금 전해지지 않는다.

41 陸德明(550?~630) : 당나라의 경학자이며 훈고학자. 자는 덕명이고, 이름은 원랑元朗이다. 처음에 수隋나라를 섬겼으나, 당나라 고조高祖의 초빙으로 태학박사太學博士·국자박사國子博士가 되었다. 그가 편찬한 『경전석문經典釋文』은 경학經學 원전 정리의 효시로 불린다.

42 郭象(?~312) : 진晉나라의 현학자玄學者. 신도가新道家의 사상가로 도가의 가장 기본적인 책 가운데 하나인 『장자』의 유명한 주석서 『장자주莊子注』를 썼다.

7. 『열자』 列子書事

『열자』의 내용은 간결하고 명쾌하면서도 기묘한 점에서 『장자』를 뛰어넘는다. 『열자』에 혜앙惠盎이 송宋나라 강왕康王을 알현한 이야기가 나온다.

> 강왕이 말했다.
> "과인이 좋아하는 것은 용맹스러움과 힘이요. 어짐과 의로움 따위의 말들은 듣기도 싫소. 그대가 과인에게 말하려고 하는 것은 무엇이오?"
> 그러자 혜앙이 말하였다.
> "저에게 좋은 방법이 한 가지 있습니다. 이 방법을 쓰면 가령 어떤 사람이 아무리 용맹하다 해도 이 방법 앞에서는 소용이 없으니, 그것은 찔러도 칼이 들어가지 않는 까닭이며, 아무리 힘이 세다 해도 이 방법 앞에서는 소용이 없으니 그것은 때려도 맞지 않는 까닭입니다."
> 강왕이 말하였다.
> "그것 참 좋소. 그것이 바로 과인이 듣고 싶은 것이오."
> 혜앙이 말하였다.
> "칼로 찔러도 들어가지 않고, 주먹으로 때려도 맞지 않는 일도 대단하다고 하겠지만, 이는 모욕적인 것입니다. 그러나 제가 가지고 있는 이 방법을 쓰면, 비록 어떤 사람이 아무리 용맹하다 해도 찌르지 못하고, 아무리 힘이 세다 해도 때리지 못할 것입니다. 감히 그렇게 하지 못하는 것은, 해치려는 뜻을 없애버렸기 때문입니다.
> 저에게는 그보다 더 좋은 방법이 있습니다. 그것은 그 사람이 원래부터 해치려는 뜻 자체를 가지지 못하게 해버리는 것입니다. 하지만 이렇게 해치려는 뜻을 가지지 않게 했다하더라도, 이 방법은 해치려는 뜻만 없어졌을 뿐, 아직 사랑하는 마음까지 생기게 한 것은 아닙니다.
> 저에게는 그보다 더 좋은 한 가지 방법이 있습니다. 그것은 그 사람이 천하의 모든 사람들을 사랑하지 않고는 못 배기게 하는 것입니다. 이것이 왕께서 말씀하신 용맹함이나 힘을 쓰는 방법보다 네 배나 현명한 방법입니다."[43]

이 문장을 살펴보면 네 단계에 대한 설명이 있는데, 일반인들은 수백자의 글로 이렇게 명확하게 설명할 수 없을 것이다. 그러나 『열자』는 명쾌하고

43 『열자·황제黃帝』.

깔끔하며 간결한 언어로 깊은 의미를 전달함에 조금도 군더더기가 느껴지지 않으니, 후인들 중 누구의 필력이 이러한 경지에 이르렀다 할 수 있겠는가? 『열자』의 이 부분은 삼불기三不欺[44]의 의미와 완전히 부합한다. 찔러도 들어가지 않고 때려도 맞지 않는 것은 속일 수 없는 것이며, 감히 찌르거나 때리지 못하는 것은 감히 속이지 못하는 것이며, 근본적으로 찌르거나 때리려는 생각을 갖지 않게 하는 것은 차마 속이지 못하는 것과 같다. 위魏나라 문제文帝는 이 세 가지의 우열을 논하였는데, 사실 이 단락으로 충분히 설명되었다고 할 수 있다.

8. 하늘이 내린 뛰어난 대구 天生對偶

옛말에 다음과 같은 구절은 하늘이 내린 대구對句라고 한다.

붉게 볶아내고 하얗게 고아내다.	紅生白熟
발의 색깔과 손금.	脚色手紋
튀긴 전병 얇고 바삭바삭.	寬焦薄脆

이러한 것들을 근거로 하여 세상에 전해지는 명구名句들을 모아보았다. 전인들이 기록한 것들도 함께 여기에 적어 놓으니 이를 통해 견문을 넓히기를 바란다.

삼천三川의 태수,	三川太守,
천하 사방 백성의 일을 보는 식견을 가진 노옹.	四目老翁.
상공은 공경대부의 자제,	相公公相子,

44 三不欺 : 『사기史記』는 정치가인 자산子産과 서문표西門豹·복자천宓子賤의 행적을 적고 각각 속일 수 없는 세 가지 유형으로 분류하였다. 즉 현명하여 속일 수 없는 불가기不可欺, 엄격하여 감히 속이지 못하는 불감기不敢欺, 자비로워 차마 속이지 못하는 불인기不忍欺의 유형이다.

군주는 주인공. 人主主人翁.

진흙은 비옥한데 벼는 오히려 수척하고, 泥肥禾尙瘦,
낮은 짧아졌는데 밤은 약간 길어졌네. 晝短夜差長.

삶을 망치는 것 또한 술밖에 없고, 斷送一生惟有酒,
모든 괴로움을 없애는 것 또한 술 뿐이네. 破除萬事無過酒.

북두칠성 서너 점, 北斗七星三四點,
남산 만년장수 수천 년. 南山萬壽十千年.

천둥과 바람 매서운 세찬 비바람, 迅雷風烈風雷雨,
땅과 하늘 통하는 것 끊어버린
하늘과 땅 사이의 사람. 絶地天通天地人.

대자리 위의 비파는 본디 소리 없는 악기요, 筵上枇把, 本是無聲之樂,
풀밭의 메뚜기는 또 묶어 놓지 않은 배라. 草間蚱蜢, 還同不繫之舟.

모두 아주 깔끔한 대구이다.

두 구절의 서면어 뒤에 한 구절의 속담을 근거로 덧붙인 것은 다음과 같은 예가 있다.

요임금의 아들은 불초한데, 堯之子不肖,
순임금의 아들 또한 불초했네. 舜之子亦不肖.
생질들은 대부분 외삼촌을 닮았다네. 外甥多似舅.

나의 힘은 삼천 근을 들을 수 있으나, 吾力足以擧百鈞,
새 털 하나는 들 수 없다네. 而不足以擧一羽.
중요한 일은 맡아서 해도
가벼운 일은 맡지 않는다네. 便重不便輕.

9. 동작대와 관영묘의 기와로 만든 벼루 銅雀灌硯

상주相州[45]는 옛날 업도鄴都로 위魏나라 태조太祖의 동작대銅雀臺[46]가 이곳에 있는데, 그 유적지는 지금도 그대로이다. 옛 기와는 아주 큰데, 애성艾城의 왕문숙王文叔이 옛 기와 하나를 얻어서 벼루로 만들어 황정견黃庭堅에게 보냈고, 소식은 이 벼루를 위해 명문銘文을 지어주었다. 훗날 이 벼루는 다시 왕문숙이 소유하게 되었다. 벼루의 길이는 3척 정도였고, 넓이는 1척 반이었다.

선친께서 연燕[47]에서 돌아오실 때 두 개의 벼루를 얻어오셨는데, 크기는 길이가 1척 반촌에 넓이가 8촌이었다. 중간은 표주박 형태로 뒷면에 예서체隸書體 글자 6자字가 새겨져 있는데, "건안 15년(210)에 만들었다[建安十五年造]"라는 글자체는 노련하면서도 기품 있고 힘이 넘쳐 보인다. 조조曹操[48]가 건안 9년(204)에 기주목冀州牧에 임명되어 업鄴을 다스렸을 때 동작대를 짓기 시작했다고 한다.

두 개의 벼루 중 작은 것은 크기에 있어서는 큰 것과 비교가 되지 않는데, 앞부분에 전서체篆書體 글자 6자 "대위大魏 흥화興和[49] 연간 제조[大魏興和年造]"라고 새겨져 있고, 중간에는 작은 꽃모양이 조각되어있다. 흥화는 동위東魏[50]

45 相州 : 지금의 하남성 안양현安陽縣.

46 銅雀臺 : 후한 건안建安 15년(210)에 조조가 스스로를 황제라 칭하고, 이를 기념하여 업의 서북쪽에 성대하게 지은 누대의 이름으로, 구리로 만든 봉황으로 지붕을 장식해서 동작대라 불렸다.

47 燕 : 지금의 북경시 서남쪽.

48 曹操(155~220) : 후한 말기의 정치가이자, 군인이며 시인. 자는 맹덕孟德이며, 훗날 위나라가 건국된 이후 추증된 묘호廟號는 태조太祖, 시호는 무황제武皇帝이다. 후한이 그 힘을 잃어가던 시기에 비상하고 탁월한 재능으로 두각을 드러내, 여러 제후들을 연달아 격파하고 중국대륙의 대부분을 통일하여, 위나라가 세워질 수 있는 기틀을 닦았다.

49 興和 : 남북조시기 동위東魏 효정제 시기 연호(539~543).

50 東魏(534~550) : 남북조 시대 북위北魏가 분열하여 건국된 나라. 북위의 낙양洛陽부터 동쪽 지역을 다스렸다. 국호는 위나라이지만, 같은 북위에서 분열한 서위西魏와 구분하기 위해 동위란 호칭을 사용한다. 북위의 효무제孝武帝가 대승상 고환高歡을 제거하는 음모를 꾸미다가 실패한 후 장안으로 도망치고, 고환은 업에서 효정제을 옹립하여 동위를 건국했다. 동위는 고환의 전횡이 계속되면서 효정제는 고씨일족의 꼭두각시에 불과했고, 547년 고환이 죽자 장남 고징高澄이 대승상의 지위를 물려받았다. 550년 고환의 차남 고양高洋이 효정제로

효정제孝靜帝의 연호인데, 이때 수도가 바로 업이었다. 흥화 연간은 건안[51] 연간과 300년 정도 차이가 나고, 지금과는 600년 정도 차이가 난다. 이 두 개의 벼루는 지금 모두 조카 손주인 홍한洪僩이 보관하고 있다.

나는 건안 벼루의 명문을 써주었다.

업성의 기와는 규격에 맞으니,	鄴瓦所范,
아 벼루를 만들기 위해서였나?	嘻其是邪?
거의 900년 동안,	幾九百年,
한나라 말부터 지금까지 전해져 왔구나.	來隨漢槎.
붓 끝을 담그니,	淬爾筆鋒,
마침내 먹물 질펀한 꽃이 활짝 피는구나.	肆其滂葩.
한아 너는 이를 보물로 여겨,	僩實寶此,
우리 홍씨 가문을 빛내어라.	以昌我家.

흥화 벼루에도 명문을 써주었다.

북위北魏가 동천한 후,	魏元之東,[52]
구각짐狗腳朕[53]이라 경멸받은 동위는 업에 수도를 정했네.	狗腳于鄴.
아 그 시절의 기와가 그대로 남아,	吁其瓦存,
온갖 고난을 겪으면서 전해져왔구나.	亦禪千劫.
상림에서 기러기가 전해 준 편지 얻어서,	上林得雁,
보물 구해 고향으로 돌아갈 수 있었네.	獲貯歸笈.
자세히 살펴보며 명문을 지으니,	玩而銘之,
늙은이의 눈물은 눈썹에 맺히는구나.	衰淚棲睫.

부터 선양을 받고 북제北齊를 건국하면서 동위는 멸망했다.

51 建安 : 후한 헌제獻帝 시기 연호(196~220).

52 魏元 : 원위元魏로 남북조시기의 북위北魏. 북위의 효문제는 낙양으로 수도를 옮긴 후, 탁발拓跋이라는 성을 원元으로 바꾸었기에, 북위를 원위元魏라고도 칭한다.

53 狗腳朕 : 동위의 효정제 때 실권을 장악하고 있던 고징高澄이 효정제를 경멸하여 한 말. 구각狗腳은 개다리로 남의 명령을 잘 듣는 것을 뜻한다. 고징이 효정제를 모시고 술을 마시다가 효정제에게 술잔을 권했으나 받지 않자, 화를 내며 효정제에게 '朕, 狗腳朕!(짐은 무슨 개다리 같은 짐이람!)'이라고 하면서 다른 사람을 시켜 효정제를 주먹으로 때리게까지 했다.

장주贛州 영도현雩都縣[54]은 관영灌嬰의 묘가 안치된 곳이었는데, 지금은 그 묘가 없다. 전해지는 바에 의하면 묘 왼쪽에 연못이 하나 있었는데, 농부들이 밭을 갈다가 종종 그 곳에서 옛 기와를 발견하곤 했다. 기와는 움푹 패인 홈이 있어 벼루로 만들기에 적당했다. 내가 강서江西에서 군수를 지낼 때 그 기와 하나를 얻었는데, 두 귀퉁이는 떨어져 나갔고, 무게는 10근 정도였다. 숫돌로 칼을 갈 듯 먹을 갈면, 그 색이 찬란했다. 벼루는 황색으로, 만들어진 시기를 고찰해보면 동작대의 옛 기와와는 비교가 되지 않는다. 나는 또 벼루 위에 명문을 새겨놓았다.

좋은 흙으로 기와를 만드니,	范土作瓦,
점토로 아주 빨리 만들었네.	既埴既已.
어이하여 불로 구어 만들었나,	何斷制於火,
결국엔 물을 담지 않는가?	而卒以囿水?
이 묘는 한나라의 영음후穎陰侯 관영의 묘인데,	廟于漢侯,
지금으로부터 이미 천 몇 백 년이나 된 것이라네.	今千幾年?
어찌하여 묘는 훼손되어 제사도 그치고,	何址蹶祀歇,
기와만이 홀로 남겨졌는가.	而此獨也存?
장주의 우도현에서는,	縣贛之雩,
관영묘 연못 덕분이라 하네.	曰若灌池.
벼루를 내가 얻었기에,	研爲我得,
특별히 명문을 새기어 기록하였네.	而銘以章之.

여기에 기록된 것은 모두 사실에 근거하였다.

10. 최사립 崔斯立

최립지崔立之의 자는 사립斯立으로 당나라 때 높은 관직을 지낸 적이 없기 때문에 역사서에도 그의 열전이 전해지지 않는다. 그러나 저명한 문학가인 한유韓愈[55]가 그에 대해 극찬을 아끼지 않았다. 한유는 「남전승벽기藍田丞壁記」

54 雩都縣 : 지금의 강서성 우도현雩都縣.

에서 다음과 같이 말했다.

> 학문을 닦고 글공부를 하면서 자신의 실력을 쌓아가니, 큰물이 넘쳐흘러가듯 날로 커지고 막히는 곳이 없게 되었다.

「증최평사贈崔評事」 시에서도 다음과 같이 노래했다.

최립지의 문장은 민첩하니, 崔侯文章苦捷敏,
높은 파도 하늘을 끝없이 내달리네. 高浪駕天輸不盡.
시골 전원에서 장안으로 왔는데, 頃從關外來上都,
지니고 온 두루마리들 수레에 가득하네. 隨身卷軸車連軫.
아침나절 지은 부는 우울함과 노기 가득하고, 朝爲百賦猶鬱怒,
저녁 무렵 지은 시는 강건하네. 暮作千詩轉遒緊.
호방한 재주와 용맹한 기세로 용이한 언어구사하니, 才豪氣猛易語言,
왕왕 교룡과 이무기에 땅강아지 지렁이 섞인 격일세. 往往蚊璃雜螻蚓.

「기최이십육寄崔二十六」이란 시에서도 다음과 같이 극찬했다.

서역의 원외승, 西城員外丞,
마음의 자취는 우뚝하니 뛰어나네. 心跡兩崛奇.
지난해 전쟁에 대해 쓴 글은, 往歲戰詞賦,
그 기세와 힘을 따라 갈 수 없네. 不將勢力隨.
우뚝하게 과거장에 앉으니, 傲兀坐試席,
깊은 숲의 외로운 곰처럼 보였네. 深叢見孤羆.
문장은 강물을 뒤엎을 것처럼 세차니, 文如翻水成,
처음부터 그럴 의도는 아니었다네. 初不用意爲.
사방의 선비들 모두 고개 숙이니, 四坐各低面,
감히 눈 돌려 바라보지도 못하네. 不敢捩眼窺.
아름다운 구절 뭇 사람들 입에 오르내리니, 佳句喧衆口,

55 韓愈(768~824) : 당唐나라 문학가 겸 사상가. 자 퇴지退之. 시호는 문공文公이며 조적祖籍이 하남河南 창려현昌黎縣이기 때문에 한창려韓昌黎라고도 부른다. 유가 사상을 추존하고 불교를 배격하여 송대 성리학의 선구자가 되었으며, 기존의 대구對句를 중심으로 짓는 변문騈文에 반대하고 자유로운 고문古文을 주창하여 문체개혁을 주도하였다.

채점관이 어찌 감히 흠을 잡을 것인가? 考官敢瑕疵?
해마다 과거 급제하기를, 連年收科第,
턱 밑의 수염을 뽑듯이 하네. 若摘頷底髭.

그 칭찬이 이처럼 대단하였다.

그런데 「남전승벽기」에서 "정원貞元[56] 초에 그 비범한 재능으로 장안에서 여러 문인들과 고하를 다투었는데, 두 번 나아가서 두 번 모두 사람들에게 굴복 당했다"라고 했다. 그리고 「기최이십육」에서는 "해마다 과거 급제를 했다"고 했으니, 한유는 왜 스스로 모순을 만들어냈을까?

항주杭州에서 판각한 한유의 문집을 살펴보니 "두 번 모두 수많은 사람을 굴복시켰다[再屈千人]"라고 되어있고, 촉본蜀本에는 "두 번 나아가 모두 수많은 사람을 굴복시켰다[再進屈千人]"라고 되어있으며, 『문원文苑』에도 "두 번 나아가 모두 수많은 사람을 굴복시켰다[再進屈千人]"라고 되어있다. 다른 판본에서 '千천'을 '于우'로 오인하여 "두 번 모두 사람들에게 굴복 당했다"라고 한 것으로 생각된다. 또 『등과기登科記』의 기록을 살펴보자.

최립지는 정원 3년(787)에 진사進士에 급제하였고, 정원 7년(791)에 굉사과宏詞科[57]에 합격했다.

"해마다 과거 급제를 했다"는 「기최이십육」 시의 내용과 완전히 일치된다.

한유가 말한 것을 살펴보면, 최립지의 시가 상당히 많았음을 알 수 있는데, 지금 전해지는 것은 한 편도 없다. 이는 그가 마구 시를 써내려가며 수량만 채우면서 시의 내용은 중시하지 않아서는 아닐까?

56 貞元 : 당나라 덕종德宗 시기 연호(785~805).

57 宏詞科 : 표表와 부賦를 시험 보는 박학굉사과博學宏詞科. 이 시험을 통해 학문에 해박하고 문장에 능통한 사람을 뽑았다. 표로 시험 보는 것은 직언으로 남김없이 간쟁하라는 뜻이라고 한다.

11. 안사고의 『한서』 주석의 번잡함 漢書注冗

안사고顔師古의 『한서』 주석본은 각 주석가들의 학설을 비교하며 시비와 우열을 평가했기에 가장 정밀하고 완정한 주석서라 할 수 있다. 그러나 불필요한 음석音釋을 번잡하게 추가한 단점이 있다. 음석은 처음 나오는 가차자假借字에만 주석을 달고 "다른 것도 모두 이와 같다"고 하여, 처음에만 주석을 달고 다시 중복하지 않았다. 그러나 '순행循行'이라는 글자 아래 반드시 "行행의 음은 下하와 更갱의 반절反切[58]이다"라고 했고, '급복給復'이라는 글자 아래 반드시 "復복의 음은 方방과 目목의 반절이다"라고 했다. 이러한 예가 수 백 가지도 더 된다. 예를 들면 다음과 같은 것들이 있다.

說열은 悅열이라고 읽는다.
繇요는 謠요라고 읽는다.
鄕향은 向향이라고 읽는다.
解해는 懈해라고 읽는다.
與여는 豫예라고 읽는다.
又우는 歟여라고 읽는다.
雍옹은 壅옹이라고 읽는다.
道도는 導도라고 읽는다.
畜축은 蓄축이라고 읽는다.
視시는 示시라고 읽는다.
艾애는 乂예라고 읽는다.
竟경은 境경이라고 읽는다.
飭칙은 敕칙과 같다.
繇요는 由유와 같다.
敺구는 驅구와 같다.
晻암은 暗암과 같다.
婁누는 屢누의 옛글자이다.
墬추는 地지의 옛글자이다.
饟양은 餉향의 옛글자이다.

58 反切 : 한자의 음을 표시하는 방법으로 첫 글자의 초성과 두 번째 글자의 운을 합하여 한 음으로 읽는다. 先선과 合합의 반절이라면 '삽'으로 읽힌다.

犇분은 奔분의 옛글자이다.

굳이 해석할 필요 없는 것을 중복적으로 해석한 것도 많다.

삼대三代는 하夏·상商·주周다.
중도관中都官은 경사京師의 여러 관부이다.
실직失職은 그 정해진 일을 잃어버린 것이다.

또 글자의 의미가 심오한 것이 아님에도 불필요하게 해석한 것이 많다.

貸대는 빌리다[假]의 의미이다.
休휴는 아름답다[美]의 의미이다.
烈열은 큰 사업[業]의 의미이다.
稱칭은 알맞다[副]의 의미이다.
靡미는 금지하다[無]의 의미이다.
滋자는 더하다[益]의 의미이다.
蕃번은 많다[多]의 의미이다.
圖도는 꾀하다[謀]의 의미이다.
耗모는 줄다[減]의 의미이다.
卒졸은 마치다[終]의 의미이다.
悉실은 다하다[盡]의 의미이다.
給급은 넉넉하다[足]의 의미이다.
浸침은 번지다[漸]의 의미이다.
則칙은 법[法]의 의미이다.
風풍은 교화하다[化]의 의미이다.
永영은 길다[長]의 의미이다.
省성은 살피다[視]이다.
仍잉은 빈번히[頻]의 의미한다.
疾질은 빨리[速]의 의미이다.
比비는 빈번히[頻]의 의미이다.

자의字意 해석은 같은 글자에 대한 해석이 여러 차례 반복되기도 하는데, 심지어 한 쪽에서 같은 해석을 두 차례나 한 경우도 있다. 이러한 경우는 너무 많아 이루 헤아릴 수가 없을 정도이다.

豁활·仇구·恢회·坐좌·邾주·陜섬·治치·脫탈·攘양·藝예·垣원·綰관·顚전·

擅천·酣감·侔모·重중·禹우·俞유·選선 등의 글자는 모두 반절을 사용해 음을 주석 했는데, 이러한 주석들은 모두 생략해도 되는 것이다.

안사고는 특히 『한서』의 인물지에 번잡하게 주를 달았다. 「항우전項羽傳」에는 "伯백은 霸패로 읽는다"라는 주석이 4번이나 반복적으로 나온다. 상국하相國何·상국참相國參·태위발太尉勃·태위아부太尉亞夫·승상평丞相平·승상길丞相吉 역시 소하蕭何[59]·조참曹參[60] 등등의 주석을 달았고, 환桓·문文·안顏·민閔 또한 반드시 제환공齊桓公·진문공晉文公[61]·안연顏淵·민자건閔子騫[62] 등으로 주석을 달았다. 『한서』를 읽을 정도면 이제 막 공부를 시작해서 상국하相國何나 환桓을 이해 못하는 어린아이는 아닐 것인데, 왜 쓸데없이 번잡한 주석을 달았을까?

안사고는 「서례敘例」에서 다음과 같이 말했다.

> 비교적 잘 알고 있고 의심스럽지 않은 것은 많은 이들이 잘 알고 있는 바이므로, 번잡하게 주석을 달지 않았다.

그러나 이 언급은 지금 우리가 보는 『한서』 주석본과 모순된다.

59 蕭何(?~B.C.193) : 한나라 개국 공신. 한신韓信·장량張良과 함께 한나라 개국 삼걸三傑로 꼽힌다. 고조가 즉위할 때 논공행상에서 일등 가는 공신이라 인정하여 찬후酇侯에 봉하였다. 한신의 반란을 평정하고 재상에 임명되어 율령과 법제를 제정하여 나라를 안정시켰다.

60 曹參(?~B.C.190) : 한나라 개국 공신. 평양후平陽侯에 책봉되었으며, 고조가 죽은 뒤 소하의 추천으로 상국相國이 되어 혜제惠帝를 보필하였다.

61 晉文公(B.C.697~B.C.628 / 재위 B.C.635~B.C.628) : 춘추시대 5패五霸의 한 사람. 본명 중이重耳. 아버지 헌공獻公이 여비驪妃의 소생을 후계자로 삼고자 태자 신생申生을 죽이자, 추방되어 19년간 국외에서 떠돌다가 62세에 진나라로 돌아와 즉위하였다. 오랜 방랑생활에 따라다니던 호언狐偃과 조쇠趙衰·선진先軫 등의 현사賢士들을 중용하여 그들이 건의한 정책을 실행하여 패자가 되었다.

62 閔子騫 : 춘추 시대 말기 노魯나라 사람. 이름 손損. 공자孔子의 제자였으며, 공자보다 15살 연하다. 효성과 덕행으로 유명하다. 어려서 부모로부터 모진 학대를 받았지만 효도를 극진히 하여 부모를 감동시켰다고 한다. 권력 앞에서도 굽히지 않는 의기를 지녔었다. 송나라 진종眞宗 대중상부大中祥符 2년(1009) 낭야공琅邪公에 추봉追封되었다.

12. 고적만으로는 고증할 수 없다 古跡不可考

전국 각지의 명승고적은 조대朝代의 교체에 따라 지형이 크게 바뀌어서, 원래 풍모를 다시 보기 어렵게 되었다. 예를 들면 지역마다 요산堯山과 역산歷山이라는 지명이 있고, 모두 요임금과 순임금이 지나갔던 곳이라고 하지만 지리서에는 하나도 나와 있지 않다. 회계會稽의 우임금 묘는 높은 언덕 꼭대기에 있다고 하는데, 바로 우혈禹穴[63]이다. 그러나 이것은 균열된 틈에다가 억지로 이름을 붙여놓은 것으로, 손가락 하나 집어 넣지 못할 정도로 작은 틈인데, 사마천司馬遷이 어떻게 그 깊이를 재보았다고 하는지 알 수가 없다.

순임금의 도성이라고 하는 포판蒲阪은 지금의 하중에[64] 있는 순성舜城이라는 곳으로 대대로 순임금을 공경하여 제사를 받들던 곳이다. 장운수張芸叟의 「하중오폐기河中五廢記」의 기록을 보자.

> 포주성蒲州城의 두 개의 서문西門 사이가 순성의 유적지로 순임금의 묘가 그 중간에 있다. 당나라의 장굉정張宏靖이 이곳을 다스릴 때 순임금의 묘를 새로 꾸몄다. 송나라 신종神宗 희녕熙寧[65] 초에는 성벽이 상당히 견고해졌다. 그러나 5년도 안 되어 도기陶器를 만들기 위해 성벽을 남김없이 모조리 다 파내버려, 순성이 완전히 훼손되어버렸다.
> 황하黃河의 중류에는 인공적으로 만들어진 작은 섬 하나가 있는데, 이름은 중단中潬으로 교량橋梁으로 건너 다녔다. 언제부터 있었는지 알 수 없지만, 어떤 사람은 분양왕汾陽王 곽자의郭子儀[66]가 만든 것이라고 말한다. 섬은 쇠로 바닥을 만들어 위에는 하백河伯을 모신 사당이 있고, 사면은 강으로 둘러 싸여 있으며 교목이 무성하다. 송나라 인종仁宗 가우嘉祐 8년(1063) 가을에 큰 홍수가 나서 흔적도 없

63 禹穴 : 하나라 우왕이 회계산에 순수하다가 세상을 떠나 그곳에서 장사 지냈는데 묘 뒤에 암혈이 있어 사람들이 그것을 '우혈'이라 일컬었다. 뒤에 산중의 깊은 골을 우혈이라 하게 되었다.

64 河中府 : 지금의 산서성 영제현永濟縣 서쪽.

65 熙寧 : 북송 신종神宗 때의 연호(1068~1077).

66 郭子儀(697~781) : 당나라의 장군. 죽은 뒤에는 민간신앙에서 신으로 숭배되었다. 안사安史의 난을 진압하였고, 탕구트족을 비롯한 북방 오랑캐의 침입으로부터 중국 서부지방을 방어하는 일에 전념했다. 민간신앙에서 곽자의는 행복의 신인 복성福星으로 또 재물의 신인 재신財神으로 불린다.

이 사라졌다. 이렇게 해서 중단은 없어지게 되었다.

유명한 고적의 운명들이 모두 이와 같았으니, 다른 고적들 또한 어떠했을지 알 수 있다. 소식은 봉상鳳翔에서 「능허대기凌虛臺記」를 지었는데, 이런 구절이 있다.

> 능허대에 올라가 동쪽을 바라보니 진秦나라 목공穆公의 기년궁祈年宮과 탁천궁橐泉宮이 있던 곳이고, 남쪽은 한 무제武帝의 장양궁長楊宮과 오조궁五柞宮이 있던 곳이며, 북쪽은 수나라의 인수궁仁壽宮과 당나라의 구성궁九成宮이 있던 곳이다. 그 시절의 번성함을 헤아려보건대, 장대하고 화려하며 견고하기가 꿈쩍할 수도 없을 정도였다. 그러나 몇 세대 뒤에 그 비슷한 모습이라도 찾아보려 해도, 깨어진 기와나 무너진 담장조차도 남아있는 것이 없구나.

무릇 사물의 흥망성쇠를 어찌 모두 알 수 있겠는가? 만약 사소하고 자질구레한 유적에만 의거해 명승고적의 진면목을 파악하고자 한다면, 이것은 불가능한 일이다. 『한서·지리지地理志』에 따르면 부풍군扶風郡 옹현雍縣의 탁천궁橐泉宮은 진秦나라 효공孝公 때 지어진 것이고, 기년궁祈年宮은 진秦나라 혜공惠公 때 지어진 것이라고 했다. 소식이 말한 것처럼 목공穆公 시기가 아니다.

••• 卷第十二(十二則)

1. 婦人英烈

婦人女子, 婉孌閨房, 以柔順靜專爲德, 其遇哀而悲, 臨事而惑, 蹈死而懼, 蓋所當然爾。至於能以義斷恩, 以智決策, 幹旋大事, 視死如歸, 則幾於烈丈夫矣。

齊湣王失國, 王孫賈從王, 失王之處。其母曰:「汝朝出而晩來, 則吾倚門而望; 汝暮出而不還, 則吾倚閭而望。汝今事王, 不知王處, 汝尙何歸!」賈乃入市, 呼市人攻殺淖齒, 而齊亡臣相與求王子立之, 卒以復國。

馬超叛漢, 殺刺史、太守。涼州參軍楊阜出見姜叙於歷城, 與議討賊。叙母曰:「韋使君遇難, 亦汝之負, 但當速發, 勿復顧我。」叙乃與趙昂合謀。超取昂子月爲質, 昂謂妻異曰:「當奈月何?」異曰:「雪君父之大恥, 喪元不足爲重, 況一子哉!」超襲歷城, 得叙母, 母罵之曰:「汝背父殺君, 天地豈久容汝, 敢以面目視人乎?」超殺之, 月亦死。

晉卞壼拒蘇峻, 戰死, 二子隨父後, 亦赴敵而亡。其母拊尸哭曰:「父爲忠臣, 子爲孝子, 夫何恨乎!」

秦苻堅將伐晉, 所幸張夫人引禹、稷、湯、武事以諫曰:「朝野之人, 皆言晉不可伐, 陛下獨決意行之?」堅不聽, 曰:「軍旅之事, 非婦人所當預也。」

劉裕起兵討逆, 同謀孟昶謂妻周氏曰:「我決當作賊, 幸早離絶。」周氏曰:「君父母在堂, 欲建非常之謀, 豈婦人所能諫。事之不成, 當於奚官中奉養大家, 義無歸志也。」昶起, 周氏追昶坐, 曰:「觀君擧措, 非謀及婦人者, 不過欲得財物耳。」指懷中兒示之, 曰:「此兒可賣, 亦當不惜!」遂傾貲以給之。

何無忌夜草檄文, 其母, 劉牢之姊也, 登橙密窺之, 泣曰:「汝能如此, 吾復何恨!」問所與同謀者, 曰:「劉裕。」母尤喜, 因爲言擧事必有成之理以勸之。

竇建德救王世充, 唐拒之於虎牢。建德妻曹氏, 勸使乘唐國之虛, 西抄關中, 唐必還師自救。建德曰:「此非女子所知。」

李克用困於上源驛, 左右先脫歸者, 以汴人爲變告其妻劉氏, 劉神色不動, 立斬之, 陰召大將約束, 謀保軍以還。克用歸, 欲勒兵攻汴。劉氏曰:「公當訴之朝廷, 若擅擧兵相攻, 天下孰能辨其曲直?」克用乃止。

黃巢死, 時溥獻其姬妾。僖宗宣問曰:「汝曹皆勳貴子女, 何爲從賊?」其居首者對曰:「狂賊凶逆, 國家以百萬之衆, 失守宗祧。今陛下以不能拒賊責一女子, 置公卿將帥於何地乎？」上不復問, 戮之於市。餘人皆悲怖昏醉, 獨不飮不泣, 至於就刑, 神色肅然。

唐莊宗臨斬劉守光, 守光悲泣哀祈不已, 其二妻李氏、祝氏譙之曰：「事已如此, 生復何益！妾請先死。」卽伸頸就戮。

劉仁贍守壽春, 幼子崇諫夜泛舟渡淮北, 仁贍命斬之。監軍使求救於夫人, 夫人曰：「妾於崇諫, 非不愛也, 然軍法不可私, 若貸之, 則劉氏爲不忠之門矣。」趣命斬之, 然後成喪。

王師圍金陵, 李後主以劉澄爲潤州節度使, 澄開門降越。後主誅其家, 澄女許嫁未適, 欲活之。女曰：「叛逆之餘, 義不求生。」遂就死。

此十餘人者, 義風英氣, 尙凜凜有生意也。雖載於史策, 聊表出之。至於唐高祖起兵太原, 女平陽公主在長安, 其夫柴紹曰：「尊公將以兵清京師, 我欲往, 恐不能偕, 奈何？」主曰：「公往矣, 我自爲計。」卽奔鄠, 發家貲招南山亡命, 諭降羣盜, 申法誓衆, 勒兵七萬, 威振關中, 與秦王會渭北, 分定京師。此其偉烈, 又非它人比也。

2. 無用之用

莊子云：「人皆知有用之用, 而莫知無用之用。」又云：「知無用, 而始可與言用矣。夫地非不廣且大也, 人之所用容足耳。然則廁足而墊之致黃泉, 所謂無用之爲用也亦明矣。」此義本起於老子「三十輻共一轂, 當其無有車之用」一章。學記：「鼓無當於五聲, 五聲弗得不備, 水無當於五色, 五色弗得不章。其理一也。」今夫飛者以翼爲用, 縶其足則不能飛。走者以足爲用, 縛其手則不能走。擧場較藝, 所務者才也, 而拙鈍者亦爲之用。戰陳角勝, 所先者勇也, 而老怯者亦爲之用。則有用、無用, 若之何而可分別哉？故爲國者, 其勿以無用待天下之士, 則善矣。

3. 龍筋鳳髓判

唐史稱張鷟早惠絶倫, 以文章瑞朝廷, 屬文下筆輒成, 八應制擧, 皆甲科。今其書傳於世者, 朝野僉載、龍筋鳳髓判也。僉載紀事, 皆瑣尾擿裂, 且多媟語。百判純是當時文格, 全類俳體, 但知堆垛故事, 而於蔽罪議法處不能深切, 殆是無一篇可讀, 一聯可味。如白樂天甲乙判則讀之愈多, 使人不厭。聊載數端於此：「甲去妻, 後妻犯罪, 請用子蔭贖罪, 甲不許。判云：『不安爾室, 盡孝猶慰母心；薄送我畿, 贖罪寧辭子蔭。縱下山之有怨, 曷陟屺之無情。』」「辛夫遇盜而死, 求殺盜者, 而爲之妻。或責其失節, 不伏。判云：『夫讎不報, 未足爲非；婦道有虧, 誠宜自恥。詩著靡它之誓, 百代可知；禮垂不嫁之文, 一言以蔽。』」「丙居喪, 年老毀瘠, 或非其過禮, 曰：『哀情所鍾。』判云：『況血氣之旣衰, 老夫耄矣；縱哀情之罔極, 吾子忍之。』」「丙妻有喪, 丙於妻側奏樂, 妻責之, 不伏。判云：『儼衰麻之在躬, 是吾憂也；調絲竹以盈耳, 於汝安乎？』」「甲夜行, 所由執之, 辭云：『有公事欲早趨朝。』所由以犯禁不聽。判云：『非巫馬爲政, 焉用出以戴星；同宣子俟朝, 胡不退而假寐。』」「乙貴達, 有故人至, 坐之堂下, 進以僕妾之食, 曰：『故辱而激之。』判云：『安實敗名, 重耳竟慚於舅犯；感而成事, 張儀終謝於蘇秦。』」「丙娶妻, 無子, 父母將出之, 辭曰：『歸無所從。』判云：『雖配無生育, 誠合比於斷絃；而歸靡適從, 度可同於束縕。』」「乙爲三品, 見本州刺史不拜, 或非之, 稱：『品同』。判云：『或商、周不敵, 敢不盡禮事君；今晉、鄭同儕, 安得降階卑我。』」若此之類, 不背人情, 合於法意, 援經引史, 比喻甚明, 非靑錢學士所能及也。元微之有百餘判, 亦不能工。余襄公集中, 亦有判兩卷, 粲然可觀。張鷟, 字文成, 史云：「調露中, 登進士第, 考功員外郞騫味道見所對, 稱天下無雙。」案, 登科記乃上元二年, 去調露尙六歲。是年進士四十五人, 鷟名在二十九, 旣以爲無雙, 而不列高第。神龍元年, 中才膺管樂科, 於九人中爲第五。景雲二年, 中賢良方正科, 於二十人中爲第三。所謂制擧八中甲科者, 亦不然也。

4. 唐制擧科目

唐世制擧, 科目猥多, 徒異其名爾, 其實與諸科等也。張九齡以道侔伊、呂策高第, 以登科記及會要考之, 蓋先天元年九月, 明皇初卽位, 宣勞使所擧諸科九人, 經邦治國、材可經國、才堪刺史、賢良方正與此科各一人, 藻思淸華、興化變俗科各二人。其道侔伊、呂策問殊平平, 但云：「興化致理, 必俟得人；求賢審官, 莫先任擧。欲遠循漢、魏之規, 復存州郡之選, 慮牧守之明, 不能必鑒。」次及「越騎佽飛, 皆出畿甸, 欲均井田於要服, 遵丘賦於革車」, 幷安人重穀, 編戶農桑之事, 殊不及爲天下國家之要道。則其所以待伊、呂者亦狹矣。九齡於神龍二年中材堪經邦科, 本傳不書, 計亦此類耳。

5. 淵有九名

莊子載壺子見季咸事, 云：「鯢旋之審爲淵, 止水之審爲淵, 流水之審爲淵, 淵有九名, 此處三焉。」其詳見於列子黃帝篇, 盡載其目, 曰：「鯢旋之潘爲淵, 止水之潘爲淵, 流水之潘爲淵, 濫水之潘爲淵, 沃水之潘爲淵, 氿水之潘爲淵, 雍水之潘爲淵, 汧水之潘爲淵, 肥水之潘爲淵, 是爲九淵。」案爾雅云：「濫水正出。」, 卽檻泉也。「沃泉下出, 氿泉穴出, 灉者反入, 汧者出不流。」又：「水決之澤爲汧, 肥者出同而歸異。」皆禹所名也。爾雅之書, 非周公所作, 蓋是訓釋三百篇詩所用字, 不知列子之時已有此書否。細碎蟲魚之文, 列子決不肯留意, 得非偶相同邪？淮南子有九琁之淵, 許叔重云：「至深也。」賈誼弔屈賦：「襲九淵之神龍。」顔師古曰：「九淵, 九旋之川, 言至深也。」與此不同。

6. 東坡論莊子

東坡先生作莊子祠堂記, 辯其不詆訾孔子。「嘗疑盜跖、漁父則眞若詆孔子者, 至於讓王、說劍, 皆淺陋不入於道。反復觀之, 得其寓言之終曰：『陽子居西遊於秦, 遇老子。其往也, 舍者將迎其家, 公執席, 妻執巾櫛, 舍者避席, 煬者避竈。其反也, 與之爭席矣。』去其讓王、說劍、漁父、盜跖四篇, 以合於列禦寇之篇, 曰：『列禦寇之齊, 中道而反, 曰, 吾驚焉, 吾食於十漿, 而五漿先餽。』然後悟而笑曰：『是固一章也』。莊子之言未終, 而昧者勦之, 以入其言爾。」東坡之識見至矣, 盡矣。故其祭徐君猷文云：「爭席滿前, 無復十漿而五餽。」 用爲一事。今之莊周書寓言第二十七, 繼之以讓王、盜跖、說劍、漁父, 乃至列禦寇爲第三十二篇, 讀之者可以渙然冰釋也。予按列子書第二篇內首載禦寇餽漿事數百言, 卽綴以楊朱爭席一節, 正與東坡之旨異世同符, 而坡公記不及此, 豈非作文時偶忘之乎！ 陸德明釋文：「郭子玄云：一曲之才, 妄竄奇說, 若閼弈、意脩之首, 危言、游鳧、子胥之篇, 凡諸巧雜, 十分有三。漢藝文志莊子五十二篇, 卽司馬彪、孟氏所注是也, 言多詭誕, 或似山海經, 或類占夢書, 故注者以意去取, 其內篇衆家並同。」予參以此說, 坡公所謂昧者, 其然乎？閼弈、游鳧諸篇, 今無復存矣。

7. 列子書事

列子書事, 簡勁宏妙, 多出莊子之右, 其言惠盎見宋康王, 王曰：「寡人之所說者, 勇有力也, 客將何以敎寡人？」盎曰：「臣有道於此, 使人雖勇, 刺之不入, 雖有力, 擊之弗中。」王曰：「善, 此寡人之所欲聞也。」 盎曰：「夫刺之不入, 擊之不中, 此猶辱也。臣有道於此, 使人雖有勇弗敢刺, 雖有力弗敢擊。夫弗敢, 非無其志也。臣有道於此, 使人本無其志也。夫無其志也, 未有愛利之心也。臣有道於此, 使天下丈夫女子莫不歡然皆欲愛利之, 此其賢於勇有力也, 四累之上也。」觀此一段語, 宛轉四反, 非數百言曲而暢之不能了, 而絜淨粹白如此, 後人筆力, 渠復可到耶！三不欺之義, 正與此合。不入不中者, 不能欺也；弗敢刺擊者, 不敢欺也；無其志者, 不忍欺也。魏文帝論三者優劣, 斯言足以蔽之。

8. 天生對偶

舊說以紅生白熟、脚色手紋、寬焦薄脆之屬, 爲天生偶對。觸類而索之, 得相傳名句數端, 亦有經前人紀載者, 聊疏于此, 以廣多聞。如「三川太守, 四目老翁」,「相公公相子, 人主主人公」,「泥肥禾尙瘦, 晷短夜差長」,「斷送一生惟有, 破除萬事無過」,「北斗七星三四點, 南山萬壽十千年」,「迅雷風烈風雷雨, 絶地天通天地人」,「筵上枇杷, 本是無聲之樂；草間蚱蜢, 還同不繫之舟」, 皆絶工者。又有用書語兩句而證以俗諺者, 如「堯之子不肖, 舜之子亦不肖」, 諺曰「外甥多似舅」,「吾力足以擧百鈞, 而不足以擧一羽」, 諺曰「便重不便輕」之類是也。

9. 銅雀灌硯

相州, 古鄴都, 魏太祖銅雀臺在其處, 今遺址髣髴尙存。瓦絶大, 艾城王文叔得其一, 以爲硯, 餉黃魯直, 東坡所爲作銘者也。其後復歸王氏。硯之長幾三尺, 闊半之。先公自燕還, 亦得二硯, 大者長尺半寸, 闊八寸, 中爲瓢形, 背有隱起六隸字, 甚淸勁, 曰「建安十五年造」。魏祖以建安九年領冀州牧, 治鄴, 始作此臺云。小者規範全不逮, 而其腹亦有六篆字, 曰「大魏興和年造」, 中皆作小簇花團。興和, 乃東魏孝靜帝紀年。是時正都鄴, 與建安相距三百年, 其至于今, 亦六百餘年矣。二者皆藏姪孫僩處。予爲銘建安者曰:「鄴瓦所范, 嘻其是邪? 幾九百年, 來隨漢槎。淬爾筆鋒, 肆其滂葩。僩實寶此, 以昌我家。」銘興和者曰:「魏元之東, 狗脚于鄴。吁其瓦存, 亦禪千劫。上林得雁, 獲貯歸笈。玩而銘之, 衰淚棲睫。」贛州雩都縣故有灌嬰廟, 今不復存。相傳左地嘗爲池, 耕人往往於其中耕出古瓦, 可窾爲硯。予向來守郡日所得者, 刓缺兩角, 猶重十斤, 滲墨如發硎, 其光沛然, 色正黃, 考德儀年, 又非銅雀比, 亦嘗刻銘于上, 曰:「范土作瓦, 旣埴旣已。何斷制於火, 而卒以囿水? 廟于漢侯, 今千幾年? 何址蹶祀歇, 而此獨也存? 縣贛之雩, 曰若灌池。研爲我得, 而銘以章之。」蓋紀實也。

10. 崔斯立

崔立之, 字斯立, 在唐不登顯仕, 它亦無傳, 而韓文公推奬之備至。其藍田丞壁記云:「種學績文, 以蓄其有, 泓涵演迤, 日大以肆。」其贈崔評事詩云:「崔侯文章苦捷敏, 高浪駕天輸不盡。頃從關外來上都, 隨身卷軸車連軫。朝爲百賦猶鬱怒, 暮作千詩轉遒緊。才豪氣猛易語言, 往往蛟螭雜螻蚓。」其寄崔二十六詩云:「西城員外丞, 心跡兩崛奇。往歲戰詞賦, 不將勢力隨。傲兀坐試席, 深叢見孤羆。文如翻水成, 初不用意爲。四坐各低面, 不敢捩眼窺。佳句喧衆口, 考官敢瑕疵。連年收科第, 若摘頷底髭。」其美之如是。但記云「貞元初挾其能, 戰藝於京師, 再進再屈于人」, 而詩以爲「連年收科第」, 何其自爲異也? 予按杭本韓文作「再屈千人」, 蜀本作「再進屈千人」, 文苑亦然。蓋它本誤以千字爲于也。又登科記「立之以貞元三年第進士, 七年中宏詞科」, 正與詩合。觀韓公所言, 崔作詩之多可知矣, 而無一篇傳于今, 豈非螻蚓之雜, 惟敏速而不能工邪?

11. 漢書注冗

顔師古注漢書, 評較諸家之是非, 最爲精盡, 然有失之贅冗及不煩音釋者。其始遇字之假借, 從而釋之, 旣云「他皆類此」, 則自是以降, 固不煩申言。然於「循行」字下, 必云「行音下更反」; 於「給復」字下, 必云「復音方目反」。至如說讀曰悅, 繇讀曰傜, 鄉讀曰嚮, 解讀曰懈, 與讀曰豫, 又讀曰敹, 雍讀曰壅, 道讀曰導, 畜讀曰蓄, 視讀曰示, 艾讀曰乂, 竟讀曰境, 飭與(敕)同, 繇與由同, 敺與驅同, 晻與暗同, 婁古屢字, 墬古地字, 饟古餉字, 犇古弅字之類, 各以百數。解三代曰夏、商、周, 中都官曰京師諸官府, 失職者失其常業, 其重複亦然。貸曰假也, 休曰美也, 烈曰業也, 稱曰副也, 靡曰無也, 滋曰益也, 蕃曰多也, 圖曰謀也, 耗曰減也, 卒曰終也, 悉曰盡也, 給曰足也, 寖曰漸也, 則曰法也, 風曰化也, 永曰長也, 省曰視也, 仍曰頻也, 疾曰速也, 比曰頻也, 諸字義不深祕, 旣爲之辭, 而又數出, 至同在一板內再見者, 此類繁多, 不可勝載。其豁、仇、恢、坐、郲、陝、治、脫、攘、蓺、垣、綰、蹞、擅、酣、侔、重、禺、兪、選等字, 亦用切脚, 皆爲可省。志中所注, 尤爲煩蕪。項羽一傳, 伯讀曰霸, 至於四言之。若相國何, 相國參, 太尉勃, 太尉亞夫, 丞相平, 丞相吉, 亦注爲蕭何、曹參, 桓、文、顔、閔必注爲齊桓、晉文、顔淵、閔子騫之類, 讀是書者, 要非童蒙小兒, 夫豈不曉, 何煩於屢注哉！ 顔自著敍例云「至始常用司知, 不涉疑昧者, 衆所共曉, 無煩翰黑」, 殆是與今書相矛盾它。

12. 古跡不可考

郡縣山川之古跡, 朝代變更, 陵谷推遷, 蓋已不可復識。如堯山、歷山, 所在多有之, 皆指爲堯、舜時事, 編之圖經。會稽禹墓, 尙云居高丘之顚, 至於禹穴, 則强名一罅, 不能容指, 不知司馬子長若之何可探也？舜都蒲坂, 實今之河中所謂舜城者, 宜歷世奉之唯謹。案, 張芸叟河中五廢記云：「蒲之西門所由而出者, 兩門之間, 卽舜城也, 廟居其中, 唐張宏靖守蒲, 嘗修飾之。至熙寧之初, 垣墉尙固。曾不五年, 而爲埏陶者盡矣。舜城自是遂廢。又河之中泠一洲島, 名曰中潬, 所以限橋。不知其所起, 或云汾陽王所爲。以鐵爲基, 上有河伯祠, 水環四周, 喬木蔚然。嘉祐八年秋, 大水馮襄, 了無遺跡。中潬自此遂廢。」顯顯者若此, 它可知矣。東坡在鳳翔作淩虛臺記云：「嘗試登臺而望, 其東則秦穆之祈年、橐泉, 其南則漢武之長楊、五柞, 其北則隋之仁壽、唐之九成也。記其一時之盛, 宏傑詭麗, 堅固而不可動。然數世之後, 欲求其髣髴, 而破瓦頹垣, 無復存者。」謂物之廢興成毁, 皆不可得而知, 則區區泥於陳迹, 而必欲求其是, 蓋無此理也。漢書地理志, 扶風雍縣有橐泉宮, 秦孝公起。祈年宮, 惠公起。不以爲穆公。

••• 용재속필 권13(14칙)

1. 과거 합격자의 봉호등급 科擧恩數[1]

송나라의 과거제도는 태평흥국太平興國[2]이후부터 은전恩典[3]이 더욱 중시되기 시작했다. 그러나 이러한 은전은 모두 황제의 칙명에 의해 시행되었기 때문에 시대마다 각각 달랐다. 선비들은 과거에 합격한 후 정부에서 관직을 제수하면 관직의 고하를 막론하고 그냥 그 관직을 하사받았다.

태평흥국 2년(977)에 진사進士에 급제한 이가 109명이었는데, 여몽정呂蒙正 이하 4인은 승丞에 임명되었고, 나머지 사람들은 모두 대리평사大理評事에 제수되어 각 주의 통판通判에 임명되었다. 태평흥국 3년(978)에는 진사에 급제한 이가 74명이었는데, 호담胡旦이하 4명만 승에 임명되고, 나머지는 평사評事에 제수되어 통판 또는 감당관監當官[4]에 임명되었다. 태평흥국 5년(980)에는 121명이 급제했고, 소이간蘇易簡 이하 23명이 승과 통판에 임명되었다. 태평흥국 8년(984)에는 239명이 급제했고, 왕세칙王世則 이하 18명은 평사評事의 신분으로 지현知縣[5]에 임명되었다. 그 나머지는 모두 판사부위判司簿尉에 제수되었다. 오래지 않아 왕세칙 등은 통판이 되었고, 부위簿尉는

1 恩數 : 조정에서 하사한 봉호등급.
2 太平興國 : 송 태종太宗 시기 연호(976~983).
3 恩典 : 나라에서 은혜를 베풀어 내리던 특전.
4 監當官 : 부府·주州·현縣·진鎭·시市 등의 관리로, 소금과 차·술의 전매와 상세를 징수하였고, 경찰업무도 담당했다.
5 知縣 : 현縣의 모든 행정과 병무를 담당한 정칠품正七品 장관. 진한秦漢 때는 현령縣令이라 하였고, 당나라와 송나라 때는 지현사知縣事라고 하였는데 줄여서 지현이라 불렀다. 원나라 때는 현윤縣尹이라 하였고, 명나라와 청나라 때는 지현이 정식 관명이 되었다.

지령록知令錄으로 바뀌었다. 다음해 지령록은 모두 파격적으로 수평사守評事에 제수되었다.

옹희雍熙[6] 2년(985) 258명이 급제했고, 양영梁穎 이하 21명은 절찰추관節察推官에 제수되었다. 단공端拱[7] 원년(988)에는 28명이 급제했고, 정숙程宿 이하는 모두 부위簿尉에 제수되었다. 단공 2년(989)에는 186명이 급제했는데, 진요사陳堯史와 증회曾會는 광록승光祿丞과 직사관直史館에 제수되었고, 삼등인 요규姚揆는 방어추관防御推官에 제수되었다. 순화淳化[8] 3년(992)에는 353명이 급제했으며, 손하孫何 이하 두 사람은 승에 제수되고, 두 사람은 평사評事에 제수되었으며, 5등 이하는 모두 이부吏部 등록 이후 다시 관직에 배치되었다.

함평咸平[9] 원년(998)에 손근孫僅이 장원으로 방추관防推官에 제수되었다. 함평 2년(999)에는 손기孫暨 이하로 모두 관직에 제수되지 못했다. 이 두 해는 진종이 친정親政을 하지 않아 합격자를 예부禮部에서 뽑았는데, 일부러 규모도 작게 하고 예우도 예전보다 낮췄다. 함평 3년(1000)에는 진요자陳堯咨가 장원 급제하였는데, 진요자 뒤의 6명은 승에 임명되었고, 42명은 평사에 임명되었다. 제이갑第二甲 134명은 절도추관節度推官과 군사판관軍事判官에 임명되었고, 제삼갑第三甲 80명은 방단군사추관防團軍事推官에 임명되었다.

2. 낙제자의 재시험 下第再試

송나라 태종 옹희 2년(985)에는 과거를 통해 179명이 급제했다. 어떤 사람이 말했다.

"낙방된 사람들 중에서도 임용할 만한 인재가 있습니다."

6 雍熙 : 북송 태종 시기 연호(984~987).
7 端拱 : 북송 태종 시기 연호(988~989).
8 淳化 : 북송 태종 시기 연호(990~994).
9 咸平 : 북송 진종眞宗 시기 연호(998~1003).

이 말을 전해 들은 태종은 낙방한 사람들을 대상으로 다시 시험을 치게 하여 홍담洪湛 등 76명을 다시 뽑았다. 홍담의 문장은 문채가 힘차고 아름다워, 태종은 특별히 어명을 내려 그를 처음 급제한 명단의 3등으로 올렸다. 단공 원년(988) 예부에서는 정숙程宿 등 28명을 합격시켰는데, 합격자인 섭제葉齊가 급제자 명단에 대해 이의를 재기했다. 조정에서는 다시 시험을 치르게 하여 추가로 31명을 급제시켰다. 이렇게 과거의 각 과에서 재시험을 통해 급제한 사람이 모두 700명이나 되었다. 이러한 사실은 선비들을 아주 우대했다는 것을 의미한다.

그러나 태평흥국 말년에 맹주孟州[10]의 거인擧人[11] 장우광張雨光이 과거를 봤는데 낙방하자, 술을 잔뜩 마시고 큰길 사거리에서 조정에 대해 욕을 하며 술주정을 했다. 이를 전해들은 태종은 대노하며 그를 참수했고, 그와 함께 있던 사람들은 9대代까지 과거시험에 참가할 수 없도록 했다. 태종은 이처럼 은혜와 위엄을 병행했다.

3. 부의 용운 試賦用韻

당나라 때는 부賦로 관리를 선발했는데, 운수韻數의 많고 적음과 평측平仄의 순서 등은 정해진 규칙이 없었다. 세 개의 운韻을 사용할 경우엔 「화악루부花萼樓賦」처럼 제목으로 운자韻字를 삼았다. 또 네 개의 운을 사용한 것도 있는데, 예를 들면 「명영부蓂英賦」는 "정서성조呈瑞聖朝"를 운자로 삼았고, 「무마부舞馬賦」는 "주지천정奏之天廷"을 운자로 삼았으며, 「단증부丹甑賦」는 "국유풍년國有豊年"을 운자로 삼았고, 「태계육부부泰階六符賦」는 "원형이정元亨利貞"을 운자로 삼았다. 다섯 개의 운을 사용한 것도 있는데, 「금경부金莖賦」가 "일화천상동日華川上動" 다섯 개의 운을 사용하였다.

10 孟州 : 지금의 하남성 맹현孟縣.
11 擧人 : 향시鄕試에 합격한 사람.

여섯 개의 운을 사용한 것은 「지수止水」와 「망량魍魎」·「인경人鏡」·「삼통지귀三統指歸」·「신급돈어信及豚魚」·「홍종대당洪鐘待撞」·「군자청음君子聽音」·「동교조일東郊朝日」·「납일기천蠟日祈天」·「종악덕宗樂德」·「훈위자訓冑子」 등이다. 일곱 개의 운을 사용한 것은 「일재중日再中」과 「사기지곡射己之鵠」·「관자극무觀紫極舞」·「오성청정五聲聽政」 등이다.

여덟 개의 운을 사용하는 경우, 2개의 평성平聲과 6개의 측성仄聲으로 구성된 것은 「육서부六瑞賦」의 "검고능광儉故能廣, 피갈회옥被褐懷玉", 「일오색부日五色賦」의 "일려구화日麗九華, 성부토덕聖符土德", 「경촌주부徑寸珠賦」의 "택침사황澤浸四荒, 비보원물非寶遠物"이다.

3개의 평성과 5개의 측성으로 구성된 것은 「선요문관시거인宣耀門觀試擧人」의 "군성신숙君聖臣肅, 근택다사謹擇多士", 「현법상위懸法象魏」의 "정월지길正月之吉, 현법상위懸法象魏", 「현주玄酒」의 "천천명덕薦天明德, 유고유미有古遺味", 「오색토五色土」의 "왕자필봉王子畢封, 의이건사依以建社", 「통천대通天臺」의 "홍대독출洪臺獨出, 부경재하浮景在下", 「유난幽蘭」의 "원방습인遠芳襲人, 유구부절悠久不絶", 「일월합벽日月合璧」의 "양요상합兩曜相合, 후지불차候之不差", 「금니金柅」의 "직이능일直而能一, 사가제동斯可制動"이다.

5개의 평성에 3개의 측성으로 이루어진 것도 있는데, 「금용려金用礪」의 "상고종명부열지관商高宗命傅說之官"이 바로 그 예이다. 6개의 평성에 2개의 측성을 사용한 것은 「기부旗賦」이며 "풍일운서風日雲舒, 군용청숙軍容淸肅"이 운이다.

태화太和[12] 이후부터는 8개의 운을 사용하는 것이 일반적이었다. 후당 장종莊宗 때 복시覆試[13]에 합격한 한림학사승지翰林學士承旨 노질盧質이 「후종간즉성後從諫則聖」을 부제賦題로 삼았는데, "요순우탕경심구과堯舜禹湯傾心求過"를 운자로 사용했다. 예로부터 내려오는 관례에 따르자면 부는 4개의 평성과 4개의 측성을 사용하는 것인데, 노질은 5개의 평성과 3개의 측성으로 운을 사용했

12 太和 : 당나라 문종文宗 시기 연호(827~835).

13 覆試 : 과거시험의 한 단계로, 초시初試 합격자가 보는 시험이다. 과거의 종류에 따라 최종시험이 되기도 하고, 전시殿試의 전 단계 시험이 되기도 한다.

다. 이것이 전문가들에게 비웃음을 샀다고 하는데, 이미 이때에 정해진 규칙이 있었던 것이 아닌가?

송나라 태평흥국 3년(978) 9월에 조서를 내려 광문관廣文館 및 각 주州와 부府, 예부에서 부賦로 과거시험을 볼 때는 평측의 순서대로 운을 사용하도록 했다. 그러나 그 뒤로도 순서를 지키지 않는 운자 사용이 있었고, 지금도 여전히 그러한 방법이 통용되고 있다.

4. 정원 때의 과거 貞元制科

당나라 덕종德宗 정원貞元[14] 10년(794)에 현량방정과賢良方正科에 16명이 급제했는데, 배기裴垍가 장원이었고, 왕파王播가 그 다음이었다. 그리고 한 사람 건너 배도裴度[15]와 최군崔羣·황보박皇甫鎛이 4·5·6등이었다. 이 다섯 사람이 모두 재상이 되었으니, 이 해의 현량방정과 급제자들의 위용이 얼마나 대단했는지 알 수 있다.

그러나 이 다섯 사람의 정사正邪와 충간忠奸은 서로 달랐다. 배도와 최군은 모두 원화元和[16] 때의 재상으로 백성들에게 가혹하게 세금을 거두어들이고 뇌물을 받아 챙기던 황보박이 재상으로 임명되는 것을 극력 반대하였지만, 받아들여지지 않았다. 배도는 황보박과 함께 일을 하는 것을 치욕스럽게 생각해 사직하려 했으나, 황보박을 비방했다고 해서 배도와 최군 두 사람 모두 재상의 자리에서 파직되었다.

재상이 된 배도와 최군·황보박 세 사람은 동시에 급제하였기에 서로 간의 정이 없었다고는 말 할 수 없다. 옥석이 서로 뒤섞이고 향기로운 풀과 악취 나는 풀이 같은 그릇에 담겨있었던 것이다. 만약에 관리가 제

14 貞元 : 당나라 덕종德宗 시기 연호(785~805).
15 裴度(765~839) : 당 헌종 시기 재상. 자 중립中立. 회서를 평정한 공으로 진공에 봉해졌기 때문에 배진공裴晉公이라 불렸다.
16 元和 : 당나라 헌종憲宗 시기 연호(806~820).

구실 하지 못하고 자리만 채운다면 부귀를 탐하고 사사로움을 앞세워 공익을 해치게 된다. 배도와 최군은 현명하였기 때문에 그렇게 하지 않았다.

송나라의 한강韓絳[17]과 왕규王珪·왕안석王安石[18]은 같은 해에 급재했다. 희녕熙寧[19] 연간에 한강과 왕안석은 재상이 되고 왕규는 참지정사參知政事가 되었기에, "일시에 합격한 세 사람이 등용되었다"는 말이 생겼다. 이러한 역사적 사실을 살펴보면 송나라 희녕 연간과 당나라 원화 연간은 상황이 아주 비슷하다.

5. 『이자록』貽子錄

돌아가신 아버지께서 금나라에서 돌아오셨을 때 용도각龍圖閣의 장서 한 권을 얻어오셨는데, 바로 『이자록貽子錄』이다. 책 앞면에는 '어서御書'라는 두 글자가 인쇄되어 있지만, 편찬자의 이름은 없다. 그 서문은 다음과 같다.

> 어리석은 늙은이가 남평왕南平王에게 인정을 받았기에, 다스림에 대해 폭넓게 다루면서 일들은 간략하게 기록하였다.

서문을 통해 고찰해보니 이 책은 분명 남평왕 고종회高從誨[20]가 형남荊南을 다스렸을 때, 그의 막료였던 손광헌孫光憲 등이 편찬한 것으로, 아이들을 훈계하고 가르치는 내용이다. 그중 「수진修進」에서는 당나라 함통咸通[21] 연간

17 韓絳(1021~1088) : 북송의 재상. 자 자화子華, 개봉開封 옹구雍丘(지금의 하남성 기현杞縣) 사람. 한억韓億의 셋째 아들. 1042년 진사 이후 여러 관직을 거쳐서 원우元祐 2년(1087) 사공司空·검교태위檢校太尉로 퇴직했다.

18 王安石(1021~1086) : 북송의 저명한 정치가·사상가·학자·문인·개혁가. 자는 개보介甫, 호는 반산半山, 시호는 문文, 형국공荊國公에 책봉되었으며, 북송 무주撫州 임천臨川(지금의 강서 무주) 사람이다. 당송팔대가 중 하나이다.

19 熙寧 : 북송 신종神宗 시기 연호(1068~1077).

20 高從誨(891~948 / 재위 929~948) : 오대십국시대의 형남의 제2대 군주. 후당後唐을 섬기며 남평왕이 된 후, 주변의 오吳·민閩·남한南漢·후촉後蜀 등 모든 나라에 대해 신하를 자청하여 평화를 유지하려고 부심했다. 중요한 전략적 요충지인 형주荊州를 교묘한 정략으로 각국의 세력 완충지대로 인식시켜 평화를 이루어내고, 거대한 교역 중계지점으로 번영시켰다.

에 노자기盧子期가 저술한 『초거자初擧子』에 대해 말했는데, 크고 작은 다양한 내용을 다루어 언급되지 않은 바가 없다. 그 내용은 다음과 같다.

> 선비들이 세 차례의 과거시험[三場][22]에 참가할 때 반드시 피해야 하는 국휘國諱[23]와 재상휘宰相諱·주문휘主文諱[24]가 있다.
> 과거를 앞둔 선비들 집에서 인두를 사용해 비단을 다릴 때 아이들에게 비단을 잡게 하면 안 된다. 비단을 잡는다는 뜻의 '조백抓帛'이 시험지를 백지로 낸다는 '예백拽白'과 발음이 같기에 피해야 하는 것이다.
> 선비들은 늦은 밤 촛불아래에서 과거시험 준비로 시문詩文을 연습할 때, 만약에 한 글자도 틀리지 않고 완벽하게 썼으면 뒷장에 "지우거나 고치거나 덧칠한 것이 없다"고 평해놓는다. 그리고 완벽한 답안이 작성되면 글자 수를 적고, 그 아래 작은 글씨로 이름을 쓴다.
> 같은 해 과거 합격자들의 명부는 두 선배先輩가 각기 나누어 하나씩 기록한다. 연회에서 장유長幼의 구별은 앉는 자리로 하게 되는데, 원래 동쪽이 상석이고 그 다음이 서쪽이다. 급사중給事中·사인舍人·원외랑員外郞·습유拾遺·보궐補闕 등의 관원은 대체로 갑작스레 연회에 참석하는 경우가 많은데, 이때 동쪽에 앉아있는 사람들은 움직이지 않고, 서쪽에 앉아있는 사람들이 자리를 양보한다.
> 이부吏部에서 과거에 급제한 진사들에게 증명서를 발급할 때는 전향공진사前鄕貢進士라고 호칭한다.

대략 지금의 제도와 비슷한데, 재상휘와 주문휘는 다시 언급된 바가 없고, 선배라고 하는 명칭 또한 다른 곳에서는 보이지 않는다.

이 책의 「임원林園」편에서는 '가茄'를 낙수酪酥[25]라고 했는데, 이러한 표현은

---

21 咸通 : 당 의종懿宗 시기 연호(860~873).

22 三場 : 과거제도의 초시初試, 복시覆試, 전시殿試의 총칭.

23 國諱 : 황제 본인을 포함해 백성들 모두가 지켜야하는 피휘避諱. 황제 본인과 황제의 아버지·할아버지의 이름을 피휘하는 것이었는데, 후에 확대되어 황후와 황후의 아버지·할아버지의 이름, 황제의 자字, 전대前代의 연호, 황제능명皇帝陵名, 황제의 띠 등등이 피휘의 대상이 되었다.

○ 휘諱 : 죽은 사람의 생전 이름. 살아 있는 사람의 이름인 명名에 대응되는 말로, 죽은 사람을 공경하는 뜻에서 문장에 그의 휘자와 같은 자가 나오는 경우 휘자를 피하기 위해 문장의 글자를 바꾸었는데, 이를 피휘避諱라 했다.

24 主文諱 : 과거를 주관하는 주임 시험관의 휘諱.

25 酪酥 : 우유를 정제해서 만든 음료로 연유나 요구르트 등을 가리킨다.

아주 신기하다.

6. 금화첩자 金花帖子

당나라 때 진사에 급제하면 금화첩자金花帖子[26]를 받았는데, 이러한 제도는 아주 오랫동안 전해져 내려왔지만, 요즘은 금화첩자의 원 형태를 찾아보기 어렵다. 우리 집에는 함평 원년(998)에 손근孫僅[27]이 성경盛京[28]의 과거에서 급제했을 때 받았던 소록小錄[29]이 있다. 당나라의 방식 그대로 만든 것으로, 하얀 비단 두루마리 위에 금화金花가 붙어있다. 제일 앞에는 과거시험을 주관한 4명의 관직명이 적혀있다.

> 한림학사급사중翰林學士給事中 양楊, 병부낭중지제고兵部郎中知制誥 이李, 우사간직사관右司諫直史館 양梁, 비서승직사관秘書丞直史館 주朱.

네 사람은 모두 직접 자신의 이름을 서명했다.

이어서 과거시험을 주관한 관원의 태어난 해, 나이, 태어난 월과 일, 조부의 이름, 부친의 이름, 개인적으로 기피하는 날 등이 기록되어 있다. 그런 후에 장원인 손근에 대해 기록했는데, 기록하는 내용은 요즘과 완전히 똑같다. 이 외에도 길이 4촌寸 넓이 2촌의 흰비단이 또 있는데, 위쪽에는 '성경盛京'이라는 두 글자가 써 있고, 아래쪽에는 과거시험을 주관한 네 명이 직접 서명한 서명이 적혀있다. 그리고 이것이 두루마리 앞에 붙여있다. 금화첩자의 원래 형태가 이러했는데 언제 폐지되었는지 알 수가 없다.

그런데 이 합격자 명단의 50명 중에서, 1등부터 14등까지 합격자들 중에서

26 金花帖子 : 당나라와 송나라 때 과거 합격자의 합격 통지서.

27 孫僅(969~1017) : 북송의 대신. 자 인궤鄰幾. 송나라 채주蔡州 여양汝陽 사람. 진종眞宗 함평咸平 원년(998) 진사가 되어, 태자중윤太子中允과 개봉부추관開封府推官 · 우정언右正言 · 지제고知制誥 · 영흥군지부永興軍知府를 지냈는데, 정치하는 방식이 자못 관대했다.

28 盛京 : 지금의 하남성 개봉開封.

29 小錄 : 송나라 때 새로 과거에 급제한 진사들의 이름이 적어둔 장부.

9등으로 합격한 하남인河南人인 유엽劉燁을 제외하고는 모두 개봉부開封府 출신이다. 15등부터 25등까지도 모두 개봉부 출신이다. 시험에 합격한 대부분이 경사京師 출신의 선비라는 것은 부당해 보이는데, 아마도 외지출신들이 좀 더 수월한 과거급제를 위해 호적戶籍을 빌린 것으로 보여진다. 과거시험을 주관한 네 명의 관리는 양려楊礪와 이약졸李若拙·양호梁顥·주태부朱台符로 모두 당시 동지공거同知貢擧[30]를 지냈다.

7. 사물의 크고 작음 物之小大

열자列子와 장자莊子가 말한 크고[大] 작음[小]은 모두 사물에 대한 일반적 이치에서 벗어난 말이다. 『열자』에 다음과 같은 이야기가 나온다.

> 하혁이 말했다.
> "발해의 동쪽에서 몇 억만리나 가는지 알 수 없지만, 그곳에 커다란 골짜기가 있습니다. 이것은 실로 밑바닥이 없는 골짜기입니다. 그 골짜기 가운데에는 산이 다섯 개 있습니다. 그 산은 높이와 둘레가 모두 3만리나 되고, 산들의 거리는 7만리나 됩니다. 이 다섯 개의 산은 그 근본이 서로 연결되어있지 않습니다. 천제께서 큰 자라 15마리에게 머리를 들어 다섯 개의 산을 머리에 이고 있으라 명령을 내렸습니다. 다섯 마리씩 교대하여 3번 나누어 하고, 6만년에 한 번 교대 하도록 하였습니다. 그런데 용백龍伯이라는 나라에는 거인巨人이 있어 발을 들어 몇 걸음 가지 않아도 이 다섯 산이 있는 곳에 다다를 수 있었습니다. 거인은 한 번 낚시에 여섯 마리의 자라를 모두 잡아 한꺼번에 짊어지고 자신의 나라로 돌아왔습니다. 그리하여 대여岱輿와 원교員嶠 두 개의 산은 큰 바다에 가라앉아버렸습니다."

장담張湛[31]은 이렇게 주를 달았다.

> 높이와 둘레가 모두 3만리나 되는 산을 한 마리의 자라가 자신의 머리로 이고 있었고, 용백의 거인은 산을 들 정도로 힘이 센 자라를 한 번의 낚시로 여섯 마리

30 同知貢擧 : 과거 시험을 주관하는 관직.
31 張湛 : 동진東晉의 학자·양생학자. 자 처도處度. 고평高平(지금의 산동 금향金鄕 서북쪽) 사람이다. 『양생요집養生要集』·『열자주列子注』·『충허지덕진경주沖虛至德眞經注』 등을 저술했다.

나 잡아 한꺼번에 짊어졌다. 그렇다면 이 거인은 키가 백만리는 넘을 것이다. 이 거인과 비교하면 곤鯤이나 붕鵬도 모기나 벼룩과 같은 것이다. 태허太虛는 수용하지 못할 것이 없어 보인다.

『장자莊子·소요유逍遙遊』의 첫 머리에서 곤과 붕에 대해 말했다.

북방의 바다에 물고기 한 마리가 살았는데, 그 이름은 곤이라고 한다. 곤의 크기가 몇 천리나 되는지 알 수 없다. 곤이 변하여 새가 되었는데 그 이름을 붕이라고 하며, 붕은 남쪽 바다로 날아 갈 때 날개짓으로 삼천리까지 파도를 일으키고, 회오리바람을 일으켜 그 바람을 누르고 구만리 높이 솟구쳐 올라간다.

열자와 장자가 말하는 큰 것이란 이와 같다.
작은 것에 대해 살펴보자면, 『장자』에서는 이렇게 말했다.

달팽이의 왼쪽 뿔에 나라가 있는데, 촉씨觸氏의 나라이고, 오른쪽 뿔에는 만씨蠻氏의 나라가 있습니다. 서로 자기의 영토를 넓히려고 전쟁을 일으켜, 전쟁으로 죽은 자가 수만이요, 달아나는 적을 보름 걸쳐 추격하고 돌아오기도 했다고 합니다.

『열자』에도 다음과 같은 이야기가 나온다.

강가의 틈새에는 아주 작은 곤충이 생겨나는데, 그 이름을 초명焦螟이라 합니다. 무리지어 날아다니고 모기의 속눈썹에 모여 있지만 서로 부딪치는 일이 없고, 그곳에 살면서 왔다 갔다 하는데도 모기는 알아채지 못합니다. 황제黃帝와 용성자容成子가 함께 공동산空峒山 꼭대기에 머물면서 재계한 지 석 달 만에 서서히 정신을 모아 보게 되었는데, 초명이 마치 숭산嵩山의 큰 언덕마냥 거대하다는 것을 알게 되었습니다. 서서히 기氣로 듣게 되니, 우르릉 하는 소리가 들려 그 소리가 마치 천둥소리처럼 크다는 것을 알게 되었습니다.

열자와 장자가 말한 작은 것이 이와 같다.
유마힐維摩詰[32] 장자長者[33]가 장실丈室[34]에 앉아 있는데 장실의 규모는 900만

32 維摩詰 : 부처님의 속제자俗弟子. 중인도 비사리국毗舍離國 장자長者로서 속가에 있으면서 보살행업을 닦은 사람이다. 『유마경維摩經』의 주인공으로 등장하며, 불교의 진수眞髓를 체득하고 청정淸淨한 행위를 실천하며 가난한 자에게는 도움을 주고 불량한 자에게는 훈계를 주어

존의 보살과 사자좌를 수용할 수 있을 정도였다. 그런데 이 모든 것이 겨자씨 하나에 다 들어가는 것이었다고 한다. 불가사의不可思議라는 이름의 해탈에 머무르면, 높고도 넓은 수미산을 겨자씨 안에 넣어도 그 겨자씨가 늘어나거나 줄어드는 일이 없고 수미산도 예전과 같다. 깨달음을 얻는 사람만이 이러한 해탈에 이를 수 있다고 한다.

불가에서 말한 이러한 도리 또한 열자와 장자가 말한 것과 같은 것이다. 장담은 이러한 우언을 제대로 이해하지 못하고 태허가 수용하지 못하는 것이 없다는 말이나 하였으니, 정말이지 식견도 없고 편협하구나!

유가경전인 『중용中庸』에서도 크고 작음에 대해 언급했다.

> 천지가 아주 크지만 사람들은 여전히 서운하게 느낀다. 그렇기 때문에 군자가 크다는 것을 말해도 천하가 그것을 받아들이지 못하고, 군자가 작음을 말해도 천하는 그것을 쪼개지 못한다.

이 구절은 크고 작음의 의미를 아주 적절하게 잘 전달하고 있는데, 장자나 열자처럼 한 방면에만 치우친 학설과 비교할 수 있는 것이 아니다.

8. 곽자의 郭令公

당나라에서 가장 큰 부귀공명을 이룬 사람은 분양왕汾陽王인 곽자의郭子儀[35]다. 그의 손녀딸은 헌종憲宗의 정비正妃가 되었지만 헌종·목종穆宗·경종敬宗·문종文宗·무종武宗 시대를 지나, 선종宣宗때에 태황태후太皇太后의 예우를 받지 못하자 우울해하다가 갑자기 죽었다. 곽자의의 가문은 이때 몰락해서 다시는

올바른 가르침을 전하고자 노력했다고 한다.

33 長者 : 인도에서 좋은 집안에 나서 많은 재산을 가지고 덕을 갖춘 사람을 가리킨다.

34 丈室 : 사방 열 자의 방으로, 불교 사원의 주지가 머무는 거실이다.

35 郭子儀(697~781) : 당나라의 장군. 죽은 뒤에는 민간신앙에서 신으로 숭배되었다. 안사安史의 난을 진압하였고, 탕구트족을 비롯한 북방 오랑캐의 침입으로부터 중국 서부지방을 방어하는 일에 전념했다. 민간신앙에서 곽자의는 행복의 신인 복성福星으로, 또 재물의 신인 재신財神으로 불린다.

흥성하지 못했다.

송나라 경력慶歷[36] 4년(1044)에 조정은 곽자의의 후손을 찾아 백방으로 수소문 한 끝에 몰락해서 평민이 된 곽원형郭元亨을 찾을 수 있었다. 조정은 그를 영흥군조교永興軍助教에 임명했다. 당시 구양수歐陽脩[37]가 지제조知制誥[38]로 있었는데, 곽원형을 영흥군조교로 임명하는 글에서 다음과 같이 말했다.

> 이미 단절된 가문을 다시 일으킬 수 있도록 나라에 공을 세운 공신의 후손을 장려하는 것은, 결코 먼 세대까지 은혜를 베풀기 위해서가 아니며, 천하의 신하들을 격려하기 위해서이다. 그대 조상의 이름은 청사에 길이 빛나며 그 높은 공덕은 천하에 비길 바가 없으니, 그 은택은 끊임없을 것이고, 그대의 후대들도 세상에서 잊혀지지 않고 제 역할을 할 것이다. 곽씨 가문의 영광으로 생각하며 그대는 명을 받들어 임지로 가라.

중서령中書令의 직책을 24년간 유지했던 가문이 일개 조교의 직책을 영광으로 생각해야하는 지경에 까지 이르렀을까? 아, 너무 비참하다! 이러한 역사적 사실을 통해 세습되는 관직이 영원할 수 없다는 것을 알 수 있다. 춘추시대 때는 수백 년 걸쳐 관직이 세습될 수 있었지만, 후대에는 그렇게 되기 쉽지 않았다.

9. 앞일을 예언하는 연호 紀年兆祥

한 무제武帝 건원建元[39] 이래 천여 년 동안 수백 차례 연호를 바꿨는데, 연호의 글자를 각각 조합 또는 분할하는 방법으로 견강부회하게 연호의

36 慶歷 : 북송 인종仁宗 시기 연호(1041~1048).
37 歐陽脩(1007~1072) : 북송의 저명 정치가 겸 문학가. 자 영숙永叔, 호 취옹醉翁, 육일거사六一居士. 길안吉安 영풍永豊(지금의 강서성江西省)인. 송나라 초기의 미문조美文調 시문인 서곤체西崑體를 개혁하고, 당나라의 한유를 모범으로 하는 시문을 지었다. 당송팔대가唐宋八大家의 한 사람이었으며, 후배들에게 많은 영향을 주었고, 『신당서新唐書』와 『신오대사新五代史』를 편찬하였다.
38 知制誥 : 왕이 내리는 조서詔書와 교서敎書 등의 글을 짓는 일을 맡아보던 관직이다.
39 建元 : 전한의 무제 시기 연호(B.C.140~B.C.134).

의미를 해석하는 이들이 헤아릴 수 없을 정도로 많았다. 예를 들면 진晉나라 원제元帝[40] 때의 연호인 '영창永昌'을 곽박郭璞은 2개의 태양[日日]의 형상 즉 2명의 왕으로 생각했는데, 결국 원제는 영창 원년(322) 겨울에 죽고 다른 왕이 그 뒤를 이었다.

동진東晉의 환현桓玄[41]이 초楚나라가 연호로 택한 '대형大亨' 두 글자를 분석하여 한 사람과 2월[一人二月]이라고 해석 했는데, 결국 봄에 환현은 전쟁에서 패해 피살당했다. 남조南朝 양梁나라의 예장왕豫章王 소동蕭棟과 무릉왕武陵王 소기蕭紀는 같은 해에 제위를 찬탈하여 모두 '천정天正'이라는 연호를 사용하였다. '천정'은 두 사람이 일 년 안에 모든 것을 마친다[二人一年而止]는 의미라고 해석했는데, 그 후 실제로 그렇게 되었다. 북제北齊의 문선제文宣帝[42]는 '천보天保'를 연호로 삼았는데, 한 사람의 대인이 단지 열밖에 못 지닌다[一大人只十]고 해석했는데, 정말이지 문선제는 즉위 10년 만에 생을 마쳤다. 그러나 똑같이 '천보'라는 연호를 사용한 후량後梁의 명제明帝 소규蕭巋는 재위기간이 23년이나 되었다. 어떤 이는 이에 대해 후량이 강릉주변 일부지역만을 다스려 서위西魏의 괴뢰정권에 불과했기에, 23년간 재위했다고 해도 이것을 길상吉祥의 의미로 볼 수 없다고 했다.

북제의 후주後主 고위高緯의 연호는 '융화隆化'로 그 의미는 투항하여 죽다[降死]이다. 안덕왕安德正 연종延宗의 연호는 '덕창德昌'으로 이틀을 얻다[得二日]이며, 후주後周 무제武帝의 연호는 '선정宣政'으로 그 의미는 우문씨에게 망하는

40 晉元帝(276~322 / 재위 317~322) : 동진東晉의 초대 황제. 본명 사마예司馬睿, 자 경문景文. 서진西晉 건국의 기틀을 세운 사마의司馬懿의 증손자. 봉지가 동쪽인 낭야였기에 낙양洛陽 근교에서 벌어진 팔왕의 난과 이민족의 참화를 피할 수 있었다. 서진의 상황이 급박해지자 건업建業에 주둔하며 서진 황족과 주변 호족들의 지지를 얻어냈고, 서진의 마지막 황제인 민제愍帝가 끝내 이민족의 칼에 죽자 317년 동진을 세우고 제위에 올랐다.

41 桓玄(369~404) : 자 경도敬道, 영보靈寶로도 불린다. 동진의 안제安帝를 폐위시키고 왕위를 찬탈하여 403년에 초楚나라를 세웠지만, 다음 해에 유유劉裕에게 피살되었다.

42 文宣帝(529~559 / 재위 550~559) : 남북조시대 북제의 초대 황제 고양高洋. 고환高歡의 차남으로 그는 형 고징高澄의 뒤를 계승하여 난을 수습하고 그 여세를 몰아 효정제로부터 제위를 선양받아 북제를 건국했다.

날[宇文亡日]이다. 선제宣帝의 연호는 '대상大象'이었는데 그 의미는 천자의 무덤[天子塚]이고, 남조의 소종蕭琮과 오대五代의 진출제晉出帝의 연호인 '광운廣運'은 군대가 도망 가버린다는[軍走] 의미이며, 수 양제煬帝의 연호 '대업大業'은 큰 고통이 끝나지 않는다[大苦未]는 의미이다. 그리고 당나라 치종値宗의 연호 '광명廣明'은 당唐에서 축丑과 구口가 가버리고 황가黃家와 일월日月이 새겨졌다는 뜻[唐去丑口而著黃家日月]이니, 황소의 화를 미리 예측한 것이다.

송나라 흠종欽宗의 연호 정강靖康은 12월에 강康에서 세운다[立十二月康]는 의미로 실제로 12월에 고종高宗이 강저康邸에서 송나라의 종묘와 사직을 다시 중흥시키는 대업을 이루었다. 희녕熙寧[43] 말년에 연호를 바꾸려하자, 황제의 측근 셋이 각각 '평성平成'·'미성美成'·'풍형豐亨'을 새 연호로 건의했다. 신종神宗이 말했다.

> 성成이라는 글자는 전쟁[戈]을 짊어지고 있고, 미성美成은 견양犬羊이 전쟁[戈]을 짊어지고 있는 격이오. 형亨은 아들이 이루어지지 않은 격이니[子不成], 형亨을 제거하고 원元을 넣는 것이 나을 듯하오.

그리하여 새로운 연호는 '원풍元豐'이 되었다. '융흥隆興'은 '건륭建隆'과 '소흥紹興'에서 각각 한 글자씩 따온 것이고, 당나라 '정원貞元' 또한 '정관貞觀'과 '개원開元'에서 한 글자씩 따온 것이다. 그러나 오래지 않아 '정원'이라는 연호가 금나라 완안량完顏亮의 연호 '정륭貞隆'과 비슷하다는 이유로, 다음해에 연호를 '건도乾道[44]'로 바꾸었다. 갑오년(1174)이 되어 조정에서는 다시 '순희純熙'로 연호를 바꾸어 천하에 알렸는데, 이 때 공주贛州의 지주知州로 있었던 나는 '순희'로 연호가 바뀐 것을 감축하며 다음과 같은 표表를 올렸다.

> 하늘이 송 왕조의 국운이 영원히 유지되도록 은택을 내려 다시금 중흥의 대업을 이루었으니, 바야흐로 번성하는 통치를 이룩할 것입니다. 지금 '순희'로 연호를 바꾸어 현인들을 등용하면, 새로운 번영을 이룰 수 있는 신기원을 맞이할 것입니다.

43 熙寧 : 북송 신종神宗 시기 연호(1068～1077).
44 乾道 : 남송 효종 시기 연호(1165～1173).

조서가 내려와 새로운 연호가 '순희純熙'가 아닌 '순희淳熙[45]'로 채택된 것을 알게 되었다. 아마도 '순희純熙'의 출처가 주周나라 무왕武王을 칭송한 『시경·작酌』이기에 황제께서 사용하기를 꺼리셨던 것 같다.

10. 화장 民俗火葬

불교에서 화장火葬을 장려하자 점차 많은 사람들이 화장의 풍습을 따르고 있다. 무더운 한여름에 시신이 부패할까봐 두려워 죽은 지 하루 만에 화장을 해버려, 시신이 차갑게 식기도 전에 불살라지기도 한다. 춘추시대 노魯나라 하보불기夏父弗忌는 제례의 순서를 바꾸기를 건의하였다. 이에 반대한 전금展禽[46]이 말했다.

> "반드시 재앙이 있을 것이며, 비록 제 수명대로 살다 죽더라도 죽은 뒤에 꼭 재앙을 당할 것입니다."

하보불기가 죽어 매장을 했다. 무덤 위에서 짙은 연기가 치솟았는데, 장사를 지낸 후 관을 불로 태우면서 나는 연기였다고 한다.

오吳나라가 초楚나라를 침공하려고 강가 풀이 나있는 곳에 주둔하고 있었는데, 초나라 장군 사마자기司馬子期가 그 곳을 불사르려고 하자, 재상인 자서子西가 말했다.

> "우리의 부모 형제의 시신이 여기에 묻혀있는데, 시신을 수습하지도 않고서 오나라의 군대와 함께 불사른다는 것은 있을 수 없습니다."

지난해 초나라와 오나라의 전쟁으로 많은 사람들이 그 곳에서 죽었기

45 淳熙 : 남송 효종孝宗 시기 연호(1174~1189).

46 展禽 : 춘추시대 노나라의 현자. 이름 획獲, 자 금禽·계季. 유하柳下에서 살았기에 이것이 호가 되었으며, 문인들이 혜惠라는 시호를 올려 유하혜柳下惠라고 불리었다. 조화를 추구한 덕을 지니며 절개를 생명으로 삼고 살았다고 한다. 춘추시대 대도大盜로 유명한 도척盜蹠이 그의 동생이라고 한다.

때문에 그 곳을 불사를 수 없다고 한 것이다.

위衛나라 사람들이 저사정자褚師定子의 무덤을 파헤치고 시체를 평장平莊에서 불태워버렸다. 연燕나라 장군 기겁騎劫이 제齊나라를 공격하였는데, 즉묵即墨[47]에서 제나라 사람들을 포위하고 성 밖의 무덤들을 파헤쳐 시신들을 불살라 버렸다. 이 광경을 본 제나라 사람들은 피눈물을 흘리며 연나라에 열 배로 복수하리라 다짐했다. 왕망王莽이 불 태워 죽이는 형벌을 만들어 진량陳良 등을 불태워 죽였다.

이러한 역사적 사실들을 살펴보면 옛사람들이 시신을 불태우는 것을 커다란 치욕으로 생각했다는 것을 알 수 있다. 열자는 이렇게 말했다.

> 초나라 남쪽에 염인炎人의 나라가 있는데, 그 부모가 죽으면 살을 썩혀서 버리고 난 후에 그 뼈를 묻어야 효자가 되는 것이라고 한다. 진秦나라 서쪽에 의거儀渠라는 나라가 있는데, 부모가 죽으면 나무를 모아서 쌓아놓고 시신을 태운다. 타면서 연기가 위로 오르는 것을 가지고 죽은 부모가 하늘에 오른다고 하며, 효자가 되었다고 한다. 이러한 것을 보면 위에서 다스리는 것이 아래에서는 풍속이 되는 것이기에, 정치와 풍속이 서로 다르다고 할 수 없는 것이다.

열자 때는 화장의 풍습이 중원에까지 퍼지지 않았기 때문에 의거의 화장을 기이한 풍속이라 여기고, 시신을 썩혀서 뼈만 묻는 염인의 풍습과 같이 거론한 것이다.

11. 일관인 태사 太史日官

『주례周禮』의 춘관春官들은 말한다.

> 태사太史는 나라가 만든 여러 가지 전장제도를 주관하고, 이를 이용하여 나라를 다스려야 한다. 또 매해 그 해가 평년인지 윤년인지 살펴 각 관부와 지방정부에 알리고, 매 달의 초하룻날을 나라에 널리 알려야 한다.

47 即墨 : 지금의 산동성 평도현平度縣 동남쪽.

소사小史는 나라의 기록을 담당하며, 왕후王侯의 가계를 정리하고 종묘에 배향되는 순서를 정한다.

정현鄭玄은 이 구절에 다음과 같이 주를 달았다.

태사는 일관日官[48]이다.

그는 『좌전左傳』의 "천자에게는 일관이 있고, 제후에게는 일어日御가 있다"는 구절을 인용했다. 사관史官은 역사서 편찬을 담당해야 하는데, 『국어國語』에서 언급한 『정서鄭書』와 『제계帝繫』와 『세본世本』 등이 사관이 편찬한 역사서로, 소사가 바로 이러한 것을 담당한다. 이러한 역사적 기록을 근거로 보면 사관과 일관은 동일한 직무를 행했다.

사마담司馬談은 한나라 태사령太史令에 임명되었는데, 그의 아들 사마천은 태사령의 직무에 대해 다음과 같이 말하였다.

천문과 역법을 맡아 담당하였는데 점쟁이와 무당에 가까웠으며, 본디 주상께서 장난삼아 하시던 것으로 광대를 양성하는 것 같았기에, 세상 사람들이 경시하는 것이었습니다.

지금의 태사국太史局은 별점과 역법·점술·축수의 일을 하는 관리들이 있는 관아로, 총책임자가 바로 타사국령太史局令이며, 비서성秘書省에 예속되어 있다. 태사가 관장하는 일들은 지금의 태사국 관리들의 구성을 보면 그 유래를 알 수 있다.

12. 『급총주서』 汲冢周書

지금 전해지는 『급총주서汲冢周書』[49]는 70편으로 그 체재가 『상서尙書』와는

48 日官 : 고대에 천문天文을 관장하던 관리이다.
49 『汲冢周書』 : 진晉나라 때 급군汲郡의 오래된 무덤에서 출토된 서책을 말하는데 총 10권으로, 『일주서逸周書』라고도 한다.

상당히 다르며, 기재된 내용들도 대부분 사실이 아닌 것들이 많다. 「극상해克商解」를 예로 들어보자.

> 무왕武王은 상나라의 주왕紂王의 거처로 가서 연속해서 3발의 화살을 쐈다. 그런 후 마차에서 내려 주왕을 경려보검輕呂寶劍으로 찌르고 황월黃鉞로 주왕의 머리를 베어 대백기大白旗[50]에 매달았다. 주왕의 총애를 받던 두 첩은 이미 목을 맸는데, 무왕은 두 첩에게 각각 3발의 화살을 쏘고 경려보검으로 찌른 후 현부玄鉞로 머리를 베어 소백기小白旗에 매달았다. 엿새 후 아침 주周[51]에 도착해서, 먼저 베어온 세 개 머리의 왼쪽 귀를 잘라 가지고 태묘太廟에 들어가 조상께 제사를 올렸다. 그리고 남교南郊에서 주왕의 머리로 하늘에 제사를 지냈다.

무릇 무왕이 주를 벌한 것은 위로는 하늘의 뜻을 이어받고 아래로는 민심을 좇아 대의大義를 행한 것으로, 단지 폭정을 일삼는 주紂를 죽이기 위한 것이었다. 그런데 주왕이 이미 죽었음에도 불구하고, 무왕은 어찌하여 도끼로 주왕의 머리를 베어내어 깃발에 내다 걸고, 또 왼쪽 귀를 잘라 제사까지 지낼 수 있단 말인가? 이는 불가능한 일이다.

『급총주서』에서는 또 무왕이 사냥을 무척 즐겨서, 생포한 호랑이가 22마리, 살쾡이가 2마리, 큰 사슴이 5235마리, 무소가 13마리, 들소가 721마리, 곰이 151마리, 큰 곰이 118마리, 돼지가 352마리, 오소리가 18마리, 큰 노루가 16마리, 사향노루가 50마리, 사슴이 3502마리라고 한다. 그는 또 사방으로 정벌을 나가 99개의 나라를 굴복시켰으며, 1억 10만 7777개의 왼쪽 귀를 잘라왔다고 하는데, 그 수량이 정말 어마어마하다. 그런데 주석가가 무왕이 살인을 하지 않고 인仁을 베풀었다고 서술하였으니, 이유 없이 이렇게 대규모의 살생을 했다는 것은 과장된 표현으로 보아야 할 것이다.

「왕회王會」에는 제후들과 사방의 오랑캐들이 모여서 회의를 하는 이야기가 나온다.

50 大白旗 : 옛날 행군할 때 사용한 지휘용 큰 깃발이다.
51 周 : 지금의 섬서성 서안西安 일대.

당숙唐叔과 순숙荀叔·주공周公이 왼쪽에 앉고, 강태공姜太公이 오른쪽에 앉았으며, 당하堂下 오른쪽으로 당공唐公과 우공虞公이 남쪽을 바라보고 섰고, 당하의 왼쪽에는 상공商公과 하공夏公이 서있었다.

사공四公은 요堯·순舜·우禹·탕湯의 후예로 상공商公과 하공夏公 및 기杞나라와 송宋나라의 군君이다. 또 다음과 같이 서술하고 있다.

무왕이 상나라 궁궐에서 획득한 보옥이 1억 100만개나 되었다.

기록된 사이四夷의 나라 이름은 상당히 고풍스럽고, 짐승의 이름 또한 상당히 특이하다. 예를 들면 숙신肅愼은 직신稷愼이라 했고, 예인儀人은 예인穢人이라 했으며, 낙랑樂浪의 오랑캐는 낭이良夷라고 했다. 고멸姑蔑은 고매姑妹로, 동구東甌는 차구且甌로, 거수渠搜는 거수渠叟로, 고구려高句麗는 고이高夷로 표기했다. 구체적인 내용을 살펴보자.

예인에게는 전아前兒라고도 불리는 짐승이 있는데, 모습은 원숭이 같으며, 서서 걷고 목소리는 어린아이 같다. 양이良夷에게는 재자在子라고 불리는 짐승이 있는데, 자라의 몸에 사람의 머리를 가졌고, 배에는 지방분이 잔뜩 껴 있으며, 곽초藿草에 불을 붙이면 울음소리를 낸다. 양주揚州에는 우우어禺禺魚와 인록人鹿이 있고, 청구青丘[52]에는 아홉 개의 꼬리가 달린 여우가 있다. 동남의 오랑캐 백민白民에는 승황乘黃이라 불리는 짐승이 있는데, 모습은 검푸른 무늬가 새겨진 말처럼 생겼는데, 배에 두 개의 뿔이 솟아 있다.
동월東越[53]에는 해합海蛤·해양海陽·영거盈車·대해大蟹라는 진기한 짐승이 있다. 서남의 오랑캐는 앙림央林이라고 하는데, 호랑이와 표범처럼 생긴 추이酋耳라는 짐승이 있다. 거수渠叟[54]에는 표견鼩犬이라는 짐승이 있는데, 노견露犬으로 날 수 있고 호랑이와 표범을 잡아 먹었다. 구양區陽의 오랑캐에게는 별봉鼈封이라는 짐승이 있는데, 돼지처럼 생겼고 앞뒤로 모두 머리가 달렸다. 촉蜀에는 문한文翰이라는 짐승이 있는데, 고계皐鷄처럼 생겼다.
강민康民에게는 부이桴苡라는 식물이 있는데, 그 열매는 오얏처럼 생겼고 이것을

52 青丘 : 청구青邱라고도 하며, 『산해경山海經』권9 「해외동경海外東經」에 처음 나타나는 옛 지명으로, 동방을 뜻하는 말이다. 우리나라의 삼국을 부르는 호칭으로 쓰였다.
53 東越 : 지금의 복건성福建省과 절강성浙江省 일대.
54 渠叟 : 지금의 파미르고원 서쪽의 중앙아시아 일대.

먹으며 임신에 도움이 된다고 한다. 북적주미北狄州靡에는 비비費費라는 짐승이 있는데, 그 모습은 사람과 비슷하며 다리가 나뭇가지처럼 구부러지지 않는다. 웃을 줄 알고 웃을 때는 윗입술이 뒤집히고 두 눈이 감기는데 사람을 잡아 먹는다. 도곽都郭도 역시 북쪽 오랑캐인데, 생생生生이라는 짐승이 있다. 모습은 황구黃狗인데 얼굴이 사람처럼 생겼고 말도 할 줄 안다. 기간奇幹 역시 북쪽 오랑캐로, 선방善芳이라는 새가 있는데, 머리는 수탉처럼 생겼고 이것을 지니고 다니면 눈이 침침해지지 않는다고 한다.

정동 쪽에 있는 고이高夷에는 겸양嗛羊이라는 짐승이 있는데, 뿔이 네 개 달린 양이다. 서쪽의 오랑캐 돌록獨鹿에게는 공공거허邛邛距虛라는 짐승이 있다. 견융犬戎의 문마文馬라는 짐승은 붉은 갈기에 하얀 몸통을 가졌는데, 눈은 황금과 같고 옛날 제왕들이 타던 말이라고 한다. 백주白州에는 비려比閭라는 나무가 있는데, 새의 깃털처럼 화려한 광채가 나며, 이것으로 수레를 만들면 영원히 썩지 않는다고 한다.

「왕회」의 마지막 부분에서는 이윤伊尹[55]의 「조헌상서朝獻商書」를 인용하여 다음과 같이 서술하였다.

탕임금이 이윤에게 명하여 사방에서 바치는 공물을 책임지고 담당하라고 했다. 이윤은 정동에게 물고기 가죽으로 만든 칼집과 생선젓·교룡으로 만든 방패·날카로운 검 등을 바치게 하고, 정남에게는 주기珠璣와 대모玳瑁·상아·무늬가 있는 무소 뿔 등을, 정서에게는 단청丹青과 백모白旄·강력江歷·용각龍角 등을, 정북에게는 탁타橐駝와 도도騊駼·결제駃騠·양궁良弓등을 헌상하도록 하겠다고 했다. 탕임금이 "좋다"고 대답했다.

이러한 기록들은 증빙할 수 있는 방법이 없기 때문에, 우선 기록해 놓고 폭넓은 지식을 갖춘 전문가들의 질정을 기다리겠다. 당나라 태종太宗 때 먼 나라들에서 조공을 바치기 위해 오는 이들이 아주 많았는데, 복장이 아주 괴이했다고 한다. 안사고는 이를 그림으로 그려 후대에 전해주기를

55 伊尹 : 은殷나라의 재상. 이름이 이伊고, 윤尹은 관직 이름이다. 일명 지摯라고도 한다. 탕湯왕의 인정을 받아 등용되어, 하夏나라를 멸하고 은나라를 건국하는데 큰 공을 세워, 재상이 되었다. 탕왕이 죽은 뒤 외병外丙과 중임仲壬 두 임금을 보좌했다. 중임이 죽고 태갑太甲이 왕위에 올라 정사를 돌보지 않고 탕왕의 법을 따르지 않자 그를 동桐으로 축출하고 섭정했다가, 태갑이 잘못을 뉘우치자 다시 왕위에 올렸다. 후세 고대의 명재상으로 전해진다.

청한 후, 「왕회도王會圖」 지었다고 하는데, 『급총주서』의 「왕회」 편은 바로 이것을 취해 기록한 것이다.

『한서』에는 다음과 같은 기록이 있다.

> 하늘은 먼저 주기만하고 가지려 하지 않으며, 오히려 그 허물을 받아들인다. 권력의 우두머리가 되려고 하지 말라. 권력의 우두머리가 되면 도리어 재앙을 입게 된다.

이는 『일주서逸周書』에서 인용한 것이라고 했는데, 『급총주서』에는 이러한 구절이 없다. 이러한 사실을 통해 『급총주서』가 완벽한 형태가 아니라는 것을 알 수 있다.

13. 조식이 글에 대해 논하다 曹子建論文

조식曹植[56]은 양덕조楊德祖[57]에게 보낸 「여양덕조서與楊德祖書」[58]에서 이렇게 말하였다.

> 세상 사람들의 저술에 병폐가 없을 수 없습니다. 저는 평소 남들이 내 문장을 비평하는 것을 좋아하여, 좋지 않다고 비난 받으면 즉시 고쳤습니다. 예전에 정경례丁敬禮가 문장을 지어, 나에게 다듬어달라고 하였는데, 저는 스스로가 재능이 그보다 못하다고 여겨 사양하고는 하지 않았습니다. 정경례가 저에게 말했습니다. "경卿은 어찌하여 어렵게만 생각하오? 문장을 아름답게 고쳐주시면 제게는 이득이 될 것이며, 만일 문장이 잘 다듬어 지지 않아도 아무 문제 없을 것이오. 후세

56 曹植(192~232) : 삼국시대 위魏나라의 시인. 자 자건子建, 시호 진사왕陳思王. 중국의 가장 위대한 서정시인 가운데 한 사람으로, 조조曹操의 아들이다. 문학적 재능은 아버지와 형 조비曹丕를 능가했지만, 아버지의 후계로 위나라를 건국한 것은 형이었다. 조조가 조식의 재능을 아껴 세자로 책봉하려고 했던 것을 알기에, 문제文帝가 된 조비는 동생을 괴롭혔다. 이에 따른 조식의 좌절과 불행은 그가 지은 시의 주제가 되었다.

57 楊德祖(175~219) : 이름은 수修. 덕조는 그의 자이다. 태위太衛 양표楊彪의 아들로 박학다재하며 기지가 뛰어났다. 조식과 매우 긴밀한 관계를 맺고 그를 태자로 옹립할 계책을 꾸몄으나, 조조가 조비를 태자로 세우자 내란을 일으켰다가 발각되어 주살 당하였다. 「여양덕조서」에 대한 회답인 「답임치후전答臨淄侯牋」이 『문선文選』에 실려 있다.

58 「與楊德祖書」 : 조식이 양덕조에게 보낸 편지로, 문장에 대한 조식의 관점이 담겨있다.

사람들 중 내 문장을 고쳐준 이가 누구인지 어느 누가 알 수 있겠소?"
나는 이 말이 이치를 모두 통달한 말이라고 감탄하며, 아름다운 이야기라고 생각했습니다.

조식의 논리는 정말이지 뛰어나다.

임방任昉[59]이 왕검王儉[60]의 주부主簿[61]로 있을 때, 왕검이 문장을 지어 임방에게 교정을 맡기자 몇 글자 수정해서 왕검에게 돌려주었다. 이를 본 왕검은 감탄하며 말했다.
"그대가 내 문장을 고쳐준 것을 후세의 누가 알 것인가?"

이 말은 바로 조식의 「여양덕조서」를 인용한 것이다.

요즘의 문인들은 좋지 않은 전통으로 인해 자신의 문장이 누군가에게 지적 받으면, 비록 그 자리에서는 얼굴색이나 말투가 조금도 변하지 않지만, 집으로 돌아가서는 발끈하고 화를 낸다. 모든 사람들이 그렇다.

구양수歐陽脩는 「윤사노명尹師魯銘」이라는 글에서 윤수尹洙[62]가 억울하게 유죄를 선고받은 것에 대해서는 깊게 논의하지 않고, 단지 윤수의 문장이 간략하면서도 법도가 있다고 칭찬했다. 어떤 사람이 구양수의 이러한 평가가 제대로 된 평가가 아니라고 비판했다. 구양수는 크게 화를 내면서 다른 이에게 편지를 보내 자신의 평가를 비판한 사람을 질책했다.

간단하면서도 법도가 있다는 것은 『춘추』정도가 되어야 받을 수 있는 평가로, 내가 윤수의 문장을 높이 평가한 것입니다. 또 그의 학문이 고금을 통달하고 있다고 평하였는데, 이 말은 사실 공자나 맹자에게나 해당하는 평가입니다. 그런데 세상의 무식한 자들이 제대로 알지도 못하면서 이러쿵저러쿵 떠들고 있으니 우

59 任昉(460~508) : 남조시대 양梁나라의 문학가. 문장과 재주가 뛰어나고 성품이 고매하여 당시 이름난 선비들이 모두 그를 존경하며 함께 교류하기를 원했고, 그에게 인정을 받는 사람은 모두 높은 관직에 올랐기에 많은 사람들이 그를 찾아갔다고 한다.

60 王儉(452~489) : 남조시대 제齊나라의 문학가이며 목록학자. 동진東晉의 명재상인 왕도王導의 5세손으로 문학적 재능이 출중했다.

61 主簿 : 문서를 담당하는 관직이다.

62 尹洙(1001~1047) : 송나라 문인. 자 사로師魯. 박학하였고 고문에 뛰어났다.

스울 따름이지요. 「윤사노명」은 세상을 떠난 내 벗을 위로하기 위해 지은 것인데, 내 어찌 소인배들의 보잘 것 없는 평에 마음을 두겠습니까?

왕안석은 전공보錢公輔의 모친인 장씨蔣氏를 위해 묘지명墓誌銘을 지었는데, 이 글에서 전공보가 과거에서 갑과甲科로 합격한 일을 언급하지 않고 단지 다음과 같이 썼다.

아들은 조정에서 관리가 되어 가산도 넉넉해지고 존귀한 지위에 올랐기에, 마을 사람들 모두 이것은 노부인의 광영이라고 여겼습니다.

그리고 맨 마지막에 이렇게 썼다.

노부인의 일곱 명의 손자들은 모두 나이가 어렸습니다.

손자들의 이름을 거론하지 않고서 그냥 어리다고만 한 것이다. 전공보는 묘지명이 마음에 들지 않아 왕안석에게 편지를 보내어 자신의 생각을 밝혔다. 왕안석은 이에 다음과 같은 답장을 보냈다.

일전에 묘지명을 써달라는 부탁을 받고 즉시 흔쾌히 수락했습니다. 그런데 생각지도 않게 그대의 마음에 들지 않아 내용을 첨삭하기를 바라시는군요. 보잘 것 없는 글이지만 이렇게 쓰는 것이 도리라고 생각하기에 고칠 수 없습니다. 바라건대 제가 쓴 글을 돌려보내시고, 다시금 마음에 부합할 수 있는 사람을 구해 묘지명을 쓰도록 하시는 것이 좋을 듯합니다. 만약에 갑과에 합격해서 통판이라는 직책에 임명되었다고 쓴다면, 그것이 어찌 대부인의 광영이 되기에 족하다 할 수 있겠습니까? 갑과에 합격하여 통판이 되는 것은 사부를 지을 줄 아는 사람이라면 그가 비록 시장의 소인배라 할지라도 모두 통판이 될 수 있을 것이니, 말할 것이 못됩니다. 그렇기 때문에 묘지명에서 마을 사람들이 대부인의 광영으로 여겼다고 한 것은 천하의 지식인들이 통판이 되는 것을 광영으로 생각하지 않는다는 것을 밝힌 것입니다. 그리고 손자들에 대해서 그 이름을 일일이 열거할 필요가 없는 것은, 누구나 아들 다섯은 있을 수 있지만 일곱 명의 손자를 가질 수는 없기 때문입니다.

이러한 일화를 통해 구양수와 왕안석 두 사람은 다른 사람이 자신의 작품에 대해서 이견異見을 내는 것을 아주 싫어했다는 것을 알 수 있다.

14. 우수와 청명 雨水淸明

음력으로 우수雨水는 정월正月의 중기中氣[63]이고, 경칩驚蟄은 2월의 절기이다. 청명淸明은 3월의 절기이고, 곡우穀雨는 3월의 중기이다. 한나라 초에도 여전히 주나라와 진나라 때 사용했던 월력을 사용해, 경칩이 우수 전에 있었고, 곡우는 청명 전에 있었다. 그러나 한 무제 태초太初[64] 때부터 바로 잡아 시행하기 시작했다.

63 中氣 : 음력 12달을 24절기로 나누는데 각 달마다 2개의 절기가 들어간다. 이중 달 초의 절기는 절기라고 부르, 중순 이후에 드는 절기는 중기라고 한다.

64 太初 : 전한 무제 시기 연호(B.C.104~B.C.100).

••• 卷第十三(十四則)

1. 科舉恩數

國朝科擧取士, 自太平興國以來, 恩典始重。然各出一時制旨, 未嘗輒同, 士子隨所得而受之, 初不以官之大小有所祈訴也。太平之二年, 進士一百九人, 呂蒙正以下四人得將作丞, 餘皆大理評事, 充諸州通判。三年, 七十四人, 胡旦以下四人將作丞, 餘並爲評事, 充通判及監當。五年, 一百二十一人, 蘇易簡以下二十三人皆將作丞通判。八年, 二百三十九人, 自王世則以下十八人, 以評事知縣, 餘授判司簿尉。未幾, 世則等移通判, 簿尉改知令錄。明年, 並遷守評事。雍熙二年, 二百五十八人, 自梁顥以下二十一人, 才得節察推官。端拱元年, 二十八人, 自程宿以下, 但權知諸縣簿尉。二年, 一百八十六人, 陳堯叟、曾會至得光祿丞、直史館, 而第三人姚揆, 但防禦推官。淳化三年, 三百五十三人, 孫何以下, 二人將作丞, 二人評事, 第五人以下, 皆吏部注擬。咸平元年, 孫僅但得防推。二年, 孫暨以下, 但免選注官。蓋此兩榜, 眞宗在諒闇, 禮部所放, 故殺其禮。及三年, 陳堯咨登第, 然後六人將作丞, 四十二人評事；第二甲一百三十四人, 節度推官、軍事判官；第三甲八十人, 防團軍事推官。

2. 下第再試

太宗雍熙二年, 已放進士百七十九人。或云:「下第中甚有可取者。」乃令復試, 又得洪湛等七十六人, 而以湛文采遒麗, 特升正牓第三。端拱元年, 禮部所放程宿等二十八人, 進士葉齊打鼓論牓, 遂再試, 復放三十一人, 而諸科因此得官者至於七百。一時待士, 可謂至矣。然太平興國末, 孟州進士張兩光, 以試不合格, 縱酒大罵於街衢中, 言涉指斥, 上怒斬之, 同保九輩永不得赴擧。恩威並行, 至於如此。

3. 試賦用韻

唐以賦取士, 而韻數多寡, 平側次敘, 元無定格。故有三韻者, 花萼樓賦以題爲韻是也。有四韻者, 蓂莢賦以「呈瑞聖朝」, 舞馬賦以「奏之天廷」, 丹甑賦以「國有豐年」, 泰階六符賦以「元亨利貞」爲韻是也。有五韻者, 金莖賦以「日華川上動」爲韻是也。有六韻者, 止水、魍魎、人鏡、三統指歸、信及豚魚、洪鐘待撞、君子聽音、東郊朝日、蠟日祈天、宗樂德、訓胄子諸篇是也。有七韻者, 日再中、射己之鵠、觀紫極舞、五聲聽政諸篇是也。八韻有二平六側者, 六瑞賦以「儉故能廣, 被褐懷玉」, 日五色賦以「日麗九華, 聖符土德」, 徑寸珠賦以「澤浸四荒, 非寶遠物」爲韻是也。有三平五側者, 宣耀門觀試擧人以「君聖臣肅, 謹擇多士」, 懸法象魏以「正月之吉, 懸法象魏」, 玄酒以「薦天明德, 有古遺味」, 五色土以「王子畢封, 依以建社」, 通天臺以「洪臺獨出, 浮景在下」, 幽蘭以「遠芳襲人, 悠久不絶」, 日月合璧以「兩曜相合, 候之不差」, 金柅以「直而能一, 斯可制動」爲韻是也。有五平三側者, 金用礪以「殷高宗命傅說之官」爲韻是也。有六平二側者, 旗賦以「風日雲舒, 軍容淸肅」爲韻是也。自太和以後, 始以八韻爲常。唐莊宗時, 嘗覆試進士, 翰林學士承旨盧質以后從諫則聖爲賦題, 以「堯、舜、禹、湯傾心求過」爲韻。舊例, 賦韻四平四側, 質所出韻乃五平三側, 大爲識者所誚, 豈非是時已有定格乎? 國朝太平興國三年九月, 始詔自今廣文館及諸州府、禮部試進士律賦, 並以平側次用韻, 其後又有不依次者, 至今循之。

4. 貞元制科

唐德宗貞元十年, 賢良方正科十六人, 裴垍爲擧首, 王播次之, 隔一名而裴度、崔羣、皇甫鎛繼之。六名之中, 連得五相, 可謂盛矣。而邪正㒟不侔。度、羣同爲元和宰相, 而鎛以聚斂賄賂亦居之, 度、羣極陳其不可, 度恥其同列, 表求自退, 兩人竟爲鎛所毁而去。且三相同時登科, 不可謂無事分, 而玉石雜糅, 薰蕕同器, 若默默充位, 則是固寵患失, 以私妨公, 裴、崔之賢, 詎難以處也。本朝韓康公、王岐公、王荊公亦同年聯名, 熙寧間, 康公、荊公爲相, 岐公參政, 故有「一時同牓用三人」之語, 頗類此云。

5. 貽子錄

先公自燕歸, 得龍圖閣書一策, 曰貽子錄, 有「御書」兩印存, 不言撰人姓名, 而序云: 「愚叟受知南平王, 政寬事簡。」意必高從誨擅荊渚時賓僚如孫光憲輩者所編, 皆訓儆童蒙。其修進一章云, 咸通年中, 盧子期著初學子一卷, 細大無遺。就試三場, 避國諱、宰相諱、主文諱。士人家小子弟, 忌用熨斗時把帛, 慮有拽白之嫌。燭下寫試無誤筆, 卽題其後云「並無揩改塗乙注」; 如有, 卽言字數, 其下小書名。同年小錄是雙隻先輩各一人分寫。宴上長少分雙隻相向而坐, 元以東爲上, 僞以西爲首, 給、舍、員外、遺、補, 多來突宴, 東先輩不遷, 而西先輩避位。及吏部給春關牒, 便稱前鄕貢進士。大略有與今制同者, 獨避宰相、主文諱, 不復講雙隻、先輩之名, 它無所見。其林園一章, 謂茄爲酪酥, 亦甚新。

6. 金花帖子

唐進士登科, 有金花帖子, 相傳已久, 而世不多見。予家藏咸平元年孫僅牓盛京所得小錄, 猶用唐制, 以素綾爲軸, 貼以金花, 先列主司四人銜, 曰：翰林學士給事中楊, 兵部郎中知制誥李, 右司諫直史館梁, 祕書丞直史館朱, 皆押字。次書四人甲子, 年若干, 某月某日生, 祖諱某, 父諱某, 私忌某日。然後書狀元孫僅, 其所紀與今正同。別用高四寸綾, 闊二寸, 書「盛京」二字, 四主司花書于下, 粘於卷首, 其規範如此, 不知以何年而廢也。但此牓五十人, 自第一至十四人, 惟第九名劉燁爲河南人, 餘皆貫開封府, 其下又二十五人亦然。不應都人士中選若是之多, 疑亦外方人寄名託籍, 以爲進取之便耳。四主司乃楊礪、李若拙、梁顥、朱台符, 皆只爲同知擧。

7. 物之小大

列禦寇、莊周大言小言, 皆出於物理之外。列子所載：「夏革曰：渤海之東, 幾億萬里, 有大壑焉, 實惟无底之谷。中有五山, 高下周旋三萬里, 山之中間, 相去七萬里, 而五山之根, 無所連著。帝使巨鼇十五擧首而戴之, 迭爲三番, 六萬歲一交焉。而龍伯之國有大人, 擧足不盈數千而暨山所, 一釣而連六鼇, 合負而趣歸其國。於是岱輿、員嶠二山, 沈於大海。」張湛注云：「以高下周圍三萬里山, 而一鼇頭之所戴, 而六鼇復爲一釣之所引, 龍伯之人能幷而負之, 計此人之形當百餘萬里, 鯤鵬方之, 猶蚊蚋蚤虱耳。太虛之所受, 亦奚所不容哉！」莊子逍遙遊首著鯤鵬事, 云：「北溟有魚, 其名爲鯤, 鯤之大不知其幾千里也。化而爲鳥, 其名爲鵬, 鵬之徙於南溟, 水擊三千里, 摶扶搖而上者九萬里。」二子之語大若此。至於小言, 則莊子謂：「有國於蝸之左角曰觸氏, 右角曰蠻氏, 相與爭地而戰, 伏尸數萬, 逐北旬有五日而後反。」列子曰：「江浦之間生麽蟲, 其名曰焦螟。羣飛而集於蚊睫, 弗相觸也, 栖宿去來, 蚊弗覺也。黃帝與容成子同齋三月, 徐以神視, 塊然見之, 若嵩山之阿, 徐以氣聽, 砰然聞之, 若雷霆之聲。」二子之語小如此。釋氏維摩詰長者居文室而容九百萬菩薩幷師子座, 一芥子之細而能納須彌。皆一理也。張湛不悟其寓言, 而竊竊然以太虛無所不容爲說, 亦隘矣。若吾儒中庸之書, 但云：「天地之大也, 人猶有所憾, 故君子語大, 天下莫能載焉；語小, 天下莫能破焉。」則明白洞達, 歸於至當, 非二氏之學一偏所及也。

8. 郭令公

唐人功名富貴之盛, 未有出郭汾陽之右者。然至其女孫爲憲宗正妃, 歷五朝母天下, 終以不得志於宣宗而死, 自是支胄不復振。及本朝慶曆四年, 訪求厥後, 僅得裔孫元亨於布衣中, 以爲永興軍助敎。歐陽公知制誥, 行其詞曰：「繼絶世, 褒有功, 非惟推恩以及遠, 所以勸天下之爲人臣者焉。況爾先王, 名載舊史, 勳德之厚, 宜其流澤於無窮, 而其後裔不可以廢。往服新命, 以榮厥家。」且以二十四考中書令之門, 而需一助敎以爲榮, 吁, 亦淺矣。乃知世祿不朽, 如春秋諸國至數百年者, 後代不易得也。

9. 紀年兆祥

自漢武建元以來, 千餘年間, 改元數百, 其附會離合爲之辭者, 不可勝書, 固亦有曉然而易見者。如晉元帝永昌, 郭璞以爲有二日之象, 果至冬而亡。桓靈寶大亨, 識者以爲一人二月了, 果以仲春敗。蕭棟、武陵王紀同歲竊位, 皆爲天正, 以爲二人一年而止, 其後皆然。齊文宣天保, 爲一大人只十, 果十年而終。然梁明帝蕭巋亦用此, 而盡二十三年。或又云, 巋蕞爾一邦, 故非禨祥所係。齊後主隆化, 爲降死, 安德王延宗德昌, 爲得二日。周武帝宣政爲宇文亡日；宣帝大象, 爲天子冢。蕭琮、晉出帝廣運, 爲軍走。隋煬帝大業, 爲大苦末。唐僖宗廣明, 爲唐去丑口而著黃家日月, 以兆巢賊之禍。欽宗靖康爲立十二月康, 果在位滿歲, 而高宗由康邸建中興之業。熙寧之末, 將改元, 近臣撰三名以進, 曰平成、曰美成、曰豐亨, 神宗曰：「成字負戈, 美成者, 犬羊負戈。亨字爲子不成, 不若去亨而加元。」遂爲元豐。若隆興則取建隆、紹興各一字, 與唐貞元取貞觀、開元之義同。已而嫌與顏亮正隆相近, 故二年卽改乾道。及甲午改純熙, 旣已布告天下, 予時守贛, 賀表云：「天永命而開中興, 方茂卜年之統；時純熙而用大介, 載新紀號之文。」迨詔至, 乃爲淳熙, 蓋以出處有「告成大武」之語, 故不欲用。

10. 民俗火葬

自釋氏火化之說起, 於是死而焚尸者, 所在皆然。固有炎暑之際, 畏其穢泄, 斂不終日, 肉未及寒而就爇者矣。魯夏父弗忌獻逆祀之議, 展禽曰：「必有殃, 雖壽而沒, 不爲無殃。」旣其葬也, 焚煙徹于上, 謂已葬而火焚其棺椁也。吳伐楚, 其師居麇, 楚司馬子期將焚之。令尹子西曰：「父兄親暴骨焉, 不能收, 又焚之, 不可。」謂前年楚人與吳戰, 多死麇中, 不可幷焚也。衛人掘褚師定子之墓, 焚之于平莊之上。燕騎劫圍齊卽墨, 掘人冢墓, 燒死人, 齊人望見涕泣, 怒自十倍。王莽作焚如之刑, 燒陳良等。則是古人以焚尸爲大僇也。列子曰：「楚之南有炎人之國, 其親戚死, 㱙其肉而棄之, 然後埋其骨。秦之西有儀渠之國, 其親戚死, 聚柴積而焚之, 燻則烟上, 謂之登遐, 然後成爲孝子。此上以爲政, 下以爲俗, 而未足爲異也。」蓋是時其風未行於中國, 故列子以儀渠爲異, 至與㱙肉者同言之。㱙音寡。

11. 太史日官

周禮春官之屬曰：「太史掌建邦之六典, 以逆邦國之治。正歲年以序事, 頒之于官府及都鄙, 頒告朔于邦國。」「小史掌邦國之志, 奠繫世, 辨昭穆。」鄭氏注云：「太史, 日官也。」引左傳「天子有日官, 諸侯有日御」爲說。志, 謂記也。史官主書, 國語所謂鄭書及帝繫、世本之屬是也, 小史主定之。然則周之史官、日官同一職耳。故司馬談爲漢太史令, 而子長以爲「文史星曆近乎卜祝之間, 固主上所戲弄, 倡優畜之, 流俗之所輕也」。今太史局正星曆卜祝輩所聚, 其長曰太史局令, 而隸祕書省, 有太史案主之, 蓋其源流有自來矣。

12. 汲冢周書

汲冢周書今七十篇, 殊與尙書體不相類, 所載事物亦多過實。其克商解云「武王先入, 適紂所在, 射之三發, 而後下車, 擊之以輕呂, 斬之以黃鉞, 縣諸大白。商二女旣縊, 又射之三發, 擊之以輕呂, 斬之以玄鉞, 縣諸小白。」越六日, 朝至于周, 以三首先馘, 入燎于周廟, 又用紂于南郊。夫武王之伐紂, 應天順人, 不過殺之而已。紂旣死, 何至梟戮俘馘, 且用之以祭乎! 其不然者也。又言武王狩事, 尤爲淫侈, 至於擒虎二十有二, 貓二, 麋五千二百三十五, 犀十有三, 氂七百二十有一, 熊百五十一, 羆百十八, 豕三百五十有二, 貉十有八, 麂十有六, 麝五十, 鹿三千五百有二。遂征四方, 凡憝國九十有九國, 馘磨億有十萬七千七百七十有九, 其多如是, 雖注家亦云武王以不殺爲仁, 無緣所馘如此, 蓋大言也。王會篇皆大會諸侯及四夷事, 云:「唐叔、荀叔、周公在左, 太公在右。堂下之右, 唐公、虞公南面立焉, 堂下之左, 商公、夏公立焉。」四公者, 堯、舜、禹、湯後, 商、夏卽杞、宋也。」又言: 俘商寶玉億有百萬。所紀四夷國名, 頗古奧, 獸畜亦奇崛, 以肅愼貢爲稷貢, 濊人爲穢人, 樂浪之夷爲良夷, 姑蔑爲姑妹, 東甌爲且甌, 渠搜爲渠叟, 高句麗爲高夷。所叙穢人前兒若彌猴, 立行, 聲似小兒。良夷在子, 弊身人首, 脂其腹, 炙之藿則鳴。揚州禺禺魚、人鹿。靑丘狐九尾。東南夷白民乘黃, 乘黃者似騏, 背有兩角。東越海蛤、海陽、盈車、大蟹。西南戎曰央林, 以酋耳, 酋耳者, 身若虎豹。渠叟以鼩犬, 鼩犬者, 露犬也, 能飛食虎豹。區陽戎以鼈封, 鼈封者, 若彘, 前後有首。蜀人以文翰, 文翰者, 若皐雞。康民以稃苡, 其實如李, 食之宜子。北狄州靡費費, 其形人身枝踵, 自笑, 笑則上唇翕其目, 食人。都郭生生, 若黃狗, 人面能言。奇幹善芳, 頭若雄鷄, 佩之令人不眯。正東高夷嗛羊, 嗛羊者, 羊而四角。西方之戎曰獨鹿, 邛邛距虛。犬戎文馬, 而赤鬣縞身, 目若黃金, 名古皇之乘。白州比閭, 比閭者, 其華若羽, 以其木爲車, 終行不敗。篇末引伊尹朝獻商書云:「湯問伊尹, 使爲四方獻令。伊尹請令, 正東以魚皮之鞞、鰂醬、蛟瞂、利劍; 正南以珠璣、玳瑁、象齒、文犀; 正西以丹靑、白旄、江歷、龍角; 正北以槖駝、騊駼、駃騠、良弓爲獻4。湯曰: 善。」 凡此皆無所質信, 姑錄之以貽博雅者。唐太宗時, 遠方諸國來朝貢者甚衆, 服裝詭異, 顔師古請圖以示後, 作王會圖, 蓋取諸此。漢書所引:「天予不取, 反受其咎, 毋爲權首, 將受其咎。」以爲逸周書, 此亦無之, 然則非全書也。

13. 曹子建論文

曹子建與楊德祖書云:「世人著述, 不能無病, 僕常好人譏彈其文, 有不善, 應時改定。昔丁敬禮常作小文, 使僕潤飾之, 僕自以才不過若人, 辭不爲也。敬禮謂僕:『卿何所疑難, 文之佳麗, 吾自得之, 後世誰相知定吾文者邪?』吾常歎此達言, 以爲美談。」子建之論善矣。任昉爲王儉主簿, 儉出自作文, 令昉點正, 昉因定數字, 儉歎曰:「後世誰知子定吾文?」正用此語。今世俗相承, 所作文或爲人詆訶, 雖未形之於辭色, 及退而怫然者, 皆是也。歐陽公作尹師魯銘文, 不深辯其獲罪之寃, 但稱其爲文章簡而有法。或以爲不盡, 公怒, 至詒書它人, 深數責之曰:「簡而有法, 惟春秋可當之, 修於師魯之文不薄矣。又述其學曰『通知古今』, 此語若必求其可當者, 惟孔、孟也。而世之無識者乃云云。此文所以慰吾亡友爾, 豈恤小子輩哉?」王荊公爲錢公輔銘母夫人蔣氏墓, 不稱公輔甲科, 但云:「子官於朝, 豐顯矣, 里巷之士以爲太君榮。」後云:「孫七人皆幼。」不書其名。公輔意不滿, 以書言之, 公復書曰:「比蒙以銘文見屬, 輒爲之而不辭。不圖乃猶未副所欲, 欲有所增損。鄙文自有意義, 不可改也。宜以見還, 而求能如足下意者爲之。如得甲科爲通判, 何足以爲太夫人之榮。一甲科通判, 苟粗知爲辭賦, 雖市井小人, 皆可以得之, 何足道哉!故銘以謂閭巷之士, 以爲太夫人榮, 明天下有識者不以置榮辱也。至於諸孫, 亦不足列, 孰有五子而無七孫者乎!」二公不喜人之議其文亦如此。

14. 雨水淸明

曆家以雨水爲正月中氣, 驚蟄爲二月節, 淸明爲三月節, 穀雨爲三月中氣。而漢世之初, 仍周、秦所用, 驚蟄在雨水之前, 穀雨在淸明之前, 至于太初, 始正之云。

••• 용재속필 권14(17칙)

1. 윤문자 尹文子

『한서·예문지藝文志』를 보면 명가名家안에 『윤문자尹文子』가 포함되었다. 그리고 이렇게 설명을 덧붙였다.

제齊나라 선왕宣王에게 유세한 내용이며, 공손룡公孫龍[1]보다 시대가 앞섰다.

유흠劉歆[2]은 윤문자[3]에 대해 이렇게 말했다.

그의 학문은 황로사상黃老思想[4]에서 연원하였으며, 직하학파稷下學派[5]의 대표인물

1 公孫龍(B.C.320~B.C.250) : 전국시대 조趙나라의 사상가. 자 자병子秉. 명가名家의 한 사람으로 손꼽히며, 그의 논술을 궤변이라고 하지만 단순한 궤변이 아니라 당시의 혼란한 사회를 질서 있는 사회로 돌이키려고 했다는 것을 알 수 있다. 6편의 문장이 현재까지 전해진다. 「백마편白馬篇」과 「견백론堅白論」은 물체와 속성·내포內包와 외연外延의 문제를 다뤘고, 「지물론指物論」은 지시와 지시의 대상에 관한 문제, 「통변론通變論」은 명칭·개념과 사물·실질과의 변화문제, 「명실론名實論」은 명과 실의 일치문제를 다루었다.

2 劉歆(B.C.53?~25) : 전한 말기의 유학자. 자 자준子駿. 나중에 이름을 수秀, 자를 영숙穎叔으로 고쳤다. 아버지 유향劉向과 궁정의 장서를 정리하고 육예六藝의 군서群書를 7종으로 분류하여 『칠략七略』이라 하였다. 이것은 중국 최초의 체계적인 서적목록으로 현존하지는 않지만, 『한서漢書·예문지藝文志』가 대체로 그에 의해서 엮어졌다. 『좌씨춘추左氏春秋』·『모시毛詩』·『일례逸禮』·『고문상서古文尙書』를 특히 존숭하여 학관에 이에 대한 전문박사專門博士를 설정하기 위하여 당시의 학관 박사들과 일대 논쟁을 벌였으나 뜻을 이루지 못하고 하내태수河內太守로 전출되었다. 그 후 왕망王莽이 한왕조漢王朝를 찬탈한 후 국사國師로 초빙되어 그의 국정에 협력하였다. 만년에는 왕망에 반대하여 모반을 기도하였으나 실패하여 자살하였다.

3 尹文子(B.C.360~B.C.280) : 전국시대의 저명한 철학자인 윤문尹文으로, 제齊나라 사람. 송견宋銒과 함께 이름을 날렸으며, 도가학파였다. 송견과 윤문의 사상은 후기 유가사상에 깊은 영향을 끼쳤다. 윤문은 제나라 선왕宣王때의 직하학파稷下學派의 대표인물로, 당시 명가의 대표인물인 공손룡에게서 배웠다.

4 黃老思想 : 노장사상을 계승한 한나라 초기의 정치이념. 규정과 제도를 간소화하여 백성을 편안히 함으로써 나라를 안정시키고자 했다.

로, 송견宋鈃과 팽몽彭蒙·전병田騈 등과 함께 공손룡에게서 배웠다.

지금 이 책은 상하 두 권으로 나뉘어져 있는데, 모두 후한 말기에 중장통仲長統[6]이 편찬한 것이다. 전체 5천자 밖에 되지 않고 의론 역시 완전히 황로사상에 근본을 둔 것은 아니다. 「대도편大道篇」에서 다음과 같이 말했다.

> 다스림에 있어서 도道가 부족하면 즉 법法을 사용해 다스린다. 법이 부족하면 술術을 사용해서 다스린다. 술이 부족하면 권權을 사용해 다스린다. 권이 부족하면 세勢를 이용해 다스린다. 세가 부족하면 권으로 되돌아간다. 권을 사용하면 술로 되돌아가며, 술을 사용하면 법으로 되돌아간다. 법을 사용하면 도로 되돌아가고, 도를 사용하면 인위적으로 하지 않아도 저절로 다스려진다.
> 선한 행동을 해도 다른 사람들이 이를 본받지 않으면, 이는 독선獨善이다. 솜씨가 뛰어나고 정교한 일을 해도 다른 사람이 이를 배우려고 하지 않으면, 이는 독교獨巧이다. 이는 모두 선善과 교巧의 이치를 제대로 알지 못한 것이다. 선한 행동을 다른 사람들과 함께 하고, 솜씨가 뛰어나고 정교한 일을 다른 사람들도 할 수 있도록 하는 것이야 말로, 선善중에서도 최선最善이며, 교巧중에서도 최교最巧가 되는 것이다.
> 사람들은 성인들이 나라를 다스린 도를 귀하게 여기지만, 그가 혼자서 독재하고 전재하는 것을 귀하게 여기는 것이 아니다. 바로 다른 사람들과 함께 나라를 다스려가는 것을 귀하게 여긴 것이다. 또한 사람들이 장인의 뛰어난 솜씨를 귀하게 여기지만, 그 사람 개인의 기교를 귀하게 여기는 것이 아니다. 바로 뛰어난 기교를 다른 사람들과 함께 하는 것을 귀하게 여긴 것이다.
> 요즘 사람들은 품행에 있어서는 혼자만 현명하기를 원하고, 일을 하는데 있어서는 혼자만 잘 하는 것을 바라며, 말 잘하는 것에 있어서도 출중하기를 원하고, 용감함에 있어서도 다른 사람보다 뛰어나기를 바란다. 홀로 행하는 현명함[獨行之賢]은 천하를 교화시키기에 부족하고, 혼자만 일을 잘하는 것[獨能之事]은 모든

5 稷下學派 : 전국시대 제齊의 수도 임치臨淄를 근거지로 하여 형성된 최고의 권위를 가진 학파. 제나라 수도 임치의 13개 성문중 서문西門을 직문稷門이라고 하였는데, 이 직문 부근에 학자들의 학궁學宮이 조성되었고, 이 학궁에서 학자들이 모여 공부하고 토론하였다. 직하학파의 선집으로 『관자管子』가 있다.

6 仲長統(179~220) : 후한의 학자. 자 공리公理. 고평高平(산동성山東省) 출생. 어려서부터 학문을 좋아하고 문사文辭에 능하였으며, 직언直言을 즐겨 당시 사람들이 광생狂生이라 부를 정도로 비판정신이 투철하였다. 저서로 『창언昌言』이 있었다고 하나 전하지 않는데, 왕충王充·왕부王符 등과 마찬가지로 전통적인 유교사상을 바탕으로 당시의 사상과 사회를 비판한 것으로 전해진다.

일에 두루두루 도움을 줄 수가 없다. 출중한 말솜씨[出衆之辯]라 해도 집집마다 찾아가 상황을 알릴 수 없으며, 뛰어난 용기[絶衆之勇]는 전쟁을 이기기 위해 전략을 세울 때는 소용이 없다. 무릇 이 네 가지는 변란을 일으키는 원인이 된다. 성인은 도에 모든 것을 맡기고 법을 세우며, 현명함과 어리석음·능숙함과 서투름을 모두 아우른다. 이것이 바로 지극한 다스림의 방법이다.

이 말을 자세히 음미해보면, 묵자墨子[7]의 겸애兼愛사상과 상당히 부합하는 것을 알 수 있다. 『장자』의 마지막 편인 「천하天下」에서 다음과 같이 말했다.

세속적인 일에 방해받지 않고, 사물을 장식하지 않으며, 남에게 가혹하게 하지 않고, 여러 사람들에게 거스르지 않는다. 천하가 안락해져 백성들이 잘 살 수 있기를 바란다. 그렇지만 나와 모든 사람들의 의식衣食이 풍족해지면 만족스러움을 알고 그친다. 그리고 이런 생각으로 자기의 마음을 깨끗이 하고자 한다. 옛날에 도술을 닦은 사람들 중에 이런 경향을 지녔던 사람들이 있었다. 송견과 윤문이 이런 학설을 듣고 좋아했다. 그들은 위아래가 평평한 화산華山의 관을 만들어 씀으로써 자기들의 마음이 균등히 고름을 표시했다. 비록 세상 사람들이 받아들이지는 않았지만, 그들은 쉬지 않고 자신들의 주장을 했다. 그들은 지나칠 정도로 남을 위하며, 자신을 위하는 것이 아주 적었다.

여기에서 장자가 말하고 있는 것은 바로 유문자의 전체 학설이다. 순자荀子는 「비이십자非十二子」에서 송견을 언급했지만, 윤문자는 언급하지 않았다. 또 『윤자尹子』라는 책이 있는데, 5권으로 모두 19편이 수록되어 있다. 이는 언사가 천박하며 대체로 불교에 대한 언급이 많기에, 육조시대인 진晉과 송宋 때의 승려가 지은 것으로 보이니, 선진시기 윤문자의 저술이 아니다.

2. 근검절약을 중시한 제왕들의 훈시 帝王訓儉

제왕이 새로이 나라를 건국하면, 이 나라가 대대손손 이어지기를 바란다.

7 墨子(B.C.480~B.C.420?) : 전국 시대의 사상가이자 병법가兵法家. 본명은 묵적墨翟. 전국시대에는 제자백가諸子百家라고 할 만큼 많은 사상가들이 출현해서 제각기 활약을 펼쳤는데, 묵자는 당시로서는 드물게 무차별적 박애를 뜻하는 겸애兼愛와 평화주의를 제창한 독특한 인물이었다.

그래서 자손들에게 근검절약을 교훈으로 남긴다. 현명한 자손들은 이것을 지키지만, 그렇지 않은 자손은 이를 비웃는다.

남조南朝의 송宋나라 효무제孝武帝는 큰 궁궐을 짓기 위해, 조부인 고조高祖의 음실陰室[8]을 부수고 그 자리에 옥촉전玉燭殿을 세우려고 했다. 그가 신하들과 함께 고조의 음실을 살펴보다가, 침대 위에 놓인 가리개가 눈에 띄었다. 위에는 거친 베로 만든 등롱燈籠과 마로 만든 파리채가 걸려 있었다. 이를 보고 시중侍中인 원의袁顗가 고조의 검소한 덕에 대해 열렬히 칭송했지만 효무제는 아무런 말도 하지 않았다. 그리고는 혼잣말로 이렇게 말했다.

"시골 영감에게는 이런 것도 과분하지![9]"

당나라의 고력사高力士가 태종릉太宗陵의 침궁寢宮에서 빗 상자 하나와 떡갈나무로 만든 빗 하나, 검정색 빗치개[10] 하나, 풀 뿌리로 만든 솔 하나를 발견하고는 감탄하여 말했다.

"선제先帝께서 이렇듯 검소함으로 친히 제왕의 준칙을 지키셨기에, 천하가 태평할 수 있었습니다. 선제께서 사용하시던 물품들을 이렇게 남겨두신 것은, 자손들에게 근검절약의 덕을 영원히 지켜나가라는 교훈을 남기시려고 하신 것입니다."

이러한 사실이 현종玄宗에게 보고되었고, 현종이 태종릉의 침궁에 찾아와 태종이 남긴 유품이 어디 있느냐고 물었다. 고력사가 무릎을 꿇고 현종에게 유품을 올렸고, 현종 또한 무릎을 꿇고 유품을 받았는데, 그 모습은 더할 나위 없이 삼가하고 공경하는 모습이었다. 현종이 말했다.

"진귀한 야광진주와 수극垂棘[11]에서 난 벽옥璧玉이 세상에 보기 드문 귀한 물건이라

8 陰室 : 사실私室. 남조의 황제들은 죽으면 그가 생활하던 전각을 음실로 꾸미고, 생전에 입던 옷 등 사용하던 물품들을 그대로 보관해두었다.
9 남조의 송나라를 건국한 고조高祖 유유劉裕가 농민 출신이기에 손자인 효무제가 시골영감田舍翁이라고 한 것이다.
10 비치개 : 머리를 빗을 때 가르마를 타는 도구.
11 垂棘 : 춘추시대 진晉나라의 옥 생산지로, 이곳에서 나는 벽옥碧玉이 유명했다.

고 하지만, 어찌 이것과 비교할 수 있겠는가?"

그리고는 즉시 사관에게 명령하여 이를 전책典冊에 기록하도록 했다. 당시는 현종이 왕위를 계승한지 얼마 되지 않아 나라를 잘 다스리기 위해 전심전력하던 때였기에, 태종의 유물을 보고서 깊이 감동하였던 것이다. 그러나 후에 사치하고자 하는 마음이 일어나 천하의 재력 또한 그의 욕심을 만족시키지 못했으니, 태종의 유물에 대했을 때의 감동은 어디에도 남아있지 않았던 것이다.

그렇다고 해서 유송劉宋의 효무제 만을 질책할 수는 없다. 제齊나라의 고제高帝[12]와 북주北周의 무제武帝[13] · 진陳나라의 고조高祖[14] · 수隋나라의 문제文帝[15]는 모두가 근검절약의 덕을 쌓았지만, 그들의 후손인 동혼후東昏侯[16] · 천원 황제天元皇帝[17] · 진숙보陳叔寶[18] · 양제煬帝[19]의 사치는 걸桀과 주紂보다 더

12 高帝(427～482 / 재위 479～482) : 남북조시대 남조 제나라의 시조. 이름은 소도성蕭道成이며 난릉蘭陵출신의 하급병사 신분으로 서서히 출세하여 권력자가 된 뒤 자신의 마음대로 황제를 폐위시키기도 하고 죽이기도 하다가 결국 순제順帝로부터 선양을 받아 제나라를 건국했다. 즉위 3년 만에 죽고, 아들 무제武帝가 즉위했다.

13 北周 武帝(543～578 / 재위 560～578) : 남북조 시대 북조 북주의 3대 황제 우문옹宇文邕. 불교와 도교를 금하고 승려와 도사에게 환속을 강요하며 탄압했다. 북제의 후주後主 고위高緯를 포로로 잡아 북제를 멸망시켰다.

14 陳 高祖(503～559 / 재위 557～559) : 남북조 시대 남조의 마지막 왕조 진陳의 초대 황제 진패선陳霸先. 군인 출신으로 양梁나라의 원제元帝 휘하에서 동위東魏의 무장 후경後景이 일으킨 난을 진압하고 무공을 세웠다. 후에 권력을 휘두르다가 경제景帝의 선양을 받아 스스로 제위에 올라 진나라를 건국했다. 진나라는 양나라에 비해 영토가 크게 축소하여 남조 왕조 중 가장 국력이 가장 약했다.

15 隋 文帝(541～604 / 재위 581～604) : 남북조를 통일한 수나라의 초대 황제 양견楊堅. 북주北周의 대사공大司空인 수국공隨國公 양충楊忠의 아들로, 부친의 직위를 이어받아서 580년에 입궁하여 정제靜帝를 보좌하면서 대권을 장악했으며 581년에 수나라를 건국했다. 24년간 재위하면서 초기에는 천하를 통일하는 큰 업적을 이루었으나, 만년에 이르러서는 가혹한 정치를 펼쳤다.

16 東昏侯(483～501 / 재위 499～501) : 남북조 남조 제나라의 제6대 황제 소보권蕭寶卷. 본명은 명현明賢이며, 명제明帝의 둘째 아들로 명제의 정치를 보좌하게 된 뒤부터 보권으로 개명했다. 세금을 가혹하게 걷고 대규모의 토목공사를 벌여 사치스럽게 생활하는 등 폭정을 일삼았다. 이에 소연蕭衍이 병사를 일으켜 건강建康을 포위하자 수비장군 장직張稷이 내부에서 호응하여 성은 함락되었고 결국 살해당했고, 사후 화제和帝가 즉위하자 동혼후에 추봉되었다.

17 天元皇帝(559～580 / 재위 578～579) : 남북조 시대 북주의 제4대 황제 우문윤宇文贇. 무제의

했으니, 근검절약의 덕을 어찌 논할 수 있겠는가.

3. 재정담당 관리 출신의 재상 用計臣爲相

당나라는 정관貞觀[20] 연간에 관제官制를 규정하여 성省·대臺·시寺·감監 등의 기구를 두어 천하의 일들을 처리하였고, 천하를 다스리는 구체적인 방안을 제정하여, 이후 이를 그대로 유지하며 고치지 않았다. 현종 때 당나라는 크게 번성하였는데, 현종은 상황을 고려하지도 않고 오로지 큰 공을 세울 생각만 하며 재물에 특히 관심을 기울였다. 그래서 우문융宇文融·위견韋堅·양신긍楊愼矜·왕홍王鉷 등은 모두 백성들에게 가혹할 정도로 세금을 수탈한 것이 높이 평가되어 등용되었다. 하지만 그들의 직책은 호부戶部[21]를 넘어서지 않았다. 양국충楊國忠[22]은 권력을 장악하면서, 어사대부御史大夫의 신분으로 판탁지判度支[23]를 겸임하였고 권지權知[24] 대부경大府卿 및 양경사농태부출납兩京

장남이자, 정제의 아버지이다. 시호는 선황제宣皇帝. 자질이 의문시 되던 황태자로 무제의 엄격한 교육을 받았지만, 즉위 후 무제시대의 옛 신하를 숙청하고 대규모 궁전을 축조하는 등 사치를 다했다. 579년에 7세의 아들 우문연에 양위하고, 스스로는 천원황제로 자칭해 5명의 황후를 맞아들이는 등 주색에 매달리고, 정치를 천원황후天元皇后의 부친인 양견楊堅에게 위임 해 북주의 멸망 요인을 만들었다.

18 陳叔寶(553~604 / 재위 582~589) : 남북조 시대 진의 마지막 황제 후주後主. 자는 원수元秀. 사치와 방종을 일삼으며 간신들의 참소만 들어 어리석은 군주의 전형이라고 칭해진다.

19 煬帝(569~618 / 재위 604~618) : 수나라의 제2대 황제 양광楊廣. 수 문제 양견의 차남으로, 진시황제보다도 성격이 더 포악하고 무자비하여 중국의 여러 황제 중 가장 폭군으로 손꼽히는 황제이다.

20 貞觀 : 당나라 태종太宗 시기 연호(627~649).

21 戶部 : 고대의 관서명으로 육부六部 중 하나. 호적과 세금·돈·식량과 관련된 일을 담당하던 기관으로 장관은 호부상서戶部尙書였다.

22 楊國忠(?~756) : 현종 시기 재상. 본명은 소釗이나 양귀비의 친척으로 현종에게 중용되어 '국충'이라는 이름을 하사받았다.

23 判度支 : 관직명. 당나라때 고관이 소직小職을 겸하는 것을 판判이라고 하였다. 탁지度支는 국가의 재정을 계획하고 집행하는 업무를 담당하는 직책이다. 탁지는 호부에 소속된 사사四司 중 하나였는데, 당나라 중기 이후에 호부이외의 대신을 파견하여 탁지의 업무를 담당하게 했는데 이러한 직책을 판탁지라고 했다.

24 權知 : 임시관직. 어떤 기간 동안 임시로 관직을 맡을 때 그 관직 이름 앞에 '권지'라고

司農太府出納의 직책을 임시로 맡기도 하였는데, 이때는 아직 판判·사使의 명칭이 정립되지 않았었다.

숙종肅宗이후에 전쟁이 끊임없이 일어나 전쟁 비용이 많아지자 제오기第五琦[25]와 유안劉晏[26]을 호부시랑판제사戶部侍郎判諸使로 삼고 연이어 재상에 까지 임명하였다. 이리하여 소금과 철을 전담하는 염철사鹽鐵使[27]와 판탁지라는 직책이 생겼다. 원수元琇와 반굉班宏·배연령裴延齡·이손李巽 등이 연달아 재상의 자리에 오르게 되었으며, 이로 인해 다른 관원들이 재화와 세금을 주관하는 일이 점점 증가하게 되었고, 그들의 권한도 날로 증가했다.

헌종憲宗 말년에 황보박皇甫鏄은 판탁지判度支에서, 정이程异는 위위경염철사衛尉卿鹽鐵使에서 재상으로 임명되자 공론이 들끓었지만 헌종은 아랑곳하지 않고 독단적으로 처리했다. 선종宣宗 때에는 재상이 모두 판탁지나 염철사 등을 지냈던 관원들 중에서 나왔다. 마식馬植과 배휴裴休·하후자夏侯孜는 염철사에서 재상이 되었고, 노상盧商과 최원식崔元式·주지周墀·최구종崔龜從·소업蕭鄴·유전劉瑑은 탁지에서 재상이 되었으며, 위부魏扶와 위모魏謩·최신유崔愼由·장신蔣伸은 호부에서 재상이 되었는데, 이때부터 재정을 담당하던 관리

붙인다.

25 第五琦(729~799) : 당나라의 재정가. 성이 제오, 이름이 기이다. 안사의 난 때 산동지방의 반란군을 무찔러 잃은 땅을 회복함으로써 황제의 신임을 얻었고, 강회조용사江淮租庸使와 각도의 탁지사·염철사·호부시랑戶部侍郎 등 재정의 요직을 맡았다. 강남江南의 포백布帛·식량을 도성에 효과적으로 운반함과 동시에, 소금의 전매와 고액화폐 주조 등 새 정책을 추진하였다. 그러나 화폐 개주改鑄로 물가등귀를 초래해 한때 지방관리로 좌천되었는데, 얼마 후 중앙으로 돌아와 유안劉晏과 함께 재정권을 다시 장악하였다.

26 劉晏(?~780) : 당나라 중기 관료. 여러 고관을 역임하였으며, 특히 안사安史의 난으로 궁핍해진 재정 회복에 진력하였다. 전운사轉運使·염철사 등 재무관을 겸임하고, 소금 전매사업을 개량함으로써 세입의 반에 달하는 막대한 이윤을 획득하였다. 또 그 이익의 일부를 이용하여 운하수송방법을 정비하고, 매년 100여 만 석에 달하는 쌀을 강회江淮지방에서 화북華北으로 운반하였다. 그러나 이런 성공은 정부 내의 파벌을 조성한 결과가 되어, 반대파 양염楊炎에 의해 충주자사忠州刺使로 좌천, 얼마 뒤 사사賜死되었다. 당대 제일의 재정가로 평가되며, 그의 부하들 중에서 많은 재정관료가 배출되었다.

27 鹽鐵使 : 당나라 후기 명종明宗 장흥長興 원년에 신설한 소금·철·차의 전매와 세금 징수를 담당하는 관직. 염철사와 탁지·호부이사戶部二使를 합하여 삼사사三司使라고 칭했다.

출신의 재상은 이루 헤아릴 수 없이 많았다. 배도裴度는 판탁지였을 때 상소문을 올려, 재정을 담당하는 관리가 재상이 되는 것은 옳지 않으며 재정 담당권을 원래의 부서로 되돌릴 것을 건의하였다. 배도의 정직함과 탁월한 식견은 다른 사람들과는 비교할 수도 없고 같이 논할 수도 없다.

4. 주와 현의 패액 州縣牌額

각 주州와 현縣의 패액牌額[28]은 모두 길흉과 관련이 있는 것이기에 경솔하게 바꿀 수 없는 것이다.

엄주嚴州 분수현分水縣[29]의 오래된 편액에는 초서草書로 '분分'이라는 글자가 새겨져 있다. 분수현의 현령 중에서 자신이 똑똑하다고 생각한 한 현령이 이 글씨체가 적합하지 않다고 생각해서 직접 해서체로 '분分'이라는 글자를 세 개 써서 편액에 판각하여 걸었다. 그 해 분수현에서는 칼로 사람을 죽인 살인사건이 현저하게 증가했다. 그때서야 사람들은 '분分'의 해서체가 '팔八'과 '도刀'로 이루어져 있다는 것을 깨닫게 되었다.

휘주徽州[30]의 맑고 아름다운 산수는 예로부터 화재가 나지 않았었다. 소희紹熙[31] 원년(1190)에 첨차통판添差通判 노용盧瑢이 휘주 군내에 있는 편액들을 모두 자기가 쓴 예서체로 바꾸었다. 성문위의 초루譙樓와 의문儀門 및 정사亭榭와 대관臺觀에 걸려 있던 편액들도 모두 자신이 예서체로 직접 써서 새로 걸었다. 휘주의 백성들은 노용의 글씨가 건조한 필체며, 그가 쓴 주패州牌는 장중한 느낌이 전혀 없다면서 걱정을 하였다. 다음해 4월, 주의 창고에서 큰 불이 났는데 불이 계속 번져 이틀 간 불 타버린 관사와 빈가가 헤아릴

28 牌額 : 편액匾額으로 긴 사각형의 나무판 혹은 비단 위에 글씨를 써서 문 위나 벽위에 걸어 놓는 액자.

29 嚴州 : 지금의 절강성 동려현桐廬縣.

30 徽州 : 지금의 안휘성 흡현歙縣.

31 紹熙 : 남송南宋 광종光宗 때의 연호(1190~1194).

수 없이 많았다.

5. 노지유 盧知猷

당나라 말기 천하는 난리로 어지러워지고, 학자와 사대부들은 모두 사방으로 피난을 가 언제 어떠한 불행을 만날지 예측할 수 없는 상황이었다. 국가의 위기를 극복할 수 있는 계책도 없고 힘도 없는 이들은 깊은 산속에 들어가 은거하며 자신과 가족의 생명을 보존하기에 급급했다. 그러나 그들을 책할 수는 없다. 백마청류지화白馬淸流之禍[32]로 조정의 많은 명사들이 백마역에서 살해되어 황하에 던져졌는데, 이것이 어찌 이진李振이나 유찬柳粲 같은 흉악한 무리들의 사주만으로 발생한 것이겠는가? 사실 이 사건은 재상 배추裴樞와 최원崔遠·독고손獨孤損 등이 초래한 사건이다.

우연히 사공도司空圖[33]의 『사공표성집司空表聖集』에서 「태자태사노지유신도비太子太師盧知猷神道碑」를 읽었다. 노지유盧知猷[34]는 당나라 희종僖宗과 소종昭宗 때 벼슬살이를 했는데, 관직이 계속 높아져서 상서우복야尙書右僕射의 직책까지 올랐다. 그리고 일품一品 관직인 재상의 자리에서 퇴직을 했기에 고향으로 금의환향하여 천수를 누릴 수 있는 상황이었다. 그러나 그는 노구를 이끌고 소종의 피난을 따라가 함께 화주華州로 낙양으로 다니다가, 소종 천우天祐 2년(905) 9월에 세상을 떠났으니 그의 나이 86세였다. 아주 어려운 피난생활이었기에, 그가 실내에서 죽을 수 있었던 것도 행운이라 할 수 있을 정도였다

32 白馬淸流之禍 : 당나라 애제哀帝 때 주전충朱全忠이 조정의 명사名士 30여명을 백마 역에서 다 죽인 다음 황하에 던져버린 사건. 주전충의 비서였던 이진李振이 여러차례 진사시험에 낙방한 것에 불만을 가지고, 주전충에게 스스로 청렴결백하다며 청류淸流라고 자처하는 조정의 대신들을 황하에 던져 넣어 탁류를 만들어야 한다고 참소 한 것을 받아들인 것이다.

33 司空圖(837~908) : 당나라 말기의 시인·시론가. 자 표성表聖. 당말唐末에 환관이 발호하고 당쟁이 극심해지자 관직을 사임하고 중조산中條山 왕관곡王官谷에 은거하며 시작詩作에 전력했다. 시에서 심미적 특질을 중시하는 시평론서 『이십사시품二十四詩品』을 남겼다.

34 盧知猷 : 당나라 대신·서예가. 자 자모子暮. 도량이 크고 인품이 훌륭했으며, 문사가 아름다웠고, 서법에 뛰어났다고 한다. 특히 해서에 뛰어나 많은 사람들이 다투어 모방했다고 한다.

고 한다.

『신당서新唐書』에 그의 전기가 실려 있는데, 그의 부친의 전기 뒤에 덧붙여 있는 것이라 내용이 아주 간략하다.

> 소종이 유계술劉季述에 의해 유폐되자, 이 때문에 분개하다가 화병을 얻어 죽었다.

역사적 사실에 근거해보면 소종이 광화光化 3년(900)에 유계술의 난리를 겪었고 다음해인 천복天復 원년(901)에 복위되었는데, 이 때에 노지유가 사망한 것이다. 그렇다고 하면 「태자태사노지유신도비」에서 노지유의 사망해인 천우 2년(905)과는 5년 정도 차이가 난다.

「노지유전」에는 이렇게 기록되어있다.

> 노지유의 아들 노문도盧文度 역시 높은 관직에 올랐다.

「신도비」에는 노지유의 아들이 형부시랑刑部侍郎인 노응盧膺이라고 했는데, 이것 또한 열전의 기록과는 다르다. 사공도는 노지유의 막료였고, 또 그가 동시대 사람의 비문을 쓰면서 분명 잘못된 기록을 하는 실수는 범하지 않았을 것이다. 『소종실록昭宗實錄』을 살펴보자.

> 광화 4년(901) 3월 화주華州에서 태자태사 노지유가 죽었다는 상주문이 올라왔다. 유계술의 난리 때문에 분개하다가 화병이 나서 죽었다고 하는데, 그의 나이 75세였다.

이 기록은 『신당서』의 열전과 같다. 무릇 당나라 무종武宗과 선종宣宗 이후의 각조의 실록은 송나라의 송민구宋敏求에 의해 여러 기록들을 보충하여 편찬한 것이기에, 『신당서』와 내용과 같을 수밖에 없다. 당시의 간략한 자료들은 여기 저기 빠진 곳들이 많았기 때문에 응당 사공도가 쓴 비문을 기준으로 삼아야 한다. 광화 4년은 천복 원년으로 고쳐야할 것이다. 『구당기舊唐紀』의 기록이 이를 증명해 준다.

11월 황제의 어가가 봉상鳳翔에 다다랐는데, 주전충이 어가를 호위해 장안으로 갔다. 태자태사 노지유 이하 문무백관들이 모두 나와 황제를 영접했다.

소종이 장안으로 돌아왔을 때 노지유가 황제를 맞이했기 때문에, 「신도비」에서 말한 84세 사망이 맞다. 또 『재상세계표宰相世系表』를 살펴보자.

노지유는 아들 문도文度를 낳았는데, 친척들이 악渥이라고 불렀다. 악의 아들은 응膺이며 형부시랑을 지냈다.

「신도비」와 『재상세계표』의 기록이 이렇게 다르다.

6. 기휘와 휘오 忌諱諱惡

『주례周禮·춘관春官』에는 이렇게 기록되어있다.

소사小史가 선왕의 이름을 기휘忌諱해야 한다고 고했다.

정현이 이에 대해 이렇게 주를 달았다.

선왕이 죽은 날은 꺼려해야 하고[忌], 선왕의 이름은 사용을 피해야 하는 것[諱]이다.

『예기禮記·왕제王制』에서는 이렇게 말했다.

태사太史는 예의를 주관하고, 역사서를 편찬하며 휘오諱惡를 받들어 시행한다.

이 구절에 대한 주석은 다음과 같다.

휘諱 하는 것은 선왕의 이름이며, 오惡 하는 것은 선왕의 기일로 자묘일子卯日처럼 불길한 날이다. 오惡는 烏오와 路로의 반절이다.

『좌전左傳』에서도 다음과 같이 말했다.

숙궁叔弓[35]이 등滕[36]나라에 사신으로 가는데 자복초子服椒[37]가 부사副使로 함께 갔다. 등성滕城 교외에 도착했을 때가 공교롭게도 의백懿伯의 기일이라 숙궁은 성에 들어가지 않았다.

의백은 자복초의 숙부로, '忌기'는 원망의 의미이다.

자복초가 말했다.
"공적인 일을 행함에 있어서 공공의 이익을 먼저 생각하고 사사로운 이익과 원망을 앞세워서는 안 됩니다. 청컨대 제가 먼저 성에 들어가겠습니다."

이로써 보건대 춘추시대 당시에 이미 '기휘'에 대한 명확한 규정이 있었음을 알 수 있다. 한나라 사람들이 황제에게 올리던 표表[38]와 소疏[39]를 살펴보면, 동방삭東方朔[40]이 "'기휘'를 알지 못하다"라고 한 것을 알 수 있다. 앞서 살펴본 것처럼 '꺼리는[忌]'하는 것은 선왕의 기일이고 '피하는[諱]'하는 것은 선왕의 이름인데, 이를 알지 못한다고 할 수 없을 것이다. 동방삭이 '기휘'의 본뜻과는 다르게 이 말을 사용한 것이다. 마찬가지로 요즘 세속에서 "기휘가 없다" 또 "기휘를 모른다"는 말들을 많이 하는데, 모두가 '기휘'의 정확한 뜻을 모르고 사용한 것이다.

7. 진승을 가볍게 평가해서는 안 된다 陳涉不可輕

양웅揚雄[41]이 지은 『법언法言』[42]에는 다음과 같은 이야기가 나온다.

35 叔弓 : 노魯나라의 대부이다.
36 滕 : 지금의 산동성 등현滕縣.
37 子服椒 : 노나라 대부로 시호는 혜백惠伯이다.
38 表 : 임금에게 올리는 글을 가리키는 문체文體의 하나로 비교적 국가의 중대한 사건을 언급할 때에 쓰인다.
39 疏 : 임금에게 올리던 조목별로 나누어진 진술서.
40 東方朔(B.C.154~B.C.93) : 전한의 문인. 자 만천曼倩. 막힘이 없는 유창한 변설과 재치로 한 무제武帝의 사랑을 받아 측근이 되었다. 그러나 단순한 시중꾼이 아닌, 무제의 사치를 간언하는 등 근엄한 일면도 있었다. '익살의 재사'로 많은 일화가 전해진다. 속설에 서왕모西王母의 복숭아를 훔쳐 먹어 장수하였다 하여 '삼천갑자 동방삭'으로 일컬어졌으며 '오래 사는 사람'이라는 표현으로 그 뜻이 바뀌어 쓰인다.
41 揚雄(B.C.53~18) : 자는 자운子雲이며, 전한 말기로부터 왕망이 건국한 신新 왕조 시기를

누군가가 진승陳勝[43]과 오광吳廣[44]이 어떤 사람인가 물었다.

내가 답하였다.

"난을 일으킨 사람이다."

또 물었다.

"그들이 없었다면 진秦나라는 망하지 않았을 것이 아닙니까?"

"진나라를 멸망시켰다고? 진나라가 망하지 않았다면 그들이 먼저 죽었을 것이다."

이궤李軌[45]는 이렇게 말했다.

경거망동하여 스스로 바꿀 수 없는 운명을 바꾸려고 한다면, 행복하게 되지 않을 뿐만 아니라 화를 불러오게 된다.

그러나 나는 그렇게 생각하지 않는다. 진나라는 무도하게 천하를 어지럽히

살았던 학자이자 문학가. 양웅은 왕망의 부름에 응해 대부가 되긴 했지만, 권세나 부귀를 탐하는 대신 정치에 관여하지 않고 낮은 관직을 지키며 『태현경太玄經』과 『법언法言』 등을 저술함으로써 후세에 학문적인 성취를 남기고자 했다. 그 밖에도 양웅은 『방언方言』이라는 인류 최초의 방언학 저작을 남겼다.

42 『法言』 : 양웅이 유가의 서적 가운데 가장 위대하다고 여겼던 『논어』를 모방해 찬술한 책. 『법언』은 당시 사회에서 유행하는 각종 언설로부터 성인의 도리를 바로잡고, 유교 정통주의적 사고를 표방하고 있다.

43 陳勝(?~B.C.208) : 진나라 말기의 반란 지도자. 자 섭涉. B.C.209년 중국 최초의 농민 반란인 '진승·오광의 난'을 일으켰는데, 농민군은 '무도함을 토벌하고 진의 폭정을 없애자'는 기치를 내걸고, 빠른 속도로 세력을 확대하였다. 과거 초楚 말기의 도읍이었던 진성陳城(지금의 하남성河南省 회양淮陽)을 점령한 뒤에 진승陳勝은 왕위에 올라 국호를 '장초張楚'라 하였고, 오광吳廣은 왕을 대리하는 가왕假王이 되어 장수들을 감독했다. 장초 정권은 중국사에서 처음 등장한 농민 반란 정부였으며, 이후 항우와 유방 등의 군웅이 각지에서 할거하는 계기가 되었다. 후에 한나라의 유방이 진승에게 은왕隱王이라는 시호를 내려주었다.

44 吳廣(?~B.C.208) : 진나라 말기의 농민 반란 지도자. 자 숙叔. 2세황제 때 장성長城 건설 등 대규모 토목사업을 위해 과역課役이 면제되었던 빈민까지 징발하였다. 빈민 출신인 오광吳廣은 둔장屯長으로 900명의 일행과 함께 어양漁陽으로 출발했으나, 도중에 큰 비를 만나 도저히 정해진 기한 안에 도착할 수 없게 되었다. 당시 진秦나라는 기한을 어기는 사람들은 참형斬刑에 처하도록 법으로 정해 놓고 있었다. 오광吳廣은 어차피 죽을 것 뜻을 이루고 죽는 것이 낫다며 진승과 함께 무리를 이끌고 반란을 일으켰다.

45 李軌(?~619) : 수나라 말기의 군웅. 자 처칙處則. 하서河西의 저명한 부호출신이다. 기지가 뛰어나고 말을 잘했으며 가난한 사람들을 구휼하여 칭송을 받았다. 수나라 말기에 감숙甘肅과 하서 지역을 장악하고 왕이 되었지만, 후에 당나라와의 전쟁에서 패망했다.

며, 만승지국萬乘之國[46]의 강대국인 전국시대 여섯 나라들을 모두 멸망시켰다. 그렇다면 멸망한 여섯 나라들은 효성과 가족의 전통을 모두 무시한 나라였다는 말인가? 어찌하여 모두 진나라 사람들의 발아래 쥐죽은 듯 엎드려 억압을 받아야만 했을까? 진시황제를 공격한 장량張良[47] 외에 어느 한 사람도 감히 진시황제에게 도전하지 못했다. 그런데 변경을 지키던 일개 군졸인 진승이 갑자기 자신과 가족의 안위를 돌아보지 않고 일어나 진나라에 대응하니, 천하의 영웅호걸들이 그때서야 구름같이 모여들며 호응하여 함께 진나라를 벌하게 된 것이다. 진승은 몇 개월 만에 하남성 일대를 장악하고 낙양과 장안까지 공격했지만, 한 번의 패배로 모든 것을 잃고 도망가다가 마차를 모는 마부에게 암살당했다. 비록 진승은 죽었지만 그가 임명한 왕후장상들이 결국 진나라를 멸망시켰으며, 항량項梁과 항우項羽 또한 강동江東에서 병사를 일으킨 후에 진왕陳王의 명을 빌어 장강을 건넜다. 그렇다면 진나라의 강산과 사직이 모두 폐허로 변하게 된 것은 진정 누구의 힘이란 말인가! 진승과 오광이 일으킨 불씨가 그러한 결과를 가져왔다는 것은 분명한 사실이다.

진승이 처음 왕이 되었을 때 나라의 기초를 세움에 있어서 진여陳餘의 건의를 받아들여, 공자의 손자인 공부孔鮒를 박사로 맞이하고 나중에는 태사太師로 존경하였다. 그들이 의논하며 도모했던 것들은 평범한 일반인들이 떨쳐 일어나서 생각하고 할 수 있는 일들이 아니니, 어찌 진승의 포부가 작았다고 할 수 있겠는가! 한 고조高帝 유방이 탕현碭縣[48]에 진승의 능묘를 조성하고 능묘를 지키는 수총호守塚戶를 설치하여 200년 동안 그 제사를

46 萬乘之國 : 1만의 전차를 가진 국가. 만대의 전차에 따르는 군사와 무기 등을 보유하고 동원할 수 있는 거대 군사력과 경제력을 지닌 나라 또는 군주, 그런 위치를 지칭한다.

47 張良(?~B.C.189) : 전한 초기의 정치가. 자 자방子房. 할아버지와 아버지는 한韓나라 소후昭侯·선혜왕宣惠王 등 5대에 걸쳐 승상을 지냈다. 진秦이 한나라를 멸망시키자 그는 자객들과 사귀면서 한의 회복을 도모했다. 박랑사博浪沙에서 진시황제를 공격했으나 실패했다. 그 후 진나라에 반대하는 무리를 모아 유방劉邦과 합세했고, 이후 주요전략가가 되어 한나라 건국에 큰 공을 세웠다.

48 碭縣 : 지금의 하남성 영성永城의 동북쪽.

지낸 것도 모두 진승의 공을 인정한 것이다. 그런데 양웅이 진승을 한낱 난을 일으킨 사람이라고 폄하한 것은 어찌된 것인가?

진승이 오광을 살해하고 옛 친구들을 죽여 은혜를 저버린 것은 제왕으로서의 도량이 없었기 때문인데, 그것은 바로 진승이 실패할 수밖에 없었던 원인이었다.

8. 사개와 한궐 士匄韓厥

진晉나라 여공厲公이 각씨郤氏 3경卿[49]을 죽이자, 군신들은 모두 두려워하였다. 난서欒書[50]와 순언荀偃[51]이 여공을 감금하고 사개士匄를 불러들였지만 사개는 거절하고 가지 않았다. 한궐韓厥[52]을 불러들이자 거절하며 이렇게 말하였다.

> "옛 사람이 '늙은 소를 죽일 때는 감히 앞장서지 말라'고 하였는데, 하물며 군주야 더 이상 말할 필요가 있겠습니까. 당신들이 그를 군주로 섬기지 않겠다고 했으면서, 나를 찾아 무엇 하시렵니까?"

49 郤氏三卿 : 춘추 중기 진晉나라의 권신으로, 극씨 집안의 극기郤錡와 극주郤犨·극지郤至 세 사람을 삼극三郤이라고 했다. 세 사람 모두 재능이 뛰어나 경대부 벼슬을 했기에 각씨 3경이라고 한 것이다.

50 欒書(?~B.C.573) : 춘추 시대 진晉나라의 대부大夫. 난무자欒武子. 처음에 진나라 하군下軍의 보좌로 있었다. 진경공晉景公 11년 안鞍 전투에서 제齊나라 군대를 대파해 왕실을 잘 보상輔相했다. 나중에 극극郤克을 대신해 중군中軍을 이끌었다. 여공厲公 6년 언릉鄢陵 전투에서 초나라 군대에 대패했다. 여공이 정치를 잘못하자 중행언中行偃과 함께 사람을 시켜 여공을 죽이고 도공悼公을 옹립했다.

51 荀偃(?~B.C.554) : 춘추 시대 진晉나라 대부大夫. 자 백유伯遊. 중행언中行偃 또는 중행헌자中行獻子라고도 한다. 여공이 총희의 오빠 서동胥童을 경卿으로 임명하려고 하자 난서欒書와 함께 여공을 시해하고 망명해 있던 도공悼公을 영립迎立했다.

52 韓厥(?~?) : 춘추시대 진晉나라의 경대부. 한헌자韓獻子 또는 헌자獻子로도 불린다. 한만현韓萬玄의 손자고, 한기韓起의 아버지다. 대부 도안고屠岸賈가 권력을 잡고 사적인 원한으로 조씨趙氏를 멸문시키려고 하자 간언을 했지만 받아들여지지 않자 병을 핑계로 조정에 나가지 않고 고아가 된 조무趙武를 지켰다. 그리고 다시 조씨 가문을 복권시켰다. 도공悼公이 즉위하자 국정을 도맡아 처리하여 진나라를 다시 한 번 패자의 자리에 올렸다.

난서와 순언 두 사람은 여공을 시해한 후, 사개와 한궐에게 죄를 덧씌우는 것은 감히 하지 못했는데, 이는 사개와 한궐의 충성과 정직을 경외했기 때문에 그런 것이 아닌가?

당나라 무덕武德[53] 말년에 진왕秦王 이세민李世民과 태자 이건성李建成·제왕齊王 이원길李元吉이 서로 시기하여 세력을 규합하여 견제하였다. 장손무기長孫無忌와 고사렴高士廉·후군집侯君集·위지경덕尉遲敬德 등이 진왕에게 태자와 제왕을 제거해야 한다고 밤낮으로 권하였지만, 진왕은 머뭇거리며 결정하지 못했다. 진왕은 이정李靖[54]에게 의견을 구하였지만 이정은 사양하였고, 다시 이세적李世績에게 의견을 구하였는데 그 또한 사양하였다. 진왕은 이로 인해 이 두 사람을 신임하게 되었다. 진왕은 황제가 되자 이 두 사람에게 높은 관직을 제수했는데 이는 그 둘이 원칙을 지키는 사람이라는 것을 알았기 때문이다.

진나라와 당나라의 이 네 현인들의 견해는 똑 같다. 그러나 이 두 사건에 대해 높이 평가하는 사람들은 없다. 심지어 당나라 역사서는 이 일을 기록하지도 않았는데, 이는 "아름다운 숨은 미덕을 세상에 알려야 한다"는 것과는 배치되는 것이다.

남조 제齊나라의 고제高帝 소도성蕭道成은 송宋나라를 멸망시키고 황제의 자리에 오르기 위해 온 힘을 다해 당시의 현인들을 불러 모으려고 했다. 소도성이 야밤에 사비謝朏을 불러 주위 사람들을 모두 물리치고 그와 함께 이야기를 나누고자 했지만, 사비는 끝끝내 한 마디 말도 하지 않았다. 왕검王儉과 저연褚淵 등이 함께 대업을 도모하기로 했기에, 소도성은 반드시 사비를

53 武德 : 당나라 고조高祖의 연호로 당나라 최초의 연호(618~626).

54 李靖(571~649) : 당나라의 명장. 수나라 말기 군웅들이 할거 할 때, 군사를 일으킨 당고조와 그의 아들 이세민에게 협력하였다. 당고조가 당나라를 건국하는데 공을 세웠고, 이세민이 중앙 권력을 강화하기 위하여 경쟁 관계에 있던 군웅들을 평정할 때 활약하였다. 이어 행군총관行軍摠管이 되어 돌궐을 공격하여 돌궐의 왕 힐리가한頡利可汗을 포로로 잡았고, 토욕혼吐谷渾의 침입을 막는 큰 공을 세워 위국공衛國公에 봉해졌다. 사후에 당나라 태종의 소릉昭陵에 배장陪葬되었다. 당나라의 대표적인 병서 『위공병법衛公兵法』과 『이위공문대李衛公問對』를 저술하였다.

끌어들여 함께 하고자 했지만, 사비는 끝끝내 따르지 않았고 아울러 제나라의 조정에서 벼슬살이 또한 하지 않겠다고 했다. 사비 또한 현인이라 할 수 있다.

9. 공자와 묵자 孔墨

묵적墨翟은 겸애兼愛를 주장하면서 타인을 사랑함에 혈육과 친소親疎의 구분을 하지 말라고 했기 때문에, 맹자는 묵가학파의 사람들과는 함께 하기를 거부하고 의식적으로 피했다. 그리고 그들을 짐승과 다름없다고 까지 하였는데, 이는 단지 맹자가 살았던 당시의 인식일 뿐이다. 한나라에 와서는 묵적의 신주를 공자의 사당에 함께 배향하여 제사지내기도 하였다. 『열자』에는 혜앙惠盎[55]이 송宋나라 강왕康王을 알현한 이야기가 나온다.

> 공구孔丘와 묵적은 비록 영토는 없었지만 군주나 다름없었고, 관직은 없었지만 관리나 다름없었습니다. 천하의 남녀노소가 모두 목을 빼고 까치발을 들고 그들을 따르며 그들의 편안함을 위해 모든 노력을 다했습니다.

추양鄒陽[56]은 양효왕梁孝王[57]에게 「옥중상양왕서獄中上梁王書」를 올려 다음과 같이 말했다.

> 노魯나라는 계손씨季孫氏의 참언을 믿고 공자를 내쫓았으며, 송宋나라는 자염子冉

55 惠盎 : 전국시대에 활동한 변설가이다.

56 鄒陽 : 전한의 유명한 문학가. 추양鄒陽은 외모가 출중하고 풍부한 지식과 곧은 심성으로 정치를 잘 이끌어 많은 사람들로부터 추앙을 받아왔다. 문제文帝 때 오왕吳王 유비劉濞의 문객으로 문장과 변설로 세상에 유명했다. 오왕이 역모를 꾀하자 간언하여 만류했지만 받아들여지지 않자, 매승枚乘·엄기嚴忌와 함께 물러나 양효왕梁孝王의 문객이 되었다. 그를 시기한 이들로 인해 억울한 옥살이를 하게 되자, 「옥중상양왕서」를 올려 간신과 어진 이를 제대로 구별하기를 호소해서 석방되었다. 「옥중상양왕서」에서 개나 도적처럼 한번 나쁜 버릇에 물들면 일의 옳고 그름을 가리지 아니하고 무조건 실행하게 된다는 교훈이 담긴 '걸견폐요桀犬吠堯'라는 성어가 생겨났다.

57 梁孝王(B.C.184~B.C.144) : 서한 문제文帝의 둘째 아들이며 경제景帝의 아우인 유무劉武. 문제때 양왕梁王에 봉해졌으며, 시호가 효孝이기에 양효왕이라 불린다.

의 계획을 채택해 묵적을 사로잡아 가두었습니다. 공자와 묵자의 뛰어난 변론도 참언으로 인해 해를 당하는 것을 피하지 못했습니다.

가의賈誼는 「과진론過秦論」에서 이렇게 말했습니다.

중니仲尼(공자)와 묵적처럼 지혜롭지 못하다.

서악徐樂[58]도 이렇게 말했다.

공자와 증자曾子·묵자처럼 현명하지 못하다.

앞서 언급한 글들은 모두 공자와 묵자를 동급으로 거론하였다. 열자와 추양의 글은 증거로 삼기 부족하다고도 할 수 있겠지만, 저명한 정론가이자 문학가인 가의 또한 그렇게 말하고 있지 않은가! 한유韓愈[59]는 맹자학설에 대해 조예가 깊으며 이를 발전시켰던 대학자로 맹자의 공적이 우임금보다 못하지 않다고 할 정도로 맹자를 높이 평가했던 사람이다. 그러나 묵자에 대한 맹자의 평가에 대해서는 동의하지 않았다. 한유는 「독묵자讀墨子」에서 이렇게 말했다.

유가와 묵가는 모두 요임금과 순임금을 칭송하고 걸桀과 주紂를 비난하며, 똑같이 바른 마음으로 나라를 다스려야 한다고 생각했다. 공자의 제자라면 반드시 묵자를 중시해야 하고, 묵자의 제자라면 반드시 공자를 중시해야 한다. 만약에 서로가 중시하고 통용하지 않는다면 진짜 공자와 묵자의 제자가 되기에 부족할 것이다.

한유의 이러한 의견은 앞서서 언급한 이들의 의견과 같다. 그러나 한유가 그러한 의견을 낸 것은 당시에 유가와 묵가가 서로 비난했기 때문이었을

58 徐樂 : 한나라 경제와 무제 때 활동한 문학가. 엄안嚴安과 함께 무제에게 상소문을 올렸다가 낭중郎中에 임명되었으며, 무제가 중시하는 궁중문학가중 한 사람이었다.

59 韓愈(768~824) : 당唐나라 문학가 겸 사상가. 자 퇴지退之, 시호 문공文公. 조적祖籍이 하남河南 창려현昌黎縣이기 때문에 한창려韓昌黎라고도 부른다. 유가 사상을 추존하고 불교를 배격하여 송대 성리학의 선구자가 되었으며, 기존의 대구對句를 중심으로 짓는 변문騈文에 반대하고 자유로운 고문古文을 주창하여 문체개혁을 주도하였다.

것이다. 어찌하여 그러한 것인가? 위징魏徵의 『남사南史·양론梁論』을 보면 "공자를 높이고 묵자를 낮췄다"라는 말이 나온다.

10. 노동의 「월식시」玉川月蝕詩

당나라 정사에서는 노동盧仝[60]의 「월식시月蝕詩」[61]가 원화元和[62] 때의 역적무리들을 풍자한 것이라고 했다. 그러나 한유는 노동의 시를 모방하여 지은 시에서 원화 경인庚寅년 11월경에 쓴 것이라고 했는데, 이 때는 원화 5년(810)으로 헌종이 화를 당했던 때와 10년정도 차이가 난다. 노동은 시에서 다음과 같이 말했다.

세성(목성)은 복과 덕을 주관하는데, 歲星主福德,
동진董秦[63]에게 관작과 직위를 봉하였다네. 官爵奉董秦.

「월식시」를 원화 때의 역적무리를 비판한 시로 여기는 이들은 이 시의 동진을 이충신李忠臣으로 본다. 이충신은 일찍이 장상將相을 지냈음에도 불구하고 나중에 반란을 도모한 주자朱泚[64]의 수하가 되어 스스로의 명예를 더럽혔기 때문에, 노동은 그를 멸시하였다. 소식은 이에 대해 다음과 같이 말하였다.

60 盧仝(795?~835) : 당나라 시인. 자호 옥천자玉川子. 젊었을 때 소실산少室山에서 은거하였다. 독서를 많이 해서 경서와 사서에 해박했으며, 시와 문에 뛰어났다. '감로甘露의 변'이 일어났을 때 재상 왕애王涯의 저택에 가 있다가 잡혀서 죽었다.

61 「月蝕詩」: 노동의 대표작으로 1800자가 넘는 장편시로, 당시의 정치를 비방하는 내용이다.

62 元和 : 당나라 헌종憲宗 시기 연호(806~820).

63 董秦(716~784) : 당나라 장군. 어렸을 때 종군하여 글조차 몰랐지만 노력하여 전공을 세웠다. 이로 인해 숙종肅宗에게 이씨 성과 충신이라는 이름을 하사받아, 이충신李忠臣으로 불린다.

64 朱泚(742~784) : 당나라 덕종德宗 때 반란을 일으킨 장군. 780년에 경주涇州의 장군인 유문희劉文喜가 반란을 일으켰을 때, 이를 평정시켜 태위太尉에 봉해졌다. 아우 주도朱滔가 반란을 일으켜 장안에 구금되어 있다가, 회서절도사淮西節度使 이희열李希烈의 반란으로 덕종이 봉천으로 피난갔을 때 탈출해서, 반란군의 우두머리가 되어 스스로 황제라 칭하고 국호를 대진大秦이라 했다. 봉천奉天에서 덕종德宗을 포위했고, 나중에 도주하다가 휘하 장수인 양정분梁廷芬 등에게 살해되었다.

이충신이 회서淮西지역을 진압하고 있을 때, 토번의 난리가 일어나 대종代宗이 피난을 갈 수밖에 없게 되었다. 각지에 황제를 보필하라 명령을 내렸지만 황제를 위해 병사를 끌고 오는 이가 하나도 없었다. 이충신은 병사들과 공을 차고 있다가 이 소식을 전해 듣고 크게 놀라며 병사들에게 출병 명령을 내렸다. 여러 장수들은 서두르는 이충신을 말리며 좋은 날을 택해 출병할 것을 청하자, 그가 말했다.

"부모가 위기에 처했는데 좋은 날을 골라 택일을 하자는 말이 가당키나 한 것이냐?"

그리고는 곧 군사들을 이끌고 가 대종의 피난길을 호위했다. 비록 끝까지 당나라 왕실에 대한 절개를 지키지 못했지만, 공적 하나 세우지 못하고 녹봉만 축냈다고 할 수는 없다.

엄유익嚴有翼[65]은 『예원자황藝苑雌黃』라는 책을 지어 소식의 견해가 틀렸다고 하면서, 다음과 같이 논했다.

이충신이 당나라 왕실에 대한 절개를 끝까지 지키지 못하고, 황제를 참칭한 주자의 관리가 되어 도적들을 위해 그들의 근거지를 사수한 것은 대역죄이기에, 공적을 논하는 것 자체가 말이 안 된다고 하였다. 노동의 「월식시」는 당시의 정치를 풍자하였기에 이 일 또한 언급하였다. 그런데 소식이 이충신을 일러 공적 하나 없이 녹봉만 축낸 이가 아니었다고 한 것은, 정말이지 크나큰 오류를 범한 것이다.

엄유익이 왜 그리 경솔하게 소식이 오류를 범했다고 질책한 것인지 이상하다.

내가 「월식시」가 지어진 때를 고증해보니 이충신이 죽고 27년이 지난 때였다. 그렇다면 노동이 무슨 이유로 시간을 거슬러 올라가 이충신을 풍자했을까? 그가 진실로 반역무리들을 풍자하고자 했다면 안록산安祿山과 주자를 먼저 비판하는 것이 마땅하다. 살펴보니 원화 때는 환관 토돌승최吐突承璀[66]가 왕의 신임을 받아 마음대로 권력을 휘둘렀던 때이다. 노동은 간사한

65 嚴有翼 : 송나라 사람으로 생졸연대는 불확실하다. 『예원자황藝苑雌黃』이라는 책을 지었는데, 소식의 시와 문장을 지적하는 내용이 대부분이다. 원서는 유실되어 전해지지 않고 잔본殘本 10권이 전해지는데, 『초계어은총화苕溪漁隱叢話』가 이를 인용하였다.

소인배들이 왕의 총애를 믿고 제멋대로 권력을 휘두르고 있는 당시의 상황을 풍자하여 토돌승최를 서한西漢의 동현董賢[67]이나 진궁秦宮[68] 같은 무리들과 비교 한 것이다. 근본적으로 이충신과는 아무런 관련이 없는 것이다. 전인들 역시 이러한 논점으로 글을 썼는데, 지금 애석하게도 그 글들이 정확하게 기억나지 않는다.

11. 시를 지을 때 검토의 중요성 詩要點檢

시를 지을 때 사용하는 운부韻部는 백여 종에 달하고, 시어로 사용되는 글자의 의미도 무척 다양하다. 그래서 시를 지으면서 제대로 검토하지 못하는 경우가 자주 발생한다.

예를 들면 두보杜甫의 「기부영회夔府詠懷」에서는 똑같이 눈물이라는 뜻의 '涕체'가 반복적으로 나오고 의미도 중복되었다.

앉아 있는 모든 이 줄줄줄 눈물 흘리네.	滿坐涕潺湲.
복일과 납일에 눈물 끝이 없다.	伏臘涕漣漣.

백거이白居易도 「기원미지寄元微之」[69]에서 술[酒]과 관련된 것을 언급한 것이 열 한 구나 된다.

술잔 없어 함께 술잔 들지 못하네.	無盃不共持.

66 吐突承璀(?~820) : 당나라의 환관. 자 인정仁貞. 헌종憲宗의 태자시절에 동궁의 환관으로 있다가 신임을 얻어, 헌종 즉위 후 작위를 받아 계국공薊國公에 봉해지는 등 당시 환관 중에서 가장 큰 권력을 휘둘렀다.

67 董賢(B.C.22~B.C.1) : 전한 때 애제哀帝의 총애를 받은 미남자. 자 성경聖卿. 전한의 어사御史 동공董恭의 아들로, 애제의 총애로 대사마大司馬에 봉해졌는데, 애제가 붕어한 후 자살로 삶을 마감했다.

68 秦宮 : 후한 말의 대장군 양기梁冀의 노비로 양기의 총애를 받았다.

69 원제는 「代書詩一百韻寄微之」이다.

웃으며 진부하고 술 좋아하는 신구도辛丘度에게 술 권하네.	笑勸迂辛酒.
화려한 술잔 다투어 이리저리 옮겼네.	華樽逐勝移.
뿔로 만든 술잔과 백옥으로 만든 술잔.	觥飛白玉卮.
술 마시며 음주곡 '권백파卷白波' 너무 느림에 놀라네.	飮訝卷波遲.
돌아가는 안장 위에서 술 취한 채 내달렸네.	歸鞍酩酊馳.
취기 올라 불그레한 얼굴에 비스듬한 오모烏帽.[70]	酡顔烏帽側.
취한 소맷자락 아래로 옥 채찍 드리웠네.	醉袖玉鞭垂.
뽀얀 막걸리 가득 밤에 마시네.	白醪充夜酌.
술 깨는 것이 싫어 혼자 묽은 술 마시네.	嫌醒自啜醨.
오래도록 마시지 않아도 늘 취해 있는 것 같네.	不飮長如醉.

소식도 「부중은당오시賦中隱堂五詩」에서 시 한 수마다 각각 4개의 운韻을 사용했다.

드리워진 언덕은 엎드린 자라 같네.	坡垂似伏鰲.
무너진 기슭은 엎드린 자라 같은 모습을 드러냈네.	崩崖露伏龜.

위의 두 구절은 의미에 있어서는 거의 중복이라고 말할 수 있다.

70 烏帽 : 검정색 모자. 원래는 귀족의 관冠이었는데, 수나라와 당나라 이후로는 서민이나 은자들의 모자로 사용되었다.

12. 후주와 후촉의 경서 판각 周蜀九經

당나라 정관貞觀[71] 때에 위징魏徵[72]과 우세남虞世南[73]·안사고顔師古[74] 등은 연달아 비서감秘書監이 되었는데, 이들은 대대적으로 천하의 책들을 수집할 수 있도록 해달라고 청했다. 우선 오품五品이상의 자제들 중 서법에 뛰어난 사람들을 뽑아 책을 필사하는 일을 하도록 했다.

우리 집에는 옛 비서감이 소장했던 『주례周禮』가 있는데, 책의 끝머리에 이런 글이 적혀있다.

> 대주大周(후주後周) 태조太祖 광순廣順 3년(953) 계축癸丑 5월에 구경九經을 판각하는 일이 끝났다. 전향공삼례前鄕貢三禮 곽계郭嵠가 쓰다.

이어 재상 이곡李穀과 범질范質, 판감判監 전민田敏 등의 이름과 관직이 적혀있다.

『경전석문經典釋文』 끝머리에도 이런 글이 적혀있다.

> 후주後周 태조太祖 현덕顯德 6년(959) 기미己未 3월에 태묘실장太廟室長 주연희朱延熙가 쓰다.

그리고 재상 범질·왕부王溥의 이름과 관직이 『주례』와 똑같이 적혀있고, 전민은 공부상서工部尙書의 직책으로 상감관詳勘官을 담당했다고 기록되어

---

71 貞觀 : 당나라 태종太宗 시기 연호(627~649).

72 魏徵(580~643) : 당나라 초기의 정치가. 자 현성玄成. 당 태종太宗에게 끊임없는 간언을 하여 '정관의 치[貞觀之治]'를 이루는 데 큰 역할을 했다.

73 虞世南(558~638) : 당나라의 서예가이자 시인. 자 백시伯施. 구양순歐陽詢·저수량褚遂良과 함께 당나라 초의 3대가로 특히 해서楷書의 1인자로 유명. 당 태종은 우세남에게 서예를 배웠으며, "세남에게 5절五絶이 있는데, 그 첫째는 덕행德行, 둘째는 충직忠直, 셋째는 박학博學, 넷째는 문사文詞, 다섯째는 서한書翰이다"라고 극찬하였으며, 매우 신임하였다고 한다.

74 顔師古(581~645) : 당나라 초기의 문헌학자. 자는 주籀. 당나라 태종太宗 때 나라에서 실시한 『오경정의五經正義』·『수서隋書』 등의 문화사업에 편찬 비서감秘書監의 자격으로 참여했다. 또 그가 펴낸 『한서漢書』의 주석은 후한 이래의 주석을 집대성한 것으로서 조부 안지추顔之推, 숙부 안유진顔遊秦이 쌓아올린 가문의 학풍을 계승한 것이다.

있다.

이 두 책 뒤에 쓰인 글씨는 단정하고 아름다운 해서楷書로 조금의 실수도 없다.

『구오대사舊五代史』에는 다음과 같은 기록이 있다.

> 후한後漢[75] 은제隱帝 때 국자감國子監에서 『주례』와 『의례儀禮』·『공양전公羊傳』[76]·『곡량전穀梁傳』 등 네 가지 경서를 판각하지 못해서, 학관學官들을 소집하여 교정을 보고 판각할 것을 건의해 황제의 허락을 받았다.

이해에 마침 전쟁이 벌어졌지만, 서적의 정리를 중시하여 전적의 판각을 완성시켰다.

성도成都의 석각본 경서 중에 『모시毛詩』와 『의례』·『예기禮記』는 모두 비서성 비서랑秘書郎 장소문張紹文이 쓴 것이다. 『주례』는 비서성 교서랑校書郎 손명고孫朋古가 썼다. 『주역周易』은 국자박사國子博士 손봉길孫逢吉이 썼다. 『상서尙書』는 교서랑校書郎 주덕정周德政이 썼다. 『이아爾雅』는 간주簡州[77]의 평천현平泉縣 현령 장덕소張德昭가 썼다. 이러한 경서는 모두 후촉後蜀[78] 광정廣政 14년(951)

75 後漢 : 오대십국五代十國 때 황하 유역을 중심으로 화북을 통치했던 5개의 왕조 중 네 번째 왕조. 돌궐突厥의 사타족沙陀族 출신이며 후진後晉의 하동절도사河東節度使였던 유지원劉知遠은 후진이 거란에 의해 망하자, 이 틈을 타서 개봉開封을 도읍으로 하여 후한後漢을 건국했다. 역사가들은 이전의 한나라와 구별하기 위해 후한이라고 했다. 뒤를 이은 은제隱帝는 건국공신인 추밀사樞密使 곽위郭威와 충돌하여, 반란군들에게 피살되어 결국 2대 4년 만에 망하였다. 그 뒤를 이어 곽위가 후주後周를 세우고, 은제의 숙부 유숭劉崇은 자립을 선언하여 북한北漢을 세웠다.

76 『公羊傳』 : 정식 명칭은 『춘추공양전春秋公羊傳』이며, 유가의 주요 경전 가운데 하나로 『춘추좌씨전春秋左氏傳』(『좌전左傳』), 『춘추곡량전春秋穀梁傳』과 더불어 '춘추삼전春秋三傳'으로 꼽히는 『춘추』의 해설서이다. 이 책의 저자는 공자孔子의 제자인 자하子夏의 제자라는 설도 있고, 전국戰國 시기 제齊나라 사람인 공양고公羊高라는 설도 있다. 이 책은 구전口傳되다가 전한 경제景帝 때 공양수公羊壽와 호모자도胡母子都가 글로 기록했다. 또한 『춘추』에 담긴 이른바 '미언대의微言大義'를 문답問答 형식으로 풀이하고 있는데, 전한시대 금문경학今文經學의 주요 경전이었다.

77 簡州 : 지금의 사천성 간양현簡陽縣 서북쪽.

78 後蜀(934~965) : 오대십국 시대 화중·화남·화북 일부를 지배한 지방 정권 십국 중 하나로, 전촉前蜀의 뒤를 이어 사천성을 지배하던 국가. 촉의 풍부한 경제력을 바탕으로 문화의 꽃을 피웠다.

후주後主 맹창孟昶때 돌에 새긴 것이다. 글자체가 정교하면서도 힘이 넘친다.

후주와 후촉 때의 경서들은 모두 선비들에 의해 기록되었는데, 모두 정관貞觀 시기의 유풍遺風을 갖추어 평범하거나 속되어 보이지 않기 때문에 오래도록 전해질만 하다. 오직 삼전三傳[79]만 송나라 인종仁宗 황우皇祐 원년(1049)에 비로소 완비되어, 서법이 전대에 만들어진 경전들과는 다르다.

그리고 송나라 고종高宗 소흥紹興[80] 연간에는 양회兩淮와 강동江東의 전운사轉運司에 삼사三史[81]를 판각하도록 명하였다. 이 때 판각된 『한서』와 『후한서』는 흠종欽宗의 이름인 '환桓'을 피휘하여 '연성어명淵聖御名'이라는 네 글자를 작게 써 놓았다. 어떤 이는 '환桓'을 '위威'라고 고쳐 쓰기도 했다. 다른 황제들의 이름을 피휘 할 때는 단지 글자의 획 하나를 줄이는 방법으로 했다. 사서를 판각함에 이렇듯 어리석고 완고하게 피휘한 것을 보면 실로 우스울 따름이다.

후촉이 판각한 삼전 뒤에는 익주益州의 지주知州이며 추밀직학사樞密直學士·우간의대부右諫議大夫인 전황田況의 이름과 직위가 적혀있는데, 큰 글자로 세 줄에 걸쳐 기록했다. 그리고 전운사 겸 직사관直史館 조영숙曹穎叔과 제점형옥提點刑獄·우전원외랑屯田員外郎 손장경孫長卿의 이름과 직위가 작은 글씨로 각각 한 줄로 적혀있는데, 조영숙과 손장경은 전황보다 지위가 낮다.

지금은 재상이 서적 편찬을 주도하여 편찬이 끝난 후 서명하더라도 다른 담당관들과 글자의 대소 구별 없이 똑 같이 기록한다.

13. 왕궁을 다스리는 총재 冢宰治內

『주례·천관총재天官冢宰』에는 속관屬官인 궁정宮正에 대한 기록이 있다. 궁정은 왕궁의 계령戒令[82]을 담당하며 질서유지를 책임졌다. 또 궁궐에서 부인의

79 三傳 : 공자가 지은 『춘추春秋』를 해석한 『좌전』, 『공양전』, 『곡량전』의 총칭이다.
80 紹興 : 남송 고종高宗 때의 연호(1131~1162).
81 三史 : 『사기』, 『한서』, 『후한서』의 총칭.
82 戒令 : 궁궐에 소속된 병졸이 지켜야 할 품행과 복무상의 규칙이다.

예법으로 육궁六宮을 교화하고 구빈九嬪을 교육시키는 것을 담당했는데, 궁중의 관원들 중 수장이 바로 궁정이다. 그렇기 때문에 황후와 부인夫人을 제외한 기타 구빈九嬪이나 세부世婦·여어女御 이하는 궁정의 통제를 받지 않을 수 없다. 후대에는 궁궐에서 발생한 모든 일은 에 대해서는 재상이라도 관여할 수 없었다.

『예기·내칙內則』에는 자식들이 부모와 시부모를 공양해야 한다는 조목이 있다. 이 조목은 아주 사소한 것까지 모두 일일이 기록하고 있는데, 그 첫머리는 다음과 같다.

> 왕께서 총재에게 명하여 모든 백성들에게 덕을 내리라고 하셨다.

즉 당시에 총재冢宰[83]가 후궁들을 다스렸기에 그렇게 말한 것이다.

14. 재상의 봉읍 宰相爵邑

송나라가 건국했을 때는 재상들이 황제에게 분봉 받은 봉읍으로 자신들의 권력의 경중을 가늠하지 않았다. 그러나 점차 봉읍이 그들의 출세와 내쳐짐의 잣대가 되었다.

왕문강王文康은 사공司空[84]에 임명되었다가 후에 태자태사太子太師가 되었는데, 태종이 왕위에 오를 때 중요한 역할을 했지만 기국공祁國公에 봉해졌을 뿐이다. 여몽정呂蒙正[85]은 사도司徒[86]의 직책을 사양하고 태자태사가 되어

83 冢宰 : 관명으로 태재太宰라고도 한다. 서주西周 때 신설되었고, 삼공三公 다음가는 지위로 육경六卿의 우두머리이다. 왕가의 재무와 궁궐 내무의 일을 담당하며, 이조판서에 해당한다.

84 司空 : 관직명. 서주西周때 신설된 관직으로, 삼공三公 다음의 지위로 육경六卿과 같은 지위이다. 사마司馬와 사구司寇·사사司士·사도司徒와 함께 오관五官으로 불렸다. 수리水利와 건축을 담당했으며 사공司工이라고도 불렸다.

85 呂蒙正(944?~1011) : 송나라 태종 때의 명재상으로 3차례나 재상을 지냈다. 퇴직하여 물러나 고향에서 지낼 때 봉선을 치룬 진종眞宗이 두 차례나 그를 찾아와 아들 중 누가 관리가 될 만하냐고 물으며 등용시켜 주겠노라고 했다. 그는 자신의 아들들은 관리가 될 만한 재목이 못된다며 조카인 여이간呂夷簡이 재상의 재목이라고 천거했다.

여러 차례 봉선封禪에 참가했지만, 다시 삼공三公의 직책에 제수되지 않았고 서국공徐國公과 허국공許國公에 봉해졌다.

구준寇準[87]은 재상의 자리에서 파직되었고, 학사學士인 전유연錢惟演[88]은 태자태부太子太傅로 재상의 자리에 까지 올랐다. 진종眞宗은 전유연에게 더 많은 것을 주려고 했지만, 전유연은 국공國公에 봉해지는 것 이상의 것을 원하지 않았다. 기국공冀國公 왕흠약王欽若[89]은 만호가 넘는 식읍을 가지고 있었는데, 사농경司農卿으로 폄적되자 그의 식읍은 모두 회수되었다. 후에 그가 다시 재상에 임명되자 이전의 식읍을 모두 다시 돌려주었다. 기국공岐國公 탕사퇴湯思退는 관문전대학사觀文殿大學士의 신분으로 재상의 자리에서 파직되었는데, 어사御史의 탄핵으로 재상의 자리에서 파직되는 동시에 작위도 삭탈 당했다.

조위공趙衛公은 자신이 천거한 관리가 부정한 방법으로 재물을 탐하는 죄를 저질러 이를 책임지게 되었는데, 추밀사樞密使의 관직은 그대로 유지할 수 있었지만, 국공國公의 작위는 익주군공益川郡公으로 강등되고 식읍 이천호가 삭감되었다. 지금의 익국공益國公 주필대周必大[90] 역시 그렇게 되는데, 자신의 부하로 인해 작위가 강등되고 식읍이 삭감된 경우가 이전에는 없었다. 왕무상王楙相은 기국공冀國公에 봉해졌는데, 자신의 봉호가 왕흠약의 봉호와 같다는 것이 너무 싫어 여러 차례 봉작명을 바꾸려고 생각했다. 때마침 그가 진헌한 국사國史가 칭찬을 받았기에, 내가 그를 한국공韓國公에 봉하라는 황제의 조서 초안을 잡았는데, "요임금이 다스린 기주지방 같은 곳은 한나라

86 司徒 : 관직명. 오관 중 하나로 백성과 토지·교육 등을 담당하였다.

87 寇準(961~1023) : 북송 초의 정치가 겸 시인. 자 평중平仲. 시호 충민忠湣. 거란의 침입 때 많은 공을 세워 내국공萊國公에 봉해져 구래공寇萊公이라고도 한다.

88 錢惟演(977~1034) : 북송의 대신大臣, 서곤체파西崑體派의 대표시인. 자 희성希聖. 오대십국五代十國의 하나인 오월吳越의 충의왕忠懿王 전숙錢俶의 아들로 아버지가 송나라로 귀순할 때 함께 귀순하여, 우신무장군右神武將軍·태부소경太仆少卿·공부상서工部尙書·추밀사樞密使 등의 관직을 거쳤다.

89 王欽若(962~1025) : 북송의 대신. 자 정국定國. 강남출신으로 최초로 북송 재상이 되었다. 천희원년天禧元年(1017)에 재상이 되었다가 3년(1019)에 파직되었고, 이후 인종仁宗이 즉위한 후 다시 재상이 되었다.

90 周必大(1126~1204) : 남송의 정치가이자 문학가. 자 자충子充. 명재상이라는 평가를 받았다.

만한 곳이 없습니다"라는 구절을 넣었다.

이 조서가 공표된 후 산정관刪定官[91] 풍진무馮震武가 한국공이라는 봉호는 진종眞宗의 옛 봉호였기 때문에 다른 사람이 사용할 수 없다고 진언하여, 왕무상의 봉호는 다시 노국공魯國公으로 바뀌어졌다. 그런데 한국공이라는 봉호는 이미 부필富弼이 사용했었는데, 풍진무가 이를 알지 못한 것이다. 당시 왕무상은 식읍이 이미 2만호가 넘었다며 봉읍을 사양했다. 효종孝宗께서 환관을 내게 보내시어 이 일의 자초지종을 알리시며, 이전에 이러한 사례가 있는지 물으셨다. 그리고 이 일을 어떻게 처리하는 것이 좋을 지 생각해 조정에 보고하도록 명하셨다. 식읍의 수를 제한하는 법이 없기에 효종께서는 다시 명을 내려 왕무상을 노국공에 봉하셨다.

15. 양자의 털 한 올 楊子一毛

맹자孟子는 다음과 같이 말하였다.

> 양자楊子는 자신의 털 한 개를 뽑아 세상이 이롭게 된다고 해도 절대로 안 할 사람이다.

양주楊朱[92]의 책은 지금은 전해지지 않기에 이 말의 진위를 살펴볼 방법이 없다. 그런데 『열자』에 양주와 관련된 기록이 남아있다.

> 양주가 말했다.
> "옛날 백성자고伯成子高라는 사람은 남을 위해 터럭 하나 뽑으려 하지 않았다. 그리고 나라마저 버리고 초야에 은둔하며 농사지으며 살았다. 이와는 달리 우임

91 刪定官 : 관직명. 법령과 조칙·조서 등을 살펴 수정하고 고치는 일을 담당했다.

92 楊朱(?~306) : 전국시대 초기 위魏나라의 도가 철학자. 양자楊子·양자거楊子居·양생楊生이라고도 한다. 철저한 개인주의자이며 쾌락주의자라는 비난을 받았다. 그러나 양주는 자연주의의 옹호자로, 즐겁게 사는 것은 자연스럽게 사는 것이며 이는 자신에게 달려 있는 것이라고 주장했다. 지나친 탐닉은 지나친 자기 억제와 마찬가지로 자연을 거스르는 것이고, 남을 돕든 침해하든 간에 남의 일에 끼어드는 것은 무의미한 일이라고 했다.

금은 제 몸을 조금도 돌보지 않고 천하를 위하다가 끝내 반신불수가 되고 말았다. 옛날의 위대한 사람들은 자신의 털 한 올로 천하를 이롭게 하는 경우라도 뽑으려 하지 않았고, 천하를 들어 그에게 준다 해도 받지 않았다. 사람들이 모두 천하를 위해 털 한 올 뽑으려 하지 않는다면, 천하는 저절로 다스려질 것이다."

금자禽子가 양주에게 물었다.

"선생님 몸에서 털 한 올을 뽑아 세상을 구제할 수 있다고 한다면 선생님은 그렇게 하시겠습니까?"

양주가 대답했다.

"세상이란 원래 털 한 올로 구제할 수 있는 것이 아닙니다."

금자가 다시 물었다.

"만일 그럴 수 있다고 한다면 어찌하시겠습니까?"

양자는 대답을 하지 않았다.

금자가 밖에 나가 맹손양孟孫陽에게 양자와의 대화 내용을 이야기 하니, 그가 말했다.

"당신은 선생님의 심경을 이해하지 못하시는군요. 제가 말씀드려 볼까요? 만일 당신 몸의 일부인 피부에 상처를 내어 황금 만 냥을 얻을 수 있다면, 당신은 그렇게 하겠습니까?"

금자가 대답했다.

"그렇게 할 것입니다."

맹손양이 다시 물었다.

"그렇다면 당신의 팔이나 다리의 골절을 끊어 나라 하나를 얻을 수 있다면, 당신은 그렇게 하겠습니까?"

금자는 한참 동안 아무 말 없이 묵묵히 있었다. 맹손양이 다시 말했다.

"털 한 올은 피부보다 그리 중요하지 않습니다. 피부는 또 팔이나 다리보다 그리 중요하지 않습니다. 이것은 분명한 사실이지요. 그러나 털 한 올 한 올이 모여 피부가 되고, 피부와 피부가 모여 팔이나 다리를 이룬다고 말 할 수 있습니다. 털 한 올도 우리 몸 전체의 만분의 일에 해당하는 필수불가결한 일부분이니, 어찌 그것을 소홀히 할 수 있겠습니까?"[93]

이 내용을 통해 맹자의 말을 증명할 수 있다.

93 『列子·楊朱』.

16. 이하의 시 李長吉詩

이하李賀[94]의 「나부산인시羅浮山人詩」[95]에서 이렇게 말하였다.

> 상수湘水에 잠긴 한 자의 하늘 자르고 싶나니, 欲剪湘中一尺天,
> 오吳 땅의 미녀여! 吳娥莫道吳刀澀.
> 오 땅의 가위 무디다고 말하지 마시게.

이 시에서 이하는 두보가 지은 「제왕재화산수도가題王宰畫山水圖歌」의 다음 구절을 인용하였다.

> 어찌하면 병주幷州의 잘 드는 가위 얻어서, 焉得幷州快剪刀,
> 오송강吳松江의 반쪽 강물을 베어올 수 있을까? 剪取吳松半江水.

이하는 결코 다른 사람의 작품을 그대로 베끼는 사람이 아니다. 이하의 「나부산인시」 마지막 두 구절은 두보의 시구와 너무 똑같기에, 내 생각으로는 이하 자신이 창작한 구절이 아닌 듯 하다.

17. 자하의 경학 子夏經學

공자의 제자 중 자하子夏[96]만 경전을 직접 저술하였다. 비록 전해지는

94 李賀(790~816) : 중당中唐 때의 시인. 자 장길長吉. 당나라 황실의 후예로, 두보杜甫의 먼 친척이기도 하다. 7세의 어린 나이에 시를 짓기 시작했던 그는 과거시험에 쉽게 합격할 것으로 기대되었으나, 부친의 이름인 진숙晉肅의 진晉이 진사시進士試의 진進과 발음이 똑같다는 이유 때문에 과거시험을 치를 수 없게 되었다. 이로 인해 실의에 빠져 병을 얻게 되었으며, 26세의 나이로 요절했다. 특출한 재능과 초자연적 제재를 애용하여 '귀재鬼才'라는 명칭이 붙었다. 그의 시詩는 극히 낭만적이고, 풍부한 상상력에 의하여 화려한 환상적 세계를 창조했다. 좌절된 인생에 대한 절망감을 굴절된 표현으로 노래하기 때문에 옛날부터 난해하다는 평가가 있다.

95 원제는 「羅浮山人與葛篇」이다.

96 子夏(B.C.507~B.C.420?) : 전국시대의 학자. 본명 복상卜商. 공자의 제자로 공문십철孔門十哲의 한 사람. 공자의 제자들 중에서도 문학 방면에 있어서는 타의 추종을 불허하는 제일인자였다. 시와 예에 능통하여 예의 객관적 형식을 존중하였다. 「시서詩序」와 「역전易傳」을 저술했다고 하며, 공자의 『춘추』를 전하였다고 한다. 춘추삼전의 저자인 공양고公羊高와 곡량적穀

말들을 모두 믿을 수는 없지만, 적어도 그가 다른 사람들과 달랐다는 것은 분명하다. 『역경易經』에는 자하가 지었다는 「역전易傳」이 있고, 『시경詩經』에도 자하가 지었다는 「시서詩序」가 있다.

『모시毛詩』도 일설에는 자하가 고행자高行子에게 전수한 것이며, 이것이 모장毛萇[97]에까지 전수되었다고 한다. 또 일설에는 자하가 『시경』을 증신曾申에게 전하였고, 이것이 모형毛亨[98]에게까지 전수되었다고도 한다.

『예기禮記』도 『의례儀禮』의 「상복喪服」 한 편을 지었는데, 마융馬融[99]과 왕숙王肅[100] 등 여러 유학자들이 이 편에 주를 달았다.

『춘추春秋』에 대해서 자하는 "한 마디의 말도 덧붙일 수 없는 절묘한 문장이다"라고 극찬하였는데, 이를 통해 그가 『춘추』를 전문적으로 연구했음을 알 수 있다. 『춘추공양전』의 저자인 공양고公羊高는 실제로 자하에게서 『춘추』를 전수받았다고 하고, 일설에는 『춘추곡량전』의 저자인 곡량적穀梁赤과 『풍속통風俗通』의 저자 역시 자하의 제자라고 한다.

『논어論語』 또한 그가 편찬했다고 인정되는데, 즉 정현鄭玄은 『논어』를 중궁仲弓과 자하 등이 편찬했다고 했다. 후한의 서방徐防도 상소문을 올려

梁赤이 모두 자하의 문인이라고 한다. 또 주관적 내면성을 존중하는 증자曾子 등과 달리 예禮의 객관적 형식을 존중하는 것이 특색이다.

97 毛萇 : 서한 때의 학자. 모시학毛詩學의 전수자로 그에게 시학을 전수한 모형毛亨을 대모공大毛公이라 하고 모장은 '소모공小毛公'이라고 부른다. 일찍이 하간헌왕河間獻王의 박사博士의 관직을 지냈다.

98 毛亨 : 한나라 초기의 학자. 『시경』을 전한 4가家의 하나로 『시경』을 연구하여 『시고훈전詩詁訓傳』을 지어 모장에게 주었다. 이것이 『모시毛詩』이며, 나머지 3가에 전해진 것은 유실되었기 때문에 그대로 오늘날의 『시경』이 되었다.

99 馬融(79~166) : 후한의 유학자. 자 계장季長. 경전에 통달하여 노식盧植과 정현鄭玄 등을 가르쳤다. 『춘추삼전이동설春秋三傳異同說』을 짓고, 『효경』과 『논어』·『시경』·『주역』·『삼례』·『상서』·『열녀전』·『노자』·『회남자』·『이소離騷』를 주석했다.

100 王肅(195~256) : 위魏나라 학자이자 정치가. 자 자옹子雍. 고문학자 가규賈逵·마융馬融의 현실주의적 해석을 이어받아, 정현鄭玄의 참위설讖緯說을 혼합한 해석을 반박하였다. 많은 경서를 주석하고 신비적인 색채를 실용적인 해석으로 대체하고, 사회생활을 규제하는 정현의 예학禮學 체계에 반대하여 「성증론聖證論」을 지었다. 그의 학설은 모두 위나라의 관학官學으로서 공인받았다.

다음과 같이 말하였다.

> 『시경』과 『서경』·『예기』·『악경樂經』 등의 책은 모두 공자에 의해 정해졌지만, 이것이 확실하게 장과 구절로 표현된 것은 자하에서 시작되었습니다.

이러한 것들이 모두 자하가 경전을 저술했다는 증거이다.

••• 卷第十四(十七則)

1. 尹文子

漢藝文志名家內有尹文子一篇, 云:「說齊宣王, 先公孫龍。」劉歆云:「其學本於黃、老, 居稷下, 與宋鈃、彭蒙、田駢等同學於公孫龍。」今其書分爲上下兩卷, 蓋漢末仲長統所銓次也。其文僅五千言, 議論亦非純本黃、老者。大道篇曰:「道不足以治則用法, 法不足以治則用術, 術不足以治則用權, 權不足以治則用勢, 勢不足則反權。權用則反術, 術用則反法, 法用則反道, 道用則無爲而自治。」又曰:「爲善使人不能得從, 此獨善也。爲巧使人不能得爲, 此獨巧也。未盡善巧之理。爲善與衆行之, 爲巧與衆能之, 此善之善者, 巧之巧者也。故所貴聖人之治, 不貴其獨治, 貴其能與衆共治;貴工倕之巧, 不貴其獨巧, 貴其能與衆共巧也。今世之人, 行欲獨賢, 事欲獨能, 辯欲出羣, 勇欲絕衆。獨行之賢, 不足以成化;獨能之事, 不足以周務;出羣之辯, 不可爲戶說;絕衆之勇, 不可與正陳。凡此四者, 亂之所由生。聖人任道、立法, 使賢愚不相棄, 能鄙不相遺, 此至治之術也。」詳味其言, 頗流而入於兼愛。莊子末章, 敘天下之治方術者, 曰:「不累於俗, 不飾於物, 不苟於人, 不忮於衆。願天下之安寧, 以活民命, 人我之養, 畢足而止, 以此白心, 古之道術有在於是者。宋鈃、尹文聞其風而悅之, 作爲華山之冠以自表。雖天下不取, 强聒而不舍者也。其爲人太多, 其自爲太少。」蓋亦盡其學云。荀卿非十二子有宋鈃, 而文不預。又別一書曰尹子, 五卷, 共十九篇, 其言論膚淺, 多及釋氏, 蓋晉、宋時細人所作, 非此之謂也。

2. 帝王訓儉

帝王創業垂統, 規以節儉, 貽訓子孫, 必其繼世象賢, 而後可以循其教, 不然, 正足取侮笑耳。宋孝武大治宮室, 壞高祖所居陰室, 於其處起玉燭殿, 與衆臣觀之。牀頭有土障, 上挂葛燈籠、麻蠅拂。侍中袁顗因盛稱高祖儉素之德, 上不答, 獨曰:「田舍翁得此, 已爲過矣。」 唐高力士於太宗陵寢宮, 見梳箱一、柞木梳一、黑角篦一、草根刷子一, 歎曰:「先帝親正皇極, 以致升平, 隨身服用, 唯留此物。將欲傳示子孫, 永存節儉。」具以奏聞。明皇詣陵, 至寢宮, 問所留示者何在, 力士捧跪上。上跪奉, 肅敬如不可勝, 曰:「夜光之珍, 垂棘之璧, 將何以喻此?」卽命史官書之典冊。是時, 明皇履位未久, 厲精爲治, 故見太宗故物而惕然有感。及侈心一動, 窮天下之力不足以副其求, 尙何有於此哉。宋孝武不足責也, 若齊高帝、周武帝、陳高祖、隋文帝, 皆有儉德, 而東昏、天元、叔寶、煬帝之淫侈, 浮於桀、紂, 又不可以語此云。

3. 用計臣為相

唐自貞觀定制, 以省臺寺監理天下之務, 官修其方, 未之或改。明皇因時極盛, 好大喜功, 於財利之事尤切。故宇文融、韋堅、楊愼矜、王鉷皆以聚斂刻剝進, 然其職不出戶部也。楊國忠得志, 乃以御史大夫判度支, 權知太府卿及兩京司農太府出納, 是時猶未立判使之名也。肅宗以後, 兵興費廣, 第五琦、劉晏始以戶部侍郎判諸使, 因之拜相, 於是鹽鐵有使, 度支有判。元琇、班宏、裴延齡、李巽之徒踵相躡, 遂浸浸以它官主之, 權任益重。憲宗季年, 皇甫鎛由判度支, 程异由衛尉卿鹽鐵使, 並命爲相, 公論沸騰, 不恤也。逮於宣宗, 率由此塗大用, 馬植、裴休、夏侯孜以鹽鐵, 盧商、崔元式、周墀、崔龜從、蕭鄴、劉瑑以度支, 魏扶、魏謩、崔愼由、蔣伸以戶部, 自是計相不可勝書矣。惟裴度判度支, 上言調兵食非宰相事, 請以歸有司, 其識量宏正, 不可同日語也。

4. 州縣牌額

州縣牌額, 率係於吉凶, 以故不敢輕爲改易。嚴州分水縣故額, 草書「分」字, 縣令有作聰明者, 謂字體非宜, 自眞書三字, 刻而立之。是年, 邑境惡民持刃殺人者衆。蓋「分」字爲「八刀」也。徽州之山水淸遠, 素無火災。紹熙元年, 添差通判盧瑢, 悉以所作隸字換郡下扁牓, 自譙樓、儀門, 凡亭榭、臺觀之類, 一切趨新。郡人以爲字多燥筆, 而於州牌尤爲不嚴重, 私切憂之。次年四月, 火起於郡庫, 經一日兩夕乃止, 官舍民廬一空。

5. 盧知猷

唐之末世, 王綱絶紐, 學士大夫逃難解散, 畏死之不暇。非有扶顚持危之計, 能支大廈於將傾者, 出力以佐時, 則當委身山棲, 往而不反, 爲門戶性命慮可也。白馬之禍, 豈李振、柳璨數凶子所能害哉? 亦裴、崔、獨孤諸公有以自取耳。偶讀司空表聖集太子太師盧知猷神道碑, 見其仕於僖、昭, 更歷榮級, 至尙書右僕射, 以一品致仕, 可以歸矣。然由間關跋履, 從昭宗播遷, 自華幸洛, 天祐二年九月乃終, 享年八十有六, 其得沒於牖下, 亦云幸也。新唐書有傳, 附於父後, 甚略, 云:「昭宗爲劉季述所幽, 感憤而卒。」案, 昭宗以光化三年遭季述之禍, 天復元年反正, 至知猷亡時, 相去五年。傳云:「子文度, 亦貴顯。」而碑載嗣子刑部侍郎膺, 亦不同。表聖乃盧幕客, 當時作志, 必不誤矣。昭宗實錄:「光化四年三月, 華州奏太子太師盧知猷卒。以劉季述之變, 感憤成疾, 卒年七十五。」正與新唐傳同。蓋唐武、宣以後, 諸錄乃宋敏求補撰, 簡牘當有散脫者, 皆當以司空之碑爲正。又按, 是年四月, 改元天復, 舊唐紀:「十一月, 車駕幸鳳翔。朱全忠趨長安, 文武百寮太子太師盧知猷已下出迎。」又爲可證。宰相世系表:「知猷生文度, 而同族曰渥, 渥之子膺, 刑部侍郎。」二者矛盾如此。

6. 忌諱諱惡

周禮春官:「小史詔王之忌諱。」鄭氏云:「先王死日爲忌, 名爲諱。」禮記王制:「太史典禮, 執簡記, 奉諱惡。」注云:「諱者先王名, 惡者忌日, 若子卯。惡, 烏路反。」左傳:「叔弓如滕, 子服椒爲介。及郊, 遇懿伯之忌, 叔弓不入。」懿伯, 椒之叔父。忌, 怨也。「椒曰:『公事有公利無私忌。椒請先入。』」觀此, 乃知忌諱之明文。漢人表疏, 如東方朔有「不知忌諱」之類, 皆戾本旨。今世俗語言多云「無忌諱」及「不識忌諱」, 蓋非也。

7. 陳涉不可輕

揚子法言:「或問陳勝、吳廣。曰:『亂。』曰:『不若是則秦不亡。』曰:『亡秦乎? 恐秦未亡而先亡矣。』」李軌以爲:「輕用其身, 而要乎非命之運, 不足爲福先, 適足以爲禍始。」予謂不然。秦以無道毒天下, 六王皆萬乘之國, 相踵滅亡, 豈無孝子慈孫、故家遺俗? 皆奉頭鼠伏。自張良狙擊之外, 更無一人敢西向窺其鋒者。陳勝出於戍卒, 一旦奮發不顧, 海內豪傑之士, 乃始雲合響應, 並起而誅之。數月之間, 一戰失利, 不幸隕命於御者之手, 身雖已死, 其所置遣侯王將相竟亡秦。項氏之起江東, 亦矯稱陳王之令而渡江。秦之社稷爲墟, 誰之力也? 且其稱王之初, 萬事草創, 能從陳餘之言, 迎孔子之孫鮒爲博士, 至尊爲太師, 所與謀議, 皆非庸人崛起者可及, 此其志豈小小者哉! 漢高帝爲之置守冢於碭, 血食二百年乃絕。子雲指以爲亂, 何邪? 若乃殺吳廣, 誅故人, 寡恩忘舊, 無帝王之度, 此其所以敗也。

8. 士匄韓厥

晉厲公既殺郤氏三卿, 羣臣疑懼。欒書、荀偃執公, 召士匄, 匄辭不往, 召韓厥, 厥辭曰:「古人有言曰『殺老牛莫之敢尸。』而況君乎? 二三子不能事君, 焉用厥也?」二子竟弒公, 而不敢以匄、厥爲罪, 豈非畏敬其忠正乎! 唐武德之季, 秦王與建成、元吉相忌害, 長孫無忌、高士廉、侯君集、尉遲敬德等, 日夜勸王誅之, 王猶豫未決。問於李靖, 靖辭, 問於李世勣, 世勣辭, 王由是重二人。及至登天位, 皆任爲將相, 知其有所守也。晉、唐四賢之識見略等, 而無有稱述者, 唐史至不書其事, 殆非所謂發潛德之幽光也。蕭道成將革命, 欲引時賢參贊大業, 夜召謝朏, 屏人與語, 朏竟無一言。及王儉、褚淵之謀既定, 道成必欲引朏參佐命, 朏亦不肯從, 遂不仕齊世, 其亦賢矣。

9. 孔墨

墨翟以兼愛無父之故, 孟子辭而辟之, 至比於禽獸, 然一時之論。迨於漢世, 往往以配孔子。列子載惠盎見宋康王, 曰 :「孔丘、墨翟, 無地而爲君, 無官而爲長, 天下丈夫女子, 莫不延頸擧踵而願安利之。」鄒陽上書於梁孝王, 曰 :「魯聽季孫之說逐孔子, 宋任子冉之計囚墨翟, 以孔、墨之辯, 不能自免於讒諛。」 賈誼過秦云 :「非有仲尼、墨翟之知。」徐樂云 :「非有孔、曾、墨子之賢。」是皆以孔、墨爲一等, 列、鄒之書不足議, 而誼亦如此。韓文公最爲發明孟子之學, 以爲功不在禹下者, 正以辟楊、墨耳。而著讀墨子一篇云 :「儒、墨同是堯、舜, 同非桀、紂, 同修身正心以治天下國家。孔子必用墨子, 墨子必用孔子。不相用, 不足爲孔、墨。」此又何也? 魏鄭公南史梁論, 亦有抑揚孔、墨之語。

10. 玉川月蝕詩

盧仝月蝕詩, 唐史以謂譏切元和逆黨, 考韓文公效仝所作, 云元和庚寅歲十一月。是年爲元和五年, 去憲宗遇害時尙十載。仝云 :「歲星主福德, 官爵奉董、秦。」說者謂董秦卽李忠臣, 嘗爲將相而臣朱泚, 至於亡身, 故仝鄙之。東坡以爲 :「當秦之鎭淮西日, 代宗避吐蕃之難出狩, 追諸道兵, 莫有至者。秦方在鞠場, 趣命治行, 諸將請擇日, 秦曰 :『父母有急難, 而欲擇日乎?』卽倍道以進。雖末節不終, 似非無功而食祿者。」近世有嚴有翼者, 著藝苑雌黃, 謂 :「坡之言非也, 秦守節不終, 受泚僞官, 爲賊居守, 何功之足云! 詩譏刺當時, 故言及此。坡乃謂非無功而食祿, 謬矣。」有翼之論, 一何輕發至詆坡公爲非爲謬哉! 予案, 是時秦之死二十七年矣。何爲而追刺之? 使仝欲譏逆黨, 則應首及祿山與泚矣。竊意元和之世吐突承璀用事, 仝以爲嬖倖擅位, 故用董賢、秦宮輩喩之, 本無預李忠臣事也。記前人似亦有此說, 而不能省憶其詳。

11. 詩要點檢

作詩至百韻, 詞意旣多, 故有失於點檢者。如杜老夔府詠懷, 前云,「滿坐涕潺湲」, 後又云「伏臘涕漣漣」。白公寄元微之, 旣云「無盃不共持」, 又云「笑勸迂辛酒」、「華樽逐勝移」、「觥飛白玉卮」、「飮訝卷波遲」、「歸鞍酩酊馳」、「酡顔烏帽側」、「醉袖玉鞭垂」、「白醪充夜酌」、「嫌醒自啜醨」、「不飮長如醉」, 一篇之中, 說酒者十一句。東坡賦中隱堂五詩各四韻, 亦有「坡垂似伏鼇」、「崩崖露伏龜」之語, 近於意重。

12. 周蜀九經

唐貞觀中, 魏徵、虞世南、顔師古繼爲祕書監, 請募天下書, 選五品以上子孫工書者爲書手繕寫。予家有舊監本周禮, 其末云 : 大周廣順三年癸丑五月, 雕造九經書畢, 前鄉貢三禮郭嵠書。列宰相李穀、范質、判監田敏等銜于後。經典釋文末云：顯德六年己未三月, 太廟室長朱延熙書, 宰相范質、王溥如前, 而田敏以工部尙書爲詳勘官。此書字畫端嚴有楷法, 更無舛誤。舊五代史：漢隱帝時, 國子監奏周禮、儀禮、公羊、穀梁四經未有印板, 欲集學官考校雕造, 從之。正尙武之時, 而能如是, 蓋至此年而成也。成都石本諸經, 毛詩、儀禮、禮記皆祕書省祕書郎張紹文書。周禮者, 祕書省校書郎孫朋古書。周易者, 國子博士孫逢吉書。尙書者, 校書郎周德政書。爾雅者, 簡州平泉令張德昭書。題云廣政十四年, 蓋孟昶時所鐫, 其字體亦皆精謹。兩者並用士人筆札, 猶有貞觀遺風, 故不庸俗, 可以傳遠。唯三傳至皇祐元年方畢工, 殊不逮前。紹興中, 分命兩淮、江東轉運司刻三史板, 其兩漢書內, 凡欽宗諱, 並小書四字, 曰「淵聖御名」, 或徑易爲「威」字, 而它廟諱皆只缺畫, 愚而自用, 爲可笑也。蜀三傳後, 列知益州、樞密直學士、右諫議大夫田況銜, 大書爲三行, 而轉運使直史館曹穎叔, 提點刑獄、屯田員外郞孫長卿, 各細字一行, 又差低於況。今雖執政作牧, 監司亦與之雁行也。

13. 冢宰治內

周禮天官冢宰, 其屬有宮正, 實掌王宮之戒令糾禁。內宰以陰禮敎六宮, 以陰禮敎九嬪, 蓋宮中官之長也。故自后、夫人之外, 九嬪、世婦、女御以下, 無不列於屬中。後世宮掖之事, 非上宰可得而聞也。禮記內則篇記男女事父母、舅姑, 細瑣畢載, 而首句云：「后王命冢宰, 降德于衆兆民。」則以其治內故也。

14. 宰相爵邑

國朝宰相初不用爵邑爲輕重, 然亦嘗以代陞黜。王文康曾任司空, 後爲太子太師, 經太宗登極恩, 但封祁國公。呂文穆自司徒謝事爲太子太師, 經東封西祀恩, 不復再得三公, 但封徐國、許國公而已。寇忠愍罷相, 學士錢惟演以太子太傅處之, 眞宗令更與些恩數, 惟演但乞封國公。王冀公欽若食邑已過萬戶, 及謫爲司農卿, 於銜內盡除去, 後再拜相, 乃悉還之。湯岐公以大觀文免相, 因御史言落職鐫爵。趙衛公坐學官犯贓, 見爲使相, 但降封益川郡公, 削二千戶。今周益公亦然。皆故實所無也。王菼相元封冀, 嫌其與欽若同, 屢欲改, 適有進國史賞, 予爲擬進韓國制詞, 用「有此冀方, 莫如韓樂」。旣播告矣, 而刪定官馮震武以爲眞宗故封, 不許用, 遂貼麻爲魯, 雖著於司封格, 馮蓋不知富韓公已用之矣。是時, 菼相以食邑過二萬戶爲辭, 壽皇遣中使至邁所居宣示, 令具前此有無體例及合如何施行事理, 擬定聞奏。遂以邑戶無止法復命, 乃竟行下。

15. 楊子一毛

孟子曰：「楊子取爲我, 拔一毛而利天下, 不爲也。」楊朱之書不傳於今, 其語無所考。

惟列子所載：「楊朱曰：『伯成子高不以一毫利物，　舍國而隱耕。古之人損一毫利天下，不與也，人人不損一毫，不利天下，天下治矣。』禽子問楊朱曰：『去子體之一毛以濟一世，汝爲之乎？』楊子曰：『世固非一毛之所濟。』禽子曰：『假濟，爲之乎？』楊子弗應。禽子出語孟孫陽，陽曰：『有侵若肌膚獲萬金者，若爲之乎？』曰：『爲之。』曰：『有斷若一節得一國，子爲之乎？』禽子默然。陽曰：『積一毛以成肌膚，積肌膚以成一節，一毛固一體萬分中之一物，奈何輕之？』」觀此，則孟氏之言可證矣。

16. 李長吉詩

李長吉有羅浮山人詩云：「欲翦湘中一尺天，吳娥莫道吳刀澀。」正用杜老題王宰畫山水圖歌「焉得并州快翦刀，翦取吳松半江水」之句。長吉非蹈襲人後者，疑亦偶同，不失自爲好語也。

17. 子夏經學

孔子弟子惟子夏於諸經獨有書，雖傳記雜言未可盡信，然要爲與它人不同矣。於易則有傳，於詩則有序。而毛詩之學，一云子夏授高行子，四傳而至小毛公，一云子夏傳曾申，五傳而至大毛公。於禮則有儀禮喪服一篇，馬融、王肅諸儒多爲之訓說。於春秋，所云「不能贊一辭」，蓋亦嘗從事於斯矣。公羊高實受之於子夏，穀梁赤者，風俗通亦云子夏門人。於論語，　則鄭康成以爲仲弓、子夏等所撰定也。後漢徐防上疏曰：「詩、書、禮、樂定自孔子，發明章句始於子夏。」斯其證云。

••• 용재속필 권15(13칙)

1. 백거이의 「자각산북촌시」紫閣山村詩

선화宣和[1] 연간에 주면朱勔[2]은 황제에게 기이한 화초와 돌을 바쳐, 황제의 두터운 신임을 받았을 뿐만 아니라 많은 이익까지 챙겼다. 동남지역의 사자使者[3]와 군수郡守들은 대부분 주면의 제자들이었다. 그중 서주徐鑄와 응안도應安道·왕중굉王仲閎 같은 이들은 나서서 아주 못된 짓을 일삼으며, 교묘한 수단을 써서 백성들의 것을 빼앗았다. 그들은 백성들의 집에 기이한 꽃과 돌이 하나라도 있으면, 바로 일꾼들을 거느리고 그 집에 가서 누런 봉인 종이로 표식을 해 놓았다. 만약에 봉인해 놓은 물건을 제 때에 옮기지 못하면 집 주인은 이를 잘 보호해야만 했는데, 물건을 훼손시키기라도 하면 황제에 대한 불경죄 명목으로 엄벌이 가해졌다. 그리고 이러한 물건들을 운반할 때 드나드는 문이 작아서 내오기 힘든 경우에는 서슴지 않고 집 기둥을 빼고 담벼락을 무너뜨렸기 때문에, 백성들이 가산을 잃고 집까지 잃는 경우도 많았다. 그래서 당시에 누군가의 집에 조금이라도 독특한

1 宣和 : 북송 휘종徽宗 시기 연호(1119~1125).

2 朱勔 : 북송 말기 정권을 농단하여 갖은 비리를 저지르고, 금나라와의 전쟁에서 항복을 주창했던 육적六賊 중 한 사람. 환관 동관童貫과 재상 채경蔡京이 휘종의 환심을 사기 위해 건달잡배였던 주면을 소주蘇州로 보내 응봉국應奉局을 세우고 화석花石을 수집하게 했다. 주면이 백성들이 가지고 있는 화석들을 수탈하여 배에 가득 실어 휘종에게 바치자 휘종은 크게 기뻐하며 그의 벼슬을 올려주었는데, 화석강花石綱이 날로 많아짐에 따라 주면의 벼슬도 날로 높아져 갔다. 당시 사람들은 주면이 관장하고 있는 소주와 항주의 응봉국을 '동남東南의 작은 조정'이라고까지 할 정도로 그의 권세가 대단했다.

3 使者 : 황제로부터 특수한 사명을 받고 지방에 파견되었던 대신으로, 전운사轉運使·제형안찰사提刑按察使·제거상평창사提擧常平倉使 등이 있다.

물건이 있으면, 모든 사람들은 이구동성으로 이를 상서롭지 못한 물건이라 말하면서 그러한 것들이 빨리 훼손되지 않는 것을 두려워했다.

양전楊戩[4]과 이언李彦은 여주汝州[5]에 서성소西城所[6]를 세웠고, 임휘언任輝彦과 이사환李士渙·왕호王滸·모효립毛孝立 같은 이들은 그들을 도와 진귀한 공물들을 모아 조정에 바쳤다. 무릇 이들의 약탈 행위는 주면의 무리들과 비슷했는데 주면보다 더 심하게 약탈하기도 했다. 휘종은 백성들을 걱정하여 여러 차례 금지령을 내리기도 했지만, 그들은 가능한 모든 수단과 방법을 다하여 악행을 저질렀기에 근본적으로 금할 수 있는 방법이 없었다.

내가 우연히 백거이白居易의 「자각산북촌紫閣山北村」이라는 시를 보았는데, 당나라 때에도 역시 이와 비슷한 일이 있었던 것을 알 수 있었다. 시의 내용을 살펴보자.

새벽녘 자각봉 유람하다가, 晨遊紫閣峰,
저물녘 산 아래 촌락에서 머물렀네. 暮宿山下村.
촌 늙은이는 나를 보고 기뻐하며, 村老見予喜,
나를 위해 술통 한 동이 열었네. 爲予開一樽.
술 잔 들고 마시기도 전에, 擧杯未及飮,
포악한 군졸들이 문으로 들이닥쳤는데 暴卒來入門.
자줏빛 옷에 칼과 도끼 든, 紫衣挾刀斧,
십 여명 가량의 사람들이었네. 草草十餘人.
우리 자리의 술 빼앗고, 奪我席上酒,
우리 소반의 끼니 가져가 버렸네. 掣我盤中飡.
주인은 물러나 뒤에 서서, 主人退後立,
손을 모으고 있으니 오히려 손님 같았네. 斂手反如賓.
뜰 가운데에는 진기한 나무 있는데, 中庭有奇樹,
심은 지가 이미 삼십년. 種來三十春.
주인은 아까워도 어찌할 수 없으니, 主人惜不得,

4 楊戩 : 환관으로 휘종이 즉위한 후 신임을 받아 관직이 창화군절도사彰化軍節度使, 태부太傅에까지 올랐다.
5 汝州 : 지금의 하남성 임여臨汝.
6 西城所 : 선화연간에 설치한 공전公田을 관장하던 기구.

군졸들이 도끼로 그 뿌리 끊어버렸네.	持斧斷其根.
말하기로는 가져가 집을 짓는다지만,	口稱采造家,
그들의 신분은 황제의 군대.	身屬神策軍.
주인은 아무 말도 하지 못하게 하지만,	主人切勿語,
중위는 바로 황제가 아끼는 자라오.	中尉正承恩.

「자각산북촌」은 정원貞元[7]과 원화元和[8] 연간 때의 일을 기록한 것이다.

2. 이림보와 진회 李林甫秦檜

당나라 현종玄宗 때의 재상인 이림보李林甫[9]는 현명한 사람을 미워하고 능력 있는 사람을 질투하였다. 이림보는 재상인 배요경裴耀卿과 장구령張九齡이 자기보다 뛰어나고, 좌상左相인 이적지李適之가 자기와 권력을 다투는 상황이라는 것을 알고서, 음모를 꾸며 그들을 조정에서 내쫓았다. 그리고 그가 추천한 우선객牛仙客은 죽을 때까지 관직을 유지했고, 진희열陳希烈 또한 이림보가 죽을 때까지 관직에 그대로 있으면서, 두 사람 모두 무려 6~7년 동안 정권을 휘둘렀다. 이 두 사람의 사람됨이 이림보와 다를 바 없이 아첨을 일삼았기에, 오랫동안 관직을 유지할 수 있었던 것이다. 또 이림보가 비록 충신을 해하고 능력 있는 사람들을 질투하기는 했지만, 이랬다가 저랬다가 하는 성격이 아니었기에 자신의 심복인 우선객과 진희열을 장기간동안 용인해준 것이다.

남송 고종高宗 때의 진회秦檜[10]는 이림보와 달랐다. 그는 처음에는 자신에게

7 貞元 : 당나라 덕종德宗 시기 연호(785~805).

8 元和 : 당나라 헌종憲宗 시기 연호(806~820).

9 李林甫(?~752) : 당나라 현종玄宗 때의 재상宰相. 당나라를 쇠퇴의 길로 이끈 인물로 평가받는다. 성격이 음험하고 정치적 수완과 모함에 능한 간신의 전형으로, 조정의 인사를 좌지우지하며 유능한 인재들은 배척하고 자신에게 충성하는 사람들만 발탁하여 등용하였다. 겉으로는 감언을 일삼으며 절친한 척하지만 뒤에서는 음해와 모함을 일삼아 세인世人들이 그를 "입에는 꿀이 있고, 뱃속에는 칼이 있다口有蜜, 腹有劍"고 평했는데, 여기에서 '구밀복검口蜜腹劍'이라는 말이 생겼다.

도움이 된다고 생각하는 사람이면, 말단 관리직에서 2~3년 안에 정권을 휘두르는 대신의 자리에 오를 수 있도록 진급시켜 주었다. 예를 들면, 사재史才는 어사검법관御史檢法官에서 우정언右正言으로 승진했다가, 다시 간의대부諫議大夫로 승진했고, 나중에는 첨서추밀원사簽書樞密院事에 임명 되었다. 또 시거施鉅는 중서검정관中書檢正官에서 이부시랑吏部侍郎에 발탁됐고, 정중웅鄭仲熊도 정언正言에서 이부시랑으로 발탁됐는데, 이 두 사람의 승진은 모두 파격적인 것이다. 게다가 임명장을 받고 은혜에 감사하고 있었을 때, 시거는 다시 부재상의 직책인 참지정사參知政事에 임명됐고, 정중웅은 첨서추밀원사에 임명됐다.

그리고 진회는 원래 전중시어사殿中侍御史였던 송박宋樸을 발탁하기 위해 어사대御史臺에 말도 되지 않는 명령을 내리기도 하였다. 어사대는 진회의 명령에 따라 어사대의 검법주부檢法主簿 자리가 비었으니, 정부 장관이 추천하는 이를 뽑아달라고 조정에 요청했다. 진회는 어사대의 요청을 기회로 하여, 황제에게 송박을 시어사侍御史로 천거하였고, 시어사가 된 송박이 추천한 사람들도 모두 발탁되도록 만들었다. 송박은 다시 어사중승御史中丞에 임명되었고, 임명장을 받은 날 다시금 첨서추밀원서에 제수되었는데, 단기간에 승진에 승진을 거듭한 쾌속승진은 모든 사람을 놀라게 하기에 충분했다.

하지만 말단 관직에서 하루아침에 조정의 최고급 관리가 된 이 사람들은 몇 달 되지 않아 파면되는 운명을 맞이해야만 했다. 그러나 눈치가 빨라서 진회의 비위를 잘 맞춘 양원楊願만은 예외였다. 그는 진회의 일거수일투족 심지어는 그가 먹고 마시는 것도 그대로 따라했다. 한번은 음식을 먹던 진회가 재채기를 하였는데 입안의 음식이 튀어나오자 껄껄 웃었다. 양원도 갑자기 거짓으로 재채기를 하며 입안의 음식을 이리저리 튀기며 웃었다.

10 秦檜(1090~1155) : 남송의 정치가. 자 회지會之. 고종高宗의 신임을 받아 24년간 재상의 자리에 있었다. 충신 악비岳飛를 죽이고, 금나라에 항전하여 잃어버린 영토를 회복하자는 항전파를 탄압했으며, 금나라와 굴욕적인 강화를 체결했다. 민족적 영웅인 악비와 대비되어 간신으로 평가받는다.

좌우에서 시중을 들던 사람들은 양원의 이러한 모습을 비웃었다. 그러나 진회는 자기를 그대로 따라하며 아부하는 양원의 모습을 보고 내심 기뻤다. 하지만 일 년도 되지 않아 진회는 양원을 싫어하게 되었다. 마음이 바뀐 진회는 어사御史를 시켜 양원을 탄핵하도록 하고 일부러 그에게 이 사실을 미리 알렸다. 양원은 눈물 콧물을 짜며 진회에게 애걸복걸하였다. 진회가 말했다.

> "사대부가 되어 출세하고 추락하는 것은 일상적인 일인데, 어찌하여 그리 난리법석을 부리는가?"

양원이 대답하였다.

> "미천한 제가 꿈 꿀 수도 없는 이 자리에 잠시라도 오를 수 있었기에 지금 쫓겨나도 충분히 만족스럽습니다. 그러나 소인은 태사太師의 하늘같은 은혜를 입었고, 그 은혜는 저를 낳아주신 부모보다 더 큰데, 하루아침에 태사와 이별을 하게 되었으니 어찌 다시 태사를 뵐 수 있겠습니까? 그것이 너무 슬퍼서 우는 것입니다."

진회는 이 말을 듣고 그를 측은하게 여겨 봉사奉祠[11]의 한직을 제수했다가, 3개월 뒤에 선주宣州[12]의 지주에 임명했다.

이약곡李若谷이 참지정사의 직책에서 파면 당하자, 어떤 사람이 다음과 같이 말했다.

> "어찌하여 양원처럼 재상을 찾아가 울며불며 난리법석을 부리지 않는 것이요?"

이약곡은 하북사람으로 정직하고 기개가 있는 사람이었다. 그는 웃으며 답했다.

> "설사 죽을 지라도 그 같은 거짓 눈물을 짜내지는 않을 것입니다."

11 奉祠 : 오품이상의 관리들 중 능력이 없는 이나 나이가 많아 퇴직한 이들에게 제수한 궁관사宮觀使·판관判官·도감都監·제거提擧 등의 관직. 봉급은 받지만 하는 일이 없는 한직이다. 궁관사宮觀使가 제사를 주관하였기에, 이 관직을 통칭하여 봉사라고 하였다.

12 宣州 : 지금의 안휘성 선성宣城.

이 말을 전해들은 진회는 크게 화를 내며 이약곡을 강주江州[13]로 폄적시켜버렸다.

진회가 병으로 휴가를 청해서 재상의 업무를 여요필余堯弼 혼자서 맡아하게 되었다. 정사를 토론하면서 고종이 정무에 관해서 여요필에게 여러 가지 질문을 하였는데, 한 두 개조차도 답하지 못했다. 진회가 병이 나아 입궁하여 고종을 알현했을 때 고종이 말했다.

"여요필은 정무를 맡아하는 재상이니, 조정의 일들을 마땅히 알아야 하지 않겠소?"

진회는 물러나와 여요필을 불러 물었다.

"일전에 황제께서 무엇을 물어보셨소?"

여요필이 당시의 상황을 구체적으로 설명했다. 진회는 성리省吏[14]를 불러 공문서를 가져오게 해서 일일이 살펴보니, 모두 여요필의 서명이 되어 있었다. 여요필을 꾸짖으며 말했다.

"그대가 공문서에 서명을 했으면서, 어찌 황제께 모른다고 말할 수 있었단 말이요? 일부러 나를 골탕 먹이려고 그런 것이요!"

여요필은 자리에서 일어나 변명을 했지만 진회는 더 이상 거들떠보지도 않고, 다음날 어사대에 여요필의 탄핵을 지시했고, 여요필은 결국 파면됐다.

단불段拂은 사람이 어리벙벙하였다. 하루는 진회가 조정에서 발표를 하는데 내용이 워낙 길어 시간이 꽤 많이 흐르자 단불은 고개를 숙인 채 잠이 들었다. 발표가 끝나고 진회가 물러나자 그제야 놀라 깨어난 단불은 자신이 졸았던 것을 진회에게 들켰을까 봐 너무 두렵고 무서워 식은땀이 절로 났다. 황제는 걱정하는 단불을 위로했다. 대전에서 물러 난 진회는

13 江州 : 지금의 강서성 구강시九江市.

14 省吏 : 도성의 하급관리.

눈을 감고 불경을 암송하며 전객典客[15]이 읍하는 것도 알아차리지 못하고 있다가, 두 번 세 번 반복해 읍하자 비로소 답했다. 진회는 정사당政事堂에 돌아와 단불에게 자신이 무슨 말을 했는지 물었지만, 조느라 제대로 듣지 못했던 단불은 아무 대답도 하지 못했고 곧 탄핵을 받아 파면되어 고향으로 돌아갔다.

탕사퇴湯思退가 추밀부樞密府에 있었을 때, 고종이 우연히 그를 만나 여러 가지 일들을 물었다. 그런데 탕사퇴가 답한 것이 그 날 진회가 상주한 것과는 사뭇 달랐다. 이에 진회에게 그 이유를 물어보니, 진회는 다음과 같이 답했다.

> "폐하께서 만약에 제가 말한 것이 잘못 되었다고 생각하신다면, 탕사퇴에게 물어보십시오."

고종이 말했다.

> "이 일을 짐이 어찌 모를 수가 있단 말이요? 그리고 어찌하여 탕사퇴에게 물어보라는 것이오?"

진회는 물러나 추밀부의 탕사퇴를 만났는데, 이미 상당히 언짢은 상태였기에 탕사퇴를 쫓아낼 계책을 세우기 시작했다. 그런데 뜻밖에도 진회가 일어날 수 없을 정도의 중병이 들어, 탕사퇴는 가까스로 화를 면할 수 있었다.

이러한 상황들을 살펴보면 진회의 악독함은 이림보를 초월하는 것임을 알 수 있다.

3. 어렵고 어려운 주석 작업 注書難

주석서는 아주 난해하다. 비록 공안국孔安國[16]과 마융馬融[17]·정현鄭玄[18]·왕필

15 典客 : 관직명. 주변 국가와의 교류와 접대의 업무를 담당한다.

王弼[19] 같은 위대한 유학자들이 경전을 해석했고, 두예杜預[20]가 『좌전』을 해석하였으며, 안사고가 『한서』를 주석했지만, 모두 해석을 잘못하는 실수를 저질렀다.

왕안석은 『시신경詩新經』에서 "팔월박조八月剝棗"[21]라는 구절을 다음과 같이 해석했다.

> 剝박이란 대추나무의 껍질을 벗겨서 바치는 것으로 노인을 공양하는 방법이다.

모공毛公本의 『시경』에서는 이렇게 주를 달았다.

> 剝박은 때리는 것[擊]이다.

육덕명陸德明의 『경전석문經典釋文』에서는 剝박이 普보와 卜복의 반절이라고 주석했다. 그러나 왕안석은 이러한 주석을 모두 채용하지 않았다. 나중에

16 孔安國 : 공자의 11대손으로 전한前漢 무제 때의 학자. 『상서』 고문학의 시조이다. 공자의 옛 집을 헐었을 때 나온 과두문자蝌蚪文字로 된 『고문상서古文尙書』와 『예기』·『논어』·『효경』을 금문今文과 대조해서 고증하고 해독하여 주석을 붙였다. 이것에서 고문학古文學이 비롯되었다고 한다.

17 馬融(79~166) : 후한의 유학자. 자 계장季長. 경전에 통달하여 노식盧植과 정현鄭玄 등을 가르쳤다. 『춘추삼전이동설春秋三傳異同說』을 짓고, 『효경』과 『논어』·『시경』·『주역』·『삼례』·『상서』·『열녀전』·『노자』·『회남자』·『이소離騷』를 주석했다.

18 鄭玄(127~200) : 후한의 대학자. 자 강성康成. 고밀高密(오늘날의 산동성山東省 고밀시高密市) 출신. 고문古文에 관심을 많이 갖고 있다가 33세에 마융馬融을 찾아가 7년 간 배운 뒤 독립하였으나, 44세에 당고黨錮에 연루되어 금고형에 처해졌다. 이로 인해 집에서 두문불출하며 제자들을 가르치면서 연구에 매진하여 많은 주석서들을 남겼다. 주요 저서로는 『모시정전毛詩鄭箋』·『정씨주역주鄭氏周易注』 등이 있으나, 현재는 후세사람들이 편집한 판본으로 전해지고 있다.

19 王弼(226~249) : 위진 현학의 대표 학자. 자 보사輔嗣. 삼국시기 위魏나라 사람으로, 18세에 『노자주老子註』를, 20세 초반에 『주역주周易註』를 지어 이름을 떨쳤다.

20 杜預(222~284) : 진晉나라의 학자·정치가. 자 원개元凱. 『춘추좌씨경전집해春秋左氏經傳集解』와 『춘추석례春秋釋例』 등의 저서가 있다. 『춘추좌씨경전집해』는 이전에 별개의 책으로 되었던 『춘추』의 경문과 『좌전』을 한 권의 책으로 정리하여, 경문에 대응하도록 『좌전』의 문장을 분류하여 춘추의례설春秋義例說을 확립하고, 춘추학으로서의 좌씨학을 집대성하였다. 또한 훈고학면에서도 이전 학설의 좋은 점을 모아 『좌전』을 춘추학의 정통적 위치에 올려놓았다.

21 『시경·빈풍豳風·칠월七月』.

그가 장산蔣山의 교외를 거닐다가 민가에 이르렀을 때, 집주인이 출타 중이었기에 어디 갔냐고 묻자 대추 털러 갔다[去撲棗]는 답에, 비로소 전에 한 주석이 틀렸다는 것을 깨달았다고 한다. 그래서 곧바로 왕안석은 조정에 상주문을 올려 자신이 잘못 해석한 13글자를 빼줄 것을 청했고, 이것이 받아들여져 지금 통행되는 『시신경』에는 이 구절이 없다.

홍경선洪慶善은 『초사楚辭·구가九歌·동군東君』의 다음 구절을 주석하였다.

> 빠르게 거문고 연주하니 북소리와 어울리고, 緪瑟兮交鼓,
> 종을 치니 아름다운 옥 북걸이 흔들리네. 簫鐘兮瑤簴.

이 구절을 주석하면서 홍경선은 『의례儀禮·향음주鄕飲酒』를 인용하였다.

> 사이사이 「어려魚麗」 노래 부르자, 생황으로 「유경由庚」을 연주했다. 「남유가어南有嘉魚」를 노래하면, 「숭구崇丘」를 생황으로 연주했다.

「동군」과 「향음주」의 구절을 비교해서 다음과 같이 주석했다.

> 소종簫鐘은 두 가지 종류의 악기 소리로 화음을 맞추어 음악을 연주하는 것이다.

홍경선은 「동군」에 대해 이렇게 주석 한 후 이를 판각해서, 선영을 지키기 위해 세운 암자인 분암墳庵에 두었다. 지나가던 촉蜀 사람이 이를 보고서 말했다.

> "어떤 판본에서는 '簫소'를 '橚'라고 했는데, 『광운廣韻』에는 이를 '때리다[擊]'로 해석했소이다. 종을 치다는 의미로, 윗 구절의 '緪瑟긍슬'과 대구를 이루는 것이지요."

홍경선은 촉사람에게 감사하며 바로 이를 고쳤다.

정화政和[22] 초기에 채경蔡京[23]이 소식의 학문을 공부하고 연구하는 것을

22 政和 : 북송 휘종徽宗 시기 연호(1111~1117).

23 蔡京(1047~1126) : 북송 말기의 재상·서예가. 16년간 재상자리에 있으면서 숙적 요遼를 멸망시켰으나, 휘종에게 사치를 권하고 재정을 궁핍에 몰아넣었다. 금군金軍이 침입하고 흠종 즉위 후, 국난을 초래한 6적賊의 우두머리로 몰려 실각하였다. 문인으로서 뛰어나

금지했다. 그런데 기춘蘄春[24]의 한 선비가 홀로 두문불출하면서 온 힘을 다해 소식의 시를 주석하였는데, 사람들과 왕래조차 하지 않았다고 한다. 전신중錢伸仲이 황강黃岡의 현위縣尉가 되어 태학의 상사생上舍生을 뽑기 위해 현을 둘러보았는데, 세 차례나 찾아간 후에야 그 선비를 겨우 만날 수 있었다. 전신중이 우선 소식시의 주석서를 청하여 한 차례 훑어보고자 하니, 선비는 책상 옆에 쌓여 있는 직접 쓴 수십 권의 원고를 가리키며 마음대로 뽑아 보라고 하였다. 전신중은 「화양공제매화십절和楊公濟梅花十絶」을 골랐다.

달 땅과 구름 계단의 천상은 존귀함이 넘쳐나는 곳이니,	月地雲階漫一尊,
옥노는 결국 동혼후를 저버리지 않았네.	玉奴終不負東昏.
임춘각과 결기각은 모두 황량해져 가시덤불로 뒤덮혔으니,	臨春結綺荒荊棘,
누가 그윽한 향기 따라 혼을 다시 불러들일 것인가?	誰信幽香是返魂.

이 시에 주를 다음과 같이 달았다.

> 옥노玉奴는 남조 제齊나라 동혼후東昏侯의 반비潘妃의 아명이다. 임춘臨春과 결기結綺는 모두 동혼후의 삼각三閣의 이름이다.

전신중이 "인용한 자료가 이것이 다 입니까?"라고 묻자, 선비는 "그렇습니다"라고 답했다. 전신중이 말했다.

> "당나라 우승유牛僧孺가 지은 「주진행기周秦行紀」에 보면, 우승유가 한나라 문제의 모친인 박태후薄太后의 묘廟에 들어가서 살아있는 것처럼 생생한 고대 후비后妃의 모습을 보고, "달 땅과 구름 계단의 천상에 가 동선洞仙을 알현하였네[月地雲階見洞仙"라고 하였는데, 이것 역시 동혼후와 반비의 고사를 인용한 것이지요. 반비가 나라가 망하고 죽게 되더라도 결코 동혼후를 배반하지 않겠다고 다짐했

북송 문화의 흥륭에 크게 기여하였다.

24 蘄春 : 지금의 호북성 기춘.

던 것을 소식이 이 시에서 인용한 것이지요. 그런데 선생께서는 어찌하여 우승유의 「주진행기」를 언급하지 않으셨습니까?"

선비는 놀라서 얼굴색이 창백해진 채 아무 말도 하지 못했다. 그리고 아들을 불러 자신의 원고를 모두 가져가 불태워버리라고 했다. 전신중은 원고를 불태우지 말고 남겨두라고 권했다. 선비는 그러한 권유를 받아들이지 않고 결연한 태도로 말했다.

"제가 십년을 걸쳐 모든 정력을 쏟아 공부하였지만, 잘못된 방법이었습니다. 현위께서 제 실수를 지적해주지 않았더라면 천하의 웃음거리가 될 뻔했습니다."

전신중은 후학들을 가르치면서, 매번 이 이야기를 언급하였다. 그러나 전신중 또한 잘못 알고 있었으니, 옥노는 양귀비楊貴妃가 자기를 가리킬 때 사용한 자칭自稱이고, 반비의 아명은 옥아玉兒였다.

'박조剝棗'의 이야기는 오열吳說[25]을 통해 알게 된 것이고, '소종簫鐘'의 이야기는 홍경선 자신이 내게 해준 이야기다. 소흥紹興[26] 연간에 부홍傅洪이라는 수재秀才[27]가 소식의 사에 주를 달아 전당錢塘[28]에서 판각을 하였다.

알 수 없어라 천상의 궁궐은,	不知天上宮闕,
오늘밤 어느 해인지!	今夕是何年.[29]

그런데 윗 구절을 해석하면서 우승유가 「주진행기」에서 "인간세상의 서글픈 일들을 함께 이야기 하다가 보니, 오늘 밤이 어느 해인지 조차도

25 吳說 : 송나라의 서예가. 자 부붕傅朋, 호 연당練塘. 해서와 행서·초서 등에 두루 뛰어났고, 작은 해서체인 소해小楷는 "송나라 제일"이라는 칭찬을 받았다고 한다.

26 紹興 : 남송 고종高宗 시기 연호(1131~1162).

27 秀才 : 과거의 과목명으로 과거 응시생을 지칭하는 말. 처음 『관자管子』에서 사용한 말로, 한나라 때는 과거의 과목이 되었다. 그 후 광무제光武帝 때는 그의 휘諱가 '수秀'였으므로 이를 피하여 무재茂才라 하였다. 당나라에서는 명경과明經科·진사과進士科와 나란히 수재과를 두었으며, 송나라에서는 과거에 응시하는 선비를 모두 수재라 하였고, 명나라 청나라에 이르러서는 현학縣學에 입학하는 생원들까지도 수재라 칭하였다.

28 錢塘 : 지금의 절강성 항주杭州.

29 「水調歌頭·明月幾時有」.

알지 못하였다[共道人間惆悵事, 不知今夕是何年]"고 한 것은 인용하지도 않았다. 그리고 "웃고 싶지만 얽히고 설킨 장미덩굴 두렵네[笑怕薔薇罥]"[30]란 구절을 해석하면서, 우세남虞世南[31]의 "이마에 노랗게 화장하는 것을 배웠지만 제대로 하지 못하네[學畵鴉黃未就]"[32]와 『남부연화록南部煙花錄』[33]을 인용하지 않았는데, 이와 같은 실수는 헤아릴 수 없을 정도로 아주 많았다.

4. 『주역』과 『상서』의 빠져버린 내용으로 인한 오독 書易脫誤

경전들이 진秦나라 때 분서갱유焚書坑儒로 인해 불태워져 버린 후 대부분 유실되고 누락되었지만, 지금까지 전해져 내려오는 것은 천여 년이 넘은 세월동안 다행히 보존되어 온 것들이다. 비록 착오가 많기는 하지만 이를 수정할 방법이 없다. 『한서·예문지』에는 이런 구절이 적혀있다.

> 유향劉向이 옛 고문古文으로 기록된 『주역』의 「시수施讎」와 「맹희孟喜」·「양구하梁丘賀」의 경문을 교정하면서, '무구無咎'·'회망悔亡'이라는 글자를 빼 버렸다. 오로지 비직費直의 경문만 고문과 같다고 했다. 또 구양생歐陽生과 하후승夏侯勝·하후건夏侯建 3가家의 『상서尙書』 경문을 교정하다가 「주고酒誥」편에서 죽간 한 편片이 빠졌고, 「소고召誥」 편에는 죽간 두 편이 빠졌다는 것을 알았다. 죽간 한 편이 빠졌다는 것은 죽간 위에 25자가 기록되어 있다고 하면 25자가 빠진 것이고, 죽간 위에 22자가 기록되어 있다면 22자가 누락된 것이다.

지금 전해지는 것은 공안국孔安國의 고문 『상서』이기 때문에, 이 두 편에서는 내용이 누락된 부분이 보이지 않는다.

30 「南柯子·有感」.

31 虞世南(558~638) : 당나라의 서예가. 왕희지의 서법을 익혀, 구양순歐陽詢·저수량褚遂良과 함께 당나라 초의 3대가로 일컬어지며, 특히 해서의 1인자로 알려져 있다. 시에서도 당시 궁정시단의 중심인물이었다.

32 「應詔嘲司花女」.

33 『南部煙花錄』: 『대업습유기大業拾遺記』 또는 『수유록隋遺錄』이라고도 하는데, 누가 지었는지 알 수 없다. 수나라 역사서인 『수서隋書』에 빠져있는 부분을 보충하기 위해 엮은 책이라고 한다.

『주역周易 · 잡괘雜卦』에서는 '건乾' · '곤坤'에서 '수需' · '송訟'에 이르기까지 모두 두 개 두 개씩 괘를 묶어 함께 풀이했는데, 서로 반대되는 의미를 가진 괘 끼리 엮은 것이다. 그런데 '대과大過'에서 '쾌夬'까지 여덟 개의 괘는 그렇지 않아, 전하는 이가 실수를 한 것 같다. 「잡괘」에서 다음과 같이 설명하였다.

> '대과大過'는 넘어짐이다. '구姤'는 만나다로, 부드러움이 강함을 만나는 것이다. '점漸'은 여자가 시집을 감이니 남자를 기다려 가는 것이다. '이頤'는 바름을 기르는 것이다. '기제既濟'는 정함이다. '귀매歸妹'는 처녀의 끝이다. '미제未濟'는 남자의 궁함이다. '쾌夬'는 강함이 부드러움을 터놓은 것으로, 군자의 도가 강해지고 소인의 도는 사라지는 것이다.

북송에 와서 소식이 이를 다시 올바로 고쳤는데 다음과 같다.

> '이頤'는 바름을 기르는 것이고, '대과大過'는 넘어짐이다. '구姤'는 만나다로, 부드러움이 강함을 만나는 것이다. '쾌夬'는 강함이 부드러움을 터놓은 것으로, 군자의 도가 강해지고 소인의 도는 사라지는 것이다. '점漸'은 여자가 시집을 가는 것이니 남자를 기다려 가는 것이며, '귀매歸妹'는 처녀의 끝이다. '기제既濟'는 정함이고, '미제未濟'는 남자의 궁함이다.

이와 같이 하면 의미적으로 서로 좇아가는 순서가 되고, 상반되는 의미를 가진 것끼리 짝을 지어 놓은 것이 되어 「잡괘」의 다른 부분과 완전히 부합된다.

『상서 · 홍범洪範』 8장에 다음과 같은 구절이 있다.

> 네 번째, 시간을 기록하는 다섯 가지 방법이 있다. 첫째는 세歲, 둘째는 월月, 셋째는 일日, 넷째는 성신星辰, 다섯째는 역수曆數이다.

35장에서는 다음과 같이 서술했다.

> 임금이 과오를 지저르면 일 년 동안 그 영향이 미치고, 경사卿士[34]가 과오를 저지

34 卿士 : 정승이외의 모든 벼슬아치의 총칭으로 고관들을 지칭한다.

르면 한 달 동안 영향을 끼치며, 사윤師尹[35]이 과오를 저지르면 하루 동안 영향을 끼친다.

이어서 38장에 "달이 별을 좇는데, 이로써 바람이 불며 비가 온다[月之從星, 則以風雨]"는 구절이 나오는데, 이것은 응당 9장인 "다섯 번째, 황극[五皇極]" 단락 뒤에 이어져야 한다. 죽간이 빠진 부분이 생겨 이처럼 문장 앞 뒤 순서가 흐트러져 버린 것이다.

또 9장인 "다섯 번째, 황극"단락에는 39장의 "오복五福"의 문장[36]이 뒤섞여 있다. 즉 다음과 같다.

> 이때 오복을 모아 그 여러 백성들에게 널리 베풀어 준다.[斂時五福, 用敷錫厥庶民.]

> 부드러운 얼굴빛을 하고 "내가 좋아하는 바는 덕이다"라고 말하며 그대가 곧 그들에게 복을 내려주십시오. 그러면 이러한 사람들이 임금의 법칙을 따르게 될 것 입니다.[而康而色, 曰予攸好德, 汝則錫之福.]

> 무릇 관리란 부유하게 되어야 비로소 선해진다. 그대가 능히 그들로 하여금 나라에 좋은 일을 하게 할 수 없다면, 그들은 죄를 짓게 될 것이다. 덕을 좋아하지 않는 자에게 그대가 복을 내린다 할지라도 그들은 당신에게 수많은 위태로움과 해로움만을 가져올 것이다.[凡厥正人, 既富方穀, 汝弗能使有好于而家, 時人斯其辜, 于其無好德, 汝雖錫之福, 其作汝用咎.]

이러한 것들 모두가 죽간이 빠져 순서가 뒤섞여져 버린 예이다.

「강고康誥」의 "3월 16일[惟三月, 哉生魄]"부터 "이에 「대고」의 다스림을 널리 알리셨다[乃洪「大誥」治]"까지 48자는 주공이 낙읍에 수도를 정한 이야기로 「낙고洛誥」의 "주공이 두 손을 모아 절하고 [周公拜手]" 앞에 와야 한다.

그리고 「무성武成」편은 왕안석이 바로 잡았다. "왕이 아침에 주나라로부터 출발하여 상나라를 치러 가셨다[王朝步自周, 于征伐商]"는 "상나라의 죄에 이르

35 師尹 : 속관屬官들의 우두머리로 낮은 관리들의 총칭한다.
36 九五福. 一曰壽, 二曰富, 三曰康寧, 四曰攸好德, 五曰考終命.

러 황천과 후토에 고하여 아뢰다(厎商之罪, 告于皇天后土)"로 이어져 "한번 군복을 입음에 천하가 크게 안정되다(一戎衣, 天下大定)"까지 이어지고, 이어서 "그 4월 초사흗날(厥四月 哉生明)"에서 "소자인 내가 그 뜻을 이었노라(予小子其承厥志)"로 이어진 후에 "이에 상나라의 정사를 되돌려(乃反商政)"로 연결해 끝까지 연결된다. 이렇게 하면 수미호응首尾呼應이 이루어져 어기가 연관성 있게 되어, 조금도 혼란스럽지 않다.

5. 「남해」등 제목만 전해지는 6수의 시 南陔六詩

「남해南陔」[37]와 「백화白華」·「화서華黍」·「유경由庚」·「숭구崇邱」·「유의由儀」 등 6수의 시는 모공毛公이 지은 『시고훈전詩詁訓傳』에서 간단하게 그 제목과 의미를 언급했을 뿐, 구체적인 가사는 기록되어 전해지지 않는다. 『의례儀禮·향음주鄕飮酒』의 「연례燕禮」에 다음과 같은 기록이 있다.

> 당하堂下에서 생황을 불면, 경經의 남쪽에서 북면하여 섰다. 악기로 「남해」와 「백화」·「화서」를 연주했다. 그리고 중간에 「어려魚麗」를 노래하면 생황으로 「유경」을 연주했고, 「남유가어南有嘉魚」를 노래하면 생황으로 「숭구崇丘」를 연주했으며, 「남산유대南山有臺」를 노래하면 생황으로 「유의由儀」를 연주했다. 그런 연후에 노래와 악기로 『시경·주남周南』의 「관저關雎」·「갈담葛覃」·「권이卷耳」와 『시경·소남召南』의 「작소鵲巢」·「채빈采蘋」·「채번采蘩」을 함께 합주했다.

내가 이 문장의 의미를 자세하게 살펴보고 또 살펴보니, '가歌'라고 하는 것은 노래 가사가 있기 때문에 노래할 수 있는 것인데, 「어려」와 「가어嘉魚」·「관저」이하의 것들이 모두 그렇다. 그런데 가사가 없어져 노래 부를 수 없어 생황으로 연주만 하게 되는데, 「남해」에서 「유의」까지가 그러한 것이다. 가사가 없이 전해지는 편명의 함의로 "효자가 서로 부모를 봉양하도록 경계하다" 또는 "만물이 그 도로부터 생겨나왔다"고 한 것은, 가사가 없는

37 南陔 : 『시경』의 「소아小雅」에 실린 제목만 있고 가사는 없어진 생시笙詩의 편명으로, 효자가 서로 부모를 봉양하도록 경계하는 것을 주제로 한 시라고 한다.

편들은 원래부터 가사가 없었다는 것을 말해주는 것이다.

정현이 가장 먼저 이러한 시들의 구체적인 내용이 진秦나라 때 실전되었다는 견해를 내 놓았다. 또 「연례燕禮」의 "당에 올라 「녹명鹿鳴」을 노래하게 하고 당을 내려와 「신궁新宮」을 피리로 연주하게 하였다"는 구절과 비교를 해보면, 「신궁」이라는 시 역시 가사가 전해지지 않는 것이다.

『좌전』의 기록에 의하면, 송공宋公이 숙손소자叔孫昭子을 맞이해 대접했을 때 「신궁新宮」을 낭송하도록 했다고 한다. 두예杜預의 『춘추좌씨경전집해春秋左氏經傳集解』의 주석에 의하면 「신궁」은 지금은 전해지지 않는 시로 원래부터 가사가 있었기에, 「남해」나 「백화」 같은 시들과는 다르다고 한다.

육덕명陸德明의 『모시음의毛詩音義』에서는 제목만 전해지는 6수의 시들에 대해 이렇게 설명했다.

> 이 여섯 편의 시들은 모두 무왕武王 때의 시로, 주공周公이 예법을 정할 때 이 여섯 수의 시를 생황으로 연주하여 널리 알렸다. 공자가 『시경』을 산정할 때 311편 안에 이 6수를 포함시켰는데, 진秦나라 때 이르러 유실되었다.

이것은 정현의 견해를 답습한 것이다.

고대의 『시』는 전해지는 과정에서 유실된 것도 많고, 또 공자의 산정을 거치면서 삭제된 것도 많다. 그런데 어찌하여 유독 이 6편만 『모시·대서大序』에 언급된 걸까?

속석束皙[38]은 가사가 전해지지 않은 6편의 시를 보충한다는 의미에서 「보망補亡」 6편을 지었는데, 이는 불필요한 것이다.

『좌전』에 의하면 손숙표叔孫豹[39]가 진晉나라에 갔을 때, 진후晉侯가 그를 맞이해 대접하면서 금속 악기로 「사하肆夏」와 「소하韶夏」·「납하納夏」를 연주

38 束皙(263~302) : 서진西晉의 학자이며 문학가. 고문에 능통하고 박학했다고 한다.

39 叔孫豹(?~B.C.538) : 춘추 시대 노魯나라 사람으로, 숙손목자叔孫穆子 또는 목숙穆叔이라고도 한다. 숙손교叔孫僑의 동생으로, 대부大夫를 지냈다. 숙손교가 노성공魯成公의 어머니 목강穆姜과 사통하자, 이것으로 인해 재앙이 생길 것을 알고 제齊나라로 달아났다가, 후에 노나라로 돌아가 양공襄公을 섬기면서 국정에 참여했다.

하게 하였고, 악공들에게 「문왕文王」과 「대명大明」·「백帛」·「녹명鹿鳴」·「사모四牡」·「황황자화皇皇者華」를 노래하게 하였다. 「사하」와 「소하」·「납하」는 악곡명으로 종鐘을 쳐서 연주하는 것이라 가사가 없어 금속악기를 사용해 연주한 것이다. 그리고 「문왕」이하 6수의 시는 가사가 있는 것이어서 악공들이 노래 부를 수 있었다. 이는 예전에 연주를 위한 악곡과 노래를 위한 시의 구분이 있었다는 것을 증명해준다.

6. 소성연간의 『춘추』 폐기 사건 紹聖廢春秋

오성五聲[40]은 오행五行[41]에서 비롯되었는데, 치徵음은 이미 사라지고 없다. 사독四瀆[42]은 사방四方에서 비롯되었는데, 제수濟水는 이미 그 흐름이 끊어졌다. 『주관周官』[43]의 육전六典[44]은 나라를 다스리기 위해 설치되었지만, 사공司空과 관련된 기록들은 이미 유실되었다. 이런 것들은 모두 근본적인 도리이기에, 사람의 힘으로는 고칠 수 없는 것들이다. 그리고 육경六經[45] 또한 근본적인

40 五聲 : 오음五音이라고도 하며, 궁宮·상商·각角·치徵·우羽 다섯 개의 음을 이른다.

41 五行 : 우주 삼라만상을 구성하는 다섯 가지 기본 요소로, 목木·화火·토土·금金·수水 다섯 가지의 서로 다른 기운. 오행은 서로 도와주고 서로 견제하면서 다양한 변화와 현상을 이끌어낸다.

42 四瀆 : 독瀆이란 수원水源에서 직접 바다에 흘러드는 독립된 하천으로, 장강長江과 제수濟水·황하黃河·회수淮水를 가리킨다. 이 네 개의 강이 나라의 국운에 큰 영향을 미친다고 하여, 강마다 특정장소에 묘를 짓고 해마다 관부官府에서 정기적으로 제사를 지냈다. 회수는 동독東瀆, 황하는 서독西瀆, 장강은 남독南瀆, 제수는 북독北瀆이라고도 했다.

43 『周官』 : 주周나라의 관제를 기록한 책으로 『주례周禮』를 말한다.

44 六典 : 국가의 모든 정무를 맡아보는 육경六卿으로, 천·지·춘·하·추·동으로 나누어진 육부六部의 장관인 총재冢宰·사도司徒·종백宗伯·사마司馬·사구司寇·사공司空을 지칭한다. 천관天官의 장관인 총재冢宰는 일반행정을 총괄하고 내외의 출납과 관정 사무를 관장하며, 지관地官의 장관인 사도司徒는 백성의 교육 및 농업·공업·상업을 다스리고 지방행정을 관리하며, 춘관春官의 장관인 종백宗伯은 제사와 조빙 및 회합 등의 예의를 다스렸다. 그리고 하관夏官의 장관인 사마司馬는 군사 및 국토사무를 담당하며, 추관秋官의 장관인 사구司寇는 법령·소송 및 국제사무를, 동관冬官의 장관인 대사공大司空은 토목공작土木工作 및 그 지원을 관리하였다.

45 六經 : 춘추시대의 6가지 경서로, 『시경』·『서경』·『예기』·『악기樂記』·『역경易經』·『춘추』이다. 경經이란 상常을 뜻하며, 사람이 항상 좇아야 할 도리를 말한다.

도리에서 비롯된 것으로, 나라를 평안하게 다스리는 도를 기록한 것이다. 그런데 왕안석王安石이 『춘추』를 없애버리려고 하였다. 철종哲宗[46] 소성紹聖[47] 연간에 장자후章子厚를 재상에 임명하고 채변蔡卞을 집정執政에 임명해서, 『춘추』를 없애버리라는 조서를 내렸는데, 이를 주도한 모든 이들은 실로 역사의 죄인이다.

7. 희주와 하주를 정벌한 왕소 王韶熙河

송나라 신종神宗 때 왕소王韶가 희주熙州[48]와 하주河州[49] 일대를 공격하여 빼앗았는데, 『송사宋史』에는 그가 섬서陝西 지역 여기저기를 돌아다니며 직접 변방지역의 지리와 상황에 대해 살펴본 후, 황제께 상소문을 올렸다고 한다.

내가 우연히 『조이도집晁以道集·여희하전경략서與熙河錢經略書』를 보았는데, 다음과 같이 기록되어 있었다.

> 희주와 하주 일대는 남원사南院使[50] 조위曹瑋[51]가 버려두고 지키지 않는 곳이다. 그 후에 영국공英國公 하송夏竦[52]이 출세하기 위해 눈앞의 성과에 급급해하며 갖

46 哲宗(1076~1100 / 재위 1085~1100) : 북송 제7대 황제. 신종神宗의 여섯 번째 아들로, 본명은 조후趙煦이다. 15년의 재위 기간은 할머니인 선인태후宣仁太后 고高씨의 수렴정치가 행해진 구법파의 시대인 전기와 철종이 친정을 행한 신법파의 시대인 후기로 구분된다. 철종 시대는 정책이 크게 변동하는 혼란의 시대로 신법과 구법의 투쟁이 계속된 시대였지만, 이 시기에 관료와 학자로서 사마광司馬光이나 소식蘇軾과 같은 향후 중국 사회에 커다란 영향을 미친 인물을 다수 배출하였다.

47 紹聖 : 북송 철종哲宗 시기 연호(1094~1097).

48 熙州 : 지금의 감숙성 임조현臨洮縣.

49 河州 : 지금의 감숙성 임하현臨夏縣 서남부 일대.

50 南院使 : 선휘남원사宣徽南院使의 약칭. 송나라 때 황제가 황가의 친족이나 권문세족들에게 하사한 고급관리직이다. 조위曹瑋가 여러차례 서하西夏를 물리친 공을 세웠기에 이 직에 제수되었다.

51 曹瑋(973~1030) : 북송의 대장군. 자 보신寶臣. 명장인 조빈曹彬의 아들로, 어려서부터 아버지를 따라 전쟁터를 누볐다. 19세에 대장이 되어 뛰어난 지략으로 40년간 전공을 세웠다.

52 夏竦(985~1051) : 송나라의 정치가이자 문학가. 자 자교子喬. 재주와 지략이 있었지만 권술

> 가지 수단을 써서 이곳에 성을 쌓으려고 했지만, 이 의견에 동의하지 않는 한기韓琦[53]와 범중엄范仲淹을 설득할 방법이 없었다. 그러다가 왕소라고 하는 관원이 양적陽翟[54] 여기저기를 유람하다가, 우연히 「하영공신도비夏英公神道碑」를 보게 되었다. 그리고 하송이 희주와 하주를 취하여 서하西夏를 막으려 한다는 것을 알고서, 자신의 견해를 근거로 책략을 세워 당시의 재상이었던 한기에게 올렸다. 한기는 왕소의 책략을 보고 왕소가 유치하고 오만방자하다고 생각했다. 황하 이서의 몇몇 주州가 왕소에 의해 버려져 지켜지지 않았기 때문이다. 강족羌族의 수령인 목정木征은 야심만만했고, 오랑캐 두목 귀장鬼章[55]은 호시탐탐 기회를 노리며, 농찰隴拶은 무능해 보이지만 그의 아들들이 적지 않다고 하니, 이 모든 것이 실로 두렵지 않을 수 없었다.

이 글은 대략 원우元祐[56] 초에 쓴 것으로, 왕소의 본의가 어떠했는지를 알 수 있다. 그런데 내가 역사서를 편찬할 때는 이러한 이야기가 담긴 자료를 보지 못했다. 「하영공신도비」는 왕기공王岐公이 지은 것이다. 왕기공은 일찍이 조정에 10조의 계책을 헌상했는데, 이 계책 중에는 강족의 곡시라唃廝囉[57]와 연합하는 책략도 있었다. 당시 이 계책이 곧바로 시행되었는데, 나머지 계책들에 대해서는 상세한 기록이 남아있지 않아, 조이도晁以道가 어떤 계책을 올린 것인지 알 수 없다.

權術을 좋아하고 성격이 탐욕스러워 사람들이 간사하다고 평했다. 문장을 잘 지었으며, 관직에 있었을 때는 치적治績이 있었다. 후에 왕약흠王若欽 등과 붕당을 만들어 당시 사람들에게 비난을 받았고, 석개石介는 시를 지어 그를 대간大姦이라고 배척하기도 했다.

53 韓琦(1008~1075) : 북송의 정치가. 사천四川의 굶주린 백성 190만 명을 구제하고, 서하西夏의 침입을 격퇴하여 변경방비에도 역량을 과시함으로써, 30살에 이미 명성을 떨쳐 추밀부사가 되었다. 이후 재상에 올랐으나 왕안석과 정면 대립함으로써 관직에서 물러났다.

54 陽翟 : 지금의 하남성 우주禹州.

55 鬼章 : 오랑캐의 두목을 지칭하는 말. 소식蘇軾이 지은 「사마온공신도비문司馬溫公神道碑文」에 "적의 큰 두목 귀장 청의를 사로잡아 와서 대궐 아래에 결박시켰다.[生致大首領鬼章靑宜結闕下]"라는 글귀가 있다.

56 元祐 : 북송 철종哲宗시기 연호(1086~1093).

57 唃廝囉(997~1065) : 토번 왕의 후예로, 곡시라 정권을 세운 인물이다.

8. 불타버린 서책 書籍之厄

양梁나라 원제元帝가 강릉江陵[58]에 있을 때, 고금의 도서 14만권을 수집하여 소장하고 있다가, 나라가 멸망하자 장서를 모두 불태워버렸다. 수隋나라 가칙전嘉則殿의 장서는 무려 37만권에 이르렀는데, 당나라가 왕세충王世充을 격파하고 동도東都인 낙양에서 이 책을 모두 인수하였다. 그런데 이 책을 배에 싣고 황하를 건너 장안으로 오다가 갑자기 배가 뒤집혀 그 많은 책이 모두 황하의 지주산砥柱山[59] 아래에 가라앉고 말았다.

당나라 정관貞觀[60] 연간과 개원開元[61] 연간에 천하의 명필가들을 모집하고, 장안과 낙양에서 경經·사史·자子·집集의 서적들을 각각 수집했다. 책을 진상하는 것을 원하지 않으면, 관부에서 사람을 파견하여 베껴 쓰고 책을 도로 돌려주었다. 그렇게 해서 진귀한 서적을 대량으로 수집할 수 있었다. 그러나 안록산安祿山[62]의 난이 일어나 장안을 점령한 안록산이 서적을 모조리 불살라 버렸다.

대종代宗과 문종文宗 때 조정에서 다시 어명을 내려 각지에서 도서를 수집했고, 수집한 도서는 12개의 서고에 나누어 소장했다. 그러나 황소黃巢의 난이 일어나, 서고에 있던 책들이 거의 모두 훼손되었다. 소종昭宗[63] 때 다시 조정에

58 江陵 : 지금의 호북성 강릉시.

59 砥柱山 : 하남성 서부 삼문협三門峽 동쪽의 황하 가운데 있는 산으로 저주산底柱山이라고도 한다. 격류에도 움직이지 않는다고 하여 역경에 굴하지 않는 튼튼한 힘이나 인물을 비유한 말인 중류지주中流砥柱란 고사성어가 여기에서 유래되었다.

60 貞觀 : 당나라 태종太宗 시기 연호(627~649).

61 開元 : 당나라 현종玄宗 시기 연호(713~741).

62 安祿山(703~757) : 당나라의 절도사로 이란계 돌궐족의 후예. 안사安史의 난(755~763)을 일으켰다. 이듬해 스스로 황제임을 선포하고 대연大燕 제국을 세워 당나라를 전복시키려고 했으나 실패하고 말았다. 안사의 난은 비록 미수에 그쳤지만 엄청난 사회적·경제적 변화를 가져왔다.

63 昭宗(867~904 / 재위 888~904) : 당나라의 제19대 황제. 의종懿宗의 일곱 번째 아들이며 희종僖宗의 동생. 904년 소종은 이어 애제哀帝로 등극한 소종의 13세의 9번째 아들을 제외한 나머지 아들과 함께 주전충의 손에 죽음을 당했다. 소종의 사후 애제가 뒤를 이었지만 소종이 실질적으로는 당唐의 마지막 황제로 여겨지고 있다.

서 여러 방법으로 도서를 수집하였는데, 낙양으로 수도를 옮길 때 남기지 않고 모두 다 없애버렸다. 지금 『한서』와 『수서隋書』·『당서唐書』의 「경적지經籍志」 혹은 「예문지藝文志」를 읽으면, 이름만 전해지고 실체는 사라진 책들이 많기 때문에 부지불식간에 탄식하지 않을 수가 없다.

조이도晁以道는 송나라 왕문강王文康이 후주後周[64] 세종世宗의 재상을 지낼 때 집에 당나라 때 서적을 아주 많이 소장하고 있었지만, 지금은 그 자손들이 몰락하여 서적들이 어디로 갔는지 알 수 없다고 했다.

이문정李文正 또한 소장하고 있는 책이 아주 많아, 직접 학관學館[65]을 세워 사대부들의 독서에 도움을 주었다. 그는 손님들에게 주인인 자신을 만날 필요 없이, 말에서 내려 곧바로 학관으로 들어가 책을 보면 된다고 했다. 뿐만 아니라 책을 보는 이들에게 식사를 제공하여 밥 먹으러 오고가는 시간을 절약할 수 있게 해 주었다. 그러나 지금 이문정의 집터에는 무너진 건물과 깨진 기왓장만 여기 저기 뒹굴고 있어, 그 수많은 장서가 어디로 사라졌는지 알 수 없다.

송선헌宋宣獻은 필문간畢文簡과 양문장楊文莊 두 집안의 책까지 소장하고 있어 장서의 규모가 황가도 미치지 못할 정도로 어마어마했다. 그런데 원부元符[66] 연간에 화재가 일어나 하룻밤 사이에 모두 잿더미가 되고 말았다.

조이도는 자신의 가문이 5대에 걸쳐 수집한 장서들이 있다면서, 송선헌과 장서 수를 다툴 수는 없겠지만, 도서에 대한 교열과 감수에 있어서는 자신 있다고 말했다. 그런데 정화政和 갑오甲午(1114)년 겨울에 불이 나서 책들이

64 後周(951~960) : 오대五代 최후의 왕조. 주周라고도 한다. 태조 곽위郭威는 오대 후한後漢의 추밀사樞密使였으나, 은제隱帝가 그의 세력이 강대함을 두려워하여 제거하려 하자 대량大梁(개봉)에서 군사를 일으켜 후한을 멸하고 951년 제위에 올라 국호를 주周라고 하였다. 제2대 세종世宗(시영柴榮)은 오대 제1의 명군으로 일컬어지며, 근위군의 개혁을 비롯하여 권력집중책을 취하고 통일사업을 추진하였으나 도중에 죽었다. 아들 공제恭帝는 어렸기 때문에 장군將軍들이 최고사령관인 조광윤趙匡胤(송태조宋太祖)을 옹립, 제위를 양도하게 하여 결국 960년 후주는 3대 9년 만에 멸망하였다.

65 學館 : 학교의 명칭을 붙일 조건이 갖춰지지 않은 사사로운 교육기관을 지칭한다.

66 元符 : 북송 철종哲宗 시기 연호(1098~1100).

모두 잿더미로 변해버렸다.

여산廬山 남쪽 기슭에 유장여劉壯輿라는 사람이 사는데, 그의 조부인 유응지劉凝之 때부터 집안 어른들이 자손들에게 남긴 것이라고는 책 밖에 없었다. 그 장서의 양이 초나라의 호수인 칠택七澤[67] 만큼이나 많았다고 해서, 여기에 기록한다. 그런데 지금 유씨 집안이 여전히 여산 기슭에 사는지 알려진 바가 없으니, 유씨 집안에서 소장하고 있는 책들도 모두 날개 돋쳐 어디론가 사라져 버린 듯하다.

예부터 지금까지 이 신령스럽고 기묘한 책이라는 것들은 참으로 인색하기 짝이 없었다.

선화전宣和殿과 태청루太淸樓·용도각龍圖閣의 어부御府[68]에 보관되던 책들도 금나라의 군대가 개봉에 쳐들어 왔던 정강靖康의 변[69]때 금나라 군대가 모두 약탈해 갔다. 약탈한 책들은 모두 금나라 수도인 연경燕京[70]으로 옮겨져 비서성秘書省에 보관되었는데, 다행이 지금까지 그대로 보존되고 있다고 한다.

9. 양웅의 「축빈부」逐貧賦

한유의 「송궁문送窮文」과 유종원의 「걸교문乞巧文」은 모두 양웅揚雄의 「축빈부逐貧賦」를 본떠 지은 것이다. 한유는 동방삭東方朔의 「객난客難」을 본떠 「진학해進學解」를 지었고, 유종원은 매승枚乘의 「칠발七發」을 본떠 「진문晉問」을 지었으며, 양웅의 「극진미신劇秦美新」을 본떠 「정부貞符」를 지었다. 그리고 황정견은

67 七澤 : 옛날 초나라에 있었다고 전해지는 7개의 연못으로, 초나라 지역의 호수들을 지칭한다.
68 御府 : 임금의 물건을 넣어두는 창고이다.
69 靖康의 變 : 정강 원년인 1126년에 금金이 남하하여 흠종欽宗을 항복시키고, 그 이듬해에 휘종徽宗과 흠종을 포로로 잡아 금의 내지로 보내고 수도에는 장방창張邦昌을 세워 초국楚國을 만들게 함으로써 북송北宋이 멸망하였다. 이를 가리켜 '정강지화靖康之禍' 또는 '정강지변靖康之變'이라고 한다.
70 燕京 : 지금의 북경北京.

왕자연王子淵의 「동약僮約」을 본떠 「파해이문跛奚移文」을 지었다. 모두 아주 뛰어난 문장들이다.

「축빈부」는 500자 정도 되는 부賦로 『문선文選』[71]에는 실려 있지 않고, 『초학기初學記』에 백여 자가 실려 있는데, 지금 사람들은 모두 보지 못한 것이기에 지금 여기에 적어놓는다.

> 양자揚子(양웅이 자기 자신을 지칭한 호칭)가 세상을 피해 속세를 떠나 홀로 살았다. 왼쪽으로는 숭산崇山을 이웃하고, 오른쪽으로는 드넓은 들판과 접해있었다. 담 넘어 거지는 평생 가난하고 또 궁핍했다. 예의라는 것은 모두 집어 던져버리고 서로 무리지어 모여서 뜻을 이루지 못함을 한탄하며, 가난을 불러내어 말했다. "너는 인간세상에서 여섯 가지 종류의 지극히 불행한 환경 속에서 살면서, 어이하여 이렇게 버려지고 궁벽 진 곳 까지 왔느냐? 너는 뛰어난 병사마냥 어찌하여 내 육신을 이리도 괴롭히는건가? 하지만 너는 모래 장난을 좋아하는 아이들처럼 유치하게 나를 괴롭히는 것을 즐거워해서는 안 될 것이다. 너와 나는 이웃도 아닌데, 왜 내 집 위에서 사는 것이냐. 내게 베푸는 은혜는 깃털마냥 가볍고, 내게 베푸는 의리는 가벼운 비단마냥 얄팍하기만 하구나. 예의 없이 제멋대로 들어오더니, 꾸짖어도 나갈 생각을 하지 않는구나. 오랫동안 내 집에 머물고 있으니, 네 의도는 도대체 무엇이냐? 사람들은 모두 화려한 옷을 입었지만, 나는 베옷 걸쳤는데 그것도 온전치 못한 것이라네. 사람들은 모두 쌀과 기장 먹지만, 나는 홀로 변변치 않은 것으로 끼니를 때우네. 가난하니 즐길만한 것도 없으니 무엇으로 즐거움을 삼을까? 종실의 잔치도 즐거운 일이 아니네. 나가기 위해 수레나 말 준비하는 것도 어렵고, 외출복 준비도 어렵기만 하네. 온갖 굳은 일 다 하노라니, 손과 발엔 두터운 굳은 살. 밭 갈고 논둑 북돋우고 하다보면, 온몸엔 비 오듯 땀이 나네. 왕래하는 친구들은 하나 둘 적어지고, 벼슬길은 점점 더 멀어져만 가네. 이러한 것들은 도대체 누구의 죄인가? 네가 행한 것들이 아니더냐? 너를 쫓아버리려고 곤륜산崑崙山 꼭대기로 도망가도, 너는 다시 나를 따라 오며 구름사이로 나타나는 구나. 너를 내쫓아 버리려고 산을 오르고 동굴로 숨어들어도, 너는 다시 나를 따라 높은 구릉을 올라오는구나. 너를 버리려고 바다로 들어가 배를 띄우면, 너는 다시 나를 따라 물결 따라 오르락내리락 하는구나. 내가 가면

71 『文選』: 양梁나라의 소통蕭統(소명태자昭明太子)이 진秦·한漢나라 이후 제齊·양나라의 대표적인 시문을 모아 엮은 책이다. 주석본이 여러 종류가 있는데 당나라 이선李善이 주註한 것이 가장 유명하다. 이 외에 당대 여연제呂延濟·유량劉良·장선張銑·여향呂向·이주한李周翰 등 5명이 주를 단 것을 '오신주五臣註'라고 한다.

너도 움직이고 내가 가만있으면 너도 쉬는구나. 어찌 다른 사람도 있는데, 나만 쫓아다니니 도대체 어찌하면 좋을꼬! 지금 너를 내쫓을 것이니, 다시는 내 곁에 머물지 말아라!"

가난 귀신이 말했네.

"아! 주인께서 나를 내쫓아내면서 쓸데없이 무슨 말이 그리도 많은지. 마음속에 하고 싶은 말이 많으니, 이참에 한 번 다 내뱉어보겠소이다. 제 조상은 밝은 덕을 숭상하며 요堯 임금을 도와 세상을 다스렸고, 후세의 모범이 되었지요. 흙 계단에 띠 풀로 엮은 초가집은 조금의 화려함도 없었습니다. 말세가 되니 무지한 사람들은 그 혼돈과 미혹을 쫓았고, 탐욕스러운 무리들이 올바르지 않은 방법으로 부를 축적하여 빈부가 확연히 구분되어졌습니다. 미혹을 쫓고 탐욕을 부리는 이들이 내 조상들을 업신여기며, 오만하고 교만해졌습니다. 아름다운 누각과 아름다운 집, 화려한 건물들이 우뚝 우뚝 솟았고, 흐르는 술은 연못이 되고, 쌓인 고기는 산이 되었지요. 까치가 날아가는 것처럼 조정의 벼슬길은 결코 밟지 않을 것입니다. 하루 세 번 자신을 돌아보면, 어떤 허물도 없게 될 것이라오. 내가 머물던 그대의 집에는 복록福祿이 산처럼 쌓일 것입니다. 내가 베푼 큰 덕을 잊지 말고, 내가 했던 작은 원망들도 그리워해주오. 나로 인해 추위와 더위를 이겨내는 것이 어릴 적부터 습관이 되어왔기에, 추위와 더위가 와도 신선처럼 버티어 낼 수 있었지요. 내가 있었기에 도적과 탐관오리들이 당신을 괴롭히지 않았습니다. 그리고 사람들은 모두 겹겹이 쌓인 곳에서 살지만, 그대는 툭 트인 곳에서 살 수 있었고, 사람들은 모두 근심에 쌓여 지내지만 그대는 근심 걱정이 없었지요. 모두 나로 인해서 가능했던 것이었습니다."

가난 귀신은 말을 마치고 정색을 하며 눈을 부릅뜨고 양웅을 바라보더니, 두 손을 가지런히 움켜쥐고 벌떡 일어나 계단을 내려가 집 밖으로 나갔다.

"맹세컨대 당신을 떠나가 수양산首陽山으로 가겠습니다. 고죽국孤竹國의 백이伯夷와 숙제叔齊가 나와 함께 할 것입니다."

나는 즉시 자리에서 일어나 사죄를 하며 말했다.

"청컨대 이런 실수는 두 번 다시 반복하지 않을 것입니다. 당신의 이야기를 들으니 탄복하지 않을 수가 없군요. 내가 죽을 때 까지 나와 함께 해 주십시오."

가난은 드디어 떠나지 않고 나와 함께 노닐며 휴식을 취했다.

당나라 선종宣宗 때 왕진王振이라는 문사가 스스로 자라산인紫邏山人이라고 칭하면서, 「송궁사送窮辭」 한 편을 지었는데, 한유의 「축빈부」를 인용했다. 그 문장의 의미 또한 아주 뛰어나다고 할 수 있다.

10. 좌사의 「영사시詠史詩」와 백거이의 「속고續古」 澗松山苗

시를 쓰거나 문장을 지을 때는 분명 근거가 있어야 한다. 예를 들면 옛 사람이 한 말의 의미를 인용하고 아주 뛰어난 구상을 통해 완곡하게 이를 표현해내면, 자연스럽게 후세에까지 전해질 수가 있다. 좌사左思[72]의 「영사시詠史詩」를 살펴보자.

울창한 계곡 아래의 소나무,	鬱鬱澗底松,
막 자라난 산 위의 어린 나무.	離離山上苗.
저기 한 치 길이로,	以彼徑寸莖,
여기 백 자의 가지를 가리우네.	蔭此百尺條.
세가世家의 자제는 높은 자리에 오르고,	世胄躡高位,
한문寒門은 영준하다고 해도 말직에 떨어진다.	英俊沈下僚.
처한 상황이 그렇게 만든 것으로,	地勢使之然,
그 유래가 하루아침에 이루어진 게 아니라오.	由來非一朝.[73]

백거이는 「속고續古」에서 이를 그대로 인용하였다.

비와 이슬 오래도록 가느다란 풀 적시니,	雨露長纖草,
산의 어린나무들은 높이 자라 구름을 뚫었네.	山苗高入雲.
눈바람 몰아쳐 굳센 나무마저 꺾어 버리니,	風雪折勁木,
계곡의 소나무들도 꺾이어 땔감이 되어버렸네.	澗松摧爲薪.
바람이 이것을 꺾은 것은 무슨 이유인가,	風摧此何意,
비가 저것에 오래도록 내리는 것은 무슨 까닭인가.	雨長彼何因.
소나무는 백 척 계곡 아래에서 죽어가고,	百尺澗底死,
손가락 마디만한 작은 나무는 산위에서 봄을 맞이하네.	寸莖山上春.[74]

의미가 모두 자사에게서 나왔으나, 의미의 함축과 강약 기세 변화는

72 左思 : 서진西晉의 시인. 자 태충太沖. 외모가 추하고 눌변이었다고 한다. 10년 동안 구상하여 「삼도부三都賦」를 지었는데, 이것이 당시 문단의 영수였던 장화張華에게 절찬 받게 되어 일약 유명해졌다. 낙양의 지식인들이 이것을 다투어 필사하여 '낙양지귀洛陽紙貴'라는 말이 생겼을 정도였다고 한다. 또 오언시五言詩도 빼어나 서진 제일의 시인으로 평가된다.

73 「詠史詩八首」 제2수.

74 「續古十首」 제4수.

좌사에 미치지 못한다.

11. 남자의 소운은 인의 해에 일어난다 男子運起寅

현재 오행가五行家[75]들의 학설에 따르자면, 무릇 남자들의 소운小運[76]은 인寅에서 일어나고, 여자들의 소운은 신申에서 일어난다고 하는데, 어떤 책에 실려 있는지 알 수가 없다. 『회남자淮南子·범론훈氾論訓』에 다음과 같은 기록이 있다.

> 예禮에 따르면 남자는 서른이 되면 아내를 맞이한다.

허신許愼[77]이 이 구절에 다음과 같이 주를 달았다.

> 남자가 서른이 되면 아내를 맞이한다는 것은, 음陰과 양陽이 나누어지지 않다가 자년子年이 되어 음양이 생겨나기 때문에 그러한 것이다. 남자는 자년에서 왼쪽으로 30년을 가면 즉 사년巳年에 도달하고, 여자는 자년에서 오른쪽으로 20년을 가면 역시 사년에 도달한다. 즉 자년에 생겨난 음양의 기운이 남자는 순행하고 여자는 역행하여, 남자 서른과 여자 스물에 사년에서 같이 만나기에, 이때 부부의 인연을 맺는 것이다. 그렇기 때문에 성인이 이를 예로 정해, 남자는 서른에 아내를 맞이하고, 여자는 스물에 시집을 가게 되었다. 남자는 사巳에서 왼쪽으로 순행하여 열을 가면 즉 인寅이 되기에, 10달 동안 뱃속에 있다가 인월寅月에 태어나는 것이다. 그렇기 때문에 남자의 수數는 인寅에서 일어난다. 여자는 사巳에서 오른쪽으로 역행하여 열을 가면 신申이 되기에, 역시 10달 동안 뱃속에 있다가 신월申月에 태어나는 것이다. 그렇기 때문에 여자의 수數는 신申에서 일어난다.

이것은 바로 남녀의 소운 운세가 일어나는 것에 대한 견해이다.

75 五行家 : 오행설五行說로 우주의 운행이나 사람의 운수를 판단하는 사람을 지칭한다.
76 小運 : 10년마다 자연의 섭리로 돌아오는 천天의 기운인 대운大運이 시작되기 전의 유년운幼年運을 지칭한다.
77 許愼(30～124) : 후한의 경학자經學者. 자 숙중叔重. 고전학자 가규賈逵에 사사하여 널리 유가儒家의 고전에 정통하였다. 상세하고 정치한 학풍은 특히 문자학에 대한 깊은 조예에서 특색을 발휘하였으며, 『설문해자說文解字』(30권)는 한자의 형形·의義·음音을 체계적으로 해설한 최초의 자서字書로서 불후의 가치를 지니고 있다.

12. 재아가 제나라에서 난리를 일으키다 宰我作難

『사기史記』에서 재아宰我[78]가 제齊나라 임치臨菑의 대부大夫가 되었는데, 전상田常[79]과 함께 반란을 일으켰다가 멸족의 화를 당하고 말았기에, 공자가 그 일을 부끄러워했다고 한다.

소철蘇轍이 『고사古史』를 지었는데, 이 일에 대해 아주 치밀하게 분석하였다. 소철은 『사기』에서 전상과 함께 반란을 일으킨 인물은 바로 감지闞止라고 했다. 감지는 전상과 함께 제나라의 권력을 다투다가 전상에 의해 살해되었는데, 그의 자가 자아子我였다. 그래서 『전국책戰國策』에서 공자의 제자인 재아로 착각하여 잘못 기록한 것이라고 했다.

이러한 관점에서 보면 공문의 제자들은 불의를 저질렀다는 오명을 벗을 수가 있다.

소식蘇軾 또한 이사李斯의 「간서諫書」를 인용하여 다음과 같이 말했다.

> 전상이 제나라 정권을 탈취하려는 음모를 세우면서, 이 음모를 성공시키기 위해 정원에서 재아를 죽였다.

소식은 즉 재아가 전상을 뜻을 따르지 않았기 때문에 죽임을 당했다고 생각한 것이다.

내가 또 고증을 해보니, 자로子路[80]가 죽었을 때 공자가 "중유仲由도 죽었구

78 宰我(B.C 522~B.C. 458) : 공문 십철孔門十哲의 한 사람. 자字 자아子我. 노魯나라 사람으로, 재여宰予라고도 한다. 특히 어학에 뛰어나, 제齊나라의 임묘대부臨苗大夫가 되었다. 낮잠을 자다가 공자에게 꾸지람을 듣던 것이 『논어』에 기록되어 있다. 자공子貢과 함께 변설辯舌에 재능이 뛰어났다고 한다.

79 田常 : 전환자田桓子의 아들로, 제나라의 대신인 진성자陳成子를 말한다. 제간공齊簡公을 시해한 뒤 제간공의 동생 오驁(제평공齊平公)를 임금으로 추대하고, 국상國相이 되어 명실상부한 실권을 장악했다. 결국 B.C. 476년에 제나라의 정권은 이미 완전히 전씨의 손아귀로 들어가고 말았다. 전상이 죽은 후 그의 아들 전양자田襄子가 그의 지위를 차지하였고, 전양자의 손자 전화田和는 유명무실한 제강공齊康公을 폐위하고 자신이 제나라의 임금이 되었다.

80 子路(B.C. 543~B.C. 480) : 고대의 유학자. 이름은 중유仲由이고, 자로는 자이다. 공자보다 9세 아래였고 제자 중에서는 최연장자로 중심적인 인물이었다. 본디 무뢰한이었는데 공자의 훈계로 입문入門하여 곧고 순진하여 헌신적으로 공자를 섬겼다. 거칠었으나 꾸밈없고 소박한

나"하면서 또 "하늘이 나를 벌하는구나!"라며 정원 한가운데에서 통곡을 하였고, 자로가 죽은 후 그 시신으로 젓갈을 담갔다는 사신의 말에 사람을 시켜 집안의 젓갈들을 모두 엎어버리게 했다. 제자인 자로의 죽음을 슬퍼한 것이 이 정도였는데, 재아가 화를 당했을 때 한 마디의 말조차 하지 않았다는 것은 있을 수 없는 일이다.

그리고 『맹자孟子』에는 재아와 자공子貢·유약有若 등 세 사람이 스승인 공자의 현명함에 대해서 논할 때, 공자가 요순堯舜과 같다고 평가한 재아의 말이 기록되어 있다.[81] 나는 재아와 자공·유약이 공자에 대해 나눈 이야기는 분명 공자가 죽고 난 후에 나온 이야기일 것이라고 생각한다. 그렇지 않다면 스승이 살아 계실 때 자신의 견해를 내세워 토론했다는 것인데, 그들의 견해의 옳고 그름을 판단해 줄 사람이 없었기 때문에 토론 자체가 불가능했을 것이다. 이것으로 또 재아가 전상의 손에 죽지 않았다는 것을 증명할 수 있다.

『회남자』에서도 이러한 견해가 적혀있다.

> 장수와 재상이 조정의 권력을 제 멋대로 휘두르고 사적으로 붕당을 만들면, 도道가 행해지지 않는다. 그렇기 때문에 전상과 범려范蠡[82] 등이 난리를 일으켜 정권을 탈취하였고, 결국 강태공姜太公 여상呂尙에 의해 시작된 제나라는 끝이 났다.

범려는 월나라를 떠나 성姓도 바꾼 채 이리저리 떠돌아다니다가 제나라에 이르렀는데, 이 때는 전상이 간공簡公을 시해한 지 이미 10여년이 흐른 뒤였다.

인품으로 용기가 있어 가르침을 받으면 실천에 옮기는 인물이었다. 위衛나라에서 벼슬했는데, 내란이 일어났을 때 스스로 도의적 입장에서 전사戰死를 택하였다.

81 『맹자·공손추公孫丑』.

82 范蠡 : 중국 춘추시대 말기의 정치가. 자 소백少伯. 초楚나라 출신으로, 월나라 왕 구천을 섬겼으며 오나라를 멸망시킨 공신이다. 범려는 어려울 때가 아닌 맹주로서 구천을 더 이상 섬길 수 없는 군주라고 생각하여, 가족과 함께 월나라를 떠나면서 그의 친구에게 토사구팽兎死拘烹이라는 글귀를 남겼다고 전한다. 월나라를 떠난 범려와 그의 가족에 대한 행적에는 여러가지 설이 많지만 모두 불확실하다. 제齊나라로 갔다는 설은 범려가 이름을 치이자피鴟夷子皮라 고치고, 두아들과 함께 해변海邊을 일구어 농사를 짓고 살았으며 거부가 되었다고 전한다.

『설원說苑』에도 다음과 같은 기록이 있다.

> 전상과 재아가 다투었는데, 재아가 전상을 공격하려고 하자, 이를 범려가 전상에게 알려, 재아가 죽임을 당했다.

이 말은 정말 황당무계하다. 범려가 전상을 도와 제나라에서 난리를 일으켰다고 하는데, 범려가 이처럼 현명한 사람과 반역자조차 구분할 수가 없었다는 것인가?

13. 옛사람의 해몽 古人占夢

『한서·예문지』와 『칠략七略』[83]에는 잡점雜占 18가家가 언급되어 있다. 『황제장류점몽黃帝長柳占夢』 11권과 『감덕장류점몽甘德長柳占夢』 20권이 그 대표서이다. 잡점에 대한 설명을 살펴보자.

> 잡점이라고 하는 것은, 여러 가지 현상들을 기록하여 선악과 길흉의 조짐을 예측하는 것이다. 점술의 종류는 아주 많은데, 꿈의 길흉을 점치는 점몽占夢이 아주 중요하다. 그래서 주나라 때에 관직에 전문적으로 해몽을 해주는 점몽관占夢官이 있었다.

『주례周禮·춘관종백春官宗伯』의 기록을 살펴보자.

83 七略 : 전한시대 유흠劉歆이 지었다. 유흠은 아버지 유향劉向과 함께 궁정의 장서를 비교 검열했고, 후에는 유향의 『별록別錄』을 기초로 하여 『칠략』을 지었다. 이 책의 구성은 ① 집략輯略 : 여러 책에 대한 총론과 각록 ② 육예략六藝略 : 유가경전에 소학小學(문자학) 9종을 추가 ③ 제자략諸子略 : 유가儒家·도가道家·음양가陰陽家·법가法家·명가名家·묵가墨家·종횡가縱橫家·잡가雜家·농가農家·소설가小說家의 10가 ④ 시부략詩賦略 : 부 4종 ⑤ 병서략兵書略 : 권모·형세·음양(천체현상·기후·미신)·기교의 4가지 ⑥ 술수략術數略 : 천문·역보曆譜·5행·시귀蓍龜·잡점雜占·형법刑法(輿地形勢)의 6가지 ⑦ 방기략方技略 : 의경醫經·경방經方·방중房中·신선神仙의 4가지이다. 원서는 이미 유실되어 전하지 않으며, 청나라 홍이훤洪頤煊 등의 집본輯本이 남아 있다. 반고班固의 『한서·예문지』도 『칠략』을 모범으로 삼았다. 『칠략』에 수록된 모든 책은 교감校勘·분류·목록편찬 등의 순서를 거쳤다. 이 책은 중국 목록학과 교감학校勘學의 시발점이 되었으며, 후세에 깊은 영향을 주었다.

> 태복太卜이 삼몽三夢의 법을 담당했는데, 첫째는 치몽致夢이며, 둘째는 기몽觭夢, 셋째는 함척咸陟이다.

정현은 이 기록에 대해 치몽은 하夏나라 사람이 지은 것이고, 기몽은 상商나라 사람이 지었으며, 함척은 해몽을 집대성한 것으로 주周나라 사람이 지었다고 주를 달았다.

『주례·춘관종백』에는 또 다음과 같이 기록되어 있다.

> 점몽은 담당하는 관리는 일월성신日月星辰을 근거로 육몽六夢의 길흉을 점쳤다. 육몽을 구별하여 정몽正夢(편안한 꿈), 악몽噩夢(놀라는 꿈), 사몽思夢(생각하던 바를 꾸는 꿈), 오몽寤夢(비몽사몽간에 꾸는 꿈), 희몽喜夢(기뻐하는 꿈), 구몽懼夢(두려워하는 꿈)이라고 한다. 음력 12월에 왕의 꿈을 물어 길몽을 왕에게 바치면 왕은 절하여 받는다. 사방에 씨앗을 뿌리듯이 하여 악몽을 보내는 것은 시작의 어려움과 역병 쫓으려고 하는 것이다.

『시경』과 『서경』, 『예기』에도 꿈과 관련된 기록이 많이 있다.

상나라의 고종高宗 무정武丁은 꿈에서 만난 이를 재상으로 삼으려고 초상화를 그려 방방곡곡에서 찾아 부열傅說을 얻을 수 있었고, 주나라 문왕文王은 꿈에서 상제上帝에게서 구령九齡을 받아 90세의 수명을 살 수 있었다.[84] 주나라 선왕宣王은 메뚜기와 물고기의 꿈을 꾸고 가축을 키우는 이에게 물어보니, 가축을 키우는 이는 큰 곰과 독사가 나오는 길몽과 같다고 했다. 고종과 문왕·선왕은 모두 나이 많은 사람들을 불러 꿈에 대한 해몽을 부탁했다.

『좌전左傳』에 기록된 것은 더욱 많다. 공자는 두 기둥 사이에서 제사 음식을 받는 꿈을 꾸었다고 했다.[85]

이렇듯 고대의 성현들 또한 꿈을 경시하지 않았기 때문에, 유흠의 『칠략』에 꿈을 해석하는 점몽서가 기록되어 있는 것이다. 위魏나라와 진晉나라 때의 방사들은 꿈 풀이에 아주 뛰어난 모습을 보여주기도 했다. 지금은

---

84 『예기·문왕세자文王世子』.

85 홍매는 『좌전』의 기록이라고 하는데, 『예기·단궁檀弓』에 나온다. 원문은 "孔子夢坐奠於兩楹"이다.

이러한 점술을 중시하지 않기 때문에, 여기저기에 점술인들이 넘쳐나지만, 점몽을 하는 이는 하나도 없기에 그러한 학문이 끊어져 버린 것이다.

••• 卷第十五(十三則)

1. 紫閣山村詩

宣和間, 朱勔挾花石進奉之名, 以固寵規利。東南部使者郡守多出其門, 如徐鑄、應安道、王仲閎輩濟其惡, 豪奪漁取, 士民家一石一木稍堪翫, 即領健卒直入其家, 用黃封表誌, 而未即取, 護視微不謹, 則被以大不恭罪, 及發行, 必撤屋決墻而出。人有一物小異, 共指爲不祥, 唯恐芟夷之不速。楊戩、李彦創汝州西城所, 任輝彦、李士渙、王滸、毛孝立之徒, 亦助之發物供奉, 大抵類勔, 而又有甚焉者。徽宗患其擾, 屢禁止之, 然覆出爲惡, 不能絶也。偶讀白樂天紫閣山北村詩, 乃知唐世固有是事。漫錄于此:「晨游紫閣峯, 暮宿山下村。村老見予喜, 爲予開一罇。擧盃未及飮, 暴卒來入門。紫衣挾刀斧, 草草十餘人。奪我席上酒, 掣我盤中飧。主人退後立, 斂手反如賓。中庭有奇樹, 種來三十春。主人惜不得, 持斧斷其根。口稱采造家, 身屬神策軍。主人切勿語, 中尉正承恩。」蓋貞元、元和間也。

2. 李林甫秦檜

李林甫爲宰相, 妬賢嫉能, 以裴耀卿、張九齡在己上, 以李適之爭權, 設詭計去之。若其所引用, 如牛仙客至終于位, 陳希烈及見其死, 皆共政六七年。雖兩人伴食諂事, 所以能久, 然林甫以忮心賊害, 亦不朝慍暮喜, 尙能容之。秦檜則不然, 其始也, 見其能助我, 自冗散小官, 不三二年至執政。史才由御史檢法官超右正言, 遷諫議大夫, 遂簽書樞密。施鉅由中書檢正、鄭仲熊由正言, 同除權吏部侍郎。方受告正謝, 施即參知政事, 鄭爲簽樞。宋樸爲殿中侍御史, 欲驟用之, 令臺中申稱本臺缺檢法主簿, 須長貳乃可辟。即就狀奏除侍御史, 許薦擧, 遽拜中丞, 謝日除簽樞, 其捷如此。然數人者, 不能數月而罷。楊愿最善佞, 至飮食動作悉效之。秦嘗因食, 噴嚏失笑, 愿於倉卒間, 亦陽噴飯而笑, 左右侍者哂焉。秦察其奉己, 愈喜。旣歷歲, 亦厭之, 諷御史排擊而預告之, 愿涕淚交頤。秦曰:「士大夫出處常事耳, 何至是?」愿對曰:「愿起賤微, 致身此地, 已不啻足, 但受太師生成恩, 過於父母, 一旦別去, 何時復望車塵馬足邪? 是所以悲也。」秦益憐之, 使以本職奉祠, 僅三月起知宣州。李若谷罷參政, 或曰:「胡不效楊原仲之泣?」李, 河北人, 有直氣。笑曰:「便打殺我, 亦撰眼淚不出。」秦聞而大怒, 遂有江州居住之命。秦嘗以病謁告, 政府獨有余堯弼, 因奏對, 高宗訪以機務一二, 不能答。秦病愈入見, 上曰:「余堯弼既參大政, 朝廷事亦宜使之與聞。」 秦退, 扣余曰：「比日榻前所詢何事？」 余具以告。秦呼省吏取公牘閱視, 皆已書押。責之曰：「君旣書押了, 安得言弗知, 是故欲相賣耳。」余離席辯析, 不復應。明日臺評交章。段拂爲人憒憒, 一日, 秦在前開陳頗久, 遂俯首瞌睡。秦退始覺。殊窘怖, 上猶慰拊之, 且詢其鄉里。少頃, 還殿廊幕中。秦閉目誦佛, 典客贊揖至三, 乃答。歸政事堂, 窮詰其語, 無以對, 旋遭劾, 至於責居。湯思退在樞府, 上偶回顧, 有所問。秦是日所奏, 微不合, 卽云：「陛下不以臣言爲然, 乞問湯思退。」上曰：「此事朕豈不曉, 何用問它湯思退。」秦還省見湯, 已不樂, 謀去之。會其病, 迨於亡, 遂免。考其所爲, 蓋出偃月堂之上也。

3. 注書難

注書至難, 雖孔安國、馬融、鄭康成、王弼之解經, 杜元凱之解左傳, 顔師古之注漢書, 亦不能無失。王荊公詩新經「八月剝棗」解云：「剝者, 剝其皮而進之, 所以養老也。」毛公本注云：「剝, 擊也。」 陸德明音普卜反。公皆不用。後從蔣山郊步至民家, 問其翁安在？ 曰：「去撲棗。」始悟前非。卽具奏乞除去十三字, 故今本無之。洪慶善注楚辭九歌東君篇：「緪瑟兮交鼓, 簫鐘兮瑤簴。」引儀禮鄉飮酒章「間歌魚麗, 笙由庚。歌南有嘉魚, 笙崇丘」爲比, 云：「簫鐘者, 取二樂聲之相應者互奏之。」旣鏤板, 置于墳庵, 一蜀客過而見之, 曰：「一本簫作櫹, 廣韻訓爲擊也, 蓋是擊鐘正與緪瑟爲對耳。」慶善謝而亟改之。政和初, 蔡京禁蘇氏學, 蘄春一士獨杜門注其詩, 不與人往還。錢伸仲爲黃岡尉, 因考校上舍, 往來其鄉, 三進謁然後得見。首請借閱其書, 士人指案側巨編數十, 使隨意抽讀, 適得和楊公濟梅花十絶：「月地雲階漫一尊, 玉奴終不負東昏。臨春。結綺荒荊棘, 誰信幽香是返魂。」注云：「玉奴, 齊東昏侯潘妃小字。臨春、結綺者, 陳後主三閣之名也。」伸仲曰：「所引止於此耳？」曰：「然。」伸仲曰：「唐牛僧孺所作周秦行紀, 記入薄太后廟, 見古后妃輩, 所謂『月地雲階見洞仙』, 東昏以玉兒故, 身死國除, 不擬負他, 乃是此篇所用。先生何爲沒而不書？」 士人恍然失色, 不復一語, 顧其子然紙炬悉焚之。伸仲勸使姑留之, 竟不可。曰：「吾枉用工夫十年, 非君幾貽士林嗤笑。」伸仲每談其事, 以戒後生。但玉奴乃楊貴妃自稱, 潘妃則名玉兒也。剝棗之說, 得於吳說傅朋, 簫鐘則慶善自言也。紹興初, 又有傅洪秀才注坡詞, 鏤板錢塘, 至於「不知天上宮闕, 今夕是何年」, 不能引「共道人間惆悵事, 不知今夕是何年」之句。「笑怕薔薇罥」, 「學畫鴉黃未就」, 不能引南部煙花錄, 如此甚多。

4. 書易脫誤

經典遭秦火之餘, 脫亡散落, 其僅存於今者, 相傳千歲, 雖有錯誤, 無由復改。漢藝文志載：「劉向以中古文易經校施、孟、梁丘經, 或脫去『无咎』、『悔亡』, 唯費氏經與古文同。以尚書校歐陽、夏侯三家經文，酒誥脫簡一，召誥脫簡二。率簡二十五字者，脫亦二十五字，簡二十二字者，脫亦二十二字。」今世所存者，獨孔氏古文，故不見二篇脫處。周易雜卦自乾、坤以至需、訟，皆以兩兩相從，而明相反之義，若大過至夬八卦則否，蓋傳者之失也。東坡始正之。元本云：「大過，顚也。姤，遇也，柔遇剛也。漸，女歸待男行也。頤，養正也。旣濟，定也。歸妹，女之終也。未濟，男之窮也。夬，決也，剛決柔也，君子道長，小人道憂也。」坡改云：「頤，養正也。大過，顚也。姤，遇也，柔遇剛也。夬，決也，剛決柔也。君子道長，小人道憂也。漸，女歸待男行也。歸妹，女之終也。旣濟，定也。未濟，男之窮也。」謂如此而相從之次、相反之義，煥然若合符節矣。尙書洪範「四五紀，一曰歲，二曰月，三曰日，四曰星辰，五曰曆數」，便合繼之以「王省惟歲，卿士惟月，師尹惟日」。至於「月之從星，則以風雨」一章，乃接「五皇極」，亦以簡編脫誤，故失其先後之次。「五皇極」之中，蓋亦有雜「九五福」之文者。如「斂時五福，用敷錫厥庶民」，「凡厥正人，旣富方穀，汝弗能使有好于而家，時人斯其辜，于其無好德，汝雖錫之福，其作汝用咎」，及上文「而康而色，曰予攸好德，汝則錫之福」是也。康誥自「惟三月哉生魄」至「乃洪大誥治」四十八字，乃是洛誥，合在篇首「周公拜手」之前。武成一篇，王荊公始正之。自「王朝步自周，于征伐商」，卽繼以「厎商之罪，告于皇天后土」至「一戎衣，天下大定」，乃繼以「厥四月哉生明」至「予小子其承厥志」，然後及「乃反商政」，以訖終篇，則首尾亦粲然不紊。

5. 南陔六詩

南陔、白華、華黍、由庚、崇邱、由儀六詩，毛公爲詩詁訓傳，各置其名，述其義，而亡其辭。鄕飮酒燕禮云「笙入堂下，磬南北面立。樂奏南陔、白華、華黍。乃間歌魚麗，笙由庚，歌南有嘉魚，笙崇丘，歌南山有臺，笙由儀，乃合樂，周南關雎、葛覃、卷耳，召南鵲巢、采蘋、采蘩」。切詳文意，所謂歌者，有其辭所以可歌，如魚麗、嘉魚、關雎以下是也；亡其辭者不可歌，故以笙吹之，南陔至于由儀是也。有其義者，謂孝子相戒以養、萬物得由其道之義。亡其辭者，元未嘗有辭也。鄭康成始以爲及秦之世而亡之，又引燕禮「升歌鹿鳴、下管新宮」爲比，謂新宮之詩亦亡。按，左傳宋公享叔孫昭子，賦新宮。杜注爲逸詩，則亦有辭，非諸篇比也。陸德明音義云：「此六篇，蓋武王之詩，周公制禮，用爲樂章，吹笙以播其曲。孔子刪定在三百一十一篇內，及秦而亡。」蓋祖鄭說耳。且古詩經刪及逸不存者多矣，何獨列此六名於大序中乎？束皙補亡六篇，不作可也。左傳叔孫豹如晉，晉侯享之，金奏肆夏、韶夏、納夏，工歌文王、大明、緜、鹿鳴、四牡、皇皇者華。三夏者樂曲名，擊鐘而奏，亦以樂曲無辭，故以金奏，若六詩則工歌之矣，尤可證也。

6. 紹聖廢春秋

五聲本於五行, 而徵音廢。四瀆源於四方, 而濟水絶。周官六典所以布治, 而司空之書亡。是固出於無可奈何, 非人力所能爲也。乃若六經載道, 而王安石欲廢春秋。紹聖中, 章子厚作相, 蔡卞執政, 遂明下詔罷此經, 誠萬世之罪人也。

7. 王韶熙河

王韶取熙河, 國史以爲嘗游陝西, 采訪邊事, 遂詣闕上書。偶讀晁以道集與熙河錢經略書, 云 :「熙河一道, 曹南院棄而不城者也。其後夏英公喜功名, 欲城之, 其如韓、范之論何? 又其後有一王長官韶者, 薄游陽翟, 偶見英公神道碑所載云云, 遂穴以爲策以干丞相。時丞相是謂韓公, 視王長官者稚而狂之。若河外數州, 則又王長官棄而不城者也。彼木征之志不淺, 鬼章之睥睨尤近而著者, 隴拶似若無能, 頗聞有子存, 實有不可不懼者。」此書蓋是元祐初年, 然則韶之本指乃如此。予修史時未得其說也。英公碑, 王岐公所作, 但云嘗上十策。若通唃廝囉之屬羌。當時施用之, 餘皆不書, 不知晁公所指爲何也?

8. 書籍之厄

梁元帝在江陵, 蓄古今圖書十四萬卷, 將亡之夕盡焚之。隋嘉則殿有書三十七萬卷, 唐平王世充, 得其舊書於東都, 浮舟泝河, 盡覆于砥柱。貞觀、開元募借繕寫, 兩都各聚書四部。祿山之亂, 尺簡不藏。代宗、文宗時, 復行搜采, 分藏于十二庫。黃巢之亂, 存者蓋尠。昭宗又於諸道求訪, 及徙洛陽, 蕩然無遺。今人觀漢、隋、唐經籍藝文志, 未嘗不茫然太息也。晁以道記本朝王文康初相周世宗, 多有唐舊書, 今其子孫不知何在。李文正所藏旣富, 而且闢學館以延學士大夫, 不待見主人, 而下馬直入讀書, 供牢餼以給其日力, 與衆共利之。今其家僅有敗屋數楹, 而書不知何在也。宋宣獻家兼有畢文簡、楊文莊二家之書, 其富蓋有王府不及者。元符中, 一夕災爲灰燼。以道自謂家五世於玆, 雖不敢與宋氏爭多, 而校讎是正, 未肯自遜。政和甲午之冬, 火亦告譴。唯劉壯輿家於廬山之陽, 自其祖凝之以來, 遺子孫者唯圖書也, 其書與七澤俱富矣。於是爲作記。今劉氏之在廬山者, 不聞其人, 則所謂藏書殆亦羽化。乃知自古到今, 神物亦於斯文爲靳靳也。宣和殿、太淸樓、龍圖閣御府所儲, 靖康蕩析之餘, 盡歸於燕, 置之祕書省, 乃有幸而得存者焉。

9. 逐貧賦

韓文公送窮文, 柳子厚乞巧文, 皆擬揚子雲逐貧賦。韓公進學解, 擬東方朔客難, 柳子晉問篇擬枚乘七發、貞符擬劇秦美新, 黃魯直跛奚移文擬王子淵僮約, 皆極文章之妙。

逐貧一賦, 幾五百言, 文選不收, 初學記所載纔百餘字, 今人蓋有未之見者, 輒錄于此, 云 :「揚子遁世, 離俗獨處。左鄰崇山, 右接曠野。鄰垣乞兒, 終貧且窶。禮薄義弊, 相與羣聚。惆悵失志, 呼貧與語 :『汝在六極, 投棄荒遐。好爲庸卒, 刑戮是加。匪惟幼稚, 嬉戲土沙。居非近鄰, 接屋連家。恩輕毛羽, 義薄輕羅。進不由德, 退不受訶。久爲滯客, 其意若何。人皆文繡, 余褐不全。人皆稻粱, 我獨藜飧。貧無寶玩, 何以接歡。宗室之宴, 爲樂不槃。徒行負賃, 出處易衣。身服百役, 手足胼胝。或耘或耔, 霑體露肌。朋友道絶, 進官凌遲。厥咎安在, 職汝之爲。舍汝遠竄, 崑崙之顚。爾復我隨, 翰飛戾天。舍爾登山, 巖穴隱藏。爾復我隨, 陟彼高岡。舍爾入海, 汎彼柏舟。爾復我隨, 載沉載浮。我行爾動, 我靜爾休。豈無他人, 從我何求。今汝去矣, 勿復久留。』貧曰 :『唯唯, 主人見逐, 多言益嗤。心有所懷, 願得盡辭。昔我乃祖, 崇其明德。克佐帝堯, 誓爲典則。土階茅茨, 匪雕匪飾。爰及季世, 縱其昏惑。饕餮之羣, 貪富苟得。鄙我先人, 乃傲乃驕。瑤臺瓊室, 華屋崇高。流酒爲池, 積肉爲崤。是用鵠逝, 不踐其朝。三省吾身, 謂予無僁。處君之家, 福祿如山。忘我大德, 思我小怨。堪寒能暑, 少而習焉。寒暑不忒, 等壽神仙。桀跖不顧, 貪類不干。人皆重蔽, 子獨露居。人皆怵惕, 子獨無虞。』言辭旣罄, 色厲目張。攝齊而興, 降階下堂。『誓將去汝, 適彼首陽。孤竹之子, 與我連行。』余乃避席, 辭謝不直 :『請不貳過, 聞義則服。長與爾居, 終無厭極。』貧遂不去, 與我遊息。」唐宣宗時有文士王振, 自稱紫邏山人, 有送窮辭一篇, 引韓吏部爲說, 其文意亦工。

10. 澗松山苗

詩文當有所本, 若用古人語意, 別出機杼, 曲而暢之, 自足以傳示來世。左太沖詠史詩曰 :「鬱鬱澗底松, 離離山上苗。以彼徑寸莖, 蔭此百尺條。世胄躡高位, 英俊沉下僚。地勢使之然, 由來非一朝。」白樂天續古一篇, 全用之, 曰 :「雨露長纖草, 山苗高入雲。風雪折勁木, 澗松摧爲薪。風摧此何意, 雨長彼何因百尺澗底死, 寸莖山上春。」語意皆出太沖, 然其含蓄頓挫則不逮也。

11. 男子運起寅

今之五行家學, 凡男子小運起於寅, 女子小運起於申, 莫知何書所載。淮南子氾論訓篇云 :「禮三十而娶。」許叔重注曰 :「三十而娶者, 陰陽未分時俱生於子, 男從子數左行三十年立於巳, 女從子數右行二十年亦立於巳, 合夫婦。故聖人因是制禮, 使男子三十而娶, 女二十而嫁。其男子自巳數左行十得寅, 故人十月而生於寅, 故男子數從寅起 ; 女自巳數右行得申, 亦十月, 而生於申, 故女子數從申起。」此說正爲起運也。

12. 宰我作難

史記稱宰我爲齊臨菑大夫, 與田常作難, 以夷其族, 孔子恥之。蘇子由作古史, 精爲辨之, 以爲子我者闞止也, 與田常爭齊政, 爲常所殺, 以其字亦曰子我, 故戰國之書誤以爲宰予。此論旣出, 聖門高第, 得免非義之謗。東坡又引李斯諫書, 謂曰「常陰取齊國, 殺宰予於庭」。是其不從田常, 故爲所殺也。予又考之, 子路之死, 孔子曰:「由也死矣。」又曰:「天祝予。」哭於中庭, 使人覆醢, 其悲之如是, 不應宰我遇禍, 略無一言。孟子所載三子論聖人賢於堯、舜等語, 疑是夫子沒後所談, 不然, 師在而各出意見議之, 無復質正, 恐非也。然則宰我不死於田常, 更可證矣。而淮南子又有一說, 云:「將相攝威擅勢, 私門成黨, 而使道不行, 故使陳成、田常、鴟夷子皮得成其難, 使呂氏絶祀。」子皮謂范蠡也。蠡浮海變姓名游齊, 時簡公之難已十餘年矣。說苑亦云:「田常與宰我爭, 宰我將攻之, 鴟夷子皮告田常, 遂殘宰我。」此說尤爲無稽, 是以蠡爲助田氏爲齊禍, 其不分賢逆如此。

13. 古人占夢

漢藝文志七略雜占十八家, 以黃帝長柳占夢十一卷, 甘德長柳占夢二十卷爲首。其說曰:「雜占者, 紀百家之象, 候善惡之證。衆占非一, 而夢爲大, 故周有其官。」周禮:「太卜, 掌三夢之法。一曰致夢, 二曰觭夢, 三曰咸陟。」鄭氏以爲致夢夏后氏所作, 觭夢商人所作, 咸陟者言夢之皆得, 周人作焉。而占夢專爲一官, 以日月星辰占六夢之吉凶, 其別曰正、曰噩、曰思、曰寤、曰喜、曰懼。季冬, 聘王夢, 獻吉夢于王, 王拜而受之。乃舍萌于四方, 以贈惡夢。舍萌者, 猶釋采也。贈者, 送之也。詩、書、禮經所載, 高宗夢得說;周文王夢帝與九齡;武王伐紂, 夢叶朕卜;宣王考牧, 牧人有熊羆虺蛇之夢, 召彼故老, 訊之占夢。左傳所書尤多。孔子夢坐奠于兩楹。然則古之聖賢, 未嘗不以夢爲大, 是以見於七略者如此。魏、晉方技, 猶時時或有之。今人不復留意此卜, 雖市井妄術, 所在如林, 亦無一个以占夢自名者, 其學殆絶矣。

••• 용재속필 권16(16칙)

1. 고덕유 高德儒

당고조唐高祖가 태원太原에서 군대를 일으켰을 때, 아들인 이자성李自成과 이세민李世民에게 병사를 이끌고 서하군西河郡[1]을 공격하도록 했다. 군승郡丞[2]인 고덕유를 사로잡은 후 이세민은 그를 꾸짖으며 다음과 같이 말했다.

> "그대는 공작새를 난鸞이라고 하며 황제를 속여 높은 관직을 하사받았더군. 우리들은 바로 황제를 우롱하고 아래로는 백성을 속이는 그대 같은 족속들을 토벌하려고 의병을 일으킨 것이다."

그리고 고덕유를 참수하고 다른 사람은 한 사람도 죽이지 않았다. 당나라 역사를 잘 알지 못하는 사람은 사관史官이 진나라의 지록위마指鹿爲馬와 짝을 이루기 위해 이 이야기를 만들어낸 것으로 생각할 것이다. 그러나 이 이야기는 분명한 사실이다.

수나라 대업大業 11년(616) 어느 날 공작새 두 마리가 보성寶城의 조당朝堂 앞에 날아와 앉았는데, 친위교위親衛校尉인 고덕유 등 10여명이 이것을 보고 난새라고 황제께 아뢰었다. 공작새는 이미 날아가 버렸기에 확인할 수는 없었다. 양제煬帝는 고덕유의 성심誠心이 하늘에 닿아 상서로운 징조가 나타난 것이라고 치하하며 그를 조산대부朝散大夫로 발탁하고, 나머지 목격자들에게는 비단을 하사했다. 그리고 난새로 둔갑되어진 공작새가 날아왔던 자리에는 의난전儀鸞殿을 지었다. 이는 이세민이 고덕유를 참수하기 2년 전의 일이다.

1 西河郡 : 지금의 산서성 임분臨汾.

2 郡丞 : 군郡의 행정장관인 태수太守 바로 아래 직위로, 태수 보좌 역할을 담당한다.

사람들이 이 일을 지어낸 이야기로 인식하는 것은 당나라 온대아溫大雅가 지은 『창업기거주創業起居注』에 이세민이 고덕유를 참수한 사건만 기록 되어 있고, 고덕유가 양제에게 공작새를 난새로 아뢴 이야기는 기록되어있지 않기 때문이다. 『신당서新唐書·태종기太宗紀』에 다음과 같은 기록이 나온다.

병사들을 이끌고 서하西河를 평정하여 군승인 고덕유를 참수하였다.

고덕유의 사건에 대해 아주 간단히 서술하였다. 다행히도 『자치통감資治通鑑』에 자세한 기록이 실려 있고, 북송의 범조우范祖禹가 쓴 『당감唐鑑』에도 고덕유 사건이 기록되어 있어 이 일에 대해 자세히 알아 볼 수 있었다.

2. 당나라 조정 신하들의 봉급 唐朝士俸微

당나라 조정 신하들의 봉급은 정말이지 적었다. 봉급을 제외하고 요권料劵[3] 이나 첨급添給[4] 같은 것이 하나도 없었다. 백거이白居易가 교서랑校書郞이 되어 다음과 같은 시를 지었다.

다행히 태평성세 만나니,	幸逢太平代,
천자께서는 글 하는 선비 좋아하시네,	天子好文儒.
작은 재주로 큰 쓰임 감당 어려워,	小才難大用,
비서성에서 책 교열 맡았다네.	典校在秘書.
……	
봉급 만 육천이고,	俸錢萬六千,
월급 또한 여유 있으니,	月給亦有餘.
이윽고 마음이	遂使少年心,
날마다 날마다 편안해졌네.	日日常晏如.[5]
……	

3 料劵 : 송나라 때 관료들에게 봉급 외로 주던 식료품 혹은 식료품 구입 대금.
4 添給 : 송나라 때 관료들에게 봉급 외로 주던 보조금.
5 「常樂里閒居偶題十六韻兼寄劉十五公輿王十」.

백거이는 한림학사翰林學士로 있을 때 황제께 상소문을 올려 강공보姜公輔가 중앙 정부의 직책과 외직을 겸한 일을 언급하며 경조부京兆府[6]의 호조참군戶曹參軍직을 청하였다. 경조부 호조참군에 제수되었을 때 아주 기뻐하며 이렇게 노래했다.

호조참군 직에 제수한다는 조서 받고서　　詔授戶曹掾,
받들어 임금님 은혜에 감사하는 마음 뿐.　　捧詔感君恩.
……
형제들은 모두 높은 벼슬이라　　弟兄俱簪笏,[7]
새 각시는 공손하게 의복과 패건 준비하였네.　　新婦儼衣巾.
부모님 아래 나란히 서서　　羅列高堂下,
서로 축하하느라 소란스럽네.　　拜慶正紛紛.
……
시끌벅적 수레들 도착하니　　喧喧車馬來,
축하객으로 집이 꽉 들어차네.　　賀客滿我門.
……
술상 준비해 축하객들 맞이하니　　置酒延賀客,
……
다시는 빈 술통 근심할 일 없으리.　　不復憂空樽.[8]

그러나 그가 봉급으로 받게 되는 것은 4,5만전이고 늠록廩祿[9]도 200석石에 불과했다. 현재 경제적으로 부유한 지방에 재직하고 있는 송나라의 주부主簿나 현위縣尉의 수입은 백거이와 비교해 몇 배가 넘는다. 그러나 그렇게 많은 봉급을 받으면서도 만족하지 못하고 있다. 사실 고금의 봉급제도가 서로 다르기 때문에 일률적으로 논할 수는 없을 것이다.

양억楊億[10]은 송나라 진종眞宗 때 한림학사로 재직하면서 다음과 같이 말

6 京兆府 : 지금의 섬서성 서안시西安市.
7 簪笏 : 관리의 관冠에 꽂던 비녀와 손에 쥐던 홀笏을 아울러 이르는 말로, 높은 벼슬을 비유한다.
8 「初除戶曹, 喜而言志」.
9 廩祿 : 녹봉으로 주는 쌀.
10 楊億(974~1020) : 송나라 시인. 자字는 대년大年으로, 송초 '서곤체西崑體' 시파의 대표시인이다.

하였다.

괜스레 황궁의 시종이 되어, 虛忝甘泉之從臣,[11]
결국 약오씨 마냥 배고픈 귀신이 되어버렸네. 終作若敖之餒鬼.[12]

송나라 초기에도 후대와 비교할 수 없을 정도로 봉급이 박하였다.

3. 계연과 『의림』 計然意林

『한서·화식전貨殖傳』에 다음과 같은 구절이 있다.

월왕 구천句踐은 회계에서 치욕을 당한 후, 범려范蠡와 계연計然[13]의 계책을 받아들여 거짓으로 오나라 부차에게 투항하였다.

맹강孟康이 이 구절에 "성은 계이고 이름이 연으로 월나라의 신하이다"라고 주注를 달았다. 채모蔡謨는 맹강의 의견과는 완전히 다른 주를 달았다.

'계연'은 범려가 지은 책 이름으로, 사람이 아니다. 책 이름을 계연이라고 한 것은 계획하여 그렇게 한다는 의미이다. 여러 책들에서 구천의 신하들 중 뛰어난 인물로 문종文種과 범려를 우선 언급하고 있는데, 계연이라는 인물에 대해서 들어본 적이 있는가? 만약 계연이 사람이라면, 월나라가 그의 계책을 반만 사용하고도 천하의 패자覇者가 된 것이다. 그렇다면 그의 공로가 범려보다 뛰어났다는 것인데, 어찌하여 각종 서적에 그의 이름이 언급되지 않았고, 사마천의 『사기』에도 그의 열전이 없는 것인가?

11 甘泉之從臣 : 감천궁의 시종侍從. 감천궁은 한 무제 시기 궁전으로 황궁 또는 황제의 뜻이다. 종신從臣은 시종관을 가리키는 것으로, 송나라의 경우 전각학사殿閣學士·직학사直學士·대제待制·한림학사翰林學士·육부상서六部尙書 및 시랑侍郎이 이에 해당한다.

12 若敖鬼餒 : 약오씨 귀신이 굶는다는 뜻으로 자손이 없어 제사 지내 줄 사람이 없음을 비유한다. 춘추시대 초나라의 거대 귀족 가문이었던 약오씨는 권력 다툼에서 화친하려는 초나라 장왕마저 공격해 왕권에 도전했다가 결국 패해 멸문 당하였다.

13 計然 : 범려의 스승. 자 문자文子. 춘추 시대 월越 나라 사람으로 성은 신씨辛氏이다. 월왕 구천句踐에게 재물을 축적하는 이재理財의 묘리를 가르쳐 줘 그대로 시행한 지 10년 만에 부강한 나라를 만들어, 5패五覇의 하나가 되게 하였다.

안사고顔師古는 또 이렇게 주를 달았다.

채모의 주장은 잘못되었다. 『고금인표古今人表』를 보면, 계연은 네 번째에 이름이 기록되어 있으며, 계연計硏이라고도 한다. 반고班固[14]의 「답빈희答賓戲」를 보면 "연硏과 상桑의 계책은 실로 약점을 찾아볼 수 없다"라고 하였는데, 여기에서 '연'은 바로 계연을 지칭한 것이다. 계연은 복상인濮上人으로, 남쪽으로 유람을 떠나 월나라를 돌아다녔는데, 범려가 몸을 낮춰 그를 예로 섬겼다고 한다. 그가 지은 책으로는 『만물록萬物錄』이 있으며, 그와 관련된 사건들이 『황람皇覽』[15]과 『진중경부晉中經簿』에 기록되어 있다. 『오월춘추吳越春秋』와 『월절서越絕書』에는 계예計倪라고 되어 있다. 예倪와 연硏·연然은 모두 독음이 비슷한데, 이 세 개의 이름은 실제로 모두 한 사람의 이름이다. 전적의 기록이 이와 같을진대 어찌하여 보이지 않는다고 한 것인가?

내가 당나라 정원貞元연간에 마총馬總[16]이 편찬한 『의림意林』[17]이라는 책을 살펴보았다. 이 책은 제자백가의 저술에 대해 정리해놓은 책인데 『범자范子』 12권에 대한 다음과 같은 기록이 있다.

계연은 규구葵丘 복상濮上 사람으로 성姓은 신辛이고 자字는 문자文子이다. 그의 선조는 진晉나라의 공자公子였다. 그는 사람처럼 보이지 않을 정도로 외모가 추했다. 그러나 그는 어린 시절부터 총명하여 음양술을 배웠고, 그러한 배움으로 인해 일의 미세한 조짐을 보고 그 발전 방향이나 문제의 본질을 알 수 있었다. 그는 이상이 높았지만 밖으로 드러내지 않았기 때문에, 세상이 그를 알지 못했다. 그래

14 班固(32~92) : 후한의 역사가. 자 맹견孟堅. 부풍扶風 안릉安陵 사람으로, 박학능문博學能文하여 아버지의 유지를 이어 고향에서 『사기후전史記後傳』과 『한서』의 편집에 종사했지만, 영평永平 5년(62)경 사사롭게 국사國史를 개작한다는 중상모략으로 투옥되었다. 아우인 서역도호西域都護 반초班超가 상소문을 올려 적극 변호해 명제明帝의 용서를 받아 석방되었다. 20여 년 걸려서 『한서』를 완성했다. 황제의 명령을 받아 여러 학자들이 백호관白虎觀에서 오경五經의 이동異同을 토론한 것을 바탕으로 『백호통의白虎通義』를 편집했다. 문학 작품에 「양도부兩都賦」와 「유통부幽通賦」, 「전인典引」 등이 있다. 후세 사람이 편집한 『반난대집班蘭臺集』이 전한다.

15 『皇覽』 : 삼국시대 위문제魏文帝 때 유소劉劭와 왕상王象·환범桓范·위탄韋誕·무습繆襲 등이 황제의 명령으로 편찬한 중국 최초의 유서類書. 황제의 열람을 위해 편찬했기 때문에 『황람』이라고 이름했다. 원서는 수당 때 유실되었다.

16 馬總(?~823) : 당나라 덕종德宗, 헌종憲宗 때의 학자.

17 『意林』 : 주周진秦 이래의 제가들의 저작을 기록한 것으로, 오늘날의 5권본에는 71가家가 수록되어 있다.

서 그를 '계연'이라고 칭한 것이다. 당시 그는 사해를 떠돌아 다녔기 때문에 '어부漁父'라는 호를 썼다. 범려가 그에게 월왕을 만나볼 것을 청하자 그가 말했다. "월왕은 까마귀 부리처럼 입이 뾰족해서, 더불어 함께 이익을 논할 수 있는 이가 아니라오."

이 기록에 의하면 계연이라는 이름의 출처를 명확하게 알 수 있다. 남조 유송劉宋의 배인裴駰 또한 『사기』를 주석하면서 『범자范子』를 인용하였다. 『북사北史』에서 소대환蕭大圜[18] 또한 "장량張良은 적송자赤松子를 따라 갔고, 범려는 계연에게서 술책을 완성했다"고 말했는데, 이는 바로 『의림』에서 『범자』를 설명한 부분을 인용한 것이다.

조식曹植은 표表를 쓰면서 『문자文子』를 인용했는데, 이선李善은 문자文子가 바로 계연이라고 주를 달았다. 안사고가 이러한 사실은 알지 못했던 것 같다. 그리고 12권으로 이루어진 『문자』에 이섬李暹이 주를 달았는데, 그 서문에서 문자가 바로 범자范子로 칭해지던 계연이라고 했다. 그러나 이 책은 노자老子를 근본으로 삼았기에 범려와 모의한 일은 조금도 언급하지 않았다. 『의림』에 실린 『문자』가 바로 이 책이다.

『범자』는 『문자』와는 별개의 책으로 역시 12권으로 이루어져있다. 마총은 『범자』의 계연과 그와 관련된 세 가지 이야기를 『의림』에 기록하면서 "음양역수陰陽曆數의 내용이다"라고 했다. 『범자』가 음양가의 저서라면 도가계열의 『문자』와는 완전히 다른 것이기에, 『문자』가 『범자』라고 한 이섬의 주장은 잘못된 것으로 보인다.

『당서唐書·예문지藝文志』에는 『범자계연范子計然』 15권이 기록되어 있는데, "범려가 묻고 계연이 답했다"라는 주가 달려있다. 그리고 이 책을 농가農家로 분류하였는데, 이러한 분류는 정확한 것이지만 지금은 전해지지 않고 있다.

당나라 때는 아직 맹자를 아성亞聖으로 존중하지 않았기에, 제자백가서를 기록한 『의림』에도 『맹자』가 실려 있다. 『의림』에서 거론한 『맹자』는 지금

18 蕭大圜 : 북조北朝 주周나라와 수隋나라 때의 학자이며 문학가. 남조南朝 양梁나라의 종실宗室이다.

의 『맹자』와는 달리, "이윤伊尹은 한 오라기의 풀도 남에게 주지 않았고, 한 오라기의 풀도 남에게서 받으려 하지 않았다"라는 내용이 수록되어 있다.

이 외에도 『의림』에서 인용한 책으로는 『호비자胡非子』·『수소자隨巢子』·『전자纏子』·『왕손자王孫子』·『공손니자公孫尼子』·『완자阮子』·『정부正部』·요신姚信의 『사위士緯』·은흥殷興의 『통어通語』·『모자牟子』·주생周生의 『열자烈子』·『진청자秦菁子』·『매자梅子』·『임혁자任弈子』·『위랑자魏朗子』·『당방자唐滂子』·『추자鄒子』·손씨孫氏의 『성패지成敗志』·『장자蔣子』·『초자譙子』·『종자鍾子』·장엄張儼의 『묵기默記』·배씨裴氏의 『신어新言』·원회袁淮의 『정서正書』·원자袁子의 『정론正論』·『소자蘇子』·『육자陸子』·장현張顯의 『석언析言』·『간자干子』·『고자顧子』·『제갈자諸葛子』·진자陳子의 『요언要言』·『부자符子』등이 있다. 이러한 책들은 지금은 모두 전해지지 않기에, 그 이름조차 들어보지 못한 것들이 대부분이다.

4. 구양수의 「사영시」 思潁詩

농가출신인 사대부가 출세해서 공경公卿의 높은 직책에 오르면 조부와 부친이 살던 오래된 집은 살 곳이 못된다고 하며 새로운 저택을 짓는 경우가 대부분이다. 또 시골에 거주하면 의원을 청하기에도 쉽지 않고 필요한 음식을 구하는 것도 어렵다고 하며, 촌에서 읍邑으로 또 읍에서 군郡으로 이사 가는 경우가 대부분이다. 개의치 않고 대대로 살던 집을 버리고 떠나가거나 수천 수백리 떨어진 외지로 발령이 난다하더라도, 부득이한 경우가 아니라면 절대로 조상들이 살던 집을 버려서는 안 된다. 출세해서 지난날의 집을 버리는 것을 아주 합리적인 것이라고 여기는 사람들은 그러한 주제로 시를 읊으며 자랑하기까지 한다. 이는 정확하고 성실하게 살피지 않고 그저 한 순간의 그릇된 판단으로 지은 것이기에, 아무리 유명한 위인들이라도 비난을 면할 수는 없다.

구양수歐陽脩[19]는 길주吉州 여릉廬陵[20] 사람으로, 그의 부친인 구양숭歐陽崇은 고향 여릉의 상강瀧岡[21]에 묻혔다. 구양수는 「상강천표瀧岡阡表」를 써서 부친의 일생을 기록하였다. 그러나 구양수는 중년이 되어 고향으로 돌아가지 않고, 영주潁州[22]로 가서 살고자 했다. 그는 「사영시思潁詩」 서문에서 다음과 같이 말했다.

> 나는 광릉廣陵[23]에서 영주로 부임했었는데, 백성들이 순박하고 소송이 잦지 않으며 토지가 비옥하고 물이 좋아, 그곳에서 만년을 보내려고 생각했다. 그때부터 영주에 대한 그리움은 조금도 사그러지지 않고 때때로 내 시와 글에 그대로 드러났다. 지난날 썼던 시와 글을 뒤적이며 읽다가 남경南京[24]을 떠난 이후에 쓴 시 10여 편을 찾았는데, 모두 영주를 그리워하며 쓴 시였다. 내가 영주를 진심으로 그리워한 것이 하루 이틀의 일이 아니라는 것을 알 수 있었다.

또 「속시續詩」의 서문에서도 다음과 같이 말했다.

> 아버님이 돌아가신 후 복상服喪을 마치고, 한림학사가 되어 입조入朝한지 벌써 8년이 되었다. 영주로 다시 돌아가려던 꿈은 아직 실현하지 못했지만, 영주를 하루도 잊지 않았다. 올해 나는 64세가 되었고, 병주并州[25]에서 채주蔡州[26]로 발령받았는데, 채주와 영주는 가깝기 때문에 퇴직 후 영주에서 말년을 지내는 것이 점점 실현가능해지고 있다. 또 호주亳州[27]와 청주青州[28]에서 지은 시 17편을 얻어 덧붙였다. 때는 희녕熙寧 3년(1070)이다.

19 歐陽脩(1007～1072) : 북송 저명 정치가 겸 문학가. 자 영숙永叔, 호 취옹醉翁, 육일거사六一居士. 길안吉安 영풍永豊(지금의 강서성江西省)인. 송나라 초기의 미문조美文調 시문인 서곤체西崑體를 개혁하고, 당나라의 한유를 모범으로 하는 시문을 지었다. 당송팔대가唐宋八大家의 한 사람이었으며, 후배들에게 많은 영향을 주었고, 『신당서新唐書』와 『신오대사新五代史』를 편찬하였다.

20 廬陵 : 지금의 강서성 길안吉安.

21 瀧岡 : 지금의 강서성 영풍현永豊縣에 있는 산.

22 潁州 : 지금의 안휘성 부양阜陽.

23 廣陵 : 지금의 강소성 강도현江都縣.

24 南京 : 지금의 하남성 상구商丘.

25 並州 : 지금의 산서성 태원太原.

26 蔡州 : 지금의 하남성 여남汝南.

27 亳州 : 지금의 안휘성 호현亳縣.

28 青州 : 지금의 산동성 청주青州.

구양수는 다음 해 퇴직했고, 퇴직한 다음 해 세상을 떠났다.

그가 그토록 바라던 영주에서의 생활은 그다지 길지 않았다. 그는 그토록 많은 시에서 영주에 대한 그리움을 노래했으면서도, 고향을 그리워하는 글은 한 구절도 남기지 않았다. 구양숭은 아들이 구양수 하나 밖에 없었는데, 구양수의 네 아들은 모두 영주에서 살았다. 구양숭의 무덤이 있는 상강에는 무덤을 찾아올 자손이 하나도 없었던 것이다. 자식은 높은 관직에 올라 출세했지만, 조상의 무덤은 고향에 그대로 버려진 채 스러져가고 있었던 것이다.

나는 「사영시」와 「속시」의 서문을 읽을 때마다 끊임없이 한숨을 쉬게 된다. 아! 이런 글은 쓰지 않는 것이 옳다.

소식蘇軾은 항상 고향으로 돌아가고자 했다. 그는 여주汝州[29]의 지주知州에서 파직된 후 고향으로 돌아갈 수 없어 의흥宜興[30]으로 옮겨가 거주하였고, 후에 해남海南의 유배생활을 끝내고 본토로 돌아왔을 때 갈 곳이 없어 잠시 상주常州[31]에 머물렀었다. 그러다가 미처 고향으로 돌아가지 못하고 얼마 후 그 곳에서 세상을 떠났다. 의흥과 상주에서 살았던 것은 어찌할 수 없는 선택이었던 것이다. 그리고 그의 아우 소철도 비록 허주許州[32]에서 살았지만, 세상을 떠나기 전에 자손들에게 자신을 고향인 미산眉山[33]에 장사지내 줄 것을 유언으로 남겼다.

5. 유분의 낙방 劉蕡下第[34]

당 문종文宗 대화大和 2년(828) 3월, 문종은 직접 과거제도를 제정하여 인

29 汝州 : 지금의 하남성 여주汝州.
30 宜興 : 지금의 강소성 의흥宜興.
31 常州 : 지금의 강소성 상주常州.
32 許州 : 지금의 하남성 허창許昌.
33 眉山 : 지금의 사천성 미산眉山.
34 劉蕡下第 : 유분부제劉蕡不第와 같은 말로, 당나라 유분이 현량대책賢良對策에 응시했는데 그의 글솜씨가 매우 뛰어났지만, 환관들의 폐단에 대해 극언을 서슴치 않았기 때문에 정권을 장악한 환관들이 무서워 시험관이 그를 낙방시킨 고사이다.

재를 선발하였다. 유분劉蕡이 과거에 응시하여 대책對策[35]을 지었는데, 이 글에서 환관의 부정부패와 비리를 격렬한 언사로 규탄하였다. 얼마 뒤 배휴裴休와 이합李郃 등 22명이 과거에 급제하여 관직을 제수 받았다. 시험관이었던 좌산기상시左散騎常侍 풍숙馮宿과 태상소경太常少卿 가속賈餗·고부낭중庫部郎中 방엄龐嚴이 유분의 대책을 보고 모두 탄복하였지만, 환관들이 무서워 그를 낙방시켰다. 이 소식이 전해지자 유분의 낙방이 부당하다는 여론이 들끓었다. 간관諫官과 어사御史들은 이 일에 대해 상소문을 올리려고 했지만, 재상들이 이를 금지했다.

이합이 이렇게 말했다.

> "유분이 낙방하고 우리 같은 이들이 급제했다는 것은 실로 낯 부끄러운 일이 아닐 수 없다."

그리고 이 사건의 전말을 황제께 아뢰는 상소문을 올렸다.

> 유분이 쓴 대책은 한나라와 위나라 이후의 글들에서 비교할 대상이 없을 정도로 뛰어난 글입니다. 그런데 이번 시험관들은 유분의 대책이 황제 측근의 환관들을 규탄했다고 해서, 그의 대책을 폐하께 보이지도 않고 낙방시켰습니다. 소신은 이런 일로 인해 충신의 도가 다할까 두렵습니다. 소신이 지은 대책은 유분의 대책과 비교할 수조차 없으니, 소신에게 제수된 관직을 회수하여 유분에게 제수하시어 그의 정직함을 표창해주시옵소서.

문종은 이합의 상소문에 아무런 회답도 하지 않았다. 당시에는 배도裴度와 위처후韋處厚·두이직竇易直이 재상으로 있었는데, 두이직은 말할 것도 없고 배도와 위처후 역시 현명한 재상으로 이름난 사람들이었다. 그런데 어찌하여 유독 이 일에 있어서만 공정성을 잃고, 간관과 어사들의 상소문조차 금지시켰을까? 이 일에 있어 부끄러움을 느끼면서도 이 사실을 비밀에 부친 이유는 무엇일까?

35 對策 : 황제의 질문에 답하여 과거 응시자가 쓴 치국에 관한 책략이다.

유분은 이 대책으로 인해 조정에 출사하지 못했고, 이합 역시 높은 관직에 오르지 못했으니, 어느 누구도 감히 그들을 기용하지 못했던 것이다. 그러나 영호초令狐楚와 우승유牛僧孺는 유분을 그들의 막부幕府로 초빙하여 직책을 주고 스승의 예로 대하였다. 하지만 환관들의 참소로 인해 유분은 결국 유주사호柳州司戶에 폄적되었다. 이상은李商隱은 이에 대해 「증유사호분贈劉司戶蕡」에서 다음과 같이 노래했다.

> 조정의 급한 부름에
> 그 누가 그대보다 먼저 조정에 갈 수 있으리오,
> 漢廷急詔誰先入,
> 폄적되어가는 초땅에서 부르는 노래에
> 속은 뒤집어졌겠구려.
> 楚路高歌自欲翻.
> 만 리 길에 만나 기뻐 눈물만 앞서는데,
> 萬里相逢歡復泣,
> 봉황의 둥지 서쪽에 지어져
> 궁궐과는 멀어져버렸네.
> 鳳巢西隔九重門.

유분이 죽은 뒤 이상은은 또 「곡유사호이수哭劉司戶二首」를 써서 그를 애도했다.

> 한 번 부르면 천 번을 돌아보던 그대였는데,
> 一叫千回首,
> 하늘 너무 높아 들리지도 않나보구려.
> 天高不爲聞.(其一)

> 이미 진나라에서 내쫓겼는데,
> 已爲秦逐客,
> 다시 초나라의 원혼이 되었으니,
> 復作楚冤魂.
> 원한의 눈물 흘리며,
> 併將添恨淚,
> 하늘과 땅에게 물어보네.
> 一洒問乾坤.(其二)

시 구절구절마다 비통한 감정이 서려있다. 유분이 대책을 쓴지 7년이 지나 재상 이훈李訓 등이 정권을 농단하는 환관들을 주살하려다가 도리어 살해당했던 감로지변甘露之變[36]이 발생했다. 구천에 있는 유분이 이 일을

36 甘露之變 : 태화太和 9년(835)에 문종文宗이 이훈李訓과 정주鄭注 등을 등용하여 정권을 쥐고 흔드는 환관들을 죽이고자 했다. 감로가 내렸다고 속여 환관들을 꾀어내려 했지만, 목적을 달성하지 못하고 실패하여 이훈과 정주 등은 피살당하고, 황제 역시 연금되었다.

알았을까?

6. 주막의 깃발 酒肆旗望

지금의 도시와 군현의 주막과 일반적으로 술을 파는 점포들은 모두 문 밖에다가 깃발을 내건다. 큰 깃발은 몇 폭 정도의 청색이나 백색 천으로 만든 것들이고, 작은 깃발은 그 크기나 내거는 높이 모두 거는 사람 마음대로다. 촌락의 주막에서는 술병이나 술을 따라 먹는 표주박을 내걸기도 하며, 때로는 빗자루로 그 표지를 삼기도 한다. 당나라 시인들은 이런 주막 깃발을 시에서 많이 노래했지만, 주막의 깃발 모양은 예전부터 그러했었다. 『한비자韓非子』에는 다음과 같은 구절이 있다.

> 송나라 사람으로 술 파는 이가 있었다. 술의 양을 재는 것도 정확하고 아주 공손하게 손님을 대했으며, 담근 술도 아주 맛있었고, 주막 깃발도 아주 높이 세웠는데도, 술이 팔리지 않고 쉬는 것이었다.[37]

깃발을 높이 걸어놓는 것은 오늘날과 똑 같다.

7. 현명한 재상이 참소를 당하다 賢宰相遭讒

한 나라의 대신이라면 마땅히 하늘을 대신하여 천하 백성들을 잘 다스려야 하며, 황제는 나라를 다스리는 중책을 그에게 위임하는 동시에 그를 신임해야 한다. 그렇게 된다면 그 대신은 나라의 복이 된다. 황제가 현신賢臣을 임용했을 때, 간신배들을 엄하게 다루어 그들이 조정에서 활개를 치지 못하도록 해야 한다. 그렇게 하지 않으면 간신 소인배들에 의해 현신은 배척당하고 재능도 발휘하지 못하게 된다. 당나라와 송나라 때의 대표적인 사례들을 통해 설명해보자.

37 『韓非子·外儲說』.

당나라의 명신 저수량褚遂良[38]과 장손무기長孫無忌[39]는 간신 이의부李義府[40]와 허경종許敬宗[41]의 참소 때문에 화를 당했고, 재상인 장구령張九齡[42]도 간신 이림보李林甫[43]의 모함을 받았다.

배도裵度는 당 헌종憲宗 때 재상으로 있으면서, 번진세력들이 할거하던 회淮와 채蔡·청靑·운鄆 지방을 수복하여 공을 세웠고, '안사의 난'으로 휘청거리던 당나라 황실의 권위를 다시 세웠기에, 당시의 명재상이라 일컬어질 만한 인물이었다. 그러나 황보박皇甫鎛이 조정 일에 참여하게 되면서, 배도는 조정에서 점차 배척당하게 되었다. 목종穆宗과 경종敬宗·문종文宗 때 이르러서

38 褚遂良(596~658) : 당나라의 서예가. 자 등선登善. 우세남虞世南·구양순歐陽詢과 함께 초당初唐 3대가로 불린다. 왕희지王羲之의 필적 수집사업에서는 태종의 측근으로 감정을 맡아 보면서 그 진위眞僞를 판별하는 데 착오가 없었다고 한다. 그는 처음에 우세남의 서풍書風을 배웠으나, 뒤에 왕희지의 서풍을 터득하여 마침내 대성하였다. 조정의 부름으로 시서侍書가 된 뒤 충절로 황제의 두터운 신임을 받았지만, 만년에 황제에게 직간을 하여 노여움을 샀고, 좌천된 지 3년 후 생애를 마쳤다.

39 長孫無忌(?~659) : 당나라 초기의 정치가. 자 보기輔機. 태종을 잘 보필하여 천하를 안정시켰으며, 고종이 황후 왕씨王氏를 폐하고 무소의武昭儀를 들이려는 것에 반대하다가 유배당하여 죽었다. 저서에 『당률소의唐律疏議』 등이 있다.

40 李義府(614~666) : 당나라 태종太宗·고종高宗 때 정치가. 용모가 부드럽고 공손하여 남과 이야기함에 항상 미소를 지었으나, 속으로는 시기하는 마음을 가져 자기 마음을 거슬리는 사람은 누구든지 모함을 했다. 암암리에 부드럽게 상대를 중상모략해서 사람들은 그를 인묘人貓라고 불렀다.

41 許敬宗(592~672) : 당나라 태종 때의 18학사學士 가운데의 한 사람. 자 연족延族. 문장의 대가였으나 세상사에 관해서는 건망증이 심한데다가 성격이 경망해서 금방 만났던 사람의 얼굴을 잊어버리거나 잘못 아는 경우가 많았다. 그의 심한 건망증에 대해 흉을 보며 험담을 하자 그는 "자네 같이 세상에 알려지지 않은 평범한 사람은 기억하지 못하지만, 하손何遜이나 유효작劉孝綽·심약沈約·사조謝朓 같은 문장의 대가들을 만나면 어둠 속에서 더듬어 보아서라도 알아낼 수 있네"라고 하며 비웃었다고 한다. 허경종이 자신의 건망증을 비호했던 말에서 암중모색暗中摸索이라는 말이 나왔다.

42 張九齡(673~740) : 자 자수子壽. 현종 시기 재상으로 '개원성세'의 치적을 이루는데 공헌을 했으나 이림보의 배척을 받아 형주자사荊州刺史로 폄적되었다.

43 李林甫(?~752) : 당나라 현종玄宗 때의 재상宰相. 당나라를 쇠퇴의 길로 이끈 인물로 평가받는다. 성격이 음험하고 정치적 수완과 모함에 능해 간신의 전형으로, 조정의 인사를 좌지우지하며 유능한 인재들은 배척하고 자신에게 충성하는 사람들만 발탁하여 등용하였다. 겉으로는 감언을 일삼으며 절친한 척하지만 뒤에서는 음해와 모함을 일삼아 세인世人들이 그를 "입에는 꿀이 있고, 뱃속에는 칼이 있다口有蜜, 腹有劍"고 평했는데, 여기에서 '구밀복검口蜜腹劍'이라는 말이 생겼다.

는 황제가 현명하지 못하여, 원진元稹과 이봉길李逢吉·종민宗閔 등에게 여러 차례 참소를 당하였기에, 배도는 하루도 편하게 쉬지 못하였다.

송나라에 이르러서도 이러한 일들이 적지 않았다. 개국공신인 조보趙普는 노다손盧多遜의 참소를 당했고, 구준寇準[44]은 정위丁謂의 모함을 받았다. 두연杜衍과 범중엄范仲淹은 진집중陳執中과 가창조賈昌朝의 참언으로 인해 폄적 당하였으며, 부필富弼과 한기韓琦는 왕안석王安石의 참소를 당했다. 범순인范純仁[45]은 장돈章惇의 참언으로 인해 조정에서 내쫓겼고, 조정趙鼎은 진회秦檜에 의해 참소를 당하였다.

이러한 사례들이 모두 현신들이 간신배들의 참언으로 인해 박해를 받아 자신의 재능을 펼치지도 못한 역사적 사건들이다.

8. 송제구 宋齊丘

나라에서 군대를 유지하기 위해 백성들에게 세금을 현금으로 납부하라고 하였는데, 백성들은 이미 세금을 감당할 수 없는 상황에 처해있다. 그래서 세금을 징수할 때 화매和買[46]나 절백折帛[47]을 하기도 하는데, 이는 법을 바꿔 백성들의 부담을 더욱 가중시킨 것이다. 내가 우연히 송나라 진종眞宗 대중상

44 寇準(961～1023) : 북송 초의 정치가 겸 시인. 자 평중平仲. 시호 충민忠湣. 거란의 침입 때 많은 공을 세워 내국공萊國公에 봉해져 구래공寇萊公이라고도 한다.

45 范純仁(1027～1101) : 북송北宋 때의 정치가. 범중엄의 둘째 아들로, 시호는 충선忠宣, 강직하여 불의와 타협하지 않았고, 왕안석 신법의 문제점을 거리낌 없이 상소하여 왕안석의 미움을 샀다.

46 和買 : 송나라 때의 제도. 송나라는 군상軍賞 등에 매년 수천만 필의 비단이 필요하였기 때문에, 백성들에게 현금을 즉시 지불하고 비단을 매입하였다. 이것을 화매견和買絹이라고 하였다. 그러다가 일 년 농사를 준비하는 봄마다 고리채로 인해 고통 받는 백성들을 위해 관에서 백성들에게 먼저 비단 값을 계산해 주고, 여름이나 가을에 비단을 환수했다. 이것은 예매견預買絹이라고 하였다. 북송말 재정난으로 인해 비단의 저가수납의 폐해가 점차 심해지고 남송초에는 돈을 주지도 않고 비단을 징수하게 되어, 화매는 부담스러운 세금이 되어 버렸다.

47 折帛 : 뽕나무 농사가 잘되지 않은 해에는 비단 대신 돈을 내도록 하였고, 그 돈을 절백전折帛錢이라고 하였다.

부大中祥符[48] 연간에 태상박사太常博士 허재許載가 쓴 『오당습유록吳唐拾遺錄』을 들추어 읽어보게 되었는데, 거기에 기록되어 있는 대부분의 내용이 다른 책에서 보지 못했던 내용이었다. 「권농상勸農桑」에는 다음과 같은 기록이 있다.

> 오대십국五代十國시기의 오吳나라 순의順義[49] 연간에 세금징수관리들이 호적을 정리해서 세금을 책정했다. 상상등上上等의 밭은 매 1경頃[50]마다 2관貫[51] 100문文[52]의 조세를 책정하고, 중등中等의 밭은 1경마다 1관 800문의 조세를 책정했으며, 하등下等의 밭은 매 1경마다 1500문의 조세를 책정했다. 모두 족맥전足陌錢[53]으로 납부하게 했다. 만약에 현금이 부족하면 시가市價에 의거해 금은으로 나누어 납부하게 했다. 정구丁口[54]의 수에 맞춰 징수하던 조調[55]도 시가로 환산하여 현금으로 징수했다. 송제구宋齊丘[56]는 당시 원외랑員外郞으로, 상소문을 올려 세금으로 내는 명주와 면포·견에 대한 시가를 높일 것을 청하였다. 그는 상소문에서 다음과 같이 말했다.
>
> "강회江淮[57] 지역은 당나라 말기 이래로 전쟁이 끊이지 않았습니다. 다행히도 지금은 전쟁이 일어나지 않고 있기에 백성들도 평안한 시절을 보내고 있습니다. 그런데 세금은 반드시 현금으로 납부하거나 금은으로 환산해서 납부하도록 정해 놓고 있습니다. 현금이나 금은은 백성들이 논밭을 경작해서 얻을 수 있는 것은

48 大中祥符 : 북송 진종 시기 연호(1008~1016).
49 順義 : 오대십국시기 남오南吳의 왕 양부楊溥시기의 연호(921~927).
50 頃 : 중국 고대의 토지면적 단위로, 1경頃은 100묘畝인데, 1묘는 666.66666㎡이다.
51 貫 : 고대 동전을 끈을 이용해 꿰어 묶었는데, 천금을 1관貫이라고 한다.
52 文 : 화폐 단위로, 동전 한 매를 1문이라고 하며, 1000문은 1관이다.
53 足陌錢 : 고대 화폐는 1관은 10족足이며, 1족은 동전 100매씩이기에, 족맥전이라고 칭했다.
54 丁口 : 인구. 정丁은 고대 각종 조세 및 국역을 부담하던 16세 이상의 남자를 가리키고, 구口는 15세 이하의 미성년 남자와 여성을 가리킨다. 국가의 입장에서 이들은 국가수입의 원천이었기 때문에 정확하게 파악하는 것을 중요시하였다.
55 調 : 중국의 수·당나라 때에 완성된 조용조租庸調 조세체계 중 하나. 조租는 토지에 부과하여 곡물을 징수하고, 용庸은 사람에게 부과하여 역역力役 또는 그 대납물代納物을, 조調는 호戶에 부과하여 토산품을 징수하였다. 즉, 자작농이 가내노동으로써 영위하는 농업, 또는 수공업으로 얻는 생산물의 일부를 납부케 하고, 성년남자의 노동력을 징수하던 것으로서, 당시의 자급자족경제에 대응한 조세제도이다.
56 宋齊丘(887~959) : 오대십국五代十國 시기에 오吳나라와 남당南唐의 재상. 자 초회超回·자숭子嵩. 퇴직한 후 만년에는 구화산九華山에 은거했다고 한다.
57 江淮 : 장강 중하류와 회하淮河 유역.

결코 아닙니다. 시장에서 직접 경작하거나 생산한 물건들을 팔지 않으면, 생산품들을 현금화할 수 없습니다. 만약에 백성들에게 현금으로 세금을 납부하게 하여 모두 시장에서 매매활동을 하게 한다면, 이는 백성들에게 근본을 버리고 지엽적인 것을 좇게 하는 것일 뿐입니다."

당시 매 필당 견의 시가는 500문·명주는 600문·면은 15문이었는데, 송제구는 매 필당 견의 시가를 1관 700문으로 올리고, 명주는 2관 400문으로, 면은 40문으로 올려 족맥전으로 징수할 것을 건의하였다. 그리고 성인 남자들이 납부하는 조調 또한 면제해 줄 것을 건의하였다.

송제구의 상소문으로 인해 조정은 의론이 분분하였는데, 대신들은 송제구의 건의가 받아들여지면 국가적 손실이 커질 것이라고 목소리를 높였다. 송제구는 당시 재상이었던 서지고徐知誥에게 다음과 같은 편지를 보냈다.

"대감께서는 백관을 거느리고 나라를 다스리시면서, 백성들에게 세금으로 현금과 금은을 납부하라고 요구하는 것이 나라를 부유하게 하는 것이라고 여기십니다. 그러나 이러한 정책은 빗자루로 불을 끄는 것이며, 물을 휘저어 깨끗하게 만들려고 하는 것인데, 그렇게 해서 불을 끄고 물을 깨끗하게 할 수 있는지요?"

서지고는 이 편지를 다 본 후 "농업 발전을 진작시킬 수 있는 좋은 계책이로다!"라며, 송제구의 건의를 받아들여 즉시 시행하였다. 송제구의 건의가 받아들여져 시행된 지 십년도 못되어 황무지가 개간되고 공터에는 뽕나무가 심어졌다. 오나라에서 남당에 이르기까지 또 남당에서 송나라까지, 백성들은 송제구가 올린 건의의 수혜를 받고 있다.

송제구의 건의는 진실로 훌륭하다. 그리고 이 건의를 즉시 받아들여 시행한 서지고 또한 현명한 재상이라고 할 수 있을 것이다. 그러나 『구국지九國志·송제구전宋齊丘傳』은 이 일을 빼놓고 언급하지 않았다. 또 『자치통감資治通鑑』에도 이 일에 대한 기록이 빠져있다. 나라를 다스리는 지금의 군자들은 백성들을 착취하여 나라의 재부財富를 증가시키려고만 하는데, 오대십국 시기 오나라나 남당처럼 작은 나라의 신하였던 송제구에게 부끄럽지도 않은가?

9. 함원자 咸杬子

『옥편玉篇』과 『당운唐韻』에 '杬원'자를 다음과 같이 해석하였다.

나무이름으로 예장豫章[58] 일대에서 자란다. 잎사귀를 달인 즙을 사용해 과일과 날짐승의 알을 저장하면 상하지 않는다.

『이물지異物志』에서는 다음과 같이 설명하였다.

원자杬子는 元원이라고 읽는데, 바로 염장한 오리알[鹽鴨蛋]이다.

즉, 원자의 나무껍질 달인 물에 소금을 탄 후 오리알을 담가 놓은 것이다. 지금 내 고향 도처에는 이 나무가 창이蒼耳와 익모益母처럼 많은데, 줄기가 뒤섞여있다. 나무의 잎사귀를 따서 피부에 문지르면, 피부가 곧바로 붉게 부어올라 마치 맞은 것처럼 되기 때문에, 싸우고 난후 상대방을 모함할 때 종종 사용된다. 오리알을 담가놓으면 껍질이 물들어 홍갈색이 된다.

10. 달 속의 계수나무와 토끼 月中桂兔

『유양잡조酉陽雜俎』[59]의 「천지天咫」편에는 달과 별들에 관한 다양한 신화전설이 기록되어 있다. '천지天咫'라는 제목은 『국어國語』에 기록된 초楚나라 영왕靈王의 말에서 나왔다.

이는 하늘을 아는 것이지, 어디 백성을 아는 것인가?

『유양잡조』의 기록을 보면, 불가의 논법을 빌어 달 속에 두꺼비와 계수나무를 설명했다. 즉 수미산須彌山[60]남쪽에 있는 염부수閻扶樹 위로 달이 지나갈

58 豫章 : 지금의 강서성 남창南昌.

59 『酉陽雜俎』 : 만당시기 문인 단성식段成式이 찬저한 지리박물적 성격의 필기소설집으로, 불교관련 정보와 이야기를 많이 수록하고 있다.

60 須彌山 : 불교의 우주관에서 나온 세계의 중심에 있다고 하는 상상의 산. 수미산을 중심으로 주위에는 승신주勝身洲·섬부주贍部洲·우화주牛貨洲·구로주俱盧洲의 4대 주가 동남서북에 있고, 그것을 둘러싼 구산九山과 팔해八海가 있다. 이 수미산의 하계에는 지옥이 있고, 수미산의 가장 낮은 곳에는 인간계가 있다. 또 수미산 중턱의 사방으로 동방에는 지국천持國天, 남쪽에는 증장천增長天, 서쪽에는 광목천廣目天, 북쪽에는 다문천多聞天의 사왕천四王天이 있다.

때 나무 그림자가 달 속으로 들어가서 생긴 것이 달 속의 두꺼비와 계수나무라고 한다. 또 어떤 이는 달 속에 사는 두꺼비와 계수나무는 땅의 그림자이고, 텅 빈 공간은 바다의 그림자라고도 한다. 소식의 「화황수재감공각和黃秀才鑑空閣」이라는 시가 생각난다.

명월은 본디 절로 밝은데, 明月本自明,
무심하니 어찌하여 거울이 되어, 無心孰爲境.
하늘에 걸려, 挂空如水鑑,
산하의 그림자를 담고 있는지. 寫此山河影.
큰 바다 바라보니, 我觀大瀛海,
큰 하늘이 모두다 잠겨있는 듯. 巨浸與天永.
그 사이에 이 세상이 존재하니, 九州居其間,
사반경蛇盤鏡과 다를 바 없네. 無異蛇盤鏡.
하늘과 바다는 둘 다 실체가 없지만, 空水兩無質,
밝게 서로를 비추고 있어라. 相照但耿耿.
망령되이 달에 계수나무 토끼 두꺼비 있다 말을 하는데 妄云桂兔蟇,
속세의 그런 말들은 모두 물리쳐야한다네. 俗說皆可屛.

소식은 이 시에서 달 속의 두꺼비와 계수나무는 땅의 그림자라는 설을 채용하였다. 시의 제목에 '황수재黃秀才에게 화답하다'라고 되어있다. 얼마 전에 남해南海[61]를 유람하다가 돌아올 때 금리산金利山 아래에 배를 정박해놓고 숭복사崇福寺에 올라가 둘러보았다. 그곳에는 강가에 하늘 높이 치솟아 오른 누각이 하나 있었는데, 누각의 이름이 '감공鑑空'이었다. 소식의 이 시가 그 위에 새겨져 있었는데, 아마도 당시 소식이 이 시를 읊었던 곳이었을 것이다.

61 南海 : 지금의 광동성 번우番禺.

11. 태종과 현종의 명예욕 唐二帝好名

당나라 정관貞觀[62] 연간, 어느 날 홀연히 흰 까치가 침전 앞 홰나무에 둥지를 틀었는데, 그 모양이 허리춤에 매는 북 모양이었다. 신하들이 절하고 춤추며 축하하자 태종太宗이 말했다.

> "짐은 늘 수 양제煬帝가 미신을 맹목적으로 믿는 것을 비웃었소. 현자를 얻는 것이 상서로움이거늘, 흰 까치가 침전 앞에 둥지를 튼 것이 어찌 하례 받을 만한 일이겠소?"

그리고는 즉시 둥지를 허물고 까치를 밖으로 내쫓아 버리도록 명을 내렸다.

현종이 처음 즉위했을 당시 사회에는 사치가 만연하였다. 현종은 이를 억제하기 위해 금은으로 제조하거나 장식한 마차와 옷, 그리고 각종 기물 등을 수거해 다 녹여서 국가 재정에 충당하게 했다. 그리고 궁궐 앞에서 명주를 태우며 다시는 비단을 짜지 못하게 했고, 장안과 낙양의 비단 거리를 폐쇄하였다.

태종과 현종은 모두 당나라의 현명한 군주로 그 말과 행동이 후세의 모범이 될 만하다. 그러나 이 두 가지 일을 보면 두 군주 모두 자신의 현명함을 과시하고자 했던 것을 알 수 있었다. 흰 까치가 침전에 둥지를 튼 것은 분명 특이한 일이다. 신하들이 이를 구실 삼아 아부를 했으니 꾸짖고 내치면 되는 것인데, 굳이 까치둥지를 훼손시킬 필요가 있었을까? 또 진주와 비단을 아끼고 귀하게 여기지 않으면 될 것인데, 굳이 궁궐 앞에서 태우면서 백성들에게 알릴 필요가 있었을까? 나라를 다스리는 것은 중용을 중시하기에, 이 두 가지 일은 후세에 교훈이 되지 못한다.

이후 현종이 양귀비를 총애하게 되자, 오로지 그녀만을 위해 비단을 짜 바치는 장인이 700명이나 되었고, 나라 안팎에서 진귀한 물건들을 다투어 바쳤다. 영남경략사嶺南經略使 장구고張九皐는 귀한 물품을 진상해 3품으로

62 貞觀 : 당나라 태종太宗 시기 연호(627~649).

승진되었고, 광릉장사廣陵長史 왕익王翼도 호부시랑戶部侍郎이 되었다. 천하 사람들이 이를 보고 좇게 되었으니, 현종의 처음과 끝은 어찌 그리도 다른가!

12. 『주례』는 주공이 쓴 책이 아니다 周禮非周公書

세상 사람들은 『주례周禮』가 주공周公[63]이 지은 것이라고 하는데, 아니다. 선현先賢들은 『주례』가 전국시기 음모가陰謀家의 저서라고 여겼다. 그러나 상세한 고증을 통해 대략 전한시대 유흠劉歆[64]에 의해 기록된 것임을 증명했다. 『한서·유림전』에는 유가 경전의 사승師承과 전수傳授 과정이 상세하게 기록되어있는데, 유독 『주례』의 전승과정은 빠져있다. 왕망王莽때 유흠이 국사國師가 되어 『주관경周官經』[65]을 기록하기 시작하였는데, 이것이 후에 『주례』가 되었다. 또 태학에 『주례』를 연구하는 박사를 설치하였다. 당시 하남河南[66]의 두자춘杜子春이 유흠에게서 『주례』를 배운 후, 고향으로 돌아와 제자들에게 가르쳤다. 학문을 좋아하는 선비 정흥鄭興과 그의 아들 정중鄭衆이 두자춘을 스승으로 삼아 『주례』를 배우면서, 이 책이 세상에 알려지게 되었다.

유흠은 『주례』로 왕망의 악행을 돕게 되었다. 왕망은 오균五均[67]과 육관六

63 周公 : 주周나라의 정치가. 이름은 단旦. 주왕조를 세운 문왕文王의 아들이며 무왕武王의 동생. 무왕이 죽은 뒤 나이 어린 성왕이 제위에 오르자 섭정攝政이 되어, 봉건제封建制를 실시하여 주왕실을 공고히 하였다. 예악禮樂과 법도法度를 제정하여 주왕실 특유의 제도문물制度文物을 창시하고, 중국 고대의 정치·사상·문화 등 다방면에 공헌하여 유교학자에 의해 성인으로 존숭되고 있다.

64 劉歆(B.C.53~25) : 전한 말기 유학자. 자 자준子駿. 아버지 유향劉向과 궁정의 장서를 정리하고 육예六藝의 서적을 7종으로 분류하여 중국 최초의 체계적인 서적 목록인 『칠략七略』을 편찬하였다. 『좌씨춘추左氏春秋』와 『모시毛詩』·『고문상서古文尙書』를 특히 존숭하여 학관에 고문 경학 박사를 설립하기 위해 당시 학관 박사들과 일대 논쟁을 벌였으나, 성사하지 못하고 하내태수河內太守로 전출되었다. 그 후 왕망王莽이 한왕조를 찬탈한 후 국사國師로 초빙되어 그의 국정에 협력하였다. 만년에는 왕망의 폭정에 반대하여 모반을 기도하였으나 실패하여 자살하였다.

65 『周官經』 : 『주례』의 본명으로, 『주관周官』이라고도 한다.

66 河南 : 지금의 하남성 낙양시.

筦[68]·시관市官[69]·사대賖貸[70] 등의 정책 및 여러 가지 조치를 시행하여 재난을 가져왔는데,[71] 이 모든 것이 『주례』를 근거로 제정된 것이다. 그렇기 때문에 공손록公孫祿은 유흠이 육경六經의 본말을 뒤섞어버려 예부터 전래되어온 것들을 훼손시켰다고 비난했다.

역대이래로 우문씨宇文氏가 건국한 북주北周 정권만이 『주례』의 육전六典[72]을 근거로 관직을 설치했고, 백성들을 다스리는 정책 또한 이전 정권의 선례들을 따르지 않았다.

왕안석은 선조들의 법도를 어지럽히려고 했다. 그래서 『주례』를 『시경』·『상서』와 동일시하였고, 그 주장을 담은 『삼경신의三經新義』를 지었다. 그 서문에서 다음과 같이 말하였다.

> 어떤 이가 관직을 담당하기에 자질이 충분하고, 그 관직이 법을 행하기에 충분했던 시대로 서주보다 더 좋은 시대는 없었습니다. 그 법도를 후대에 시행할 수 있고, 그 기록을 모든 사적에서 볼 수 있는 것으로 『주관周官』보다 그러한 조건을 더 잘 갖추고 있는 것은 없습니다. 주나라가 멸망하고 지금에 이르기까지 천 수백 년이 지났고 태평시대의 남은 자취도 거의 다 없어져서, 학자들이 다시는 온전한 경전을 볼 수 없게 되었습니다. 그래서 지금 그 뜻을 훈고하여 널리 알리고자 한 것입니다. 신은 진실로 제 자신의 역량을 헤아릴 줄 모르지만, 이 일이

67 五均 : 장안·낙양·한단·임치臨淄·건업建業·성도成都 등 중요도시 시장에 오균사시사五均司市師를 설치하고, 상공업의 관리·세금의 징수·물가통제 등을 국가가 직접 담당하도록 했다.

68 六筦 : 정부에서 소금·철·술·야철·화폐주조 등의 사업을 독점경영하고, 이름난 산택山澤에서 생산세生産稅를 징수하도록 한 국가 통제 정책이다.

69 市官 : 시장을 관리하는 관리.

70 賖貸 : 재산을 빌려 오거나 빌려 주는 행위. 빈민에 대한 구제책의 기능도 있었지만, 그보다는 부유층의 재산 증식과 일반 농민을 예속시키는 기능이 더 컸다. 차대 행위가 지나치게 고리대로 이루어져서 농민들이 오히려 토지로부터 떨어져 나가는 경우가 종종 있었기에, 이를 막기 위하여 법으로 이자율을 정하기도 하였다.

71 오균과 육관제도는 평준平準·균수均輸 등 여러 상공업 통제 정책과 함께 당시의 현실이 요청하는 정책으로, 전매제 강화와 국가에 의한 물가 통제, 농민에 저리의 자금 융자 정책을 통하여 대상인 및 고리대금업자 등을 억제하려는 것이었다. 그러나 여기에 관계하는 많은 관료가 대상인 중에서 임용되었고, 또한 그들은 뇌물 수수행위와 사리사욕을 자행하였기에, 이 제도의 정신이 살아나지 못하고 실패하고 말았다.

72 六典 : 주나라 때 나라를 다스리기 위한 여섯 법전. 치전治典, 교전敎典, 예전禮典, 정전政典, 형전刑典, 사전事典을 이른다.

어렵다는 것은 알고 있습니다. 이를 훈고하여 널리 알리는 것이 어려운 일이라면, 이를 정치에 적용하고 시행하기 위해 옛 제도를 살펴 복원시키는 것이 더 어려운 일이라는 것도 잘 알고 있습니다.

이 서문을 통해 왕안석이 배워서 시행하고자 했던 것들이 모두 『주례』에서 나온 것임을 알 수 있다. 왕안석은 "『주례』라는 한 권의 책에는 재화 관리의 내용이 그 반을 차지하고 있다"고 하면서, 또 다음과 같이 말했다.

천부泉府[73]라는 직책은 무릇 나라의 재물을 거둬들이고 조달하는 일을 담당한다. 한 해를 마치면 그 재물의 출입을 계산하여 나머지를 거둬들이고, 특정인의 재물 병합을 억제했을 뿐만 아니라 가난과 재앙을 구제하여, 나라의 재물을 충족시켰다. 그러했기 때문에 예상치 못한 재앙이 있더라도, 백성들에게는 가중되는 세금이 없었고 나라에도 그르치는 일이 없었다.

그 후에 여가문呂嘉問은 왕안석의 주장을 받아들여 시장교역법을 제정해, 중앙정부에서 지방정부까지 시행령이 확산되자 그 피해가 백성들까지 널리 퍼졌다.

아! 왕망과 왕안석이 『주례』의 이름을 빌어 추진했던 개혁은 모두 백성들에게 재앙이 되고 정치를 혼란시키는 결과만을 가져왔다.

13. 술에 취한 정장 醉尉亭長

이광李廣[74]이 장군에서 파면된 후 서민의 신분으로 남전藍田[75]에서 은거했다.

73 泉府 : 『주례』의 지관地官에 속한 벼슬로, 시장의 세수를 담당하여 시장에서 팔리지 않아 적체된 물건을 걷어 들여 수요가 생길 때 다시 내다 파는 일을 관장했고, 재물에 대한 대부와 이자 등을 관리하였다.

74 李廣(?~B.C.119) : 한나라의 대장군. 활을 잘 쏘았고, 병졸을 아끼고 잘 이끌어 모두 날래고 용맹해 전투하기를 좋아했다. 흉노가 두려워하여 몇 년 동안 감히 국경을 침범하지 못하고 비장군飛將軍이라 칭송했다. 일곱 군데 변방 군의 태수를 지냈고, 전후 40여 년 동안 군대를 이끌고 흉노와 대치하면서 70여 차례의 크고 작은 전투를 치렀다. 병사들의 마음을 깊이 얻었지만 끝내 제후에 봉해지지는 못했다. 원수元狩 4년(B.C.119) 대장군 위청衛青을 따라 흉노를 공격했다가 길을 잃어 문책을 받자 자살했다.

어느 날 밤, 시종 하나를 데리고 말을 타고 나갔다가 밭에서 술을 마시고 돌아가는 길이었다. 패릉霸陵의 정장亭長[76]이 취해서 소리치며 이광을 가로막았다. 후에 이광은 다시 복귀해 우북평右北平의 태수에 임명되었는데, 이광은 천자에게 패릉의 정위를 함께 데리고 가게 해 달라고 청했고, 군영에 이르자 정위의 목을 베어버렸다. 그리고 무제에게 글을 올려 죄를 청했다. 무제가 답했다.

분풀이를 하고 해로운 것을 없애는 것이 짐이 그대를 기용한 목적이다.

왕망은 한나라를 찬탈하고는 대신들의 권세를 억눌렀다. 재상인 대사공大司空의 수하가 봉상정奉常亭을 지나는데 정장이 그에게 소리를 질렀다. 그가 관명을 말하자, 술에 취한 정장은 큰 소리로 "증표가 있소?"라고 물었다. 무례한 정장의 태도에 너무 분하고 수치스러웠던 그는 정장을 말채찍으로 때렸고, 정장은 그를 죽이고 도망쳤다. 관청에서 정장을 잡으려 하자 정장의 가족들이 상소문을 올렸다. 왕망은 "정장은 공무를 집행한 것이니 그를 잡지 말라"고 명을 내렸다. 대사공大司空 왕읍王邑은 이 일로 인해 자신의 수하들을 호되게 꾸짖고, 정장에게 사과했다.

두 정장의 일을 보면 술에 취한 것은 똑 같다. 패릉의 정장은 이광에게 소리치며 막았을 뿐인데도 이광이 그를 죽였고, 무제는 이광의 살인죄를 묻지 않았다. 그런데 봉상의 정장은 대사공의 수하를 죽였는데도 왕망은 당연한 공무 집행이었다며 정장을 벌하지 않았으니, 우스울 뿐이다.

14. 『삼역』의 이름 三易之名

『삼역三易』[77]은 『연산連山』·『귀장歸藏』·『주역周易』인데, 모두 두 글자로 이

75 藍田 : 지금의 섬서성 남전.

76 亭長 : 정亭은 여행객이 숙식을 하는 곳이며, 진나라 법에 10리里마다 1정亭을 두고, 정에는 정장을 두어 도적을 단속하게 하였다.

루어져 있다. 그렇기 때문에 요즘 사람들이 『주역』을 『역易』이라고 하는 것은 잘못된 것이다.

하나라의 역이 『연산』인데 '간艮'괘부터 시작된다. '간艮'괘는 산을 상징한 것으로 산이 위 아래로 연결되어있는데, 이것이 바로 『연산』의 의미이다. 구름의 기운이 또 산 속에서 나오기 때문에 하나라 사람들이 역을 『연산』이라고 한 것이다. 상나라의 역은 『귀장』이라고 하는데 '곤坤'괘부터 시작된다. '곤坤'괘는 땅을 상징하며, 천하 만물 가운데 땅으로 회귀하지 않는 것이 없고, 땅이 품지 않는 천하 만물이 없기 때문에, 상나라 사람들이 역을 『귀장』이라고 한 것이다. 주나라의 역은 『주역』이라고 하는데 '건乾'괘부터 시작된다. '건乾'괘는 하늘을 상징하며, 하늘이 순환하여 사시四時가 순서대로 계속 돌아오는 것이기 때문에, 주나라 사람들이 역을 『주역』이라고 한 것이다.

대주大蔟[78]는 인통人統이 되고, 인寅은 인정人正이 된다. 하나라가 13월을 음력 정월로 삼은 것이 바로 인통인데, 인人은 괘의 시작이 될 수 없고 '간艮'괘가 정월에 가깝기 때문에 '간艮'괘가 첫 번째 괘가 된 것이다. 임종林鍾[79]은 지통地統이 되고, 미未는 축丑과 충돌하기 때문에 지정地正이 된다. 상나라가 12월을 음력 정월로 삼은 것이 바로 지통이기 때문에 '곤坤'괘가 첫 번째 괘가 된 것이다. 황종黃鍾[80]은 천통天統이 되고, 자子는 천정天正이 된다. 주나라

77 『三易』: 『주례·춘관春官·대복大卜』에 등장하는 『연산連山』·『귀장歸藏』·『주역周易』 등 세 종류의 역易. 현재는 『주역』만 전해지고 있다. 정현鄭玄은 『연산』을 하나라, 『귀장』을 은나라, 주역을 주나라의 역으로 보았고, 공영달孔穎達은 『연산』을 신농神農, 『귀장』을 황제黃帝, 『주역』을 기양岐陽의 주周에서 발생한 주씨周氏의 역으로 보았다.

78 大蔟 : 동양 음악에서 십이율十二律의 셋째 음. 육률의 하나로 방위는 인寅, 절후는 음력 1월에 해당한다.

79 林鍾 : 동양 음악에서 십이율의 여덟째 음. 육려의 하나로 방위는 미未, 절후는 음력 6월에 해당한다.

80 黃鍾 : 동양 음악에서 십이율의 첫째 음. 육률의 하나로 방위는 자子, 절후는 음력 11월에 해당한다. 중국 고대 역법에서 십이율은 낮은 음으로부터 황종黃鍾, 대려大呂, 태주太簇, 협종夾鍾, 고선姑洗, 중려仲呂, 유빈蕤賓, 임종林鍾, 이칙夷則, 남려南呂, 무역無射, 응종應鍾의 순으로 되어 있다. 십이율을 각각 일년 열두 달에 배속시켰는데, 양의 기운이 처음 생기는 동짓달부

가 11월을 음력 정월로 삼은 것이 바로 전통이기 때문에 '건乾'괘가 첫 번째 괘가 된 것이다. 이러한 것은 모두 당나라의 가공언賈公彦이 저술한 『주례정의周禮正義』에 나오는데, 이를 정리하여 기록했을 뿐이다. 13월이라는 것은 12월을 이어받은 것으로 즉 정월이다. 후한後漢의 진총陳寵이 이를 상세하게 논했는데, 모두 『상서대전尙書大傳』을 근거로 삼고 있다.

15. 전해지지 않는 충신의 이름 忠臣名不傳

고금의 충신과 의사義士들의 이름이 역사서에 기록되어 전해지면, 오랜 세월동안 역사 속에 길이길이 남는다. 그러나 불행히도 그 이름이 묻혀버려 전해지지 않은 이들도 있다. 남당南唐 후주後主 이욱李煜[81]이 지나칠 정도로 불교에 탐닉하자, 대신 둘이 연달아 끊임없이 간언을 했는데, 한 사람은 징역에 처해지고 한 사람은 추방을 당했다. 흡歙[82] 지역 출신인 왕환汪煥이 세 번째로 간언하는 이가 되어, 상소문에 하고자 하는 말을 남김없이 다 쏟아내고는 죽여줄 것을 청하였다.

> 양무제梁武帝[83]는 불교를 숭상하여, 자신 피를 뽑아 불경을 베껴 쓰고, 머리를 깎고 출가하여 승려가 되었으며, 고승高僧들 앞에 무릎을 꿇고 경배를 올렸습니다. 그러나 최후에는 반란군에 포위된 채 궁성에서 아사하였습니다. 지금 폐하께서

터 시작하였기 때문에 첫 음인 황종은 11월에 해당한다.

81 李煜(937~978) : 오대십국시대 남당南唐의 마지막 황제 후주後主. 자 중광重光. 송나라 군대가 수도 금릉金陵을 점령할 당시에도 이욱은 국가의 존망과는 무관하게 사구詞句를 놓고 고민했다는 일화가 전해질 정도로 정치적으로는 무능했던 군주지만, 문학적으로는 탁월한 작품을 남겼고 특히 사 작품이 뛰어나다. 975년 송나라에게 멸망당하고 송나라의 수도 변경에서 포로생활을 하다 독살 당했다.

82 歙 : 지금의 안휘성 흡현歙縣.

83 梁武帝(464~549 / 재위 502~549) : 남조시대 양梁의 초대 황제 소연蕭衍. 남조 최고의 명군으로 칭송받았다. 내정을 정비하여 구품관인법을 개선하고, 불교를 장려하여 국내를 다스리고 문화를 번영시켰다. 48년의 치세 전반은 정치에 정진했으나, 후반에는 그의 불교신앙이 정치면에도 나타나서 불교사상에서는 황금시대가 되었지만 정치는 파국의 징조를 보이기 시작했다. 548년에 일어난 후경侯景의 반란으로 병사하였다.

불교를 믿으시지만, 양무제처럼 피를 뽑아 불경을 베껴 쓰거나 머리를 깎거나 출가하거나 무릎을 꿇고 경배를 올리지는 않으십니다. 그러나 신은 후일 폐하의 말로가 양무제와 같을까 두렵사옵니다.

후주가 왕환의 상소문을 본 후 그의 용기에 탄복하여 그의 죄를 용서했을 뿐만 아니라, 그에게 관직까지 하사하였다.

회淮 지역 출신인 이웅李雄이라는 사람은 송나라의 군대가 남당을 정벌할 때 서쪽 변방을 지키고 있었기에 송나라 군대와 대적할 기회가 없었다. 이웅은 나라의 도읍지가 적에 의해 겹겹이 포위당하고 있는 상황에서 가만히 앉아있을 수만 없었기에, 병사들을 이끌고 수도를 향해 진격하여 율양溧陽[84]에 포진하고 송나라 군대와 결전을 벌였다. 결과적으로 이웅 부자는 둘 다 전쟁터에서 죽음을 맞이하였고, 함께 율양으로 가지 않았던 다른 아들들도 모두 다른 전쟁에서 죽어, 결국 일가족 중 8사람이 죽었다. 이웅 일가의 죽음은 그 어떤 포상도 받지 못하였고, 그 사적은 『오당습유록吳唐拾遺錄』에만 기록되었을 뿐이다.

최근 황제폐하의 명으로 구조九朝의 역사를 한 권의 책으로 엮는다고 하는데, 만약에 사관이 왕환·이웅의 이름과 그들의 행적을 「이욱전李煜傳」에 기록해 넣는다면, 구천을 떠도는 두 사람의 영혼이 평안을 찾을 것이다.

구양수의 「오모묘지吳某墓志」에는 다음과 같은 기록이 있다.

후주 이욱이 재위하고 있었을 때, 오모는 팽택彭澤[85]의 주부主簿였다. 조빈曹彬이 지양池陽을 공격하면서 사자를 파견하여 항복할 것을 권하였다. 팽택의 현령이 항복하려하자 오모는 "나는 후주를 위해 죽음을 불사하겠소!"라며 사자를 살해하고, 팽택을 사수하였다. 이욱이 투항한 이후, 오모는 유격대에 붙잡혀 군중으로 압송되었다. 군중의 장군이 그에게 사자를 살해한 죄를 묻자 "내 주군을 위해 당연한 일을 한 것이오!"라고 했다. 장군은 그의 의로움에 감화되어 그를 석방했다.

84 溧陽 : 지금의 강소성 율양현溧陽縣.

85 彭澤 : 지금의 강서성 호구현湖口縣.

구양수의 묘지명에 대략적인 사건 개요가 기록되어 있기는 하지만, 글 속에 정확한 이름이 아닌 '오모吳某'로 명기된 것은 실로 안타깝다. 이 사건은 정강靖康의 변[86] 때, 주소朱昭 등 여러 명이 진무성震武城의 전투에서 장렬히 싸우다 죽은 것과 같다. 나는 주변朱弁의 아들 주영朱林에게서 『충의록忠義錄』을 얻었는데, 이 책에 주소 등의 전기가 기록되어 있었다. 그들의 사적이 널리 알려지지 않은 것에 대해 통한을 느껴 기록으로 남긴 것이다.

16. 당나라 사람들의 주령 唐人酒令

백거이는 「동남행일백운기통주원구시어예주이십일사인東南行一百韻寄通州元九侍御澧州李十一舍人」에서 다음 같이 노래했다.

안마가 나오면 가르침대로 머무르라 소리치고,	鞍馬呼教住,
투반이 나오면 보내주라고 외친다네.	骰盤喝遣輸.
오래 내달리면 권백파가 되고,	長驅波卷白,
연달아 던지면 이길 수 있다네.	連擲采成盧.

이 시에 다음과 같은 주注가 달려있다.

투반骰盤과 권백파卷白波, 막주안마莫走鞍馬는 모두 당시의 주령酒令[87]이다.

내가 황보송皇甫松이 지은 『취향일월醉鄕日月』 세 권을 살펴보니 투자령骰子令

---

86 靖康의 變 : 정강 원년인 1126년에 후금後金이 남하하여 흠종을 항복시키고, 그 이듬해에 휘종徽宗과 흠종을 포로로 잡아 금金의 내지內地로 보내고 수도에는 장방창張邦昌을 세워 초국楚國을 만들게 함으로써 북송北宋이 멸망하였다. 이를 가리켜 '정강지화靖康之禍' 또는 '정강지변靖康之變'이라고 한다.

87 酒令 : 고대 중국인들이 술자리에서 일정한 규칙에 따라 술을 권하는 벌주놀이. 주령은 서주西周 시대에부터 시작되어 세월에 따라 그 방식과 내용이 끊임없이 변화하였다. 초기에는 활쏘기·시가詩歌·투호投壺 등을 주요 방식으로 하지만, 뒤에는 가무歌舞·미어謎語·소화笑話·대련對聯·서명書名·인명人名·게임·시권猜拳·바둑 등이 모두 주령으로 발전하게 되었다. 대부분 게임은 맞추기 게임으로 승부를 결정하여 그 결과에 따라 술을 권하거나 술내기하거나 벌주를 받는다.

에 대한 기록이 있었다.

> 10개의 주사위를 함께 던져서 6이 나온 사람부터, 뽑는 것에 의거해서 술을 마신다. 10개의 주사위 중 세 개가 모두 4가 나오면 '당인堂印'으로, 합석한 모든 사람들이 술 한 잔씩 마신다. 10개의 주사위 중 세 개가 모두 6이 나오면 '벽유碧油'로, 아직 주사위를 던지지 않은 세 사람에게 술을 권한다. 주사위를 한 곳에 모으면 이것을 '주성酒星'이라고 하고, 놀이를 계속할 것인지 끝낼 것인지 선택한다.

투자령은 중간에 고칠 수도 있는데 3번을 초과해서는 안 되며, 안마령鞍馬令은 1번 이상 고칠 수가 없다. 또 기번령旗幡令과 섬염령閃擪令·포타령抛打令이 있는데, 지금은 그 방법을 알 수 없다. 옛 배우 집안에서 술을 마실 때는 수타령手打令으로 마시며 놀았다고 한다.

1. 高德儒

唐高祖起兵太原, 使子建成、世民將兵擊西河郡, 執郡丞高德儒, 世民數之曰:「汝指野鳥爲鸞, 以欺人主取高官, 吾興義兵, 正爲誅佞人耳。」遂斬之, 自餘不戮一人。讀史不熟者, 但以爲史氏虛設此語, 以與指鹿爲馬作對耳。案, 隋大業十一年, 有二孔雀飛集寶城朝堂前, 親衛校尉高德儒等十餘人見之, 奏以爲鸞, 時孔雀已飛去, 無可得驗。詔以德儒誠心冥會, 肇見嘉祥, 擢拜朝散大夫, 餘人皆賜束帛, 仍於其地造儀鸞殿。距此時纔二年餘。蓋唐溫大雅所著創業起居注載之, 不追書前事故也。新唐書太宗紀但書云:「率兵徇西河, 斬其郡丞高德儒。」尤爲簡略, 賴通鑑盡紀其詳。范氏唐鑑只論其被誅一節云。

2. 唐朝士俸微

唐世朝士俸錢至微, 除一項之外, 更無所謂料券、添給之類者。白樂天爲校書郎, 作詩曰:「幸逢太平代, 天子好文儒。小才難大用, 典校在祕書。俸錢萬六千, 月給亦有餘。遂使少年心, 日日常晏如。」及爲翰林學士, 當遷官, 援姜公輔故事, 但乞兼京兆府戶曹參軍。旣除此職, 喜而言志, 至云:「詔授戶曹掾, 捧詔感君恩。弟兄俱簪笏, 新婦儼衣巾。羅列高堂下, 拜慶正紛紛。喧喧車馬來, 賀客滿我門。置酒延賀客, 不復憂空罇。」而其所得者, 亦俸錢四五萬, 廩祿二百石而已。今之主簿、尉, 占優飫處, 固有倍蓰於此者矣, 亦未嘗以爲足, 古今異宜, 不可一概論也。楊文公在眞宗朝爲翰林學士, 而云:「虛忝甘泉之從臣, 終作若敖之餒鬼。」蓋是時尙爲鮮薄, 非後來比也。

3. 計然意林

漢書貨殖傳:「粵王句踐困於會稽之上, 迺用范蠡、計然, 遂報彊吳。」孟康注曰:「姓計名然, 越臣也。」蔡謨曰:「『計然』者, 范蠡所著書篇名耳, 非人也。謂之計然者, 所計而然也。羣書所稱句踐之賢佐, 種、蠡爲首, 豈復聞有姓計名然者乎! 若有此人, 越但用半策, 便以致霸, 是功重於范蠡, 而書籍不見其名, 史遷不述其傳乎!」顏師古曰:「蔡說謬矣。古今人表, 計然列在第四等, 一名計研。班固賓戲:『研、桑心計於無垠。』卽謂此耳。計然者, 濮上人也。嘗南遊越, 范蠡卑身事之, 其書則有萬物錄, 事見皇覽及晉中經簿。又, 吳越春秋及越絶書, 並作計倪。此則倪、研及然, 聲皆相近, 實一人耳。何云書籍不見哉!」

予案, 唐貞元中, 馬總所述意林一書, 抄類諸子百餘家, 有范子十二卷, 云:「計然者, 葵丘濮上人, 姓辛, 字文子, 其先晉國之公子也。爲人有內無外, 狀貌似不及人, 少而明, 學陰陽, 見微知著, 其志沈沈, 不肯自顯, 天下莫知, 故稱曰『計然』。時遨游海澤, 號曰『漁父』。范蠡請其見越王, 計然曰:『越王爲人鳥喙, 不可與同利也。』」據此, 則計然姓名出處, 皎然可見。裴駰注史記, 亦知引范子。北史蕭大圜云:「留侯追蹤於松子, 陶朱成術於辛文。」正用此事。曹子建表引文子, 李善注以爲計然, 師古蓋未能盡也。而文子十二卷, 李暹注其序以謂范子所稱計然。但其書一切以老子爲宗, 略無與范蠡謀議之事, 意林所編文子正與此同, 所謂范子, 乃別是一書, 亦十二卷。馬總只載其叙計然及它三事, 云:「餘並陰陽曆數, 故不取。」則與文子了不同, 李暹之說誤也。唐藝文志范子計然十五卷, 注云:「范蠡問計然答。」列於農家, 其是矣, 而今不存。唐世未知尊孟氏, 故意林亦列其書, 而有差不同者, 如伊尹不以一衣與人, 亦不取一衣於人之類。其它所引書, 如胡非子、隨巢子、纏子、王孫子、公孫尼子、阮子, 正部、姚信士緯、殷興通語、牟子、周生烈子、秦菁子、梅子、任奕子、魏朗子、唐滂子、鄒子、孫氏成敗志、蔣子、譙子、鍾子、張儼默記、裴氏新言、袁淮正書、袁子正論、蘇子、陸子、張顯析言、于子、顧子、諸葛子、陳子要言、符子諸書, 今皆不傳於世, 亦有不知其名者。

4. 思潁詩

士大夫發跡壠畝, 貴爲公卿, 謂父祖舊廬爲不可居, 而更新其宅者多矣。復以醫藥弗便, 飲膳難得, 自村疃而遷於邑, 自邑而遷於郡者亦多矣。唯翩然委而去之, 或遠在數百千里之外, 自非有大不得已, 則擧動爲不宜輕。若夫以爲得計, 又從而詠歌夸詡之, 著于詩文, 是其一時思慮, 誠爲不審, 雖名公鉅人, 未能或之免也。歐陽公, 吉州廬陵人, 其父崇公, 葬于其里之瀧岡, 公自爲阡表, 紀其平生。而公中年乃欲居潁, 其思潁詩序云:「予自廣陵得請來潁, 愛其民淳訟簡, 土厚水甘, 慨然有終焉之志。爾來思潁之念, 未嘗少忘於心, 而意之所存, 亦時時見於文字。乃發舊藁, 得南京以後詩十餘篇, 皆思潁之作, 以見予拳拳於潁者, 非一日也。」又續詩序云:「自丁家難, 服除, 入翰林爲學士, 忽忽八年間, 歸潁之志雖未遂, 然未嘗一日少忘焉。至于今, 年六十有四, 免幷得蔡, 蔡、潁連疆, 因得以爲歸老之漸。又得在亳及靑十有七篇, 附之, 時熙寧三年也。」公次年致仕, 又一年而薨。其逍遙於潁, 蓋無幾時, 惜無一語及于松楸之思。崇公惟一子耳, 公生四子, 皆爲潁人, 瀧岡之上, 遂無復有子孫臨之, 是因一代貴達, 而墳墓乃隔爲它壤。予每讀二序, 輒爲太息。嗟乎, 此文不作可也。若東坡之居宜興, 乃因免汝州居住而至, 其後自海外北還, 無以爲歸, 復暫至常州, 已而捐館。文定公雖居許, 而治命反葬於眉山云。

5. 劉蕡下第

唐文宗大和二年三月, 親策制擧人賢良方正, 劉蕡對策, 極言宦官之禍。既而裴休、李郃等二十二人中第, 皆除官。考官左散騎常侍馮宿、太常少卿賈餗、庫部郎中龐嚴, 見蕡策, 皆歎服, 而畏宦官, 不敢取。詔下, 物論囂然稱屈。諫官、御史欲論奏, 執政抑之。李郃曰:「劉蕡下第, 我輩登科, 能無厚顔?」乃上疏, 以爲「蕡所對策, 漢、魏以來無與爲比, 今有司以蕡指切左右, 不敢以聞, 恐忠良道窮, 綱紀遂絶。臣所對, 不及蕡遠甚, 乞回臣所授以旌蕡直。」不報。予案, 是時宰相乃裴度、韋處厚、竇易直。易直不足言, 裴、韋之賢, 顧獨失此, 至於抑言者使勿論奏, 豈不有愧於心乎! 蕡既由此不得仕於朝, 而李郃亦不顯, 蓋無敢用之也。令狐楚、牛僧孺, 乃能表蕡入幕府, 待以師禮, 竟爲宦人所嫉, 誣貶柳州司戶。李商隱贈以詩, 曰:「漢廷急詔誰先入, 楚路高歌自欲翻。萬里相逢歡復泣, 鳳巢西隔九重門。」及蕡卒, 復以二詩哭之, 曰:「一叫千回首, 天高不爲聞。」又曰:「已爲秦逐客, 復作楚寃魂。併將添恨淚, 一洒問乾坤。」其悲之至矣。甘露之事, 相去纔七年, 未知蕡及見之否乎?

6. 酒肆旗望

今都城與郡縣酒務, 及凡鬻酒之肆, 皆揭大帘於外, 以青白布數幅爲之, 微者隨其高卑小大, 村店或挂缾瓢, 標箒秆, 唐人多詠於詩, 然其制蓋自古以然矣。韓非子云:「宋人有酤酒者, 斗槩甚平, 遇客甚謹, 爲酒甚美, 懸幟甚高, 而酒不售, 遂至於酸。」所謂懸幟者此也。

7. 賢宰相遭讒

一代宗臣, 當代天理物之任, 君上委國而聽之, 固爲社稷之福, 然必不使邪人參其間乃可, 不然必爲所勝。姑以唐世及本朝之事顯顯者言之, 若褚遂良、長孫無忌之遭李義府、許敬宗, 張九齡之遭李林甫是已。裴晉公相憲宗, 立淮、蔡、青、鄆之功, 唐之威令紀綱既壞而復振, 可謂名宰矣。皇甫鎛一共政, 則去不旋踵; 迨穆、敬、文三宗, 主既不明, 而元稹、李逢吉、宗閔更撼之, 使不得一日安厥位。趙韓王以佐命元勳, 而爲盧多遜所勝, 寇萊公爲丁謂所勝, 杜祁公、韓、范爲陳執中、賈昌朝所勝, 富韓公爲王介甫所勝, 范忠宣爲章子厚所勝, 趙忠簡爲秦會之所勝, 大抵皆然也。

8. 宋齊丘

自用兵以來, 令民間以見錢紐納稅直, 既爲不堪, 然於其中所謂和買折帛, 尤爲名不正而斂最重。偶閱大中祥符間, 太常博士許載著吳唐拾遺錄, 所載多諸書未有者。其勸農桑一篇正云:「吳順義年中, 差官興版簿, 定租稅, 厥田上上者, 每一頃稅錢二貫一百文,中田一頃稅錢一貫八百，下田一頃千五百，皆足陌見錢，如見錢不足，許依市價折以金銀。幷計丁口課調，亦科錢。宋齊丘時爲員外郎，上策乞虛擡時價，而折紬、綿、絹本色，曰：『江、淮之地，唐季已來，戰爭之所。今兵革乍息，黎甿始安，而必率以見錢，折以金銀，此非民耕鑿可得也，無興販以求之，是爲敎民棄本逐末耳。』是時絹每匹市賣五百文，紬六百文，綿每兩十五文。齊丘請絹每匹擡爲一貫七百，紬爲二貫四百，綿爲四十文，皆足錢，丁口課調亦請蠲除。朝議喧然沮之，謂虧損官錢萬數不少。齊丘致書于徐知誥曰：『明公總百官，理大國，督民見錢與金銀，求國富庶，所謂擁篲救火，撓水求淸，欲火滅水淸可得乎？』知誥得書，曰：『此勸農上策也。』卽行之。自是不十年間，野無閑田，桑無隙地，自吳變唐，自唐歸宋，民到于今受其賜。」齊丘之事美矣，徐知誥亟聽而行之，可謂賢輔相。而九國志齊丘傳中略不書，資治通鑑亦佚此事。今之君子爲國，唯知浚民以益利，豈不有靦於偏閏之臣乎！齊丘平生，在所不論也。

9. 咸杬子

玉篇、唐韻釋杬字云：「木名，出豫章，煎汁，藏果及卵不壞。」異物志云：「杬子，音元，鹽鴨子也。」以其用杬木皮汁和鹽漬之。今吾鄕處處有此，乃如蒼耳、益母，莖幹不純是木。小人爭鬭者，取其葉挼擦皮膚，輒作赤腫，如被傷，以誣賴其敵。至藏鴨卵，則又以染其外，使若赭色云。

10. 月中桂兔

酉陽雜俎天咫篇，載月星神異數事。其命名之義，取國語楚靈王曰「是知天咫，安知民則」之說。其紀月中蟾桂，引釋氏書，言須彌山南面有閻扶樹，月過樹，影入月中。或言月中蟾桂，地影也；空處，水影也。予記東坡公鑒空閣詩云：「明月本自明，無心孰爲境？挂空如水鑑，寫此山河影。我觀大瀛海，巨浸與天永。九州居其間，無異蛇盤鏡。空水兩無質，相照但耿耿。妄云桂兔蟇，俗說皆可屛。」正用此說。其詩在集中，題爲和黃秀才。頃予游南海，西歸之日，泊舟金利山下，登崇福寺，有閣枕江流，標爲鑒空，正見詩牌揭其上，蓋當時臨賦處也。

11. 唐二帝好名

唐貞觀中，忽有白鵲營巢於寢殿前槐樹上，其巢合歡如腰鼓。左右拜舞稱賀，太宗曰：「我常笑隋煬帝好祥瑞，瑞在得賢，此何足賀！」乃命毁其巢，放鵲於野外。明皇初卽位，以風俗奢靡，制乘輿服御金銀器玩，令有司銷毁，以供軍國之用。其珠玉錦繡焚於殿前，天下毋得復采織，罷兩京織錦坊。予謂二帝皆唐之明主，所言所行足以垂訓于後，然大要出於好名。鵲巢之異，左右從而獻諛，叱而去之可也，何必毁其巢？珠玉錦繡勿珍而尙之可也, 何必焚之殿前, 明以示外, 使家至戶曉哉! 治道貴於執中, 是二者懼不可以爲法。其後楊貴妃有寵, 織繡之工, 專供妃院者七百人, 中外爭獻器服珍玩。嶺南經略使張九皐、廣陵長史王翼, 以所獻精靡, 九皐加三品, 翼入爲戶部侍郎, 天下從風而靡, 明皇之始終, 一何不同如此哉!

12. 周禮非周公書

周禮一書, 世謂周公所作, 而非也。昔賢以爲戰國陰謀之書, 考其實, 蓋出於劉歆之手。漢書儒林傳盡載諸經專門師授, 此獨無傳。至王莽時, 歆爲國師, 始建立周官經以爲周禮, 且置博士。而河南杜子春受業於歆, 還家以敎門徒, 好學之士鄭興及其子衆往師之, 此書遂行。歆之處心積慮, 用以濟莽之惡, 莽據以毒痡四海, 如五均、六筦、市官、賖貸, 諸所興爲皆是也。故當其時公孫祿旣已斥歆顚倒六經毁師法矣。歷代以來, 唯宇文周依六典以建官, 至於治民發政, 亦未嘗循故轍。王安石欲變亂祖宗法度, 乃尊崇其言, 至與詩、書均匹, 以作三經新義, 其序略曰:「其人足以任官, 其官足以行法, 莫盛乎成周之時, 其法可施於後世, 其文有見於載籍, 莫具乎周官之書。自周之衰, 以至于今, 太平之遺迹, 掃蕩幾盡, 學者所見無復全經。於是時也, 乃欲訓而發之, 臣知其難也。以訓而發之之難, 則又以知夫立政造事追而復之之爲難。」則安石所學所行實於此乎出, 遂謂:「一部之書, 理財居其半。」又謂:「泉府, 凡國之財用取具焉, 歲終, 則會其出入而納其餘, 則非特摧兼幷, 救貧阨, 因以足國事之財用。夫然, 故雖有不庭不虞, 民不加賦, 而國無乏事。」其後呂嘉問法之而置市易, 由中及外, 害徧生靈。嗚呼! 二王託周官之名以爲政, 其歸於禍民一也。

13. 醉尉亭長

李廣免將軍爲庶人, 屛居藍田, 嘗夜從一騎出, 從人田間飮, 還至亭, 霸陵尉醉呵止廣。後廣拜右北平太守, 請尉與俱, 至軍而斬之, 上書自陳謝罪。武帝報曰:「報忿除害, 朕之所圖於將軍也。」王莽竊位, 尤備大臣, 抑奪下權。大司空士夜過奉常亭, 亭長苛之, 告以官名, 亭長醉曰:「寧有符傳邪?」士以馬箠擊亭長, 亭長斬士, 亡, 郡縣逐之。家上書, 莽曰:「亭長奉公, 勿逐。」大司空王邑斥士以謝。予觀此兩亭尉長, 其醉等耳。霸陵尉但呵止李廣, 而廣殺之, 武帝不問, 奉常亭長殺宰士, 而王莽反以奉公免之, 亦可笑也。

14. 三易之名

三易之名, 一曰連山, 二曰歸藏, 三曰周易, 皆以兩字爲義。今人但稱周易曰易, 非也。夏曰連山, 其卦以純艮爲首, 艮爲山, 山上山下, 是名連山。雲氣出內於山, 故名易爲連山。商曰歸藏, 以純坤爲首, 坤爲地, 萬物莫不歸而藏於中, 故名爲歸藏。周曰周易, 以純乾爲首, 乾爲天, 天能周帀於四時, 故名易爲周也。太蔟爲人統, 寅爲人正。夏以十三月爲正, 人統, 人無爲卦首之理, 艮漸正月, 故以艮爲首。林鍾爲地統, 未之衝丑, 故爲地正, 商以十二月爲正, 地統, 故以坤爲首。黃鍾爲天統, 子爲天正。周以十一月爲正, 天統, 故以乾爲天首。此本出唐賈公彦周禮正義之說, 予整齊而紀之。所謂十三月者, 承十二月而言, 卽正月耳。後漢陳寵論之甚詳, 本出尙書大傳。

15. 忠臣名不傳

古今忠臣義士, 其名載於史策者, 萬世不朽, 然有不幸而泯沒無傳者。南唐後主, 淫於浮圖氏, 二人繼踵而諫, 一獲徒, 一獲流。歙人汪煥爲第三諫, 極言請死, 云:「梁武事佛, 刺血寫佛經, 散髮與僧踐, 捨身爲佛奴, 屈膝禮和尙, 及其終也, 餓死于臺城。今陛下事佛, 未見刺血、踐髮、捨身、屈膝, 臣恐他日猶不得如梁武之事。」後主覽書, 赦而官之。又有淮人李雄, 當王師弔伐, 出守西偏, 不遇其敵。雄以國城重圍, 不忍端坐, 遂東下以救之, 陣于溧陽, 與王師遇, 父子俱沒, 諸子不從行者亦死他所, 死者凡八人。李氏訖亡, 不霑褒贈, 其事僅見於吳唐拾遺錄。頃嘗有旨合九朝國史爲一書, 他日史官爲列之於李煜傳, 庶足以慰二人於泉下。歐陽公作吳某墓誌云:「李煜時, 爲彭澤主簿, 曹彬破池陽, 遣使者招降郡縣, 其令欲以城降, 某曰:『吾能爲李氏死爾。』乃殺使者, 爲煜守。煜已降, 某爲游兵執送軍中, 主將責以殺使者, 曰:『固當如是。』主將義而釋之。」其事雖粗見, 而集中只云「諱某」, 爲可惜也。如靖康之難, 朱昭等數人死於震武城之類, 予得朱弁所作忠義錄於其子棣, 乃爲作傳於四朝史中, 蓋惜其無傳也。

16. 唐人酒令

白樂天詩:「鞍馬呼敎住, 骰盤喝遣輸。長驅波卷白, 連擲采成盧。」注云:骰盤、卷白波、莫走鞍馬, 皆當時酒令。予按皇甫松所著醉鄕日月三卷, 載骰子令云:聚十隻骰子齊擲, 自出手六人, 依采飮焉。堂印, 本采人勸合席, 碧油, 勸擲外三人。骰子聚於一處, 謂之酒星, 依采聚散。骰子令中改易, 不過三章, 次改鞍馬令, 不過一章。又有旗幡令、閃擪令、拋打令, 今人不復曉其法矣, 唯優伶家猶用手打令以爲戲云。

찾아보기

• 서명 •

• 인명 •

/ 나 /

/ 다 /

/ 마 /

/ 바 /

/ 사 /

/ 자 /

/ 차 /

/ 타 /

/ 파 /

/ 하 /

• 지은이 •

홍매洪邁

저자 홍매洪邁(1123~1202)는 자는 경로景盧, 호는 용재容齋이며, 시호는 문민공文敏公으로 강서성江西省 파양鄱陽 사람이다. 홍매의 부친과 두 형들은 모두 당시의 저명 인사였다. 부친인 홍호洪皓는 금나라에 사신으로 갔다가 억류되어 15년 만에 송나라로 돌아왔는데, 고종 황제는 "한나라 시기 흉노에게 억류되었다가 19년 만에 돌아왔던 소무와 같은 충절"이라며 칭송하였다. 홍매의 두 형들 또한 재상과 부재상을 지낸 고위 관료이자 학자였기에 당시 '홍씨 삼 형제의 학문과 문학적 명성이 천하에 가득했다三洪文名滿天下'는 평판이 있었다.

홍매는 고종 소흥紹興 15년(1145) 박학굉사과博學宏詞科에 급제한 후 여러 관직을 거쳐 단명전학사端明殿學士로 관직생활을 마감하였다. 저작으로는 『이견지夷堅志』와 『만수당인절구萬首唐人絶句』, 『용재수필容齋隨筆』, 『야처류고野處類稿』가 있다. 또한 30여 년 동안 사관史官을 지내면서 북송 신종神宗, 철종哲宗, 휘종徽宗, 흠종欽宗 4대의 역사인 『사조국사四朝國史』와 『흠종실록欽宗實錄』, 『철종보훈哲宗寶訓』을 집필하였다.

• 옮긴이 •

홍승직洪承直

고려대 중문과를 졸업하고 동대학원에서 석사와 박사학위를 취득하였다. 현재 순천향대학교 중문과 교수로 재직하고 있다. 중국 섬서사범대학에서 방문학자로 연구한 바 있다. 주로 중국 고전 산문 분야를 연구 강의하며 중국 고전의 번역에 힘쓰고 있다. 『논어』, 『대학·중용』, 『이탁오평전』, 『분서』, 『아버지 노릇』, 『유종원집』 등의 번역서와 「유종원산문의 문체별 연구」, 「풍자개의 산문세계」, 「사부에 나타난 유종원의 우환의식」 등의 논문이 있다.

노은정盧垠靜

성신여대 중문과를 졸업하고 고려대학교에서 석사와 박사학위를 취득하였다. 현재 성신여자대학교 인문과학연구소 연구원으로 재직하고 있다. 중국 고전시 분야를 연구하며 중국 고전을 강의하고 있다. 『중국문학이론비평사』(선진편, 양한편, 수당오대편, 송원편, 명대편/ 공역), 『그림으로 읽는 중국고전』 등의 번역서와 「사시가의 연원과 범성대 『전원사시잡흥』의 시간」, 「양성재楊誠齋와 이퇴계李退溪 매화시의 도학자적 심미관」 등의 논문이 있다.

안예선安芮璿

순천향대 중문과를 졸업하고 고려대에서 석사를, 중국 푸단復旦대학에서 박사학위를 취득하였다. 현재 고려대와 순천향대에서 강의하며, 중국 고전 산문 분야를 연구하고 있다. 「구양수歐陽脩 『신오대사新五代史』의 서사 기획 — 『구오대사舊五代史』와의 비교를 중심으로」, 「『한서漢書』 중 한漢 무제武帝 이전 시기 서사 고찰 — 『사기史記』와의 비교를 중심으로」 등의 논문이 있다.

한국연구재단
학술명저번역총서
[동 양 편] 615

용재수필 容齋隨筆 ❷ 용재속필 容齋續筆

초판 인쇄 2016년 7월 1일
초판 발행 2016년 7월 15일

지 음 | 홍매洪邁
옮 김 | 홍승직 · 노은정 · 안예선
펴 낸 이 | 하운근
펴 낸 곳 | 學古房

주 소 | 경기도 고양시 덕양구 통일로 140 삼송테크노밸리 A동 B224
전 화 | (02)353-9908 편집부(02)356-9903
팩 스 | (02)6959-8234
홈페이지 | http://hakgobang.co.kr/
전자우편 | hakgobang@naver.com, hakgobang@chol.com
등록번호 | 제311-1994-000001호

ISBN 978-89-6071-597-4 94820
978-89-6071-287-4 (세트)

값 : 43,000원

■ 이 책은 2010년도 정부재원(교육부)으로 한국연구재단의 지원을 받아 연구되었음(NRF-2010-421-A00053).
This work was supported by National Research Foundation of Korea Grant funded by the Korean Government(NRF-2010-421-A00053).

이 도서의 국립중앙도서관 출판예정도서목록(CIP)은 서지정보유통지원시스템 홈페이지(http://seoji.nl.go.kr)와 국가자료공동목록시스템(http://www.nl.go.kr/kolisnet)에서 이용하실 수 있습니다. (CIP제어번호 : CIP2016016154)